SOPHIA BLAKEE

DROGATA DI TE

romanzo

leggereditore

Prima edizione: gennaio 2020

Sede secondaria: via Giovanni Antonelli, 44 – 00197 Roma.
tel. 06.39366384 – email: info@leggereditore.it
Indirizzo internet: www.leggereditore.it

Stampato in Italia – Printed in Italy

Progetto grafico: One Digital Factory Srl

SOPHIA BLAKEE

DROGATA DI TE

Dedicato a te, che mi hai sempre sostenuta
nei miei successi e nei miei fallimenti.
Sei la persona migliore che io conosca,
grazie per non abbandonarmi mai.
Ti voglio bene, papà.

1

«Jo!» Sentii mio fratello Jonathan chiamarmi dal piano terra. Posai il libro che stavo leggendo sul comodino al mio fianco.

«Che c'è?» chiesi ad alta voce un po' infastidita dal fatto che fosse la terza volta che interrompeva la mia lettura.

«Nostra madre ha bisogno di te in cucina» rispose senza darmi ulteriori spiegazioni. Mi alzai velocemente dal letto e uscii dalla mia camera. Sul pianerottolo notai il nostro gatto Leo steso sul pavimento che cercava di dormicchiare nonostante il caldo afoso di quella mattina estiva. Mi chinai e iniziai ad accarezzarlo, dandogli le agognate coccole che nessuno gli faceva a parte me e l'altro mio fratello Sebastian.

Mi ricordai di quando sette anni prima Sebastian era tornato a casa con un gattino tra le braccia che, sebbene sembrasse fragile e indifeso, aveva da subito cominciato a combinare pasticci. Sebastian, come me, aveva sempre avuto un debole per gli animali e, anche se nostra madre non era dell'idea, avevamo deciso di tenere Leo e di occuparci di lui.

Dopo averlo accarezzato un'ultima volta scesi le scale e andai in salotto. Jonathan era steso sul divano a guardare la televisione. Lo superai senza degnarlo di un'occhiata. Jonathan e io eravamo gemelli, eppure non avevamo un rapporto molto stretto. Lui aveva le sue abitudini, io le mie, non eravamo uguali praticamente per nulla, a parte una somiglianza molto evidente nell'aspetto fisico. Entrai in cucina. Mia madre stava cucinando come al solito.

«Mamma, avevi bisogno di me?» chiesi, prendendo una mela e sedendomi sullo sgabello. Lei si girò verso di me e sorrise.

«In realtà ti ho chiamata solo per dirti una cosa» rispose mentre mi allungava un vassoio con dei biscotti appena sfornati. «Prima però assaggia questi e dimmi che ne pensi.»

Mia mamma Barbra era fatta così: dato che era appassionata di cucina, credeva che il cibo avesse il potere di coinvolgere e unire le persone, per questo non faceva altro che cucinare tutto il giorno. Ne presi uno per accontentarla e lo assaggiai. «Che buono, mamma!»

«Bene, sono contenta che ti piacciano!» disse felice. «Ti volevo solo dire che i tuoi fratelli tornano a casa per l'estate...»

«Tutti?» domandai sorpresa. Sapevo che avevano deciso di tornare per le vacanze estive, ma non immaginavo così presto.

«Sì, Cameron e Sebastian saranno a casa per l'ora di cena, mentre domani arriveranno Travis e Gavin, Beau andrà a prenderli in aeroporto» rispose lei.

Avere sei fratelli ed essere l'unica ragazza di casa non era per niente una passeggiata, soprattutto se eri la sorella minore. I gemelli Gavin e Travis erano i fratelli maggiori, molto più grandi di me vivevano ormai fuori casa da quasi cinque anni. Entrambi si erano trasferiti in una cittadina più grande per frequentare l'università. Sebastian era il figlio di mezzo, con i capelli biondi come i miei e l'aspetto trasgressivo, era un'anima libera, proprio uguale a mio padre. Anche lui amava disegnare come me e infatti frequentava la facoltà di Architettura. Cameron, con i capelli castani e i dolci occhi color nocciola, era la personificazione di tranquillità e fiducia. Era il fratello con cui avevo legato di più. Avendo caratteri simili, io e lui ci eravamo sempre trovati bene insieme. Beau, il più giovane dei quattro, era forse quello più ribelle, aveva sempre fatto fatica a scuola e si era cacciato molte volte nei guai. Ognuno di loro però aveva sempre messo la famiglia al primo posto, si erano presi cura di me e di mia madre fin da piccoli.

Emozionata dal loro ritorno mi ricordai di quando erano riusciti a procurarsi dei biglietti per il concerto della mia band preferita. Avevo quattordici anni e, nonostante li avessi cercati ovunque, non ero riuscita a trovare neanche un biglietto. Così, scoraggiata, avevo deciso di chiudermi in camera a piangere. In quel momento tutti e sei i miei fratelli mi avevano raggiunta in camera mia e Cameron mi aveva detto che non sarebbe riuscito a farmi nessuna foto con i biglietti se avessi continuato a piangere. Dopo essermi accorta di cosa stessero parlando li abbracciai uno a uno. Erano ricordi come quello che mi facevano capire quanto fosse importante il valore della famiglia.

Già, la famiglia... In salotto sulla mensola del caminetto mia mamma teneva allineate le nostre foto, che spolverava con cura ogni mattina. Allungai la mano e ne presi una. Sfiorai con i polpastrelli la figura al centro e sentii un nodo in gola: papà.

Osservai come ci stringeva a lui, come se non volesse lasciarci andare per nulla al mondo. Io e i miei fratelli sorridevamo contenti e mia madre lo guardava con amore. Quella foto aveva immortalato uno dei nostri ultimi momenti felici insieme. In quell'istante mi resi conto di quanto tempo era ormai passato e mi domandai come avevo fatto a sopravvivere senza di lui così a lungo.

Non mi dimenticherò mai di quella domenica mattina, la domenica peggiore della mia vita. Pioveva a dirotto e mi ero svegliata eccitata all'idea di rivedere finalmente mio padre che era partito per lavoro. Ero scesa di corsa in salotto, ma sulla soglia mi bloccai. Mia madre stava parlando con un poliziotto, poi all'improvviso era scoppiata in lacrime. Nonostante avessi solo sette anni avvertii subito dentro di me una brutta sensazione, anche perché mio padre avrebbe già dovuto essere a casa. Vidi mia madre crollare a terra scossa da un pianto disperato e sentii il sangue gelarsi nelle vene. Avrei voluto consolarla, ma ero paralizzata dalla paura, non riuscivo a muovermi. Appena notò la mia presenza Sebastian mi venne incontro e mi abbracciò forte. A quel punto capii ogni cosa: nostro padre non sarebbe più tornato. Papà era un uomo solitario e a volte di poche parole, ma era sempre capace di travolgerci con il suo amore. Era stato lui a insegnarmi a disegnare e a dipingere. Era la nostra passione, era un legame speciale tra me e lui.

Ognuno di noi aveva affrontato la sua morte in modo diverso. Beau, per esempio, aveva pianto per giorni, Cameron era rimasto pietrificato, Sebastian e i gemelli, essendo i maggiori, si erano fatti forza per aiutare nostra madre. Io invece avevo provato una rabbia enorme e mi ero rifiutata di disegnare per un anno intero. La sua morte ci aveva messi in crisi, non solo emotivamente ma anche dal punto di vista economico. All'epoca ero convinta che fosse colpa dell'arte; mio padre, infatti, nei giorni precedenti alla sua morte si trovava a Chicago per l'inaugurazione di una sua mostra. E avevo avuto questa convinzione finché un giorno mia madre aveva deciso di spiegarmi meglio cosa fosse successo: era stato un incidente con la moto la causa della sua morte. Mio padre era uscito fuori strada per colpa dell'alcol. La sua mostra era stata un fallimento totale e così aveva bevuto qualche bicchiere di troppo per consolarsi.

Venire a conoscenza dei dettagli sulla morte di mio padre era stato come se lui se ne fosse appena andato. Nonostante fossero passati alcuni anni e io fossi ormai cresciuta, il dolore era tornato più forte di prima. Da bambina grazie alla mia ingenuità avevo sofferto meno, ma crescendo il dolore era aumentato sempre di più. Mi era sembrato di dover vivere senza una parte indispensabile del mio corpo; eppure, nonostante la mia tristezza, mi ero dovuta abituare a vivere una vita senza l'uomo che mi aveva insegnato tutto, amandomi come nessuno. Posai la foto e uscii in veranda dove avevo lasciato un altro libro. Avevo il vizio di leggere più libri contemporaneamente e poi li disseminavo in giro per la casa. Come al solito mi immersi nella lettura, perché era l'unica cosa che mi permetteva di fuggire per qualche ora dal piccolo paesino in cui vivevo. Ho sempre amato rifugiarmi nei romanzi anziché affrontare il mondo esterno; e poi mi permettevano di fare tutto quello che nella realtà non potevo: visitare città, conoscere nuove persone, trovare me stessa e realizzare i miei sogni più nascosti.

Ero talmente concentrata che senza accorgermene lessi ad alta voce una frase che mi aveva particolarmente colpita.

«Nessuno è come vuole essere...» dissi, stupita da quanto quelle parole rispecchiassero il mio carattere timido e introverso che spesso mi bloccava e mi impediva di esprimermi come avrei desiderato. Non mi permetteva di essere libera.

«Non è assolutamente così, ognuno può essere come vuole, tutti decidiamo ogni giorno chi essere attraverso le scelte che compiamo» disse una voce sconosciuta. Sobbalzai, non mi aspettavo che qualcuno mi stesse ascoltando e rimasi spiazzata.

Al di là del prato della nostra villetta delimitato da una staccionata bianca c'era un ragazzo che non avevo mai visto prima. Era slanciato e magro, i capelli neri gli incorniciavano il viso, indossava una maglietta bianca e dei jeans neri, mentre in mano teneva un giubbotto di pelle. Sembrava molto rilassato, si passò una mano tra i capelli e si accese una sigaretta, come se per lui fermarsi a parlare con una sconosciuta fosse una cosa del tutto normale.

Pensai di non rispondergli, probabilmente se ne sarebbe andato, ma poi alzò gli occhi e mi guardò dritto in faccia. Quel gesto fece scattare qualcosa dentro di me, e sentii il bisogno di dire la mia, come se lui mi stesse sfidando. La cosa che mi colpì di più però furono i suoi occhi, il loro colore particolare: azzurro ghiaccio, talmente chiaro che tendeva al grigio. Cercai di riprendermi, non avevo mai visto un ragazzo così bello in vita mia, ma non volevo sembrare una di quelle ragazze che cadono subito ai piedi del primo affascinante sconosciuto.

«Che cosa intendi?» gli domandai curiosa.

«Be', se vuoi essere una rockstar lo sarai, se vuoi essere un medico lo diventerai, basta impegnarsi e ogni cosa che si vuole è possibile, non credi?» rispose sicuro di sé.

Ragionai sulle sue parole e mi resi conto che gli calzavano a pennello. Emanava sicurezza, al contrario di me, e dava l'impressione di aver trovato il suo posto nel mondo.

«Chi sei?» gli domandai più decisa di quanto sia mai stata. Lui mi sorrise e poi scosse leggermente la testa.

«Ci vediamo, ragazzina...» e si allontanò.

Lo guardai finché non svoltò l'angolo, sparendo dalla mia vista. Rimasi qualche istante immobile a osservare il punto ormai vuoto in cui si era fermato. Non capivo quello che era appena successo. Perché un ragazzo che non conoscevo si era messo a parlare con me? E perché mi aveva incuriosito tanto?

Posai il libro e rientrai in casa. Mi fiondai nella camera di Beau e chiusi la porta alle mie spalle.

«Jo, esiste la privacy, sai? Non puoi entrare così e disturbarmi...» disse lanciandomi un'occhiataccia.

«Scusa, scusa, ma devo assolutamente chiederti una cosa!» esclamai. Vedendomi così agitata lasciò perdere il computer e mi rivolse la sua attenzione.

«Qui davanti a casa è appena passato un ragazzo che non ho mai visto. Volevo sapere se tu lo conosci. È alto, con i capelli neri e gli occhi azzurri molto chiari, sembrava avere più o meno la tua età» gli spiegai.

Beau scosse la testa.

«Non lo conosco, mi spiace.»

Corsi in camera mia e presi subito un foglio e il carboncino. Per non dimenticarmelo decisi di provare a disegnarlo. Cercai di riprodurre i tratti del suo viso, ma qualcosa non mi convinceva. Scoraggiata, attaccai lo schizzo al muro su cui avevo appeso gli altri miei disegni. Sfiorai con le dita ogni foglio di carta, ogni ritratto e ogni paesaggio che avevo fatto. Solo a guardarli mi vennero i brividi. Adoravo disegnare, era una cosa che mi veniva naturale. Quando sentivo il bisogno di lasciarmi andare o di sfogarmi, l'arte c'era sempre, e soprattutto era il ricordo più prezioso che mi restava di mio padre.

Mi stesi sul letto e ripensai a lungo a quella conversazione. Non mi era mai capitato nulla di simile. Rimuginai sul suo sguardo di sfida e su quanto apparisse sicuro di sé, quasi sfrontato.

Appena notai l'ora, scesi ad aiutare mia madre con la cena. Vedendomi mi sorrise e mi abbracciò, e non potei fare a meno di pensare a quanto fossi fortunata ad avere una madre così. Dopo la morte di papà, sembrava fosse stata sostituita da un fantasma, o che fosse l'ombra di sé stessa, non era rimasto nulla della donna che conoscevo. Un giorno però era tornata a essere la madre vivace che mi aveva cresciuta.

La aiutai mentre lei mi parlò di ciò che succedeva in paese.

«Oggi ho incontrato la signora Garrett e mi ha chiesto se in settimana sei libera per sistemarle il giardino come l'ultima volta...» mi spiegò mia madre.

«Certamente, la signora Garrett è così carina con me...» le risposi passandole del rosmarino per aromatizzare l'arrosto.

«Perfetto!» disse mia madre felice. Quando finimmo di preparare la cena andai ad apparecchiare il tavolo. Stavo sistemando i bicchieri quando udii la porta sbattere.

«Siamo a casa!» urlò una voce familiare.

Posai tutto sul tavolo e corsi all'ingresso seguita da mia madre.

«Ciao, piccola Jo» mi disse Cam stringendomi a sé.

«Quanto mi sei mancato!» esclamai senza riuscire a staccarmi da lui.

«Anche tu mi sei mancata da morire!» mi rispose sorridendo.

Mi separai da lui e guardai i miei fratelli raggiungere mia madre, che come sempre li accolse tra le braccia, nonostante ormai fossero praticamente due uomini.

«Dài, tutti a tavola che è pronta la cena!» disse mamma entusiasta. Era bello vederla così felice. Ci sedemmo e io iniziai a mangiare osservando i miei fratelli subire l'interrogatorio di nostra madre.

«Vi trattano bene all'università?» chiese mia madre.

«Sì, mamma, condividiamo una camera con un ragazzo di nome James, è molto gentile e simpatico...» spiegò Sebastian.

«Cosa mangiate? Se volete potete portarvi via un po' di cibo prima che ve ne andiate!» domandò mia madre agitata.

«Stiamo bene, mamma, ci manca la tua cucina, ma sono sicuro che sopravvivremo!» disse Cam ridendo.

«Sai, mamma, avevo dimenticato quanto fossi curiosa!» commentò Sebastian.

«Oh, suvvia, voglio solo sapere come procede la vita ai miei bambini!» si difese lei.

Risi notando Sebastian e Cam in difficoltà. Mi piaceva da morire averli di nuovo a casa, perché mi sembrava di tornare bambina, quando ancora vivevamo tutti sotto lo stesso tetto. Cam raccontò a mia madre quanto fosse felice di aver scelto Geologia all'università e di come superasse senza problemi gli esami.

«E la fidanzatina?» chiese mia madre maliziosa.

«Mamma, non ho più quindici anni! Comunque Jessica sta benissimo, anche lei è tornata a casa dai suoi genitori» rispose lui.

«Jo, tocca a te lavare i piatti!» mi disse Beau, appena finito di mangiare il dolce.

«No, oggi è il tuo turno, io devo portare fuori la spazzatura, non ricordi?» ribattei e, sapendo di aver ragione, presi il sacco dalla pattumiera e uscii. Buttai il sacco nel bidone all'esterno, poi attraversando la veranda vidi il libro che avevo lasciato lì quel pomeriggio. Mi avvicinai e mi accorsi che sulla copertina c'era attaccato un post-it. Com'era possibile?

«5th Side West» lessi. Non conoscevo quell'indirizzo. Mi affrettai a nascondere il post-it tra le pagine e rientrai in casa.

Non sapevo chi l'avesse messo lì, né per quale motivo. Ma in cuor mio speravo fosse stato lui.

2

Ash

Dopo qualche ora di viaggio posteggiai davanti alla casa di mia nonna Maggie. Era bello tornare ogni tanto. Io e mia sorella avevamo sempre adorato venire da nonna Maggie. Era un posto dove potevo starmene tranquillo e lasciar perdere tutti gli altri problemi. Mi tolsi il casco e lo riposi. Sganciai il borsone dal retro della moto e avanzai attraverso il giardino. Entrai senza bussare.

«Nonna?» domandai ad alta voce. Nonna Maggie da qualche anno aveva problemi di udito. Non sentendo risposta lasciai cadere a terra il mio borsone e mi mossi verso il salotto. La trovai seduta sulla sua poltrona intenta a leggere un libro. Mi avvicinai piano per non spaventarla.

«Nonna, ciao.» E lei mi vide.

«Oh, Ash, sei tu» mi disse e si alzò venendo verso di me. La abbracciai forte. Mi era mancata. Mia nonna era una figura molto importante nella mia vita. Starle lontano non mi piaceva e sia io che Sasha avevamo provato a convincerla a venire con noi a Chicago, ma lei non voleva lasciare la sua casa in quel paesello sperduto.

Per me era più un buco che un paese. Un solo bar, una libreria e un piccolo negozio di alimentari. Sì e no c'erano cento case. Non so cosa ci trovasse mia nonna nel vivere lì. Sicuramente era più tranquillo di una metropoli come Chicago, ma nulla di più. Per me era tanto noioso, infatti tornavo solo per lei. Però quell'anno ero tornato anche per qualcos'altro. Rovistando tra le scartoffie di Sasha avevo trovato un documento dove mio padre aveva dichiarato di lasciarmi in eredità una casa. E quella casa si trovava proprio lì. Volevo vedere di cosa si trattasse. In più cambiare aria non faceva mai male.

«Come stai, bambino mio?» mi domandò trascinandomi con lei sul divano. Ci sedemmo e io le strinsi le mani tra le mie.

«Sto bene, nonna, tu?» le domandai. Non ero mai tranquillo a lasciarla sola troppo a lungo in quella grande casa. Provavo ad andare a trovarla periodicamente, ma era difficile gestire tutto. Mia nonna mi parlò di come aveva trascorso gli ultimi mesi in cui non ci eravamo visti. Se la cavava e io ne ero felice. Mi sistemai nella mia vecchia camera ancora piena dei miei giocattoli da bambino. Era rimasto tutto uguale per volere di nonna Maggie. Mi feci una doccia veloce per rinfrescarmi dal viaggio e poi decisi di uscire. Avevo voglia di fare due passi per vedere se ci fosse qualcosa di nuovo. Andai a piedi fino al bar della città. Mi sedetti al bancone e ordinai una birra. Era ancora mattino, ma avevo tante cose da dimenticare. Osservai le persone intorno a me. Tutti erano lenti, non abituati alla frenesia delle grandi città, erano tranquilli, sereni di avere tutto il tempo a loro disposizione. Bevvi la birra e ammiccai a qualche studentessa del liceo che aveva marinato la scuola. Le ragazze non erano niente male, una di loro era proprio il mio genere. Formosa e accattivante. Mi imposi di rigare dritto. Non ero venuto in quel paese per andare a letto con una ragazza qualsiasi. Non ne avevo il tempo. Pagai e mi alzai.

Camminai tranquillo fino a quando non sentii una voce.

«Nessuno è come vuole essere...» mi fermai. Spostai lo sguardo e la vidi. Seduta sotto la veranda di una casa c'era una ragazza. Era bionda, minuta. Stava leggendo ad alta voce un libro.

«Non è assolutamente così, ognuno può essere come vuole, tutti decidiamo ogni giorno chi essere attraverso le scelte che compiamo» dissi non riuscendo a trattenermi. Ma che razza di libro stava leggendo? Era una stupidaggine quello che aveva appena detto. La ragazza sobbalzò alzando il viso verso di me. Era spaventata. Probabilmente non si aspettava che qualcuno la interrompesse. Abbassai lo sguardo e dopo essermi passato una mano tra i capelli scuri mi accesi una sigaretta. Non ricevendo nessuna risposta rialzai lo sguardo. I suoi occhi verdi si fissarono nei miei e tutto per me cambiò prospettiva. Ne approfittai e la osservai meglio. Il viso era fine, un naso minuto e una bocca carnosa lo animavano. La pelle chiara ne metteva ancora più in risalto gli occhi verdi e i capelli dorati. Sembrava terrorizzata e impreparata.

«Che cosa intendi?» mi domandò subito dopo. Io feci un altro tiro e poi le risposi.

«Be', se vuoi essere una rockstar lo sarai, se vuoi essere un medico lo diventerai, basta impegnarsi e ogni cosa che si vuole è possibile, non credi?» dissi non distogliendo mai gli occhi da lei. Fu in quel momento che vidi qualcosa cambiare. Nei suoi occhi scattò qualcosa e io sorrisi malizioso, provocandola.

«Chi sei?» mi domandò con la fronte corrugata. Non l'avevo mai vista prima, eppure ero stato con quasi tutte le ragazze del posto, era strano che mancasse lei nella mia lista. Da dove era uscita? Osservai il suo viso cambiare espressione. Mi incuriosiva.

«Ci vediamo, ragazzina...» dissi e poi continuai a camminare. Sentii il suo sguardo sulla mia schiena finché non mi fui allontanato. Subito dopo mi fermai. Mi appoggiai alla staccionata di una delle case. Volevo sapere chi fosse. Perché mi aveva guardato in quel modo scatenando qualcosa dentro di me? Dovevo tornare indietro?

Davvero stavo pensando di tornare da una ragazza appena conosciuta? Ma cosa mi stava succedendo? Scossi la testa e continuai per la mia strada. Superai casa di nonna Maggie e poi presi il cellulare. Inserii nelle mappe l'indirizzo che avevo letto nel documento e seguii la strada. Quando arrivai rimasi senza fiato. Era quella la casa? Nonostante fosse chiaramente abbandonata da anni e anni e si trovasse in un bosco, era magnifica. Con i suoi tre piani, spiccava tra gli alberi. Aveva un'aria secolare. Sembrava uscita da un'altra epoca. Era mia. Mi avvicinai ed entrai. Dentro era disabitata, ma c'erano ancora alcuni vecchi mobili ricoperti da teli bianchi. La osservai in lungo e in largo e poi presi una decisione. L'avrei messa a posto per riutilizzarla, era troppo bella per essere lasciata lì a marcire. Così iniziai a lavorarci e senza accorgermene pensai a lei, a quella ragazzina.

3

Percepii uno strano calore sul petto, mi mossi e udii un leggero miagolio. Quando aprii gli occhi vidi Leo, steso su di me mentre faceva le fusa. Mi sedetti appoggiandomi alla testata del letto e mi sgranchii le braccia. Leo si avvicinò di più e lo accarezzai facendogli le coccole. In quel momento sentii la suoneria del mio cellulare. Lo presi dal comodino e non appena lessi chi mi stava chiamando sorrisi: Andy. Lei era la mia migliore amica di infanzia. Non ricordavo il momento preciso in cui avevamo stretto amicizia, ma mi sembrava che lei fosse al mio fianco da sempre. Agli occhi degli altri sembravamo molto diverse, sia fisicamente che caratterialmente, ed era vero. Andy era spumeggiante, piena di vita, l'unica che riusciva a spronarmi. Mi costringeva a superare i miei limiti. Ecco perché ci completavamo perfettamente a vicenda.

«Pronto?» dissi con voce ancora impastata dal sonno.

«Ehi, Jo, ti ho svegliata?» mi domandò Andy allegra.

«No tranquilla, avevi bisogno di qualcosa?» le chiesi curiosa.

«Ti va di incontrarci al bar oggi?»

«Sì certo, per le tre va bene?» le domandai.

«Sì, è perfetto, ho moltissime cose da dirti!» esclamò lei.

«A dopo...»

«A più tardi» mi rispose lei.

Al termine della chiamata notai sullo schermo del cellulare l'ora: era quasi mezzogiorno. Lo posai sul comodino e vidi lì di fianco il libro che conteneva il post-it. Sfogliai le pagine e lo presi. Lessi ancora l'indirizzo e cercai di ricordarmi se l'avessi già sentito o visto da qualche parte, ma non ci riuscii. L'unica persona che era a conoscenza di ogni pettegolezzo o segreto in paese era mia madre. Scesi le scale e quando la vidi in cucina mi avvicinai.

«Ciao mamma.» La salutai allegra. Lei si girò verso di me spostandosi i capelli biondi dietro l'orecchio. Tutti dicevano che io ero la copia di mia madre, e in effetti era vero. Entrambe avevamo i capelli biondi, non superavamo il metro e sessantacinque di altezza e avevamo gli stessi lineamenti del viso. L'unica cosa diversa erano gli occhi, i suoi erano di un azzurro mare, i miei verdi come quelli di mio padre.

«Buongiorno Jo, sei di buon umore oggi?» mi domandò vedendomi così eccitata.

«Sì, abbastanza, posso chiederti una cosa?»

«Certamente...» mi rispose lei, così le mostrai il post-it che avevo in mano.

«Conosci questo indirizzo?» Mia madre lo lesse e subito dopo me lo strappò di mano agitata.

«Chi te l'ha dato?» disse arrabbiata. «Non devi andare, Jocelyn, capito? Non ti avvicinare a questo indirizzo!» esclamò alterata.

«Mamma, per piacere, voglio sapere dove si trova! Non mi succederà nulla di male, te lo prometto!» cercai di convincerla. Non avrei mai pensato che quel semplice indirizzo potesse suscitare una simile reazione. Lei scosse la testa decisa senza aggiungere altro.

Così presi il post-it e uscii dalla cucina. Sempre più incuriosita cercai Beau sperando di ricevere una risposta da lui. Se mia madre non voleva rivelarmi nulla di più su quel luogo, ero sicura che mio fratello ci fosse stato. Bussai alla sua camera ed entrai. Ancora una volta lui mi lanciò un'occhiataccia interrogativa. Mi avvicinai e dopo aver abbassato il volume dello stereo gli diedi il post-it. Lui lo prese senza capire.

«Conosci questo indirizzo?» gli domandai. Mio fratello mi guardò un po' accigliato.

«Perché lo vuoi sapere?» aggiunse.

«Ne ho appena parlato con mamma e mi ha proibito di andarci senza dirmi nulla, non capisco perché! Tu ne sai qualcosa?» gli chiesi.

«Chi ti ha dato questo biglietto?»

«Te lo dico solo se mi spieghi dove si trova questo indirizzo...» lo incalzai sempre più curiosa. «Voglio sapere!» esclamai decisa.

Beau mi ridiede il post-it e con un atteggiamento di superiorità mi disse: «Ci sono già stato con dei miei amici qualche anno fa e forse sarebbe meglio finire questa conversazione...» mi disse ridendo.

«Ti prego, Beau, dimmi qualcosa di più!» lo pregai.

«Mamma non sarà contenta se ora ti raccontassi altro...» mi disse provando a spingermi fuori da camera sua.

«Be', di sicuro non sarà felice di sapere che tu ci sei già stato, vero?» gli dissi sicura.

Mio fratello capì subito le mie intenzioni conoscendomi troppo bene. Quando volevo sapere qualcosa ero molto determinata.

«E va bene, è solo una casa abbandonata in mezzo al nulla, disabitata da molto tempo. Non so altro, stanne alla larga, segui il consiglio di mamma...» disse lui spingendomi definitivamente fuori dalla sua camera e chiudendomi la porta in faccia.

Quel giorno pranzammo insieme solo io e mia madre perché i miei fratelli erano stati invitati a casa di alcuni amici. Nessuna delle due disse niente, percepii il disagio che la conversazione di prima aveva creato tra di noi. Non eravamo solite litigare e quando succedeva ci sentivamo in colpa. Entrambe testarde volevamo sempre aver ragione e, troppo orgogliose, non riuscivamo mai a fare il primo passo per sistemare le cose. Anche quel giorno finimmo di pranzare in silenzio, nessuna delle due si scusò. Mi alzai da tavola e andai in camera mia. Non sarei stata io a chiedere scusa, in fondo volevo soltanto qualche informazione, e lei aveva reagito in maniera esagerata.

Poco prima delle tre uscii di casa e dopo aver preso la bicicletta iniziai a pedalare per raggiungere il centro del paese. La nostra cittadina contava poco più di tremila abitanti. Era circondata da aperta campagna e non era un luogo turistico. C'erano solamente un bar, una libreria, un negozio di alimentari e poco più. Però era uno dei pochi paesini che si incontravano per la strada dopo essere partiti da Chicago. Già, Chicago... Avevo promesso che un giorno ci sarei andata, per realizzare i miei sogni. Non avevo intenzione di passare il resto della mia vita persa nel nulla. Anche se mi sentivo in colpa a pensarla così. Prima o poi anche Beau se ne sarebbe andato definitivamente e mia madre sarebbe rimasta da sola. Mi sentivo come se il mio ruolo fosse quello della figlia costretta a rimanere insieme alla madre per non abbandonarla. Ero sempre stata divisa tra questi due pensieri: i miei sogni o la mia famiglia.

Arrivata al bar vidi Andy fuori ad aspettarmi. Posai la bicicletta e insieme entrammo. Ci sedemmo al nostro solito tavolo, quello vicino alla finestra, e ordinammo due frullati. Io le raccontai tutto quello che mi era capitato in quei giorni, dall'incontro con il ragazzo sconosciuto fino a quell'indirizzo al quale sembrava fosse collegata una storia misteriosa di cui nessuno voleva parlare.

«Una cosa per volta, Jo! Hai incontrato un ragazzo? Com'è?» mi domandò Andy curiosa ed eccitata.

«È alto, bello e affascinante...» le spiegai rivivendo il momento dell'incontro nella mia mente, e non riuscii a non sorridere.

«Perché i ragazzi più belli li incontri solo tu? Non è giusto!» scherzò dandomi una pacca sul braccio.

«Smettila, Andy!» le risposi ridendo a mia volta.

«E questo invece cos'è?» mi domandò prendendo il post-it.

«L'indirizzo di cui ti stavo parlando, l'ho trovato su un mio libro. Ho chiesto a mia madre se conoscesse questo posto, ma si è arrabbiata e mi ha proibito di andarci, anche Beau ha avuto una reazione simile... Tu ne sai qualcosa?» Andy lesse il post-it e poi annuì.

«Questo è l'indirizzo della casa abbandonata nel bosco, non la conosci?» mi domandò stupita.

«No, non ne ho mai sentito parlare! Esiste veramente?»

«Sì, e ha anche una storia molto triste. Mia nonna mi ha raccontato che il primo proprietario diventò improvvisamente pazzo, e non fece una bella fine. Si dice che la casa sia stata ereditata dalle generazioni successive, ma non si sa da chi. È disabitata da moltissimi anni. Alcuni pensano che sia addirittura infestata dagli spiriti» mi spiegò Andy.

«Oddio! È davvero così?» dissi sconvolta dalla storia.

«Sì, almeno a quanto ne sa mia nonna sì» mi spiegò Andy.

«Tu sai dove si trova?» le domandai.

«Sì, non è poi così distante da casa tua, si trova nel bosco alla fine della tua via, poi non so altro...» concluse, mentre io sorridevo soddisfatta: finalmente ero riuscita a ottenere una risposta.

«Non avrai intenzione di andarci, vero?»

«Voglio scoprire chi mi ha lasciato questo biglietto!» le spiegai.

«Jo, non essere imprudente, tua madre te lo ha vietato... Non vorrei che ti cacciassi in qualche guaio» disse Andy con tono preoccupato.

«Stai tranquilla, non mi succederà niente!» la rassicurai. «E invece dimmi le grandi novità che eri così ansiosa di condividere con me!» la incitai ricordando la chiamata di quella mattina.

«Be', ti ricordi di Marcus?»

«Marcus, il nostro compagno di classe che ha una cotta per te da sempre?» le dissi ironica. Me lo ricordavo eccome. Seguiva Andy ovunque, a volte le portava anche il caffè in aula. Andy però si sentiva in colpa perché dopo tutti questi anni non era ancora riuscita a dirgli che lui non le interessava.

«Ecco, ieri sera sono tornata a casa dopo aver fatto jogging e l'ho trovato in cucina che parlava con mia madre!» esclamò Andy.

«Veramente?» le domandai sogghignando.

«Sì, ormai anche mia madre crede che sia il ragazzo perfetto per me! Non so come fare» si lamentò scoraggiata.

«Be', forse dovresti dirgli che non sei interessata a lui, che ne pensi?»

«Sai cosa mi stai chiedendo, vero? Questo significa nessun caffè di prima mattina né compiti fatti al posto nostro...» disse Andy seria.

«Sopravvivremo!» le dissi e lei annuì poco convinta.

Dopo aver passato ancora un po' di tempo con lei, ci salutammo e io mi incamminai verso casa pensando alla storia della casa nel bosco. Entrando in cucina notai un post-it attaccato al frigorifero. Lo presi in mano e lessi il messaggio di mia madre che mi avvisava di essere uscita per delle commissioni. Decisi di approfittare della sua assenza. Corsi velocemente in camera mia, indossai dei vestiti più pratici e delle scarpe da ginnastica. Presi uno zaino nel quale misi una torcia e un gesso rosso.

Uscii di casa cercando di non farmi vedere dai miei fratelli. Seguii le indicazioni di Andy e quando mi ritrovai in mezzo al bosco rallentai stando attenta a non inciampare e a muovermi tra la fitta vegetazione non curata. Segnai ogni albero a cui passavo vicina con il gesso rosso per ritrovare meglio la strada al ritorno. Mi sembrò di camminare per molto tempo e a un certo punto, scoraggiata, quasi decisi di tornare indietro. In quell'istante però udii dei rumori. Mi spaventai e mi domandai per quale motivo avessi deciso di avventurarmi nel bosco da sola.

Forse la storia che mi aveva raccontato Andy era vera, non era solo una semplice superstizione degli abitanti del paese. Strinsi il post-it tra le dita e mi feci coraggio. Continuai a camminare e a poco a poco tra gli alberi scorsi un edificio. Quando arrivai finalmente davanti alla casa rimasi senza fiato. Non mi incuteva paura, anzi. Rimasi affascinata dalla sua bellezza. Sembrava gigantesca. Aveva tre piani ed era stata costruita in stile gotico. Era grigia scura, anche se metà delle pareti era ricoperta di edera rampicante. Alcune finestre erano rotte, mentre altre erano ancora intatte. All'epoca doveva esser stata una casa meravigliosa. Poi udii un forte trambusto simile ai rumori precedenti, allora mi accucciai a terra. Sbirciai oltre un cespuglio cercando di capire da dove provenissero quei rumori, ma non riuscii a vedere nulla. Rimanendo accucciata sulle ginocchia mi mossi girando intorno alla casa per raggiungere il retro.

E fu allora che lo vidi.

O meglio lo rividi.

Il ragazzo del giorno prima. Era senza maglietta e indossava dei jeans neri. Stava tagliando della legna e poi la accatastava su un lato producendo il rumore che avevo udito prima. Non avendo attirato la sua attenzione mi presi un po' di tempo per osservarlo meglio.

Il giorno prima non avevo badato al suo corpo. Forse ero stata troppo concentrata su ciò che mi aveva detto, ma non ora.

I capelli corti e un po' mossi erano neri come la pece, mi stava dando la schiena e a ogni movimento i muscoli del suo corpo si contraevano.

Dopo poco provai a muovermi. Volevo sapere il motivo per cui mi aveva lasciato quel post-it. Continuai a guardarlo e senza accorgermene inciampai su una radice sporgente. Caddi a terra e mi scappò un verso di dolore. Mi ero fatta male a una gamba.

Quando alzai gli occhi da terra incontrai il suo sguardo e mi sentii subito in imbarazzo. Mi stava guardando con quegli occhi color ghiaccio e, anche se avevo appena fatto la figura dell'imbranata, lui sembrò totalmente impassibile, finché non mi sorrise. Un sorriso che mi lasciò senza fiato.

4

Distolsi lo sguardo da lui e posai la mano sulla mia gamba. Provai a muoverla, ma ciò mi provocò solo altro dolore. Anche se non lo stavo guardando percepii i suoi movimenti mentre si avvicinava. Alzai gli occhi da terra e lo trovai davanti a me che mi tendeva una mano per aiutarmi ad alzarmi. Lo osservai, averlo così vicino quasi mi spaventò. Era alto, più grande di me, e in quel momento mi sentii in soggezione. Non lo conoscevo affatto, e ritrovarmi sola con lui in un luogo così sperduto mi fece pentire di essere venuta.

Non accettai il suo aiuto, mi alzai da sola facendomi forza sull'altra gamba e lo superai. Lui sogghignò e mi guardò con un'aria di superiorità. Chi si credeva di essere?

«Sono contento che tu sia venuta, ragazzina...» mi disse e io non potei fare a meno di voltarmi nella sua direzione.

«Perché...?» gli domandai.

«Cosa perché?» mi chiese interrogativo.

«... Per quale motivo hai attaccato quel post-it sul mio libro» conclusi la frase.

Lui si mosse verso di me e in pochi passi ricoprì la distanza che ci separava. Fummo così vicini che percepii il suo respiro sul mio viso. Trattenni il fiato osservandolo mentre posava una mano sulla mia guancia. Per un momento non riuscii a guardarlo negli occhi, ma quando lo feci rimasi senza parole. Mi sembrò di potermi perdere in quegli occhi.

«Ti ho dato la possibilità di essere come desideri e l'hai colta. Hai corso un grosso rischio, non pensavo...» disse con voce distaccata. Non appena capii le sue intenzioni mi allontanai.

Mi aveva fatto venire qui per dimostrarmi qualcosa? Come si permetteva?

«Che cosa intendi?» dissi con voce decisa.

«Be', non credevo che una ragazza come te, così tranquilla e ordinaria, potesse correre un rischio simile, ma mi sbagliavo» disse con tono fiero.

Le sue parole mi offesero. Mi sentii come se mi avesse presa in giro e io ci fossi cascata. Avvertii la rabbia crescere dentro di me e, anche se non ero solita a quel genere di sensazione, desiderai potergli rispondere a modo. Poi però ci pensai e mi resi conto di non volermi abbassare al suo livello. Lo guardai un'ultima volta e dopo aver ripreso il mio zaino, che mi era caduto tra i cespugli, me ne andai. La frustrazione che avevo provato nei suoi confronti non mi aveva fatto pensare al dolore fisico, ma non appena ricominciai a camminare nel bosco mi accorsi di zoppicare. Nonostante l'impedimento della gamba cercai di orientarmi guardando i segni rossi sugli alberi per non perdermi. Ormai stava scendendo la sera, non volevo ritrovarmi da sola in quel bosco al buio.

Per fortuna arrivai a casa prima di mia madre e salii subito in camera mia. Andai in bagno e mi guardai allo specchio. Avevo qualche ago di pino nei capelli e, oltre alla gamba dolorante, avevo qualche graffio sulle braccia, provocati dai rami in cui mi ero imbattuta tornando. Mi spogliai e mi feci una doccia calda. Non so per quanto tempo rimasi lì sotto, ma cercai di sciacquare via la vergogna che avevo provato dopo aver capito le sue intenzioni. Mi ero sentita stupida. Aveva ragione, ero una ragazza ordinaria, monotona, perché mai un ragazzo come lui avrebbe dovuto interessarsi a una come me. Dopo essermi asciugata misi della crema sulla gamba sperando che il dolore passasse presto. Mi stavo vestendo quando udii mia madre.

«Sono tornata! Qualcuno può aiutarmi con la cena?» urlò lei dal piano terra. Non avevo voglia di fare nulla se non restare stesa sul letto, ma per non destare sospetti sapevo di dover aiutare mia madre. Scesi le scale e sul pianerottolo mi scontrai con Cam.

«Ehi, piccola Jo...» disse posando le mani sulle mie braccia.

«Ciao Cam, scusa, ero distratta» mi scusai sorridendo.

«Tranquilla, stai bene?» mi domandò osservandomi meglio. Io mi scostai per evitare che vedesse i graffi sulle braccia, e sorrisi.

«Certo, vieni anche tu ad aiutare la mamma?» gli chiesi cambiando argomento. Lui annuì e insieme scendemmo.

Quando arrivammo in cucina nostra madre ci ringraziò e affidò qualcosa da fare sia a me sia a Cam. Mamma iniziò a parlarci delle commissioni che aveva fatto durante il pomeriggio, io rimasi ad ascoltarla. La cena fu pronta poco dopo così ci sedemmo tutti e iniziammo a mangiare. Tutti provarono a fare conversazione, ma io non riuscivo a smettere di pensare a quel ragazzo. Una parte di me continuava a essere curiosa di sapere chi fosse, l'altra no. Insomma, perché avrei dovuto? Non mi aveva trattata bene. Forse era meglio tornare a leggere un libro e scordarmi di lui per sempre facendo ritorno alla mia realtà.

E poi non sapevo neanche il suo nome. Avrei potuto dargli un soprannome: Mr Maleducato o Mr Cocciuto, sarebbero stati azzeccati per quel poco che sapevo di lui, ma non mi piaceva giudicare definitivamente una persona senza conoscerla nemmeno.

Mr Occhi di Ghiaccio, quello era già meglio.

Finita la cena salii in camera mia e, dopo aver chiuso la porta, chiamai Andy.

«Pronto?» rispose lei poco dopo.

«Ehi, Andy, sono io, devo parlarti!» le dissi con tono urgente.

«Sei andata, non è così?» mi domandò lei. Io non risposi. «Vediamoci al bar tra poco, non posso parlare ora. Sono arrivati i miei zii dal Colorado e c'è troppo casino...» mi spiegò.

«Va bene, a fra poco» le risposi. Chiusi la chiamata e mi preparai. Indossai un giubbotto di jeans e dopo aver preso le chiavi di casa uscii senza rispondere alle domande di mio fratello Beau.

Iniziai a camminare e lungo il tragitto continuai a pensare a Mr Occhi di Ghiaccio. Era stato maleducato, ma la mia mente mi riportò a pochi istanti prima, a quando aveva posato la mano sulla mia guancia. Al momento in cui i nostri sguardi si erano incrociati e io mi ero sentita come mai prima. Perché mi faceva quell'effetto? Arrivai contemporaneamente a Andy e dopo averla abbracciata entrammo insieme. Il locale era quasi del tutto pieno. Essendo l'unico posto di ritrovo del paese di sera era sempre affollato, in più quella era la serata del karaoke. Io e Andy ci sedemmo al tavolo più appartato che trovammo e dopo aver ordinato i due soliti frullati lei iniziò a tempestarmi di domande.

«Perché ci sei andata da sola, avrei potuto accompagnarti! Cosa ti è successo al braccio? Era lui, il ragazzo dell'altro giorno?» mi domandò tutto d'un fiato. Io la bloccai e iniziai a raccontarle.

«Era lui, quando sono arrivata stava tagliando la legna. Andy, è stato maleducato, mi ha trattata male...» le spiegai dando sfogo a tutta la mia delusione.

«In che senso?!» mi domandò lei curiosa.

«Mi ha detto di aver lasciato quel post-it per vedere se una ragazza così monotona come me avrebbe corso un rischio del genere, capisci? Mi ha solamente presa in giro. Non voglio rivederlo!» le dissi, arrabbiandomi al solo ricordo della conversazione con Mr Occhi di Ghiaccio.

«Non ci credo! Che sfacciato! Senza neanche conoscerti.» Cercò di consolarmi. Triste abbassai gli occhi e bevvi un sorso di frullato.

«Lascialo perdere, okay? Non ne vale la pena!» disse lei abbracciandomi.

Stavo per risponderle, quando la porta si aprì e i miei occhi finirono sul ragazzo che era appena entrato nel locale. Rimasi immobile e quando Andy notò la mia espressione seguì il mio sguardo fino ad arrivare a lui.

«Oddio! È lui?» esclamò sorpresa. Io le misi una mano sulla bocca zittendola. Presi un menu e lo aprii davanti a noi. Non volevo che lui mi vedesse.

«Cosa stai facendo?» sussurrò Andy senza capire. Io non la guardai, continuavo a fissare Mr Occhi di Ghiaccio che si era seduto al bancone e aveva ordinato da bere.

«Non voglio che mi veda...» le spiegai velocemente. Non avrei sopportato un'altra delle sue battutacce su quanto fossi noiosa e ordinaria. Rimanemmo in silenzio a osservarlo per alcuni minuti. Indossava un giubbotto di pelle e sotto una t-shirt bianca. Ancora una volta sembrava perfettamente a suo agio e sicuro di sé, nonostante tutte le ragazze nel bar si fossero girate a guardarlo.

«Devo ammettere che è proprio un bellissimo ragazzo, sai?» mi disse Andy e io annuii. Lo sapevo, l'avevo visto molto bene. Di ragazzi come lui se ne vedevano pochi in paese. Pochi minuti più tardi lui pagò e uscì dal locale. Io rilasciai un sospiro di sollievo e posai il menu sul tavolo.

«Magari non intendeva ciò che ha detto. Magari potresti dargli una seconda possibilità!» commentò Andy maliziosa. Io la guardai e scossi la testa. Anche lei come me aveva perso il lume della ragione a causa di quel bellissimo ragazzo.

«Forse è meglio che torni a casa prima che mia madre mi metta in punizione per non aver rispettato il coprifuoco...» risposi cambiando argomento. Andy annuì e dopo aver pagato uscimmo dal locale. La abbracciai e poi mi avviai verso casa.

Quando arrivai vidi fermo all'entrata mio fratello Beau. Lo chiamai e lui mi aprì la porta.

«Che succede?» gli domandai vedendolo immobile. Lui mi guardò e poi mi mostrò un post-it con il mio nome sopra.

Io sobbalzai e provai a prenderglielo dalla mano, senza riuscirci.

«Sono uscito in veranda per prendere un po' di aria e ho trovato questo post-it sulla panca. Credo sia per te, ma sono molto curioso di sapere chi l'abbia lasciato!» disse ridendo. «Forse se lo apro capirò chi è il ragazzo misterioso che lascia bigliettini alla mia sorellina?» mi domandò retoricamente. Io strinsi gli occhi frustrata e mi avvicinai cercando di prenderglielo un'altra volta.

«Cosa devo fare per averlo?» gli chiesi conoscendolo bene.

«Be', forse potresti lavare i piatti al posto mio per, non so, una settimana?» mi ricattò. Io annuii e lui rise. Fece per darmelo, ma poi lo strinse di più in mano.

«Beau, per piacere...» lo supplicai io.

«Un mese?» aggiunse lui.

«Va bene, affare fatto! Un mese sia, ora dammelo!» esclamai stanca. Beau lo allungò verso di me e io glielo strappai di mano. Corsi in camera mia e mi sedetti sul letto.

Rigirai il post-it tra le dita indecisa su cosa fare. Dovevo aprilo? Oppure lasciarlo perdere definitivamente come mi aveva suggerito poco prima Andy? Alzai lo sguardo dalle mie mani e osservai la parete davanti a me. Il mio sguardo si fermò proprio sullo schizzo che avevo fatto di Mr Occhi di Ghiaccio. Fu in quel momento che decisi di aprire il bigliettino. Presi un respiro profondo e poi lessi ad alta voce.

Credo di averti giudicata troppo presto, per questo volevo scusarmi.
Ti va di vederci ancora? Mi piacerebbe conoscerti.
Ti aspetto, piccola.

Richiusi subito il biglietto e lo posai sul comodino vicino a quello dell'indirizzo. Rilasciai il fiato che avevo trattenuto e poi non riuscii a non sorridere. Come aveva suggerito Andy, anche lui aveva capito di essersi sbagliato. Potevo quindi dargli una seconda possibilità?

Decisi di accettare le sue scuse. Mi cambiai e dopo aver spento la luce mi misi a letto. Guardai il soffitto illuminato dalla luce della lampada e sorrisi. Non sapevo nulla sul suo conto, ma non potevo negare di essere attratta da lui. Così decisi di fare l'unica cosa che mai mi sarei aspettata di fare. Sarei tornata lì.

5

Il giorno seguente, mi svegliai alle nove. Odiavo il fatto di dover puntare la sveglia anche in vacanza, ma alle 9:30 dovevo aprire il negozio del signor Lennox. Il signor Lennox, che era un amico di infanzia di mia madre, era il proprietario dell'unica libreria della città. Mi alzai e cercai dentro l'armadio dei vestiti, indossai una camicetta a fiori e una gonna di jeans. Mi feci una treccia e scesi in cucina per fare colazione. Trovai Leo davanti a una ciotola piena di croccantini, segno che Sebastian era a casa. Lo accarezzai sulla testolina e lui rispose con delle dolci fusa. Presi una tazza di caffè e una fetta di torta di mia madre. Mentre ero appoggiata al bancone a sorseggiare il caffè, vidi sul tavolo la posta, mi avvicinai e rovistando trovai una busta dalla banca per mia mamma. La aprii.

> Gentile sig.ra Smith,
> con la presente le comunichiamo il mancato pagamento dell'ultima rata del suo mutuo. La invitiamo a saldare il pagamento quanto prima.
> Cordiali saluti,
> La direzione.

Posai la lettera e decisi che dovevo darmi una mossa. Ero a conoscenza dei problemi finanziari della mia famiglia; per questo, nonostante mi costasse qualche sacrificio, lavoravo per aiutare mia madre. Afferrai la mia borsa a tracolla e uscii di casa, salii sulla bici e pedalai verso il centro del paese.

«Buongiorno, Jocelyn!»

«Buongiorno a lei, Lizz.»

Lizz era la signora della panchina perché in effetti era sempre seduta lì, a qualunque ora del giorno e della notte. Cittadina strana, lo so. E ogni mattina quando passavo di lì mi salutava, lo faceva sempre, qualsiasi ora fosse.

«'Giorno, Jo!»

«'Giorno, Jo!» salutai il signor Joseph, soprannominato Jo.

Aveva più o meno novant'anni, ma era il vecchietto più arzillo della città. Finalmente arrivai alla libreria, posai la bici e la legai con la catena. Presi le chiavi dalla borsa e aprii le saracinesche. Entrai e come al solito il campanello sopra la porta suonò. Girai il cartello per indicare l'apertura e poi mi misi dietro al bancone, iniziando a mettere in lista i nuovi libri. Amavo poter lavorare tra i libri. Facendo l'inventario ritrovavo i grandi classici che mi avevano conquistata fin da piccola, ma anche libri contemporanei che erano una continua scoperta per me. Il tempo volò senza che io me ne accorgessi e, appena prima di mezzogiorno, entrò nel locale il signor Lennox.

«Salve, ho sistemato l'inventario come mi aveva chiesto» gli dissi.

«Ciao Jocelyn, grazie mille. Domani avrei bisogno che venissi dalle 15:00 alle 18:30 per la chiusura. E poi, ecco, tieni, questa è la tua paga» mi disse gentilmente porgendomi i soldi in una busta.

«Grazie mille, a domani» dissi prendendo le mie cose e dirigendomi verso l'uscita.

«Arrivederci, Jo, a domani.»

Lo salutai con la mano e uscii dal negozio, presi la bicicletta e andai a casa. Non era un paese molto grande, anzi. Tutti conoscevano tutti e i pettegolezzi giravano velocemente. Per la strada salutai qualche compagno di liceo e quando arrivai a casa trovai mamma ad aspettarmi.

«Jo, eccoti.» Scesi dalla bici, la posai vicino alla staccionata bianca e la raggiunsi in veranda.

Tirai fuori dalla borsetta i soldi guadagnati in libreria. «Tieni, mamma, sono per te questi.»

«Oh, no, Jo, te li sei guadagnati, non mi permetterei mai» mi disse scuotendo la testa e allungando le mani per allontanare i soldi che le stavo dando.

«Mamma, stamattina ho letto la lettera della banca...»

«Oh...» Mia mamma abbassò lo sguardo mortificata. Potevo immaginare come si sentisse.

«So che abbiamo qualche piccolo problema, quindi per piacere prendi questi, mi tengo dieci dollari, devo fare una commissione, il resto è tuo...» Mia mamma mi abbracciò.

«Grazie, bambina mia, ora vieni che è pronto il pranzo!» mi disse entusiasta. La seguii fino in cucina dove trovai mio fratello Cameron e il mio fratello gemello Jonathan. Entrambi stavano finendo di apparecchiare la tavola.

«Piccola Jo!» mi salutò Cameron non appena mi vide. Io lo raggiunsi e lasciai che mi abbracciasse. Il suo abbraccio era così familiare per me, quasi paterno. Era sempre stato lui a occuparsi di me. Quando ero con lui mi sembrava di essere a casa in qualunque posto mi trovassi. Pranzammo insieme, per tutto il tempo provai a pensare a cosa dire a mia madre. Sapevo che era contraria al fatto che io andassi in quella casa, e se avessi aggiunto il particolare del ragazzo mi avrebbe tenuta in casa per sempre.

«Mamma, posso uscire, dopo aver sparecchiato?» provai a chiederle mentre mangiavamo un frutto.

«Con chi?» mi domandò sospettosa.

«Ho promesso alla signora Harrison che le avrei sistemato il giardino, mi paga...» Lei sorrise e annuì.

«Grazie, vado a cambiarmi...» Corsi in camera, eccitata. Ora che avevo trovato una scusa per mia mamma potevo uscire senza farla insospettire. Ero pronta per affrontare Mr Occhi di Ghiaccio. Mi sistemai velocemente e poi recuperai dal mio armadio uno zaino nero. Ci infilai una bottiglia d'acqua, una torcia e dei gessetti rossi. Quando fui pronta scesi in salotto e salutai mia mamma.

«Ciao a tutti, io vado!» dissi frettolosa. Sentii di sfuggita la loro risposta, uscii velocemente dal giardino e girai a sinistra dirigendomi verso la fine della strada.

Feci lo stesso percorso del giorno prima e, aiutata dai segni sugli alberi, impiegai molto meno tempo. Quando arrivai lo trovai seduto sui gradini della veranda che circondava la casa. Aveva i gomiti sulle ginocchia e le mani appoggiate sulla testa. Indossava un giubbotto di pelle con sotto una maglia bianca e dei jeans scuri. La testa era rivolta verso il basso e qualche capello ribelle si era liberato dalla pettinatura fissata con un po' di gel.

Solo in quel momento mi chiesi perché fossi stata così ostinata a inseguire questo misterioso ragazzo. La verità è che non lo sapevo, non avevo idea del motivo preciso che mi aveva spinto a cercarlo, sapevo solo che volevo conoscerlo, stare al suo fianco e nessuno mi avrebbe fatto cambiare idea. Presi coraggio e mi avvicinai.

«Ehi» gli dissi.

Lui alzò la testa e i suoi occhi azzurro ghiaccio si bloccarono nei miei. Il suo viso da contratto si rilassò. Sembrava sorpreso di vedermi, ma meno della prima volta.

«Sei venuta...» iniziò e io annuii facendo qualche passo verso di lui.

«Pensavi che non lo facessi?» mi avvicinai ancora. Lui sostenne lo sguardo su di me durante ogni mio movimento.

«Dubitavo...»

«Perché?» gli domandai raggiungendolo. Lui alzò lo sguardo verso di me e senza rispondere si batté una mano sul fianco, invitandomi a raggiungerlo.

«Perché dubitavi?» incalzai ancora sedendomi al suo fianco.

«Perché pensavo avresti agito come tutte le ragazze: nessuna sarebbe andata un'altra volta da uno sconosciuto.» Io annuii di nuovo. Aveva senso. È una delle prime cose che ti dicono da bambini, non fidarti degli sconosciuti. Ma per me lui non lo era. Non sapevo per quale motivo preciso, ma mi sentivo diversa nei suoi confronti, mi sembrava di potermi fidare.

«Io non sono una ragazza qualunque, però» gli dissi e sorrisi. Lui annuì a sua volta sorridendo. Era strano starmene seduta così vicino a lui. Sentivo la sua spalla sfiorare la mia, percepivo i suoi movimenti. A stento riuscivo a trattenere l'agitazione, ma allo stesso tempo stare lì insieme a lui mi sembrava la cosa giusta. Era la prima volta che mi sentivo così in tutta la mia vita.

«Come ti chiami?» mi domandò voltandosi verso di me.

«E tu?» incalzai io.

«Te l'ho chiesto prima io, ragazzina» mi disse deciso e io abbassai lo sguardo.

«Jocelyn, ma tutti mi chiamano Jo...» risposi, lui fece un cenno del capo.

«Ash» aggiunse, dandomi finalmente qualche informazione su di lui.

«Non ti ho mai visto qui» gli dissi piano. Volevo sapere sempre più cose su di lui. Era vero, non l'avevo mai visto in città, ed era strano perché lì si conoscevano tutti. Eravamo così vicini che le nostre gambe si toccavano. Aspettai per qualche secondo la sua risposta e ne approfittai per guardarlo meglio. Le mani erano intrecciate sulle sue gambe. Anche da seduto sembrava molto più alto di me. Osservai meglio i suoi lineamenti, il suo viso; cercai di collegarlo nella mia mente a qualche volto conosciuto, ma nulla.

«Non sono di qui...» mi disse senza aggiungere altro. Non sapendo più cosa dire me ne rimasi in silenzio. Non era un silenzio imbarazzante. Solitamente le persone sentono il bisogno di riempire il silenzio, a volte con parole superflue e inutili, ma noi no. Non ero imbarazzata, stavo bene con lui e sembrava che anche lui fosse a suo agio con me. Per un secondo mi sembrò di poter stare così per sempre.

«Che ore sono?» mi domandò con voce allarmata qualche minuto dopo.

«Le quattro passate» gli dissi controllando il mio cellulare.

«È tardi!» aggiunse frettoloso. Si alzò ignorandomi e camminò verso il retro della casa. Sorpresa mi alzai a mia volta e lo seguii. Sul retro vidi una moto nera lucente. Lo osservai avvicinarsi e tirare fuori due caschi. Istintivamente feci due passi indietro. Non potevo. Non volevo. Quella moto scatenò in me tutti i ricordi che per tanto tempo avevo tenuto nascosti. Mi ricordavo perfettamente di come un giorno mio padre era salito sulla sua moto e poi non era più tornato. Le uniche cose rimaste erano i pezzi di quella maledetta moto. Non lui. Non sarei salita. Vidi Ash scrutare il mio viso senza capire il mio timore.

«Che succede? Perché non sali, ragazzina?»

6

Scossi la testa cercando di tranquillizzarlo e soprattutto di tranquillizzare me stessa. Per tutta la vita, dopo l'incidente di mio padre mi ero ripromessa di non correre rischi, di essere prudente. E così avevo sempre fatto. Perché questa volta doveva essere diversa? Avevo visto dove portavano le azioni non ben ragionate, sfrontate. Feci un respiro profondo e allungai una mano per prendere il casco che Ash mi stava porgendo. Solo in quel momento mi accorsi di quanto la mia mano stesse tremando. Non volevo salire su quella moto. Lasciai cadere il casco a terra e scossi la testa.

«Ehi, che succede? Ragazzina, stai bene?» mi domandò lui scendendo dalla moto e avvicinandosi a me. Chiusi gli occhi. Non volevo vedere quanto fossimo vicini, perché saperlo a un palmo da me non faceva che aumentare la mia agitazione. Quando trovai il coraggio di riaprire gli occhi quasi mi spaventai. Averlo così vicino mi fece notare quanto fosse alto in confronto a me. Alto e con un fisico slanciato. Era il ragazzo più bello che io avessi mai visto. Per un secondo mi dimenticai della mia paura, della moto, di mio padre. L'unica cosa che vedevo e sentivo era lui.

Ash mosse una mano e la posò sul mio avambraccio.

«Non so che ti succede, ma ti posso garantire che non sono troppo spericolato, fidati, e poi un po' di adrenalina serve nella vita, non credi?» mi disse riprendendo il casco che avevo fatto cadere, e insieme andammo alla moto. Aveva ragione? Un po' di adrenalina era necessaria? Ne avevo bisogno? Forse sì, dopo una vita meditata, senza nessun rischio, forse mi avrebbe fatto bene. In fondo era solo un viaggio in moto, giusto? Ash mi passò il casco e lo indossai. Lui salì a bordo della moto e io feci lo stesso. Mi posizionai dietro di lui provando a reggermi alla moto. In quell'istante Ash si voltò leggermente, prese le mie mani nelle sue e le intrecciò alla sua pancia. Mi avvicinai e trattenni il fiato. Non mi ero mai trovata in una situazione simile. Non avevo mai toccato un ragazzo così. Lo conoscevo da appena due giorni eppure mi fidavo.

«Tieniti stretta, ragazzina!» disse e poi accese il motore. Non appena la moto partì le mie braccia si strinsero ancora più forte a lui. Chiusi gli occhi per la paura. Il percorso nei sentieri del bosco era sconnesso e la moto traballava. Eravamo quasi alla fine del bosco quando Ash accostò bruscamente. Io sobbalzai e lo osservai. Prese da una tasca interna della sua giacca di pelle il cellulare. Lesse velocemente un messaggio e subito notai il suo umore cambiare. Con uno sbuffo seccato ripose il telefono e poi strinse più forte le dita sul manubrio della moto. Sembrava volesse ridurlo in tanti piccoli pezzi. Avrei voluto chiedergli cosa non andasse, ma non volevo sembrare invadente. In fondo non lo conoscevo. Non sapevo se la mia domanda avrebbe potuto irritarlo ancora di più, così lasciai perdere e quando riaccese la moto mi aggrappai a lui con più forza. Arrivammo alla fine del bosco e Ash proseguì velocemente entrando in paese. Cercai di nascondermi. Chiunque avrebbe potuto riconoscermi e spifferare tutto a mia madre. Osservai la strada che stavamo percorrendo e riconobbi dove stesse andando. Al bar della città. Ci fermammo proprio davanti e io senza capire osservai Ash.

«Scendi» mi intimò e io mi mossi confusa. Il suo tono era cambiato.

Smontai senza capirne il motivo. Mi tolsi il casco posandolo sulla moto. Mi guardai intorno e vidi che tutte le persone ci stavano fissando. Sapevo che mia mamma sarebbe venuta a conoscenza di tutto ciò. Era una vera tragedia. Provai a chiedergli cosa non andasse, ma non feci in tempo a muovere le labbra che dal bar uscì una ragazza.

E non era una ragazza qualunque. Aveva lunghi capelli neri che scendevano sulle spalle fino ad arrivare a metà schiena. Aveva gli occhi azzurro ghiaccio e delle labbra carnose dipinte con un rossetto rosso fuoco, proprio come il vestito che portava. Indietreggiai, sconvolta come il resto del paese dalla bellezza di quella ragazza. In un attimo mi ritrovai a osservare tutta la scena da fuori, come se fino a pochi secondi prima non fossi stata su quella moto insieme a lui.

La ragazza sorrise al mio Mr Occhi di Ghiaccio e poi si sporse in avanti verso di lui. Lo abbracciò. In quel momento mi girai dalla parte opposta. Non volevo vedere. Sapevo cosa stava per succedere. Era ovvio che lei fosse la sua ragazza, come potevo aver pensato che lui fosse in qualche modo interessato a me? Era impossibile. Stavo già soffrendo così, vederlo baciare un'altra avrebbe solo peggiorato la situazione. Mi girai nuovamente verso di loro pochi secondi dopo, anche se mi erano sembrati un'eternità.

La ragazza mi sorrise e poi prese quello che per qualche minuto era stato il mio posto, e chissà di quante altre ragazze prima di me. In pochi secondi sfrecciarono via e io rimasi ferma, immobile, delusa, perché non avevo fatto altro che illudermi.

Avevo creduto che qualcuno si fosse interessato a me, alla noiosa Jocelyn Smith. Povera stupida. Mi resi conto che mi stavano osservando tutti. Camminai verso casa con la testa bassa. Ad accogliermi trovai Seba, Cam e Beau che tiravano a canestro, anche se Seba, che giocava a basket da quando aveva sei anni, li batteva entrambi.

La mamma era seduta sul dondolo in veranda intenta a leggere una rivista intitolata *Tutti in cucina*. Per ora sembrava tranquilla, ma sapevo che il giorno seguente le sue amiche che avevo visto sedute al bar le avrebbero riferito che sua figlia era arrivata in moto con un ragazzo più grande di lei.

Il mio gemello stava ancora lavorando al giardino sotto gli ordini di mamma che arrivavano da dietro la rivista.

«Sorella...» mi disse Jonathan. Tutti si voltarono verso di me interrompendo le loro attività.

«Com'è andata dalla signora Harrison? Hai fatto in fretta!» mi disse sorpresa mia mamma.

«Bene...» le sorrisi, cercando di nascondere il mio malumore.

«Era molto in disordine il suo giardino?» mi domandò e io scossi la testa.

«Non molto, mamma.» Non avevo voglia di parlare.

Entrai in casa e, dopo aver preso un biscotto al cioccolato, andai in camera mia e nonostante fossero appena le cinque del pomeriggio mi coricai sul letto e mi addormentai.

«Lasciatela stare, si vede che era stanca; dài ragazzi, andiamo, se avrà fame, scenderà lei!» La voce di mia mamma mi arrivò soave alle orecchie svegliandomi. Rimasi immobile facendo finta di dormire.

«Mamma, non la vedo felice...» questo era Cam.

«È una ragazza diligente, mi aiuta sempre in tutto, ho paura che quando se ne vorrà andare non mi rimarrà nessuno» disse mia madre e mi si strinse il cuore. Mia mamma era sempre stata una donna così forte, non le piaceva far vedere le sue debolezze, ma quando succedeva erano sincere e io avrei tanto voluto tranquillizzarla. Dirle che non l'avrei mai abbandonata, che ci sarei sempre stata per lei.

«Lasciamola in pace.» Questo era Sebastian sottovoce.

Chiusero la porta della mia camera e scesero di sotto, così aprii gli occhi e mi alzai dal letto. Mi resi conto che tutti avevano notato la mia improvvisa tristezza, e io non volevo far preoccupare mia madre. Era l'ultima cosa che volevo. Non potevo permettere al primo sconosciuto di avere così tanto potere su di me. Non volevo essere triste per colpa di un ragazzo e soprattutto non avrei permesso alle persone – in questo caso Mr Occhi di Ghiaccio – di trattarmi così.

Scesi in cucina per mangiare anche se ormai erano le nove di sera.

«Ehi, Jo!» Cam mi abbracciò.

«Ehi» gli risposi ricambiando il suo abbraccio. Anche se ne era inconsapevole, il suo conforto mi tirò su di morale.

«Hai fame?» mi domandò mentre entravamo insieme in cucina.

«Un po'.»

«Prendi quello che vuoi e poi vieni di là in salotto, c'è una sorpresa» mi disse e io lo guardai stranita.

Lasciai perdere il cibo e seguii Cam in salotto.

Appena entrata vidi Travis e Gavin seduti che parlavano con gli altri. Spalancai la bocca e felice urlai: «Travis! Gav!»

Loro si girarono, mi vennero incontro e mi strinsero in un grande abbraccio alzandomi da terra.

«Oh, mi siete mancati tantissimo!» dissi loro non riuscendo a trattenere la felicità.

«Anche tu, ma non troppo!» rispose Travis con la sua voce profonda; io gli diedi un pugno sulla spalla e lui rise.

«Scherzo...»

Mi staccai da loro e mi guardai intorno.

Mamma era seduta sulla poltrona che un tempo apparteneva a papà, Seba su quella accanto.

Jonathan era sul tappeto ai piedi del divano, Cameron si era accomodato sulla poltrona vicino al caminetto e poi io, insieme a Travis e Gavin, mi sedetti sul divano. Feci fatica a trattenere il sorriso. Vedere tutti i miei fratelli insieme dopo così tanto tempo mi fece emozionare.

«Siete tutti qua, bambini miei!» disse mia mamma e io le sorrisi.

Le sorrisi, perché in effetti eravamo tutti qua.

Guardai Gavin e Travis, mi erano mancati i loro occhioni verdi e i loro capelli castani e ricci.

Anche Travis e Gavin erano gemelli dizigoti come me e Jonathan, solo che essendo entrambi maschi si assomigliavano un po' di più e poi tutti e due erano la copia di nostro padre.

«Non fare troppo la sdolcinata, mamma!» protestò Cameron.

«Smettila, Cameron...» rispose lei e tutti ridemmo. Era veramente bello che fossero tutti a casa. Mi sentii protetta. A volte averli tutti sotto lo stesso tetto era una scocciatura, però volevo bene a ognuno di loro. Quando non erano a casa si sentiva. Mi tornarono in mente le loro parole di prima. Li avevo fatti preoccupare a causa di Mr Occhi di Ghiaccio e ciò mi fece arrabbiare. Ero decisa a rimettere a posto questa cosa.

«Scusate ma sono ancora molto stanca, vado a dormire» dissi e mi alzai salutando tutti con un bacio.

Sperai che nessuno mi seguisse e così fu. Salii in camera mia. Non avevo per niente sonno, anzi ero intenzionata a calarmi giù dalla finestra e andare a dire due paroline a Mr Occhi di Ghiaccio. Però sapevo che mia mamma passava sempre a controllare se dormivo dopo dieci minuti che ero in camera.

Così mi misi il pigiama e, mentre aspettavo mia madre, mi coricai sul letto e pensai a cosa dire a Mr Occhi di Ghiaccio. Sicuramente gli avrei chiesto delle spiegazioni, perché mi sentivo presa in giro. Un secondo prima ammetteva di volermi conoscere meglio, ma mi mentiva nascondendo il fatto che fosse fidanzato?! Non potevo accettarlo.

Esattamente dieci minuti dopo, mia madre entrò e mi trovò sotto le coperte con gli occhi chiusi. Mi baciò la fronte e se ne andò. Appena non sentii più i suoi passi sulle scale, mi alzai dal letto. Mi cambiai velocemente i vestiti e infilai nello zaino una torcia e alcune cose che pensavo mi sarebbero servite per girare nel bosco di notte. Ma cosa stavo facendo? Volevo veramente addentrarmi in quel bosco a notte fonda? Mi sarei sicuramente persa. No, dovevo farlo e mettere fine a questa storia una volta per tutte, non mi sarei lasciata fermare dalla paura e dall'insicurezza, non in questa occasione. Aprii la finestra e scesi aggrappandomi al ramo dell'albero che era vicino al davanzale. Quando toccai terra mi fermai e mille dubbi iniziarono ad assalirmi. Era veramente necessario? Avrei potuto lasciar perdere e non vederlo mai più! Eppure c'era qualcosa in lui. Ripensai a come mi aveva sfidata durante il nostro primo incontro. Alla determinazione, sicurezza e fascino che trasmetteva. Tutte cose completamente estranee per me. Volevo correre un rischio? Ripensai alle sue parole. 'Un po' di adrenalina serve nella vita, no?' Sì, serviva e io ne sentivo la mancanza. Volevo correre un rischio. Mi mossi e uscii dal mio giardino pronta a incontrare Mr Occhi di Ghiaccio, ancora una volta.

7

Per non farmi notare camminai senza accendere la torcia finché non mi trovai nel bosco. Non volevo attirare l'attenzione più di quanto avevo già fatto quel pomeriggio. Quando l'asfalto finì e sotto i miei piedi iniziò a scorrere la strada sterrata, decisi di tirare fuori la torcia dallo zaino. Nel mentre controllai l'ora. Erano da poco passate le nove e mezza di sera. Nonostante fosse estate una leggera brezza mi fece venire i brividi. Non sapevo se l'avrei trovato alla casa abbandonata, ma era l'unico luogo che associavo a Mr Occhi di Ghiaccio. Non ero ancora riuscita a conoscere più dettagli su di lui. Non appena mi inoltrai nel bosco mossi la torcia per illuminare lo spazio intorno a me. Cercai su ogni albero i segni rossi che avevo lasciato e quando li vidi li seguii. A ogni passo sentivo dei rumori che mi facevano accapponare la pelle. Quel bosco riusciva a inquietarmi di giorno, ma di notte era molto peggio.

Quando arrivai alla casa vidi la moto vicino alla veranda e segretamente esultai. Perché? Non lo sapevo nemmeno io. Ero mossa dal volergli dimostrare qualcosa, dal non essere debole. Dal voler dimostrare qualcosa anche a me stessa. Non ero monotona, noiosa e debole come lui mi aveva descritta. E non avrei mai più permesso a nessuno di trattarmi come aveva fatto lui. Mi avvicinai alla casa, ma tenni accesa la torcia, non c'erano luci all'interno.

«Ancora tu?» sentii la sua voce e mi mossi velocemente illuminando lo spazio intorno a me. Non vidi nessuno. Dov'era?

«Jo!» La sua voce risuonò nuovamente e io mi accorsi da dove proveniva. Alzai lo sguardo e lo vidi, steso sul tetto a guardare le stelle. Mi vennero i brividi per l'altezza.

«Non soffri di vertigini?» gli domandai.

«No, da qua c'è un panorama bellissimo! Sali!» mi incitò. Pensare di stargli ancora vicina, come lo eravamo stati seduti su quella veranda o stretti sulla sua moto, mi fece dimenticare tutto quello che avevo pensato di dirgli. Lo osservai ancora un secondo e poi decisi di entrare in casa e di raggiungerlo.

All'interno dell'abitazione c'erano molti mobili coperti da dei teli bianchi.

Non sapevo dove andare, ma decisi di salire le scale fino all'ultimo piano. Una volta lì mi accorsi di una piccola scala che portava a una botola sul tetto. Ci salii e quando misi piede sulle tegole rosse mi girò la testa. Probabilmente a lui non davano nessun fastidio le altezze, ma avevo appena scoperto che invece io ne soffrivo. Una sensazione di ansia e paura invase il mio corpo. Mi accovacciai subito tenendomi con le mani alle tegole. Quasi gattonando mi avvicinai a lui.

«Sdràiati» mi ordinò deciso.

«Dovrei parlarti!» gli dissi mantenendo la mia posizione.

«Sdràiati e potremo parlare di tutto quello che vuoi! Goditi la vista, ragazzina!» insistette, e io capii che nulla gli avrebbe fatto cambiare idea. Così con estrema cautela e lentezza mi sistemai al suo fianco.

Lui era steso a guardare il cielo, aveva un braccio sotto la testa e nell'altra mano teneva una sigaretta.

La maglia nera che indossava si era alzata un po' permettendomi di vedere una parte di addominali e un po' di peluria nera che partiva da sotto l'ombelico e spariva dentro i pantaloni.

Deglutii rumorosamente.

«Ti piace quello che vedi, ragazzina?» mi domandò sogghignando.

Mi aveva beccata. Alzai lo sguardo al cielo.

«Sono venuta qua per chiederti per quale motivo mi hai trattata così oggi. Se non ti interesso perché mi hai chiesto di conoscerci meglio con quel post-it? E chi è quella ragazza? Mentire è sbagliato e trattare le persone come se non fossero nulla è molto peggio!» fu tutto quello che riuscii a dirgli. Provai a usare un tono sicuro, ma risultai ridicola pure alle mie orecchie. Lo sentii ridere leggermente, ma non rispose.

«Rispondi!» Cercai nuovamente di usare un tono deciso, proprio come faceva lui, come aveva fatto quel pomeriggio ordinandomi di scendere dalla sua moto senza una vera spiegazione.

«Mi scuso, ragazzina. Ero sovrappensiero, nulla a che vedere con te...» mi disse senza aggiungere altro. Era tutto quello che aveva da dire? Nulla a che vedere con me? Ma perché ero venuta fin qui? Avrei dovuto saperlo che sarebbe stato un viaggio e una fatica inutili.

«E tu perché torni sempre da me?» mi domandò spezzando il silenzio.

«Non torno sempre da te!» dissi alzandomi a sedere di scatto. Ash mi imitò.

«Invece sì, eccoti qua, forse perché vuoi delle attenzioni, ti senti piccola, sola e insignificante...» Non appena le sue parole arrivarono alle mie orecchie, spalancai la bocca sconvolta. Mi aveva appena detto che ero insignificante? Solo una ragazzina in cerca di attenzioni? Come si permetteva! Osservai il suo ghigno divertito dalla mia espressione e quella fu la goccia che fece traboccare il vaso. Gli tirai uno schiaffo in piena guancia.

«Sei solo un maleducato ed egocentrico!» dissi irritata. Volevo soltanto andarmene.

Detto ciò feci per alzarmi, ma un piede mi scivolò sulle tegole umide. Caddi e scivolai verso la fine del tetto. Senza rendermene conto mi ritrovai appesa al cornicione con le mani. Il resto del mio corpo era penzoloni, pronto per cadere da tre piani.

«Tieniti a me!» urlò Ash accorrendo e posando le sue mani sulle mie braccia.

«Non mollarmi...» sussurrai.

«No, non ti lascio» mi disse stringendo la presa sui miei polsi. Alzai lo sguardo e per la prima volta nei suoi occhi vidi la paura. Paralizzata, mi immaginai mia madre, i miei fratelli. Cosa avrebbero scritto sul giornale cittadino? Cosa avrebbe detto la gente? Sarei morta?

«Adesso ascoltami, devi trovare un aggancio con il piede per farti forza e risalire!» mi disse velocemente. La sua voce decisa mi risvegliò e mi mossi per cercare un appiglio con i piedi.

«Non lo trovo!» urlai disperata. Non mi ero accorta di star piangendo finché non sentii la mia voce spezzata dal pianto.

«Sì che ce la fai!» mi disse stringendo la presa sulle mie braccia. Alzai lo sguardo su di lui e vidi che si stava sforzando per cercare di tenermi su, così mossi nuovamente i piedi e finalmente trovai un appoggio. Mi spinsi all'insù e Ash mi tirò per aiutarmi a risalire.

«Dài!» urlò per lo sforzo. In pochi secondi mi ritrovai di nuovo sul tetto, stesa sopra di lui. Chiusi gli occhi e provai a respirare con calma. Ce l'avevamo fatta.

Sentivo il mio cuore e il suo battere all'impazzata. Questo è più di quello che mi immaginavo essere un rischio. Stavo ancora piangendo, ma mi venne da ridere. Iniziai a ridere ad alta voce, come se non fosse successo nulla. Riaprii gli occhi e vidi Ash steso sotto di me che mi osservava con la fronte corrugata. Aveva il viso arrossato e come me respirava velocemente. Sentii le sue mani sulla schiena stringermi a lui, con fare possessivo.

«Stai bene?» mi domandò preoccupato. Non riuscivo a smettere di ridere.

«Okay, va bene, sei sotto shock. Vieni, alzati e dammi la mano!» mi disse, e insieme tornammo verso la botola. Quando fui finalmente in casa mi sedetti e la mia risata si affievolì. Avevo realmente rischiato di morire? Subito dopo iniziai a piangere.

In un attimo Ash fu accanto a me. Mi strinse contro il suo petto.

«*Sssh*, va tutto bene, sei al sicuro, tranquilla!» mi disse e io mi aggrappai alla sua maglietta. Quando mi calmai, pochi minuti dopo, ripercorremmo insieme le scale fino al piano terra. Recuperai velocemente il mio zaino. Volevo solo andarmene, tornare a casa. Allontanarmi da lui. Uscii dalla casa con ancora le lacrime agli occhi.

«Jo! Aspetta!» sentii la sua voce dietro di me, ma non mi fermai. Era solo colpa sua. Nulla sarebbe successo se non fosse stato per il suo comportamento. Era finita. Qualunque sorta di relazione strana stessimo instaurando per me era finita qua. Non l'avrei mai più rivisto.

8

Accesi la torcia e mi addentrai nel bosco. Tremavo tutta. Volevo solo arrivare a casa mia, rintanarmi nel mio letto e dimenticare tutto. Ancora non riuscivo a credere di essermi cacciata in una situazione simile. E se fossi caduta?! Il solo pensiero mi fece accapponare la pelle. Come ero riuscita a convincermi che vederlo ancora fosse una buona idea? Mentre camminavo ripensai ai suoi occhi. Avevo visto il terrore in quegli occhi color ghiaccio. Forse ci teneva a me, oppure era solo spaventato dalla situazione in sé. Ripensai alle sue mani sulla mia schiena mentre mi tenevano stretta a lui. Perché stargli vicino mi faceva così bene e male allo stesso tempo?

In quel momento la mia torcia iniziò ad accendersi e a spegnersi a intermittenza, fino a che non si spense del tutto. Provai a darle dei colpetti per riaccenderla, invano. In un secondo mi ritrovai al buio, immersa nel bosco in piena notte. Tirai fuori il cellulare dallo zaino per provare a farmi luce, ma risultò inutile dato che era completamente scarico. Scossi la testa sbuffando e continuai a camminare cercando di fare più attenzione e non inciampare. Poco dopo sentii dei rumori dietro di me e sobbalzai per lo spavento. Ero ancora scioccata dall'esperienza che mi era appena successa e non riuscivo a tranquillizzarmi. Mi girai e dietro di me, nascosta da qualche albero, intravidi la casa. Forse Andy aveva ragione, forse era veramente maledetta quella casa. Avanzai sentendo altri rumori intorno a me, cercando di vedere se ci fosse qualcuno. Pochi secondi dopo andai a sbattere contro qualcosa e urlai per lo spavento.

«Ehi, ehi, sono io! Scusami!» riconobbi subito la sua voce e mi tranquillizzai. Puntò una luce sul mio viso e io mi voltai.

«Cosa stai facendo?» gli domandai senza guardarlo.

«Ti accompagno a casa, che ne dici? Sei ancora sotto shock e poi, scusa, dove pensi di andare al buio senza una torcia?» mi chiese con tono accusatorio. Mi alterai. Ma chi si credeva di essere? Pensava di essere superiore a qualunque essere umano sulla terra?

«La mia torcia è morta, ma posso arrivare a casa anche da sola. Grazie!» gli risposi scocciata e iniziai a camminare allontanandomi da lui. Mi seguì.

«Cosa non capisci del 'torno a casa da sola'?» dissi, continuando a camminare. Lo sentii sogghignare dietro di me, così mi fermai.

«Senti, ragazzina, sto solo cercando di essere gentile! Voglio solo farmi perdonare per le cose che ho detto offrendomi di accompagnarti almeno a casa!» ribatté alzando la voce.

Lo guardai illuminato leggermente dalla luce della torcia e notai il suo sguardo sincero. Annuii. Per quanto mi desse fastidio la sua presenza, con lui mi sentivo più tranquilla. Ricominciammo a camminare e lui si mise al mio fianco. Mi passò la sua torcia e subito dopo si accese una sigaretta. Osservai i suoi movimenti. Si portò la sigaretta alle labbra e aspirò. Era maledettamente sensuale.

«Vuoi?» mi domandò. Io distolsi subito lo sguardo. Non avevo mai fumato in vita mia, non sapevo neanche cosa ci fosse dentro quella roba.

«Aiuta a calmare i nervi, sai?» lo guardai ancora una volta e poi annuii. Avrei solo provato. Di rischi ne avevo corsi abbastanza per quella sera. Mi passò la sigaretta e io la presi tra le dita imitando i suoi movimenti e quelli delle persone che avevo visto in giro. Aspirai e subito tossii.

«Che cos'è questa roba?!» balbettai tra i colpi di tosse.

«È una semplice sigaretta. Prova ad aspirare di meno e a buttare fuori con la bocca e non con il naso!» disse. Riportai la sigaretta alla bocca e Ash si avvicinò a me. Lo guardai negli occhi sfidandolo mentre facevo un tiro. Questa volta non tossii e gli avvolsi il viso con il fumo. Lui sogghignò e mi rubò la sigaretta. Guardandomi negli occhi fece un tiro molto lungo e si vendicò circondando il mio viso di fumo.

Io chiusi gli occhi e risi. Forse stava davvero funzionando? Mi sentivo più calma, tranquilla. I miei nervi che erano stati tesi per tutto quel tempo si rilassarono. Osservai il viso di Ash e rimasi incantata dalla sua bellezza.

Mi sentivo inebriata dalla sua presenza. Mi sfidava, mi spingeva oltre i miei limiti, che io non avevo mai osato superare.

Presi la sigaretta dalla sua bocca sfiorandogli le labbra, e in quel momento Ash gemette.

Riprendemmo a camminare fianco a fianco, senza dire nulla. Fino a che non riuscii più a trattenermi e gli ripetei ciò che avevo pensato dalla prima volta che l'avevo visto.

«Non ti ho mai visto prima» gli dissi piano.

«Non sono di qui. Vivo a Chicago» mi rispose lui.

«Perché sei qui?»

Chicago era una città così grande, una metropoli, perché mai una persona lascerebbe un posto del genere per venire in questo paesino?

«Qui vive mia nonna, ogni tanto vengo a trovarla. In più quella casa è il patrimonio che mi ha lasciato mio padre dopo la sua morte, volevo vedere com'era» mi spiegò continuando a camminare.

«Com'è morto?» gli domandai.

Ero curiosa di sapere qualcosa di più su di lui. Mi incuriosiva così tanto da non riuscire a trattenermi. Più sapevo su di lui e più volevo sapere.

«Sei molto schietta, ragazzina...»

Abbassai lo sguardo e arrossii. Sì, era un lato del mio carattere che cercavo sempre di controllare, ma stando al suo fianco sentivo l'adrenalina crescere dentro di me e questo mi rendeva più sicura e decisa del solito.

«Scusa, è che sento...»

«Senti l'adrenalina che ti scorre nelle vene, vero?» completò la frase per me e io annuii, continuando ad ascoltarlo. «Ti capisco, mio padre è morto in un incidente stradale, ha sbandato ed è caduto giù da un ponte.»

«Oddio, mi dispiace tantissimo.»

«A me non molto» rispose lui freddo.

Come faceva a non provare niente? Era come se avesse una corazza che proteggeva benissimo i suoi sentimenti, e forse io ero riuscita a romperne un pezzetto quando sul tetto avevo visto la paura nei suoi occhi.

«Tua madre?» gli domandai.

«Mia madre non la vedo da ben cinque anni. È stata lei la causa di tutto, si sentiva non amata e allora ha tradito mio padre diverse volte. Quando lui lo è venuto a sapere è uscito di testa, ha preso le due cose che aveva e se n'è andato. Quella stessa notte ci hanno chiamato dicendoci dell'incidente. In quel momento me ne sono andato di casa.»

«Quanti anni avevi?»

«Quattordici» mi rispose e io mentalmente provai a capire quanti anni avesse ora.

«Diciannove» mi disse leggendomi nel pensiero. «Tu quanti anni hai?» mi domandò voltandosi verso di me.

«Diciassette.»

«Sei piccola, ragazzina.»

«Be', molte grazie...» Lui rise e la sua risata contagiò anche me.

«Mi dispiace per prima sul tetto, non pensavo quello che ho detto e non volevo che accadesse ciò che è successo» mi disse, e un colpo di tosse rese la sua voce più roca.

Lo fissai negli occhi e annuii. In un certo senso sapevo che era sincero. Continuammo a camminare fino a casa mia in silenzio.

«Sei arrivata...» disse Ash fermandosi davanti a me. Io annuii e lo guardai, sempre più imbarazzata. Volevo baciarlo, volevo che mi baciasse. Non sopportavo la sua aria da presuntuoso ma, pur non conoscendolo veramente, tutto ciò a cui riuscivo a pensare era la sua vicinanza e le sue mani sul mio corpo. Non avevo mai provato nulla di simile prima. L'attrazione fisica che provavo per lui era alle stelle. Mi mossi agitata sul posto.

«Allora, grazie per avermi accompagnata e accetto le tue scuse.»

Ash fece un mezzo sorriso e annuì. Mi girai e aprii il cancelletto del mio giardino. Raggiunsi piano l'albero della casa. Sentivo il suo sguardo insistente sulla mia schiena. Ero a pochi passi quando sentii il cancelletto aprirsi nuovamente. Mi voltai e vidi Ash camminare deciso verso di me. Quando si fermò eravamo a pochi centimetri l'uno dall'altro. Avvertii il suo respiro sulla pelle del mio viso. Ash alzò una mano e la posò sulla mia guancia. Io rabbrividii. Mi accarezzò la guancia e poi con due dita seguì il contorno delle mie labbra.

Mi si bloccò il respiro. Mi mossi leggermente verso di lui posando una mano sul suo petto.

«Baciami» gli dissi senza avere il controllo sulle parole che stavo pronunciando.

«Volentieri...»

9

In pochi secondi le sue labbra si unirono alle mie. In quell'istante si scatenarono dentro di me delle sensazioni sconosciute. Tutto il mio corpo venne percorso da brividi che mi scesero lungo la spina dorsale facendomi fremere. Ash posò entrambe le mani sul mio viso avvicinandomi di più a lui.

Quando si staccò mi ci volle un secondo per riprendermi da ciò che era appena successo.

Ci guardammo, senza fiato. Rimanemmo lì a fissarci come se nessuno dei due avesse capito cosa fosse successo. Sapevo che non ero stata solo io a sentire i brividi su tutta la mia pelle, a sentire quella scossa al cuore.

«Devo andare...» mi disse distogliendo lo sguardo da me.

Ancora turbata non riuscii a replicare. Ash fece qualche passo all'indietro e si allontanò. Lo osservai finché non sparì dalla mia vista. Rimasi immobile ripensando a ciò che era appena successo. Era possibile che avessi provato una cosa mai sentita prima? Cos'era stato quel brivido che aveva sconvolto entrambi? Cercai di riprendermi, così mi mossi dimenticandomi di una cosa fondamentale: gli irrigatori. Avevo fatto un passo sbagliato e in un secondo mi ritrovai inzuppata di acqua gelida. Feci un salto dalla sorpresa.

Merda.

Cercai di trattenere l'urlo che mi era montato in gola al contatto con l'acqua fredda e corsi sull'albero iniziando ad arrampicarmi. Fu la salita più faticosa di tutta la mia vita; scendere era stato molto più semplice. Con le mani e i piedi scivolosi fu difficilissimo arrampicarmi e in più, non essendo molto atletica, i miei muscoli si lamentarono per lo sforzo.

Quando finalmente arrivai davanti alla mia finestra evitai di guardare giù, soprattutto dopo quello che era successo sul tetto.

Aprii la finestra e scivolai in camera notando che tutto era come l'avevo lasciato. Fortunatamente mia mamma non era più entrata dopo il bacio della buonanotte.

Posai lo zaino fradicio nel mio bagno, insieme ai vestiti. E poi mi asciugai i capelli e il corpo strofinandomi con un asciugamano. Mi misi il pigiama decidendo che avrei fatto una doccia calda il giorno seguente.

Mi infilai a letto e guardando il soffitto mi ritrovai a ridacchiare senza un vero motivo. Chiusi gli occhi e ripensai al bacio. A come avevo sentito le sue mani sul mio viso, il suo corpo contro il mio. Rabbrividii al solo ricordo. Non avevo mai corso rischi eppure in una sola sera lui era riuscito a farmi provare cose totalmente nuove. Ash stava diventando una specie di calamita, mi attraeva. Non ero ancora sicura che la sua influenza mi facesse bene, ma nessuno era mai riuscito a smuovermi dalla mia normalità, nessuno mi aveva mai spinto oltre i miei limiti e questa cosa mi piaceva più di quanto avrebbe dovuto.

Grrr.

«Ancora no...» mi lamentai.

Grrr, zampata.

«Leo, dài... smettila...»

Grrr, leccata, zampata.

«E va bene...» dissi aprendo gli occhi e come ogni mattina mi ritrovai Leo in cerca di coccole, così lo grattai un po' e lui mi fece le fusa contento. Dopo poco, soddisfatto, si allontanò e io mi alzai. Mi infilai le infradito e seguita da Leo andai in bagno. Mi feci la doccia calda che mi ero ripromessa la sera prima e con i capelli ancora bagnati andai in cucina. Scesi le scale senza accorgermi del fatto che fosse tutto troppo silenzioso. Ero stata abituata fin da piccola al caos e al rumore: in fondo in una casa con nove persone era quasi impossibile che ci fosse silenzio. Non ci pensai più di tanto. L'unica cosa che occupava la mia mente era lui. Sorrisi continuando a ricordare il nostro bacio e cercando di trattenere la voglia crescente di rivederlo ancora. Quando arrivai in cucina e non trovai mia madre ai fornelli come da abitudine, iniziai a preoccuparmi.

Era strano, veramente strano che non ci fosse nessuno. Mi avvicinai dubbiosa alla dispensa e presi i croccantini per Leo, restando sempre attenta e vigile. Di solito quello era lo scenario perfetto per gli scherzi dei miei fratelli. Misi i croccantini a Leo e poi non vedendo segni di vita decisi di lasciar perdere. Aprii il frigo e tirai fuori il latte versandone un po' in una tazza insieme a del caffè.

Solo riposando il latte in frigo mi accorsi di un dettaglio molto importante: attaccati al frigorifero vidi due post-it. Li lessi. Uno era di mia mamma che mi avvisava di essere fuori insieme a Jonathan e a Beau. L'altro era dei miei restanti fratelli che erano usciti con degli amici.

Solo allora capii di essere sola in casa. Più tranquilla tornai alla mia colazione. Presi la tazza e mi sedetti fuori in veranda. Aprii il libro che avevo lasciato lì il giorno prima e al suo interno trovai un bigliettino. Di chi era? Tutti mi avevano avvisato che non fossero in casa e io non lo avevo scritto. Feci un respiro profondo e poi, con le mani tremanti, lo aprii.

Miao. Abbassai velocemente lo sguardo su Leo, che mi era salito in grembo alla ricerca di altre coccole. Gli accarezzai la testa e poi lessi:

Vieni in fondo alla strada, ti aspetto.

Mi si bloccò il respiro e lasciai cadere il foglietto a terra. Non era firmato, ma io sapevo benissimo chi fosse il mittente. In quell'istante sentii un rumore di tacchi provenire dalla strada. Alzai lo sguardo e la rividi. Era lei, era la ragazza del giorno prima e stava camminando sul marciapiede di fronte a casa mia. Indossava un vestito nero con una cintura di pelle in vita e degli stivaletti coordinati. I suoi lunghi capelli neri erano raccolti in una coda alta. Si girò verso di me e alzò la mano salutandomi. Mi alzai e attraversai il giardino cercando di raggiungerla, ma quando rivolsi lo sguardo alla strada lei era già sparita. Tornai sulla veranda piena di domande. Chi era veramente quella ragazza? E perché mi sorrideva tranquilla? Non era la sua ragazza? Oddio, avevo baciato un ragazzo fidanzato! Ma che mi stava succedendo? Perché non ci avevo pensato prima? No, non potevo incontrarlo di nuovo. Sapevo che se l'avessi rivisto non sarei riuscita a trattenermi. Non potevo farlo. Mi chiusi in casa e andai ad asciugarmi i capelli. Dovevo tenermi impegnata per non pensarci. Appena ebbi finito scesi in salotto per continuare la mia lettura. Mi sistemai sul divano e inizia a leggere.

Poco dopo sentii un rombo familiare. Sobbalzai. La sua moto.

Richiusi il libro e andai alla finestra. Solo allora lo vidi. Era lui.

10

Cosa stava facendo?! E se mia mamma o uno dei miei fratelli fosse arrivato in quel momento?! Mi affrettai a raggiungere la porta, con mano tremante spinsi la maniglia verso il basso e uscii. Non mi curai minimamente del fatto che stessi ancora indossando il pigiama e che forse i miei capelli fossero più in disordine del solito. Subito i suoi occhi si inchiodarono nei miei. Era in strada appoggiato alla sua moto. Portava dei pantaloni neri, una t-shirt bianca e una giacca di pelle. Con le braccia incrociate sul petto e il sorriso sul volto era più bello che mai. Con la luce del sole riuscii a osservarlo meglio.

«Ehi» mi disse, e fece qualche passo verso di me entrando nel mio giardino.

«Ciao» dissi piano.

«Ti sei appena svegliata?» mi domandò spostando lo sguardo dal mio viso al mio pigiama.

Feci lo stesso. Abbassai gli occhi sul mio pigiama, ovvero dei pantaloncini neri, una maglia bianca e verde con degli animaletti sopra. Subito provai a coprirlo con le mani e arrossii.

«Mmm, tu che ci fai qui?» dissi cercando di cambiare il discorso.

«Non hai ricevuto il mio biglietto? Se me lo permetti, ragazzina, vorrei portarti in un posto...» rispose restando a pochi passi da me.

Dove voleva portarmi?

Misi le mani sui fianchi e mi guardai intorno, avevo paura che quel nostro incontro non sarebbe passato inosservato alle vicine pettegole che erano anche le migliori amiche di mia madre.

«E poi mi mancavi...» mi sussurrò riportando la mia attenzione su di lui. Quelle poche parole mi fecero dimenticare per un secondo la paura di essere beccata, ma mi fecero tornare in mente l'immagine di quella ragazza.

«L'al... altra raga... ragazza?» balbettai nervosa.

Mi ricordavo perfettamente di come mi aveva scaricato per lei, del loro presunto bacio che non avevo voluto vedere.

«Quale?» mi domandò lui calmo. Sembrava che non si ricordasse neanche.

«Quella dell'altro giorno» ribattei io decisa. Non volevo dirgli che poco prima era passata proprio lì davanti.

«Oh, sì, lei è solo... Nulla di importante» disse e io provai a convincermi che fosse così, ma non potevo saperlo veramente.

Mi limitai ad annuire, aspettando la sua prossima mossa. Lui si avvicinò ancora a me, tanto che ci divideva meno di un metro. In quel momento, con lui a un sospiro da me non potei fare a meno di sentirmi oppressa. Tutta quella situazione mi stava mandando fuori di testa. Per ogni cosa reagivo in modo diverso e non sapevo come comportarmi.

«Vieni con me o no?» insistette.

Io lo guardai un'ultima volta e poi girai lo sguardo verso la casa alla destra. In quel secondo vidi una tendina bianca spostarsi e così mi allarmai all'istante. Quell'incontro sarebbe stato sulla bocca di tutte le vicine in meno di due ore, e poi sarebbe anche arrivato a mia madre. Afferrai il polso di Ash e lo tirai in casa chiudendo la porta alle mie spalle.

«Fa' come se fossi a casa tua.»

Salii le scale e lo sentii seguirmi fino in camera. Ero così agitata che mi tremavano e sudavano le mani.

Quando arrivai in camera mia decisi di non curarmi di lui, forse se l'avessi ignorato o trattato come una persona qualunque sarei riuscita a calmarmi. Andai all'armadio e rovistai all'interno.

Era strano averlo lì, che girava nella mia camera, sembrava totalmente fuori posto, e forse un po' lo ero anch'io.

«Che cosa mi dovrei mettere per venire in questo posto?» gli domandai girandomi verso di lui, indecisa. Non sapevo dove saremmo andati e avevo bisogno di sapere se dovevo vestirmi comoda o no.

Appena mi girai, mi si gelò il sangue. Lo trovai intento a guardare i miei disegni.

Mi immobilizzai imbarazzata, su quella parete c'era anche lui.

«Sono lusingato di esserti di ispirazione...»

«Allora che mi metto?» ribattei sperando di cambiare argomento. Finalmente si allontanò dai disegni e si avvicinò all'armadio. Le nostre spalle si toccarono, ma poi lui sparì nell'armadio, allontanandosi da me. Ne uscì fuori con una minigonna di jeans che non avevo mai messo e una canotta rossa, che in realtà non era mia, ma della mia esuberante migliore amica Andy. Chissà come ci era finita lì.

«Così può andare...» disse e poi si avvicinò alla porta. «Ti aspetto di sotto.»

Mi guardò un'ultima volta e se ne andò lasciandomi sola con quei vestiti in mano, vestiti che non avrei mai indossato se fosse stato per me. Li indossai e poi andai in bagno per lavarmi i denti e la faccia. Mi feci una coda e poi indossai le converse.

Scesi le scale e lo trovai all'entrata che si guardava intorno. Quando mi vide sorrise e io mi avvicinai.

«Grazie per aver accettato» mi disse e poi mi passò la sua giacca di pelle. «Indossala, in moto potresti sentire freddo.»

Obbedii e lo seguii fuori di casa annusando il suo profumo sulla giacca.

Lui prese i caschi e me ne diede uno, io salii dietro di lui e mi misi il più comoda possibile, quella gonna non mi stava per niente facilitando le cose. All'improvviso sentii le sue mani posarsi sulle mie gambe e spingermi attaccata a lui, e capii perfettamente il motivo della gonna.

«Quanto amo le gonne...» disse con voce roca.

Io gli diedi una leggera pacca sulla schiena e lui rise, poi mise in moto e partì sgommando. Mi aggrappai a lui anche con le braccia, stringendole alla sua vita per non cadere. Sentii subito l'aria sulle mie gambe e rabbrividii.

Durante il viaggio mi venne la pelle d'oca, ma non solo per l'aria, soprattutto per la sua presenza.

Era molto strano, nessuno era riuscito mai ad avvicinarsi così tanto a me, specialmente un ragazzo. Non avevo mai creduto che potesse succedermi una cosa simile.

Quando Ash spense il motore, io alzai lo sguardo e notai che ci eravamo fermati ai piedi di una collina leggermente fuori dal centro abitato. Scesi dalla moto e mi avvicinai alla staccionata che recintava la zona. Alzai lo sguardo e provai a leggere cosa ci fosse scritto sulla targa di ferro appesa sopra al cancello. Mi spremetti le meningi, eppure non riuscii a capire perché ci fosse scritto BENVENUTI ALL'INFERNO.

Deglutii e poi mi girai verso Ash.

«Andiamo?» mi domandò, e io lo guardai avvicinarsi a me.

Ash mi prese una mano e la strinse nella sua. Io sorrisi e cercai di trattenere le emozioni che esplosero dentro di me al suo tocco. Ash spinse i cancelli e insieme entrammo.

«Tra gli alberi di questa pineta una volta c'era il vecchio cimitero, ormai è in disuso, ci sono ancora poche tombe. Ma non è questo l'importante» mi spiegò, mentre io mi guardavo intorno.

Eravamo in una pineta molto fitta, ogni tanto riuscivo a intravedere delle tombe, ma tutte ormai mezze affossate e sporche. L'unico rumore era il cinguettio degli uccelli e lo scricchiolio degli aghi di pino sotto i nostri piedi.

«Come conosci questo posto?» gli domandai continuando a guardarmi intorno.

«Ci venivo da piccolo con la mia famiglia. In cima alla collina c'è un bellissimo panorama e ci piaceva fare dei picnic» mi spiegò, mentre pian piano raggiungemmo la cima della collina.

Non era molto alta, ma da lassù, con la pineta ormai alle nostre spalle, si godeva di una splendida vista. Un panorama bellissimo, inondato dalla luce del sole.

Mr Occhi di Ghiaccio lasciò la mia mano, generando dentro di me un senso di vuoto improvviso. Si sedette contro un albero e si portò le gambe al petto, circondandole con le braccia. Io rimasi in piedi ancora per qualche secondo beandomi dalla brezza fresca e della vista mozzafiato. Poco dopo mi sedetti un po' più distante contro un altro albero e lo fissai.

C'era la parte di me, quella che amava il disegno, che mi diceva di osservare l'orizzonte, di cogliere ogni minimo dettaglio, ogni sfumatura di colore per poi riprodurli su carta. E poi c'era la parte di me che non poteva fare a meno di guardare lui.

Lui che fissava l'orizzonte, gli occhi rivolti verso il cielo, la bocca perfettamente immobile, il petto che si alzava e abbassava molto lentamente, le dita affusolate posate sul ginocchio, i capelli neri mossi dal vento. Rimasi incantata dal fatto che in quel momento lui non sembrasse il ragazzo presuntuoso che solo il giorno prima mi aveva trattata con sufficienza. Sembrava che quel luogo avesse tirato fuori la sua vera personalità. I ricordi legati a quel posto lo fecero apparire ai miei occhi come una persona fragile che aveva sofferto molto. Mi chiesi cosa gli fosse successo per diventare così. A un tratto si girò verso di me e mi fece un sorriso timido. Imbarazzata, distolsi lo sguardo velocemente.

«Guarda nella tasca interna del mio giubbotto» mi disse e io lo osservai, cercando di trattenere un sorriso.

Cercai nel giubbotto e trovai un foglio da disegno bianco, pronto per l'utilizzo e piegato su sé stesso, una piccola matita, molto consumata.

«Pensavo che ti sarebbe piaciuto fare uno schizzo del panorama, quindi mentre stavi guardando dentro l'armadio ho preso un foglio e una matita dalla tua scrivania. Scusami, ma è veramente troppo bello per non essere ritratto» mi spiegò continuando a guardare davanti a sé.

Oh, mi aveva pensato. Certo, aveva preso delle mie cose senza dirmelo, ma aveva avuto un bel pensiero.

«Grazie...» Lui fece solo un cenno e io lo presi per un prego.

Misi il foglio sulle ginocchia e, non appena Ash tornò a guardare il panorama, decisi di ritrarre lui. A un certo punto Ash si girò verso di me e mi beccò.

«Mi stai ritraendo, non è così?» mi domandò ridendo.

«Forse...» dissi reggendo il gioco.

«Sai che sei pessima a mentire, ragazzina?» Ash si alzò e venne verso di me.

Mi si inginocchiò davanti e mi prese il foglio dalle mani.

«Wow, complimenti, è bellissimo! Chi ti ha insegnato a disegnare così, ragazzina?» Io sorrisi amaramente e abbassai lo sguardo. Aveva appena toccato un punto debole.

«Mio padre. Era un pittore» dissi usando il verbo al passato.

Ash annuì, ma non mi chiese altro capendo quanto mi facesse soffrire parlarne. Posò le sue mani sulle mie ginocchia e mi aprì le gambe inginocchiandosi tra di esse, finché il suo viso non fu pericolosamente vicino al mio. In un secondo smisi di pensare a mio padre. Ash allungò una mano e mi accarezzò il collo. Io deglutii rumorosamente cercando di controllare la respirazione.

«Ch... che fa... fai?» gli domandai agitata.

La sua presenza mi rendeva nervosa, ma allo stesso tempo felice. Il cuore mi batteva a mille e lo stomaco brontolava come se ospitasse mille farfalle. Lui non disse niente, si avvicinò al mio collo e poi sfiorò la mia pelle baciandola dolcemente, mi vennero i brividi su tutto il corpo. Mi raddrizzai avvicinandomi ancora di più a lui. Ash risalì dal collo fino al viso e mi ricoprì di baci. Lasciai cadere la matita a terra e posai le mani intorno al suo collo attirandolo ancora di più. Quando si staccò ci ritrovammo faccia a faccia.

A quel punto io portai due dita sotto il suo mento segnato da un filo di barba e lo alzai.

Guardai ogni parte del suo viso da vicino. I suoi occhi avevano delle pagliuzze grigie in mezzo a tutto quell'azzurro, il naso era dritto, su un sopracciglio aveva una piccola cicatrice, allungai la mano e la sfiorai delicatamente, lui chiuse gli occhi e sospirò pesantemente. Mi avvicinai e posai un bacio sulla cicatrice.

«Al diavolo...» disse e subito dopo si fiondò sulle mie labbra, baciandomi come se fossi tutto quello di cui aveva bisogno.

11

Subito dopo lui si staccò e spostò lo sguardo dal mio viso all'erba.

«Ehi...» dissi piano. Mi abbassai e unii nuovamente le sue labbra con le mie in un bacio dolce. Lui reagì approfondendo il bacio e accarezzandomi una guancia. Ci aggrappammo l'uno all'altra come se non ne potessimo fare a meno, come se baciarci ci permettesse di respirare. Un formicolio si estese fino al mio basso ventre e strinsi le mie gambe intorno alle sue. Non avevo mai provato nulla di simile. Lo volevo. Volevo sempre di più. Ash spostò le labbra sul mio collo e alzai la testa, la corteccia dell'albero dietro di me che mi graffiava. Sentii i suoi denti sulla mia pelle e rabbrividii. Quando tornò sulle mie labbra continuammo a baciarci come se dovessimo diventare una cosa sola.

«Cosa mi stai facendo?» mi domandò senza fiato non appena si staccò.

Io sorrisi e lui, dopo avermi stampato un bacio sul naso, si rimise in piedi.

«Sarà meglio andare, è quasi mezzogiorno...» disse e io annuii allarmata. Ripresi il suo giubbotto e accettai la mano che mi stava porgendo per aiutarmi ad alzarmi. Quando fui in piedi lui intrecciò le nostre dita, quasi non volesse più lasciarmi andare. Io strinsi la presa e poi tornammo alla moto.

Mi fece indossare ancora una volta il suo giubbotto nero e poi mi diede il casco. Ash partì e io per tutto il viaggio sperai di arrivare a casa prima di mia mamma. Quando Ash fermò la moto davanti a casa mia scesi velocemente.

«Devo andare, sono in ritardo!» dissi sbrigativa e feci un passo indietro. Ash, che era ancora a cavallo della moto, mi afferrò per un polso e mi trascinò leggermente verso di lui.

«Ehi, frena, frena, dove pensi di andare? Vieni qui...» mi disse e poi posò la sua bocca sulla mia. Io sospirai e mi mossi verso di lui. Quando si staccò feci un mugolio dispiaciuto, ma poi mi ricordai dell'ora. Gli sorrisi e corsi in casa. Mi precipitai verso le scale. Avevo ancora il suo giubbotto addosso e non volevo che mia mamma facesse domande, domande alle quali non avrei saputo neanche rispondere.

«Dove sei stata?» mi bloccai sul secondo gradino della scala e strinsi i denti, mi aveva beccata.

Mi girai lentamente e seduta sulla poltrona in salotto vidi mia madre. Era una persona che passava facilmente inosservata quando voleva. Non la vedevi, né la sentivi. Altra caratteristica che avevo preso da lei.

«In giro...» le risposi cercando di non lasciar trapelare la mia agitazione.

«In moto?»

«No, era solo il figlio della signora Mary, mi ha riaccompagnata a casa.»

«Ah, e allora quel giubbotto di pelle di chi è? Del figlio della signora Mary?» domandò mia mamma. Entrambe sapevamo che il figlio della signora Mary era minuto e quel giubbotto non sarebbe potuto essere suo.

«No... io...» non sapevo più cosa dire.

«Jocelyn.» Mi agitai, quando mi chiamava con il nome completo c'era da preoccuparsi. «Non è che io non mi fidi di te, io mi fido di te, ma non di gente come lui.»

«Non lo conosci...» risposi difendendolo.

«Oh, perché tu sì? Cosa sai di lui, il suo nome, che ha la moto e che ti lascia quei segni sul collo?» disse alzando la voce.

Mi misi una mano sul collo e toccai il punto vicino alla clavicola. Mi girai verso lo specchio: avevo un segno violaceo.

Okay, forse non lo conoscevo molto bene neanche io, ma come potevo conoscerlo senza frequentarlo? Ogni giorno conosciamo persone nuove e accettiamo il rischio di approfondire la conoscenza. E nessuno poteva giudicare una persona senza prima conoscerla davvero.

«Non farti abbindolare, ti ferirà. Io non posso permetterlo, Jocelyn!

Devi concentrarti sulla scuola. Non puoi lasciarti distrarre, per questo ti vieto di vedere ancora quel ragazzo. Le mie amiche mi hanno detto di averti vista con lui davanti al bar in piazza. Ma cosa ti passa per la testa?» urlò mia mamma arrabbiata.

«Non puoi vietarmi di vederlo. Sono grande abbastanza per prendere le mie decisioni» dissi stringendo le mani sul giubbotto.

«Oh, sì, che posso! Sono tua madre e tu sei in punizione per il resto dell'estate! I tuoi fratelli ti accompagneranno da casa a lavoro e basta!» e si alzò dalla poltrona. La conversazione era finita.

La guardai sentendo le lacrime scorrermi sulle guance. Corsi su per le scale fino alla mia camera e sbattei la porta. Mi sedetti sul letto e mi portai le mani tra i capelli senza sapere che pensare. Come poteva farmi una cosa del genere? Avrei solo voluto urlare a squarciagola. Mi sentivo in trappola, sotto controllo come lo ero stata per tutta la vita. Perché non poteva lasciarmi sperimentare? Doveva sempre bloccarmi, tenermi rinchiusa tra casa, lavoro e scuola! Rimanere chiusa in casa, come avevo sempre fatto, a cosa mi avrebbe portato? Ero sempre stata ai suoi ordini, senza mai esitare, perché avevo sempre avuto paura di ferirla. Quindi mi ero sempre comportata bene, mai un voto basso, mai una litigata, mai niente che potesse farla arrabbiare. Mia madre aveva sacrificato la sua vita per me e i miei fratelli, e starmene buona mi era sempre sembrata la cosa più giusta da fare per ripagarla di tutto. Ma ora? Adesso ero stanca!

In quel momento sentii bussare alla porta. Sapevo chi era.

«Entra pure, Cam» dissi asciugandomi le lacrime. La porta della mia camera si aprì e Cam entrò sorridendomi con dolcezza. Si sedette di fronte a me e prese le mie mani.

«Ehi, piccola Jo, ti ho sentito con la mamma. Che succede?» mi domandò.

«Cam! Non ho fatto nulla di male! Ho conosciuto un ragazzo, mi piace, ci stiamo vedendo, ma non ho fatto nulla per deluderla! Eppure mi ha proibito di vederlo, dicendo che non posso distrarmi dallo studio!» gli spiegai cercando di trattenere le lacrime.

«La mamma ha paura, Jo. Ha paura che tu ti faccia male, sei la sua bambina e vuole solo proteggerti, credimi!» mi disse Cam e io annuii. Lo capivo, ma proteggermi non voleva dire isolarmi dal resto del mondo.

«Non so cosa fare, Cam!»

«Prova a far calmare le acque per ora. Sono sicuro che quando entrambe sarete più tranquille potrete parlarne meglio. E, Jo, sappi che io sono sempre qui per te, okay? Per qualunque cosa, se vuoi parlare, dirmi come ti senti. La mamma mi ascolta, magari posso provare a convincerla a cambiare idea, che ne pensi?» propose Cam mentre mi asciugava una lacrima che scendeva sul viso. Gli rivolsi un sorriso di assenso e Cam mi baciò sulla guancia, prima di uscire dalla mia camera.

Infilai la mano nella tasca del giubbotto e presi lo schizzo che avevo fatto. Lo guardai e osservai lui che guardava estasiato il panorama.

Cosa avrei dovuto fare?

C'era l'altra parte di me che mi diceva che quello che stava succedendo non era un caso, che forse per una volta avrei potuto e dovuto prendere un rischio, lasciare le mie riserve da parte e provare a fidarmi, se non completamente almeno un po'.

Ma poi risentivo le parole di mia madre. 'Ti ferirà.' Era questo che voleva da me? Voleva che restassi da sola perché non voleva che rimanessi ferita? Ma come avrei potuto vivere la mia vita senza realmente viverla? Lui era l'unica persona che in tutta la mia vita mi aveva attirato fin da subito, gli altri che avevo incontrato erano sempre stati noiosi e monotoni. Lui mi aveva stimolato a farmi avanti, a prendere le mie decisioni e anche se sembravano cose banali per me non lo erano, perché attraverso quelle cose avevo potuto essere la vera me che non mi ero mai permessa di essere.

E magari potevo sembrare pazza, stupida, ingenua.

E magari aveva ragione mia madre.

E magari mi avrebbe ferita, ma nessuno in quell'istante mi avrebbe convinta ad allontanarmi da lui, neanche mia madre.

12

Mia madre mi chiamò per il pranzo, ma io non scesi. Discutere con lei mi aveva fatto passare la fame. Restai in camera e poi verso le due di pomeriggio iniziai a prepararmi. Mi feci una doccia e poi mi cambiai i vestiti. Quando fui pronta scesi e trovai Cam vicino alla porta che mi aspettava.

«La mamma è uscita, vai pure senza di me, ti copro io!» mi disse e io lo baciai sulla guancia.

Uscii di casa, presi la bici e mi diressi verso il paese, grata di avere altro da fare. Se fossi stata in casa tutto il pomeriggio sarei impazzita, tra la voglia di rivederlo e i sensi di colpa verso mia madre.

«Sempre in orario!» mi disse il signor Lennox non appena entrai in negozio alle tre in punto. Io gli feci un cenno e gli sorrisi.

Era vero, ero sempre puntuale, forse perché mia mamma fin da piccola mi aveva sempre detto che non essere puntuali era maleducazione. Più andavo avanti e più mi rendevo conto del fatto che senza accorgermene stavo realmente diventando quella ragazza monotona e noiosa che aveva descritto all'inizio Mr Occhi di Ghiaccio.

Iniziai a fare l'inventario dei libri appena arrivati, catalogandoli nel database del computer e sistemandoli sugli scaffali. Servii le poche persone che entrarono in quelle tre ore e poi alle sei chiusi il negozio.

Rimasi ancora un'ora dentro a pulire per terra, gli scaffali e le vetrine. Intorno alle sette arrivò il signor Lennox che mi pagò e che mi ringraziò per il lavoro svolto. Lo salutai e risalii in bici. Pedalai verso casa con il vento caldo che mi arrivava in faccia e mi scompigliava i capelli.

«Jo!» sentii la voce di mio fratello Gavin, e infatti eccolo lì, seduto in veranda a leggere un libro.

«Ehi, Gav!» lo raggiunsi sedendomi di fianco a lui e godendomi per un secondo la poca aria fresca che c'era lì.

«Che cosa leggi?» gli chiesi sporgendomi per scorgere il titolo.

«Oh, niente di particolare, solo un libro per l'università...» mi rispose. Io annuii e poi mi alzai.

«Vado a farmi una doccia, fa troppo caldo in questi giorni...» affermai.

«Okay, ti chiamiamo noi per la cena» mi disse mentre chiudeva il libro per guardarmi.

«Sì, grazie.»

Mi alzai ed entrai in casa, sorpassai Jonathan, Sebastian e Cam che stavano giocando ai videogiochi. Non andai in cucina, non volevo discutere ancora con mia madre. Salii direttamente al piano superiore, dove Travis parlava al telefono e Beau ascoltava la musica a tutto volume.

Sorrisi salendo l'ultima rampa di scale.

Era strano riaverli tutti a casa, mi dava la sensazione di essere tornata bambina.

Mi ricordava tutti i momenti felici che avevo vissuto tra quelle mura, tutti insieme, con nostro padre. Raggiunsi camera mia e andai subito in bagno per una doccia fredda. Quando finii indossai l'accappatoio e presi i soldi dalla tasca dei pantaloni.

Misi i soldi nel barattolo dove tenevo i risparmi per il college e poi lo richiusi.

Poco dopo, a cena, evitai lo sguardo di rimprovero di mia madre. Appena finii tornai in camera e stanca mi addormentai subito.

Il mattino seguente mi svegliai verso le nove, tranquilla perché il signor Lennox mi aveva dato la giornata libera. Mi preparai la colazione e poi tornai in camera per fare qualche compito. Trascorsi l'intera mattinata persa tra gli esercizi di chimica e di fisica che dovevo fare per le vacanze. Verso mezzogiorno scesi per pranzo, ma non parlai con mia madre. Non ero ancora pronta. Non avevo smaltito l'arrabbiatura, e sapevo che avrei potuto risponderle male peggiorando ulteriormente le cose.

«Devo uscire per delle commissioni. Per piacere, Jocelyn, smettila di tenermi il muso. Vedi di rispettare la punizione. Non si esce e ci sono i lavori di casa da fare, grazie» disse mia mamma prima di uscire subito dopo pranzo. Non appena fu fuori dalla porta sbuffai arrabbiata. Questa storia della punizione stava iniziando a stancarmi. Come mi aveva detto mia madre, mi misi a fare i lavori di casa. Almeno occupare il tempo con qualcosa da fare non mi faceva pensare ad Ash.

«Ehi, Jo, hai bisogno una mano con quei piatti?» mi domandò Beau entrando in cucina mentre stavo lavando i piatti sporchi del pranzo.

«No, grazie, tranquillo» risposi sorridendo.

«Va bene, gli altri sono usciti, ma se hai bisogno io sono in garage ad aggiustare il mio vecchio motorino!» mi disse e io annuii. Beau uscì di casa e io rimasi sola. Pochi secondi dopo sentii nuovamente la porta sbattere e mi voltai sorpresa vedendo Beau.

«Hai dimenticato qualcosa?» gli domandai.

«No, in realtà, Jo, credo che fuori ci sia il ragazzo che ti ha cacciato in tutti questi guai con la mamma, chiede di te» mi disse e io feci cadere un bicchiere nel lavandino.

«Eh?» esclamai sorpresa. Cosa era venuto a fare qui? Se mia mamma fosse tornata in quel momento mi avrebbe rinchiusa in casa per il resto della mia vita! Mi asciugai le mani con uno straccio. Corsi fuori e lo vidi. Ash era fermo vicino alla sua moto proprio davanti a me.

Andai verso di lui e gli posai le mani sul petto.

«Devi andartene subito! Sono in punizione per colpa tua! Non puoi stare qui, se mia mamma ti vede mi metterà in punizione per il resto della mia vita!» sbottai agitata.

«No, aspetta, frena. Punizione? Devo dirti una cosa urgente, Jo» mi disse Ash posando le mani sul mio viso. Per un secondo chiusi gli occhi beandomi del suo tocco.

«Va bene, vediamoci alla casa nel bosco tra un'ora, okay?» gli domandai. Avrei tanto voluto che restasse con me, ma doveva andarsene. Ash annuì e se ne andò.

Rientrai in casa e trovai Beau ad aspettarmi.

«Cosa voleva il tuo ragazzo?» mi domandò lui sorridendo malizioso. Lo superai e tornai in cucina.

«Vuoi che dica alla mamma che lui è stato qui?» mi provocò.

Mi girai verso di lui e lo fulminai con lo sguardo.

«Non lo faresti!»

«Oh, sì, invece sì, quindi spiega!» disse lui incrociando le braccia sul petto. Perché tutti si preoccupavano così tanto per me? Potevo farcela da sola!

«Deve parlarmi non so per quale motivo, ti prego, coprimi con la mamma!» lo implorai unendo le mani come in preghiera. Lui accettò e mi incitò a prepararmi. Lo abbracciai per ringraziarlo e poi salii in camera mia. Mi feci una doccia veloce e poi indossai dei jeans e una t-shirt. Presi la mia tracolla e scesi velocemente le scale. Quando arrivai in salotto trovai Beau che guardava la televisione.

«Ehi, sorella, dove vai?» disse non appena mi vide. Io lo guardai senza capire. Lui mi indicò la cucina e io capii. Mia mamma era tornata.

«Fuori a dipingere insieme a Andy! Ti va di accompagnarmi?» gli domandai alzando la voce per farmi sentire da mia madre. Sperai che Beau non facesse brutti scherzi e che stesse al gioco.

«Certamente» rispose sorridendomi mentre si alzava dal divano.

Io rilasciai il fiato sollevata. Beau andò in cucina e disse a mia madre che mi avrebbe accompagnata da Andy. Quando tornò all'ingresso uscimmo di casa e insieme percorremmo un pezzo di strada. Per tutto il tempo lui scrisse al telefono e quando arrivammo alla fine della via mi disse che andava a casa di un suo amico per una birra e una partita ai videogiochi. Io annuii e ci mettemmo d'accordo per rincontrarci più tardi. Beau tornò indietro e cambiò direzione. L'ultimo pezzo di strada lo percorsi da sola. Nel bosco seguii i segni rossi sugli alberi e poco dopo arrivai a destinazione. Girai intorno alla casa in cerca di Ash, ma non vidi neanche la sua moto. La casa era maestosa e mentre aspettavo mi venne l'idea di ritrarla in uno schizzo. Aprii la mia tracolla e tirai fuori il mio blocco. Trovai l'angolazione migliore, mi sedetti e la osservai per bene. Era veramente magnifica e io non ero mai riuscita a metterla bene a fuoco a causa di Mr Occhi di Ghiaccio.

Immersa nel silenzio, iniziai a ritrarla. Prima la facciata della casa, mettendo in risalto i punti dove batteva di più la luce del sole e scurendo il resto con più ombre. Mi spostai diverse volte per trovare altri scorci della casa, anche se la facciata principale era quella più dettagliata e bella. Non so per quanto rimasi lì. Era quello che mi succedeva quando disegnavo, riuscivo a perdermi nei colori, nei dettagli, e non mi accorgevo di ciò che mi succedeva intorno. A un tratto sentii una mano spostarmi i capelli su una spalla e mi irrigidii subito. Provai a girarmi, ma due labbra si posarono sulla porzione di pelle scoperta del mio collo, mentre due mani presero ad accarezzarmi le braccia su e giù, molto lentamente.

«*Sssh...*» disse lui.

Chiusi gli occhi e mi abbandonai alla dolce sensazione delle sue labbra sulla mia pelle. Sentii il suo respiro nel mio orecchio.

«Vieni via con me...» disse subito dopo Ash, spostandosi dal mio collo.

Non era una domanda ma un'affermazione, e io ero paralizzata.

Mi girai di scatto e lo fissai.

«Cosa?»

13

«Hai sentito, piccola...» mi disse piano e io rimasi lì a guardarlo.

Mi aveva appena detto di andare via con lui? Dove? Perché? Quando?

Non ricevendo una risposta, Ash riportò le labbra sul mio collo depositando dei piccoli baci fino a raggiungere la mia guancia.

Cercai di concentrarmi sulla sua proposta, avrei tanto voluto fargli molte domande, ma i suoi baci mi stavano distraendo.

«Perché?» sussurrai prima che le sue labbra si unissero con le mie.

La sua mano si posò sulla mia guancia e la accarezzò.

«Rispondimi» ribatté, allontanandosi un po' prima di ribaciarmi.

Come potevo rispondere se non sapevo dove volesse portarmi e per quale motivo? Era una cosa troppo azzardata.

«Supera i tuoi limiti per una volta, fidati di me...» mi disse e poi posò le sue labbra sulle mie un'ultima volta, prendendo il mio viso tra le mani e approfondendo il bacio. Lo allontanai dopo poco guardandolo dritto negli occhi.

«Okay, devo tornare a Chicago per delle faccende e vorrei che tu venissi con me! Vorrei farti conoscere i miei amici e la città in cui vivo!» mi annunciò, e io sentii l'entusiasmo nella sua voce. Lo osservai e lui mi sorrise.

«Per quanto tempo?» gli domandai cercando di ragionare.

«Pochi giorni, promesso!»

In qualunque altro momento avrei potuto trovare una scusa, ma il tempismo era pessimo. La mia punizione e mia madre mi impedivano di dire di sì. Lo guardai e mi accorsi di quanto volessi seguirlo. Andare a Chicago, andare via da quel paese era da sempre uno dei miei sogni più grandi. E lui sin dall'inizio aveva toccato il mio punto debole: azzardare, correre il rischio, superare i miei limiti.

Potevo farlo?

«Mia madre mi ha messa in punizione, non so come potrebbe reagire se le raccontassi un'altra bugia per venire via con te!» gli dissi passandomi una mano tra i capelli.

«Non se ne accorgerà neanche, staremo via per il week-end e lunedì mattina sarai a casa!»

Scossi la testa dubbiosa.

«Va bene, promettimi che ci penserai! Parto venerdì sera, hai due giorni di tempo» mi disse e poi si avvicinò a me coprendo le mie labbra con le sue. Come ogni volta il mio corpo si accese. Lo strinsi a me e mi abbandonai al bacio, desiderosa di sentirlo ancora più vicino. Lui si sedette e poi mi fece accomodare sulle sue gambe continuando a baciarmi.

Quando la sua bocca scese sul mio collo, io posai le mani sulle sue spalle e poi inclinai leggermente la testa all'indietro per dargli libero spazio sul mio collo. Mi staccai malvolentieri.

«Devo tornare a casa, prima che mia mamma si insospettisca!»

Ash sbuffò leggermente e mi alzai dalle sue gambe.

«Cosa stavi facendo?» chiese, dopo aver notato l'album da disegno.

«Stavo disegnando la casa, mi piace molto.»

«Vedrai a Chicago quanti posti favolosi potrai ritrarre, non te ne pentirai...» disse e poi mi baciò nuovamente. Mi allontanai da lui e tornai verso casa. Arrivata alla fine del bosco recuperai nella mia tracolla il cellulare e chiamai Beau. Ci incontrammo poco dopo verso la fine della strada. Una volta a casa mi chiusi nella mia camera, pensando ad Ash. Cosa avrei dovuto fare? Andare o rimanere? Correre un rischio o rimanere la solita noiosa Jo?

L'unica che poteva realmente consigliarmi era Andy, così decisi di chiamarla. Andy rispose dopo pochi squilli.

«Ehi, Andy, sono io!»

«Ehi, straniera, dove sei finita in questi giorni?» mi domandò lei. Non feci in tempo a rispondere che lei fece un piccolo urlo dall'altra parte del telefono.

«Sei stata con lui, vero? Oddio, Jo! Perché non mi ha ancora detto nulla? Parla!» urlò lei eccitata, e io risi.

«Va bene, va bene...» le dissi per calmarla. «Dopo che ci siamo viste al bar l'altro giorno, lui mi ha lasciato un biglietto dicendo che si era sbagliato su di me. Si è scusato e ha voluto incontrarmi di nuovo, così sono andata alla casa nel bosco.»

«Te l'avevo detto. Dovevi dargli almeno una seconda possibilità!» mi interruppe decisa. E io le diedi ragione.

«Sono andata da lui ed è andato tutto bene, abbiamo parlato. Tornando verso casa lui mi ha scaricato davanti al bar e lì ha incontrato una bellissima ragazza! Oh, avresti dovuto vederla, Andy, era magnifica!»

«Oddio, e lei chi è?» mi domandò sorpresa.

«Sul momento ho pensato fosse la sua ragazza, infatti la sera stessa sono sgattaiolata fuori di casa e sono tornata da lui per chiedergli delle spiegazioni! Insomma, sembrava davvero interessato a me, e invece era fidanzato?! Si è scusato per avermi scaricato così davanti al bar, poi ha detto una frase che mi ha veramente fatto arrabbiare, Andy. Quel ragazzo ha la capacità di mandarmi su tutte le furie in meno di un secondo. Così gli ho tirato uno schiaffo!»

«Cosa?! Ma sei proprio tu? Jocelyn, la mia migliore amica?»

Io risi alla sua reazione. In effetti non era da me un comportamento del genere.

«Sì, sono proprio io!» le risposi ridendo.

«Così si fa, ragazza, alla fine se lo meritava!» mi disse lei.

«Quella sera ha insistito per accompagnarmi a casa e nel tragitto abbiamo parlato. Continuo a scoprire nuove cose su di lui, ma mi sembra di non averne mai abbastanza! In ogni caso ci siamo baciati...» gettai lì e poi allontanai il telefono dall'orecchio sapendo quale sarebbe stata la reazione di Andy. Infatti il suo urlo arrivò pochi secondi dopo.

«È stato fantastico, Andy, mai provato nulla di simile.»

«Oh, mio dio, Jo!» disse lei senza parole.

«Il giorno dopo sono andata con lui in un posto. Mi ha portato fuori dal paese, in un luogo dove c'è un panorama bellissimo per farmelo ritrarre, e ci siamo baciati di nuovo!» le dissi e lei rise felice.

Finii di raccontarle tutta la storia della punizione di mia madre e poi aggiunsi: «Ora mi ha chiesto di andare con lui per il week-end a Chicago, e io non so che fare, Andy!» le dissi disperata. Oltre alla punizione di mia mamma avevo altri mille dubbi. Forse era troppo presto? Mi fidavo così tanto di lui?

«A tua mamma ci penso io, possiamo dirle che stai per il week-end da me e non sospetterà nulla. Ma tu lo vuoi veramente, Jo? Chicago è una grande città e sarai sola con un ragazzo che conosci appena... Cosa senti? Inizi a provare dei veri sentimenti per lui? Ti fidi?» mi domandò Andy.

Riflettei sulle sue parole per qualche secondo e poi a cuore aperto risposi: «Non posso dire di fidarmi completamente di lui, ma mi fido, Andy. Non so spiegare perché, ma è come se lo conoscessi da sempre. Mi piace tantissimo e nonostante tutto con lui mi sento al sicuro...» le spiegai sincera. Era vero, neanche io sapevo spiegarmi perché provavo ciò che sentivo, ma era così.

«Allora vai, buttati per una volta. Sono solo due giorni e se mai dovesse succedere qualcosa, puoi sempre prendere il treno e tornare a casa!» mi disse.

Mi aveva convinta. La ringraziai e insieme pensammo a come organizzarci per il week-end. Quando mezz'ora dopo chiusi la chiamata, mia mamma mi chiamò per aiutarla con la cena. Decisi di scendere e chiederle scusa una volta per tutte. Non avevo mai voluto deludere mia madre. Ma ero giunta a un momento della mia vita in cui sentivo di rischiare, di fare qualcosa di diverso per una volta. Non sapevo se ciò mi avrebbe fatto bene, ma se non ci provavo non l'avrei mai scoperto.

«Mamma, possiamo parlare?» le domandai entrando in cucina. Lei si girò verso di me e mi sorrise. Posò la padella che aveva in mano e si sedette al tavolo indicandomi la sedia accanto a lei.

«Mamma, mi dispiace molto se ti ho delusa, ma non pensavo. Non ho mai voluto farti arrabbiare o altro, devi credermi. Lui mi piace e io vorrei tanto conoscerlo meglio e passare del tempo insieme a lui...» le dissi e lei annuì stringendo le sue mani tra le mie.

«Ammetto di essere stata dura con te, ma sei la mia bambina e vederti con un ragazzo mi ha fatto capire quanto tu sia cresciuta e che tra poco te ne andrai come hanno fatto tutti i tuoi fratelli. Perdonami se ho avuto questo pensiero egoista e ho esagerato. Nonostante questo penso davvero quello che ho detto, mi fido di te, ma non degli altri, però ti permetterò di vederlo. Non sei più in punizione.»

Io sorrisi e la abbracciai. «Grazie, mamma, giuro che non te ne pentirai!» le dissi e lei sorrise. Insieme ci mettemmo ai fornelli e io iniziai a tagliare le verdure per la cena.

«Ah, mamma, questo week-end posso restare a dormire da Andy?» le domandai speranzosa.

«Sì, certo!»

Il resto della serata passò in fretta e una volta a letto decisi definitivamente di accettare la proposta di Mr Occhi di Ghiaccio.

La mattina seguente mi svegliai ancora più agitata. Non vedevo l'ora di partire. Ora che mi ero convinta stavo pensando solo a tutto il tempo che avrei passato con lui e non vedevo l'ora. Mi alzai e sul pianerottolo trovai Leo che non appena mi vide iniziò a miagolare in cerca di coccole. Lo presi in braccio e lo portai con me in cucina. Lo viziai un po' e poi gli riempii la ciotola. Felice iniziò a mangiare e io mi preparai la colazione. Notai una torta alle mele appena sfornata da mia mamma. Ne tagliai una fetta e poi mi versai del caffè nel latte. Presi tutto e mi misi in veranda a mangiare. Respirai l'aria frizzante del mattino e osservai il cielo blu e il mondo circostante. Guardai le case di fronte alla mia e per un secondo pensai a come sarebbero stati i grattacieli a Chicago. Osservai la strada e me la immaginai molto più grande, piena di macchine e taxi. Sorrisi eccitata e, quando ebbi finito di mangiare, recuperai il libro che era rimasto sulla panchina e lo aprii per leggerlo. Non appena lo feci dal suo interno cadde un foglietto e io sorrisi emozionata. Lo presi subito e lo lessi. C'era scritto un numero di telefono.

Non era firmato, ma io già sapevo di chi fosse. Lasciai perdere il libro e andai a prendere subito il mio cellulare. Inserii il numero e poi inviai la mia risposta.

«Sì» lessi ad alta voce digitando sulla tastiera. Quando premetti Invio non riuscivo a smettere di sorridere. Non ci credevo neanche io. Avevo veramente accettato? Sarei andata a Chicago?!

Aspettai attaccata allo schermo per qualche minuto, ma non ricevendo subito risposta tornai in veranda e provai a leggere. Il tempo volò, ma io non ero riuscita a concentrarmi su nessuna delle cose scritte sul libro. Tutto ciò a cui pensavo era lui.

«Jocelyn, vieni ad aiutarmi con il pranzo?» mi domandò mia mamma rientrando dalle sue commissioni mattutine. Io annuii, grata di avere una distrazione. Preparai il pranzo con mia mamma e mangiammo insieme ai miei fratelli. Per tutto il pomeriggio rimasi insieme a Beau e Cam che mi sfidarono ai videogiochi e a pallacanestro.

«Jo, stai bene?» mi domandò Cam a un certo punto. Mi accorsi solo in quel momento di starmi torturando le mani per l'agitazione.

«Sì, sono solo molto eccitata per il pigiama party che faremo io e Andy questo week-end con le nostre compagne di classe!» gli dissi sperando che si bevesse la bugia. Non mi piaceva mentire, soprattutto a Cam. Con lui ero sempre stata sincera, ma sapevo che se gli avessi rivelato del viaggio a Chicago mi avrebbe impedito di partire. Lui si bevve la bugia e continuammo a giocare.

Dopo cena andai in camera mia e mi misi davanti all'armadio iniziando a pensare alle cose che mi sarei portata. Accesi lo stereo e ballando felice scelsi i vestiti. A un certo punto sentii un rumore. Abbassai la musica. Mi accorsi che il rumore era provocato da qualcosa che stava sbattendo sulla mia finestra. Mi fiondai verso di essa e mi affacciai. In giardino, vicino all'albero, vidi Ash.

Aprii velocemente la finestra, sorpresa di vederlo lì.

«Ash, cosa ci fai qui?» gli domandai senza riuscire a trattenere il sorriso. Guardai subito l'orologio e notai che era abbastanza tardi, sperai che mia madre fosse già a dormire.

«Scusa se non ti ho risposto, volevo solo assicurarmi che la tua risposta fosse definitiva! Verrai con me a Chicago, piccola?» mi domandò sorridendo e io annuii felice.

«Perfetto! Allora passo a prenderti domani sera dopo cena! Ti aspetto in fondo alla via.»

Feci di nuovo sì con la testa e poi lo guardai allontanarsi. Lo seguii con lo sguardo fino a che non sparì dietro una casa. Rientrai in camera e provai a respirare normalmente. Ero talmente eccitata che il mio cuore batteva all'impazzata. Vidi le mie mani tremare, le strinsi in un pugno e sorrisi. Mi buttai sul letto ridendo. Ero così felice, e poi il fatto che fosse un segreto mi rendeva agitata ma in senso positivo. Come se fossi sempre stata pronta per tutto questo e stessi per scoppiare. Era giunto il momento. Stavo per spegnere la luce e mettermi a dormire quando il mio telefono vibrò sul comodino. Lo presi e lessi il messaggio che era arrivato:

'Non vedo l'ora, piccola.'

14

Il giorno dopo il mio turno al lavoro sembrò volare e quando arrivai a casa appena dopo mezzogiorno passai per il salotto e salutai tutti. Cercai di restare il più calma possibile per non far notare a nessuno la mia agitazione. Non volevo domande, non ero molto brava a mentire. Andai subito in camera mia per preparare il necessario da portarmi via.

Presi uno zaino, il più grande che avevo, e ci misi dentro dei vestiti, i risparmi che avevo guadagnato col lavoro in libreria, alcune medicine e il mio album da disegno. In quel momento il cellulare squillò e, quando lessi il nome di Andy, risposi subito.

«Pronto?» risposi agitata.

«Jo, stai bene?» mi domandò Andy ridendo.

«No, non sto bene per nulla! Sono agitata!» le dissi sedendomi sul letto.

«Ehi ehi, calma! Fai un respiro profondo. Vuoi andarci veramente? Se non te la senti basta dire di no!» fece lei e io seguii il suo consiglio. Presi un respiro profondo e poi ragionai. Volevo andare, ma mentire a mia mamma, ai miei fratelli non mi faceva stare per niente tranquilla.

«Voglio andare con lui, non vedo l'ora, Andy. È il fatto di mentire a tutti che mi fa stare male!»

«Non ci pensare, va bene? Non gli stai nascondendo un omicidio! Sono solo due giorni, Jo! Ti va se ti aiuto a vedere se hai preso tutto? Così almeno pensi ad altro!» mi disse e io acconsentii. Andy dall'altra parte del telefono iniziò a farmi la lista delle cose che mi sarebbero servite e io controllai tutto. Scelsi i vestiti e li ripiegai nello zaino.

«Hai preso qualche completino sexy? Guarda che non si sa mai!» domandò lei e io arrossii.

«Andy!» le dissi urlando.

«Scusa, scusa! Va bene, dài, mi sembra che tu abbia preso tutto! Passo da te dopo cena così sembrerà che verrai a dormire da me!» ci accordammo. La salutai e riagganciai. Guardai il borsone e lo zaino che avevo preparato e decisa li chiusi. Avrei ricontrollato ancora una volta più tardi. Per tenermi occupata iniziai a mettere a posto la mia camera. Durante la cena provai a mangiare, ma ero agitata e mi si chiuse lo stomaco.

«Jo, che succede?» mi domandò mia madre. Alzai lo sguardo dal piatto che avevo a malapena toccato e provai a sembrare tranquilla. Sorrisi.

«Nulla, sono solo molto eccitata per il pigiama party!»

Non appena pronunciai quelle parole notai subito lo sguardo indagatore di Cam. Mi osservò. E se avesse scoperto tutto? Forse avrei dovuto dirlo almeno a lui? Non lo guardai per non insospettirlo più di così e tornai a fissare il mio piatto. Per il resto della cena i miei pensieri si concentrarono solo sui rimorsi e sui sensi di colpa che provavo nel mentire a tutta la mia famiglia che era riunita proprio davanti a me. Dopo la morte di mio padre, tutti noi ci eravamo legati di più. Il dolore ci aveva uniti e ci eravamo promessi di prenderci cura l'uno dell'altro e di essere sempre sinceri. Deglutii. Stavo infrangendo quella promessa. Stavo mentendo a tutti. La cena sembrò infinita, ma quando tutti finimmo io andai subito in camera mia. Controllai ancora una volta di aver preso tutto e poi mi cambiai. Indossai dei jeans, una t-shirt e un giubbotto di jeans. Mi legai i capelli in una treccia e proprio in quel momento sentii suonare il campanello. Andy era qui.

Spensi le luci della mia camera e scesi. Sul pianerottolo trovai Leo. Lo accarezzai un'ultima volta e poi corsi giù. Quando arrivai all'entrata vidi mia mamma abbracciare Andy.

«Salve Barbra, è sempre bello vederla!» disse Andy. Lei sembrava molto più tranquilla di me. Sapevo che avrei sempre potuto contare su di lei per qualunque cosa, e questa ne era la dimostrazione.

«Oh, è sempre un piacere vederti, Andy!» rispose mia madre. Mi avvicinai a loro e sorrisi.

«Eccoti, Jo!» disse mia madre fissandomi. Mi sentii squadrare da lei. Osservò il borsone che tenevo in mano e lo zaino che avevo sulle spalle. Mi sorrise e io rilasciai il fiato che avevo trattenuto. Mia mamma spostò lo sguardo su Andy.

«Ringrazia tua mamma per la sua ospitalità!» le disse e Andy annuì.

«Certamente!» rispose lei in tono calmo. Come faceva a essere così tranquilla? Sapevo che se avessi aperto bocca l'agitazione si sarebbe sentita nella mia voce, quindi apprezzai molto che Andy portasse avanti la conversazione con mia mamma al posto mio.

«Ragazze, mi fido di voi, ma non fate nulla di stupido. Ci vediamo lunedì!» disse mia madre e io la abbracciai forte. Mi si strinse il cuore. Le stavo mentendo. Non mi avrebbe mai perdonata se l'avesse scoperto. Salutai i miei fratelli e abbracciai forte Cam. Subito dopo Andy mi prese per un gomito e mi trascinò fuori.

«Smettila di avere quell'espressione da traditrice spiaccicata in faccia!» mi sussurrò. Sì, potevo farlo per una volta. Non sarebbe successo nulla di male. Insieme ad Andy camminai fino in fondo alla via e poi lo vidi. Ash era appoggiato alla sua moto e fumava una sigaretta.

«Mamma mia, quanto è bello!» disse Andy leggendomi nel pensiero. Era così bello da togliere il fiato. Aveva ragione.

Camminammo verso di lui e quando Ash mi vide sorrise. Si sistemò la giacca di pelle.

«Se non vuoi puoi ancora dire di no e venire da me per il week-end, lo sai, vero?» disse Andy e le strinsi una mano tranquillizzandola.

«Grazie, ma sono pronta per fare questo viaggio!» le risposi, e lei sembrò capire. Quando arrivammo davanti ad Ash, Andy si mise di fronte a me pronta per dire qualcosa, ma Ash la anticipò.

«Non le succederà nulla, lo prometto!» dichiarò Ash e io lo guardai sorridendo. Il mio cuore batteva all'impazzata. Andy annuì e poi si girò verso di me, mi strinse in un abbraccio.

«Ti voglio bene, Jo. Chiamami per qualunque cosa» mi disse e io ricambiai la stretta. Andy si allontanò, camminando verso casa sua. Ash prese dalle mie mani il borsone e lo legò sulla moto. Mi tese una mano e io la presi avvicinandomi a lui. Mi circondò con le sue braccia e io alzai il viso sorridendo.

«Pronta per una nuova avventura?» mi chiese e io annuii.

«Sei veramente sicura?» mi domandò ancora. In risposta mi alzai in punta di piedi e unii le nostre labbra. Ash reagì subito, stringendomi a lui. Quando ci staccammo io sorrisi e Ash mi passò uno dei caschi. Lo indossai e poi salimmo in moto, partendo per la città dei miei sogni.

Ero pronta a essere la vera me.

15

Per la prima parte del viaggio rimasi vigile e attenta. Mi sentivo ancora in colpa. Sperai che questo sentimento passasse al più presto. Avevo rischiato tutto per questo viaggio e per Chicago, e volevo godermeli. Dopo un po' appoggiai la testa sulla schiena di Ash e chiusi gli occhi beandomi dell'aria fresca che mi sferzava il viso e arrossava la pelle. Non mi addormentai completamente, ma mi rilassai. Provai a non pensare a mia mamma e ai miei fratelli. Aprii gli occhi quando sentii la moto rallentare. Alzai il viso e vidi che Ash stava entrando in una stazione di servizio, probabilmente per la benzina.

«Piccola?» mi chiamò Ash girandosi leggermente verso di me.

«Sì?» gli domandai togliendomi il casco e provando a sistemarmi i capelli arruffati dal vento. Ash mi guardò mentre mi spostava una ciocca di capelli dal viso.

«Sei bellissima...» mi disse piano e io arrossii.

Mi aiutò a scendere dalla moto e poi ci dirigemmo verso il bar.

«Compro due snack e faccio il pieno» mi disse.

«Vado alla toilette» risposi. Mi chiusi in bagno e mi sciacquai il viso con l'acqua fredda per riprendermi. Il viaggio in moto mi aveva calmato a tal punto che mi sentivo leggera. Ash sembrava tranquillo, ma capii che aveva fretta di tornare. Non sapevo quali questioni dovesse risolvere, ma sembravano urgenti.

Uscii dal bagno e lo vidi, seduto al bancone mentre beveva un caffè. Si passò una mano tra i capelli. Sembrava pensieroso.

Quando mi notò i suoi occhi si illuminarono e mi sorrise facendomi cenno di raggiungerlo e così feci.

Lui mi mise un braccio sulla vita quando fui di fianco a lui e poi mi fece sedere sulle sue gambe.

«Vuoi qualcosa?» mi domandò.

Io scossi la testa, troppo concentrata a sentire le sue dita muoversi sulla mia gamba. Anche se avevo indosso i jeans mi sembrò di sentire perfettamente il calore delle sue dita sulla mia pelle.

Quando finì il caffè Ash pagò, uscimmo e io mi strinsi le braccia intorno al corpo per il freddo.

«Tieni» disse Ash passandomi il suo giubbotto nero di pelle.

«No, sto bene» gli risposi, non volevo che viaggiasse senza.

Lui allungò il giubbotto e mi guardò con sguardo fermo, non avrei potuto vincere, così lo presi e lo indossai. Ash fece benzina e io camminai intorno alla stazione di servizio per sgranchirmi le gambe. A detta di Ash mancava ancora un bel po' di strada. Arrivai sul lato dell'edificio. Feci per tornare indietro quando vidi Ash venire verso di me. Eravamo gli unici in tutta la stazione di servizio. Si avvicinò e io feci due passi indietro finendo con la schiena contro il muro.

«Mi piace vedere la mia giacca su di te, è come se avessi una parte di me...» mi sussurrò avvicinandosi con il viso verso il mio collo, poi iniziò a baciarlo.

Quando alzò il viso, c'erano pochi centimetri che lo dividevano dal mio, le sue labbra dalle mie. Il suo viso era illuminato dalla luna e i suoi occhi splendevano. Fissai le sue labbra che formarono poi un sorriso. Mi morsi il labbro. Pian piano sentii una pressione crescere dentro di me. Posai le mani sul suo petto e lo accarezzai. Era così maledettamente bello da togliermi il fiato ogni volta.

Volevo baciarlo, da morire.

«Ash...» dissi piano.

«Cosa?» mi chiese lui con la voce ferma.

«Baciami.»

Sorrise e poi finalmente mi accontentò. Le sue labbra si impadronirono delle mie. Le mie mani scattarono tra i suoi capelli e le sue sulle mie cosce. Mi alzò da terra e io agganciai le gambe sulla sua vita. Mi baciò senza tregua.

Io lo strinsi a me come se lui fosse la mia aria, il mio ossigeno, e così era. Non potevo stare senza di lui. Era più forte di me.

Gli strinsi i ricci tra le dita e lui gemette. Lasciò la mia bocca per esplorare il resto del viso e poi tornare sulle mie labbra.

Sentii un formicolio espandersi verso il mio basso ventre.

Mi staccai senza fiato e appoggiai la fronte alla sua. I nostri respiri erano irregolari.

«Io...» sussurrai incerta e con il fiato corto.

«T... tu cosa?» balbettò anche lui e in quel momento sentii la sua sicurezza svanire. Come se fossi appena riuscita ad abbattere un piccolo pezzo dei suoi muri.

«Niente...» risposi e poi lo baciai di nuovo.

«Dovresti vederti, sei la cosa più bella di sempre...» mi disse e poi infilò una mano sotto la mia maglietta. Toccò la pelle nuda dei miei fianchi accarezzandola e io unii nuovamente le mie labbra con le sue.

Mi strinse a sé e a ogni suo bacio io mi sentivo sempre più libera, come se con i suoi baci riuscisse a regalarmi la libertà che avevo sempre voluto.

Quando si staccò per l'ultima volta, mi guardò e sorrise, poi mi fece rimettere i piedi per terra. Prese la mia mano nella sua e insieme tornammo alla moto.

Per il resto del viaggio rimasi con gli occhi chiusi e con il viso appoggiato sulla sua schiena. Iniziò a farsi tardi e io pian piano sentii la stanchezza aumentare. Provai a restare sveglia. Così aprii gli occhi e iniziai a vedere le campagne sparire dietro di me. Chicago la notai subito. Anche da lontano si vedevano le luci e i grattacieli. Mi tirai su e ansiosa osservai tutta la strada cambiare, finché non fummo nel centro della città. Mi tolse il fiato. Non mi ero mai mossa da casa prima di allora e, quando mi ritrovai circondata da così tanti suoni e luci, nonostante fosse piena notte, rimasi sbalordita. Non riuscivo a credere di essere veramente a Chicago. Solo mio padre me ne aveva parlato un po' durante la mia infanzia. Viaggiando molto per lavoro ci era stato diverse volte. Mi sembrò di risentire le sue parole mentre mi accorgevo che ogni sua descrizione era vera. Era proprio così. Poco dopo Ash fermò la moto in una strada costeggiata di case a schiera.

«Si... siamo a...» balbettai incredula.

«A Chicago» finì lui per me. Ash scese dalla moto e io lo imitai, continuando a guardare intorno. Gli passai distrattamente il casco, incredula. Eravamo abbastanza in centro tanto da riuscire a vedere i grattacieli brillare a pochi isolati da lì.

«Questo è il mio appartamento...» disse. Mi girai e lo trovai intento ad aprire un cancelletto di ferro. Al di là c'era una casetta a schiera in mattoni.

Presi il mio borsone dalla moto e sistemandomi lo zaino sulle spalle lo seguii. Ash aprì la porta ed entrò. Feci qualche passo in avanti e poi mi richiusi la porta alle spalle, timorosa. Diedi un'occhiata in giro e fu in quel momento, mentre Ash posava le sue cose sul divano e si muoveva a suo agio, che mi accorsi di non essere più a casa mia. Di essere in un posto sconosciuto, a casa di una persona che conoscevo da così poco tempo. Vidi le foto appese al muro e non riconobbi nessuno. Che cosa mi era saltato in mente? Perché avevo accettato di andare con lui? Lasciai cadere il borsone a terra e chiusi gli occhi cercando di calmarmi. Mi irrigidii, ferma sul posto, non mi mossi.

La mia mente stava andando troppo veloce.

Sì, ero in un posto nuovo, ma con Ash al mio fianco potevo stare tranquilla, ne ero certa.

«Piccola?»

La sua voce mi riportò per un secondo alla realtà, lasciando per un attimo i miei problemi da parte. Lo sentii avvicinarsi a me, mi mise le mani sulle spalle e iniziò a disegnare cerchi immaginari con i pollici.

«Stai bene?» mi chiese a bassa voce.

Lentamente alzai lo sguardo dal suo petto, risalii sul suo collo, la bocca, il naso e poi incontrai quegli occhi di ghiaccio. Mi soffermai a osservarlo, quasi paurosa di parlare. Lui sbatté le ciglia e corrugò la fronte, cercando di capire cosa mi stesse succedendo.

«Solo, non lasciarmi...» sussurrai. Vederlo davanti a me, vedere i suoi tratti familiari mi calmò, anche se tutte le emozioni che avevo provato durante la giornata fino a quel momento mi avevano destabilizzato e non poco. Ash mi strinse tra le braccia e io mi rilassai.

«Sono qui, non ti lascio.»

Mi sentii piccola tra le sue braccia e tutto a un tratto molto stanca. Sentii Ash alzarmi da terra e circondarmi le gambe con un braccio. Mi aggrappai al suo collo, appoggiai la testa sul petto e mi lasciai trasportare. Non guardai dove mi stesse portando.

Ash mi posò su un letto e subito dopo mi tolse le scarpe. Il materasso si piegò sotto un altro peso. Ash si stese al mio fianco, mi abbracciò e io mi strinsi a lui. Chiusi gli occhi mentre mi stampava un bacio sulla fronte.

«Mi sto innamorando di te, ragazzina...» sussurrò Ash al mio orecchio, ma io ero troppo stanca per ragionare, così chiusi gli occhi e mi abbandonai al sonno.

16

Aprii un occhio controvoglia, ma una mano continuava a scuotermi così mi arresi, nonostante fossi ancora stanca. Quando capii dov'ero quasi mi prese un colpo. Mi aspettavo di ritrovarmi a fissare il mio soffitto verde, con Leo in cerca di coccole, invece no. Ai piedi del letto che mi guardava con le mani sui fianchi vidi lei. La bellissima ragazza dai capelli neri e dalle labbra rosso fuoco che avevo visto con Ash. Quando me ne resi conto mi bloccai. Oddio, come avevo fatto a fidarmi di lui? Lei era la sua ragazza e mi aveva appena trovato nel suo letto!

«Ben svegliata!» urlò lei tutto a un tratto.

Mi alzai a sedere e mi rannicchiai contro la testiera del letto, tirando il lenzuolo per coprirmi.

«Ho sentito molto parlare di te, anche troppo a dir la verità» mi disse e poi allungò una mano verso di me.

«Piacere, io sono Sasha!» si presentò sorridendo e io non capii. Non era arrabbiata con me? Le strinsi la mano dubbiosa e poi finalmente sentii la sua voce.

«Sasha, lasciala stare!»

Mi alzai e superai la ragazza cercando Mr Occhi di Ghiaccio.

Non appena misi piede in corridoio mi scontrai con lui.

«Ehi...» mi disse quando gli finii tra le braccia.

Presi un respiro profondo e poi lui si abbassò per baciarmi dolcemente. Io lo bloccai. Mi aveva mentito ancora! Ash mi guardò senza capire, fino a quando i suoi occhi si illuminarono.

«Jo, ti presento mia sorella Sasha!» mi spiegò tenendomi stretta a sé. Io lo fissai sconvolta. Per tutto questo tempo avevo pensato fosse la sua ragazza e invece era sua sorella?!

La ragazza si avvicinò e mi strinse in un abbraccio.

«Sono così contenta di conoscerti!» disse emozionata.

«Ah...» mi uscì dalla bocca.

Sasha iniziò a parlare, raccontandomi di tutte le cose che Ash le aveva detto di me. Io provai a seguirla, ma ero ancora troppo addormentata e sconvolta da questa scoperta. Mr Occhi di Ghiaccio al mio fianco iniziò a ridere e a scuotere la testa, poi mi prese per mano e mi trascinò via da lei, che si lasciò scappare dei mugolii di dispiacere.

«Non mi avevi detto di avere una sorella» gli sussurrai. Lui annuì guardando il pavimento. Entrò in cucina, poi girandosi verso di me mi posò le mani sui fianchi per sollevarmi da terra e farmi sedere sul bancone della cucina.

«Vuoi qualcosa?» mi domandò.

Io annuii e feci per dirgli cosa volessi, ma lui mi anticipò.

«Latte e caffè, vero?»

«Sì, ma come fai a...» iniziai io.

«Intuizione» mi disse con il suo solito sorriso.

Lo guardai mentre si muoveva in cucina con disinvoltura e sicurezza. Erano due delle sue caratteristiche che mi lasciavano senza fiato, sempre. Mi versò il latte in una tazza verde acqua e poi aggiunse il caffè. Mentre stavo bevendo, sua sorella entrò in cucina, tutta saltellante. Indossava degli shorts e una canotta rossa come il rossetto che portava.

I capelli neri le ricadevano sulle spalle in lunghe onde mosse. Era favolosa. Io anche con tutto l'impegno del mondo non sarei riuscita a essere così spettacolare. Era bella e sicura, e in quel momento, mentre la osservavo, notai una forte somiglianza tra lei e Ash: i capelli neri, gli occhi azzurro ghiaccio, la sicurezza.

Poco dopo lasciò un bacio sulla guancia di Ash e uscì di casa salutandoci.

«Wow!» commentai a bocca aperta.

«Sì, è un uragano, lo so» confermò lui ridendo. Ash si avvicinò a me e mi prese la tazza dalle mani. La posò sul bancone e poi mise le sue mani sulle mie ginocchia. Mi aprì le gambe e si mise tra di esse.

Con una mano iniziò a tracciare il contorno del mio viso. Chiusi gli occhi beandomi del suo tocco. Il mio respiro iniziò ad accelerare. Quando riaprii gli occhi, Ash stava sorridendo. Spostò la mia mano sui suoi fianchi e poi mi baciò. Mi baciò come se gli mancasse l'aria e io ricambiai come se lui fosse la cosa che volevo di più al mondo.

«Mmm» gemetti quando la sua bocca finì sul mio collo e morse un punto sensibile della mia pelle, per poi baciarla più dolcemente. Mi aggrappai alle sue spalle. Ash mi sollevò e io agganciai le gambe al suo bacino. Camminò fino in camera sua. Continuò a baciarmi e io mi sentii come se fossi finita in paradiso.

Mi faceva sentire così bene!

Mi stese sul letto e continuò a baciarmi, ad accarezzarmi. Si mise delicatamente sopra di me e si sostenne con le braccia.

Mi lasciò un ultimo bacio sul collo, poi ridendo alzò la testa e fissò i suoi occhi di ghiaccio nei miei.

«Per quanto ami stare così con te, dobbiamo andare, devo farti visitare Chicago!»

Lo baciai un'ultima volta e poi iniziammo a prepararci.

Chicago superava di gran lunga le mie aspettative. Era molto meglio di quello che mi ero immaginata. Era dinamica, piena di persone provenienti da tutto il mondo, ricca di luce, suoni, stimoli e possibilità. Tutte cose che nella mia vita erano mancate, rinchiusa nel mio piccolo paesino.

Qui tutto era imprevedibile.

«È... Wow» dissi stupefatta, non riuscendo a trovare altre parole per descriverla.

«Sì, lo so, anche se ci vivo da sempre, ogni volta mi sorprendo» mi strinse la mano e mi aiutò a salire sulla sua moto.

«Forse perché questa è casa tua» mormorai indossando il casco.

«Sì, be', se così si può chiamare» disse lui con tono malinconico, poi accese la moto e partì. Mi strinsi a lui. Più scoprivo cose su Ash e più mi rendevo conto che lui doveva aver sofferto molto in passato, e per qualche ragione sentii il bisogno di aiutarlo.

Mi guardai intorno con un sorriso stampato sulle labbra che non aveva intenzione di andarsene. Ero troppo felice di essere lì, di essere nel posto in cui dovevo essere.

Non molto tempo dopo Ash si fermò di fronte a un palazzo grigio. Davanti a esso c'era una tettoia nera che copriva delle scale, le quali scendevano sottoterra. Io smontai dalla moto e gli passai il casco, continuando a guardarmi in giro.

Quando mi prese per mano e iniziò a camminare verso le scale per poco non caddi, troppo distratta dalla bellezza di Chicago. Scendemmo le scale e arrivammo davanti a una porta nera. Ash iniziò a bussare in modo strano, mentre io alzai lo sguardo e vidi appesa un'insegna con scritto COBAIN'S PUB. Poco dopo la porta si aprì e al di là comparve una ragazza dai capelli rossi tutta sorridente che ci fece entrare.

«Ash, sei tu? Il nostro Ash?» lo accolse ridendo, mentre lo abbracciava.

«Sì sì, Ruby sono sempre io» disse abbracciando contemporaneamente lei e tenendo per mano me.

Chi era questa Ruby? Osservai il modo in cui lei lo teneva stretto e subito capii. Doveva essere veramente una delle sue migliori amiche o forse qualcosa di più dato il modo intimo con cui si abbracciavano.

Quando finalmente si staccarono, Ash mise un braccio sulle mie spalle e mi circondò.

«E questa piccolina da dove l'hai tirata fuori?» domandò la ragazza sorridendo. Mi mise una mano in testa e mi scompigliò i capelli. Chi pensava che fossi? Una bambina?

«Lei è...» iniziò Ash, ma io lo precedetti.

«Jo, mi chiamo Jo» risposi il più decisa possibile. Non capii perché ma quella ragazza non mi aveva fatto una buona impressione.

«Scollati un attimo» mi disse, poi prese per mano Ash e lo tirò in una stanza, da dove poi sentii provenire varie urla ed esclamazioni. Li seguii con calma, ma prima di entrare abbassai lo sguardo sui miei vestiti.

Com'ero messa? Mi sistemai gli shorts di jeans che stavo indossando e lisciai la camicetta a fiori. Quando entrai nella stanza molte facce sconosciute si girarono verso di me, e tutti si zittirono per osservarmi.

«Oh, Ash, questa bella ragazza dove l'hai trovata?» chiese un ragazzo dai capelli mori ad Ash che si trovava in mezzo alla sala con Ruby.

Mr Occhi di Ghiaccio si voltò verso di me, mi sorrise e i suoi occhi si illuminarono. Mi raggiunse lasciando Ruby da sola e mi prese per mano.

«Piccola, ti presento Mike» e un ragazzo dai capelli castani alzò la mano e mi salutò con un sorriso. «Questi sono George,» il ragazzo che aveva parlato prima mi fece un sorriso e un cenno con la mano «Alexis,» una ragazza bionda mi sorrise molto gentilmente «Luke,» un ragazzo dai capelli biondi mi fece un sorriso «Daisy» una ragazza dai capelli rosa, mentre masticava una gomma, mi lanciò un'occhiata poco interessata. «Lei la conosci, è Ruby e questo è Andrew» un ragazzo dai capelli scuri mi fece un cenno con la testa. «Ragazzi, lei è Jo» disse infine Mr Occhi di Ghiaccio rivolto a tutti.

«Ciao, vieni, accomodati» mi disse Alexis sorridendomi. Mi avvicinai a lei e mi sedetti sul divanetto di pelle scura.

«Ciao» salutai io con un sussurro.

Tutte quelle attenzioni risvegliarono la mia timidezza, cosa che non volevo accadesse. Ero partita per affrontare nuove sfide e per incontrare nuove persone; non potevo demoralizzarmi alla prima difficoltà.

«Io sono Alexis Meyer, conosco Ash da quando era piccolo. Ci tenevo a presentarmi perché lo sappiamo tutti che Ash fa schifo nel presentare! Ma è un vero piacere conoscerti...» mi disse porgendomi la mano.

Io gliela strinsi ridendo un po'. Forse avevo trovato un'alleata.

«Tu da quanto lo conosci?» mi chiese Alexis poi.

«Oh, non da molto» le risposi mentre il mio sguardo vagava per la stanza alla ricerca di Ash. Lo trovai seduto tra Luke, Mike, Daisy e con Ruby sulle sue gambe.

«Scusami se te lo chiedo, ma tra Ruby e Ash c'è stato qualcosa?» le domandai a bassa voce. Non riuscivo a vedere Ruby così vicina ad Ash senza chiedermi se fossero stati insieme o se ci fosse ancora qualcosa tra di loro.

«Hanno avuto una storia lunga, ma si sono lasciati già da qualche anno. A dir la verità Ash ha lasciato Ruby, ma lei non l'ha mai accettato» mi raccontò Alexis e io annuii. Le mie intuizioni erano corrette. Il modo di Ruby di porsi nei confronti di Ash mi era sembrato troppo intimo perché lei fosse solo un'amica.

«Alexis, non iniziare a fare la pettegola come al tuo solito!» una voce al mio fianco attirò la mia attenzione, così mi girai e mi trovai davanti George con un sorriso malizioso.

«Non è vero!» si lamentò Alexis alla mia destra.

«È vero, ma piuttosto, piccola Jo, lascia perdere quel rammollito di Ash e vieni a scoprire il paradiso con il tuo George...» George mi sorrise malizioso.

«Oh, mio dio, George, non te ne lasci scappare una, vero?» squittì Alexis al mio fianco. Io mi alzai e li lasciai a battibeccare tra loro. Mi sedetti vicino all'unico ragazzo che era rimasto solo e che stava trafficando con il telefonino.

«Mmm, ciao...» tentai io.

Lui alzò lo sguardo e mi sorrise sincero.

«Ehi, ciao, scusami, io sono Andrew» disse porgendomi la mano.

«Jo» gli risposi sorridendo a mia volta.

Andrew mi fece un ultimo sorriso e poi tornò a maneggiare con il suo telefonino.

Iniziai a guardarmi intorno, George e Alexis stavano ancora battibeccando come due bambini. Luke, Mike e Daisy stavano parlando. Mentre Ruby si era avvicinata sempre di più ad Ash. In quel momento la vidi muoversi vicino al suo viso e decisi di andarmene. Non volevo rimanere. Ero troppo gelosa e quella vista mi faceva soffrire. Non era stata una buona idea venire qui. Ero quasi arrivata all'uscita quando una mano si posò sul mio braccio.

«Ehi, piccola, dove scappi?» mi domandò Ash facendomi girare verso di lui.

«Ruby...» dissi guardandolo storto.

«Ah sì, siamo stati insieme per molti anni. Io l'ho mollata, Jo, te lo giuro, non mi interessa più, solo che per lei non è ancora così. Le dirò di smetterla, perché la mia ragazza è molto gelosa» disse Ash sorridendo. Si avvicinò a me e mi lasciò tanti baci sul viso, sulle guance, finché non arrivò alle mie labbra. Ricambiai il bacio. Come non potevo? Io sentivo di amarlo. Volevo stare solo con lui, al suo fianco, sentirmi amata. Quando ci staccammo, Ash mi sorrise.

«Per farmi perdonare, ti va di andare a mangiare in un bellissimo ristorante sul lago?» mi domandò. Io annuii e Ash mi baciò nuovamente. Uscimmo senza nemmeno salutare i suoi amici. Salimmo sulla moto e partimmo.

17

Il ristorante era a dir poco magnifico. La vista sul lago mi lasciò senza fiato e il cibo era squisito. Verso la fine del pranzo il cellulare di Ash squillò.

«Pronto?» rispose e io lo osservai.

In pochi secondi la sua espressione serena cambiò. Il suo sguardo si fece più duro e la sua fronte si corrugò cercando di capire cosa stesse dicendo la persona dall'altro lato del telefono. Io provai ad ascoltare, ma non sentii nulla se non le parole 'problema' e 'urgente'. Pensai si trattasse di quelle questioni urgenti di cui Ash doveva occuparsi. Quando chiuse la chiamata prese il bicchiere dove aveva versato una birra e la bevve tutta d'un fiato. Io lo fissai. Era improvvisamente agitato.

«Dobbiamo andare! Ti porto a casa!» annunciò Ash con tono duro e si alzò di scatto dal tavolo. Io lo imitai. Cosa gli era preso? Perché quella chiamata aveva cambiato così tanto il suo umore? Ash lasciò delle banconote sul tavolo e poi mi prese per mano trascinandomi velocemente fuori dal locale.

«Ash, fermo! Che succede?» gli domandai allarmata. Non l'avevo mai visto così agitato e nervoso come in quel momento. Ash senza rispondermi mi passò il casco e mi intimò di salire sulla moto. Obbedii. Era arrabbiato, questo l'avevo capito; avrei solo voluto sapere perché. Ash sfrecciò come un fulmine e io mi aggrappai a lui per non cadere. Quando arrivò davanti a casa mi fece scendere e sistemò il casco. Mi lasciò lì con in mano le sue chiavi di casa.

«Ci vediamo dopo!» urlò, e poi ripartì velocemente.

Non sapevo cosa fosse successo, ma sicuramente qualcosa di grave.

Andai ad aprire la porta della casa di Ash. Entrai e in cucina trovai Sasha che sorseggiava del vino rosso.

«Ciao, Sasha!» la salutai e lei mi sorrise invitandomi a raggiungerla. Mi sedetti su una sedia del tavolo della cucina.

«Vuoi?» mi domandò indicando il vino. Io scossi la testa ringraziandola.

«Posso chiederti una cosa?» le domandai sperando che almeno lei potesse dirmi qualcosa in più su cosa fosse successo ad Ash. Lei annuì e io le spiegai cos'era appena accaduto.

«Sai, ora che me lo fai notare, succede spesso; Ash riceve delle chiamate e si agita. Scappa via e quando torna è come se nulla fosse successo, ma non so il vero motivo...» mi spiegò lei.

Era una cosa frequente allora. Cosa stava nascondendo Ash? Cosa gli stava accadendo?

Io e Sasha continuammo a chiacchierare del più e del meno per quasi un'ora. In ogni parola di Sasha traspariva l'amore per suo fratello e io fui molto felice di scoprire nuove cose sul suo conto. A fine conversazione ringraziai Sasha e andai in camera di Ash. Volevo approfittare della sua assenza per darmi una rinfrescata. Entrai nel suo bagno con tutto il necessario e aprii l'acqua della doccia. Mi spogliai e mi infilai sotto il getto caldo.

Non so per quanto tempo restai sotto l'acqua calda senza fare nulla. Me ne sono rimasta lì a pensare a tutte le cose che mi erano successe in così poco tempo. Ash aveva stravolto completamente il mio mondo. Mia madre, i miei fratelli e le mie bugie. Ruby, e ancora Ash.

Quando uscii dalla doccia avevo la pelle tutta rossa per via dell'acqua calda. Lo specchio del bagno era ricoperto di vapore, così lo pulii con un asciugamano e riuscii a vedere il mio riflesso. Mi asciugai i capelli e poi indossai una tuta nera. Uscii dalla camera e attraversai il corridoio per entrare in cucina. Non c'era nessuno, anche Sasha sembrava sparita. Osservai l'orologio appeso al muro e notai che erano già le sei passate. Dov'era Ash?

Presi un bicchiere d'acqua e mi appoggiai al bancone guardando malinconica la porta di entrata. Ripensai a come tutto era cambiato in lui dopo quella chiamata. In quel momento la porta si aprì con un tonfo facendomi sobbalzare. Due figure intente a baciarsi si fiondarono all'interno e se la richiusero alle spalle.

Cercai di guardare meglio... erano Sasha e Andrew? Lui la spinse contro il muro e le sue mani iniziarono a vagare sotto la sua gonna.

«Ehm...» mi schiarii la voce per farmi sentire.

Loro, sorpresi, si girarono verso di me. Poi Sasha mi sorrise e si staccò da lui.

«Oh, mio dio, è vero che ci sei tu, Jo, mi ero dimenticata che fossi qua...» mi disse dispiaciuta mentre si avvicinava al bancone della cucina.

«Mmm, niente, tolgo il disturbo, tranquilli...» iniziai a incamminarmi verso la camera di Ash, ma la voce di Andrew mi bloccò.

«No, tranquilla, resta, tanto dovevo andare comunque...» mi disse Andrew sorridendo leggermente.

«Ci vediamo stasera!» sussurrò Sasha dopo essersi avvicinata di nuovo a lui per baciarlo.

«Sì, piccola, a stasera. Ciao Jo» mi salutò e poi uscì di casa.

Io finii il bicchiere d'acqua cercando di calmarmi, ero veramente imbarazzata.

«Sei tutta rossa!» mi disse Sasha mentre si sedeva sul tavolo con le gambe penzoloni.

«Mmm, sì, io...» volevo scusarmi, mi sentivo mortificata per averli interrotti.

«L'hai già fatto?» mi domandò a bruciapelo, scrutandomi con i suoi occhi azzurri.

«Che cosa?» le chiesi tranquilla mentre bevevo un altro goccio d'acqua.

Non sentendo risposta la guardai e quando vidi il suo sguardo malizioso, accompagnato da un sorriso furbo, capii di cosa stesse parlando e sputai l'acqua sul bancone.

Me l'aveva chiesto sul serio, nonostante ci conoscessimo da neanche ventiquattro ore?

«Oddio, non l'hai mai fatto! Non ci credo!» urlò eccitata scendendo dal tavolo. Io cercai di nascondermi prendendo della carta e asciugando il bancone. In che casino mi ero ficcata...

«Che cosa si fa stasera?» chiesi cercando di cambiare argomento.

«Un giro al Cobain!» mi rispose sempre su di giri.

«Dovrai sembrare più grande di almeno tre anni, ma per questo ci sono io. Sarai una vera bomba...» esclamò entusiasta.

«Mmm, grazie...» le risposi senza sapere cosa dire.

«Ora ordino due pizze per cena e poi possiamo iniziare a prepararci» mi disse mentre componeva un numero sul cellulare.

«Ash?» le domandai.

«Mi ha chiamato dicendo che era ancora occupato in una faccenda, ma tornerà presto tranquilla!» mi spiegò sorridendo.

Poi Sasha iniziò a parlare al telefono, ordinando una pizza margherita maxi, e io andai in salotto e accesi la televisione.

Sarei sopravvissuta a quella serata?

Dopo cena tornai in camera di Ash e mi misi a leggere un libro. Avevo bisogno per pochi minuti di ritornare temporaneamente a casa, nel mondo in cui avevo sempre vissuto. Mi tranquillizzò e non mi fece pensare che Ash non era ancora rientrato. Iniziavo a preoccuparmi. Era stato in giro a far chissà cosa tutto il giorno e non mi aveva neanche mandato un messaggio.

Sasha entrò in camera come un uragano poco dopo, mentre io stavo ancora leggendo il libro.

«Hai bisogno di qualcosa?» le domandai mettendo il segnalibro alla pagina a cui ero arrivata.

«Tu hai bisogno me, tesoro!» mi rispose sorridendo. Si sedette sul letto accanto a me e continuò a guardarmi.

«Per cos'è che avrei bisogno di te?» le chiesi curiosa, senza capire.

«Sei depilata?» mi domandò subito.

«Cosa?»

«Hai capito, Jo. Bisogna essere sempre in ordine...»

La zittii prima che finisse la frase. «Sì, sono a posto.»

Era stata Andy a obbligarmi perché aveva avuto paura di farlo da sola, e così all'inizio dell'estate ero stata costretta ad accompagnarla e a subire quella tortura insieme a lei.

«Bene, ma le sopracciglia non molto da quello che vedo...» mi disse.

Mi portai le dita sulle sopracciglia preoccupata. Non mi piacevano le sopracciglia troppo sottili o disegnate. Ero sempre stata così e non sapevo se sarei riuscita a vedermi in modo diverso.

«Dài, poco, come le mie...» mi disse Sasha per rassicurarmi.

Ma non mi convinse e così mi posò una mano sulla spalla e mi disse: «Senti, come avrai notato, Ash è bello quasi quanto me e nel nostro giro moltissime ragazze vorrebbero essere al tuo posto. Devi farti notare oppure proveranno ad attirare la sua attenzione!»

Anche se controvoglia, annuii. Non potevo negare che Ash fosse bellissimo ed ero ben consapevole di quali occhi avrebbe avuto addosso quella sera: quelli di Ruby.

«E va bene.»

Felice Sasha mi portò in camera sua che non era tanto differente da quella di Ash, aveva solo un tocco femminile in più. Mi fece sedere su una sedia girevole rosa e vagò per la stanza in cerca di qualcosa.

Quando trovò un beauty-case viola leopardato esultò, lo posò sulla scrivania e ci rovistò dentro.

«Chiudi gli occhi.»

Io eseguii il suo ordine, poi iniziò a strapparmi i peli superflui dalle sopracciglia.

Ahia!

«Se bella vuoi apparire, un poco devi soffrire, ricordatelo» mi disse.

Dopo pochi minuti la tortura finì e io mi specchiai constatando che il mio viso sembrava differente.

Sasha guardò nell'armadio e, mentre cercava un vestito che mi stesse bene, andai in cucina a bere un bicchiere d'acqua. In quel momento la porta si aprì ed entrò Ash. Posai subito il bicchiere e lo raggiunsi. Sembrava triste e cupo.

«Ehi...» dissi piano. Lui alzò lo sguardo e quando mi vide sorrise. Si avvicinò a me e mi strinse tra le sue braccia respirando profondamente. Io ricambiai la stretta sperando di dargli un po' di conforto. Ancora non sapevo cosa fosse successo, ma mi spezzava il cuore vederlo così.

«Scusami per come ti ho trattata oggi» mi disse guardandomi negli occhi per poi baciarmi.

«Tranquillo» risposi. Ora che era a casa ero molto più tranquilla.

«Jo, dove sei finita? Dobbiamo finire di prepararci! Credo di aver trovato il vestito perfetto per te!» urlò Sasha dalla sua camera, prima di apparire in corridoio.

«Oh, Ash, bentornato! Scusami, ma devo sequestrare la tua ragazza! Stasera si festeggia al Cobain il nostro ritorno! Quindi preparati!» gli ordinò Sasha prendendomi per un braccio e trascinandomi via da Ash. Lui rise leggermente vedendo la mia faccia disperata.

«Va bene» acconsentì e si diresse in camera sua.

Prima che Sasha chiudesse la porta della sua stanza dissi: «Ti prego, salvami!»

Ash rise e io fui soddisfatta di essere riuscita a renderlo un po' meno triste. La porta si richiuse e Sasha mi fece sedere su letto.

«Allora, devi assolutamente provare questo vestito!» disse passandomelo. «E forse anche questo!» aggiunse subito dopo. Così iniziai a provare il primo di una lunghissima serie di abiti.

Un'ora e un quarto dopo, ero stretta in un vestitino nero, con un'ampia scollatura sulla schiena. Portavo delle scarpe nere e lucide che erano le più alte che avessi visto in tutta la mia vita.

I capelli biondi erano arricciati sulle punte e mi scendevano morbidi sulle spalle. Sasha aveva insistito per mettermi il suo rossetto rosso preferito e l'eye-liner sugli occhi.

«Non ti sembra troppo corto? Questo vestito potrebbe essere una maglia» mi lamentai provando a tirarlo giù e continuando a fissarmi allo specchio insicura.

«Ma non è vero! È un vestito magnifico che farà impazzire tutti, fidati!» mi disse mentre si specchiava anche lei.

Sasha era fantastica in un abito rosso un po' più lungo e meno stretto, ma comunque attillato. Il solito rossetto rosso, molto mascara e una coda alta.

«Siamo degli schianti, ora andiamo, ci aspettano» mi disse dirigendosi alla porta, ma prima di uscire mi infilò il suo rossetto nella borsa.

«Credo che tra poco dovrai ritoccarti un po' il trucco...» rise leggermente e poi lasciò la stanza.

Io la seguii molto più lentamente e con meno sicurezza. Mi fermai prima di sorpassare la porta. Nessuno mi aveva mai vista così, nemmeno io.

Ero a dir poco terrorizzata della reazione di tutti. Feci un profondo respiro e uscii dalla stanza, camminai per il corridoio finché davanti a me non mi trovai tre paia di occhi che mi fissavano. Sasha sorrideva soddisfatta della sua creazione, Andrew aveva gli occhi spalancati e ad Ash cadde la sigaretta di bocca non appena mi vide.

«Ehi» gli dissi avvicinandomi a lui.

Sasha mi ricordò di muovere i fianchi come mi aveva insegnato mezz'ora prima nelle sue 'lezioni di portamento sui tacchi'.

«Eh... ehm, ciao piccola» mi disse Ash. «Questo vest... vestito è p... per usci... uscire o per...» balbettò lui.

«Oh, Ash, smettila, è magnifica, tienitela stretta!» gli urlò Sasha mentre usciva di casa con Andrew.

Ash mi guardò ancora dal basso verso l'alto e si inumidì le labbra.

«Voglio baciarti...» mi disse con voce roca avvicinandosi a me.

«Fallo» gli risposi più sicura di quello che pensassi.

Lui mi baciò senza ragionarci un secondo di più, mentre le sue braccia mi strinsero a sé. Mi morse il labbro inferiore e poi mi sussurrò sulla bocca.

«Sarà meglio andare...» mi disse.

Io mi allontanai da lui e annuii, ma poi mi ricordai.

«Aspetta...» Mi avvicinai allo specchio e mi rimisi il poco rossetto che Ash mi aveva tolto, pulii con un fazzolettino le sue labbra troppo rosse.

Lui rise leggermente e poi mi prese per mano accompagnandomi fuori, e io non potei fare a meno di seguirlo.

18

Dopo soli dieci minuti di viaggio mi ero vietata per sempre di indossare di nuovo dei tacchi così alti.

Scesi dalla macchina di Sasha aggrappandomi alla portiera, e poi aspettai Ash che parcheggiò la sua moto dietro l'auto. Appena arrivò mi offrì la sua mano e la presi, appoggiandomi a lui per evitare di finire con la faccia a terra. Ero sicura che Sasha mi avrebbe sicuramente rimproverata se mi fossi rovinata il trucco e il vestito. Guardai Sasha camminare vicino ad Andrew tutta esuberante, mentre Andrew rimaneva tranquillo al suo fianco, aspettandoci.

Andrew e Sasha erano una bella coppia, non c'erano dubbi, ma lei era troppo esuberante e lui troppo timido, non riuscivo a capire come potessero stare così bene insieme; forse perché gli opposti si attraggono. Camminai per mano ad Ash e dopo poco arrivammo davanti allo stesso palazzo di quella mattina, solo che le scale che portavano all'ingresso erano gremite di gente in fila.

Ash si fece largo tra la folla chiedendo permesso e cercando di proteggermi dagli spintoni della gente. Mentre superavamo tutte quelle persone, cercai di scusarmi per averli sorpassati. Ash sembrò non curarsene per niente e, quando arrivammo davanti al buttafuori, lo abbracciò.

«Ash, è da una vita che non ti vedo, dove ti eri cacciato?» gli chiese il ragazzo robusto dai capelli castani.

«Ero in cerca di qualcosa di speciale...» disse Ash girandosi verso di me con un sorriso. Ricambiai un tantino imbarazzata e poi abbassai lo sguardo.

«Ah, capito!» ribatté il ragazzo per poi farci passare e salutare anche Sasha con un caloroso abbraccio. Rilasciai un respiro quando finalmente ci allontanammo dalla folla. Il locale era del tutto differente da quel mattino.

Il bancone di vetro era illuminato da luci rosse, blu e bianche. Dietro di esso tre ragazzi facevano volare le bottiglie come se fossero delle piume e lì davanti, seduta su una miriade di sgabelli rossi, c'era gente di ogni tipo.

Ci incamminammo in mezzo alla folla, alla mia destra superammo la porta della stanza di quella mattina, dove sopra c'era un cartello che vietava l'accesso alle persone non autorizzate.

Passammo attraverso la pista da ballo. Lì sopra le persone si scatenavano a ritmo di una musica del tutto nuova per le mie orecchie. Poi Ash mi trascinò con dolcezza verso dei divanetti rossi dove vidi che erano seduti tutti i suoi amici.

George stava bevendo una birra con al suo fianco Daisy, dall'altra parte del divanetto Alexis parlava con Luke, anche se rivolgeva continue occhiate a George. Mentre Mike e Ruby ridevano tra di loro.

«Finalmente, amico!» disse George non appena vide Ash. Si avvicinò a lui e gli diede una pacca sulla spalla.

«Ciao, bello!» rispose Ash ridendo.

«Chi nascondi dietro la tua schiena?» chiese George con voce maliziosa, così Ash si spostò un po' e appena George mi vide la sua birra finì per terra. Sperai solo che fosse una reazione positiva. Il rumore del vetro in frantumi attirò un sacco di sguardi nella mia direzione.

«Wow, Jo, sei spettacolare...» disse George sorridendo.

Io ricambiai il sorriso imbarazzata, nascondendomi un po' dietro ad Ash.

Ash prese posto di fianco a Daisy e io mi sedetti vicino ad Alexis, invece Sasha si sedette accanto a Mike con al suo fianco Andrew.

Ruby si alzò e io non potei fare a meno di notare il bellissimo vestito che indossava. Era bianco con delle spalline ampie, aveva un grande scollo sul petto e, per quanto fosse possibile, era ancora più corto del mio. Sembrava un angelo, con il vestito che le fluttuava addosso a ogni movimento. Ovviamente si sedette sulle gambe di Ash dandomi la schiena e gli circondò il collo con un braccio, e insieme a Daisy e George iniziarono a chiacchierare.

«Ciao!» mi disse Alexis abbracciandomi. Ricambiai il suo abbraccio, felice che mi avesse distratto da quello che stava succedendo al mio fianco.

«Ehi» le risposi distogliendo lo sguardo da Ruby e Ash.

«Sei uno schianto» commentò entusiasta, mentre osservava il mio vestito.

«Anche tu sei favolosa...» le dissi sincera: era veramente bella.

Indossava un vestito blu notte che si intonava perfettamente con i suoi lunghissimi capelli biondi e i suoi occhi color del mare.

«Ciao Jo» mi salutò Luke sorridendomi, per poi bere un sorso di birra.

«Ciao, Luke» gli sorrisi.

«Luke, stai zitto!» esclamò Alexis.

Io risi vedendo lo sguardo sconvolto e sorpreso di Luke, poi lei si girò di nuovo verso di me.

«Non prendertela per la situazione» disse, mentre faceva il segno delle virgolette con le mani. «Lei è un po' possessiva...» mi rivelò abbassando la voce, ma dubitavo comunque che Ruby sentisse con il volume della musica così alto.

Doveva essere una ragazza molto cocciuta e determinata se ancora non aveva accettato la fine della loro storia.

«Allora siete tutti pronti?» chiese George ad alta voce, mentre si alzava dal divanetto.

Tutti annuirono e io mi guardai intorno senza capire.

«Per cosa?» sussurrai ad Alexis.

«Bere...» mi spiegò sogghignando. Infatti poco dopo un cameriere arrivò al tavolino che si trovava al centro tra i divanetti e posò su di esso un vassoio pieno di shot di un liquido trasparente.

«Dobbiamo brindare al ritorno di Ash!» urlò Mike, mentre ne prendeva uno.

Tutti gli altri lo imitarono e Luke, gentilmente, me ne porse uno.

«Oh, no, io non bevo» dissi scuotendo la mano rifiutando il bicchierino.

«Su, uno solo» mi incoraggiò Luke.

Scossi ancora la testa, a quel punto si girò Ruby e si rivolse a Luke.

«Lasciala stare, Lukey, è ovviamente troppo piccola per bere, nonostante le abbiano messo chili di trucco...» sibilò lei con tono superiore.

Luke stava per ribattere, quando presi in mano lo shottino, infastidita dalla voce di Ruby.

«Sai che ti dico, oggi farò uno strappo alla regola...» dissi a Luke sorridendo.

«Bene, al mio tre giù!» urlò George, ci alzammo tutti in piedi e al tre ingoiai quel liquido dolciastro che bruciò in gola.

«Amo la sambuca!» disse Alexis ridendo, io sorrisi sentendo il liquido caldo raggiungere il mio stomaco, dandomi i brividi.

Quella ragazza era del tutto pazza, infatti mi prese per mano senza preavviso e mi portò in pista. Inutile dire che quasi caddi tre volte con quei tacchi così alti.

Iniziò a scatenarsi e io la seguii divertita, ma di sicuro un po' più impacciata.

Poi passò un cameriere e lei rubò dal vassoio altri due shot e me ne allungò uno, che io prontamente rifiutai.

«Dài, lasciati andare per questa notte, quando potrai rifarlo?» si lamentò porgendomi il bicchierino. Io la fissai negli occhi e ci pensai su.

In effetti non aveva tutti i torti. Insomma, lunedì sarei tornata a casa e tutto questo strano sogno sarebbe finito, potevo spegnere la mente, almeno per una sera...

Così lo presi e lo ingoiai, solo che il liquido era molto più amaro e meno caldo.

«Vodka» mi spiegò Alexis quando vide la mia faccia perplessa.

Annuii e ricominciai a ballare. Continuammo finché Sasha non ci prese per mano e ci riportò al tavolo. Notai che alcune luci erano state spente rispetto a quando eravamo arrivati. Raggiunsi Ash che stava parlando con Mike e mi sedetti vicino a lui. Luke arrivò con alcune bottiglie. Iniziò a versare il liquido nei bicchierini e a passarli a tutti, stavolta accettai senza fare storie. Era la mia notte.

«Se non te la senti lascia perdere» mi sussurrò Ash all'orecchio.

Scossi la testa e iniziai a bere l'alcol dal bicchiere. Potevo farlo per una volta nella mia vita.

«In un sorso...» urlò Mike eccitato.

Il bicchiere non era piccolo, anzi era più grande del normale, ma mi feci forza e cercai di buttare giù il più possibile, sentendo la mia gola andare a fuoco e l'alcol scendere caldo fino al mio stomaco.

«Wow!» urlò Mike, complimentandosi. Io gli sorrisi.

Bevvi ancora un po' e da quel momento iniziai a ridere. Mi appoggiai alla spalla di Ash e chiusi gli occhi, mi sentivo leggera, la testa libera come se potessi volare. Sentii una mano afferrare la mia e alzarmi dallo sgabello. Aprii gli occhi e vidi Alexis che mi trascinava con lei, mi fece salire sul tavolo e iniziammo a ballare e a muovere i fianchi in preda alle risate. Poi abbassai lo sguardo sugli amici di Ash intorno a noi e vidi tutto sfocato tranne lui.

Ash mi stava guardando dal basso, mordendosi le labbra.

Alexis, ormai ubriaca, scese e prese George dal colletto della camicia, lo sbatté contro un muro e lo baciò senza sosta. Avevo intuito che c'era qualcosa tra loro. Portai le mani tra i capelli e continuai a ballare e a cantare la canzone.

«Sono più bella di te, Ruby!» urlai a squarciagola.

Oddio, l'avevo fatto davvero?

Ash mi prese una mano e mi fece scendere dal tavolo, faccia a faccia mi sussurrò: «Andiamo a ballare.»

Il suo alito caldo sul collo mi fece venire la pelle d'oca. Tutto era amplificato, così a un tratto mi ritrovai in pista con Ash che con le mani sui miei fianchi faceva aderire la mia schiena al suo petto.

Alzai le braccia all'indietro afferrandogli la nuca e iniziai a ballare con lui, spingendomi disinvolta contro il suo bacino. Iniziò a baciarmi il collo e a muovere le mani su e giù per il mio corpo.

«Io penso di amarti...» gli sussurrai nell'orecchio, ridendo un po'.

«Sei ubriaca» mi rispose lui.

«Non è assolutamente vero» dissi ridendo.

«Anch'io...» aggiunse poco dopo.

«Tu cosa?» mi bloccai e alzai lo sguardo verso i suoi occhi.

«Credo di amarti...» disse senza mai smettere di guardarmi.

In quel momento arrivò Luke e prese Ash per un braccio.

«Mike sta vomitando,» disse Luke con una risata e un aspetto stravolto, cosa che fece ridere anche me «devi aiutarmi.»

Trascinò via Ash, ma non me ne preoccupai, l'unica cosa che volevo fare era ballare, scatenarmi, dimenticare tutto, lasciandomi andare. A quel punto arrivarono Ruby e Daisy che si unirono a me.

«Ciao ragazze!» dissi ridendo leggermente.

«Jo, senti, volevamo scusarci con te, non siamo state molto amichevoli da quando sei arrivata, quindi ti abbiamo portato un cocktail per farci perdonare...» Daisy mi passò un cocktail con una cannuccia nera.

«Mmm, sì, effettivamente siete state un po' antipatiche...» ammisi ridendo e iniziai a bere il cocktail. Avevo così tanta sete che lo bevvi quasi tutto senza pensarci. Poi a un tratto sentii uno strano senso di stanchezza e un sapore strano che si faceva spazio nella mia bocca.

«Ma che roba è?» chiesi, ottenendo in risposta solo una risata. Il bicchiere mi cadde dalle mani, e le mie gambe cominciarono a tremare tanto che finii con il sedere a terra.

Vedevo tutto sfocato, niente era più nitido. Mi girava la testa da morire, e sentivo degli spasmi nello stomaco.

Chiusi gli occhi cercando di riprendere il controllo di me stessa, ma tutto intorno a me girava troppo velocemente, ombre che mi sorpassavano, voci che parlavano senza sosta nella mia testa. Tenni gli occhi chiusi per trattenere i conati di vomito. A un certo punto sentii l'aria fredda della notte contro la mia pelle e provai ad aprire gli occhi per vedere dove fossi, ma niente.

Atterrai su qualcosa di molle, poi udii una voce.

«La porti il più lontano possibile. Buon viaggio, piccola sgualdrina.»

Poi persi i sensi e il buio mi investì.

19

Ash

«Dovresti ringraziare di avere amici come noi!» disse Luke rivolto a Mike, e io gli diedi una pacca sulla spalla.

«Stai meglio?» gli chiesi.

«Sì, grazie, ragazzi...» disse mentre uscivamo dal bagno.

«Avresti dovuto bere meno» lo rimproverò Luke.

«Parla quello che è arrivato con tre bottiglie di vodka!» dissi ridendo.

Non avevo bevuto molto, ero ancora abbastanza lucido, molto più lucido di Luke e Mike. Entrambi tornarono al tavolo, dove vidi mia sorella, Andrew, George e Alexis immersi in una conversazione. Mancavano Ruby e Daisy.

E lei?

Mi girai verso la pista cercando di scorgerla attraverso l'ammasso di corpi sudati che ballavano. Niente. Dove si era cacciata? Setacciai con gli occhi tutta la pista e il bar del Cobain. In pista non c'era, al bancone neppure, al tavolo neanche. Mi passai una mano tra i capelli neri e inspirai terrorizzato. Avevo questa sensazione che mi stringeva il petto, era orribile. Non l'avevo mai provata prima. Mi affrettai a raggiungere gli altri.

«Avete visto Jo?» domandai preoccupato.

Andrew scosse la testa, mentre Alexis, mia sorella e George risero soltanto, chiaramente ubriachi.

Tornai indietro e la cercai nei bagni, spalancai la porta del bagno delle donne senza preoccuparmi della reazione delle ragazze presenti.

«Questo è il bagno delle donne» mi disse una ragazza dai capelli rosa con una voce stridula.

«Non immischiarti!» le risposi infuriato.

Spalancai una porta e trovai due ragazze intente a... Non capii bene cosa. Mi voltai e uscii disperato, poi vidi Daisy e Ruby entrare dalla porta principale. Ruby sorrideva in modo strano, conoscevo quel sorriso. Era successo qualcosa. Corsi tra la folla e le bloccai.

«Oh, ciao Ash!» mi disse Ruby aggrappandosi al mio collo.

Io e Ruby eravamo stati migliori amici da quando eravamo piccoli. Ricordo che mia mamma aveva fatto amicizia con la sua e da lì era nato il nostro legame. Era sempre stata una bambina furba e un po' birichina, ma niente di preoccupante.

All'età di diciassette anni mi portò a una festa vietata ai minori di diciotto anni nonostante io ne avessi sedici e lei diciassette. Quella sera ci ubriacammo pesantemente e lei mi baciò. Poi diede la colpa agli ormoni, fatto sta che persi la mia verginità con lei e da quel momento diventò la mia ragazza. Ero più piccolo e stare con lei mi aveva insegnato un sacco di cose.

Ci eravamo lasciati da un bel po' di tempo, ma lei pensava ancora che stessimo insieme. L'avevo mollata io perché l'avevo beccata a letto con uno. Nonostante tutto l'avevo perdonata perché a un certo punto avevo capito di essermi stufato di lei, di tutti i suoi giochetti subdoli. Avevo capito che Ruby non era la persona che volevo al mio fianco. Avevo bisogno d'altro.

«Ruby, dov'è Jo?» le chiesi staccando le sue braccia da me.

«Oh, non lo so... Quella sgualdrina non mi piace e non mi importa» e si fiondò sulle mie labbra, era instabile, così la presi in tempo.

La allontanai da me e la riafferrai prima che cadesse.

«Ti prego, Ash, noi siamo sempre noi, perché non capisci che lei non ti amerà mai come ti ho amato io. Non ti ricordi tutto quello che abbiamo passato insieme? Sono stati gli anni più belli della nostra vita! Perché ti attacchi a un'insignificante ragazzina quando puoi riavere la nostra storia! Quello che c'era tra noi è insuperabile, e lo so che c'è ancora. Noi siamo sempre stati fatti per stare insieme e lo siamo ancora!» Si aggrappò alle mie braccia.

«Ruby, smettila! Mi sembra di averti già spiegato cosa è successo, per me non è più così! Mi hai tradito, e anche più volte a quanto pare. Basta, Ruby!» mi scostai. «Dov'è Jo?» le urlai in faccia arrabbiato.

«Sai cosa ti dico, te ne pentirai, Ash, lei se ne andrà prima o poi come tutte! Ah, e corri, vai a salvarla, si sta facendo un giretto per... ops, non so dove.»

«Dimmi questo maledetto indirizzo!» le ordinai stringendole il braccio. Fu Daisy a parlare, dandomi un indirizzo alla periferia di Chicago.

Sfrecciai via, superai macchine su macchine, ricevendo insulti e colpi di clacson che mi sembravano solo suoni lontani. Attraversai un semaforo rosso senza fermarmi, sfidando anche la morte. Quando arrivai scesi dalla moto e mi guardai intorno.

In lontananza scorsi un uomo che parlava al telefono, camminando su e giù. Probabilmente si trattava del tassista. Solo in un secondo momento mi accorsi di tre ragazzi che trafficavano intorno alla macchina. Uno continuava a guardarsi intorno, quasi come se fosse preoccupato. Un altro era piegato all'interno del taxi e sembrava stesse cercando di afferrare qualcosa. Subito dopo passò al terzo ragazzo una scarpa da donna nera con il tacco, seguita poi dalla sua compagna.

Strinsi gli occhi avvicinandomi piano e cercai di vedere meglio.

Il ragazzo uscì dalla macchina con una ragazza bionda tra le braccia. Quel corpo esile, quei capelli biondi che le cadevano oltre le spalle, e quel viso che nessuno avrebbe mai potuto cancellare dalla mia memoria.

Iniziai a correre. L'alcol che avevo in corpo mi aiutò e appena arrivai davanti a loro tirai due pugni in faccia a uno. L'altro si girò e mi guardò male.

«Ma che cavolo fai?» mi urlò quello.

«Che cosa cazzo fate voi! Lasciate la mia ragazza...» ribattei io.

Quello che aveva in braccio Jo si girò con uno sguardo malizioso.

«Ah, la tipa svenuta è tua? Dài, mentre non è cosciente lasciaci divertire un po'.»

«Mettila giù.» Scandii bene le parole, stringendo i denti.

Chiusi i pugni.

«Amico, dài, lasciala» disse un altro.

Il tizio posò Jo per terra e poi scapparono via correndo.

Mi inginocchiai subito e sentii il suo battito. Era lento, ma presente. Doveva aver perso i sensi ed ero sicuro che la causa non fosse solo l'alcol che aveva bevuto. Sapevo che Ruby aveva escogitato qualcosa e gliel'avrei fatta pagare. La presi in braccio accarezzandole i capelli. Andai verso il tassista e gli dissi di salire in macchina. Montai fregandomene della mia moto. Sarei tornato il giorno seguente a prenderla. Diedi l'indirizzo di casa mia al tassista e lui partì. Strinsi Jo al mio petto e non appena le lasciai un bacio sulla fronte notai qualcosa di umido sul mio viso.

Stavo veramente piangendo?

Non avevo mai provato così tanta paura in vita mia. E nemmeno quella sensazione di impotenza che mi aveva pervaso non vedendola nel locale e non sapendo dove fosse. Quando arrivammo davanti al mio appartamento, pagai il tassista e scesi, tenendo Jo tra le braccia. Entrai velocemente in casa e la adagiai sul mio letto. In bagno misi sotto l'acqua fredda un asciugamano e glielo posai sulla fronte, sperando che la aiutasse a riprendere i sensi. Jo si mosse leggermente sotto di me e io tirai un sospiro di sollievo. Le accarezzai una guancia.

«Ehi, piccola, sono qui, non ti lascerò mai più» sussurrai, non sicuro che lei riuscisse a sentirmi. La lasciai un minuto sola e andai in cucina per prenderle un bicchiere d'acqua fresca. Tornai in camera e la vidi muoversi e aprire leggermente gli occhi. Mi avvicinai subito al letto e quando Jo provò a sedersi la aiutai prontamente.

«Sono qui» le dissi e poi le passai il bicchiere d'acqua. Jo bevve qualche sorso e poi si stese nuovamente chiudendo gli occhi.

Scostai il lenzuolo e coprii il suo corpo. Spensi la luce della camera e mi stesi vicino a lei. Non l'avrei lasciata mai più, sarei sempre stato al suo fianco. Non volevo più provare quella sensazione di terrore puro che aveva invaso il mio corpo quando non l'avevo vista. Mai più avrei permesso che le succedesse qualcosa di male. L'avrei protetta, per sempre.

20

Quando provai ad aprire gli occhi e vidi la luce del sole entrare dalla finestra li richiusi immediatamente, coprendomi il viso con una mano. Con quell'unico movimento la testa cominciò a girarmi. Perché mi sentivo così male? In pochi secondi ricollegai ogni cosa. L'alcol, Ruby, il cocktail. Mi alzai a sedere di scatto, impaurita. Dov'ero? Solo quando mi accorsi di essere nella stanza di Ash mi tranquillizzai. Non feci in tempo a tirare un sospiro di sollievo che un forte spasmo alla pancia mi tolse quasi il fiato.

Mi alzai dal letto e corsi in bagno, trattenendo a stento i conati. Ogni parte di me mi faceva male, nella testa rimbombavano ancora tutti i rumori della sera prima. Restai quasi dieci minuti accovacciata vicino al gabinetto, sulle fredde piastrelle bianche del bagno, cercando di ricordarmi che cosa mi fosse successo.

Alcune cose mi tornarono alla mente, fino a quando Ruby e Daisy mi avevano offerto quel cocktail, poi niente.

Mi alzai e mi fermai davanti allo specchio appoggiando le mani sul bordo del lavandino. Fissai me stessa negli occhi.

Non mi riconoscevo più, indossavo ancora il vestito nero della sera prima, era strappato sui bordi e mi era salito fino ai fianchi.

I capelli biondi erano un ammasso di nodi inestricabili, un vero disastro. E il trucco mi era colato sul viso lasciando delle lunghe righe nere sulle guance, mentre il rossetto rosso si era del tutto rovinato.

Non potendo più vedermi in quello stato, mi spogliai ed entrai nella doccia, avevo bisogno dell'acqua più calda possibile.

Mi lavai i capelli con calma massaggiandomi la nuca come se volessi far finire il maledetto mal di testa che non mi lasciava pace.

Mi sciacquai il corpo e poi uscii avvolgendomi in un asciugamano bianco.

Presi la mia spazzola dal beauty-case e iniziai a spazzolarmi.

Mi ricordava mia mamma. Quando ero piccola ogni sera mia mamma mi spazzolava i lunghi capelli dorati che mi arrivavano fino al fondo della schiena. Me li pettinava mentre mi raccontava una storia, oppure mi cantava una ninnananna.

Mi scese una lacrima. Nonostante tutto io ero sempre io. Nonostante volessi diventare imprevedibile, il mio carattere, per quanto cercassi di nasconderlo, restava sempre lo stesso. Rimanevo quella Jo che aveva sempre preferito leggere un libro alla discoteca, la Jo che amava l'arte, quella sempre in ordine, con ottimi voti. Io ero così.

Quando uscii dal bagno qualcuno bussò alla porta della camera di Ash.

«Avanti» dissi sedendomi sul letto e passandomi una mano tra i capelli bagnati. Alzai lo sguardo e sulla porta vidi Alexis e Sasha. Si sedettero, una alla mia destra e una alla mia sinistra, e mi strinsero in un abbraccio.

«Oh, Jo! Quando ci siamo rese conto della gravità della situazione ci siamo spaventate così tanto! Eravamo preoccupate da morire...» disse Alexis e Sasha annuì poggiando il mento sulla mia spalla. Sapevo che era vero. Eravamo tutte su di giri e neanche io avevo capito cosa stesse realmente succedendo.

«Per quel che può valere ho dato uno schiaffo a Ruby non appena l'ho vista, quella stronza ha finito di fare i suoi giochetti!» mi raccontò Sasha e io le sorrisi.

«Ragazze, potreste darmi qualcosa per il mal di testa? Mi sta uccidendo!» chiesi e loro si alzarono prontamente e tornarono poco dopo con un bicchiere d'acqua e un'aspirina. Le ringraziai e poi la presi sperando che il mal di testa passasse in fretta.

«Grazie, ragazze, per tutto...» dissi sorridendo. Mi abbracciarono e poi fecero per uscire dalla stanza.

In quel momento però la porta della camera si aprì sbattendo e io mi girai di scatto impaurita, ma ciò che vidi mi rese solo felice. Ash era fermo sulla porta, aveva dei pantaloni neri, una maglietta bianca e una giacca di pelle nera. I capelli non erano per niente in ordine, come se avesse passato la mano tra quei ricci neri troppe volte. I suoi occhi corsero dai miei al mio corpo, al mio viso, come se stesse cercando di leggermi dentro.

Ci guardammo e basta. Per quelli che sembrarono secondi, minuti o ore. Eravamo nel nostro mondo. Non mi accorsi neanche che Sasha e Alexis uscirono dalla stanza lasciandoci soli.

Con due falcate Ash arrivò da me e mi abbracciò infilando la testa tra i miei capelli bagnati e il mio collo. Portai le mani al suo petto e lasciai che mi stringesse. Questo era il mio posto, tra le sue braccia. Ne ero più che sicura.

Quando sentii qualcosa di umido scorrere sulla mia spalla, pensai fosse una goccia d'acqua dei miei capelli ancora bagnati, ma, non appena lui si staccò e vidi due lacrime rigargli le guance, capii che non erano solo gocce d'acqua. Portai le mani sul suo viso e cercai di capire che cosa lo turbasse. Non lo avevo mai visto debole. Ai miei occhi era sempre apparso con una sicurezza innata. Lo avevo sempre visto camminare a testa alta. Era sempre stato forte, deciso, e ora mi sembrava che si stesse frantumando tra le mie mani.

«Ash, che hai?» sussurrai spaventata dalla sua reazione.

Voltò il viso verso sinistra e guardò fuori dalla finestra, lo lasciai fare, anche a me capitava. Cercavo di lottare con me stessa e quindi evitavo gli sguardi.

«Ieri notte pensavo di averti persa per sempre» sussurrò continuando a guardare di lato.

Gli afferrai il viso e quando i suoi occhi azzurri incontrarono i miei mi preoccupai. Si sedette sul letto e mi tirò sulle sue ginocchia. Spostai i capelli su una spalla, lasciando quella che toccava il suo torace libera. Lui ci posò sopra un bacio e poi finalmente rispose.

«Ieri sera, Ruby e Daisy ti hanno drogata» ammise, e io in pochi secondi ricollegai ogni cosa. Non avevo mai bevuto così tanto in vita mia, ma sapevo che non avevo perso i sensi solo per l'alcol.

«Quel cocktail» sussurrai.

«Sì, nel cocktail. Hai perso i sensi e Ruby ti ha messa su un taxi.»

Pensai a ciò che avrei voluto dire su di lei, ma mi trattenni; era pur sempre una sua amica.

«Sono uscito fuori di testa, Jo! Minacciandola, sono riuscito a farmi dire l'indirizzo e sono venuto a prenderti» mi spiegò Ash e io capii come ero arrivata a casa, collegando i momenti di vuoto che avevo della serata. Mi spiace così tanto, piccola, non ne hai idea. Non avrei mai pensato che Ruby potesse arrivare a tanto. Lei è sempre stata possessiva e gelosa, ma così ha veramente superato il limite» disse Ash stringendomi a sé.

«Deve essere stata importante per te» conclusi. Alexis mi aveva raccontato la storia, ma volevo sentirla da lui. Volevo che si aprisse con me.

Quando lo guardai, vidi nei suoi occhi quella possibilità, la possibilità di capirlo fino in fondo, uno spiraglio di luce che si faceva spazio nel buio.

O adesso o mai più.

«Era la mia migliore amica, ci siamo messi insieme quando avevamo sedici anni. Poi mi ha tradito più volte, io l'ho mollata da un pezzo ma non l'ha mai accettato» mi disse abbassando lo sguardo.

«Ti ama ancora, non è cosi?» gli domandai piano.

Non volevo fare passi falsi, mi sembrava di poter toccare la sua tristezza. Sapevo di star approfittando di un suo momento di vulnerabilità, ma avevo bisogno di sentirmi più vicino a lui per superare questa brutta esperienza.

«Amare non penso, ma è rimasta legata a me. Però anche se così fosse, non le dà il diritto di impedirmi di essere felice.»

«Sì» annuii convinta.

«Quando ti ho trovata ieri sera, eri su un taxi svenuta, ero veramente disperato, Jo. E mi dispiace così tanto di non esserci stato per proteggerti» disse dispiaciuto, passandosi una mano tra i capelli mentre con l'altra stringeva la mia.

«Io ho davvero bisogno di te, piccola, non voglio lasciarti andare. L'ho compreso solo ieri, quando non vedendoti ero terrorizzato, devi credermi...»

«Lo so» gli dissi sfiorandogli una guancia.

«Sei troppo importante per me» confessò.

Gli accarezzai il viso e lo baciai sperando che capisse che non l'avrei lasciato mai.

21

«Mmm» mugolò Ash tra un bacio e l'altro. Mi strinse a sé e io ricambiai la presa.

Non aspettavo altro.

Posò le mani sui miei fianchi coperti dall'asciugamano e io portai le mani intorno al suo collo. Gli accarezzai i capelli continuando a baciarlo.

Mi sembrava di essere morta ed essere in paradiso.

Mi avvicinai ancora di più facendo scontrare i nostri petti, mentre lui passò la lingua sul mio labbro inferiore, poi lo morse delicatamente.

Dopo essersi staccate dalla mia bocca, le sue labbra finirono sul mio collo nudo. I miei fianchi si mossero involontariamente sul suo bacino ed entrambi frememmo per la frizione dei nostri corpi. Mi sentivo ancora scombussolata, ma averlo così vicino, avere le sue labbra sulle mie, mi fece dimenticare il dolore alla testa e allo stomaco. Volevo solo sentire ogni parte del suo corpo contro il mio. Mai mi ero sentita così in sintonia con un'altra persona.

«Amo il tuo profumo» sussurrò lui sulla mia pelle.

Scese ancora e mi baciò la clavicola.

«Amo la tua pelle» disse ancora.

Buttai la testa all'indietro mentre mi lasciava una scia di baci su tutto il collo.

Quando alzò di nuovo la testa, mi lasciò un tenero bacio sul naso e io sorrisi.

«Che ore sono?» gli domandai. Mi era sembrato di aver dormito per due giorni interi.

«È appena passato mezzogiorno, hai fame?» mi domandò e io annuii. Mi alzai dalle sue gambe e Ash uscì dalla camera permettendomi di cambiarmi.

«Ti aspetto di là» mi disse e poi chiuse la porta. Indossai una tuta comoda e poi legai i capelli in una coda. Uscii dalla stanza e andai in cucina. Avevo molta fame.

Trovai Ash ai fornelli e Alexis e Sasha che stavano chiacchierando tra di loro.

«Ehi» dissi e loro mi sorrisero. Ash si voltò verso di me e anche lui mi sorrise. Mi guardavano tutti come se fossi una bambina malata.

«Okay, ammetto che è stata una brutta esperienza, anche spaventosa per un certo verso, ma sto bene, okay? Sono ancora solo un po' scombussolata, ma sto bene» ripetei, sperando di tranquillizzarli. Loro annuirono.

Sasha mi passò un bicchiere d'acqua consigliandomi di bere.

«Fa bene per la sbornia...» aggiunse, io accettai.

«Tieni» mi disse Ash, posando davanti a me un piatto con delle uova e del bacon.

«Grazie» gli dissi e poi lo baciai.

Lui mi accarezzò la guancia e sorrise. «Devo uscire per fare due commissioni, ma tornerò tra un'oretta. Ti lascio nelle loro mani!» mi disse e io annuii. Ancora non avevo capito cosa occupasse così tanto il suo tempo, ma sperai che un giorno lui me lo avrebbe rivelato. Lo guardai indossare la giacca di pelle e uscire di casa.

«Sai, non ho mai visto Ash così agitato e spaventato in vita mia...» mi disse Alexis facendomi voltare verso di lei.

«Ah, sì?» le domandai curiosa mentre mangiavo.

«Altroché, non so cosa tu gli stia facendo, ma quel ragazzo è cotto, perso» mi disse Alexis, al che Sasha rise e a me spuntò un sorriso enorme.

«Raccontaci qualcosa di te» mi chicse Sasha. Alexis annuì entusiasta mentre masticava una gomma.

«Be', ho sei fratelli...» iniziai ma Sasha mi bloccò subito.

«Potresti presentarmene uno...» mi propose maliziosa.

«Come vuoi, ma non te lo consiglio, poi non dirmi che non ti ho avvertita» le dissi ridendo e facendo ridere anche lei.

«Dài, non possono essere così male, non peggio di mio fratello di sicuro...» E da lì cominciò a parlarmi della loro infanzia, di come sia Ash che Sasha non fossero nati a Chicago, ma in un paesino lì vicino.

Mentre Alexis mi disse che lei era proprio di Chicago e che non se ne sarebbe andata per niente al mondo.

Parlammo senza sosta, poi ci spostammo in salotto e scoprii che sia Sasha sia Alexis erano delle bravissime ragazze, ma questo d'altronde lo avevo già capito. Per un secondo mi dimenticai completamente di non essere a casa mia. Seduta sul divano con loro, risi a crepapelle e sentii un calore avvolgerci. Era affetto, simpatia e famiglia.

Passammo quasi un'ora così e poi le ragazze uscirono per fare delle compere. Poco dopo rientrò Ash. Lo osservai togliersi la giacca e appenderla all'attaccapanni distrattamente. Lo guardai attraversare il corridoio con la testa bassa e con aria cupa e scontrosa. Mi alzai e con cautela raggiunsi la sua camera. Mi appoggiai allo stipite della porta e vidi Ash vicino all'armadio.

La camera era silenziosa. Si tolse la maglietta e la gettò a terra senza curarsene. Mi avvicinai lentamente a lui e, prima che si rivestisse, poggiai le mani sulla sua schiena. Aveva la pelle calda e al contatto con le mie mani fredde Ash rabbrividì. Posai un bacio sulla sua pelle. Sentii sotto le mie dita il suo corpo rilassarsi, così spostai le mani facendogli delle semplici carezze sui fianchi e lasciando dei baci sulle sue spalle. Lo sentii dire qualcosa sottovoce, ma non capii. Tutto d'un tratto Ash si girò e mi spinse contro l'anta dell'armadio baciandomi. Le sue labbra si impossessarono delle mie come mai prima, poi si spostarono su tutto il mio viso per tornare subito dopo alla mia bocca.

Con la lingua mi accarezzò il labbro inferiore e io schiusi le labbra per approfondire il bacio.

Mi tolse la maglietta della tuta che indossavo e iniziò a vagare con le labbra sul mio collo, mentre le mie mani gli tiravano i riccioli.

Sentii le sue mani arrivare all'elastico dei pantaloni della tuta, lo slacciò e li spinse giù, facendoli cadere ai miei piedi e lasciandomi in intimo.

Lui si staccò un attimo e io smisi di respirare, mi guardò mordendosi leggermente un labbro.

Tornò su di me, mettendo le mani sui miei fianchi, mentre la sua bocca lavorava costantemente sul mio collo, lasciando baci umidi fino alla clavicola. Poi mi sollevò, stringendomi proprio sotto le natiche, e le sue labbra finirono tra i miei seni coperti ancora dal reggiseno. Mi portò verso il letto e mi fece stendere su di esso, poi si mise sopra di me.

Continuò a baciarmi, nella stanza c'era silenzio, a parte per i nostri gemiti e i continui schiocchi di baci.

Le sue mani finirono sulla mia schiena, mentre la sua bocca scivolò sulla mia pancia, scendendo sempre di più. Inarcai la schiena facilitandogli così il compito di slacciarmi il reggiseno.

Nella mia mente vedevo una linea rossa che mi ricordava dove dovevo fermarmi, ma a causa di Ash stava diventando sempre più sbiadita, permettendomi di andare oltre.

Sentivo la sensazione, il bisogno di andare oltre.

Ash mi sfilò il reggiseno lasciandomi il petto scoperto, mentre la sua bocca continuava a baciare la mia pelle.

Quando buttò il reggiseno a terra, si alzò e ammirò con occhi luccicanti la nuova parte di me messa allo scoperto, per poi abbassarsi sul mio seno e baciarmi senza tregua. Mi sembrava di avere le sue mani e la sua bocca su tutto il corpo; tutto il mio corpo era pervaso dalla sua presenza, da lui.

Posai le mani sul suo petto beandomi della sua pelle calda e liscia e del suo corpo scolpito che aderiva al mio.

Le mie mani, come se avessero vita propria, finirono sul cavallo dei suoi jeans, sbottonandoli. Ash posò le labbra sulle mie baciandomi dolcemente, in quel momento il mondo si fermò.

In quell'istante sentii solo noi due.

C'eravamo solo noi, uniti.

Ash mosse un po' le gambe e fece scendere i suoi jeans che caddero fuori dal letto.

Sentii la sua eccitazione, come sentivo fin troppo la mia.

Ash mi posò un bacio sul naso sorridendomi e tranquillizzandomi, poi scese sul mio collo e con una mano scivolò sul mio corpo.

Sentii perfettamente le sue dita sfiorarmi piano, mandandomi in estasi. Quando una sua mano si posò sul bordo delle mie mutandine, lui mi sussurrò all'orecchio.

«Se... sei sicura? Io non voglio obbligarti...»

Era senza fiato come me, e io, incapace di parlare, annuii soltanto.

La sua mano mi abbassò le mutandine e quando mi arrivarono ai piedi le feci cadere.

Ash si chinò e mi aprì di più le gambe, mentre io continuai a fremere sotto il suo tocco. Era impossibile che una persona potesse farti provare queste sensazioni. Erano troppo forti. Sentivo il cuore battere all'impazzata.

Tenni gli occhi chiusi cercando di calmarmi, dovevo dirglielo.
«È la mia prima volta...» sussurrai ancora con gli occhi chiusi e le mani sul viso per coprirmi.
Ash mi spostò le mani e mi baciò sulle labbra, poi mi sussurrò: «Lo so, fidati di me.» Mi baciò ancora e io rimasi con gli occhi chiusi, troppo imbarazzata e agitata per guardarlo. Non era tanto il fatto di essere senza vestiti davanti a lui, anche se quello faceva la sua parte; era piuttosto il fatto che mi fossi aperta così con una persona, tanto da arrivare a fidarmi fino a quel punto. Lo sentii alzarsi per poi tornare poco dopo.
Intrecciò le nostre mani e io mantenni gli occhi chiusi.
«Ehi, fammi vedere i tuoi occhi, piccola, non nasconderti.»
Aprii lentamente gli occhi, persa, per poi ritrovarmi nei suoi. Mi sorrise e mi baciò, poi lo sentii avvicinarsi. All'inizio sentii dolore, mi scese una lacrima, mentre Ash, ormai dentro di me, stette fermo immobile per farmi abituare alla sua presenza. Io gli presi il viso e lo baciai.
Avevo bisogno di lui.
Dopo il nostro bacio più intenso, mi chiese con gli occhi di potersi muovere, io annuii e lui lo fece.
Mi fece battere il cuore come nessuno mai.
Pian piano il dolore venne sostituito dal piacere che si espandeva nel mio basso ventre. Il mio corpo si rilassò e Ash aumentò il ritmo, tenendo le nostre mani intrecciate e continuando a baciarmi, poi si staccò e gemette sulle mie labbra.
«Oh, piccola...»
Fece un gemito strozzato e io lo seguii pronunciando il suo nome.
Ormai lo sentivo anch'io, la pressione stava salendo sempre di più, mi sentivo viva.
«Lasciati andare, piccola, ci sono io...» gemette Ash e io con la sua voce e le sue parole raggiunsi il culmine del piacere.
Il mio corpo si tese e poi si rilassò, facendomi emettere un lungo sospiro.
Poco dopo anche Ash si accasciò su di me, abbracciandomi.
Cercammo entrambi di riprendere fiato dopo quella travolgente esperienza, poi sentii la sua voce.
«Ti amo, piccola, non ho mai amato nessuno come te. Ti amo, troppo.»
Il mio cuore si fermò per un secondo, Ash sollevò il viso verso il mio e i suoi occhi si persero nei miei.

Era bellissimo con la bocca gonfia e rossa a causa dei baci, i capelli scompigliati.

«Ti amo, Ash, per sempre...» sussurrai io.

Lui si alzò e mi baciò, trasportandomi ancora una volta nella nostra speciale tempesta. Poi si coricò al mio fianco tenendomi stretta a sé.

Mi baciò tra i capelli e mi strinse a lui, e io non riuscii neanche a immaginare un posto migliore di quello. Rimanemmo abbracciati per il resto del tempo. Nessuno dei due voleva muoversi. Io stretta a lui con la testa sul suo petto e le sue mani che mi accarezzavano la schiena. Sentivo il suo petto alzarsi e abbassarsi a ritmo lento. Non mi ero mai sentita così bene, così rilassata. Ripensai all'aria turbata che Ash aveva avuto entrando in casa e mi domandi perché. Avrei tanto voluto saperlo, per poterlo aiutare. Lo amavo e volevo rendermi utile. Alzai il viso dal suo petto e lo guardai. I suoi occhi color ghiaccio si incastrarono nei miei e io sospirai.

«Vuoi parlarne?» domandai. Sapevo di non aver bisogno di specificare di cosa. Volevo solo che lui mi parlasse dei suoi problemi, delle sue insicurezze. Ash prese un respiro profondo e poi parlò.

«È successo molto tempo fa. Io e Luke eravamo al liceo e siamo entrati in un brutto giro. Da mesi stiamo cercando di risolvere, ma tutto sembra remarci contro. Però tranquilla, sto bene... Voglio solo mettere fine a tutto quanto ed essere tranquillo» mi spiegò e io annuii. Non volevo mettergli fretta.

«Va bene, io sono qui per te...» gli dissi e poi posai le mie labbra sulle sue. Di nuovo quella fu la scintilla che alimentò l'incendio. Ci ritrovammo a baciarci arrotolati tra le lenzuola. Non volevo essere da nessun'altra parte. Facemmo l'amore ancora e, se possibile, mi sentii ancora più unita a lui. Il nostro legame non era solo fisico, era qualcosa di più. Lo amavo con tutta me stessa e per nulla al mondo l'avrei lasciato.

22

«Sei pronta?» mi domandò Ash.

Dopo aver passato il resto del pomeriggio a coccolarci, Ash mi aveva proposto di uscire fuori a cena, solo io e lui, per un vero appuntamento. Così ci eravamo preparati. Mi ero alzata dal suo letto controvoglia e un po' indolenzita. Avevo messo a lavare il lenzuolo e poi ero andata in camera di Sasha per farmi una doccia. Ash si era preparato in camera sua. Decisi di indossare un vestito bianco con dei sandali abbinati. Lasciai i capelli sciolti e mi truccai molto meno rispetto a quanto mi aveva truccata Sasha. Mi sembrò di essere tornata la solita Jo, acqua e sapone.

«Sì, eccomi» dissi uscendo dalla stanza di Sasha. Aprii la porta e, appoggiato al muro del corridoio con le braccia incrociate al petto, vidi Ash.

Indossava la sua solita giacca di pelle, una maglia nera e un paio di jeans strappati. I suoi capelli erano leggermente pettinati con del gel. Era bello da morire. Sembrava uscito da una rivista di alta moda.

Quando mi vide mi sorrise e mi attirò a sé.

«Sei bellissima, piccola.»

«Grazie, anche tu non sei male» dissi arrossendo.

Abbassai lo sguardo e lui mi alzò il mento per fissare i suoi occhi nei miei.

«Ancora ti imbarazzi?»

Io annuii.

Lui rise un po' e poi, tenendomi per mano, mi condusse fuori.

In sella alla moto, misi le braccia intorno alla sua vita e strinsi le gambe ai suoi fianchi; nonostante ci fossi ormai salita più volte la moto mi faceva ancora un po' di effetto.

Non feci domande. Ash mi aveva detto che era una sorpresa e sapevo bene che se si metteva in testa una cosa nessuno avrebbe potuto fargli cambiare idea. Dopo una decina di minuti, Ash fermò la moto sul lato della strada e mi aiutò a scendere.

«Grazie» biascicai.

Mi prese per mano e insieme entrammo in un ristorante di cucina francese molto carino. Si chiamava La Belle.

Dentro non era molto grande. Una quindicina di tavoli riempivano la sala dalle pareti blu notte e con delle lucette bianche. Sembravano stelle.

Un cameriere ci accompagnò al nostro tavolo vicino a una finestra. Mi accomodai e osservai fuori. Si poteva vedere tutta Chicago. Ash si sedette di fronte a me e poi mi sorrise.

«Ti piace?» mi domandò a bassa voce, quasi fosse imbarazzato.

«Sì, molto» gli risposi sorridendo.

«Scusami, è che non ho mai avuto un appuntamento, non so se mi comporto nel modo giusto...»

Okay, stentavo veramente a crederci.

Era impossibile che un tipo come lui non avesse mai portato fuori una ragazza. Come avevo visto anche al Cobain, tutte le ragazze al suo passaggio gli cascano ai piedi, compresa me. Quindi era impossibile che non fosse mai stato a un appuntamento con una ragazza. Forse il locale era molto formale rispetto ai suoi soliti standard.

«Va tutto bene» gli dissi, cercando di tranquillizzarlo, allungai una mano sul tavolo e strinsi la sua. Mi sorrise e poi mi passò il menu.

Lo lessi attentamente e scelsi un filetto di salmone con verdura mista.

Quando arrivò il cameriere, ordinammo e poi calò il silenzio.

Ash continuava a guardare in basso senza dire una parola. Era così serio e strano. Forse veramente si sentiva in imbarazzo o fuori posto.

«Ehi...» sussurrai io.

Lui alzò lo sguardo e fissò i suoi occhi malinconici nei miei.

«Non ci riesco, scusami...» disse, mi lasciò la mano e uscì dal ristorante.

Rimasi sorpresa dal suo comportamento. Che gli era preso?

Perché era così difficile da capire? Ogni volta che mi sembrava di fare un passo avanti, ne facevamo altri tre indietro.

Arrivò il cameriere e posò i piatti, quando si allontanò, presi la mia giacca, la giacca di Ash, e corsi fuori.

Il cameriere mi urlò dietro qualcosa, ma io non mi fermai. Quando fui fuori, lo presi per mano e gli dissi con il fiatone: «Andiamo.»

Corremmo per due isolati, finché il cameriere non si arrese e tornò indietro. Noi ci intrufolammo in un vicolo e ci schiacciamo contro un muro nascondendoci.

Cercai di rallentare il respiro.

«L'hai fatto davvero?» disse lui dopo due minuti, ridendo. Io risi.

«Sì!»

«Perché?»

Mi staccai dal muro e mi avvicinai a lui.

«Perché volevo farti capire che non ho bisogno che tu cambi per me, non ho bisogno che ti sforzi di portarmi fuori a cena in un ristorante elegante. Non mi serve tutto questo, mi servi solo tu.»

Mi sorrise e si abbassò, e a tre centimetri dalle mie labbra mi disse: «Anche a me non serve niente, a parte te.»

Poi mi baciò e io ricambiai felice.

Quando si staccò entrambi eravamo senza fiato. Subito ripensai a quelle labbra su ogni parte del mio corpo e avvertii un fremito nel basso ventre. In quel momento avrei solo voluto tornare a casa e fare l'amore con lui.

«Va bene se per farmi perdonare ti porto in un altro posto? Dobbiamo recuperare la moto però» disse e io annuii. Camminammo verso il ristorante e recuperammo la moto parcheggiata lì vicino senza farci notare. Ash mise in moto e io mi godetti la vista di Chicago.

Non avevo parole per descrivere la sua bellezza, era maestosa, vivace e toglieva il fiato ogni volta, soprattutto di notte tutta illuminata.

Dopo poco Ash parcheggiò davanti a un molo sul lago Michigan. «Benvenuta al Navy Pier» mi annunciò, io sorrisi guardandomi intorno.

Il molo era pieno di chioschi e giostre, in lontananza vidi una gigantesca ruota panoramica tutta illuminata.

«Oddio, ma è bellissimo!» gridai entusiasta, al che mi lanciai tra le sue braccia felice.

Lui mi alzò da terra e mi fece girare, io buttai la testa all'indietro e risi senza fine.

Quando i miei piedi toccarono di nuovo terra, gli presi la mano e iniziai a correre in mezzo ai vari chioschi, con Ash dietro di me che non la smetteva di ridere. Questo era il vero lui.

Probabilmente i miei occhi erano spalancati al massimo, super luminosi.

«Guarda, andiamo laggiù a...» non terminai la frase che Ash mi fece girare e finii dritta nelle sue braccia.

«Ehi, Jo, calmati...» mi disse sorridendo.

Io risi scuotendo la testa.

«Scusami, è che sono troppo emozionata...» ammisi.

«L'avevo capito! Sai che cosa facciamo ora? Ti porto al mio chiosco preferito e mangiamo qualcosa...» mi propose.

Io annuii, in effetti il mio stomaco brontolava un po'.

Mise una mano sulla mia schiena e mi guidò verso un chiosco che si trovava pochi metri più in là.

Era rosso e vendeva di tutto: panini, patatine fritte, bibite, ciambelle glassate, cioccolato.

Davanti c'erano anche dei tavolini.

«Siediti, vado a ordinare...» mi sussurrò Ash nell'orecchio.

Io mi guardai un po' intorno e vidi un tavolino con due sedie un po' in disparte, era vicino al bordo del pontile e da lì si vedeva tutto il lago.

Mi sedetti e osservai le acque blu del lago.

Non so perché ma l'acqua in generale mi faceva sempre diventare malinconica e, soprattutto in quel momento, migliaia di pensieri tristi riempirono la mia mente.

Si poteva amare una persona più di così, più di quanto io amavo lui?

Soprattutto cosa sarebbe successo quando sarei tornata a casa?

Scossi la testa e in quel momento arrivò Ash con due panini, delle bibite e due ciambelle.

«Allora, per te ho preso un panino con insalata, tonno e maionese e della Coca, vanno bene? Se no lo vado a cambiare.»

«No, è perfetto.»

Lo afferrai dalle sue mani e Ash si sedette di fronte a me con una birra e un panino con carne, insalata e pomodori.

Iniziammo a mangiare e bere osservando il lago e tutte le luci della città.

«Adoro questo posto...» mi rivelò Ash, io sorrisi e lui continuò. «Mi ci portava spesso mio padre, io e mia sorella amavamo venire qui...»

«Vostra madre?» chiesi in un sussurro.

«Nostra madre... be', a lei non piaceva e basta...»

Continuò a mangiare il suo panino, per poi bere la birra.

Lo osservai mentre portava la bottiglia alle labbra, quelle labbra così morbide, vidi il suo pomo di Adamo abbassarsi mentre deglutiva.

Era spettacolare, non avevo visto niente di più perfetto in vita mia.

Quando si girò verso di me e mi sorrise, capii che non avrei potuto vivere senza i suoi occhi, senza le sue mani, senza la sua voce, senza il suo sorriso.

Non avrei potuto vivere senza di lui.

Mi porse la ciambella che era ricoperta di una glassa rosa con sopra del cioccolato fuso.

Era a dir poco deliziosa.

Quando ci alzammo lui guardò l'orologio, poi mi venne vicino, mi fece girare verso il lago e mi coprì gli occhi con le mani.

«Che cosa succede?» gli chiesi emozionata.

Lui avvicinò il viso al mio orecchio tanto che sentii il suo respiro sul collo.

Dopo avermi baciato il collo sussurrò: «Quello che vedrai tra poco mi ricorda te.»

Io sentii un botto, lui mi tolse le mani dal viso e mi abbracciò da dietro, stringendomi. Io alzai gli occhi e vidi i fuochi d'artificio colorati che esplodevano nel cielo stellato.

«Wow» dissi stupefatta.

Li osservai incantata finché un ultimo grande scoppio non decretò la loro fine e tutti applaudirono.

Io alzai il viso e mi girai verso di lui.

Lo baciai senza dirgli niente. Ash fece aderire i nostri petti e subito approfondì il bacio, rendendolo più appassionato. Quando si staccò mi prese per mano e in silenzio mi portò sulla ruota panoramica.

«Ti avverto: è alta sessanta metri.»

«Non ho paura di niente» dissi sulle sue labbra, poi gli posai un bacio a stampo e mi girai dirigendomi all'entrata.

Salimmo e facemmo due giri consecutivi. Dall'alto Chicago era ancora più bella, ma vedere il viso di Ash illuminato da tutte le luci era uno spettacolo che non mi sarei mai persa.

Quando scendemmo Ash prese il suo cellulare e lesse un messaggio. Si rabbuiò di colpo e capii che doveva trattarsi della questione con Luke. Gli strinsi la mano libera per fargli capire che io c'ero per lui.

«Ti va di andare al Cobain? Alexis ha deciso di festeggiare in anticipo il suo compleanno così che ci fossi anche tu. In più io devo risolvere una cosa con Luke» mi chiese, e io accettai. Avrei fatto tutto con lui. L'avrei sostenuto in ogni situazione, sempre.

23

Salimmo nuovamente sulla moto e raggiungemmo il Cobain. Mano nella mano superammo le persone che erano già in fila per entrare e ci dirigemmo al solito tavolo. Quando arrivammo, io andai dritta da Alexis.

«Auguri!» gridai abbracciandola.

«Grazie mille e grazie per essere venuta, nonostante tu sai chi...» mi disse lei ricambiando l'abbraccio. Io mi voltai e salutai il resto del gruppo, comprese Ruby e Daisy. Sorrisi verso di loro per dimostrargli che malgrado i loro tentativi io sarei sempre stata al fianco di Ash. Alexis mi fece l'occhiolino e poi tornò a sedersi in braccio a George.

«Piccola...» Sentii la sua voce chiaramente nonostante il rumore e il caos.

Mi girai e trovai Ash in piedi appoggiato al muro che parlava con Luke. Mi avvicinai lentamente e lui mi rinchiuse tra le sue braccia dopo avermi baciato.

«Ciao Jo» mi salutò Luke, sorridendo.

«Ciao» gli risposi.

Ash e Luke continuarono il loro discorso e io cercai di non ascoltare, non volevo intromettermi nei loro affari. Li osservai, sembrava che il loro rapporto avesse qualcosa in più rispetto agli altri. Si vedeva che erano migliori amici.

«Tutta la roba oggi l'abbiamo restituita, abbiamo finito, amico. Dobbiamo solo parlare con Stephen, ti prometto che ne usciremo» disse Luke dando una pacca sulla spalla ad Ash. Alexis venne verso di me e mi prese per mano, così io sgusciai fuori dalle braccia di Ash. In quel momento arrivò un cameriere con una grossa torta.

La posò sul tavolo di fronte ad Alexis e io la osservai.

Era tutta coperta di panna, cosparsa di candeline rosse, e c'era scritto: 'Tanti auguri Alexis.'

Ash e Mike accesero le candeline, e tutti iniziammo a cantare la canzoncina di buon compleanno.

Alexis soffiò ridendo, abbracciò me e Sasha e poi tutti gli altri.

«Sono così contenta di averti conosciuta!» sussurrò. «Grazie, Ash!» urlò, al che io risi.

Mi ero affezionata a tal punto a lei, a Sasha, a Luke e a George che, anche se erano entrati da poco nella mia vita, vedendo come si aiutavano a vicenda, sentivo la vera amicizia quando stavo tra loro.

Cosa sarebbe successo quando sarei dovuta tornare a casa?

Mangiammo una fetta di torta ciascuno, e mi concessi un solo bicchiere di champagne. Non volevo finire come la sera precedente. Mi ero ubriacata una volta e quella bastava.

Poi Sasha e Alexis mi trascinarono in pista e ballammo un po', divertendoci e ridendo come mai prima. Mi sembrava che queste due ragazze mi conoscessero da una vita.

«Vado un attimo in bagno!» urlai nell'orecchio ad Alexis per sovrastare la musica. Lei annuì e continuò a ballare con Sasha.

Mi feci spazio tra la folla, toccando parti di corpi sudati senza identificarle, forse fu meglio così. Entrai nel bagno, mi appoggiai al lavandino e mi sciacquai il viso per calmarmi e togliermi un po' di sudore.

Due ragazze sbucarono ridendo da una cabina e poi uscirono del tutto dal bagno, lasciandomi sola. Mi guardai allo specchio cercando di tranquillizzarmi; in quel momento la porta sbatté un po' troppo forte così mi girai e vidi Ruby entrare seguita da Daisy, che chiuse la porta a chiave dietro di sé.

«Ciao» mi disse Ruby.

«Che cosa volete?» chiesi con tono duro, ormai non ci cascavo più.

«Niente di speciale, volevamo solo mostrarti una cosa...» disse Ruby, al che Daisy si avvicinò a me e tirò fuori dalla borsa una fotocamera.

«Non voglio vedere né sapere niente da voi, siete solo delle bugiarde vigliacche» affermai, stringendo i denti.

«Hai ragione, ma guarda e basta» disse Daisy, e mi mise davanti agli occhi una foto.

Ritraeva due persone che si baciavano.

Aspetta...

Ruby e... Ash?

Mi mancò il fiato tanto che portai una mano al petto. Ruby indossava il vestito bianco della sera precedente e Ash gli stessi vestiti. Quel bacio era successo la sera prima.

«Non è ancora finita» disse Daisy, io mi aggrappai al lavandino per paura di cadere. Mi mostrò un'altra foto: Ruby era seduta sulle ginocchia di Ash e lo stava baciando. Ruby aveva addosso un top rosa e una gonna nera. Alzai lo sguardo verso di lei e vidi stava indossando proprio quei vestiti, così come Ash. Si erano appena baciati?

Una lacrima scese sul mio viso, poi non riuscii più a fermarmi. Mi scagliai su Ruby e la spinsi contro il muro.

«Sei tu che l'hai baciato, lo ami ancora e non accetti il fatto che lui stia con me!» le urlai contro arrabbiata.

Daisy corse verso di me e mi staccò da Ruby. Mi tenne le mani dietro la schiena, bloccandomi.

«Guarda!» mi ordinò.

Io chiusi gli occhi, non volevo vedere. Era tutto una finzione, tutto quello che mi avevano fatto vedere era sola e pura finzione.

«Apri gli occhi!» urlò Ruby.

Io lo feci e per mia sfortuna Daisy fece partire un video. Osservai quei tre minuti di video trattenendo il fiato. Mi sforzai di sentire cosa stessero dicendo, anche se la mia testa si era già fermata al bacio di Ruby e Ash. Come aveva potuto?

«L'ultimo carico di cocaina è stato consegnato oggi, bravi ragazzi. Ash, sei un ottimo spacciatore, sicuro di non volerne un po' come premio? Posso dartene qualche grammo se vuoi...» disse un ragazzo sconosciuto, mettendo nelle mani di Ash una bustina di polvere bianca. Ash la strinse nel pugno cercando di nasconderla.

«Oh, no, dài, provala qua, sai che mi offendo...» disse lo sconosciuto, e vidi Luke dare una gomitata ad Ash. Lui annuì e si abbassò sul tavolo. Strinsi gli occhi cercando di trattenere le lacrime.

«Sei e sempre rimarrai il più affidabile, con quell'aria da ragazzaccio! Ti sei scopato la biondina, vero? Deve essere pazzesca a letto, e poi vieni qui con lei e baci la rossa focosa. Tu sì che hai le palle, caro mio... Dimmi, te le scopi entrambe?» gli domandò lo sconosciuto dando una pacca sulla spalla ad Ash. Lui rise annuendo.

Il video si fermò e nel bagno rimase solo il silenzio, l'unico straziante suono che si percepiva era il mio cuore mentre andava distrutto in mille pezzi.

Come avevo potuto crederci? Come, anche solo per un millesimo di secondo, ero potuta cascarci? Sapevo che Ash mi nascondeva qualcosa, ma non immaginavo che il brutto giro che aveva con Luke fosse la droga?! E Ruby? Andava veramente a letto anche con lei? L'aveva detto che era stata la sua migliore amica e ragazza. Il loro legame era radicato negli anni. Era logico che non l'avrebbe messa da parte per una semplice ragazza come me...

Mi ero fidata e tutto quello che avevo ottenuto era il cuore infranto. Daisy lasciò andare le mie mani e insieme a Ruby uscirono dal bagno soddisfatte.

Le odiavo con tutta me stessa, come odiavo lui.

Scivolai sul pavimento e mi rannicchiai portandomi le ginocchia al petto. Calde lacrime scesero sulle mie guance per un tempo che sembrò a dir poco infinito, mentre nella mia mente un dannato ragazzo conquistava il mio cuore, solo per poi pestarlo senza pietà.

Avevo mentito a tutta la mia famiglia per lui.

Mamma... Mi sentii sola e infelice.

Desiderai essere tra le braccia di mia madre, confortata dalle sue parole.

Presi il cellulare dalla borsa con mani tremanti e lo accesi, poi schiacciai il numero in chiamata rapida.

«Jo?» disse dopo due squilli.

«Cam, mi devi aiutare...» singhiozzai al telefono.

«Che succede? Dove sei?» domandò mio fratello preoccupato.

«A Chicago» dissi senza riuscire a smettere di piangere.

«Non sei da Andy, sei a Chicago da sola? Ma sei pazza?»

Io scossi la testa continuando a piangere. Mi meritavo tutto, la rabbia di mio fratello, tutto.

«Ti prego, vienimi a prendere...» dissi e singhiozzando gli diedi l'indirizzo di casa di Ash.

«Arrivo, resta lì...» detto questo staccò.

Io mi alzai traballante dal pavimento e mi sistemai il vestito senza preoccuparmi del trucco sbavato. Stavo soffrendo come mai prima, sentivo la gola bruciarmi e le gambe non reggermi più, ma non era il male fisico che mi stava uccidendo: era quello che sentivo dentro. Mi guardai allo specchio e non riuscii a fissare la mia immagine per più di due secondi. Strinsi i denti e sentii qualcosa salirmi dentro.

Non volevo solo soffrire, volevo che lui la pagasse.

Anche se mi aveva umiliata pubblicamente, non potevo lasciarlo andare così.

Mi sistemai velocemente il vestito e uscii dal bagno.

Attraversai la pista sgusciando tra la gente. Arrivai al tavolo e lo trovai intento a ridere con Luke e George; non mi curai degli altri. Andai dritta verso di lui con le lacrime agli occhi e gli mollai uno schiaffo tanto forte che la sua testa fece quasi un mezzo giro.

Ash si portò subito una mano sulla guancia arrossata, mentre Luke e George mi guardavano stupefatti.

Quando si girò lo guardai dritto negli occhi.

«Cosa pensavi di fare, eh? Mi hai solo presa in giro per tutto questo tempo! Sei un pezzo di merda! Vai a letto anche con lei, non è vero?! Oddio, e la droga! Mi fai schifo, Ash!» urlai, mi passai una mano tra i capelli e gli puntai un dito al petto. «E sono io la stupida che ci ha creduto, vero? Non ti è mai importato niente di me, tutti i gesti, le parole: tutte false, tu eri falso... Come sei potuto venire a letto con me? Per cosa poi, per vedermi a pezzi? Con il cuore spezzato? Be', complimenti, ci sei riuscito!» gli gridai in faccia tanto forte che probabilmente metà locale era ormai a conoscenza di ciò che era successo.

Continuai a fissarlo aspettando che dicesse qualcosa, ma niente.

Lo guardai schifata e, quando vidi che rimaneva fermo impassibile, girai su me stessa e mi infilai tra la folla allontanandomi da lui. Corsi il più veloce possibile, tra le lacrime, ma una mano mi bloccò il braccio.

«Jo, aspetta!»

Mi girai e lo fissai disgustata, non riusciva neanche a trovare una scusa credibile.

Mi sentii come se un coltello mi avesse trapassato lo stomaco.

Come avevo fatto a non accorgermene? Come avevo potuto credere che lui potesse provare dei sentimenti per me?

Eravamo sempre stati il nulla, ma anche il nulla era stato troppo per noi.

Mi divincolai e scappai fuori. Salii di corsa le scale e, fuori dal pub, bloccai il primo taxi. Ci salii e gli diedi l'indirizzo della casa di Ash. Quando arrivai entrai velocemente in casa. Sapevo che lui mi avrebbe rincorsa. Sarebbe arrivato a breve. Presi le sue chiavi nella mia borsetta ed entrai. Corsi in camera di Ash, mi chiusi a chiave all'interno. Raccolsi le mie cose buttandole a caso nel borsone e nello zaino.

Urlai, piansi per sfogarmi. Solo pensare alle sue labbra su quelle di Ruby, alle carezze che aveva riservato a me, tutte false. Erano state anche per lei. Lui era stato anche suo. Mi venne da vomitare pensandoci e così corsi in bagno. Non so per quanto tempo rimasi accanto al gabinetto, ma ero senza forze quando mi alzai da terra. Non riuscivo a reggermi in piedi. Mi buttai sul letto e mi rannicchiai piangendo. A un tratto sentii dei colpi sulla porta e sobbalzai.

«Jo! Apri questa porta! Devo spiegarti!» vidi la maniglia muoversi.

«Vai via! Non voglio più vederti o sentirti parlare! Non ne voglio più sapere di te!»

«Tanto prima o poi uscirai di lì e io sarò qui ad aspettarti! Non mi arrendo così facilmente, questo dovresti saperlo...» disse Ash e sentii che si sedeva per terra davanti alla porta. Io strinsi gli occhi. Non volevo vederlo. Sperai solo che mio fratello arrivasse presto. Misi il cellulare sotto il cuscino e poi esausta mi addormentai.

La vibrazione mi svegliò. Mi alzai velocemente con ritrovate energie e mi concentrai sul cellulare per non pensare a tutto il resto. Sapevo che se avessi lasciato che Ash entrasse nella mia mente, avrei ricominciato a piangere senza fine. Vidi il nome di Cam e risposi parlando piano.

«Cam...» dissi sollevata.

«Jo, ho fatto il prima possibile, sono davanti all'indirizzo che mi hai mandato» mi disse e io sorrisi leggermente. Ero così felice che fosse lì per portarmi via. Non sapevo cosa avrei fatto senza di lui.

«Esco subito» sussurrai, e poi chiusi la chiamata. Osservai l'ora sul cellulare e notai che erano le cinque del mattino. Indossai le scarpe e dopo aver preso le mie borse feci scattare la serratura della camera di Ash. Guardai sul pavimento e mi sorpresi non trovandolo lì. Camminai in punta di piedi e quando passai per il salotto lo vidi. Stava dormendo sul divano. Tirai un sospiro di sollievo. Quello che avevo detto era vero. Non volevo parlargli né vederlo mai più. Lo osservai un'ultima volta e poi uscii da quella casa. Subito vidi la macchina di mio fratello. Corsi verso di lui e, dopo aver posato le borse dietro, mi sedetti sul sedile del passeggero e lo abbracciai.

«Jo! Che è successo, piccola? Stai bene?»

Scoppiai a piangere scuotendo la testa. «Portami a casa ti prego» gli dissi singhiozzando, e Cam annuì.

Mise in moto e partì.

24

Ash

«Hai visto? È tutto finito, sei stato grande con Stephen, nonostante le cose che ti ha detto! Abbiamo chiuso, Ash! Per sempre. Nessun debito, niente.» Luke mi abbracciò mentre tornavamo al tavolo. Era vero, era tutto finito. Stephen era stato il primo a introdurci nel giro della droga. Inizialmente sembrava tutto così semplice. Lui ci affidava il carico e noi dovevamo solo consegnarlo prendendo poi un ricavo. Ma poi le cose avevano cominciato a complicarsi: la Polizia era arrivata a Stephen, lui era riuscito a scappare, ma quando era tornato aveva iniziato a darci incarichi sempre più pericolosi. E noi avevamo capito che il gioco non valeva la candela. Stephen si era alterato e ci aveva ricattato dicendo che avrebbe fatto arrivare i nostri nomi alle orecchie della Polizia e che ci avrebbe fatto passare un inferno. Alla fine ci aveva costretti ad accettare un altro incarico ma sapevo che non sarebbe bastato, che avrebbe provato a corrompermi con la droga, ma io avevo chiuso con quella roba. L'avevo appoggiata sul tavolo e non l'avevo toccata. Aveva anche provato a provocarmi mettendo in mezzo Jo e Ruby, ma io avevo tenuto duro. Lui non sapeva nulla, avevo dovuto solo tenergli il gioco, comportarmi in modo superiore. Ce l'avevamo fatta. Eravamo fuori.

«Hai ragione, basta, è tutto finito, grazie per essere sempre al mio fianco, amico...» gli dissi e poi ci sedemmo sul divanetto. George e Andrew erano seduti tranquilli, mentre Sasha, Alexis e Jo stavano ballando in pista. Presi due bicchieri e li riempii di champagne. Ne diedi uno a Luke e brindammo alla nostra meritata libertà. Negli anni, quel giro mi aveva prosciugato, più aumentava il rischio e più avevo paura che venissimo beccati. Finalmente avrei potuto lasciarmi alle spalle tutto, l'ansia, la paura. Per un po' rimasi lì a parlare con Luke e a festeggiare. Ascoltammo la musica e brindammo sollevati. Luke fece portare una bottiglia di vodka e aumentammo un po' la quantità di alcol. Mi sentivo così leggero, finalmente fuori dal controllo di Stephen e della droga. Smisi di controllare Jo. Ero tranquillo perché mia sorella mi aveva promesso che non l'avrebbe persa di vista. A un tratto arrivò Ruby e si sedette sulle mie gambe. Mi accarezzò una guancia e io subito le bloccai le mani tenendola per i polsi.

«Ancora non hai capito? Tu con me hai chiuso per sempre, Ruby» le dissi provando ad allontanarla da me. Lei si aggrappò a una mia spalla rimanendo seduta sulle mie gambe.

«Ma, Ash, io l'ho fatto per noi! Perché non lo capisci, noi dobbiamo stare insieme e ora te lo proverò!» Ruby unì le mie labbra con le sue e io rimasi immobile, la staccai da me e la spinsi via. Ruby si allontanò arrabbiata e io scossi la testa.

«Prima o poi lo capirà!» disse Luke ridendo. Io bevvi ancora un sorso del mio drink e liberai la mente. Non mi importava di Ruby, di Stephen, mi importava soltanto di essere finalmente svincolato da ogni cosa. Volevo solo stare tranquillo, e stare con Jo. Da quando l'avevo incontrata non avevo fatto altro che pensare a lei, e dopo quel pomeriggio sapevo che non me la sarei più tolta dalla testa. Persi la cognizione del tempo fino a quando da lontano non vidi arrivare Jo. Sembrava arrabbiata. Più si avvicinava al tavolo e più notavo le lacrime che le bagnavano il vestito e gli occhi arrossati. Cos'era successo? Mi sporsi verso di lei pronto a consolarla e a spaccare la faccia a chiunque l'avesse ridotta così. Ma quando lei mi fu davanti, ciò che accadde mi colse del tutto impreparato.

Jo mi tirò uno schiaffo, così forte che il mio viso fece quasi un mezzo giro. Mi portai una mano sulla guancia arrossata e mi voltai allarmato. Che stava succedendo?

«Cosa pensavi di fare, eh? Mi hai solo presa in giro per tutto questo tempo! Sei un pezzo di merda! Vai a letto anche con lei, non è vero?! Oddio, e poi la droga! Mi fai schifo, Ash!» urlò puntandomi un dito al petto. Cosa? Andavo a letto con chi? E come faceva a sapere della droga? Neanche mia sorella ne era conoscenza. Provai a calmarla, ma lei continuò imperterrita: «Non ti è mai importato niente di me, i gesti, le parole: tutte false, tu eri falso... Come hai potuto? Per cosa poi, per vedermi a pezzi? Con il cuore spezzato? Be', complimenti, ci sei riuscito!» urlò e io rimasi sbalordito. Non riuscivo a capire se fosse l'alcol a non farmi collegare le parole che stava dicendo. Jo mi fissò ancora qualche secondo, poi si voltò e scappò via. A quanto pare ero stato proprio io a ridurla così. Nel vederla andar via qualcosa in me si risvegliò. Mi alzai e le corsi dietro sotto gli occhi sbalorditi dei miei amici che avevano assistito alla scena. La bloccai quasi all'uscita del locale.

«Jo, aspetta!» provai a dirle.

Lei si girò e ciò che vidi nei suoi occhi mi uccise. Era disgustata da me, come se fossi l'essere più viscido di tutto il mondo. Il mio cuore si frantumò irrimediabilmente. La lasciai andare. Se era quello che veramente pensava di me, forse era meglio lasciarla andare. La osservai uscire finché non sparì dalla mia vista. Mi girai su me stesso senza capire. La musica era troppo alta, le persone mi vennero addosso. Cosa stava succedendo?

«Cosa stai aspettando? Vai da lei!» disse Luke raggiungendomi. Sbattei gli occhi più volte e mi mossi. Uscii e l'aria pungente della notte mi sferzò la pelle, risvegliandomi. Ora ero pienamente lucido. Jo aveva frainteso ed ero sicuro che c'entrasse Ruby. L'avrei fatta ragionare e tutto sarebbe tornato come prima, vero?

Salii in moto e corsi verso casa. Non poteva essere andata da un'altra parte. Quando arrivai aprii la porta con la chiave di riserva che tenevo sempre nella mia giacca di pelle. Entrai e corsi verso la mia camera trovandola chiusa a chiave. Iniziai a battere i pugni.

«Jo! Apri! Devo spiegarti!» urlai.

«Vai via! Non voglio più vederti o sentirti parlare! Non ne voglio più sapere di te!» disse lei dall'altra parte della porta. Sentii la sua voce rotta dal pianto e mi si strinse il cuore. Stava soffrendo per colpa mia.

«Tanto prima o poi uscirai di lì e io sarò qui ad aspettarti! Non mi arrendo così facilmente, questo dovresti saperlo...» dissi arrabbiato. Doveva ascoltarmi. Almeno questo me lo doveva. Sapevo che avremmo potuto sistemare i fraintendimenti sui baci con Ruby. E poi avrei potuto spiegarle la mia storia con la droga. Forse mi avrebbe capito. Mi sedetti davanti alla porta e aspettai.

Per tutto il tempo provai a pensare a cosa dirle, a come spiegarmi. Doveva ascoltarmi, perché io senza di lei non potevo farcela. Dopo un po' decisi di spostarmi in salotto. L'avevo sentita addormentarsi, così mi stesi sul divano. Incrociai le braccia dietro la testa e fissai il soffitto. La spossatezza dell'alcol mi era passata, e ancora non riuscivo a credere come fossimo arrivati a questo. Resistetti qualche ora, ma poi chiusi gli occhi e mi addormentai.

«Ash! Ash, svegliati!»

Una mano mi scosse il braccio ripetutamente. Aprii gli occhi svogliatamente e, quando vidi Sasha accovacciata vicino al divano, mi ricordai. Mi alzai di scatto e corsi verso la mia camera. Spalancai la porta e nulla. Il letto era sfatto, ma vuoto. Controllai nell'armadio e vidi che le poche maglie che aveva appeso erano sparite. Corsi in bagno e controllai. Nulla. Vuoto.

«Se n'è andata, credo verso le cinque di questa mattina. Stavo tornando dal Cobain con Andrew e mi è sembrato di vederla salire su una macchina e andarsene...» disse Sasha spuntando dal corridoio.

Andai verso di lei.

«Perché non l'hai fermata, Sasha? Perché?» le urlai. Sasha fece due passi all'indietro spaventata. Mi girai arrabbiato, presi la lampada sul mio comodino e la lanciai contro il muro. Si frantumò.

«Me la sono lasciata scappare! Se n'è andata! Se n'è andata!» gridai disperato. Dovevo trovarla, dovevo parlarle. Mi mossi velocemente verso la mia scrivania e presi una scatola. La aprii e agguantai dei contanti che avevo da parte. Andai all'ingresso e indossai il mio giubbotto di pelle infilando i contanti nella tasca interna.

«Dove stai andando?» mi domandò Sasha dietro di me. Non le risposi. Presi le chiavi della moto e uscii di casa sbattendo la porta. Lasciai Chicago dietro di me. Ero deciso. Non sapevo neanche che ore fossero, ma l'unica cosa che contava era trovarla. Durante il viaggio nella mia mente iniziarono a ripetersi le sue parole: 'Oddio, e poi la droga! Mi fai schifo, Ash!' Era questo che pensava di me? Sì, avevo sempre saputo che far parte di un giro illegale di droga non fosse una bella cosa, ma all'inizio erano soldi facili. Poi mi ero fatto risucchiare. Avevo passato un brutto periodo, ma ne ero uscito. O forse no? Forse aveva ragione Stephen, forse la droga mi avrebbe perseguitato tutta la vita. In quel momento vidi una stazione di servizio con un bar. Dovevo fermarmi, stavo perdendo la testa e guidare in quelle condizioni non mi avrebbe portato a nulla di buono. Parcheggiai la moto ed entrai nel bar. Mi sedetti al bancone.

«Uno scotch, grazie...» dissi. Avevo bisogno di bere. Mi sentivo così perso e vulnerabile. Quello fu il primo di molti; rimasi lì tutto il giorno fino a quando non mi ressi più in piedi.

«Hai bisogno di aiuto?» mi domandò il barista e io scossi la testa.

«No, c... ce la faccio...» biascicai alzandomi dallo sgabello. La testa iniziò a girarmi e poi caddi a terra. Il barista venne verso di me aiutandomi ad alzarmi. Accettai la sua mano e mi tirai in piedi.

«Non dovresti metterti alla guida» disse e io annuii. Mi lasciai accompagnare fuori.

«Siamo a pochi chilometri da una cittadina, se vuoi posso portarti con la mia macchina. Lì c'è un motel» mi spiegò e io cercai di capire cosa stesse dicendo. Annuii in ogni caso e mi lasciai trascinare. Venni messo su una macchina che poco dopo partì. Tutto quello a cui riuscivo a pensare era lei, tutto quello che vedevo era lei. L'amavo eppure avevo rovinato tutto.

25

«Jo...»

«Ash, non mi lasciare» mugugnai.

Una mano mi scosse il braccio, io aprii un occhio e lo richiusi subito a causa della luce. Mi portai una mano sul viso e mi strofinai gli occhi. Dov'ero? Cos'era successo? Perché mi sentivo così stanca?

«Jo, sono Cam, siamo a casa.»

A quel punto aprii gli occhi: ero nella macchina di Cam. Ero stesa sui sedili posteriori. Mi misi a sedere con la poca forza che mi era rimasta e fuori dal finestrino vidi casa mia. Aprii la portiera e scesi per poi appoggiarmi alla ringhiera bianca.

Ero stata via solo due giorni, ma mi sembrava passata una vita. Sentii le gambe cedermi.

Cam mi raggiunse velocemente e mi impedì di cadere a terra.

«Va tutto bene, starai bene...» mi disse posando un bacio sui miei capelli. Cam aprì il cancello e mi sorresse camminando attraverso il giardino fino alla veranda.

Doveva essere quasi mezzogiorno. Il sole era alto nel cielo, era una bellissima giornata, ma io vedevo tutto grigio.

Cam entrò in casa e mi portò subito in salotto. Quando entrammo trovai Sebastian che guardava fuori dalla finestra. Mia mamma era seduta sulla sua poltrona con la testa tra le mani. Travis e Gavin stavano in silenzio sul divano, mentre Beau e Jonathan erano sul tappeto e stavano parlottando tra di loro.

Cam si schiarì la voce e sei paia di occhi si girarono verso di me.

Mia madre si alzò dalla poltrona e corse verso di me, piangendo.

«Oh, Jocelyn!» mi abbracciò tra i singhiozzi.

«Ciao mamma» le dissi mentre delle lacrime cadevano sul mio viso. Mai come in quel momento mi sentii tanto in colpa. L'avevo delusa, l'avevo fatta soffrire e come mi aveva detto lei ero tornata con il cuore spezzato.

Mi strinse forte e io mi rilassai. Finalmente ero a casa e tra le braccia di qualcuno che mi amava davvero.

Aprii gli occhi e vidi tutti i miei fratelli che si erano avvicinati con espressione pensierosa e preoccupata.

«Sto bene» dissi loro e tutti e cinque annuirono.

Quando mia mamma si staccò, mi abbracciarono uno alla volta e mi chiesero se stavo realmente bene, di sicuro non dovevo avere un bell'aspetto. Mi sentivo come se riuscissi a malapena a stare in piedi.

Risposi che stavó bene, anche se fu la bugia più grande che dissi. Ogni volta che respiravo era come se mi infilzassero mille spilli su tutto il corpo. Era come se mi mancasse l'aria, mi sentivo così vuota. Le mie mani tremavano e riuscivo solo a pensare a quanto dolore avessi provato vedendo quelle foto e quel video. Le sue mani su di lei, la sua bocca sul suo corpo. Strinsi gli occhi provando a togliermi quelle immagini dalla mente.

Mi fecero accomodare sul divano e io mi sedetti in silenzio. Respiravo ma non spiccicai una parola, non mossi un muscolo e continuai a guardare dritto nel vuoto.

«Bambina mia, mi dispiace» sussurrò mia mamma sedendosi vicino a me.

La sua voce mi fece uscire da quello stato di trance e la guardai dritta negli occhi.

«Avevi ragione,» le sussurrai io «non dovevo fidarmi di lui. Ti ho mentito, sono andata via con lui. Ho rovinato tutto per cosa? Mi ha spezzato il cuore.» Poi mi alzai, feci le scale a passo lento senza dar retta a tutte quelle voci che chiamavano il mio nome.

Arrivai in camera mia, aprii la porta e me la richiusi alle spalle. Mi ci appoggiai e iniziai a piangere scivolando sempre più in basso finché non toccai terra, mentre gli avanzi del mio cuore sprofondavano nel buio.

Non so per quanto tempo restai lì immobile a piangere e a fissare un punto lontano. Mi sentivo così vuota, così piena di rabbia e tristezza da poter riempire un oceano. Nella mia testa continuavano a susseguirsi le stesse immagini, le stesse scene. Era troppo per me. Gli avevo dato tutta me stessa e lui mi aveva ridotto in pezzi.

Restai semplicemente lì, a sistemarmi il vestito bianco della sera prima. Era così bello quando l'avevo indossato e ora era tutto rovinato. Continuai a lisciarlo come se con il mio tocco potessi sistemarlo e farlo tornare come prima. Ma non potevo. Tutto era rovinato per sempre.

Mi addormentai sul pavimento sfinita.

Quando mi svegliai fuori stava piovendo, nonostante fosse estate.

Mi alzai dolorante da terra e mi diressi verso il bagno. Quando incontrai il mio riflesso nello specchio per poco non mi spaventai.

Il vestito bianco era totalmente stropicciato e il suo colore così etereo si era rovinato sporcandosi di nero e grigio.

I capelli mi scendevano dritti sulle spalle, ma mi sembravano spenti, come se avessero perso il loro colore dorato.

I miei occhi erano rossi, contornati da profonde occhiaie e macchie di nero. Mi sentivo un fantasma, un avanzo di ciò che ero.

Mi tolsi tutto e mi feci una doccia calda. Avevo bisogno di rilassarmi, di riprendermi. Ma ancora una volta le mie lacrime si mischiarono all'acqua. Quando finii con movimenti meccanici, mi pettinai i capelli e li asciugai. Poi indossai una tuta e scesi.

Quando arrivai in cucina, mia mamma come al solito era là, intenta a preparare la cena.

Sebastian teneva in braccio il mio piccolo Leo, che appena mi vide sgusciò via e venne verso di me.

Lo presi e lui mi fece le fusa.

«Mi sei mancato anche tu, piccolino» gli dissi baciandogli la testa.

Poi lo rimisi giù e mi sedetti.

«Come stai, tesoro?» mi domandò mia mamma, mettendomi davanti un tè.

«Sto bene, mamma» le risposi.

«Che giornata insolita, di solito non piove mai qui d'estate, e oggi piove e fa anche freddo... e siamo ad agosto, questo tempo mi farà diventare matta» disse lei cercando di cambiare argomento, al che la ringraziai.

L'ultima cosa che volevo fare era parlarne.

Quella sera volò. Non toccai cibo e subito dopo cena mi rinchiusi in camera mia. Stesa sul letto la mia mente iniziò a vagare e i pensieri che si accumularono mi fecero piangere. Lo odiavo, odiavo quello che mi aveva fatto. Eppure lo amavo e questo mi faceva infuriare ancora di più. Come potevo provare dei sentimenti per una persona che mi aveva mentito, tradito, che mi aveva fatto soffrire? Come potevo essere così stupida? Quella sera, come poi sarebbe successo innumerevoli volte, mi addormentai sola, piangendo.

Il giorno seguente e quelli che si susseguirono li passai a guardare fuori. Il temporale estivo durò giorni e io trascorsi tutto il tempo a osservare come la pioggia scendeva copiosa e si raccoglieva in pozzanghere. Lessi qualche libro senza riuscire a concentrarmi veramente. Osservavo malinconica la strada, come se a un tratto un ragazzo dai capelli neri e due occhi azzurri potesse spuntare.

Un pomeriggio stavo disegnando chiusa in camera mia, quando sentii il campanello. In casa c'eravamo solo io, Cam e Beau.

Beau era in camera sua e Cam era in bagno a farsi una doccia.

«Apri tu, Jo!» mi urlò Cam dal piano terra.

Io mi alzai e scesi le scale. Quando arrivai davanti alla porta notai la mia mano tremante. E se fosse stato lui? Cosa avrei fatto? Volevo vederlo? No, non potevo! Mi feci coraggio e aprii la porta trovandomi davanti l'ultima persona che mi sarei aspettata di vedere.

«Sasha?» domandai. I miei occhi incontrarono i suoi e per poco non mi mancò il respiro. Erano così simili ai *suoi*.

Sasha mi sorrise e annuì.

«Che cosa ci fai qui?» chiesi.

«Sono venuta a portarti alcune delle tue cose, devi essertele dimenticate quando sei sgattaiolata fuori di casa alle cinque di mattina qualche giorno fa...» mi rispose e io la guardai. Afferrai le mie cose e poi mi allontanai dalla porta. Cosa voleva fare? Venire qui a difendere suo fratello? L'aveva mandata lui?

Lei entrò e si chiuse la porta alle spalle.

Mi sedetti sul divano invitandola a fare altrettanto.

«Sei solo qui per questo?» le domandai sussurrando.

«No, in realtà no. Volevo vedere come stavi, da quando sei andata in bagno quella sera non ho più potuto parlarti e As...» la interruppi.

«Per piacere, potresti non dire il suo nome?» Sasha annuì.

«Lui ha dato di matto, quando non ti ha più trovata quella mattina; è impazzito. Ha lasciato tutto ed è partito, non l'ho più visto da allora...» sussurrò lei dispiaciuta. Era scappato? Dov'era andato? Per un secondo pensai a come dovesse sentirsi Sasha; sicuramente era preoccupata per lui.

In fondo era sua sorella, non potevo pretendere che arrivasse a odiarlo per quello che mi aveva fatto.

«Posso solo sapere cosa c'entro io?»

«Mi chiedevo se tu sapessi dove fosse... Se ti avesse contattata...» Io scossi la testa decisa.

«Jo, mi dispiace moltissimo, e non ti biasimo se non vuoi dirmi niente. Lo odio veramente per quello che ti ha fatto, ma è pur sempre mio fratello e non ha mai fatto niente del genere.»

«Forse, Sasha, neanche tu lo conosci abbastanza bene? Sapevi della droga?» le domandai decisa. Volevo sapere se anche lei si fosse presa gioco di me. Mi ero fidata, di tutti loro.

«No, io non lo sapevo. Non ha mai voluto dirmi nulla... Sapevo solo che si era cacciato nei guai e che aveva qualche debito con delle persone, ma non sapevo nient'altro. Sono sconvolta tanto quanto te e sono preoccupata...» mi rivelò Sasha.

Io annuii; in un certo senso potevo capirla, anche io sarei stata in pensiero se uno dei miei fratelli fosse sparito così.

«Ti capisco, ma non lo so...»

«Bene... grazie, Jo» disse avvicinandosi a me e abbracciandomi.

«Che succede qui?»

Mi girai verso la terza voce e vidi mio fratello Cam con addosso solo un asciugamano. Aveva i capelli castani bagnati e se li frizionava con un asciugamano.

Cam si fermò e osservò la ragazza al mio fianco, mentre Sasha guardava mio fratello con la bocca aperta.

«Ciao» le disse lui.

«Ciao» rispose lei.

«Lei è Sasha, una mia amica. Sasha, lui è Cameron, uno dei miei fratelli...»

Cam si avvicinò a lei e le porse una mano.

Sasha la strinse e si staccò di scatto poco dopo. Li osservai e notai qualcosa. Si piacevano. Sasha si alzò di fretta dal divano e mi salutò. Uscì velocemente da casa mia. Cosa era appena successo?

Superai Cam che era rimasto imbambolato.

Presi le borse e andai in camera mia, mi chiusi dentro e smisi di pensare.

26

Quando mi svegliai la mattina seguente la pioggia batteva ancora sulla mia finestra. Non mi alzai, rimasi nel letto a fissare il soffitto. Come potevo andare avanti? Sarei riuscita a superare questa sofferenza? Voltai il viso verso destra e lo vidi. Appeso al muro notai il ritratto che gli avevo fatto dopo il nostro primo incontro. In un istante mi tornò in mente tutto: il tradimento, le bugie, i sotterfugi, la droga. Ogni cosa. Mi alzai di scatto e staccai dal muro il foglio. Lo osservai un'ultima volta e poi lo strappai in tanti piccoli pezzi. Non volevo avere più nulla a che fare con lui.

Poco dopo sentii la porta della mia camera aprirsi. Mi voltai e vidi mio fratello Sebastian.

«Jo, c'è la tua amica alla porta...» mi disse e io annuii. Non sapevo cosa volesse ancora Sasha da me, ma mi faceva piacere vederla. Parlare con lei di altro mi avrebbe aiutato a staccare la mente. Mi cambiai in fretta con una canotta e un jeans, facendomi una coda di cavallo disordinata. Quando arrivai in cucina trovai Sasha con mio fratello Cameron. Le aveva appena preparato il caffè.

«Ciao Sasha!» dissi sorridendo. In fondo lei e Alexis erano state le uniche a trattarmi veramente da amica. Nonostante Sasha mi ricordasse maledettamente Ash, averla vicino mi avrebbe fatto bene. Mi unii a loro e presi una tazza di caffè. Quando mio fratello se ne andò, io e Sasha rimanemmo sole in salotto.

«So che non vuoi parlarne, ma credo di doverti spiegare qualcosa. Io conosco mio fratello, può essere impulsivo, azzardato e a volte ha fatto molti sbagli, ma non è un traditore. Non posso dire nulla sulla droga e ti giuro che questo mi ha sconvolto tanto quanto te. Ma ero lì, ho visto quel bacio, non era nulla. È stata solo colpa di Ruby!» mi disse lei e io annuii. Lo sapevo, avevo provato sulla mia pelle cosa potesse fare Ruby.

«Però, Sasha, è successo due volte. Avrei potuto passarci sopra se fosse stata una, perché so di cosa è capace Ruby, ma forse loro sono veramente ancora legati. Come posso saperlo. Non lo conosco, non vi conosco...» le dissi. Era quello che pensavo. Superata la rabbia, dopo alcuni giorni avevo iniziato a ragionare su questo fatto. Mi ero resa conto di non conoscerlo abbastanza, non mi fidavo.

«Io, però, sono tua amica. Ti puoi fidare delle mie parole? Te lo sto dicendo con il cuore in mano, da sorella preoccupata. Ash non ti ha tradita, è stato tutto architettato da Ruby e Daisy. Ero lì quando l'ha baciato. L'ha respinta. Vorrei solo che sistemaste le cose così forse mio fratello tornerebbe a casa. Non lo vedo da quella mattina, sono preoccupata Jo!» ribatté lei.

Mi prese le mani tra le sue e in quel momento sentii un qualcosa cadere sui miei palmi.

«Ho trovato questo a casa di mia nonna stamattina. È un suo biglietto per te, ho pensato di portartelo! Lui è qui! Voglio solo che vi incontriate e se non vorrai più vederlo lui ti lascerà stare, ma almeno tornerebbe a casa, da me...» mi disse e poi si alzò. Mi abbracciò e così com'era arrivata se ne andò. Strinsi il biglietto tra le dita. Non volevo leggerlo, non ero pronta. Andai in camera mia e buttai il biglietto nel cestino senza aprirlo.

Ero stufa. Volevo solo smettere di soffrire. Passarono le ore e verso mezzogiorno mia mamma mi portò il pranzo in camera. Lo appoggiò sulla mia scrivania e venne a sedersi sul letto vicino a me.

«Tesoro...» mi disse accarezzandomi i capelli. «So che non hai voglia di vedere nessuno, che non vuoi parlarne, ma credo che dovresti farlo. Dovresti liberare tutto il tuo dolore. Se non vuoi farlo con me o con Cam, forse dovresti parlarne con lei...» disse e io non capii. Mi alzai e vidi Andy sulla soglia della mia camera. Le sorrisi amaramente. Non le avevo più scritto, non l'avevo chiamata, perché il mio dolore aveva cancellato tutto il resto. Era l'unica cosa che sentivo, l'unica cosa che vedevo.

«Vi lascio sole» disse mia madre e poi uscì dalla porta. Andy mi raggiunse sul letto e mi abbracciò.

«Oh, Jo, mi dispiace così tanto! Sono stata io a incoraggiarti ad andare, se solo avessi saputo! Mi dispiace così tanto...» mi disse e io la strinsi più forte. Sentendola così vicina a me scoppiai a piangere. Mia madre aveva ragione, avevo bisogno di sfogarmi ad alta voce con qualcuno.

«Andy, io lo amo, e mi odio per questo. Vorrei solo riuscire a odiarlo e a dimenticarmi per sempre di lui, ma non riesco. Mi ha ferita, mi ha tradita e mi ha mentito, ma io provo ancora qualcosa per lui! Voglio smettere! Vorrei non averlo mai incontrato!» le dissi piangendo tra le sue braccia. Andy mi confortò, le raccontai tutti i dettagli e lei rimase sconvolta. Quando finalmente riuscii a smettere di piangere, Andy mi sorrise.

«Come ti senti ora?» mi domandò e io sorrisi.

«Meglio. Scusa se non ti ho chiamata prima...» le risposi e lei scosse la testa tranquillizzandomi.

«Ti capisco, non preoccuparti. Ma ora cosa vuoi veramente, Jo? Vuoi davvero dimenticarlo? Se è quello che vuoi forse dovresti chiarirti con lui. Da quello che mi hai raccontato ci sono stati vari fraintendimenti. Forse dovresti chiarire e poi riuscirai a superare tutto questo...» mi disse e io ragionai sulle sue parole. Chiarirmi con lui mi avrebbe aiutato? Non lo sapevo. Non riuscivo a capire se ero veramente pronta a incontrarlo.

«Forse, ma non sono pronta a rivederlo! Soffrirei troppo» le confessai e lei sembrò capire.

«Secondo me è quello che ti serve per andare avanti, prima lo farai e prima lo supererai. Quando sarai pronta, provaci, Jo» concluse lei. Andy rimase con me per il resto del pomeriggio. Parlammo d'altro ricordandoci dei vecchi tempi. Riportammo alla luce i ricordi della nostra infanzia. Era così bello ripensare ai quei momenti felici. Il solo parlarne riuscì a rendermi allegra e per un po' mi dimenticai di tutto. Fino a quando non restai nuovamente sola. Era come un gioco infinito, la mia mente mi riportava solo a lui. Allora mi alzai dal letto e mi avvicinai al cestino che tenevo vicino alla mia scrivania. Fissai quel biglietto. Era accartocciato e sembrava simile a tutti gli altri pezzi di carta che avevo buttato lì dentro, ma non lo era. Allungai la mano e lo recuperai. Era una cosa che prima o poi avrei dovuto affrontare e, come aveva detto Andy, prima l'avrei fatto e prima avrei superato tutto. Presi un respiro profondo e mi feci forza. Mi sedetti sul letto e lo aprii. Solo sapere che quel pezzo di carta era stato nelle sue mani e che quelle erano le sue parole mi fece mancare l'aria. Fino a quando non l'avevo perso, non avevo capito quanto tenessi a lui.

> Piccola, so che non vuoi parlarmi né vedermi, ma sono distrutto, ho bisogno di te, ho bisogno di chiarirmi con te. Ti prego. Sai dove trovarmi.

Lo lasciai cadere a terra.

E poi capii. Dovevo fare questo sforzo, per tutti. Per me, per Sasha. Ci saremmo chiariti e Ash avrebbe finalmente lasciato il mio cuore. Dovevi solo farmi forza e affrontarlo.

Mi alzai dal letto e andai verso l'armadio. Fuori pioveva a dirotto. Mi cambiai indossando una felpa e poi presi i miei stivali da pioggia. Li indossai e corsi giù. Feci molto piano e nessuno notò il mio passaggio. Uscii di casa e dopo essermi tirata su il cappuccio della felpa mi incamminai sotto la pioggia.

Girai a destra, verso la fine della strada. Verso di lui.

27

Era vero, sapevo esattamente dove andare, dove trovarlo. Non mi resi conto di che ore fossero, di che giorno fosse.

I giorni per me scorrevano ormai tutti uguali, non aveva senso contare le ore.

Corsi fino in fondo alla via sotto la pioggia, e quando fui certa che nessuno mi stesse guardando rallentai e camminai fino al bosco. Durante il tragitto mille domande si affollarono nella mia mente. L'avrei trovato? Cosa gli avrei detto? Cosa avrebbe fatto? Avrei mai smesso di soffrire così?

Vidi che i segni rossi che avevo fatto sugli alberi stavano svanendo a causa della pioggia, ma ormai conoscevo la strada a memoria. Proseguii tra gli alberi facendo attenzione a non scivolare. Il terreno era diventato fangoso. A un certo punto mi resi conto che non sarei riuscita a sopportarlo. A sopportare la sua vista, i suoi occhi, la sua voce. Non riuscivo a sopportare il dolore che mi stava attanagliando il cuore. Allora presi la mia decisione. Quando arrivai, la casa era esattamente uguale, non era cambiato nulla. La pioggia le dava un'aria ancora più misteriosa. Entrai e mi mossi sapientemente. Non era passato poi così tanto tempo da quando c'ero stata per la prima volta, ma mi sembrava una vita diversa.

Salii di corsa le scale e salii in piedi sul tetto. Non faceva così paura ora.

Camminai fino al bordo cercando di non scivolare. Avevo trovato un modo per mettere fine a quella sensazione opprimente che mi tormentava. Era un misto tra dolore, sofferenza, rabbia che non mi lasciava respirare. Mi resi conto che, per quanto ci avessi provato, non sarei mai riuscita a dimenticarmi di lui. Avrei vissuto la mia intera vita con il rimpianto di non essere insieme a lui o con il ricordo doloroso di questa crepa che aveva messo fine alla nostra relazione.

In fondo che senso aveva restare ancora?

Ero bagnata dalla testa ai piedi, ma nonostante questo mi sentivo in un certo senso rigenerata.

Guardai in basso e aprii le braccia. L'altezza non mi dava più fastidio, non mi importava più di niente.

Non potevo fare altro. Sarei stata meglio di così.

Stavo per sporgere una gamba al di là del tetto quando una voce mi bloccò.

«Ferma!»

Non volevo voltarmi. Sapevo chi era. Feci un passo indietro e poi girai la testa guardando verso il basso. Ash era fermo immobile sotto la pioggia, indossava la sua giacca di pelle ed era completamente bagnato. La sua moto parcheggiata al solito posto. Mi stava guardando dal basso con espressione spaventata. Non poteva fermarmi.

«Cosa vuoi?» gridai per farmi sentire. Basta. Stavo per impazzire. Solo vedendolo mi tornarono in mente tutti i nostri momenti. Da quando l'avevo visto la prima volta sul marciapiede di fronte a casa mia all'ultima sera al Cobain. Mi sembrò di sentire le sue mani sul mio corpo. La sua bocca sulla mia.

«Scendi, Jo» mi disse con voce ferma. Come faceva a essere così travolgente? Ash era stato per me un uragano e mi aveva spazzato via.

Scossi la testa. Non volevo scendere, stavo così bene sul tetto. Alzai la testa verso il cielo e lasciai che la pioggia scorresse sul mio viso. Il tempo piangeva con me.

«Vattene!» gridai.

«Voglio solo parlarti, scusarmi...» disse lui, e io mi misi a ridere.

«Pensi veramente che potrei crederti ancora?» lo guardai e poi allungai una gamba oltre il bordo del tetto.

«Allora fallo, buttati!» mi urlò. Fu come un pugno in pieno viso. Mi sentivo così debole. Avevo veramente il coraggio di farlo?

«È colpa tua!» urlai disperata.

«Lo so, e mi dispiace...» mi rispose. Lo guardai e vidi i suoi occhi impauriti. Fu allora che mi accorsi di cosa stessi realmente facendo. Mi spaventai di me stessa. Il dolore era stato così potente da portarmi fin qui? Ripresi possesso di me e feci un passo indietro terrorizzata.

Camminai verso la botola cercando di non scivolare sulle tegole bagnate e rientrai in casa. Avevo il fiatone.

Scesi le scale e uscii fuori. Ed eccolo lì, a pochi metri da me c'era lui. Se dal tetto non riuscivo a vederlo bene, ora sì. Riconobbi ogni suo particolare, ogni dettaglio. Rimasi immobile e quando notai che era intenzionato ad avvicinarsi lo bloccai. Misi una mano davanti e dissi: «Non farlo, per piacere.»

Tremavo, ma non era per la pioggia o per il freddo. Mi resi conto della portata di quell'incontro. A cosa ci avrebbe portati?

Lui alzò le mani in segno di arresa.

«Okay, però fammi spiegare...» disse e io annuii.

Lui abbassò lo sguardo sulle sue scarpe bagnate per qualche secondo e quando lo riportò su di me feci un passo indietro. Non sapevo cosa aspettarmi. Mi avrebbe distrutto ancora?

«Non lo sapevo, Ruby mi ha baciato due volte, ma mi ha sempre preso alla sprovvista. L'ho subito respinta, ma Daisy deve averci fotografato entrambe le volte... Non è mai stato un bacio intenzionale. Io non la amo, non vado a letto con Ruby! Io amo te!» ammise allargando le braccia.

«E tu fai così? Menti alle persone che ami? Neanche tua sorella sapeva della droga! È illegale, Ash! Illegale! Se qualcuno ti scoprisse potresti andare in prigione. A questo ci avevi pensato?» gli urlai contro arrabbiata. Non potevo più sopportare che non mi dicesse la verità, volevo sentire le sue giustificazioni, anche se mai ci avrei creduto.

«Lo so! Credi che sia così stupido? Ma tu non sai quello che mi è successo. Ho dovuto farlo, avevamo bisogno di soldi. Non ho una famiglia che mi protegge come te!»

«E perché hai detto quelle cose a quel ragazzo? Chi era? Ti sei drogato quella sera?» gli domandai furiosa.

«No, certo che no! Mi sono abbassato per posare quella roba sul tavolo, non mi drogo, non l'avrei mai fatto con te al mio fianco! E il resto ho dovuto dirlo...» aggiunse.

«Ah, hai dovuto dirlo! Poverino, ora sei tu la vittima, no?» lo accusai alzando la voce.

«Io e Luke ci siamo messi nei casini spacciando droga per quel ragazzo, Stephen. L'abbiamo ripagato, volevamo uscire dal giro, ma lui ci ha incastrati con un ultimo incarico minacciando le nostre famiglie. Stephen ti ha vista al club e non ha potuto resistere. Ha iniziato a provocarmi. E ho recitato la parte che voleva lui. Non sono stato a letto con Ruby mentre ero con te e non ho fatto l'amore con te per gioco! L'ho fatto perché ti amo, Jo!» disse Ash rimanendo senza fiato.

Cosa avrei dovuto fare?

Non mi aveva tradita, e forse sì, aveva fatto quello che doveva per salvare sé stesso e Luke, ma mi aveva mentito. Come avrei fatto a fidarmi ancora? La quantità di informazioni che dovevo assimilare era veramente eccessiva.

«Io non ce la faccio...» sussurrai.

Feci un passo in avanti e anche Ash si avvicinò. Aveva le mani tese verso di me. Avrei tanto voluto toccarlo, sentire il suo calore ancora.

«Perdonami...» mi disse facendo un altro passo. Io lo imitai.

«Ti perdono, Ash, ma non riesco a starti di nuovo accanto. Non mi fido di te» confessai sincera. L'avrei perdonato, sapendo che non aveva fatto nulla di male nei miei confronti, l'avrei perdonato. Ma per me la fiducia era fondamentale in qualunque tipo di rapporto. Ero stata cresciuta sapendo di potermi fidare di tutti i miei fratelli, di mia mamma, sapendo che ci saremmo sempre stati l'uno per l'altro.

«Rinunci a noi?» mi domandò avvicinandosi ancora.

«Non ci sto rinunciando, è stata colpa tua se ho perso la fiducia. Mi sono fidata per la prima volta nella mia vita e tu mi hai voltato le spalle, non sono io che mi sto arrendendo...»

«Non mi sono mai arreso...» mi disse coprendo l'ultimo passo che ci separava.

«Forse siamo troppo diversi» gli spiegai alzando lo sguardo verso il suo viso. Su quello ci avevo ragionato molto. Era stato chiaro fin da subito che io e Ash fossimo due poli opposti. Lui era irriverente, deciso, sicuro di sé. Io ero solo l'ingenua ragazzina, timida, chiusa in sé stessa. Forse eravamo troppo differenti per stare insieme.

«Tu sei identica a me! Tu sei me, Jo. Non esiste persona su questo mondo che sia fatta per me come lo sei tu, non mi lasciare...» pregò Ash e a quel punto vidi le sue lacrime mischiarsi alla pioggia. La sua voce non era più forte e sicura, era rotta e distrutta proprio come la mia anima.

Scossi la testa.

«Non mi vuoi più nella tua vita? Se dici di sì, ti prometto che non mi vedrai mai più. Sparirò e tu potrai continuare a vivere come se io non fossi mai esistito! Come se non mi avessi mai incontrato!» mi disse e io potei sentire la disperazione e il dolore nel suo tono, li vidi nei suoi occhi. Era quello che volevo veramente? Non ero sicura, perché era come se, nonostante il dolore che mi aveva provocato, lo volessi al mio fianco. Ma poi mi fermavo e pensavo a quanto mi risultasse difficile fidarmi di nuovo di lui. Mi aveva mentito e, malgrado tutto l'amore che provavo per lui, non potevo tornare sui miei passi, per il bene di me stessa.

Annuii.

Ash fece il passo definitivo. Prese il mio viso tra le mani e lo alzò finché i nostri occhi non si agganciarono. Fissai il suo volto e seguii le goccioline che gli scorrevano sulla pelle. Osservai le sue labbra, il suo naso e poi i suoi occhi.

Quell'azzurro mi sarebbe mancato più di tutto. La tensione che si sentiva tra di noi poteva essere tagliata con un coltello. Fremetti quando mosse le dita sulle mie guance. Chiusi gli occhi e mi godetti il suo tocco. Successe proprio ciò di cui avevo paura. Tra le sue mani mi sciolsi. Solo con un tocco mi attrasse verso di lui, come una calamita. Ero sua e sarei sempre stata sua.

Avvicinò le sue labbra alle mie e io mi sporsi verso di lui. Non riuscivo a trattenermi, mi era mancato come l'aria e averlo a portata di mano era una tentazione troppo grande per me.

Mi baciò lentamente, accarezzandomi una guancia. Quando si staccò lo osservai per l'ultima volta.

I riccioli neri bagnati da cui cadevano delle goccioline di pioggia, le labbra pallide, come il viso, gli zigomi definiti e i suoi occhi azzurri da togliere il fiato.

«Ti amo» mi sussurrò. Tolse le mani dal mio viso e fece un passo indietro. Si allontanò da me lentamente, continuando a guardarmi. Salì sulla sua moto e partì. In un attimo Ash scomparve dalla mia vista e dal mio mondo.

28

Il resto dell'estate scivolò via, senza neanche sfiorarmi.

La maggior parte del tempo lo passai studiando, leggendo o con Andy. Cercai in ogni modo di distrarmi, di non pensare ad Ash, al nostro ultimo incontro e al nostro bacio, ma fu tutto inutile.

Mi sforzavo di mangiare, di dormire, di sorridere, di divertirmi e di dire che stavo bene. Non avevo voglia di fare niente, solo di stare ferma a osservare fuori dalla finestra, ma non potevo o tutti si sarebbero preoccupati. Sebastian era ripartito, così come Travis e Gavin, l'unico che era rimasto era Cam. Diceva che voleva starmi vicino perché io non potevo imbrogliarlo e fargli credere che stessi bene, anche se secondo me il motivo era un altro.

Sasha.

Eh sì. Sasha era venuta a trovarmi ogni giorno.

Aveva detto che si era sistemata per un po' a casa di sua nonna che abitava in fondo alla mia via.

All'inizio sicuramente lo fece per me. Mi aveva ringraziato per aver parlato con Ash. Da lei ero venuta a sapere che lui era tornato a Chicago e che era andato avanti con la sua vita. Per tirarmi su di morale ogni tanto facevamo delle videochiamate con Alexis. Era come se Sasha si sentisse in colpa per quello che mi aveva fatto suo fratello.

Dal loro primo incontro, Cam e Sasha erano diventati inseparabili, tanto che ormai non mi consideravano più e io li lasciai fare. Qualcuno doveva pur essere felice, no?

Quando avevo respinto Ash ero fermamente convinta che, senza la sua presenza e sapendo i veri motivi per cui tutto era successo, sarei riuscita a superare tutto, ma non era stato così. La rabbia e il dolore erano scemati dopo qualche settimana, lasciando posto alla mancanza. Ash mi mancava. Mi mancava tutto di lui.

Non ero riuscita a rimettere insieme il mio cuore, giaceva ancora per terra in piccoli pezzetti fragili.

Sopravvivevo senza dare un senso a quello che mi succedeva.

Quando arrivò settembre mi preparai per affrontare il mio ultimo anno di liceo. Iniziare la scuola fu veramente un sollievo. Finalmente avevo qualcos'altro su cui concentrarmi. Se avessi pensato ancora un po' a quegli occhi azzurri sarei impazzita.

Sasha era tornata a Chicago dopo essersi fidanzata ufficialmente con mio fratello. Ero molto felice per loro, perché formavano proprio una bella coppia.

In casa restammo solo io, mamma e Jonathan, perché anche Beau era partito per l'università. Nonostante la presenza costante di mia madre, di Andy e dei miei amici io mi sentivo terribilmente sola. Ogni giorno mi sembrava uguale a quello precedente. Nulla era degno di nota. Andavo a scuola, tornavo a casa e studiavo, anche fino a notte fonda, fino a quando non ero troppo stanca. Era un buon palliativo.

«Signorina Smith?»

Alzai lo sguardo dal foglio bianco poggiato sul mio banco e lo rivolsi alla donna dai capelli rossi che stava scrivendo alla lavagna.

«Sì, professoressa Sparks?» cercai di essere gentile, e sembrare perlomeno attenta.

«Mi potrebbe spiegare cosa successe durante la Prima guerra mondiale?»

Io annuii e iniziai a esporre quello che sapevo sull'argomento. La storia mi era sempre piaciuta, ma ora mi sentivo così meccanica. Dissi tutto senza alcun interesse, come se fossi un robot. Ecco cosa mi era successo da quando Ash se n'era andato, si era portato via con sé la mia passione. Non avevo la forza di darmi una spinta.

La professoressa mi sorrise complimentandosi. Questo era ciò che succedeva più o meno tutti i giorni. Facevo sorrisi falsi, davo prova di essere una studentessa modello e facevo finta di essere felice, anche se ero tutt'altro.

Quella mattina mi svegliai tardi, verso le undici e mezza. Mi stiracchiai nel letto godendomi il caldo delle coperte. I mesi erano passati ed era arrivato l'inverno. E se d'estate il tempo era afoso all'inverosimile, d'inverno faceva molto freddo.

Fuori la giornata era grigia e tirava vento.

Mi strinsi nel mio pigiama di lana e uscii dal letto. Mi alzai e rivolsi lo sguardo a quella parete. Non sapevo il motivo per cui avevo fatto tutto ciò, ma ne avevo bisogno.

Avevo riempito un'intera parete di suoi disegni, come se questi potessero essere la prova che lui era qui. Niente avrebbe potuto cancellare il suo viso dai miei ricordi.

Scesi le scale osservando gli addobbi rossi, verdi e dorati che decoravano la casa.

«Buona vigilia di Natale» mi disse mia mamma sorridendo e abbracciandomi.

Stava preparando i suoi famosi pancake e la cioccolata calda.

«Buona vigilia anche a te, mamma!» le risposi stringendola forte.

Mi sedetti al mio posto e aspettai la colazione.

Mio padre adorava il Natale, da piccola mi faceva tantissimi disegni a tema e me li dava da colorare. Sorrisi. Era così bello poter vivere senza pensieri. Ormai però neanche il Natale mi dava più la sensazione di spensieratezza che avevo da bambina.

Perché mi sembrava di non avere più una parte di me stessa?

Mia mamma servì la colazione e ci raggiunse anche Jonathan. Come da tradizione passai il pomeriggio ad aiutare mia madre a preparare la cena per la sera, poi mi misi sul divano con una tazza di tè a osservare l'albero di Natale con tutte le sue lucine scintillanti.

Mi mancavano le scintille che lui mi provocava. In quei mesi ci avevo rimuginato così tanto. Non ero riuscita a togliermelo dalla testa.

Mi mancava, soprattutto quella sensazione di poter fare tutto, di essere invincibile. Ecco come mi ero sentita con lui al mio fianco. Da sola ero tornata a essere la solita Jo.

Il campanello suonò e io mi affrettai ad alzarmi.

«Apro io!» urlai.

Spalancai la porta e due voci familiari mi fecero sobbalzare.

«Auguriii!»

Mi portai le mani alla bocca e due lacrime mi scesero sulle guance.

«Ragazzeee!» urlai abbracciando Sasha e Alexis.

Loro mi strinsero forte.

«Cosa ci fate qui?» domandai mentre entravano in casa e si toglievano i cappotti.

«Siamo venute ad augurarti buon Natale, e poi ci mancavi» disse Alexis.

«Anche voi mi mancate ragazze!» risposi. Era vero, mi erano mancate da morire. Con loro avevo instaurato un così bel rapporto che mi sembrava che fossero mie sorelle.

Le feci accomodare in cucina e preparai loro una cioccolata calda.

«La scuola?» mi domandò Alexis sorridendo.

«Tutto bene, dovrei riuscire a ottenere una borsa di studio...» sorrisi felice.

«Wow, ma sei una secchiona!» esultò Alexis dandomi una spintarella.

«Non esagerare. Voi come ve la passate?»

«Mmm, lavoriamo e tiriamo avanti...» disse Sasha sorridendo.

«Ci divertiamo da matti!» aggiunse Alexis.

Come non potevano divertirsi, insieme erano una bomba di vivacità pronta a esplodere.

«Qualche pettegolezzo?» chiesi, mentre loro sogghignavano. «Dài, ragazze, voglio sapere!»

«Mmm, be', sto con George! Ufficialmente, questa volta...» esultò contenta Alexis.

«Lo sapevo! Tra di voi c'era qualcosa!» esclamai.

Sembrava che tutti fossero destinati a essere felici tranne me.

«Tuo fratello Cam è così dolce, e gentile e sexy...» mi tappai le orecchie alle parole di Sasha.

«Non voglio saperne di più!» urlai io per sovrastare le sue parole, facendola ridere.

Quando tornammo serie, fece il suo ingresso in cucina mia madre, che appena vide le ragazze subito si emozionò.

«Ehi, ma ciao, Sasha!» disse abbracciandola, poi tese la mano ad Alexis. «E tu devi essere Alexis, piacere.»

«Piacere mio, signora Smith!» le sorrise lei.

«No no, ti prego, mi fai sentire vecchia, chiamami Barbra.»

Alexis annuì e poi con mia mamma iniziarono a parlare ininterrottamente.

Mi faceva stare meglio averle lì con me.

Ma sembrava che nessuno si accorgesse che io non ero più lì.

Ascoltavo, ridevo, parlavo, sorridevo, ma non ero più lì.

29

Ovviamente, come era solita fare mia madre, invitò Alexis e Sasha a restare per Natale. Loro accettarono entusiaste.

Volevo bene sia ad Alexis che a Sasha, ma lei mi ricordava così tanto suo fratello, era la sua versione al femminile, e ogni volta che guardavo quei suoi occhi azzurri il mio cuore smetteva di battere.

Preparai per loro la stanza degli ospiti e poi uscii in veranda, lasciandole a parlare con mia madre.

Mi strinsi nel cappotto e indossai la sciarpa. Mi sedetti sulla panchina e mi portai le gambe al petto.

Fissai la strada, c'era la nebbia e tirava vento. Nell'aria aleggiava un non so che di misterioso e leggero. Pensai alle parole di Sasha e Alexis. Sembravano veramente felici, mentre io ero sola, persa.

Anch'io volevo tornare a stare bene come prima, da quel giorno non lo ero più stata.

Guardai la staccionata bianca alla quale si era appoggiato la prima volta che l'avevo visto. Fissai il palo della luce dove era solito parcheggiare la moto nera e il muretto dove si appoggiava per fumare e me lo immaginai là. Il suo ricordo era così vivido nella mia memoria che a un tratto mi sembrò di vedere una figura, appoggiata proprio al quel muretto.

Strinsi gli occhi per vedere meglio e li sbattei più volte per cercare di capire se ci fosse veramente qualcuno, o se fosse tutto frutto della mia immaginazione.

In quel momento la porta sbatté e io mi girai di scatto verso casa. Vidi Sasha con il suo cappotto rosso fuoco. Le sorrisi e quando tornai a guardare verso il lampione non c'era più nulla.

Scossi la testa, mi mancava così tanto che pensavo di vederlo dappertutto.

Sasha si sedette vicino a me e restò ferma in silenzio per alcuni minuti, poi si decise a parlare.

«So che è a Chicago, ma l'ho rivisto solo una volta» sussurrò.

La fissai un secondo e vidi il suo sguardo cupo rivolto verso il basso, i suoi lineamenti tristi, il petto che le tremava scosso dai singhiozzi.

Mi avvicinai e le strinsi una mano.

«Mi dispiace» le dissi.

A quel punto alzò il viso verso il mio e si asciugò una lacrima.

«Sai che non dovresti? Insomma, sei stata tu la vittima...» ribatté piano, come se avesse paura che tutto il mondo potesse sentirci.

«Sì, ma questo non vuol dire che non ti capisco. Se non sapessi dove fosse mio fratello e non avessi sue notizie per molto tempo mi preoccuperei. È sempre tuo fratello Sasha...» Cercai di non farla sentire in colpa, si vedeva dai suoi occhi che soffriva e faceva fatica a stare da una sola parte.

Tornò a fissare la strada e io la imitai.

Passarono almeno cinque minuti, durante i quali restammo in silenzio assoluto. Si sentivano solo i nostri respiri, poi mi strinse una mano e io tornai a fissare quegli occhi azzurri, troppo familiari.

«Ho visto come lui ti guardava, come tu lo guardavi, quel tipo di amore non finisce mai...» sussurrò.

Io annuii incapace di ribattere, sapevo che aveva ragione.

«Non ti ha tradita davvero, lo sai?» mi chiese Sasha.

«Lo so.»

«Cosa?» domandò sconvolta.

«Me lo ha detto quando ci siamo rivisti per l'ultima volta dopo che sei venuta a trovarmi. Mi ha spiegato tutto, poi se n'è andato non so dove. Sasha...» mi scusai, forse avrei dovuto dirglielo.

«Stava bene?»

Io annuii.

Regnò di nuovo il silenzio per alcuni secondi, poi Sasha mi fece una domanda che mi fece fermare il cuore.

«Ti manca?»

Feci di sì con la testa.

«Da morire...» ammisi piano.

«Perché non lo cerchi?» mi domandò guardandomi negli occhi.

«Non riesco più a fidarmi...»

Lei annuì. «Se non fosse stato per quelle due...» Sasha strinse i pugni.

«Saremmo nella stessa situazione...» E ci credevo veramente.

Ero convinta che tutte le cose succedessero per una ragione e sapevo che se Ruby e Daisy si fossero comportate bene ci sarebbe stato qualcos'altro a dividerci.

Forse era stato il destino, eravamo troppo diversi per stare insieme e, si sa, alla fine ci si arrende.

«O magari voi sareste stati più forti di tutto...» biascicò Sasha, poi si alzò e rientrò in casa lasciandomi da sola con quelle parole in sospeso che risuonavano nella mia mente.

Strinsi forte gli occhi per evitare alle lacrime di bagnarmi il viso.

Respirai profondamente e poi tornai in casa.

Erano le sei quando qualcuno entrò urlando.

«Sono a casa!»

Come non riconoscere quella voce.

Sasha si alzò dal divano e corse all'ingresso, io e Alexis la seguimmo ridendo.

Trovammo Sasha tra le braccia di Cam, mentre si baciavano e si stringevano come se non si vedessero da un milione di anni. Conoscevo quella sensazione, quel bisogno di stare l'uno vicino all'altra.

Li guardai sorridendo, ma Alexis notò la mia malinconia e mi strinse un braccio sorridendo timidamente.

«Scusate, ci sono anche io!» Appena sentii quella voce mi sporsi per vedere chi c'era al di là dei piccioncini e quando vidi i capelli biondo chiaro come i miei, iniziai a saltare, scostai Cam e Sasha e mi buttai tra le braccia di mio fratello Sebastian.

«Sebastian!»

Mi abbracciò forte; quando mi staccai Cam mi racchiuse tra le sue braccia e poi mi sussurrò: «Sono contento che sorridi veramente.»

Mamma e Jonathan abbracciarono i miei fratelli e poi, dopo i soliti saluti, aiutammo la mamma ad apparecchiare. Subito dopo andai in camera a cambiarmi visto che erano vestiti tutti di rosso o verde, perfettamente in clima natalizio.

Rovistai nell'armadio, mi abbassai e cercai sul fondo.

Quando la vidi mi si bloccò il fiato.

Era la borsa che avevo portato a Chicago, la presi e tirai la cerniera, dentro era vuota a parte una cosa bianca. Come avevo fatto a non accorgermene quando l'avevo disfatta? Con mano tremante presi quel foglio bianco che era girato al contrario. Lessi sul retro:

Ti amo.
Per tutto quello che sei.
Per tutto quello che sei stata.
E per tutto quello che sarai.

Lo girai e rimasi scioccata.

Era una foto in bianco e nero: dietro c'era la ruota del Navy Pier e in primo piano io tra le braccia di Ash che ridevo. E lui che mi guardava e sorrideva a sua volta.

Aveva quello sguardo, quello di cui mi aveva parlato Sasha. Mi sembrò un ricordo così lontano, come se non fosse realmente successo.

Nonostante fosse una foto in bianco e nero, sembrava che solo io e Ash fossimo a colori, mentre il resto del mondo era spento.

Mi cadde una lacrima sulla foto e mi affrettai a toglierla. Appoggiai la foto sul comodino, cercai un maglione bianco con dei fiocchi di neve neri e lo indossai, poi raggiunsi gli altri in salotto.

Mangiammo e poi, dopo cena, decidemmo di uscire per andare a bere qualcosa all'unico bar aperto in paese.

Jonathan restò a casa con mia mamma.

Cam condusse per mano Sasha alla sua macchina e da vero gentiluomo le aprì la portiera. Mi ricordò quella volta in cui lui mi aveva teso la mano per aiutarmi a scendere dalla sua moto. Scossi la testa. Ogni cosa mi ricordava lui. Come potevo fare?

Salii dietro con Sebastian e Alexis. Cam guidò fino in città canticchiando le canzoni di Natale con Sasha, peccato che entrambi erano due campane stonate.

Ridemmo tantissimo.

Passammo la serata a sentire delle persone che cantavano al karaoke le canzoni di Natale.

Poi Sebastian e Cam si esibirono in uno spettacolo alquanto esilarante.

Il canto non era un dono di famiglia.

Nonostante la deludente performance dei miei fratelli, Sasha si alzò applaudendo e gridando il nome del suo fidanzato.

Poi Sasha e Alexis mi obbligarono a cantare una canzone insieme a loro.

«State scherzando, vero?» chiesi ridendo.

«Oh, no, piccola Jo, tu verrai con noi...» disse Sasha prendendomi per un braccio mentre Alexis prendeva l'altro.

Mi trascinarono sul palco e cantammo una canzone pop, un po' vecchia; nessuna delle tre sapeva le parole, solo il ritornello; fu un disastro.

Tornammo a casa verso mezzanotte.

Sasha e Cam uscirono dalla macchina per primi, seguiti da Sebastian e Alexis.

«Non vieni, Jo?» mi chiese Sebastian.

«Sì sì, arrivo, mi è caduto un orecchino, vi raggiungo.»

«Okay» disse Alexis, così anche loro due entrarono in casa.

Mi abbassai e lo trovai per terra sotto il sedile, lo presi e uscii dalla macchina. Chiusi la portiera e a un tratto sentii un fruscio tra i cespugli dietro di me. Mi girai e cercai di vedere meglio, ma niente.

Scossi la testa e girai intorno alla macchina per entrare in giardino, quando sentii ancora un rumore vicino al solito palo della luce.

E se fosse lui? Era tornato per me?

Ma che problemi avevo?

Perché mai avrebbe dovuto spiarmi? Se fosse stato veramente Ash si sarebbe fatto vedere. Perché avevo permesso che sparisse dalla mia vita?

Aprii il cancelletto della staccionata ed entrai in giardino, mi girai per richiuderlo e vidi un'ombra muoversi. Uscii di corsa e in fondo alla strada vidi una figura con un cappuccio nero.

«Sei tu, vero?» urlai.

La figura si immobilizzò.

«Torna da me, ti prego!» gridai

La figura riprese a camminare, e io sussurrai.

«Non mi lasciare ancora...»

Abbassai lo sguardo.

«Jo?!» mi girai verso casa e vidi Cam sulla soglia.

«Non stare lì al freddo...» mi fece un cenno con la testa e io lo raggiunsi, chiudendomi la porta alle spalle.

Eppure ero così sicura che fosse lui.

Mi mancava così tanto da farmi immaginare tutto?

30

La mattina di Natale, per la prima volta dopo quel periodo così doloroso, mi sentivo un po' meglio, come se pian piano il mio cuore stesse guarendo.

Mi alzai e scesi le scale incontrando al primo piano Cam e Sasha che uscivano con il sorriso sulle labbra dalla camera di mio fratello e Alexis con i capelli un po' scompigliati che usciva dalla camera degli ospiti. A quanto pareva nella notte c'erano stati degli spostamenti.

Tutti raggiungemmo Sebastian, mia madre e Jonathan che stavano già facendo la speciale colazione di Natale.

«Wow, Barbra, non avresti dovuto cucinare così tanto...» disse Sasha con la bocca spalancata dalla sorpresa. In effetti mia mamma non si risparmiava mai dal cucinare tanto, ma nei giorni festivi si superava sempre.

Mia madre rise e la ringraziò; dopo aver messo l'ultimo vassoio di pancake a forma di alberi di Natale sul tavolo, si sedette a capotavola e ci permise di iniziare a mangiare.

Tutti si servirono, e io, affamata, presi dei pancake e della cioccolata calda. Mentre soffiavo sulla tazza guardai fuori dalla finestra e mi accorsi che stava nevicando!

«La neve!» esultai. La neve era sempre stata sinonimo di felicità.

Mi alzai mollando tutto sul piatto e uscii fuori; nonostante il freddo mi abbassai e presi una palla di neve, la tirai contro la staccionata e risi, alzando il viso verso il cielo e tirando fuori la lingua per prendere i fiocchi che cadevano dal cielo.

«Vorrei che fossi qua con me...» sussurrai al vento.

Ogni volta che mi permettevo di sfiorare con la mente il pensiero di Ash, mi sentivo pervadere dalla malinconia.

Tornai in casa rabbrividendo e mi asciugai in fretta. Finita la colazione ci spostammo tutti in salotto per l'apertura dei regali.

«Tieni, Jo» mi disse Sasha porgendomi una scatolina rosa con sopra un piccolo biglietto.

Buon Natale, piccola Jo.

Cam e Sasha

Mi alzai e li abbracciai ringraziando entrambi, poi aprii la scatoletta e ci trovai un braccialetto con tanti piccoli ciondoli: un cuore, dei pennelli, delle note, e delle stelline. Lo indossai subito, felice, e poi diedi i regali che avevo fatto per Cam e Sasha: a mio fratello avevo preso un maglione blu con delle righe bianche e a Sasha la sua versione al femminile.

«Questo è tuo, Jo» disse mia madre passandomi un'altra scatola più grande, mentre Jonathan riceveva lo stesso tipo di scatola ma di colore diverso.

Alla mia bimba... con amore.

Mamma

«Grazie, mamma!» la ringraziai, poi aprii la scatola e trovai un libro che descriveva quasi tutti i miei artisti e quadri preferiti.

«Oddio!» esultai contenta quando capii di cosa si trattava, lo strinsi al petto emozionata.

Passammo il resto della mattina a confrontare i regali, poi mia mamma mi diede la busta con tutta la carta dei regali da buttare, così indossai il cappotto e uscii di casa. Attraversai il cortile e buttai la busta nel bidone. Quando tornai verso casa notai una cosa a cui prima non avevo fatto caso. Sulla panchina sotto il portico c'era un pacchetto blu. Lo presi velocemente e vidi che sopra di esso c'era un post-it giallo; il pacchetto mi cadde di mano senza che me ne accorgessi. Quel post-it giallo mi aveva riportato bruscamente indietro alle prime volte che avevo visto Ash.

No, non poteva essere.

Mi abbassai lentamente e posai due dita tremanti sul pacchetto blu per raccoglierlo.

Chiusi gli occhi forte e dopo aver preso un respiro profondo mi costrinsi a leggere il post-it.

Mi manchi, piccola.

Fissai il post-it senza avere nessuna reazione, mentre dentro di me decidevo se scartare il regalo o lasciarlo lì.

Perché continuava così?

Perché mi feriva sempre di più?

Facevo così fatica a restare della mia idea e andare avanti, dimenticarmi tutto e continuare a vivere la mia vita senza di lui, ma poi mi ritrovavo catapultata ancora una volta dentro a tutto.

Scartai lentamente il pacchetto e trovai una copia del mio libro preferito: *Il grande Gatsby*.

Lo aprii e nel frontespizio aveva scritto qualcosa a matita.

Tutte le cose che non ti ho mai detto.

Sfogliai le pagine accorgendomi che alcune frasi erano sottolineate a matita e che alcune parole erano cerchiate e formavano delle frasi che Ash aveva annotato sul fondo della pagina. Chiusi di scatto il libro e distolsi lo sguardo. Non ero pronta per leggerle, non potevo farlo.

Alzai lo sguardo verso la neve che scendeva dal cielo. Non riuscivo a capire perché continuava a lasciarmi questi piccoli messaggi, tutto ciò che mi ricordava era che non avrei mai trovato una persona come lui...

Rientrai in casa e presi Sasha per un braccio trascinandola in disparte dal resto del gruppo.

«Potresti darmi il nuovo numero di telefono di tuo fratello?» le chiesi e sentendo la mia voce mi sorpresi di quanto sembrasse disperata.

«Ci ho già provato, non risponde, e poi non mi sembra una buona idea. Non pensi che possa ferirti ancora?»

La interruppi. «Dammelo, Sasha, per piacere.»

Lei mi guardò negli occhi e lesse il bisogno che avevo di sentire ancora la sua voce, delle sue braccia che mi stringevano, delle sue labbra che mi baciavano e di lui che mi amava come nessuno mai aveva fatto prima.

Così mi diede il nuovo numero e io senza aspettare un secondo di più corsi in camera mia salendo le scale a due a due. Composi il numero e aspettai ansiosa.

«Ti prego, rispondi...» biascicai mentre il telefono squillava.

Due squilli.

Tre squilli.

Quattro squilli e poi...

«Pronto?»

Risentire la sua voce fu come un colpo al cuore e solo sentendola me lo immaginai.

«Sono io» sussurrai.

«Piccola...» rispose lui.

«Mi manchi, Ash, non posso stare senza di te, ti amo, ho bisogno di te, torna, per piacere...» ammisi a lui e anche a me stessa.

Perché, sì, per tutto quel tempo mi ero convinta di poter stare senza di lui, ma in realtà nel mio cuore sapevo che era una cosa impossibile.

«Mi manchi anche tu, ma non possiamo, Jo. Avevi ragione siamo troppo diversi, per piacere goditi il regalo e non mi cercare più...» la sua voce era rotta dal pianto proprio come la mia.

«Come? Perché?» gli chiesi singhiozzando.

«Non hai bisogno di me...»

«Io ho bisogno di te come nulla al mondo...» ribattei io.

«Ti amo...» disse ancora e poi attaccò. Impiegai un attimo a comprendere ciò che era appena successo. Riportai il telefono davanti ai miei occhi e guardai lo schermo nero, senza capire.

Perché aveva ammesso che mi amava, che gli mancavo, ma non aveva voluto saperne? Perché ci stavamo facendo soffrire a vicenda così?

Aveva pianto come me, avevamo provato entrambi dolore e quanto stessimo male l'uno senza l'altra, eppure... Che cosa ci stava succedendo?

Eravamo stati a un passo dall'amarci e ora a uno dal distruggerci.

31

«Ora vi presento una delle migliori studentesse che abbiamo avuto alla Brooks High: Jocelyn Rosie Smith» disse la preside del mio liceo.

Mi alzai dalla sedia di plastica e mi scusai con le persone che urtai passando.

«Vai, tesoro!» urlò mia madre da quattro file dietro di me.

Mi girai e le sorrisi, poi mi incamminai nella mia tunica rossa e blu verso il palco.

Salii i tre gradini e presi posto davanti al microfono.

«Qui alla Brooks High ho passato degli anni magnifici, ho conosciuto persone splendide...» sorrisi a Andy e ai miei compagni «ho ottenuto grandi possibilità per il mio futuro, e, ora che questi anni sono finiti, che tutti noi abbiamo ottenuto il nostro diploma e siamo pronti per conoscere il mondo, sono sicura che nessuno di noi si dimenticherà mai...»

Il rombo del motore di una moto attirò la mia attenzione, spostai lo sguardo dalla platea al fondo della strada che era vicino al campo di football della scuola.

Le braccia mi caddero lungo i fianchi e spalancai gli occhi.

Un ragazzo dai capelli neri scese e parcheggiò la moto. Indossava quel giubbotto nero, quella maglia bianca e quei pantaloni neri strappati. Si appoggiò a un albero con braccia e gambe incrociate e alzò lo sguardo verso il palco, dritto nella mia direzione.

Non poteva essere.

Presi il diploma e posai una mano sul microfono avvicinandomelo alla bocca.

«Scu... scusate...» balbettai.

Camminai velocemente giù dal palco, passai in mezzo alla platea e poi mi misi a correre, attraversai tutto il campo, seminando per terra il capello e il diploma.

Uscii dal campo da football e guardai verso di lui, mi fermai.

Era lui, lì in carne e ossa dopo undici mesi.

Guardava in basso, le mani nelle tasche.

Qualche riccio gli cadeva sulla fronte e in lui nulla era cambiato, rimaneva sempre il ragazzo bellissimo che mi aveva fatto battere il cuore.

Mi avvicinai a passi lenti, finché non fui davanti a lui.

Alzai una mano tremante verso il suo viso, la posai sul suo mento trattenendo il fiato e lo alzai finché i suoi occhi non si persero nei miei.

Inspirai a fondo, lui deglutì e poi mi ritrovai con la schiena contro l'albero, le mani nei suoi capelli e la sua bocca sulla mia, dove sarebbe sempre dovuta stare.

Le sue mani finirono sul mio viso, mi accarezzarono dolcemente, mentre lui mi entrava nell'anima.

Quanto mi era mancato il suo sapore, il suo profumo, i suoi capelli che mi solleticavano la guancia.

Mi baciò senza lasciarmi prendere fiato neanche un secondo. Quando si staccò, eravamo entrambi sconvolti.

Tenni gli occhi chiusi ancora per due minuti per paura che, se avessi osato aprirli, lui sarebbe sparito ancora.

«Piccola, fammi vedere i tuoi occhi...» sussurrò lui sulle mie labbra.

Li aprii lentamente e sbattei più volte le palpebre incredula, ma lui era lì e non stava sparendo.

Fissai il suo viso, aveva un po' di barba, gli occhi azzurri erano luminosi come mai prima, e le sue labbra...

«Sei proprio qui...» sussurrai.

Lui annuì sorridendo, poi mi accorsi di una lacrima che scendeva sul suo viso.

«Non potevo perdermi il tuo diploma» sorrise malinconico.

Mi strinse a sé come se non volesse lasciarmi andare mai più.

«Mi sei mancato...»

«Anche tu, piccola.»

Mi baciò sulla fronte e poi si staccò.

Alzò le sopracciglia osservandomi e facendomi ridere.

«Che hai da guardare?» gli chiesi ridendo.

«Non sei mai stata così bella...» rispose lui.

Arrossii, mentre il mio cuore riprendeva a battere.

«Anche tu non sei niente male» gli dissi sorridendo.

Ridemmo entrambi, ma una voce ci interruppe.

«Vattene!»

Mi girai e vidi mia mamma e mio fratello Cam con al suo fianco Sasha.

Sasha sorrise e iniziò a piangere non appena vide suo fratello, mentre sia mia mamma che mio fratello sembravano pronti a scatenare una guerra.

«Mamma, ma cosa...» dissi scioccata quando mi allontanò da lui.

Mi prese il viso tra le mani e mi obbligò a guardarla negli occhi.

«Lui ti ha ferita, ti ricordi come stavi, Jo? Non mangiavi, stavi ferma immobile, a volte ho creduto che non respirassi neanche; e vederti in quello stato mi ha fatto morire di dolore. Lui non fa per te. Hai un brillante futuro davanti e lui può solo rovinartelo, non lasciare che ti illuda di nuovo. Per piacere, bambina mia, vieni con me.»

Mi allontanai da lei e feci qualche passo indietro; fissai Cam in cerca di aiuto, mia madre stava delirando.

Cam non mi guardò neanche, fece qualche passo in avanti sempre con lo sguardo fisso su Ash e appena gli fu vicino gli tirò un pugno in faccia.

Io urlai.

Caddero a terra, l'uno sopra l'altro e si azzuffarono.

«Avresti dovuto esserci quando non sorrideva, quando non viveva, perché tu, lurido essere, le hai spezzato il cuore!» urlò Cam sferrando pugni.

«Cam! Cam!» mi avvicinai urlando e cercando di staccarli con l'aiuto di Sasha, mentre mia mamma stava immobile.

Quando riuscimmo a tirare su Cam, lo lasciai nelle mani di Sasha e mi inginocchiai vicino ad Ash che si stava pulendo il sangue.

«Che cosa vi prende?» urlai verso mia madre e mio fratello. «Siete diventati pazzi?!»

«Lui ti rovinerà la vita come ha già fatto una volta!» disse mia mamma alterata.

«Spero tu stia scherzando, mamma!» urlai io.

«No, non lo sto facendo...» disse lei seria.

«Non mi ha mai tradita, era solo uno stupido equivoco che non siamo riusciti a chiarire, per colpa mia! Sai lui cosa mi ha fatto? Mi ha ridato vita, mamma, mi ha fatto essere ciò che voglio essere, ciò che sono, lui mi ha sempre amata per quello che sono!» difesi Ash che intanto si era alzato e mi parai davanti a lui.

«Per piacere, Jocelyn, cerca di ricordarti come stavi!» disse mia madre ad alta voce.

«Stavo male, e sai perché? Perché l'avevo lasciato andare, perché mi mancava, perché lo amavo e lo amo tuttora!» ammisi arrabbiata.

«E allora vai! Vai con lui e rovinati la vita, ma non tornare a piangere da me quando ti ferirà ancora!» mi urlò mia madre.

Mi girai verso Ash, lui mi prese la mano e mi tirò con sé, accese la moto e io mi sistemai dietro di lui allacciando le braccia alla sua vita. Partimmo.

Non l'avrei lasciato andare di nuovo.

32

«Lo sai, vero, che non sei obbligata?» mi chiese Ash a bassa voce.

Mi girai verso di lui.

Era seduto sul mio letto, appoggiato sui gomiti, e mi guardava mentre facevo i bagagli. Quella scena mi ricordava tanto l'estate prima, ma entrambi eravamo cambiati da allora.

Io annuii.

«È stata lei, vero?» gli chiesi, sapevo qual era la risposta, ma avrei preferito comunque che mi rispondesse di no.

«Tua mamma mi ha scritto molte lettere...»

«Come ha fatto ad arrivare a te?» gli chiesi mentre piegavo delle magliette da mettere nel borsone.

«Mia nonna abita qui, è andata da lei e mia nonna aveva il mio ultimo indirizzo a Chicago. Tua mamma le ha inviate là, anche se io nell'ultimo anno ci sono stato poco a Chicago...»

«È per questo che non ti facevi mai vedere?»

Lui annuì.

«Tutte le volte che mi era sembrato che ci fossi, tu c'eri...»

«Sempre» rispose lui alzandosi e, avvicinandosi a me, mi prese tra le braccia e appoggiò la fronte alla mia.

«Sono sempre stato qui, mi ero ripromesso di non lasciarti andare facilmente...»

Mi alzai in punta di piedi e lo baciai.

«L'ho sempre saputo» gli dissi poi sulle sue labbra.

Lui chiuse gli occhi e sorrise.

«Mi aveva detto di non avvicinarmi a te perché tu eri troppo per me, non ti meritavo. Ha detto che avresti vissuto meglio senza di me, mi ha intimato di non farmi vedere, di lasciarti perdere e andare avanti. Mi aveva convinto, volevo lasciarti, ero convinto di essere solo d'intralcio per il tuo futuro, io non ti meritavo...»

Gli strinsi le braccia mentre mi raccontava queste cose, sempre a occhi chiusi.

«Quel giorno, alla vigilia, quando hai urlato, il mio cuore si è fermato per un secondo. Sapevo di dover tornare da te. Ho provato comunque a vivere e far finta di nulla, ma non riuscivo a fare niente, qualunque cosa facessi mi riportava a te. Sono dovuto tornare da te per continuare a vivere...» ammise, e a quel punto aprii gli occhi e mi persi nei suoi che mi erano mancati così tanto.

Lo baciai senza preavviso e lui mi accolse tra le braccia come se sapesse già le mie mosse.

Mi strinse a sé e mi baciò, trasmettendomi tutto l'amore possibile.

Posai le mani sulle sue spalle e gli diedi una leggera spinta, lui fece qualche passo indietro e cadde sul letto. Mi misi cavalcioni su di lui e accarezzandogli i capelli lo baciai.

Mi era mancato così tanto.

«Ti amo,» biascicai sulle sue labbra tra un bacio e l'altro «non ho mai provato niente del genere, ti amo, ti amo, ti amo!»

Aprii gli occhi e allontanai un po' il viso dal suo, mentre i miei capelli ci riparavano dal resto del mondo.

Lui rise e mise le mani sui miei fianchi. «Ti amo anche io, ragazzina...»

Venti minuti dopo stavo uscendo di casa con due borsoni, e lui mi aspettava appoggiato allo steccato, proprio come me l'ero immaginato negli ultimi mesi.

«Pronta?» mi chiese mentre fissava le borse sulla moto.

«Sì.» Lo guardai e mi ricordai della prima volta in cui ero andata con lui a Chicago. Guardai ancora casa mia, la stavo lasciando di nuovo, ma questa volta per il mio futuro.

Salimmo in moto e partimmo per Chicago proprio come undici mesi prima. Mi strinsi forte a lui, mentre il vento ormai estivo di giugno mi accarezzava braccia e gambe.

Sapevo che stavo facendo la cosa giusta, a Chicago mi attendeva una borsa di studio alla facoltà di Arte e mi ero iscritta anche a dei corsi alla facoltà di Psicologia con i risparmi lasciati da mio padre.

In fondo mi sarei dovuta trasferire comunque a Chicago, prima o poi. Solo che ancora non capivo perché mia mamma aveva avuto quella reazione, e soprattutto perché aveva allontanato Ash da me per tutto questo tempo, quando avrebbe potuto vedere sua figlia felice di nuovo.

Proprio non la capivo.

Dopo due ore di viaggio ci fermammo in un'area di servizio.

Scesi e mi sgranchii le gambe e le braccia, Ash mise un braccio intorno alle mie spalle e insieme entrammo.

Come al solito, mi persi tra gli scaffali pieni di libri, giocattoli e cd.

Era la parte che amavo di più delle aree di servizio.

«Piccola?» Ash mi chiamò dal bancone.

Mi girai e gli sorrisi, era così strano vederlo in carne e ossa a pochi passi da me dopo quasi un anno di assenza, ancora non ci credevo.

«Vuoi qualcosa da mangiare?»

«Che ore sono?» gli chiesi.

«Le cinque di pomeriggio.»

Scossi la testa e mi avvicinai per bere solamente un succo di frutta.

Ash inaspettatamente mi prese e mi mise sulle sue gambe, e quando gli caddi tra le braccia ci mettemmo a ridere entrambi.

Non ero mai stata così felice.

«Amo la tua risata» mi disse all'orecchio Ash.

«E io amo te» gli dissi girandomi e baciandolo.

«Sai di succo alla pesca!» esclamò ridendo quando si staccò.

«E tu di caffè» gli risposi unendomi alla sua risata.

Quando finimmo di bere, una donna anziana vestita da cameriera ci fece il conto.

«Siete proprio carinissimi insieme...» ci disse.

«Mmm, grazie...» le risposi.

«Siete una coppia di sposini?» ci chiese sorridendo.

«No!» mi affrettai a dire io, e Ash fece lo stesso.

«Fate bene, ragazzi, nel matrimonio la maggior parte delle volte non c'è amore. Nei vostri occhi vedo un amore immenso.»

Le sorrisi, era una vecchina carina.

«Grazie» disse Ash.

Poi ci allontanammo, io andai in bagno e Ash mi aspettò facendo qualche giro tra gli scaffali. Quando finii uscimmo dall'area di servizio e prima di salire sulla moto Ash mi bloccò.

«L'ho preso per te...»

Da una tasca tirò fuori un braccialetto grigio, con sopra delle margherite.

«Grazie, non dovevi» gli dissi mentre me lo metteva al polso.

Mi baciò sul naso e poi ripartimmo, e io mi sentii leggera. Questa era la mia felicità, non avrei voluto altro che vivere tutti i giorni con lui.

33

Finalmente di nuovo a Chicago.

Quando Ash parcheggiò la moto davanti a casa sua, erano le due di notte e la città risplendeva di luci.

Presi i borsoni e insieme ad Ash entrai in casa. Non mi sembrava così vuota e strana come la prima volta, ora mi sentivo a casa. Posai i borsoni all'ingresso e corsi in bagno. L'avevo tenuta per quasi tutto il viaggio, era una necessità.

Quando uscii Ash era in cucina e stava mettendo una padella sul fuoco. Mi appoggiai al bancone con un braccio e lo guardai.

«Sai, vero, che sono le due di notte?» gli dissi.

«Sì, ma ho fame» mi rispose girandosi verso di me e sorridendomi.

Io annuii e andai a riprendere i borsoni.

«Disfo i bagagli!» urlai.

Non mi rispose, così andai in camera sua e iniziai a sistemare l'armadio e i cassetti.

Faceva strano dividere con lui tutto.

Ero sempre stata solo io.

Sorrisi, mentre mettevo delle maglie in un cassetto.

Poi presi una sua maglia nera con una scritta bianca e la indossai, togliendo la mia rossa e il reggiseno di pizzo nero.

Mi sfilai i jeans e mi legai i capelli in una crocchia disordinata.

Facevo un po' ridere con i calzini neri corti, la sua maglia che mi arrivava quasi sopra il ginocchio e i capelli scompigliati.

Uscii dalla stanza e percorsi il corridoio torturandomi le mani. Quando entrai in cucina Ash aveva finito di mangiare e stava appoggiato al bancone a guardare un punto fisso davanti a sé.

Aveva quell'aria di mistero che di solito aleggiava intorno a lui, sembrava così fuori dal mondo, come se non appartenesse a niente di tutto questo. Sarei tanto voluta entrare anch'io in quel suo mondo speciale che si creava.

«Sei stanca?» mi chiese guardando sempre dritto verso il muro.

«No» gli dissi. Non lo ero, ero ancora su di giri per essere tornata a Chicago.

Lui si girò verso di me e, quando mi vide, le sue pupille si dilatarono mentre i suoi occhi azzurri divennero più chiari. Mi squadrò dalla testa ai piedi e mi sorrise.

«Sei spettacolare...» sussurrò con voce roca mentre mi fissava negli occhi.

Abbassai lo sguardo e arrossii.

Lui si avvicinò e mi baciò la punta del naso.

«Visto che non sei stanca, potremmo fare una cosa» sorrise malizioso.

«Cosa?» gli chiesi fissandolo negli occhi.

«Questo!» disse e poi mi issò come un sacco di patate sulla sua spalla.

«Mettimi giù!» urlai ridendo, e rise anche lui.

«Mai!» Detto ciò prese e andò fino in camera sua, mi buttò sul letto e io continuai a ridere, mentre lui mi faceva il solletico.

«Tregua, tregua. Per piacere!» dissi tenendomi la pancia per le risate.

Si stese accanto a me, entrambi senza fiato, guardammo il soffitto e poi sentii una sua mano intrecciarsi alla mia.

Sorrisi.

Poi si alzò, si tolse la maglia e si rimise al mio fianco, senza toccarmi o sfiorarmi.

Mi sistemai bene sul cuscino dalla parte sinistra e lui sulla parte destra, restammo in silenzio per un po' a osservare la luce che passava attraverso la finestra.

«Quando iniziano i corsi di orientamento?» mi chiese.

«La prima settimana di settembre, mi sembra...»

«Arte?»

«Sì, ho ottenuto una borsa di studio...» sorrisi al pensiero. Quando me lo avevano comunicato, avevo fatto i salti di gioia, e quando dico 'salti' intendo letteralmente.

«Te lo meriti» mi disse stringendomi una mano, voltai il viso verso di lui e lo ringraziai.

Lui continuò a guardare in alto e per un po' osservai il suo profilo, mentre il suo petto si alzava e si abbassava in modo regolare.

«Sasha per me è mia sorella, ma è solo figlia di mia mamma. Mia madre stava già con mio padre, fece credere a tutti che fosse sua figlia e mio padre l'amava troppo per sospettare che gli avesse mentito» sussurrò, mentre la sua mano si stringeva alla mia.

Spalancai la bocca a quella notizia, non potevo credere che Sasha non fosse a tutti gli effetti sua sorella. Mi stava dicendo i suoi problemi, i suoi pensieri più profondi.

«Ma voi due siete uguali!» dissi.

«In realtà no, lei ha i capelli castani, ma se li tinge di nero da sempre. Solo i nostri occhi sono identici...» ammise lui.

Era vero, avevano gli stessi identici e stupendi occhi.

«Quando l'hai scoperto?» gli chiesi.

«Avevo cinque anni e Sasha quasi sette, è stata una sorpresa per entrambi. Mia mamma ci ha minacciati impedendoci di rivelarlo a mio padre. Lui l'ha scoperto quando è venuto a sapere tutto il resto, ma Sasha se n'era già andata.»

«Mi spiace...» sussurrai.

«Non so se voglio saperlo veramente, ma a volte mi chiedo dove sia mia madre...»

Chiusi gli occhi per evitare di far scendere le lacrime. Mi aveva commosso e avevo provato tristezza ripensando alla litigata di quella mattina con mia mamma.

Mi voltai verso di lui e lo abbracciai.

Mi baciò sulla fronte e mi disse: «Mi era mancato dormire con te al mio fianco.»

Alzai la testa e lo baciai. «Non me ne andrò più, lo prometto.»

Mi addormentai abbracciata a lui, con il cuore e la mente tormentati per trovare il modo di salvare il mio Mr Occhi di Ghiaccio dalla sua tristezza.

La mattina mi svegliai grazie a un ottimo profumo di caffè, proveniente dal corridoio. Ero stesa sulla pancia tutta spostata verso destra, dove Ash aveva lasciato il suo posto. Era come se anche inconsciamente lo cercassi sempre.

La sua maglia mi era salita fino sopra la vita, avevo scalciato il leggero lenzuolo in fondo al letto e i capelli erano scappati dalla crocchia. Fissai la porta senza volermi alzare. Dopo un anno di scuola e di sveglia alle sei, ancora non ci credevo di potermi svegliare a un orario decente.

Alzai la testa verso il comodino e guardai la sveglia: 9:35. Sospirai e riposai la testa sul letto caldo e morbido, quando la porta si aprì del tutto ed entrò Ash con i capelli scompigliati, a petto nudo, con i pantaloncini neri e un vassoio. Lo fissava costantemente cercando di non rovesciare le cose.

«Facendo così, farai cadere tutto» gli dissi ridendo.

Alzò lo sguardo verso di me e sorrise, io mi misi seduta e lo aspettai mentre poggiava il vassoio al mio fianco. Sopra c'erano una rosa rossa, una spremuta, dei biscotti, delle brioche e una tazzina di caffè.

«Wow, grazie» gli dissi sorridendo.

Lui scosse la testa.

Bevvi un sorso di caffè, poi addentai una brioche, mentre lui prendeva un biscotto.

«Stamattina devo andare a ritirare dei documenti di mia sorella, sul suo posto di lavoro... Ti spiace?» mi chiese.

«No no, tranquillo, vai pure.»

«Grazie, amore» mi baciò la fronte e il mio cuore tremò.

Poi si alzò aprendo l'armadio.

Guardai i muscoli della sua schiena nuda contrarsi mentre muoveva le braccia per cercare qualcosa da mettersi.

Era così bello.

Prese un paio di jeans scuri strappati sulle ginocchia e una maglia nera, li indossò e poi andò davanti allo specchio cercando di sistemarsi i capelli, ma li peggiorò soltanto, se era possibile.

Mi alzai e mi misi davanti a lui in punta di piedi, gli sistemai i capelli mentre lui posava le mani sui miei fianchi e mi lasciava un bacio sul collo. Mi spostai ridendo quando ebbi finito.

«Mi distrai» gli dissi ridendo.

«Era il mio intento» sussurrò sorridendo maliziosamente.

Scossi la testa ridendo e tornai sul letto per finire la colazione. Lui uscì dalla stanza e io lo seguii appoggiandomi al muro in corridoio.

Lo guardai andare verso la porta, mettersi le scarpe e prendere le chiavi della moto, poi uscire di casa.

Pochi secondi dopo rientrò e corse dentro.

«Che succede?» gli chiesi allarmata.

Mi venne incontro con lunghi passi e mi mise una mano sulla nuca per spingere la mia bocca contro la sua. Mi baciò stringendomi a sé e quando si staccò disse: «Molto meglio.» Poi uscì definitivamente e io tornai in camera con un sorriso a trentadue denti.

Finita la colazione, mi feci una doccia, mi asciugai i capelli e indossai nuovamente la sua maglia nera che mi piaceva tanto e degli shorts neri. Svuotai il vassoio in cucina e poi decisi di andare in salotto per vedere la televisione. Non trovai niente di particolare, così mi guardai un po' intorno e notai su una mensola una cornice coperta. Mi avvicinai e la presi.

Nella foto, una donna dai capelli neri e lucenti teneva stretti a sé due bambini non molto grandi, un maschio e una femmina, uno dai capelli neri e una dai capelli castani. Tutti e tre sorridevano, soprattutto la donna al centro.

«Deve essere sua madre...» sussurrai.

Perché teneva coperta una foto con sua madre?

Ma soprattutto, se diceva di odiarla tanto, perché aveva una foto con lei?

Posai la cornice e mi allontanai.

La sera prima mi aveva rivelato che avrebbe voluto rivederla, doveva esserci un modo per scoprire dove fosse questa donna. Iniziai ad aprire i cassetti in salotto per cercare dei documenti. Ci doveva essere qualcosa che dicesse dove poteva abitare. Trovai solo scartoffie su affitti, ricevute, niente che c'entrasse con il passato di Ash e di Sasha.

Tornai in camera sua e aprii due dei tre cassetti che c'erano nella sua scrivania. Nei primi due non trovai niente di importante, l'ultimo non si apriva. Cercai di tirarlo, ma niente, allora cercai qualcosa con cui fare pressione e riuscii ad aprirlo. Dentro trovai un quaderno e delle matite. Ma perché doveva tenere sotto chiave dei quaderni e delle matite? Rovistai sul fondo del cassetto e trovai un foglio piegato, lo presi e lo aprii. Era una lettera di tre anni prima, firmata Elizabeth.

La lessi velocemente e capii che era di sua madre, e alla fine c'era un indirizzo.

Vieni a trovarmi. 20th Avenue, San Francisco.

Trovata!

California.

Come potevo convincerlo ad andare in California?

Poi mi si accese la lampadina, avevo un'idea.

34

«Eccomi» disse Ash entrando in camera prima di mezzogiorno, mentre io stavo disegnando.

«Ehi, ciao, tutto a posto?» gli chiesi.

Lui annuì, si sedette vicino a me e guardò quello che stavo disegnando: era un semplice paesaggio in bianco e nero.

«Profondo» disse.

Mi girai verso di lui.

«Cosa?» gli chiesi mentre mi toglievo la matita dai capelli.

«È semplice, ma profondo...» disse indicando il disegno.

«Mmm, grazie» gli dissi sorridendo.

Posai il disegno sul tavolino, mentre Ash si stendeva sul letto, e mi accoccolai accanto a lui.

«Ho una proposta» gli dissi.

Alzai il viso verso di lui e vidi il suo contratto in una smorfia interrogativa.

«Che ne dici se ce ne andiamo in giro per l'America, un viaggio on the road, fino in California?» proposi.

«Sei seria?» mi chiese massaggiandomi la schiena.

«Sì, c'è una specie di test d'entrata per l'università dove bisogna portare almeno cinque disegni di cinque posti differenti e mi piaceva l'idea di disegnare varie città dell'America» mentii.

Dovevo trovare una scusa per convincerlo ad andare fino in California, in un modo o nell'altro. Era una bugia bianca, a fin di bene; quelle non fanno mai male, vero?

«Mi sembra un'idea ottima» disse lui dopo un po', e io tirai un sospiro di sollievo: se l'era bevuta.

«Grazie!» esultai io abbracciandolo e baciandolo.

«Quando partiamo?» mi chiese tra un bacio e l'altro.

«Per me anche stasera, ho dei risparmi e possiamo trovare delle soluzioni economiche...»

«Stai tranquilla, ho già in mente delle cose. Che ne dici se mangiamo e poi oggi pomeriggio organizziamo tutto?»

Annuii.

Potevo farcela.

«Vieni con me...» mi disse Ash prendendomi per mano.

Mi tirò verso l'unica stanza della casa che non avevo visto, era chiusa a chiave. Quando entrammo notai che non aveva finestre, era tutto buio e c'erano solo cose vecchie, scope, secchi e materiale per le pulizie. In fondo, nell'angolo a destra, c'era una scala a chiocciola che portava fino al soffitto.

Ash mi guidò in mezzo al campo minato di oggetti sparsi sul pavimento. Lui iniziò a salire le scale e io lo seguii. Arrivati in cima aprì una botola e uscì fuori, poi mi aiutò.

Ci ritrovammo sul tetto, era piatto.

«Wow» sussurrai incredula io.

Si vedeva tutta Chicago, i grattacieli e anche le case più piccole e modeste.

In più su tutto il tetto erano disposte centinaia di piante.

Era la cosa più bella che avessi mai visto.

«Ti piace?» mi domandò Ash mentre mi abbracciava da dietro, stringendomi a sé e poggiando la testa sulla mia spalla.

Io annuii incapace di esprimermi a parole.

Era da togliere il fiato.

«Chi l'ha fatto?» chiesi a bassa voce continuando ad ammirare senza sosta quel bellissimo spettacolo.

«Sia io che Sasha siamo appassionati di botanica, più Sasha in realtà. Io lo sfrutto più che altro per rilassarmi» mi spiegò.

Annuii mentre facevo qualche passo in avanti e giravo su me stessa per ammirare meglio tutto.

Entrai in una serra, e Ash mi seguì.

«Siediti pure...» mi disse.

Lui si sedette e prima che facessi in tempo a sedermi sulla sedia vicino alla sua mi tirò sulle sue gambe.

Io risi allacciando le mani al suo collo.

Lui mi spostò i capelli sulla spalla e mi baciò il collo.
«Che piani hai?» gli chiesi mentre sorridevo.
Lui alzò la testa e mi sorrise.
«Per ora baciarti senza fine.» E detto questo tornò a lasciare baci caldi e umidi sul mio collo salendo poi sulla mascella e fino alle mie labbra.
Io lo spinsi sulla mia bocca facendo pressione sulla sua nuca.
Quando ci staccammo, gli sorrisi perdendomi nei suoi occhi.
«Dài, che piani hai?» gli chiesi seria.
«Ho chiamato un mio amico prima e gli ho chiesto se potevo prendere il suo pick-up azzurro, è più comodo per viaggiare» mi spiegò.
«Sì, mi sembra un'ottima idea» gli risposi sorridendo e passando le mani tra i suoi capelli.
«Bene, e poi pensavo di non programmare niente, se deve essere un vero viaggio on the road deve essere libero e imprevedibile...»
«Era la cosa a cui pensavo anche io!» esclamai.
Lui si avvicinò e mi baciò ancora.
«Ora dovrei andare a prendere il pick-up...» mi disse quando si staccò.
Io annuii, mi alzai e scendemmo in casa, dove rimasi sola ancora per un'ora.
Disegnai una cartina con i posti e i luoghi che volevo vedere.
E quando Ash tornò facemmo i bagagli.
«Questo penso sia tuo!» urlò lui dal corridoio, pochi secondi dopo entrò in camera e lanciò un mio reggiseno nero di pizzo.
Io lo presi e risi.
«Grazie per essertene accorto!» urlai.
Lui rispuntò dal corridoio e mi sorrise malizioso.
Finimmo di fare i bagagli, anche se non prendemmo molto.
All'ora di cena mangiammo sushi d'asporto, o meglio, Ash lo mangiò, io preferii dell'insalata.
Mentre lavavo i piatti sporchi, sentii dei rumori dal salotto, mi asciugai le mani e mi sporsi.
Trovai Ash che spostava i divani e altri mobili.
«Posso sapere cosa stai facendo?» gli chiesi sorpresa.
Lui finì il suo lavoro e poi mi guardò, allungò una mano verso di me e mi fece cenno di avvicinarmi.
Io, come la prima volta che lo vidi, gli andai incontro senza chiedere niente, lo seguii senza fiatare.

Era in questi momenti che capivo che nulla avrebbe potuto cambiare il mio amore nei suoi confronti, che lui mi avrebbe sempre fatto lo stesso effetto.

Mi prese tra le braccia e io gli posai la testa sul petto ascoltando il battito del suo cuore. Ash iniziò a muoversi un po' a destra e un po' a sinistra dando vita a un ballo tutto suo.

«Mi è mancato stringerti tra le braccia,» sussurrò Ash «mi è mancato il tuo profumo, i tuoi occhi, il modo in cui mi sorridi, il modo in cui ti attorcigli i capelli quando sei nervosa, o quando inizi a correre dappertutto perché sei di fretta, mi è mancato il modo in cui il tuo corpo aderisce al mio, il modo in cui ti isoli dal mondo quando disegni o quando leggi, mi sono mancate le tue labbra, mi è mancato il modo in cui mi fai battere il cuore...» si fermò, prese il mio viso tra le mani e lo alzò finché i nostri occhi non si incontrarono. «Ma soprattutto mi è mancato il modo in cui mi ami» e poi mi baciò. Un lungo e profondo bacio che mi trasmise tutte le parole appena pronunciate.

Anche lui mi era mancato così tanto.

Mi scese una lacrima.

«Ti amo» gli dissi.

«Ti amo» mi rispose.

E così cominciò il nostro nuovo viaggio.

35

«Sei pronta?» mi chiese Ash spuntando in camera.

«Sì, prendo solo un'ultima cosa» gli risposi frugando nei cassetti.

«Okay, io inizio a caricare il pick-up» disse e sparì.

Mi spostai dall'armadio alla sua scrivania e aprii il terzo cassetto, iniziai a rovistare.

Doveva essere lì la lettera.

Quando la trovai feci appena in tempo a metterla nella tasca posteriore dei jeans che arrivò Ash.

Mi sorrise e mi prese per mano.

Uscimmo, io con uno zaino nero sulle spalle e lui con un altro zaino più grande.

Chiuse a chiave la casa, dopo aver lasciato un biglietto a Sasha.

Il pick-up del suo amico era un po' vecchiotto e rovinato, ma finché poteva portarci in California andava benissimo.

Salimmo in macchina dopo aver fissato le borse sul retro. Accese la macchina e si diresse verso sud.

«Fino in California, eh?» mi chiese, mentre io abbassavo un finestrino.

«Certo!» dissi entusiasta.

Nonostante il mio secondo fine, avevo sempre voluto fare un viaggio on the road. Mi sporsi e accesi la radio cercando una canzone decente, mi fermai quando trovai i Green Day. Adoravo i Green Day, sapevo quasi tutte le loro canzoni a memoria.

Misi una mano fuori dal finestrino e poi mi girai verso Ash canticchiando le parole della canzone: «*Oh, love! Oh, love... Won't you rain on me tonight? Oh, life! Oh, life...*»

Ash sorrise, allora gli diedi una spintarella.

«Dài, canta con me!» urlai alzando il volume al massimo mentre pian piano Chicago spariva dietro di noi.

«*Don't stop! Don't stop!*» cantò Ash.

«*Don't stop when the red lights flash. Oh, ride, free ride. Won't you take me close to you?*» continuai io.

Poi Ash cantò il ritornello. «*Far away, far away, waste away tonight. I'm wearing my heart on a noose. Far away, far away, waste away tonight, tonight my heart's on the loose.*»

Io lo seguii e cantai tutta la canzone a squarciagola.

Quando finì, risi. Non ero molto intonata, quindi la mia performance era stata scadente, ma lui cantava divinamente.

«Bella voce» gli dissi sorridendo.

«Grazie» rispose Ash girandosi un attimo e sorridendomi a sua volta.

Ormai il sole era calato e stavamo viaggiando quasi da due ore tra chilometri di campi coltivati. Sembrava di essere nel nulla. Avevamo incontrato giusto qualche fattoria sperduta e due paesini di neanche venti case. Mi appoggiai al finestrino e mi appisolai.

Qualcosa di morbido e caldo si posò sulle mie labbra.

Aprii gli occhi e mi ritrovai nel pick-up con la testa appoggiata al finestrino e le gambe allungate sopra quelle di Ash.

Lui mi sorrise e si rimise al suo posto dopo avermi baciata.

«Ehi» mi sussurrò.

«Ehi» dissi a bassa voce. Mi stiracchiai e tolsi le gambe dalle sue mettendomi seduta composta. «Che ore sono?» gli chiesi.

«Esattamente le 3:15» mi disse.

Era ancora piena notte.

«Mi sono fermato qualche volta a fare rifornimento e a sgranchirmi un po' le gambe, non ti ho voluto svegliare, ma ora mi servirebbe una mano con la cartina! Siamo quasi a Braidwood!»

Mi raddrizzai e presi subito la cartina in mano pronta a dargli le indicazioni. Ash rimise in moto il pick-up e ripartimmo. Provai a essere il più precisa possibile, ma non ero molto brava con il senso dell'orientamento e infatti sbagliammo strada due volte. Fu divertente e, a causa delle mie indicazioni non corrette, il tempo passò. Eravamo quasi arrivati quando Ash accostò bruscamente sul lato della strada a quell'ora deserta.

«Che cosa stai facendo? Perché ci siamo fermati?» gli domandai.

«Pensavo ti sarebbe piaciuto vedere l'alba...» ammise lui.

Gli sorrisi, poi mi sporsi verso di lui e lo baciai.

Scendemmo entrambi dalla macchina e io mi stiracchiai braccia e gambe. Seguii Ash che si sistemò sul retro del pick-up.

Mi sedetti e lui mi strinse a sé.

Restammo in silenzio, in attesa.

«Sei la prima...» sussurrò lui.

Mi girai verso di lui non avendo capito bene la frase.

«Sei la prima che mi apprezza per quello che sono veramente; neanche io ho mai apprezzato me stesso...» sussurrò guardando dritto davanti a sé mentre il sole saliva.

Gli posai un bacio sul collo e poi pian piano salii finché la mia bocca non incontrò la sua dando inizio a un bacio senza fine.

Ripartimmo subito dopo.

«Ora siamo sulla 66?» chiesi.

«Sì, la magnifica Route 66!» esclamò lui.

Presi la cartina dal cruscotto e la aprii cercando di capirci qualcosa.

«Dall'altra parte» disse Ash mentre accendeva la radio.

«Cosa?» chiesi guardandolo.

«Hai messo la mappa al contrario, ancora» disse lui ridendo.

Ops.

«Ah...» dissi notando che effettivamente il motivo per cui non ci capivo niente era che era tutto sottosopra.

La girai ridendo e puntai il dito sulla nostra prossima direzione.

«Braidwood! Ci siamo quasi» dissi quando finalmente la trovai.

«Esatto» disse Ash ridendo.

Io mi feci una coda alta mentre Ash abbassava i finestrini.

Faceva molto caldo.

Fissai la strada che correva davanti a noi, sembrava senza fine, come se fosse infinita. E in quel momento mi sentii viva come mai prima.

36

Braidwood era come me l'aspettavo, somigliava molto al mio paesino. Non molto grande con case antiche e dettagli più moderni. Viali alberati con aiuole colorate e panchine. E un caldo umido impossibile.

Ash parcheggiò il pick-up davanti a un bar con una grossa insegna rosa sulla quale lampeggiava in rosso la scritta DAIRY QUEEN BAR.

Scesi e cercai di sistemarmi i capelli visto che il caldo sicuramente li aveva rovinati. Guardai anche com'ero messa. Le Vans bianche un po' sporche, gli shorts di jeans e la canottiera rossa sgualcita.

Pensavo peggio.

Raggiunsi Ash che mi aspettava dall'altra parte del pick-up, mi mise una mano sul fianco e mi tirò a sé.

«Sei bellissima comunque...» mi disse piano come se avesse paura che le vecchiette che stavano camminando dall'altra parte della strada potessero sentirci.

L'effetto delle sue parole fu sempre lo stesso.

Fremiti e brividi uniti a un respiro accelerato e un battito cardiaco da infarto.

Amavo come mi faceva sentire.

Sembrava che per lui esistessi solo io, nessun altro avrebbe potuto dividerci.

Entrammo nel locale che aveva appena aperto e ci sedemmo in un tavolino vicino alla finestra.

Fortunatamente c'era l'aria condizionata, o non penso che sarei riuscita a sopportare il caldo ancora per molto.

Ash si mise di fronte a me e prese uno dei due menu, feci lo stesso.

Scelsi velocemente una brioche e una spremuta.

Posai il menu e mi guardai intorno.

Il locale non era male, tavoli verde acqua con decorazioni blu e azzurre.

Le uniche cose che stonavano erano il bancone rosso e gli sgabelli rosa, e forse la cameriera di ottant'anni, che in quel momento stava sorridendo e venendo verso di noi, i suoi unici clienti.

Era a due passi dal nostro tavolo quando squillò il telefono, così mi fece un sorriso di scuse e tornò indietro, ma prima di alzare la cornetta urlò.

«Nastasia!»

Poco dopo da una porta in fondo al bar uscì una ragazza che mi fece rimanere sbalordita.

Era alta, indossava la stessa divisa dell'altra cameriera, solo che il risultato era del tutto opposto su di lei.

Aveva i capelli castani chiari e gli occhi azzurri, si stava avvicinando con un blocchetto in mano e masticava una gomma.

Arrivò al tavolo mentre Ash stava ancora leggendo il menu, sembrava che a notarla ero stata solo io.

«Desiderate?» disse alla fine con uno strano accento, e mi guardava con occhi svogliati.

Ash posò il menu e si accorse della ragazza.

Quando anche lei lo vide, notai un cambiamento sul suo viso, le sue gote divennero più rosee e si raddrizzò mostrando un sorriso.

«Vorrei un caffè, Jo?» disse Ash.

«Per me una brioche e una spremuta» ordinai, dopo essermi ripresa.

La ragazza non mi degnò neanche di uno sguardo, ma continuò a fissare Ash.

Come biasimarla.

Lui ormai aveva spostato la sua attenzione fuori dalla finestra, era come se ci fosse un campo di forza che lo divideva dal mondo e lo racchiudesse in una bolla.

Aveva il viso girato verso destra, la mascella contratta, i capelli un po' scompigliati, la bocca chiusa in una linea e gli occhi quasi persi.

Era uno spettacolo, avrei voluto ritrarlo tanta era la sua bellezza.

«Puoi andare...» dissi alla ragazza che era rimasta anche lei a fissarlo.

Lei annuì imbarazzata e girò sui tacchi.

Ash sembrava così malinconico.

«C'è qual... qualcosa c... che non va?» balbettai a bassa voce.

Lui non si voltò subito verso di me, aspettò alcuni secondi, e quando i suoi occhi incontrarono i miei il mio cuore perse un battito.

«Sto bene, tranquilla» disse piano lui.

C'era qualcosa che non andava e non riuscivo a capire cosa.

In quel momento arrivò la ragazza con la nostra colazione. Mangiammo in silenzio, il silenzio più brutto della mia vita.

Sapevo che non stava bene, e questo mi uccideva lentamente, mi sentivo impotente. Avrei solo voluto che lui fosse felice come prima di arrivare qui. Aveva questi sbalzi di umore improvvisi che non riuscivo a comprendere.

Appena finì Ash si alzò di fretta e biascicò poche semplici parole. «Vado fuori a fumare.»

Mi lasciò da sola a terminare la mia colazione, poi pagai per entrambi. Quando uscii non lo vidi, il pick-up era sempre al solito posto, ma lui era sparito.

Dov'era?

Perché si chiudeva in sé stesso come se avesse il segreto più brutto del mondo da tenere nascosto?

Sbuffai frustrata e mi diressi verso il pick-up, salii dietro e rovistai nel mio zaino, dove trovai il mio album e il carboncino.

Li presi e mi misi sulla panchina fuori dal bar e iniziai a fare qualche schizzo delle case e del panorama, mentre il sole si alzava sempre di più in cielo.

Avevo promesso che non l'avrei mai lasciato, ma lui non mi aveva mai detto niente del genere.

Verso mezzogiorno non si era ancora fatto vivo, e il mio stomaco richiedeva assolutamente da mangiare. Così rientrai nel bar e mi sistemai al bancone vicino a un vecchietto che leggeva il giornale. Rispetto a quella mattina il bar era affollato, soprattutto di persone anziane.

«Ehi, piccolina, cosa vuoi?» mi chiese la cameriera più anziana di nome Marget, o almeno così c'era scritto sulla spilla appuntata sulla sua divisa.

«Un toast?» chiesi.

«Sì, certo, e da bere?»

«Una bottiglietta d'acqua, grazie» le dissi sorridendo.

Lei annuì e si diresse in cucina.

Io aspettai fissando dritto davanti a me. Osservai me stessa riflessa nello specchio che c'era sul muro dietro al bancone. Sembravo un tantino stanca, distolsi lo sguardo e sorrisi al signore che sedeva al mio fianco.

«Come mai così triste, bambina?» mi chiese poi, chiudendo il giornale e voltandosi completamente verso di me.

«Mmm...» dissi piano.

Cosa potevo rispondere?

Che avevo paura che lui mi avesse lasciata qui?

Mi girai velocemente verso l'esterno per vedere se il pick-up era ancora parcheggiato e quando lo notai fermo dove l'avevamo lasciato tirai un sospiro di sollievo.

«Problemi di cuore?» mi chiese il signore.

Io annuii e guardai il braccialetto al mio polso destro. Mossi i ciondoli con le mani sospirando.

«Io e mia moglie, prima di stare insieme, ci siamo lasciati e persi una trentina di volte. A volte uno dei due era troppo codardo, o non riusciva ad aprirsi con l'altro. È stato un amore travagliato, ma non c'è gusto quando le cose ti vengono servite su un piatto d'argento...» mi disse il signore.

Io annuii.

«Se ci tieni prova a capirlo» mi consigliò.

«Io ci provo, ma non ce la faccio, si chiude in sé stesso e nessuno può capirlo» ammisi io.

«È qui che sbagli, bimba mia. Quando è vero amore non esistono due anime separate, sono fuse in una sola. Non riuscirai a capirlo, l'unico modo è esporti completamente a lui. Mostragli la tua anima e vedrai che la sua anima ti riconoscerà, e allora lo capirai...» disse lentamente il signore.

In quel momento arrivò il mio toast e io mangiai riflettendo sulle sue parole con in sottofondo una musichetta fastidiosa.

Quando finii, pagai e uscii dopo aver salutato il dolce signore che mi aveva dato quei consigli.

Di Ash ancora nessuna traccia.

Salii sul pick-up e presi la macchina fotografica, poi chiusi tutto e mi incamminai verso destra. Camminai attraverso viali, vie e stradine più piccole, osservando alcuni bambini giocare e le loro madri riprenderli.

Mi passai una mano tra i capelli e poi mi fermai per fare una foto al paesaggio. Avevo praticamente girato quasi tutto il paese, perdendomi di continuo e passando dallo stesso punto più volte.

Mi mancavano solo due vie.

L'istinto mi diceva di andare a destra e percorsi la via che finiva in una zona panoramica.

E lì lo vidi.

Dava le spalle a un pino e guardava dritto davanti a lui.

Poi, mentre mi avvicinavo, si passò una mano tra i capelli e si abbassò improvvisamente sulle ginocchia.

Allora io iniziai a correre.

37

Corsi verso di lui, come se fosse la mia unica via di salvezza, come fosse l'ultimo spiraglio di luce prima del buio totale.

Ma quando arrivai a pochi passi da lui, mi accorsi che non stava male, non stava piangendo, non stava facendo altro che guardare davanti a sé.

L'unico sintomo reale, tangibile e che si notava, era il respiro accelerato.

Sembrava che fosse uscito da un uragano, o che avesse appena finito di correre, quando sei in quello stato di trance e cerchi di rallentare i battiti, di respirare e di non lasciarti prendere dal panico.

Proprio così.

«Ti amo...» sussurrai piano.

Era l'unica cosa che mi era venuta in mente.

E lui si girò e mi fissò negli occhi come se solo quelle due parole l'avessero risvegliato da quel sonno.

Mi fissò per quelli che sembrarono istanti infiniti.

Sapevo che si aspettava qualcosa da me, dovevo parlare.

Chiusi gli occhi, feci un profondo respiro e iniziai a parlare.

«Avevo sei anni quando mi ha lasciata in questo mondo da sola, un mondo che senza di lui non faceva altro che cadere a pezzi e io non riuscivo più a trovare la mia vera casa. Mio padre è morto per l'arte, è morto per la cosa che entrambi amavamo e amiamo. E odio il fatto che lui abbia amato l'arte, perché se fosse stato un postino, un banchiere o un contadino forse a quest'ora sarebbe ancora qui con me e mi direbbe che sono la sua bambina e che mi proteggerà sempre, ma non è così. La vita non aveva senso dopo la sua morte e la cosa ironica è che me ne sono accorta solo dopo che ho incontrato te.» Feci una risata malinconica sempre tenendo gli occhi chiusi. «Pensavo di essere la figlia modello, non creavo problemi, non facevo niente che potesse rovinare la finta felicità che aleggiava in casa mia da allora. Ma non lo sono, nulla di quello che ho mai fatto mi ha resa felice, nulla, ma sono andata avanti lo stesso convincendomi che lui voleva che fosse così...» La mia voce si incrinò e alcuni singhiozzi mi sfuggirono, mentre le lacrime mi scendevano sul viso. «Quando sei arrivato tu, mi hai fatto capire che non era vero, che tutto quello che avevo fatto era sbagliato. Mi sono ribellata alla mia famiglia, mi sono ribellata a me stessa per merito tuo. Mi hai resa più forte, più vera, più bella, mi hai resa me stessa. E quando ti vedo così, mi ricordi mio padre. Mi si spezza il cuore, perché so che lui vorrebbe che io ti aiutassi, ma non ci riesco, perché hai questi muri insormontabili. Ti rinchiudi in te stesso e non mi lasci entrare e io vorrei tanto...» balbettai tra le lacrime «vorrei tanto che tu me lo permettessi, perché so che sembra stupido, ma so per certo che mio padre vorrebbe così e io non voglio deluderlo. Tu mi hai cambiata, mi hai amata esattamente nel modo meraviglioso in cui mi amava mio padre, quindi per piacere lascia che io ti salvi...»

Strinsi gli occhi con una mano sul cuore. Mi ero completamente sfogata con lui, su un argomento che per me era molto delicato. Non aprii gli occhi neanche quando sentii due braccia stringermi forte e racchiudermi in un abbraccio.

Piansi sul suo petto liberando tutta la sofferenza degli anni trascorsi a pensare a mio padre e a sentire la sua mancanza. Quando smisi e cercai di controllarmi non osai ancora aprire gli occhi, avevo paura che fosse tutto un sogno. Avevo quella sensazione, che parte dallo stomaco e sale su, ti blocca il respiro e ti serra la gola.

«Tu mi hai già salvato...» sussurrò Ash mentre mi accarezzava i capelli.

Aprii gli occhi di scatto e alzai lo sguardo verso il suo viso.

Ash parlò: «In tutta la mia vita mi sono sentito un perdente, mia mamma mi trattava da perdente. Quando mio padre è morto mi sono sentito in colpa, se fossi riuscito a fermarlo quella sera, se solo fossi riuscito a...» La sua voce calò di tono e i suoi occhi si chiusero privandomi di quell'azzurro e riportandomi nel buio. «È stata colpa mia, sono stato io a dire a mio padre di mia mamma. L'avevo trovata a letto con un altro e gliel'ho detto. Se solo fossi stato zitto...»

Ash abbassò lo sguardo e vidi una lacrima scendere sul suo viso. Aprì gli occhi e mi fissò stringendomi a sé.

Io mi alzai in punta di piedi e gli accarezzai la guancia mentre lui chiudeva gli occhi e sospirava.

«Quando mi perdo nei miei momenti mi chiedo se non rovinerò anche te, se riuscirò mai a non rovinare qualcosa, se non ti deluderò e se, quando capirai che sono un perdente, tu non te ne andrai...» sussurrò.

E a quel punto l'unica cosa che feci fu baciarlo, baciarlo mentre il cuore si stringeva nel mio petto. Mi scese una lacrima mentre sentivo il vero animo di Ash che si lasciava finalmente vedere.

In quel momento non sentii altro che noi due.

Quando mi staccai presi il suo volto tra le mani e lo costrinsi a guardarmi.

«Non me ne vado e non ho intenzione di andarmene. Tu sei tutto tranne un perdente, sei la cosa più bella che mi sia capitata...» sussurrai sulle sue labbra.

E lui mi baciò stringendomi a sé e chiedendo accesso alla mia bocca.

Io gli misi le mani tra i capelli, poi lui mi alzò e io agganciai le gambe alla sua vita. Mi baciò per lunghi minuti finché non rimanemmo entrambi senza fiato.

«Ti amo...» mi disse guardandomi negli occhi.

«Ti amo...» gli risposi sorridendo.

Ero felice di essere riuscita a capirlo, a capire la sua anima distrutta.

Mi fece scendere, mi prese per mano e tornammo indietro.

Arrivammo al pick-up alle sei di sera, dato che ci fermammo a fare foto ogni tre secondi.

«Dovremmo cercare un motel per dormire...» disse Ash salendo in macchina.

«Sì, aspetta che guardo...» Presi la guida e cercai qualche hotel o motel a Braidwood.

Ash accese la macchina e si mise in strada.

«C'è questo: Braidwood Motel. Non è distante» gli dissi.

«Sì, va bene...»

«Allora devi girare a destra dopo la rotonda...» iniziai a dargli indicazioni.

«E destra sia» rispose lui ridendo.

«Perché ridi?» gli chiesi togliendomi la cartina dalla faccia.

«Sei alquanto buffa, lo sai?» mi chiese ridendo sempre di più.

Gli diedi una pacca sul braccio facendo finta di essermi offesa, ma poi risi unendomi a lui.

«A sinistra sulla 8th...» dissi poi.

Ash continuava a ridere e non si accorse che avevo detto sinistra e non destra.

«Hai girato a destra!» urlai ridendo.

Lui accostò e cercò di smettere di ridere.

«Scusa, scusa, ero distratto...» disse sogghignando.

«Cretino!» urlai sorridendo.

Ash riaccese la macchina e tornò indietro girando a sinistra.

«Alla seconda gira a destra e poi subito a sinistra...» spiegai.

Lui lo fece e arrivammo davanti a un motel con una serie di camere. Parcheggiò e scendemmo a prendere gli zaini. Entrammo e ci fermammo alla reception, dove non c'era anima viva.

Ash si guardò intorno e poi suonò il campanello che si trovava sul bancone.

«Bel posto che hai scelto...» sussurrò.

«Ehi, non sapevo come fosse!» gli risposi.

Non era molto chic, aveva la carta da parati marroncina e verdognola con arredi un po' vecchi e scuri.

«Salve, salve...» disse un ometto cinese che era spuntato da una porta.

«Buonasera» rispose Ash.

«*Desidelate una camela?*» chiese sorridendo.

Era molto buffo, tra i capelli e l'accento.

«Mmm, sì, se è possibile» sorrisi io.

«*Tua lagazza molto calina*» disse l'uomo ad Ash.

«Lo so» rispose Ash stringendomi a sé.

«*Ah, che bello l'amole*» disse sorridendo, poi si girò e prese una chiave e ce la porse. «*Uscite, plima scala, camela 52.*» Detto questo sparì di nuovo facendomi solo più ridere.

«Quanta gente strana in giro» commentò Ash, mentre uscivamo e seguivamo le indicazioni del signore.

Arrivammo davanti alla camera 52, aprii la porta e la richiusi dopo che Ash entrò.

Ash posò le borse e poi mi spinse contro il muro per baciarmi, quindi si staccò e mi disse: «Grazie.»

E io sorrisi, l'amavo sempre di più.

38

Ash iniziò a girare per la stanza. Io lo imitai. In effetti era strana come stanza, tutta rossa e bianca.

«Penso che ci abbia dato la stanza dell'*amole*» disse facendo il verso al signore e indicando i cuori bianchi e rossi sparsi dappertutto.

Mi misi una mano sulla bocca e risi.

Ash allungò le mani e mi prese tra le braccia.

«Perché non sfruttarla?» mi chiese malizioso.

Io sogghignai cercando di sgusciare fuori dalle sue braccia, e quando ci riuscii corsi in bagno e prima di chiudere la porta urlai: «Perché ho bisogno di una doccia!»

Lo sentii ridere.

«E va bene, vado a chiedere al tipo giù se ha qualche volantino per il cibo d'asporto...» disse Ash dall'altra parte della porta.

«Va bene» gli risposi.

Lo sentii prendere qualcosa e poi uscire sbattendo la porta.

Io mi guardai allo specchio: avevo veramente bisogno di una ripulita. Tra il caldo e la lunga camminata sembravo uscita da una discarica.

Mi sciolsi i capelli, aprii il rubinetto e dopo essermi spogliata entrai nella doccia. Mentre mi sciacquavo pensai alle sensazioni che aleggiavano ancora dentro di me, le emozioni che Ash mi aveva trasmesso, il suo dolore, la sua frustrazione e il suo amore.

Era come se avessi accettato e preso dentro di me le sue emozioni.

Ed erano così pesanti da non farmi neanche credere di poterle sopportare.

Come aveva fatto lui?

Tutto questo tempo da solo, senza nessuno a cui dire quello che sentiva.

Quando uscii dalla doccia presi un asciugamano bianco e me lo avvolsi intorno, mi strizzai i capelli per togliere il residuo d'acqua e poi mi sporsi ancora dentro la doccia per chiudere i flaconcini di shampoo e balsamo che come al solito lasciavo aperti.

In quel momento la porta del bagno si aprì e si richiuse subito dopo.

Senza girarmi per vedere, percepii la sua presenza, e mi mancò il fiato.

Mi girai lentamente e lo trovai che mi fissava.

Era lui, il mio Mr Occhi di Ghiaccio, fermo immobile a parte una cosa. I suoi occhi luccicavano, ma non di malizia o altro: i suoi occhi sapevano di amore, di speranza e di un bisogno assoluto.

Un bisogno che io conoscevo bene: era la sensazione che non mi aveva mai lasciata per un anno intero.

E allora feci due passi verso di lui, per colmare lo spazio tra di noi, per riempire quel vuoto che ci divideva. Quando fui a un soffio da lui, feci una cosa che non avrei mai pensato di fare. Portai le mani sull'asciugamano e lo lasciai cadere a terra.

Quello che successe dopo, non riuscii a comprenderlo.

Forse perché Ash non fece nulla, esattamente nulla. Non sorrise, non abbassò mai lo sguardo dai miei occhi e non si mosse neanche di un centimetro. Allora mi avvicinai ancora e mi alzai in punta di piedi fino a che la mia bocca non fu a un millimetro dalla sua.

«Fai l'amore con me, Ash.»

La mia voce sembrava quasi disperata.

Lui lo fece.

Mi prese tra le braccia, mi strinse forte curando pezzo per pezzo la mia anima, mi portò in camera e dopo aver chiuso la porta a chiave si stese sopra di me. E mi cullò tra le sue braccia, facendomi sua ancora e ancora, e amandomi senza fine.

«Hai fame?» chiese Ash sussurrando.

Annuii senza staccare il viso dal suo petto nudo.

Eravamo stesi sul letto da quelle che sembravano ore infinite, non volevo più muovermi da lì.

Ero abbracciata ad Ash, una sua mano mi accarezzava i capelli ormai asciutti e l'altra la schiena, descrivendo cerchi immaginari sulla mia pelle.

«Allora mi sa che mi devo alzare...» disse Ash.

«No no, resta» protestai contrariata, mentre per fermarlo intrecciai ancora di più le mie gambe alle sue.

Alzai il viso e mi sporsi verso il suo volto, finché i nostri petti non entrarono completamente in contatto e il mio naso non toccò il suo.

«Resta con me» sussurrai sulle sue labbra.

A un tratto la sua mano finì sulla mia nuca e mi spinse verso di lui finché le nostre labbra non diventarono una cosa sola.

Quando si staccò mi posò un bacio dolce sul naso.

«Ora potrei anche lasciarti andare, sai?» gli dissi sorridendo.

Lui mi sorrise a sua volta.

«Solo per ordinare da mangiare però...» aggiunsi.

«Mi sembra un patto equo...» sorrise Ash.

Mi scostai e lo feci alzare guardandolo in tutta la sua bellezza.

Si mise dei pantaloncini della tuta e mi lanciò le mie mutandine e una sua camicia azzurrina un po' rovinata.

Li indossai, mentre lui ordinava due pizze.

Quando chiuse la telefonata io mi ero sdraiata di nuovo tra le lenzuola fresche. Lui si stese, poggiando la testa sulla mia pancia nuda, e lasciò dei dolci baci sui fianchi. Misi le mani nei suoi capelli e lo osservai mentre guardava il soffitto.

Il silenzio regnò finché non arrivarono le pizze, e da quel momento ci divertimmo come dei bambini, non smettemmo un attimo di ridere.

Ash mi raccontò delle volte in cui suo padre lo portava a pesca e lui era negato, o di quando Sasha fece il suo primo balletto di danza classica a sei anni e riuscì a far cadere tutta la scenografia.

Mi addormentai poi tra le sue braccia, verso l'una di notte.

Lasciammo tutto così, i cartoni delle pizze sul pavimento, i vestiti sparsi dappertutto, e le lenzuola scalciate in fondo al letto.

L'unica cosa che tornò intatta e al suo posto fu il mio cuore.

39

La mattina seguente partimmo dopo mezzogiorno, nel cielo splendeva il sole anche se c'era qualche nuvola.

Mentre eravamo fermi al benzinaio e Ash stava parlando allegramente di motori con un tizio barbuto, mi suonò il cellulare.

Lo cercai nello zaino e quando lo trovai risposi d'impulso appena vidi il nome che lampeggiava sullo schermo.

«Oh, Cam, quanto mi sei mancato!» esordii io, felice di sentirlo.

«Mmm, ciao Jo, sono Sasha...»

«Mmm, scusa Sasha, pensavo fosse mio fratello...» dissi mentre la mia voce tornava normale.

Per un solo attimo mi ero illusa che lui mi avesse perdonata, che fosse tornato a essere il fratello che mi sosteneva sempre.

«Niente, tranquilla...» disse Sasha con voce dolce.

«Come mai mi chiami dal suo telefono?»

«Avevo bisogno di parlarti, in più, anche se non direttamente, Cam vuole comunque sapere se stai bene...» disse Sasha.

C'era qualcosa nella sua voce che non mi convinceva del tutto.

«Dimmi...» la incitai, ormai mi aveva messo curiosità.

«Sono tornata a Chicago e non vi ho trovati, mio fratello non risponde e ho trovato un tuo appunto...» disse con voce bassa.

«Cosa?» Avevo paura di aver lasciato qualche traccia o indizio che rivelasse il mio piano.

«20th Avenue, San Francisco, California» lesse Sasha.

Pensavo di averlo buttato, quel post-it.

«Dove l'hai trovato?» le chiesi.

«Era accartocciato sul comodino» mi spiegò. «So dove vuoi andare a parare, Jo, so perché siete spariti e so a chi appartiene questo indirizzo...» mi rivelò con voce autoritaria.

«Lui ne ha bisogno...» cercai di difendermi.

«Tu pensi che lui ne abbia bisogno, ma non hai idea di cosa ha dovuto passare. Lui può essere tutto, forte e irraggiungibile, ma se si tocca il tasto sbagliato crolla e quando succede non si può più fare niente...»

«Magari ha solo bisogno di sapere da sua madre che non è come lui si descrive... Mi ha detto che si è sempre sentito un perdente...»

«Nostra madre lo chiamava così, picchiava me e insultava lui... Per piacere, Jo, non spingerti oltre il limite... Te ne prego, ha già sofferto abbastanza.»

«Lo farò, Sasha, io lo amo e farò tutto ciò che è in mio potere per proteggerlo, ma ora lui ne ha bisogno o non riuscirà mai a continuare la sua vita...»

«E va bene, digli che mi manca e che gli voglio bene. Allora ciao Jo, voglio bene anche a te, stai attenta...» mi disse Sasha con voce dolce e leggera.

«Lo farò, po... potresti salutarmi Cam?» biascicai.

«Certo, ciao Jo.»

«Ciao Sasha.»

Attaccai, posai il cellulare nello zaino e in quel momento entrò Ash che mi guardò con un'espressione interrogativa.

«Chi era al telefono?»

«Mio fratello, e Sasha...»

«Ti ha perdonata?»

«No, non ancora. Sasha ti saluta e ha detto di dirti che le manchi...» sorrisi.

«Anche lei mi manca...» disse Ash mettendo in moto la macchina.

Uscimmo dal benzinaio e Ash accese la radio dalla quale iniziò una canzone lenta che aiutò la mia mente a crearsi dei film su come l'avrebbe presa Ash quando avrebbe scoperto dove eravamo diretti, cosa che rovinò la mia sanità mentale per molte ore.

«Necessito di un bagno!» dissi agitata.

Era la quinta volta che lo dicevo muovendomi sul sedile.

E Ash rideva soltanto.

«Quanto manca?» gli chiesi ancora.

«Siamo arrivati, guarda là il cartello...»

Avevamo passato due paesini da quasi un'ora ormai, Braceville e Garder. Strinsi gli occhi per cercare di leggere il cartello verde: WELCOME TO SPRINGFIELD.

Fortunatamente!

Esultai sul sedile, ormai erano quasi le quattro di pomeriggio, e io avevo bisogno di un bagno.

Ci fermammo al primo bar che trovammo e io non feci neanche caso al nome del locale, scesi di corsa dalla macchina e mi fiondai dentro lasciando Ash al bancone.

Quando tornai indietro, Ash stava parlando con il barista, mi sedetti al suo fianco bevendo un po' della sua birra, al che lui si fermò e mi guardò.

«Bevi la birra?» mi chiese sconvolto.

«Be', di solito no, ma avevo sete...» mi giustificai con un sorriso.

«Sei la prima ragazza che conosco che tracanna una birra alle quattro di pomeriggio...» mi disse Ash ridendo, mentre il barista, un ragazzo moro, annuiva.

«Be', siete fortunati allora...» gli dissi ridendo.

«Che ti porto, piccola?» mi chiese il barista sorridendomi, era proprio un bel tipo.

«Direi dell'acqua...» dissi sorridendo.

«Perfetto» mi sorrise e poi si allontanò.

Quando tornò mi posò l'acqua davanti e mi sorrise, a quel punto sentii una mano sul fianco stringermi e poi Ash che mi baciava mentre mi attirava sempre di più a sé.

Quando mi staccai, gli chiesi sorridendo: «Questo per cos'era?»

Il suo sguardo guizzò per un momento al barista e poi tornò su di me. «Perché sei mia» disse con voce roca.

Io fremetti e Ash lo notò perché mi prese per mano dopo aver lasciato cinque dollari sul bancone; io feci appena in tempo a prendere la mia bottiglietta d'acqua che venni trascinata fuori dal locale.

Mi spinse contro il cofano della macchina e mi baciò.

Io, anche se sorpresa, ricambiai.

Gli passai le mani tra i capelli facendolo gemere sulla mia bocca, sentii le sue dita stringersi sempre di più sui miei fianchi e portarmi sempre di più verso di lui. Ed entrai nel nostro mondo, nel nostro vortice che ci risucchiava sempre quando eravamo solo noi, come se nient'altro esistesse. Come se miliardi di stelle esplodessero tutte.

Ecco come mi sentivo.

Quando si staccò, mi guardò mentre entrambi cercavamo di prendere fiato.

«Non potrò mai vivere senza di te...» sussurrò.

Io gli sorrisi e annuii.

«Ora ti porto in un posto!» disse.

Salimmo in macchina e Ash guidò sicuro di sé, a quanto pare sapeva esattamente dove stavamo andando.

Svoltò dopo un quarto d'ora in 8th Street e continuò a guidare fino a metà via, poi si fermò.

Io mi girai verso il grande cartello e lessi: LINCOLN MUSEUM.

«Mi hai portata alla casa di Lincoln?» gli chiesi sorridendo.

«Mmm, pensavo ti potesse piacere qualcosa di intellettuale...» disse ridendo e scendendo dal pick-up, io lo seguii con la macchina fotografica al collo.

La visitammo tutta, leggendo i cartelli che spiegavano la storia della vita di Lincoln, e fu interessante.

Quando uscimmo erano quasi le sette di sera e il cielo si era rannuvolato.

«Avrei un po' fame» gli dissi sorridendo.

«E va bene, andiamo al Cozy» propose Ash.

«Che cosa sarebbe?» chiesi, mentre salivo in macchina e alcune goccioline iniziavano a battere sul vetro.

«Vedrai...» disse sorridendo e mettendo in moto.

Guidò nel centro di Springfield. Ormai pioveva molto forte. Quando arrivammo, lessi l'insegna luccicante del locale dove mi aveva portata: COZY DOG DRIVE-IN.

«Pronta?» mi chiese Ash, io annuii e poi scendemmo correndo verso l'entrata.

Visti da fuori potevamo sembrare due matti.

Mangiai l'hot dog più buono della mia vita nel posto più strano in assoluto, sembrava d'esser stati catapultati in un altro mondo. Tutto era illuminato con colori fosforescenti, le cameriere giravano sui pattini a rotelle, e appesi alle pareti c'erano quadri di spiagge hawaiane e animali esotici di ogni colore.

Restammo a mangiare, a ridere e parlare fino alle dieci di sera. Verso l'ora di chiusura, la signora ci buttò praticamente fuori, proprio mentre stava diluviando. Così finimmo sotto la pioggia in un enorme parcheggio vuoto. Non c'era più nessuno in giro, forse perché era tardi o forse perché il locale era un po' in periferia. Fatto sta che mi misi a correre sotto la pioggia ridendo e girando su me stessa.

Poi mi fermai per osservare Ash appoggiato al pick-up con i capelli bagnati, le braccia incrociate che mi guardava ridendo.

Fu la cosa più bella che avessi mai visto.

Era semplicemente lui e io lo amavo follemente, amavo follemente il suo sorriso, i suoi occhi, il suo modo di parlarmi, la fossetta che gli spuntava mentre rideva.

Amavo ogni singola parte di lui.

Si dice che si ama con tutto il cuore, ma io in quel preciso istante, mentre rideva sotto la pioggia, lo amavo anche con tutto il corpo e l'anima. Non appena si accorse che lo osservavo mi raggiunse in mezzo al parcheggio e il mio cuore perse un battito quando mi racchiuse tra le braccia. Mi posò una mano sulla guancia e mi accarezzò il viso.

Poi mi alzai in punta di piedi e gli dissi: «Sono sempre stata tua.»

E a quel punto mi baciò, mi fece entrare dentro di lui, nel suo mondo, dentro il suo cuore e io non potei immaginare posto migliore dove vivere.

40

Dormimmo in macchina e, nonostante la scomodità, fu una delle notti migliori della mia vita.

Con il riscaldamento acceso per asciugare i vestiti, la pioggia battente sul vetro che rendeva tutto il mondo sfocato tranne noi.

La mattina seguente Ash guidò in silenzio superando il confine con il Missouri e verso le cinque di pomeriggio arrivammo a St Louis.

«Oddio, guarda là!» esultai indicando il grande arco che faceva da sfondo alla città.

«Bello, vero? È il Gateway Arch...» mi spiegò Ash.

«Dimmi che ci passiamo vicino!» chiesi eccitata.

Avrei potuto fare tante foto per Sebastian, magari avrebbe potuto aggiungerle nel suo progetto per il corso di Architettura.

Ash annuì svoltando verso l'Interstate 44.

Attraversammo la città, ma io continuai a tenere gli occhi fissi su quell'imponente arco di acciaio che risplendeva al sole.

Era mozzafiato.

Come promesso ci passammo quasi sotto, mi sporsi dal finestrino per vederlo meglio.

Era altissimo.

«Se vuoi possiamo salirci sopra...» propose Ash.

Io mi voltai di scatto con la bocca aperta e di sicuro gli occhi lucidi.

Annuii elettrizzata.

Ash mi sorrise e parcheggiò il pick-up nel primo posto che trovò.

Camminammo mano nella mano attraverso il prato sotto il Gateway Arch e io iniziai a fotografarlo.

«Quanto è alto?» chiesi mentre camminavamo verso la parte destra.

«192 metri se non mi sbaglio...»

Alzai lo sguardo e notai una bellissima angolazione, mi impuntai di scatto fermando di conseguenza Ash che rise, e feci una foto.

«Ne avrai fatte duecento di foto, lo sai che non cambia ogni tre secondi, vero?» mi chiese Ash ridendo mentre io osservavo la foto.

Alzai lo sguardo su di lui e, dopo essermi messa un dito davanti alla bocca, dissi: «*Sssh*!»

Lui alzò le mani in segno di resa con un sorriso, io risi e poi continuammo.

Quando arrivammo all'entrata c'era una coda infinita.

«Non saliremo mai, guarda quanta gente!» mi fermai scoraggiata.

Ash mise una mano in una tasca e tirò fuori due foglietti.

Glieli presi di mano mentre lui sorrideva vittorioso.

«Dove li hai presi?» chiesi sorpresa.

Aveva organizzato tutto.

«A Braidwood, mi sono connesso e ho prenotato online, dovresti ringraziare il tipo cinese...» rise Ash.

Io sorrisi, poi allacciai le braccia intorno al suo collo e lo baciai.

Lui mi prese e mi fece girare.

Quanto lo amavo!

Entrammo e Ash diede i biglietti a un signore, che ci fece passare e noi ci ritrovammo davanti a una cabina piccolissima con cinque seggiole bianche. Mi sedetti anche se avevo paura.

«Ho dimenticato di dirtelo... queste cabine sono solo un po' piccoline...» mi sussurrò Ash all'orecchio, mentre mi stringeva la mano e altri due signori si sedevano. Qualcuno chiuse la porta e con un forte cigolio la cabina partì. Dovetti abbassarmi e tapparmi le orecchie a causa dei rumorosi ingranaggi.

«Non morirò, vero?» chiesi ad Ash mentre mi stringeva la mano.

«Non morirai, ci sono io qua con te, ricordi?» mi disse sorridendo.

Restai ferma per quattro minuti in quella posizione scomoda con la mano stretta in quella di Ash e con la paura di rimanere bloccata lì dentro.

Quando ci fermammo e la cabina si aprì, tirai un sospiro di sollievo.

Uscii in fretta e feci qualche passo in quella specie di corridoio grigio, mi affacciai alla finestrella e vidi il fiume Mississippi con tanto di battelli e navette che lo solcavano. Era spettacolare, mi sembrava di essere in cima al mondo intero. Mi vennero i brividi al pensiero di essere a ben 192 metri da terra!

Ash mi abbracciò posando le mani sui miei fianchi e la testa sulla mia spalla.

Sorrisi al panorama e poi mi girai per baciarlo. Grazie a lui, tutto questo si stava avverando.

«Grazie...» sussurrai sulle sue labbra.

Lui sorrise e poi andammo sull'altro lato da cui vidi tutta la città.

«Guarda, quello è il Busch Stadium!» indicò Ash.

Io annuii sorridente e osservai tutto il resto. Dopo una decina di minuti, scendemmo dalla parte sinistra. Ero più tranquilla, ma mi sembrava comunque che quelle cabine fossero troppo piccole.

«È stato magnifico!» dissi una volta che misi i piedi a terra.

«Sapevo che ti sarebbe piaciuto...» dichiarò Ash.

Gli gettai le braccia al collo e mi alzai in punta di piedi.

«Come fai a sapere tutto quello che voglio?» sussurrai sulle sue labbra.

«Perché ti amo» rispose lui prima di baciarmi.

Sorrisi, sorrisi e sorrisi.

Non c'era nessuna possibilità che qualcuno mi potesse rendere felice come lui, nessuna.

«Che ore sono?» gli chiesi.

«Quasi le sei, credo. Ti va se ci facciamo un giro?»

Io sorrisi e annuii.

Passammo in molte vie della città, da quelle principali, dove i marciapiedi erano affollati di gente di ogni tipo, a quelle meno importanti, piene di negozietti molto carini. Mi fermai appena vidi una macchinetta automatica per le foto. Trascinai Ash ridendo e lo spinsi dentro.

«Dài dài, voglio una foto!» urlai eccitata.

Ash si sedette sullo sgabello, lo alzò e mi fece sedere sopra le sue gambe, infilò le monete nella fessura e scattammo qualche foto buffa, mentre nell'ultima Ash girò il mio viso verso di lui e mi baciò.

Scesi dalle sue gambe sempre con la bocca sulla sua e lui dopo essersi alzato mi spinse contro il muro della piccola cabina. Schiacciò il mio corpo con il suo, mentre le sue mani mi accarezzavano tutta. Mi vennero i brividi quando si staccò e rimase con la bocca a due millimetri dal mio collo. Il suo respiro caldo mi colpì la pelle e fremetti. Mi baciò di nuovo, questa volta più dolcemente e poi uscimmo, io con il fiatone, le guance in fiamme, e lui bello da togliere il fiato come sempre. Presi le foto e le osservai ridendo, le prime tre erano veramente buffe.

Continuammo il nostro giro, feci pochi passi e poi mi fermai in un negozio che vendeva souvenir della città. Presi un paio di occhiali rossi con la montatura a forma di cuore e li indossai. Ash prese la mia macchina fotografica e mi fece una foto, mentre io ridevo felice.

Era così surreale che non ci credevo.

Stavo sul serio, e finalmente, vivendo la più bella storia d'amore di tutto il mondo?

Per me era un sì assoluto.

Passammo così il resto del pomeriggio, poi ci fermammo a cenare in un ristorante cinese.

Constatai che il mio stomaco non sopportava il cibo cinese quando passai dieci minuti a vomitare nel bagno del ristorante con Ash che mi teneva i capelli.

Non fu una delle esperienze più belle della mia vita.

«Scusami...» sussurrai ad Ash mentre mi sciacquavo la faccia.

Lui scosse la testa. «È successo a tutti...» disse sorridendo.

Io annuii e poi uscimmo dopo che la cameriera cinese, che parlava poco americano, cercava di scusarsi con uno strano accento, provocandomi solo delle risate.

«Sono stanca» dissi, mentre camminavamo verso il pick-up.

Ash si fermò.

«Attaccati...» mi disse.

Io lo guardai sconvolta.

«Cosa? Stai scherzando, vero?» gli chiesi incredula.

Lui scosse la testa serio, mi fece un cenno e io salii sulla sua schiena, le braccia strette sulle sue spalle. Lui mi prese le cosce con le mani e continuò a camminare.

La sua maglietta profumava di lui, di me, di noi.

Era così bello.

Mi addormentai poco dopo sulla sua schiena sognando un ragazzo dagli occhi di ghiaccio che avrei portato per sempre nel mio cuore.

41

Quando mi svegliai non capii molto bene dove mi trovavo.

Ero stesa su delle lenzuola bianche a pancia in giù.

I capelli mi coprivano la visuale, me li spostai con una mano e vidi Ash steso di fianco a me che mi guardava sorridendo.

«Ehi» gli dissi.

«Buongiorno, bella addormentata!» mi salutò lui accarezzandomi una guancia.

Io mi avvicinai di più a lui.

«Dove siamo?»

«In un hotel, ieri sera sei letteralmente crollata...» mi spiegò ridendo.

Io mi portai una mano sul viso imbarazzata.

«Scusami...» dissi.

Lui scosse la testa sorridendo, poi si alzò e tirò su anche me.

«Dove mi porti ora?» gli chiesi mentre andavo in bagno per sciacquarmi il viso.

«Sorpresa...» rispose lui dalla camera.

In mezz'ora fui pronta e uscimmo dall'hotel alle dieci passate.

Ash girò verso destra invece di andare a sinistra dove avevamo parcheggiato il pick-up.

Lo fermai.

«Dove vai?» gli chiesi.

«Seguimi» disse con voce roca, stringendomi la mano.

Lo guardai negli occhi, l'avrei seguito ovunque.

Camminammo per il centro, poi Ash scese le scale che portavano alla metropolitana.

«Sei mai andata in metropolitana?» mi chiese.

Io scossi la testa e sorrisi, da piccola pensavo fosse fortissimo andare in metropolitana.

Salimmo sulla linea blu, e scoprii che quello che pensavo era totalmente diverso.

Scendemmo e io tirai un sospiro di sollievo.

«Meno male!» esultai.

Ash mi guardò e rise. «Non ti è piaciuta?»

«Scherzi? La tipa di fianco a me puzzava più di una discarica!» sbottai.

Lui rise e mi trascinò fuori, attraversammo la strada e poi alzai lo sguardo. FOREST PARK.

«Wow!» dissi di fronte all'imponente scritta.

Poi mi ricordai. 'Mi sono messo a ritrarre tutte le persone che passavano, erano così felici mentre osservavano il lago e i fiori. Non ho visto niente di meglio, a parte te, bambina mia.' Mi portai una mano sulla bocca e chiusi gli occhi ricordando le parole di mio padre, mentre mi descriveva i luoghi dove aveva ritratto, compreso Forest Park.

«Tutto bene?» mi chiese Ash.

Io annuii e poi cercai di spiegargli quello che stavo provando.

«Mio padre, quando avevo sei anni, mi ha raccontato com'era Forest Park. È venuto qui a dipingere...» dissi mentre il suono della sua voce risuonava nella mia testa.

Risentire quella voce, dopo tanto tempo, fu difficile.

Ash mi abbracciò e mi posò un bacio sulla fronte.

«Non l'ho mai visto, né conosciuto, ma sono sicuro che lui era come te...» mi disse Ash e io tremai al suono di quelle parole.

Fu la cosa più bella che qualcuno mi avesse mai detto.

Io annuii e poi mi ripresi.

Entrammo e ci ritrovammo davanti a un bosco infinito.

Ricco di alberi, parchi e aiuole fiorite.

Sembrava di essere entrati in un bosco fatato.

C'erano persone che correvano, altre che portavano a spasso il cane e altre che erano semplicemente sedute su delle panchine a godersi il panorama.

Presi un lungo respiro e sorrisi.

Quel posto mi dava pace.

Camminammo per i sentieri mano nella mano, restando in silenzio per ascoltare i versi degli uccelli.

«Ti piace?» mi chiese Ash guardandomi.

Io annuii sorridendo, era meraviglioso.

Passeggiammo ancora un po', finché non ci ritrovammo sulla riva di un lago. Era enorme, e molte persone lo stavano navigando con delle barchette.

Il mio stomaco brontolò.

«Hai fame?» mi chiese Ash sorridendomi.

Io mi misi una mano sulla pancia e annuii ridendo.

Lui si avvicinò e mi baciò dopo avermi stretta a lui.

«Vorrà dire che andrò a prendere qualcosa da mangiare per la ragazza più bella che esista...» mi disse.

Io sorrisi e lui mi lasciò lì.

Presi la felpa blu che mi ero legata in vita e la posai sul prato, poi mi ci sedetti sopra.

Aspettai per una mezz'oretta, ma non mi accorsi neanche del tempo che era passato.

Mi ero stesa per terra e avevo chiuso gli occhi beandomi dei rumori che aleggiavano intorno a me.

Poi due mani si posarono sui miei occhi e una voce roca risuonò nelle mie orecchie.

«Ti amo, sono stato il primo e voglio essere l'ultimo...»

Sorrisi, solamente io potevo capire quanto fossero vere quelle parole. Tolse le mani dal mio viso e mi mostrò cosa aveva preso: due panini, una birra, una Coca-Cola e dei gelati in coppetta. Non aspettai un momento di più, iniziai a mangiare. Ash rise e poi mi imitò.

Mentre stavo bevendo la Coca-Cola Ash mi sorprese.

«Non mi sono mai sentito alla tua altezza, sai? Sono sempre stato un buono a nulla e sempre lo sarò. Come con la storia della droga, se ci ripenso non riesco neanche a spiegare come sono riuscito a incasinarmi così...»

Posai la Coca-Cola e lo fissai.

«Era comodo, lo ammetto, soldi facili, ma anche se è tutto finito, mi sento in colpa, non ti merito Jo!» sussurrò come se fosse la cosa più vergognosa che avesse mai detto.

Gli strinsi una mano

«Ehi, non dire così! Sai qual è l'unica cosa che mi importa? Che hai smesso Ash, sei riuscito a uscirne ed è solo questo l'importante! Devi essere fiero di te per avere avuto la forza di porre fine a tutto!» gli dissi.

Lui annuì. Fortunatamente nessuno stava passando vicino a noi in quel momento. Quando l'avevo scoperto mi ero arrabbiata molto, perché non avevo mai pensato che Ash, il ragazzo di cui mi ero innamorata, potesse fare una cosa del genere, ma ero felice che ne fosse uscito. Si insinuarono nei miei pensieri molti dubbi... E se ci fosse ricascato? E se mia madre aveva ragione su di lui?

Scossi la testa decisa, no. Non mi pentivo di niente.

Mi sporsi in avanti e lo baciai.

«Io sono fiera di te!» gli dissi e lui ricambiò il bacio sorridendomi.

Continuai a mangiare in silenzio, quando finii il gelato mi alzai, presi la felpa e me la legai in vita. Misi una mano nella tasca degli short per controllare di avere un po' di soldi e mi incamminai verso l'uscita del parco.

Ash mi corse dietro e mi bloccò un polso facendomi voltare verso di lui.

«Dove stai andando?» mi chiese preoccupato.

«Sto bene, devo solo stare un attimo da sola, ci vediamo in hotel» gli dissi.

Mi alzai in punta di piedi e gli posai un bacio sulla guancia.

Poi mi girai e ripercorsi il sentiero che mi riportò da dove eravamo entrati. Attraversai di corsa la strada e dopo aver pagato il biglietto per la metro, salii e scesi dopo due fermate. Mi ritrovai in centro e imboccai una via a sinistra, camminai lentamente.

Mi aveva ferito ripensare al suo passato così oscuro.

In fondo cosa sapevo esattamente di lui?

Praticamente niente.

Non sapevo che scuola aveva frequentato.

Se l'aveva frequentata...

Aveva mai pensato di andare all'università?

Cercato di crearsi un futuro concreto?

Non lo sapevo, ma non ce lo vedevo molto.

Mi bloccai davanti alla vetrina di un negozietto.

Si chiamava 'Dye your Hair'.

In effetti tutta la vetrina era ricoperta di foto di ragazze con i capelli tinti di colori stravaganti. Presi una ciocca bionda tra le dita.

Perché no?

Entrai e vidi subito una ragazza dai capelli mezzi neri e mezzi blu che pettinava una signora anziana che aveva i capelli mezzi rossi e mezzi arancioni.

«Ti stanno da dio, Rosalie...» disse la ragazza.

La signora sorrise e, dopo aver pagato, uscì lasciandomi sola con la ragazza che non mi aveva neanche visto.

«Ehm» tossii io per farmi notare.

La ragazza alzò lo sguardo e sorrise correndomi incontro.

«Oh, mio dio, scusa, non ti avevo visto, vieni,» disse prendendomi per mano «accomodati.» Mi fece sedere davanti a uno specchio e mi toccò i capelli.

«Allora, come li vuoi fare?» mi chiese sorridendo.

«Vorrei tagliarli un po' e tingerli...» dissi.

«Perfetto, di che colore?» mi chiese.

«Rosa chiaro, solo sulle punte...» precisai.

Ci mancava che mi facessi tutta rosa, mia madre avrebbe potuto avere un infarto.

«Certo,» poi si abbassò fino al mio orecchio e disse «non ti assicuro niente però, ho preso il diploma da parrucchiera solo cinque giorni fa.»

Io spalancai gli occhi.

«Rilassati!» mi disse ridendo. «Comunque, io sono Natalie» si presentò.

«Jo» le sorrisi e poi iniziò.

Uscii due ore dopo.

Chi se lo sarebbe mai aspettato che io, Jocelyn Rosie Smith, mi facessi i capelli rosa!

Erano le quattro e mezza, così decisi di tornare verso la metro, quando mi accorsi che effettivamente non sapevo dov'ero.

«Merda...»

Tornai da Natalie e la trovai a messaggiare.

«Natalie...» esordii io.

«Ehi, che succede? Non vanno bene i capelli?» chiese preoccupata. «Comunque, chiamami Nat...»

Si avvicinò e io scossi la testa ridendo.

«No, è che non sono di qui e mi sono persa...» risi.

«Oh, sì, vengo con te, tanto qui a parte Rosalie e te non entra mai nessuno» disse Nat, spingendomi fuori mentre spegneva le luci e tirava giù la saracinesca.

Quando fummo fuori entrambe mi prese sottobraccio e chiese: «Allora, dove siamo dirette?»

42

«Aspetta, ripetimi il nome!» mi chiese Nat per la terza volta di seguito.

Io risi, osservandola.

Eravamo all'entrata della metropolitana, lei in piedi a osservare una cartina, io seduta su una panchina.

«Golden Hotel» le dissi.

Natalie si passò una mano prima tra i capelli blu e neri e poi sul mento.

«Ci sono!» gridò dopo tre minuti.

Mi sorrise correndo verso di me e buttandosi al mio fianco.

«So dove andare!» esultò felice, mentre mi spingeva a fare i biglietti.

«Era ora!» le dissi mentre pagavamo due biglietti.

«Allora, ecco, numero 2, linea blu!» disse, mi tirò verso il binario e salimmo sulla metro.

Mi sedetti su un seggiolino rosso con Nat accanto.

«Ti stanno veramente bene i capelli, lo sai?» mi disse toccandomeli e sorridendo.

«Grazie.»

Girai la testa verso sinistra e vidi una ragazza e un ragazzo. Si tenevano semplicemente per mano, entrambi guardavano dritti davanti a loro, sembrava che non si considerassero neanche, l'unica cosa che li tradiva erano le loro mani unite. Sembrava che quelle mani intrecciate fossero la loro àncora per restare vivi, quella cosa che ognuno di noi ha, alla quale ci aggrappiamo per resistere nei momenti duri.

Mi venne in mente lui.

La mia àncora di salvezza.

Mi ero allontanata da Ash per liberare la mente dai dubbi che mi avevano assalito. Avrei tanto voluto essere più forte e resistere, ma quello che mia madre mi aveva insegnato era che non ci si poteva fidare di nulla che non fosse concreto e stabile. E Ash era tutto tranne che stabile, con i suoi cambi di umore improvvisi e la sua vita misteriosa. Ma l'avevo seguito comunque, nonostante tutto. Non avevo ascoltato le domande dentro di me e avevo affidato a lui me stessa e il mio cuore. Non me ne pentivo, ma ora sentivo il bisogno di sapere tutto su di lui. E forse andare da sua madre mi avrebbe permesso di scoprire finalmente tutto.

«Jo, siamo arrivate!» Nat mi scosse un braccio e io riemersi dai miei pensieri.

Le sorrisi per rassicurarla, ci alzammo in piedi e non appena le porte della metro si aprirono scendemmo.

«Uscita ovest,» disse Nat prendendomi per mano «vieni!»

Seguii la sua testa blu in mezzo alla folla. Mi trascinò fuori in strada, passammo attraverso alcune vie; poi iniziai a riconoscere qualche posto. Infatti poco dopo ci ritrovammo davanti all'hotel di quella mattina. Entrai diretta e salii subito verso la camera 38, mentre Nat mi seguiva silenziosa.

Sapevo che lui era già lì. Aprii la porta e trovai Ash che girovagava per la stanza con una mano tra i capelli. Quando sentì il rumore della porta, alzò lo sguardo e si voltò verso di me, poi mi corse incontro e mi strinse forte. Mi alzò da terra e mi portò dentro la stanza.

«Scusa, scusa...» sussurrò lui dispiaciuto nell'orecchio.

Mi scostai e lo baciai prendendogli il viso tra le mani, per fargli capire che poteva fidarsi di me.

«Ti amo» gli dissi.

«Ti amo» mi rispose sorridendo e mettendomi giù.

«Ash, lei è Nat» dissi mentre indicavo Natalie che guardava in basso imbarazzata.

«Piacere» disse Ash e lei gli sorrise.

«Aspetta, ma i tuoi capelli?» chiese Mr Occhi di Ghiaccio sconvolto.

Sia io che Natalie ridemmo.

«Colpa sua!» dicemmo entrambe.

Poi mi avvicinai a lei e l'abbracciai, in fondo era stata carinissima con me nonostante non mi conoscesse.

«Grazie mille!» La ringraziai e lei mi lasciò il suo numero, così le promisi di tornare a trovarla presto.

Quando Natalie uscì mi girai a guardare Ash e gli dissi: «Promettilo.»

«Cosa?» mi chiese lui con tono interrogativo.

«Che d'ora in poi mi dirai ogni cosa» iniziai avvicinandomi. «Non ti costringo, ma pian piano descrivimi chi sei veramente, perché io so quale meravigliosa persona sei ora, ma non so niente del tuo passato.»

«Lo prometto» mi disse intrecciando le nostre mani e facendomi tornare in mente i ragazzi in metropolitana. Con quel gesto aveva dichiarato che ora ero io la sua àncora e lui la mia.

«Dove sei stata?» mi chiese mentre ci sedevamo sul letto.

«In giro, ma niente è la stessa cosa senza di te» gli dissi.

Lui mi sorrise e poi si avvicinò per baciarmi, facendomi stendere sul letto e sporgendosi sopra di me.

Mi baciò finché non rimanemmo senza fiato, con il suono dei nostri baci che riempiva la stanza.

«Amo baciare le tue labbra...» mi sussurrò lui sulla pelle mentre mi lasciava dei dolci baci sul collo.

«Io amo te...» gli risposi sorridendo.

In quel momento i suoi occhi presero vita e mi sorrisero, e io rimasi incantata.

«Ti va di andare a vedere una partita al Busch Stadium?» mi chiese.

«Ma sì!»

Se era una cosa che voleva fare non mi sarei opposta, in fondo avevo promesso che l'avrei reso felice.

Mi portò al Busch Stadium, il più grande che avessi mai visto. Comprammo due biglietti per i posti sulle scalinate.

«Quali vuoi?» mi chiese Ash indicandomi due tipi di hot dog sul carretto del cibo.

«Mmm, destra!» dissi.

«Aspetta, quale?» mi chiese lui ridendo.

«Quello più grande, scemo» risi e lo aspettai seduta.

La partita iniziò e durante il primo tempo la squadra del St Louis segnò per ben tre volte, causando delle urla indecenti da parte dei tifosi. Probabilmente fui l'unica di tutta l'ala sinistra a non capire quando alzarsi in piedi e urlare. Durante l'intervallo una voce metallica risuonò in tutte le casse dello stadio.

«E adesso come di consueto è ora del nostro famoso 'Kiss on the big screen', quindi, mie care coppiette qui presenti, tenetevi pronte, andiamo alla ricerca!»

Tutti applaudirono, evidentemente era una cosa molto famosa da quelle parti. Guardai il grande schermo per vedere a chi sarebbe toccato. Non riuscii a collegare niente quando vidi me stessa con Ash a fianco sul grande schermo.

Tutto lo stadio iniziò a urlare a gran voce: «Bacio, bacio, bacio!»

Mi girai verso Ash sconvolta, dovevo farlo davvero?

Diventai rossa, ventimila persone mi stavano guardando!

Ash a un tratto prese il mio viso tra le mani e mi baciò mentre l'intero stadio esplodeva in un grande boato.

«Siamo solo e sempre noi due...» mi sussurrò Ash prima di impossessarsi delle mie labbra.

Tremai e poi agganciai le mani al suo collo, tirandolo verso di me.

Dopo alcuni secondi ci staccammo e io sorrisi, probabilmente ancora rossa in viso.

Controllai nello schermo e constatai che avevo l'aspetto di una che era appena uscita da un uragano.

Ed era vero, lui era il mio uragano, l'unica tempesta che era riuscita a risvegliare il mio cuore.

«Sei bellissima...» mi sussurrò Ash all'orecchio.

Solo in quel momento realizzai di avere una domanda che mi frullava per la testa.

Tutto questo sarebbe durato per sempre?

Questa sensazione di leggerezza e di pazzia?

Saremmo durati per sempre?

43

Il giorno seguente partimmo verso le dieci di mattina e, dopo esser passati a salutare Nat al negozio lasciammo St Louis. Solo quando non vidi più il Gateway Arch constatai che mi sarebbe mancata questa città.

Ash era silenzioso, e io pure.

Non era un silenzio imbarazzante, ma ricco di frasi in sospeso.

Nella mia mente si crearono delle immagini molto chiare.

Elizabeth che insultava i suoi due figli, una donna alcolizzata che aveva mandato all'aria tutta la sua vita. Una donna che scaricava i suoi pensieri e il suo stress sui suoi bambini.

Ormai non ero più sicura che l'idea di portare Ash da sua madre fosse buona. Insomma, magari lei l'avrebbe respinto causando altre ferite irreparabili.

Sasha aveva ragione, da fuori Ash sembrava tutto tranne che debole e fragile, ma dentro aveva il cuore spezzato anche se non voleva darlo a vedere.

Le ipotesi di come aveva vissuto prima di me erano milioni e si insinuavano nel mio cervello senza tregua.

Suo padre era assente quando sua mamma lo maltrattava?

Cosa faceva sua mamma?

Perché una volta cresciuta Sasha è scappata via senza portare con sé suo fratello?

Perché nessuno l'ha mai salvato?

Il senso di colpa iniziò a crescere dentro di me. Ero una bugiarda.

Guardai fuori dal finestrino e osservai le immense vigne che si espandevano per chilometri sotto un sole splendente. Malgrado il silenzio, mi sentivo bene con lui al mio fianco, mi sentivo felice nonostante non stessimo facendo niente di particolare.

Lui guidava e io guardavo lui.

Nella mia testa una vocina continuava a suggerirmi di dirgli tutto. Non sapevo come l'avrebbe presa quando avrebbe scoperto che io avevo fatto tutto questo mentendogli.

Non lo sapevo e avevo paura.

«Potresti accostare?» gli chiesi.

Avevo bisogno d'aria, mi sentivo oppressa dal senso di colpa e dal peso che sentivo sul cuore.

«Certo, stai male, piccola?» mi chiese lui preoccupato.

Scossi la testa e quando lui accostò scesi velocemente, poi mi sedetti sull'asfalto e mi portai le ginocchia al petto.

Respirai profondamente, poi sentii Ash arrivare dietro di me.

Mi posò le mani sulle spalle e le mosse su e giù.

«Stai tranquilla, va tutto bene, respira...» mi disse in un sussurro.

Stava cercando di consolarmi senza sapere che il motivo per cui mi sentivo così era che gli avevo mentito fin dall'inizio, e questo mi rendeva ancora più bugiarda. Quando mi fui calmata mi girai verso di lui e trovai i suoi occhi di ghiaccio preoccupati che mi scrutavano il viso.

«Sei a posto?» mi chiese.

Io annuii e poi mi rialzai con il suo aiuto.

Mi sporsi verso il retro del pick-up e tirai fuori dal mio zaino una canotta blu e l'album da disegno. Guardai la strada, ma non c'era né un'auto né tantomeno un'anima viva. Eravamo in mezzo al nulla. Controllai un'ultima volta e vidi Ash che mi osservava come se stesse cercando di leggermi nel pensiero. Quando fui certa che fossimo solo noi due, mi tolsi la maglietta nera per restare in reggiseno. Presi la canotta blu e feci per indossarla quando Ash mi fermò e la posò sul bordo del pick-up. Portò le mani sui miei fianchi e iniziò a muovere le dita sulla mia pelle. Restò distante da me, e lo osservai mentre guardava il mio corpo. Poi si avvicinò e si abbassò all'altezza del mio cuore, respirò pesantemente e io sentii il suo fiato caldo sulla pelle. Mi guardò negli occhi e poi posò un bacio sul mio cuore. Si rialzò e mi prese tra le braccia.

«Non so a cosa stavi pensando, non so il motivo per cui eri così cinque secondi fa, so solo che se tu cadi, io cado con te. Non ti lascio andare, okay? E quando sarai pronta sarò qui...» me lo disse in un modo meraviglioso.

Il tono della sua voce non era né serio e deciso, né dolce e romantico, era solo sincero.

Chiusi gli occhi mentre le sue parole risuonavano nella mia mente.

Ash mi lasciò andare e mi diede la canotta. La indossai mentre lui tornava verso il volante. Presi l'album da disegno e tornai al mio posto.

Ash partì e accese la radio, mentre io piegai la gamba destra e ci appoggiai l'album, poi sentii la sua mano posarsi sulla mia gamba sinistra e stringere.

Lo guardai e gli sorrisi.

Lui sarebbe caduto con me e io con lui.

Arrivammo al primo paesino sulla strada che era già sera, non avevamo mangiato e mi era toccato farla dietro un cespuglio.

Ora avevo una fame da lupi.

Ash si fermò in una panineria e ne uscì con quattro panini e due birre.

Ci sedemmo sul retro del pick-up e mangiammo; mentre bevevo un sorso di birra notai un cartello appeso dall'altra parte della strada.

«Oddio, guarda!» esultai eccitata.

«Drive-in» lesse ad alta voce Ash.

Diede un morso al suo panino e poi mi guardò.

«Vuoi andarci?» mi chiese, parlando con la bocca piena.

Io risi e poi gli diedi una spintarella. «Sei disgustoso!»

«Sono un ragazzo, te lo ricordo...» disse lui ridendo.

Io sorrisi e poi annuii. «Comunque sì, vorrei andarci, ti va?»

Lui annuì e dopo aver bevuto un sorso di birra mi sorrise. Finimmo di cenare e poi salimmo in macchina cercando la via indicata dal cartello. Sbagliammo due o tre volte, cosa che ci provocò solo delle risate.

«Dici che è qui?» gli chiesi.

Avevamo appena girato in una stradina buia, non c'era più asfalto e ci ritrovammo in una strada sterrata, piena di buche.

Ash rallentò e alzò i fari per vedere meglio.

Ormai si era fatto buio e la temperatura era scesa, era strano. Questi sbalzi di temperatura mi destabilizzavano un po'. Osservai meglio e notai un cartello con su scritto DRIVE-IN e una freccia verso sinistra.

«Gira là!» indicai ad Ash.

Lui lo fece e ci ritrovammo su un prato enorme, zeppo di macchine e con un grande schermo in fondo.

Tutte le macchine erano rivolte verso lo schermo che stava proiettando la pubblicità, illuminando l'intero prato.

Ash rallentò e si fermò su un lato vicino a degli alberi. Parcheggiò la macchina in modo che il cassone dietro fosse girato verso lo schermo. Scendemmo e io salii sul retro; mi coricai con la testa appoggiata al pick-up, presi una felpa e la indossai, poi mi misi una copertina sui piedi.

Ash mi raggiunse e si sistemò accanto a me, abbracciandomi e stringendomi a lui.

Posai la testa sulla sua spalla e poi iniziò un film in bianco e nero, sembrava di essere negli anni Cinquanta.

Osservai i protagonisti del film, erano tutti vestiti con strani abiti e i capelli erano acconciati in modo stravagante.

«Sono ridicoli!» disse Ash.

Io sogghignai.

«Hai ragione...» sorrisi.

Pian piano, mentre il film continuava, il sonno prese possesso di me e io mi addormentai tra le braccia dell'unico ragazzo che mi aveva mai amato, sotto un cielo ubriaco di stelle.

I due giorni seguenti li passammo in viaggio, tra piccoli paesi sperduti in mezzo al nulla. Dormimmo in terre deserte, con la sabbia marroncina e il caldo torrido. Fu strano trovarsi in mezzo al niente, solo io e lui. Disegnai Ash in svariate pose, ogni volta che lo guardavo mi sembrava di scoprire una nuova parte di lui.

Sembrava che non potessi farne a meno, avevo questa voglia di scoprire tutto di lui, di capirlo fino in fondo e dentro di me sapevo di essere vicina. Ma ero all'oscuro delle conseguenze e questo mi spaventava da morire. Cercai di rilassarmi e convincermi che lo stavo facendo per lui, ma più andavo avanti più questa convinzione svaniva.

Passarono altri sei giorni e, dopo aver passato il confine con il Kansas e aver mangiato al McDonald più grande del mondo a Tulsa, viaggiammo per tre giorni ancora, avanzando sempre di più verso ovest e lasciandoci definitivamente alle spalle Chicago.

Arrivammo ad Albuquerque ed entrammo quindi in New Mexico. Mancavano ancora alcuni chilometri per raggiungere la costa ovest e San Francisco.

Osservai la cartina mentre Ash faceva benzina.

La aprii e segnai tutti i posti visitati.

Era stato da sempre un mio grande sogno viaggiare per l'America.

Scesi dalla macchina e mi diressi verso di lui che stava pagando il benzinaio.

«Amore, torno subito» gli dissi lasciandogli un bacio sulla guancia.

Ash annuì senza sorridermi, c'era qualcosa che non andava.

Andai in bagno e mi lavai la faccia, faceva veramente caldo e la mia pelle chiara ne risentiva. Mi rinfrescai facendomi una coda veloce.

Proprio in quel momento mi vibrò il cellulare, che nelle ultime settimane era stato tempestato di messaggi da parte di Sasha, Alexis, Nat e Andy, ma nessuna traccia della mia famiglia.

Presi in mano il telefono e quando vidi lo schermo mi cadde di mano, sbattendo per terra.

Lo tirai su in fretta preoccupata.

Non la vedevo né la sentivo da un mese e ora mi stava chiamando.

Risposi.

«Pronto?» la mia voce uscì in un sussurro. Sapevo chi era, ma non avevo abbastanza coraggio per iniziare a parlare.

«Sono io, Jocelyn.»

Aveva pronunciato il mio nome per intero e io rimasi scioccata. Risentire la sua voce mi fece capire che mi mancava tantissimo. Pensavo di averla persa per sempre dopo il mio diploma.

«Mamma,» biascicai «è successo qualcosa?» le chiesi preoccupata.

«No,» rimase in silenzio per alcuni secondi «è solo che mi mancava la mia bambina.»

A quel punto le lacrime iniziarono a scendere veloci sul mio viso, bagnandomi le guance e cadendo poi ai miei piedi. In quel momento pensai a lei e a quanto le volevo bene.

Cosa sarei stata senza di lei nella mia vita?

Sarei qui ora?

Nonostante non avesse capito quello che provavo per Ash, era sempre mia madre e aveva solo cercato di proteggermi.

Da piccola mi raccontava che il mondo fuori era brutto e cattivo e che solo stando attenta avrei potuto vedere il lato migliore di ogni cosa.

Tremai al ricordo di mia madre che mi coccolava.

Avrei tanto voluto abbracciarla, avevo bisogno di sentire il suo profumo, le sue braccia, avevo bisogno di lei.

«Mi manchi anche tu, mamma, tantissimo...» Il cuore parlò per me.

«Mi spiace, Jo, mi dispiace per tutto» mi disse, anche lei con voce spezzata.

«No, mamma, scusami tu, avrei dovuto dirti tutto, avrei dovuto darti la possibilità di aiutarmi...» ribattei tra le lacrime.

«No, bambina mia, sono io che ho sbagliato, volevo solo che niente ti ferisse e ho finito per ferire te... Devi vivere la tua vita, come ti sembra giusto... Non potrò mai obbligarti a restare in questo paese...» confessò lei, mentre il pianto sommergeva la sua voce.

«Ti voglio bene, mamma, non dimenticarlo, tornerò sempre da te, sempre» le giurai.

«Ora vai, ti voglio bene anche io, bambina mia...»

Sorrisi e mi asciugai le lacrime.

«Ciao, mamma.»

«Ciao, piccola.»

Chiusi la chiamata e posai il telefono sul bordo del lavandino per riprendermi. Uscii dal bagno, felice di aver chiarito con mia madre e trovai Ash appoggiato al pick-up che mi aspettava.

Quando mi vide sorrise. «Tutto bene?»

«Tutto benissimo!» gli risposi sorridendo.

Mise in moto e uscimmo dalla stazione di servizio.

«Prossima tappa?» gli chiesi.

44

«Perché stai accostando?» chiesi ad Ash mentre si fermava in un piccolo spiazzo al lato della strada. Mi slacciai la cintura e mi voltai verso di lui.

Erano quasi le dieci, ormai il cielo si era oscurato con la bellezza della notte ed eravamo partiti da poco, dopo aver cenato, quindi non capivo il motivo per cui ci stavamo fermando di nuovo.

Ash non mi rispose, tirò il freno a mano e poi si sporse su di me e dal cassetto del cruscotto tirò fuori una benda nera.

«Fermo, che stai facendo?» gli chiesi preoccupata senza capire le sue intenzioni.

Ash finalmente alzò il viso e mi fulminò con lo sguardo.

«Calmati, okay? E non fare tutte queste domande, è una bella cosa quella che sto per farti, voltati...» mi disse e poi mise le mani sulle spalle e mi fece voltare leggermente in modo che gli dessi la schiena.

Guardai un'ultima volta fuori dal finestrino e poi una cosa nera mi coprì la visuale.

«Mi stai bendando?» gli chiesi sorpresa.

«Sì» disse e sentii il suo sorriso nonostante non lo potessi vedere.

«Odio non sapere le cose» gli dissi mentre strinse il nodo della benda sulla mia nuca. Odiavo essere all'oscuro su cosa dovevo fare, mi sentivo vulnerabile perché in qualche modo senza sapere nulla non potevo 'difendermi'.

«Lo so...» disse Ash divertito, mi rimisi dritta, ma poco dopo una sua mano voltò leggermente il mio viso verso di lui.

Cercai di capire se fosse lontano o vicino, solo quando sentii il suo respiro sul viso e il suo naso sfiorare il mio capii dove fosse.

«Ti fidi di me?» respirò sulla mia bocca e io senza indugi annuii. Mi sfiorò le labbra con le sue e io mi avvicinai, avevo così voglia di sentire il suo calore. Non potendo contare sulla vista mi sembrò che tutti i miei altri sensi fossero amplificati, o forse era solo la sua presenza.

«Vuoi che ti baci?» sussurrò ancora sulle mie labbra e io annuii respirando più forte.

Ash mi accarezzò la guancia ancora una volta e poi finalmente unì le sue labbra con le mie.

All'inizio fu un bacio lento, poi dopo pochi secondi le sue mani e la sua bocca si impossessarono di me, e io non potei fare a meno di ricambiare il suo bacio.

Quando si staccò, pian piano il calore del suo corpo mi abbandonò facendomi capire che si era allontanato da me, e io tornai ad appoggiarmi al sedile.

«Ora puoi rilassarti o dormire, non saprai dove stiamo andando fin quando non saremo arrivati...» disse deciso, mentre rimetteva la macchina in moto.

Io annuii ormai arresa, sapevo che quando Ash si metteva in testa una cosa non c'era modo per fargli cambiare idea.

Mi sistemai meglio sul sedile e, dopo essermi rannicchiata, appoggiai la testa sul finestrino e mi addormentai con in sottofondo una canzone country che suonava alla radio.

Mi svegliai non molto tempo dopo, mi mossi sul sedile e Ash lo notò subito.

«Già sveglia?» chiese sorpreso.

«Sì, ma con questa benda non vedo nulla» dissi con voce assonnata e sbadigliando. «Che ore sono?»

«È ancora notte, torna a dormire...» rispose prontamente Ash.

Ero stanca e volevo tornare a dormire, ma avevo una specie di agitazione nello stomaco che mi faceva perdere il sonno o perlomeno non mi faceva dormire tranquillamente.

Volevo sapere dove stavamo andando e cosa aveva architettato, ma lui non era intenzionato a dirmelo.

In quel momento mi ricordai di quella notte: mio padre era partito per un viaggio di lavoro e io, ansiosa di vederlo, non ero riuscita a dormire bene, mi ero svegliata ogni mezz'ora chiedendo se fosse già arrivato.

Fu verso le cinque che mi addormentai del tutto e alle sette mi risvegliai inconsapevole di star andando incontro all'ora più brutta della mia vita, l'ora in cui mi dissero che mio padre era morto.

Mi rimisi nella mia posizione sul sedile e, cercando di togliermi quel ricordo dalla testa, mi abbandonai alla stanchezza e mi addormentai poco dopo.

«Jo...» Una voce leggera risuonò nella mia testa, mi mossi e poi sentii ancora quella voce; questa volta mi chiamava più forte.

«Jo!» Iniziai a sentire dei rumori, erano ovattati ma li sentivo: sembravano auto, moto e altri rumori di città, così aprii gli occhi.

«Oddio...» dissi d'impulso quando non vidi niente, ma poi mi ricordai di avere gli occhi coperti dalla benda nera che mi aveva fatto indossare Ash.

Sentii una mano sulla spalla e poi nuovamente la sua voce.

«Piccola, siamo arrivati...»

Mi tranquillizzai subito e sospirai di sollievo.

«Oh, okay, ora posso togliermi la benda?» chiesi mentre iniziavo a portare le mani sul nodo, ma poi Ash mi bloccò.

«No, aspetta, resta qui...» mi disse velocemente.

Lo sentii scendere dall'auto, restai ferma cercando di cogliere i suoi movimenti, ma fu impossibile dato che ero dentro la macchina. D'un tratto la mia portiera si aprì e una mano prese la mia aiutandomi a scendere.

«Ecco, vieni...» mi disse Ash gentilmente.

Mi trascinò vicino a lui e cercai di capire dove mi avesse portato, non sembrava un posto solitario, anzi pareva molto affollato, sentivo la gente parlare e il traffico.

Mi spinse delicatamente indietro e io mi scontrai contro il pick up.

Sentii passare delle persone di fianco a me, mentre alle mie spalle udii dei forti clacson che mi fecero sobbalzare.

«Mi potresti dire dove siamo?» chiesi probabilmente al vuoto, dato che avevo sentito Ash spostarsi leggermente da me.

«No» mi rispose e io seguendo la sua voce mi girai verso destra.

Sentii una cerniera e poi un fruscio al mio fianco.

«Che stai facendo?» gli chiesi curiosa. Non ne potevo più di tenere questa benda.

Aspettai ferma qualche secondo la sua risposta, ma lui restò zitto, poi sentii delle risate femminili poco distanti da me.

Altri fruscii, altre risate e poi delle voci.

«Ehi, tu!» Era una voce femminile sopra ad altre risate.

Ero così curiosa di sapere chi fosse e che cosa stesse succedendo.

«Bel fisico!» La ragazza parlò ancora.

Quando sentii Ash ringraziare capii che cosa stesse succedendo, così mi tolsi velocemente la benda e vidi una ragazza dai capelli rossi troppo vicino ad Ash che era senza t-shirt.

Senza t-shirt.

«Ti va di lasciarmi il tuo numero?» gli chiese la ragazza e io sbalordita passai lo sguardo da lei alle sue amiche e ad Ash.

«Ehm» mi schiarii la voce per farmi notare.

Sia Ash che la ragazza si voltarono verso di me e mi fissarono. Mi concentrai sulla ragazza per farle capire che il ragazzo su cui aveva messo gli occhi era il mio, e che anch'io c'entravo in quella situazione.

La ragazza distolse lo sguardo da me e tornò a guardare Ash, così decisi di fare qualcosa che non avrei mai pensato di fare.

Mi avvicinai ad Ash guardandolo negli occhi, poi lo baciai avvolgendo le braccia intorno al suo collo. Per un istante sentii un verso di sorpresa da parte della ragazza, poi però mi concentrai solo su Ash che aveva reagito al mio bacio circondandomi i fianchi e attirandomi di più a lui.

Quando mi staccai, cercai di rallentare il mio respiro accelerato e mi girai verso la ragazza.

«Scusami, ma è già impegnato.»

La ragazza se ne andò e io finalmente mi accorsi del luogo in cui ci trovavamo.

«Eri gelosa?» mi chiese lui.

Riportai l'attenzione su di lui e annuii.

«Perché sei così sorpreso? E perché diavolo sei senza maglia?» gli chiesi.

«Mi stavo solo cambiando t-shirt...» si giustificò lui e io annuii.

Forse avevo avuto una reazione esagerata, ma vederlo con quella ragazza era stato come ricevere uno schiaffo in pieno viso. Ho avuto paura di perderlo, di non avere più Ash che ormai era divento una parte di me. Lasciai perdere la questione e mi guardai intorno riconoscendo le strade affollate, i taxi, i semafori, la gente che correva da una parte all'altra.

«Las Vegas?» chiesi riportando lo sguardo su Ash, lui annuì e ricambiò il mio sorriso.

«Perché?» gli chiesi, non avendo ancora capito il motivo per cui mi aveva bendato per raggiungere Las Vegas.

Lui si avvicinò e intrecciò le sue mani con le mie, mi guardò negli occhi e dopo aver lasciato un dolce bacio sulle mie labbra disse: «Buon compleanno, amore.»

«Cosa?» chiesi sorpresa sorridendo. «Che giorno è oggi?»

«22 luglio» disse sorridendo.

Avevo perso la cognizione del tempo, pensavo che mancasse ancora una settimana.

«Sei la prima persona che conosco che non si ricorda il suo compleanno...» disse Ash ridendo, e gli diedi una spintarella.

«Dài, non prendermi in giro!» gli dissi ridendo.

Ash indossò una nuova maglia e mi prese per mano trascinandomi verso il centro.

Mi lasciai guidare da lui troppo intenta ad ammirare la grandezza di Las Vegas.

Era diversa da Chicago e anche da St Louis, si poteva respirare l'aria di sfida, di gioco e voglia di vivere, l'aria di Las Vegas.

Mentre passeggiavamo adocchiai un negozio di tatuaggi, così lasciai la mano di Ash e mi avvicinai. Mi fermai davanti alla vetrina che per metà era ricoperta di foto di tatuaggi e ne vidi uno bellissimo.

«Lo vuoi?» mi chiese Ash arrivando da dietro.

«Cosa?» gli risposi voltandomi verso di lui.

Ash indicò con un cenno la foto di un tatuaggio, proprio quello su cui avevo messo gli occhi. Il tatuaggio non era molto grande, era formato da linee semplici ed eleganti che si intrecciavano tra di loro. La ragazza della foto se l'era tatuato sulla spalla e al centro aveva aggiunto una S. Mi piaceva molto, così annuii anche se non sicura del tutto.

«Fa male, vero?» chiesi ad Ash.

«Un po'» rispose prontamente lui, come se lo sapesse per certo.

«Come fai a saperlo?» gli chiesi curiosa, non mi era sembrato di vedere qualche tatuaggio sulla pelle.

«Ho accompagnato mia sorella una volta e vedendo le facce che faceva...» lasciò la frase a metà, ma io intesi perfettamente cosa mi stava descrivendo.

«Dovrei farlo, secondo te?» gli chiesi insicura.

«Se lo desideri, in fondo è il tuo compleanno, è il tuo giorno...» mi disse lui, posando un bacio sulla mia fronte, poi mi prese per mano ed entrammo nel negozio.

All'interno, le pareti nere e bianche erano tappezzate di disegni di tatuaggi e foto di tatuaggi già fatti. Una ragazza dai capelli neri e corti stava dietro a un bancone, indossava una canotta nera che le lasciava scoperte le spalle e un po' di pancia.

Tutti i punti visibili della sua pelle erano ricoperti di tatuaggi, ma non erano semplici tatuaggi bianchi e neri: con colori sgargianti ritraevano i personaggi dei cartoni Disney.

Mi avvicinai seguita da Ash e mi schiarii la voce per farci notare.

«Ehi, ragazzi,» ci sorrise la ragazza sollevando lo sguardo dal suo cellulare «cosa desiderate?» Si alzò dal bancone e mi superò andando al centro della stanza.

«Un tatuaggio...» dissi piano.

«Questo l'avevo capito!» rise. «Quale?»

«Ah...» La presi per un braccio e la portai fuori dal negozio indicandole la fotografia del tatuaggio che desideravo.

«Perfetto...» mi rispose sorridendo. Rientrammo e fece subito uno schizzo veloce del disegno modificando qualche dettaglio per renderlo unico.

«Tu sei il suo ragazzo?» chiese poi ad Ash.

Lui annuì e sorrise guardandomi.

«Bene, non ti dispiace se te la rubo per un po'?»

Ash scosse la testa e poi mi rassicurò dicendo: «Resto qui.»

Annuii, poi seguii la ragazza in un'altra saletta. Lei chiuse la porta alle mie spalle e poi accese la luce rivelando una stanza blu.

«Mi chiamo Caroline» mi sorrise, poi mi fece accomodare su una poltrona bianca e iniziò a lavorare su una scrivania lì vicino.

«Dove vorresti fartelo?» mi chiese voltandosi verso di me.

«Qui, appena sopra il polso.» Le mostrai la parte interna dell'avambraccio e lei annuì.

Si girò e, dopo aver appoggiato il disegno sul mio braccio, iniziò a lavorarci sopra.

Caroline finì di passarmi il cotone per eliminare l'avanzo di inchiostro e disinfettare la pelle, poi ci mise sopra una garza e la fissò con dei cerotti.

«Ecco fatto, spero ti piaccia!» esultò entusiasta del suo lavoro. In effetti era stata molto brava e non mi aveva neanche fatto così male.

Io le sorrisi e annuii contenta.

«Mi piace anche l'aggiunta...» disse infine lei prima di aprire la porta e farmi uscire dalla stanza. Non potei riguardare il tatuaggio ma sapevo bene di cosa parlava. Tra le eleganti linee che si intrecciavano, le avevo fatto aggiungere una piccola A che si inseriva perfettamente nel disegno.

Tirai fuori dalla tasca il braccialetto con le margherite che mi aveva regalato Ash e lo rimisi al polso.

Uscii dalla stanza. Ash appena mi vide si alzò e camminò velocemente verso di me. Mi prese il viso tra le mani e mi guardò negli occhi.

«Stai bene?» mi chiese, io annuii e sorrisi nel vederlo così preoccupato.

Abbassò lo sguardo e io alzai un pezzo di garza per mostrargli il tatuaggio.

Non riuscii molto bene a comprendere la sua reazione iniziale, ma quando notò la A tatuata, mi fissò negli occhi, poi prese il mio braccio e lasciò un bacio appena sopra il tatuaggio senza sfiorarlo, risistemò la garza e sorrise.

«Ti amo.»

«Ti amo» gli risposi, felice di aver realizzato uno dei miei desideri.

Pagammo e ringraziai Caroline per la sua gentilezza, poi uscimmo dal negozio e passeggiammo ancora un po' tra le strade affollate di Las Vegas.

«Cosa vorresti fare, festeggiata?» mi chiese Ash sorridendo.

«Mmm, un'idea ce l'avrei...»

45

«Aspettami qua...» mi disse Ash prima di fermarsi davanti a un negozio.

«Cosa? Perché?» gli chiesi sorridendo senza capire. Lo guardai un'ultima volta e notai nei suoi occhi quello sguardo furbo che aveva sempre quando aveva in mente qualcosa.

«La smetti di fare domande? Goditi le sorprese, piccola...» mi rispose lui, poi sparì dentro il negozio.

Passarono cinque minuti e decisi di sedermi su una panchina vuota poco più in là. Aspettai ancora una decina di minuti lottando contro la mia curiosità di sapere cosa stesse facendo. Finalmente, dopo pochi minuti, sentii le mani di Ash sui miei occhi.

«Pronta?» mi chiese e io annuii subito.

«Pronta.»

Lui mi tolse le mani dagli occhi e io mi girai verso di lui, curiosa di vedere chissà cosa. In realtà Ash non aveva nulla in mano, a parte una piccola busta bianca, e stava indossando una maglia nera e i jeans proprio come poco prima; non vedevo nessun cambiamento.

«Non capisco...» dissi perplessa.

Allora lui si girò e mi mostrò il retro della maglietta. In stampatello bianco c'era scritta una parola, con sotto due numeri. SINCE 2013.

Ancora non riuscivo a comprendere.

«Ma che cosa?» chiesi cercando di capire cosa significassero quelle scritte.

Allora Ash sorrise e da una busta tirò fuori un'altra t-shirt nera identica alla sua, solo di qualche taglia in meno. Sul davanti era totalmente nera, ma quando la girò capii il significato. TOGETHER.

«Questa è per te...» disse Ash passandomela.

La indossai sopra la canotta e poi mi misi alla sinistra di Ash per completare la scritta. TOGETHER SINCE 2013.

«È troppo bella, grazie mille!» dissi abbracciandolo, era stato un pensiero davvero dolce da parte sua.

«Di niente» sorrise, lasciandomi un bacio dolce sulle labbra.

«Che ore sono?» gli chiesi guardandomi intorno mentre avevamo ricominciato a camminare.

«Quasi mezzogiorno, piccola...» mi rispose lui circondando le mie spalle con un braccio.

Nonostante fosse quasi ora di pranzo, la gente vagava senza sosta per la città. Nel mio paesino, quando si doveva pranzare o cenare, tutti stavano chiusi in casa a preparare, invece qui sembrava che nessuno volesse mai fermarsi. Era tutto così vivo, dava una scarica di adrenalina incredibile.

Passeggiammo e dopo aver mangiato un panino visitammo il centro di Las Vegas, pieno di casinò, luci e palazzi altissimi.

«Sai, stasera potremmo entrare in un casinò, che ne dici? Così per fare un giro, non ci sono mai stato...» propose Ash.

«Sì, mi sta bene. Però ora che ci penso avrei bisogno di alcune cose.»

«Di cosa?» mi chiese dubbioso e quasi spaventato dal mio entusiasmo.

«Shopping!» dissi ad alta voce ridendo.

Era da una vita che non facevo un po' di sano shopping, in più era il mio compleanno, me lo meritavo.

Ash alzò le mani come per arrendersi alla mia volontà.

«Su questo non posso obiettare, questo è il tuo giorno, decidi solo tu, piccola» mi disse lasciandomi un bacio sulle labbra.

Ricambiai e poi sorrisi, trascinandolo dentro il primo negozio carino che vidi.

«Niente vestiti troppo corti, né troppo attillati, né troppo scollati» si impose Ash dall'altra parte del camerino.

Non appena lo sentii scossi la testa e poi scostai la tenda rossa mostrando solo il viso.

«Che mentalità antiquata. Non avevi detto che decidevo solo io?» sorrisi maliziosa.

«Be'» Ash si grattò la nuca imbarazzato, io gli sorrisi vittoriosa e tornai dentro il camerino.

Provai un vestito rosa chiaro, ma non mi piaceva molto, aveva troppo pizzo, e le spalline erano troppo spesse per i miei gusti, così lo misi da parte e ne provai un altro.

«Come va?» mi chiese Ash dall'altra parte.

«Mmm, ho scartato quello rosa» gli risposi.

«Cosa? No!» esclamò lui.

«Era troppo austero...» gli risposi sorridendo al mio riflesso.

Sapevo esattamente perché era così dispiaciuto: era il vestito che mi copriva di più tra tutti.

«No, be', sii ragionevole, è sobrio ed elegante. Non provocherà nessuna strana reazione!» ribatté subito lui, cercando di convincermi.

Aprii un po' la tenda sbucando solo con il viso e lo fissai, era seduto su una poltroncina rossa che continuava a passarsi la mano nei capelli, segno che era molto agitato. Quando mi vide, puntò i suoi occhi nei miei.

«Solo per questi motivi?» gli chiesi già sorridendo.

«Mmm... be', sì...» mi fece un sorriso tirato e io gliela lasciai vinta, avrebbe confessato più tardi, ne ero più che sicura.

Tornai dentro e presi in mano gli altri due vestiti, uno rosso e uno dorato.

Il vestito dorato era a tubino, aveva una scollatura a cuore e non aveva le spalline.

Mentre quello rosso scendeva un po' più morbido, ma aveva uno spacco sul lato destro della gonna, e in più era molto aderente sul petto, che era decorato da perline luccicanti.

Decisi di provare quello rosso, mi sistemai i capelli e alzai la cintura sul fianco, mi misi a posto la scollatura sulla schiena e la gonna, poi uscii dal camerino.

Ash era distratto, spostava lo sguardo dalle sue scarpe fino alle vetrine e agli scaffali.

«Mmm...» mi schiarii la voce per farmi notare e quando finalmente mi vide i suoi occhi si spalancarono.

«Oh, merda...» biascicò lui, poi si alzò subito e camminò spedito verso di me spingendomi nuovamente dentro il camerino.

Chiuse la tenda alle sue spalle e io feci due passi indietro finendo con la schiena contro la parete, quel camerino era un po' troppo stretto per due persone.

«Perché? Sto così male?» gli chiesi dispiaciuta, mi piaceva molto quel vestito e non avevo immaginato che mi stesse così male.

Lui in risposta si girò verso di me e mi guardò dritto negli occhi, poi all'improvviso mi baciò schiacciando il mio corpo con il suo.

Le sue mani finirono sui miei fianchi, mentre le mie, anche se prese alla sprovvista, finirono nei suoi capelli, tirandoli un po'.

Mi morse il labbro inferiore e poi lo lenì con un dolce bacio.

Si staccò senza fiato, appoggiando la sua fronte sulla mia, e respirò pesantemente sulle mie labbra.

«No» rispose poi lui alla domanda che con quel bacio mi aveva fatto dimenticare.

Non ero ancora riuscita a capire perché avesse avuto quella reazione.

«Tutti quanti potrebbero...» si fermò, strinse i pugni e serrò la mascella, chiuse gli occhi, respirò profondamente e poi riprese a parlare. «Non puoi andare in giro così, attireresti gli sguardi di altri... mmm... uomini.»

Lo fissai sbigottita. Tutto questo perché era geloso?

«Sei geloso?» chiesi sussurrando.

«No... è che...» fece un passo verso di me e mi circondò con le sue braccia «tu sei mia e non sopporto l'idea che chiunque possa anche solo guardarti...» sussurrò piano.

«Quindi, riassumendo, sei geloso?» Ero abbastanza divertita dalla situazione. Se avessi dovuto ascoltare la mia gelosia, a quest'ora le uniche ragazze salve sarebbero state Sasha e Alexis, ma d'altro canto mi faceva anche piacere che ci tenesse così tanto a me.

«Sì, okay? E anche molto» ammise sorridendo.

Le sue mani si mossero facendo dei cerchietti immaginari sui miei fianchi e poi quella appoggiata al mio fianco destro raggiunse lo spacco e mi accarezzò la pelle nuda della gamba.

Presi le sue mani, le posai sulla mia vita, poi mi avvicinai e dopo essermi alzata sulle punte gli dissi sulle labbra: «L'unica cosa a cui devi pensare è che tu sarai l'unico che potrà vedermi senza questo vestito addosso.»

Alzò nuovamente gli occhi verso di me e poi la sua bocca si impossessò della mia. Quando si staccò, gli sorrisi e sussurrai con voce dolce. «Allora lo prendo!»

Lui sorrise.

Lo spinsi fuori dal camerino gentilmente e mi cambiai tornando la semplice Jo. Presi il vestito rosso e uscii trovando Ash fermo immobile ad aspettare, gli sorrisi e poi per mano andammo a pagare.

Facemmo altri giri per i negozi e senza accorgercene arrivò la sera, così tornammo verso il pick-up, salimmo e Ash guidò fino in centro e posteggiò in un vicolo appartato.

Mentre lui scendeva per prendersi dei vestiti di ricambio, io da dentro il pick-up iniziai a cambiarmi; fu un po' scomodo ma ce la feci.

Mi sistemai i capelli velocemente lasciandoli sciolti sulle spalle e mi misi un paio di scarpe nere con il tacco che avevo comprato durante il pomeriggio.

Quando finii, scesi dal pick-up e trovai Ash appoggiato sul retro, intento a fumare una sigaretta.

Si era messo una camicia bianca e dei jeans scuri; nonostante indossasse cose semplici era bello da togliere il fiato.

«Eccomi» dissi felice, lui fece un ultimo tiro alla sigaretta e poi mi guardò.

«Wow! Sei bellissima, piccola» commentò sorridendo e avvicinandosi a me.

«Grazie» gli risposi, mentre mi stringeva a lui, lasciandomi un bacio sulla fronte.

Chiuse a chiave la macchina e poi mi prese per mano, uscimmo dal vicolo e ci ritrovammo sulla Strip, la strada più famosa di Las Vegas.

Sembrava una città diversa da quella che avevamo visto nel pomeriggio, una miriade di suoni, colori e luci mi investirono.

C'era gente di ogni tipo che camminava in tutte le direzioni, probabilmente era una delle poche città dove uomini d'affari, gente comune, turisti, artisti di strada e prostitute potevano vivere pacificamente gli uni con gli altri.

Le strutture intorno a noi erano piene di luci e illuminavano la notte. Gli alberghi e i casinò erano enormi, si stagliavano altissimi quasi volessero arrivare a toccare il cielo notturno.

«Wow» biascicammo io e Ash contemporaneamente.

Sembrava di essere stati catapultati in un grande luna park: la città del peccato.

Il nostro sogno venne interrotto dalle persone che spingevano per camminare sui marciapiedi. Ci spinsero e noi continuammo a camminare, passammo davanti a una mini Venezia, a quasi tutti i grattacieli di New York, a Parigi e a tanto altro.

«Che ne dici di questo?» chiese Ash indicando un casinò.

Io annuii, così entrammo e ci mettemmo in fila per entrare. Mentre aspettavamo mi guardai un po' intorno e solo in quel momento mi ricordai del fatto che si potesse entrare solo dopo aver compiuto ventun anni e io ne avevo appena fatti diciannove.

«Si può entrare solo se si ha ventuno anni» sussurrai ad Ash.

«Merda, mi ero dimenticato. Mi spiace, dài, facciamo altro» fece per andarsene, ma lo trattenni. Era il mio compleanno e io ero decisa a entrare in un casinò di Las Vegas.

Così sussurrai ad Ash il mio piano e lui si mise a ridere, annuendo.

«Non penso che funzionerà, ma proviamoci!» disse.

Gli mollai la mano e quando rimasero solo tre persone davanti a noi, mi tirai un po' su il vestito, aprendo un po' di più lo spacco, e abbassai un po' la scollatura, mi ravvivai i capelli e mi morsi il labbro dipinto di rosso come il vestito.

«Salve signorina, età?» chiese un buttafuori.

«Ventuno» dissi, più decisa possibile.

«Ventidue» disse Ash al mio fianco, guardando l'altro buttafuori.

«Documento, prego» chiese di nuovo l'uomo alla mia sinistra.

Misi una mano sulla fronte e scossi la testa, fingendomi disperata e dispiaciuta. «Ecco, mi sembrava di aver dimenticato qualcosa...» poi mi infilai una mano nella scollatura alla ricerca del finto documento.

Sentii i due uomini deglutire rumorosamente e li vidi mettersi a posto la cravatta.

«È uguale, signorina, può passare...» disse il buttafuori alla mia destra.

Io feci finta di sospirare sollevata e prima di sorpassarli misi una mano sul petto di uno dei due e lo ringraziai all'orecchio.

Sentivo Ash al mio fianco trattenere le risate. Quando li superammo e fummo fuori dalla loro vista, scoppiai a ridere e Ash mi seguì.

«Non posso credere che tu li abbia convinti!» mi disse lui sogghignando.

«Voi uomini resistete troppo poco davanti a un paio di tette.»

«Dove cavolo hai imparato a fingere così?» mi chiese guardandomi sbalordita.

Io mi strinsi nelle spalle aggiustandomi il vestito.

«Ero solo determinata a entrare» spiegai io.

Ash mi strinse a sé e mi baciò.

«Non pensavo di poterti amare di più, ma mi sbagliavo...» disse ridendo.

Lo presi per mano e, dopo aver cambiato un po' di soldi in gettoni, superammo file e file di slot machine, i tavoli di blackjack e di roulette, e finalmente vidi i tavoli da poker.

Li scrutai e poi sentii Ash trattenermi.

«Piccola, che ne dici se giochiamo alla roulette?» propose lui.

«Mmm, no, voglio provare il poker» dissi sorridendo.

Lui annuì e io lo trascinai a un tavolo che era occupato da cinque uomini abbastanza anziani, sembravano esperti.

«Resta qua, avvicinati dopo» dissi ad Ash.

Lui annuì senza capire.

Io mi avvicinai al tavolo e mi sedetti sull'unica sedia libera.

«Buonasera signori, posso unirmi a voi?»

Tutti si girarono e mi guardarono sorpresi.

«Mmm, sì, siediti e stai in silenzio» rispose un uomo dall'altra parte del tavolo.

«Oh, no, io vorrei giocare...» dissi sporgendomi un po' sul tavolo e posando tutti i miei gettoni sul banco.

«Ragazzina, prova alle slot, o alla roulette, questo non è un gioco per principianti» mi rispose un signore seduto a due posti di distanza da me.

«Lo so, ma oggi è il mio compleanno e ho sempre voluto giocare a poker a Las Vegas!» esultai.

«E va bene, ma non metterti a piangere quando perderai, ragazzina.»

Il mazziere davanti a me scosse la testa. Un uomo si presentò, introducendo anche i suoi compagni di gioco. Io strinsi la mano a tutti, e mi finsi ansiosa, mentre aspettavo la prima mano. Continuai a toccarmi i capelli e a mordermi le labbra. Persi le prime due manche, ma poi mi rifeci subito.

«Tu non sei una principiante, vero?» mi chiese uno di loro.

Io sorrisi maliziosa.

Ash si avvicinò e si mise dietro di me. Restò fermo immobile.

«Ehi, la tua ragazza ci sta stracciando» disse un altro ad Ash.

Un'ora dopo avevo raggranellato duemilaquattrocento dollari e i signori intorno a me avevano ormai capito che la mia non era solo fortuna del principiante.

Quando raggiunsi i tremila dollari, smisi di giocare.

«Dove hai imparato, ragazzina?» mi chiese l'uomo al mio fianco.

«Be', mio padre giocava e ho sei fratelli maschi più grandi di me.»

Mi alzai, presi i miei gettoni e sorrisi vittoriosa. Era vero, non ero una principiante, mio padre aveva insegnato a giocare ai miei fratelli e io avevo imparato guardandoli, poi a tredici anni avevo iniziato a giocare contro di loro e li stracciavo uno dopo l'altro.

Ormai nessuno riusciva più a battermi in famiglia.

Non giocavo a poker da quando avevo quindici anni, ma i trucchi me li ricordavo ancora tutti.

Riattraversai la sala con Ash al mio fianco, che era tanto incredulo da non riuscire a parlare.

«Tu eri capace e hai fatto finta?» mi chiese mentre mi guardava con occhi luccicanti.

«Mmh» sorrisi io.

Lui scosse la testa e si mise a ridere.

«Quante sorprese hai ancora per me stasera, piccola?» mi chiese lui.

Io cambiai i gettoni e mi diedero i soldi, poi uscii raggiante.

«Che ore sono?» chiesi ad Ash.

Là dentro avevo perso la cognizione del tempo.

«Mezzanotte passata» mi rispose mettendomi un braccio intorno alle spalle.

Entrammo in un bar e ci sedemmo al bancone. Per fortuna nessuno chiese i documenti.

«Due sambuca, grazie» ordinai al barista.

«Bevi la sambuca?» chiese Ash.

«Sì, l'ho bevuta anche al Cobain...» gli risposi.

Il barista ci servì subito senza chiederci i documenti grazie alla mia *mise* che mi faceva apparire più grande, dopo aver mandato giù il primo shot, Ash si avvicinò e mi baciò.

«Buon compleanno, amore...» mi disse.

«È il tuo compleanno?» chiese il barista.

Io annuii.

«Allora questi li offre la casa, è tradizione...» mise davanti a me altri cinque shot e io li bevvi tutti, mentre Ash al mio fianco rideva.

«Direi che per oggi può bastare» mi disse Ash trascinandomi fuori dal locale dopo aver pagato.

In effetti la sambuca stava facendo effetto.

La testa iniziava a girarmi e vedevo tutto sfocato.

Mi aggrappai a lui mentre camminavamo per la Strip.

«Ti amo!» urlai ridendo.

Ash rise e mi trascinò fino al pick-up.

Mi misi a urlare nel vicolo quanto ero felice e quanto amavo Ash, provocandogli delle forti risate.

«Sì sì, ho capito!» mi rispose Ash mettendomi nel pick-up.

Non passarono neanche due minuti che mi addormentai.

Mi svegliai e dopo essermi stropicciata gli occhi notai di essere nel pick-up che era ancora fermo nel vicolo.

Ash mi aveva tirato giù il sedile e lui dormiva sul suo.

Avevo ancora dell'alcol in corpo, ma non tanto come prima. La testa non mi girava più e vedevo bene. Guardai Ash e mi venne voglia di baciarlo. Così mi misi cavalcioni su di lui e mi abbassai lasciando dei baci sul suo collo.

Lui si svegliò e quando mi vide sorrise.

«Piccola...» mugugnò.

Io in risposta gli tolsi la camicia e posai le mani sul suo corpo caldo.

«Ti amo» dissi baciandolo.

«Anch'io» mi rispose in mezzo al bacio.

«Ho bisogno di te...» sussurrai io al suo orecchio.

Qualcosa in Ash si risvegliò e da quel momento mi accolse dentro di lui, dentro il suo cuore.

Come promesso, fu l'unico che ebbe il permesso di togliermi quel vestito. Fu come viaggiare sulle montagne russe, il suo profumo, i suoi baci mi mandarono in estasi finché non crollai su di lui.

Ash mi strinse forte e poi mi sussurrò: «Non posso amarti più di così.»

46

Quando mi svegliai ero accoccolata tra le braccia di Ash.

Mi stropicciai gli occhi e mi guardai intorno.

Chi si sarebbe mai immaginato che mi sarei ritrovata in un vicolo di Las Vegas in un pick-up, abbracciata al ragazzo che amavo?

Io no di certo.

Ash mi aveva fatto scoprire un nuovo mondo e io ero felice che l'avesse fatto.

Io e Ash insieme eravamo qualcosa di grandioso.

Mi ricordai la notte precedente e sorrisi.

Era stato il compleanno più bello della mia vita.

Alzai lo sguardo verso Ash e lo osservai.

Dormiva beato, il viso era sereno e rilassato, aveva dei segni del mio rossetto rosso sul collo e sulla faccia.

Mi strinsi a lui, lasciando che la sua camicia ci coprisse dal resto del mondo.

Gli lasciai un bacio sul collo e lui, dopo aver mugugnato qualcosa, aprì un occhio sorridendo e poi lo richiuse. Quando lo riaprì, mi guardò e si mise a ridere piano. «Mi hai sfinito ieri notte!»

Io sorrisi. «Non ti è piaciuto?»

Lui spalancò gli occhi. «Dov'è finita la mia ragazza? Quella che arrossiva per ogni cosa?»

Io risi. «È colpa di Las Vegas!»

Lui rise e dopo avermi baciato mi aiutò a tornare sul mio sedile, io mi strinsi nella sua camicia che mi arrivava fino alle ginocchia.

«È meglio se ti vesti... Aspetta che ti prendo qualcosa.» Detto questo Ash uscì dal pick-up con addosso solo i jeans e mi passò dei vestiti.

Li indossai e, mentre lui si cambiava, presi il telefono e notai i messaggi di auguri da parte di Sasha, Alexis, i miei fratelli, Andy e perfino George e Luke.

Sorrisi e dopo aver risposto velocemente riposi il telefono nello zaino. Partimmo uscendo dal vicolo e immettendoci di nuovo sulla Strip. Ci demmo una rinfrescata con delle taniche d'acqua che avevamo nel retro del pick-up. Ci lasciammo alle spalle la città delle sregolatezze. Ero sicura che non avrei mai dimenticato Las Vegas. Guidammo per ore, e solo quando in autostrada vidi il cartello per San Francisco mi preoccupai per davvero.

C'eravamo quasi.

Arrivammo a San Francisco entro sera e decidemmo di fermarci a dormire.

«Non mi sembra vero, siamo a San Francisco!» esultai felice, mentre Ash si fermava in un parcheggio vicino alla costa.

«Ebbene sì...» mi rispose lui sorridendo.

Scendemmo e io iniziai a mettere in atto il mio piano.

Non avevo dormito molto la notte prima, avevo pensato a un piano per farlo incontrare con sua madre.

Avevo cercato l'indirizzo e pensato a un modo per portarlo lì.

Mi sentivo un'imbrogliona, ma continuavo a ripetermi che l'avevo fatto per il suo bene, anche se ormai avevo perso la mia sicurezza cento chilometri prima.

Con scuse banali lo portai vicino alla 20th Avenue.

Lo guardai cercando di sorridere per tranquillizzarlo.

Non riuscivo a leggere il suo volto.

Non riuscivo a capire se aveva compreso dove lo stavo portando o se era ancora ignaro del mio piano.

Avevo così paura della sua reazione.

«Ho una sorpresa» gli dissi sorridendo.

«Cosa?» mi chiese.

Gli feci cenno di abbassarsi, cercai la benda con cui mi aveva bendata pochi giorni prima e gliela misi.

«Non mi piace tutto questo...» mi disse serio.

Io tremai.

Dovevo farmi forza.

Lo stavo facendo per il suo bene, sperai solo che lui riuscisse a capirlo.

«Ti fidi di me?» gli chiesi baciandolo sulle labbra.

«Non usare le mie parole contro di me, Jo.»

«Tranquillo...»

Lo trascinai verso destra e, quando mi trovai davanti alla casa di sua madre, gli feci fare i tre gradini e poi suonai il campanello. La porta poco dopo si aprì e Ash in quel momento si tolse la benda.

Non compresi cosa successe dopo.

Alla mamma di Ash spuntarono le lacrime e Ash continuò a spostare lo sguardo da me a sua madre.

«Mamma» biascicò lui.

I suoi occhi vagavano dappertutto, aveva le mani strette a pugno e io ero immobile cercando di capire cosa passasse nella sua testa.

«Bambino mio...» sussurrò sua madre portandosi le mani alla bocca e piangendo sempre di più.

Mi guardai intorno.

Le altre persone continuavano a camminare spedite, sembrava che nessuno si fosse accorto della tempesta che avevo appena scatenato.

Quando gli occhi di Ash si fermarono nei miei, capii di aver fatto lo sbaglio più grande della mia vita. Lui si era fidato di me e io lo avevo tradito.

«È per questo che siamo venuti fin qui?» mi chiese.

La sua voce era calma, ma solamente guardandolo negli occhi chiunque avrebbe potuto capire che era furioso.

Io abbassai lo sguardo e annuii.

«Mi hai mentito per tutto il tempo!» alzò la voce.

Io sollevai lo sguardo e mi avvicinai a lui, stringendogli un braccio.

«Ti posso spiegare!» dissi d'impulso.

«Non mi toccare! Mi sono fidato e tu mi hai mentito dall'inizio!» Liberò il braccio e mi fulminò con lo sguardo.

«Sì, ti ho mentito, dammi pure la colpa, Ash, ma non sai perché l'ho fatto. Quando ti comporterai da persona adulta te lo spiegherò!» Stavolta fui io a urlare contro di lui.

«Ti ho detto tutto, Jo; ti ho dato tutto e tu mi hai tradito!» mi gridò di rimando lui, non mi guardò, fissò il muro davanti a sé.

«Guardami!» urlai.

Con la coda dell'occhio vidi qualche passante che si incuriosiva.

Ash non mi diede retta.

«Mi distruggeva vederti infelice, okay? L'ho cercata e ho pensato che riconciliarti con lei ti avrebbe fatto bene» lo fissai.

Non mi stava neanche ascoltando.

«L'ho fatto per te!» urlai.

Si voltò e in un sussurro disse: «Vattene.»

Mi morsi il labbro, mi asciugai le lacrime e, dopo essermi passata una mano tra i capelli e averlo guardato un'ultima volta, mi girai e scesi i tre gradini davanti alla casa.

Ero furiosa.

Tutte le mie paure si erano avverate.

La sua reazione era stata proprio quella che temevo di più.

La perdita di fiducia.

Ma lui non aveva ragione, non aveva il diritto di comportarsi così. Be', forse un pochino, ma non di accusarmi senza farmi spiegare.

La cosa ridicola era che non ero effettivamente riuscita a capire se alla fine rivedere sua madre gli avesse fatto piacere o no.

Gli occhi azzurri di Elizabeth, proprio come quelli del figlio, si erano illuminati non appena l'avevano visto, ma Ash?

Le lacrime iniziarono a rigarmi il viso.

Mi avrebbe abbandonato per sempre per questo?

Forse me lo meritavo.

Mi sentivo una persona orribile.

Corsi verso il pick-up disperata.

Quando lo raggiunsi, mi appoggiai alla portiera e mi imposi di smettere di piangermi addosso, feci un respiro profondo e ragionai.

Fu allora che tremai per la paura.

Sola.

Ero sola.

L'idea di un futuro senza Ash iniziò a insinuarsi nella mia mente, terrorizzandomi.

Dopo l'ultimo anno senza di lui, avevo giurato che non l'avrei lasciato ancora. Lui mi aveva salvata, era stato la mia àncora di salvezza, e adesso il mio futuro era vivere senza di lui?

Allo stesso tempo ero arrabbiata. In fondo l'avevo fatto per il suo bene. Forse avrei potuto escogitare un altro modo, ma, dopo averlo visto distrutto mentre mi parlava della sua infanzia, della sua vita e della sua famiglia, non mi aveva lasciato altra scelta.

Ci avevo messo amore.

E lui non se n'era accorto. Mi aveva respinta.

Tutti i passi avanti che avevamo fatto nella nostra relazione, tutto quello che avevamo fatto di giusto mi si era rivoltato contro senza pietà.

Tutte quelle volte che ero riuscita a sapere di più su di lui, quando mi aveva permesso di capirlo fino in fondo, tutte quelle volte adesso erano diventate un muro che divideva me e Ash.

Come se l'unico modo per difendersi di Ash fosse allontanarmi.

Se era così che la pensava, non l'avrei contraddetto.

Salii sul pick-up, presi il mio zaino e me lo misi in spalla, recuperai le cose che avevo lasciato in macchina, le infilai nella borsa e poi sbattei la portiera.

Camminai lungo la spiaggia per ore, finché mi ritrovai su degli scogli.

Non c'era molta gente intorno, solo qualche persona sulla spiaggia.

Posai tutto sullo scoglio di fianco a me, poi strappai un foglio dal mio album e iniziai a scrivere.

'Caro Ash...'

Quando fui soddisfatta, chiusi la lettera e sopra ci scrissi il suo nome. Tornai al pick-up e la lasciai sul suo sedile.

Mi sentivo sola, con tutto contro.

Mi sentivo sola, controvento.

Forse era la soluzione migliore: lasciargli dello spazio, tornare a casa e lasciarlo libero.

Annuii convinta, così mi sporsi e chiamai un taxi.

«Buon pomeriggio, dove la porto?» chiese l'uomo pelato alla guida.

«All'aeroporto, grazie.»

Lui annuì e partì, osservai il pick-up parcheggiato che sparì dalla mia vista dopo aver svoltato l'angolo.

Non sapevo nemmeno cosa pensare.

Non avevo mai pianificato di avere sempre Ash nella mia mente, ma neanche di lasciarlo andare per sempre.

Come si dice: se si ama veramente una persona, bisogna lasciarla andare.

Ma era la cosa giusta da fare?

Non lo sapevo.

Avevo solo voglia di urlare e tornare a casa.

Mi aveva mandata via con l'occhiata più gelida che mi avesse mai rivolto.

Voleva che me ne andassi, l'avevo letto nei suoi occhi.

Sperai soltanto che la nostra distanza avrebbe portato qualcosa di buono, che perlomeno avrebbe chiarito con sua madre.

Ora poteva essere lontano da me, ma non sarebbe mai stato lontano dal mio cuore.

Quando arrivai, pagai il tassista e scesi.

Entrai in aeroporto sperando di trovare un ultimo posto su un volo per Chicago.

«Salve, come posso aiutarla?» mi chiese la signorina.

«Salve, avrei bisogno di un posto sul primo volo per Chicago.»

«Mi faccia controllare» digitò sul computer e poi mi guardò.

«È fortunata, si è appena liberato un posto... Ecco il suo biglietto. Deve andare da quella parte, si sbrighi, il volo parte tra un'ora» mi diede il biglietto e mi sorrise.

Io annuii, pagai e mi diressi verso sinistra dove mi aveva indicato la signorina.

«Tutti i gentili passeggeri devono allacciare le cinture, siamo pronti al decollo. Grazie.» Una voce risuonò nell'aereo e io feci quello che aveva detto.

Era la prima volta che viaggiavo in aereo.

Non ero molto tranquilla, ma non potevo contare su nessuno a parte me stessa.

«Ragazzina, non ti preoccupare.» Voltai lo sguardo verso la mia sinistra e sorrisi alla signora anziana seduta al mio fianco.

«Mmm, grazie...» sussurrai imbarazzata.

L'aereo decollò emettendo suoni strani, scrolloni e fischi.

«Dopo questo è tutto finito...» mi rassicurò la signora.

Mi tenni stretta ai braccioli della poltrona e guardai fuori dal finestrino San Francisco che diventava sempre più piccola.

47

Ash

Come diavolo aveva potuto?

Questa era la domanda che si ripeteva nella mia mente, mentre lei si aggrappava al mio braccio e mi pregava di ascoltarla.

Avrei tanto voluto, ma non riuscivo a sentire niente di quello che stava dicendo, sentivo solo delle fitte al cuore.

«Vattene» sibilai voltandomi verso di lei e fissando i suoi occhi verdi.

Quel piccolo viso innocente era bagnato dalle lacrime. Osservai quella dolce e rosea bocca che non mi sarei mai stancato di baciare. I suoi occhi, fino a poco prima di un verde luminoso, si erano spenti, sembravano quasi grigi. Aveva gli occhi dello stesso colore del cielo screziato di fumo. Dentro di me una parte urlava di abbracciare, stringere e di non ferire mai più la mia piccola. Vederla a pezzi per causa mia mi spezzò il cuore. Ma c'era una parte arrabbiata, furiosa, e non riuscivo a controllarla.

Lei mi guardò dopo essersi passata una mano tra quei morbidi capelli dorati e poi si allontanò.

Restai fermo, la sentii correre via. Non mi voltai. Non la seguii con lo sguardo. La lasciai andare.

Poi girai lo sguardo verso mia madre.

Mi sembrava passata una vita dall'ultima volta che l'avevo vista. Era sempre lei, stessi occhi azzurro ghiaccio, stessi capelli scuri. Era invecchiata, ma non più di tanto. Aveva qualche ruga in più intorno agli occhi, a quegli occhi che erano così uguali a miei da far paura.

«Non avresti dovuto» disse mia madre guardandomi.

Disse esattamente l'unica cosa che non doveva dire.

«Tu! Non azzardarti a dirmi che cosa devo fare! Non tu che mi hai sempre trattato di merda, hai fatto tutto quello che una madre non dovrebbe fare! Quindi ora non venirmi a dire cosa posso o non posso fare, non dopo sei anni, non dopo che hai ucciso la mia anima!» le urlai contro senza pietà.

Un secondo dopo una parte di me si pentì delle parole che avevo appena pronunciato, ma era da una vita che avrei voluto dirle quello che mi aveva fatto, come mi aveva ferito. Mi ero sempre tenuto tutto dentro, avevo sopportato ogni cosa. Avevo represso i miei sentimenti. Ora era giunto il momento di togliermi tutti i pesi che gravavano sul mio stomaco.

Ero arrabbiato con Jo, ed ero stato maligno con mia madre, ma mia madre mi aveva già chiuso la porta in faccia un'altra volta.

Scesi le scale e presi la direzione opposta dalla quale eravamo arrivati.

Mi sentivo uno schifo totale.

Avevo il cuore lacerato.

Camminai spedito senza nessuna direzione.

Continuavo a passarmi le mani tra i capelli per cercare di calmarmi.

Nella mia testa si rincorrevano le immagini della mia infanzia e tremai al solo ricordo.

La porta di entrata sbatte con violenza.

È tornata.

Corro fuori dalla mia camera verso la cucina, devo difenderla, me lo sono ripromesso.

Mia mamma è ubriaca e sta già sbraitando verso Sasha che è rannicchiata per terra con le ginocchia strette al petto. Trema.

«Sei una buona a nulla! Ti ho chiesto di lavare i piatti e la cucina, e quando torno trovo questo schifo!» urla e tira un calcio a Sasha; lei grida.

Corro verso di lei e mi aggrappo alla sua gonna per fermarla.

«Mamma, lasciala stare, ti prego!» inizio a piangere.

Avevo cinque anni, di solito a quell'età i bambini che piangono fanno sempre pena, ma non a lei.

Mi tira uno schiaffo e mi spinge a terra.

«Questo è tutto quello che sai fare, ragazzo? Non riesci neanche a proteggere te stesso, sei un perdente, non combinerai niente nella vita se non sai neanche proteggere una donna, sei un perdente e lo sarai per sempre...» mi urla contro, poi prede un piatto e lo lancia contro il muro alle mie spalle.

Sasha urla e mia madre si chiuse in bagno. Quando riprendo a respirare, striscio verso Sasha e la abbraccio mentre lei piange.

È così tutti i giorni, mio padre lavora dal mattino presto fino alle undici di sera. Mia mamma a metà mattina, mentre noi siamo a scuola, decide di uscire a ubriacarsi e dopo pranzo torna, ci insulta e poi dorme tutto il pomeriggio, così da essere sobria per il rientro di nostro padre.

Mi aveva ucciso dentro e non se n'era mai accorta.

Scossi la testa, ripensarci ora non mi aiutava per niente.

Tutto quello che avevo vissuto mi aveva reso quello che ero.

Lei non lo sapeva.

Jo aveva sempre e solo visto il ragazzo forte e deciso, mai quello fragile, maldestro e ferito che ero stato da bambino. Non il ragazzo maltrattato che ero.

Aveva solo scorto dei pezzi, ma il puzzle era molto più grande di quello che pensava.

Aveva fatto tutto il viaggio pensando che rivedere la donna che mi aveva messo al mondo mi avrebbe aiutato, senza sapere che l'unica che mi aveva aiutato era stata proprio lei, con la sferzata di freschezza che aveva portato nella mia vita.

Lei non poteva saperlo, perché non avevo mai avuto abbastanza coraggio per spiegarglielo.

Non era colpa sua, in fondo.

Forse se avesse saputo di più non mi avrebbe portato fin qui, e all'oscuro.

Lei mi avrebbe capito.

Invece io l'avevo solo respinta.

Mi fermai e mi sedetti sul gradino del marciapiede, mentre la gente mi aggirava per passare.

Mi misi le mani tra i capelli e ragionai.

Ero furioso per il fatto che mi avesse mentito, ma una parte di me, anche se piccola, sapeva che l'aveva fatto solo per il mio bene.

Mi alzai e tornai verso il pick-up, ero sicuro di trovarla lì, anche perché non avrebbe saputo dove altro andare da sola.

Quando lo scorsi in lontananza e non vidi nessuno né dentro né al suo fianco, iniziai a correre.

Sbloccai la portiera e notai un foglio bianco sul sedile del guidatore.

Lo presi e capii subito che si trattava di uno dei fogli dell'album di Jo.

Lo rigirai tra le mani e notai il mio nome scritto in corsivo.
Era una calligrafia semplice ed elegante, proprio come lei.
La aprii con mani tremanti e iniziai a leggere.

Caro Ash,
in questo momento posso solo scusarmi con te.
Sono stata stupida, ingenua e infantile.
Avrei dovuto dirtelo.
Non chiedo il tuo perdono, chiedo solo che tu abbia almeno un briciolo di coraggio per ascoltare quello che tua madre Elizabeth ha da dire, solo questo.
Non mi importa di me.
Io starò bene e sto bene.
Continuo a credere fermamente che tu abbia bisogno di capire tua madre per poter essere più felice.
La nostra storia mi ha insegnato che ogni persona ha diritto a una seconda possibilità e che il perdono non porta mai del male con sé.
Mi hai regalato i momenti più belli della mia vita, lascia che, anche solo per una volta, sia io a regalartene uno.
Va' da lei e ascoltala.
Quando sarai pronto, io sarò qui ad aspettarti.

Per sempre tua,
Jo

Strinsi forte gli occhi e ripiegai con cura il foglio.

Dove era andata?

Stava bene?

Le era successo qualcosa?

Ero arrabbiato con lei, ma sentivo questo bisogno di proteggerla che incombeva sempre di più sul mio cuore.

Chiusi la portiera con un colpo secco e corsi a casa di mia madre.

Elizabeth aprì la porta con ancora le lacrime agli occhi.

La fissai.

«Se hai qualcosa da dirmi, sono pronto ad ascoltarti» dissi serio.

Jo aveva ragione, dovevo tirare fuori i miei scheletri dall'armadio.

Mia madre annuì e si fece da parte per farmi entrare.

Feci due passi avanti e mi ritrovai nell'atrio.

Era una casa luminosa, il salotto aveva due divani color panna che erano posizionati davanti a un camino in marmo chiaro.

I muri erano giallo chiaro, ed erano tappezzati di quadri e fotografie. Era tutto in ordine, sembrava accogliente e vero.

Sentii la porta chiudersi dietro di me e io mi avvicinai a una foto.

C'era una ragazza mora sorridente con al fianco un ragazzo moro uguale alla ragazza, mia madre e un uomo dai capelli mori brizzolati.

«Loro sono Jaime, Chris e William» disse mia mamma da dietro le mie spalle.

«La tua nuova...» iniziai io, ma venni interrotto da mia madre.

«Famiglia...»

Il mio cuore perse un battito e dovetti sedermi.

Mia madre si posizionò sull'altro divano.

«Posso offrirti qualcosa da bere?» mi chiese quasi sottovoce.

«Un bicchiere d'acqua.»

Lei annuì e uscì dal salotto.

Ero scioccato.

Quei tipi nella foto sapevano cosa aveva fatto lei alla sua vera famiglia?

O si erano ritrovati la donna amorevole che era ora?

Elizabeth mi porse il bicchiere e io bevvi per riprendermi.

«Quanti anni hanno?» le chiesi fissando le foto sul muro di fronte a me.

«Jaime ha sedici anni, è una ragazza veramente diligente; e Chris ne ha quindici, fa un sacco di sport, andreste molto d'accordo voi due» mi spiegò sorridendo.

Strinsi gli occhi e deglutii.

Faceva male, non potevo negarlo.

Perché non ci aveva mai trattato così?

«Vorrei tanto che tu li conoscessi, la loro madre è morta quando erano piccoli e William li ha cresciuti da solo. Sono due ragazzi d'oro...»

«Perché?» sussurrai.

Perché a noi non aveva mai voluto bene come a loro?

Perché a noi aveva riservato la parte brutta della storia?

Perché?

«Mi spiace...» iniziò a dire lei, ma io la interruppi.

«Perché? Sei nostra madre, mia e di Sasha, la nostra madre biologica, la persona che dovrebbe amarci più di tutti. Perché invece ci hai sempre trattati male, perché?»

«Ero giovane, avevo conosciuto tuo padre al liceo, lo amavo sul serio. Il padre di Sasha era...» Elizabeth si bloccò e abbassò il viso, restò ferma alcuni minuti e sentii che singhiozzava. «Era il migliore amico di tuo padre, Robin. Sei il primo a cui lo dico, neanche tuo padre lo ha mai saputo, non volevo ferirlo ulteriormente. Siamo stati insieme una sola notte, ero ubriaca e fragile, mi sono pentita subito, infatti non gli ho più parlato da quella notte, né l'ho più visto.»

Robin? Mai sentito.

Feci un cenno per farla continuare. Ora che ero qui e che mi stavo sforzando di starla a sentire, dovevo sapere tutto.

«Nove mesi dopo è nata Sasha ed ero sicura fosse di tuo padre. Due notti dopo quello che era successo con Robin, tuo padre mi aveva portato in una vacanza romantica e quindi pensavo fosse sua. Quando Sasha compì due anni, sei nato tu. Quella volta ero sicura, e mentre ero all'ospedale feci fare di nascosto l'esame del DNA a Sasha e scoprii che non era figlia di tuo padre. Mantenni il segreto. Amavo troppo tuo padre per dirglielo, avevo paura che mi avrebbe lasciata, avevo paura di rimanere sola e non volevo. Avevo così tanta paura che iniziai a bere per calmarmi. Ero ossessionata dalla verità, ogni volta che tuo padre mi guardava o mi parlava avevo paura che mi cacciasse, che mi scoprisse. Avevo rinunciato a tutto per stare con lui, al mio futuro, all'università. Mi sentivo in colpa, l'unica cosa che mi alleviava il dolore era l'alcol; e da ubriaca mi ricordo che me la prendevo con Sasha perché era la prova vivente dal mio tradimento. Per colpa sua sarei potuta essere scoperta. E me la prendevo con te perché pensavo che mi avevi rovinato la vita. Non ragionavo più...» si bloccò di nuovo e pianse più forte, mentre io non riuscii neanche a guardarla. «Mi dispiace così tanto!»

Tremai.

Tutto era chiaro.

Aveva scaricato su di noi il suo dolore.

Immagini di lei che insultava e picchiava me e Sasha tornarono a farsi vivide nella mia mente.

«Hai la più pallida idea di quanto abbiamo sofferto?» le chiesi con la voce spezzata.

Era così, avere una madre che ti odia non era la cosa più bella di questo mondo, aveva segnato sempre me e Sasha. E a quanto pare io ne sentivo le conseguenze pure ora.

«Sì, e mi dispiace, vorrei tanto farmi perdonare. Il rimorso mi sta divorando. Non chiedo la vostra fiducia, forse non riuscirò mai a ottenerla, ma vorrei solamente che sia tu che Sasha possiate vedere come sono cambiata. Ho passato due anni in una clinica di recupero, da allora non tocco più l'alcol. Quando sono uscita ero spaesata, volevo tornare da voi, ma avevo paura di rovinarvi ancora di più la vita. Poi ho incontrato William. Non avrei mai pensato di riuscire a innamorarmi di nuovo. Tuo padre è stato e sarà per sempre il mio primo amore.»

Si fermò e io la guardai, aveva gli occhi rossi dal pianto e singhiozzava senza sosta. Quello che feci dopo mi costò lo sforzo più grande della mia vita. Mi sedetti vicino a lei e le posai una mano sulla spalla per consolarla. Non avrei dimenticato, forse mai, però volevo conoscere questa nuova Elizabeth. Ma sarebbe bastato un passo falso e non mi avrebbe mai più rivisto.

«Cosa fai ora?» le chiesi.

Lei alzò lo sguardo su di me e mi sorrise asciugandosi le lacrime. «Volontariato all'ospedale e infermiera quando ce n'è bisogno... Ho scoperto che mi piace aiutare gli altri, aiuto gli alcolisti a uscire dal giro, come ho fatto io. Mi sono rovinata la vita, ho rovinato la vostra, ho ucciso tuo padre, quindi ora cerco di migliorarla agli altri. Così forse Dio mi perdonerà per tutto quello che ho fatto...»

Wow, non me lo sarei mai aspettato.

«Voi?» chiese poi.

«Sasha lavora come giornalista, sono fiero di lei. Io sto migliorando, la mia vita è stata disastrosa fino all'anno scorso, quando ho conosciuto lei...»

«La ragazza di prima, vero?»

Io annuii.

«Come si chiama?»

«Jocelyn...»

Lei sorrise e annuì. «Posso dirti una cosa?»

Feci di sì con la testa. Vedevo che era straziata per quello che aveva fatto e che ce la stava mettendo tutta per migliorare.

«Lascia stare tutto. Metti il mondo da parte e va' da lei, che in questo momento ha bisogno di te più che mai. Io resto qui, quando sarai pronto, ti aspetterò e sarò ben felice, se me ne darai la possibilità, di fare nuovamente parte della tua vita, ma ora lo vedo nei tuoi occhi. Non sei pronto. Stai elaborando e lei ti serve. Quella ragazza ha cercato di aiutarti, ti ha lasciato libero. È da ammirare. Va' da lei.»

Io chiusi gli occhi, aveva ragione.

In quel momento il mio cuore riprese a battere e tirai un sospiro di sollievo.

Stavo già meglio.

Potevo provare a perdonarla, ma mi serviva del tempo.

Prima di uscire le lasciai un bacio sulla fronte e poi corsi al pick-up.

Presi il telefono e la chiamai.

Non rispose. Ormai si era fatta sera.

Salii sul pick-up e decisi di cercarmi un posto dove dormire. Non appena trovai una camera in un motel provai a richiamarla, senza risultati. Le lasciai messaggi su messaggi. Continuai a pensare a come l'avevo trattata. Bevvi qualche birra per non pensare e poi mi addormentai.

48

Qualcosa mi scosse il braccio, aprii gli occhi e mi ricordai di essere sull'aereo. Respirai e bevvi un sorso d'acqua per calmarmi.

Avevo capito che non mi piaceva volare.

Mi girai verso la signora al mio fianco che mi sorrise.

«Siamo quasi arrivati...»

«Grazie...» le dissi, e ricambiai il sorriso ringraziandola di tutto quello che aveva fatto per intrattenermi e per non farmi pensare che stavamo volando a migliaia di metri dalla terraferma.

Poco dopo le hostess ci chiesero di allacciare le cinture per l'atterraggio e io feci come mi avevano detto.

Avevo ancora paura.

Chiusi gli occhi e strinsi le mani sui braccioli della poltrona.

Quando tutto finì, tirai un sospiro di sollievo.

Un'ora dopo stavo uscendo dall'aeroporto di Chicago e fermai un taxi che mi riportò a casa.

Scesi dalla macchina e ringraziai dopo aver pagato.

Presi i borsoni e li appoggiai sul marciapiede davanti a casa mia, mentre il taxi faceva retromarcia e se ne andava.

Guardai la mia casa dopo aver passato un po' di tempo lontano. Ne avevo sentito la mancanza. Stare lontana solo un week-end l'anno prima mi aveva sconvolto. Quella volta mi era sembrato di tornare a casa dopo un'intera vita, mentre ora che mi trovavo davanti a quella staccionata, mi sentivo quasi oppressa. Non sapevo perché. Presi i borsoni da terra e aprii il cancello. L'aria era torrida e faceva molto caldo per essere quasi le cinque di pomeriggio.

Entrai in casa posando tutto quello che avevo in mano nell'ingresso. Camminai verso la cucina, e trovai mia mamma girata di schiena mentre frullava qualcosa. Quando smise, tossii per farmi notare.

Lei si voltò subito e mi fissò con occhi increduli.

«Jo, che cosa ci fai qui?» mi chiese sconvolta.

«Sto bene, mamma, non ti preoccupare. Sono solo passata a salutare» le dissi sorridendo.

Appena comprese vidi i suoi occhi illuminarsi.

Aveva avuto paura di rivedermi ferita come l'anno prima.

Superò il bancone e il tavolo e venne a stringermi forte.

«Mi hai perdonata?» mi sussurrò all'orecchio.

Io annuii vigorosamente, sì, l'avevo perdonata già da tempo.

Nonostante tutto, avevo cercato di mettermi nei suoi panni e avevo capito che l'aveva fatto per il mio bene; nel modo sbagliato forse proprio come me con Ash, ma sempre per il mio bene.

La strinsi forte, finché non si spostò sorridendomi.

«Ti voglio bene» le dissi con occhi lucidi.

«Anch'io, piccolina, anch'io» disse stringendomi ancora più forte e dondolandomi a destra e a sinistra come faceva per calmarmi quando ero piccola.

Quando mi staccai, mi accorsi che avevo bisogno di parlare con Cam.

Avevo questo peso sul cuore, e mi faceva male sapere che non eravamo riusciti a chiarirci, nonostante Sasha nelle sue telefonate mi avesse spiegato che Cam era solo preoccupato per me.

«Cam?» le chiesi in un sussurro.

«È al parco, è tornato due settimane fa sperando che ritornassi a farci visita. Va' da lui, ha bisogno di te.»

Io annuii, le sorrisi e poi uscii di casa, salii velocemente sulla mia bici e pedalai fino in paese, passando davanti alla libreria del signor Lennox.

Pedalai più forte che potei.

Cam era tornato, aveva lasciato di nuovo la sua vita per starmi vicino.

Era il miglior fratello di sempre.

Quando arrivai al parco scesi dalla bici e mi diressi verso le altalene, dove Cam e i miei fratelli mi portavano quando ero piccola. Sapevo che lui era là, entrambi eravamo rimasti molto affezionati a quel luogo.

Superai dei pini e arrivai davanti alle altalene.

Cam era seduto su una di esse, guardava i suoi piedi e si dondolava leggermente avanti e indietro.

«Ciao Cam» dissi sorridendo.

Lui alzò lo sguardo e quando mi vide rimase sconvolto.

«Jo?»

Io annuii con le lacrime agli occhi e lui corse verso di me per abbracciarmi.

«Mi dispiace, scusami. Perdonami...» mi disse lui tra le lacrime.

«Ti ho già perdonato, e tu?»

«Non riesco a essere arrabbiato con te, sei la mia sorellina...»

Mi strinse forte e mi lasciò un bacio sulla fronte.

Cam mi aveva sempre protetta e quest'abitudine non gli sarebbe mai passata.

«Come stai?» mi chiese quando si staccò, e mi portò sulle altalene.

«Sto bene, sono passata perché avevo bisogno di chiarire con te, non ce la facevo ad andare avanti. Mi sei mancato da morire» gli dissi sorridendo.

Lui annuì e dopo essersi passato una mano tra i capelli castani sorrise.

«Ho fatto una cazzata, non avrei dovuto reagire così... Mi spiace veramente tanto.»

Io annuii e lo abbracciai, allungandomi verso la sua altalena.

«Tu lo ami?» mi chiese in un sussurro.

«Sì, lo amo, Cam.»

Lui annuì e poi mi riabbracciò.

«Siamo a posto?» mi chiese.

«A posto.»

«Bene, torniamo a casa.»

Io annuii, salii sulla bici e lui prese la sua macchina.

Pedalai fino a casa e arrivai cinque minuti dopo di lui. Entrai e trovai Jonathan che rideva con Cam.

«Sorella!» disse il mio gemello e venne ad abbracciarmi.

«Ehi!» gli risposi stringendolo e rannicchiandomi tra le sue braccia.

Quando ci staccammo, mia mamma ci impose di aiutarla a preparare la cena e così facemmo.

Verso le nove e mezza, dopo aver sparecchiato, salii in camera mia e mi buttai sul letto stravolta. Ero veramente stanca. Chiusi gli occhi e vidi nella mia mente quegli occhi di ghiaccio che mi guardavano freddi.

Chissà se aveva avuto il coraggio di parlare con sua madre?

Avevano chiarito?

Sperai solo che lei non l'avesse deluso ancora...

In quel momento squillò il telefono, lo presi al volo e lessi il nome che lampeggiava: Ash.

«Pronto?»

«Amore mio» mi rispose e io sorrisi a quel nomignolo.

«Ash, stai bene?» gli chiesi preoccupata.

Avevo così paura che il suo cuore non avesse retto il confronto con sua mamma.

«Sto benissimo ora che ti sto ascoltando...»

Io risi.

«Dove sei?» mi chiese.

«A casa mia» gli risposi.

«A casa mia» gli risposi.

«Sto arrivando, ho lasciato il pick-up da mia madre, tornerò a prenderlo presto. Sono in aereo...» Si bloccò e poi disse: «Ti amo.»

Sorrisi e il mio cuore perse un battito.

«Anche io» gli risposi.

Poi chiusi la chiamata e mi addormentai serena.

Senza di lui mi sentivo persa, ma ora stava tornando da me e io non potevo essere più felice di così.

49

Quando mi svegliai la mattina dopo, mi sentivo meglio.

Era strano svegliarsi nel proprio letto dopo molto tempo.

Come di consueto, Leo arrivò sul mio letto voglioso di coccole e io lo accarezzai ben volentieri.

Ero felice, forse per il fatto di aver chiarito con mia mamma e mio fratello, ma anche perché Ash stava tornando.

Ero così curiosa di sapere cosa gli aveva raccontato sua madre.

Scesi le scale in pigiama e sentii lo stomaco brontolare, così mi diressi in cucina.

Trovai la colazione pronta e un bigliettino.

Lo presi e lo lessi.

> Ho accompagnato Jonathan da un suo amico. Devo parlare con sua madre. Ci vediamo dopo, tesoro.
>
> La tua mamma

Sorrisi e lo ripiegai rimettendolo al suo posto.

Mi feci il caffellatte e poi mi sedetti gustando l'abbondante colazione di mia madre.

Guardai fuori dalla finestra mentre mi passavo una mano tra i capelli.

Ero agitata, in quel momento nulla poteva calmarmi se non lui.

Avevo davvero bisogno di Ash, e non gli ero stata lontana neanche due giorni.

Scossi la testa sorridendo, ripensando a come era entrato all'improvviso nella mia vita e a come mi era lentamente entrato nel cuore.

Mi sembrava passata un'eternità da quando avevo guardato per la prima volta dentro quegli occhi di ghiaccio.

Da allora non avevo più potuto farne a meno.

Finii la colazione e lavai le tazzine, mentre il mio cuore scalpitava per l'impazienza. Aspettai mezz'ora davanti alla finestra per vederlo scendere dalla sua moto nera, ma non arrivò, così corsi in camera per farmi una doccia veloce e cambiarmi. Ci impiegai una ventina di minuti a lavarmi e ad asciugarmi, poi scelsi cosa indossare e mi guardai allo specchio per vedere se stavo realmente bene con quei vestiti. Stavo indossando un vestitino bianco con delle ballerine nere. I capelli mi scendevano sulle spalle, il rosa sulle punte si era molto sbiadito, lasciando solo una traccia del colore acceso che avevo fatto. Mi stirai le pieghe del vestito, e vidi sull'avambraccio il tatuaggio. Quel disegno mi avrebbe ricordato per sempre e in modo indelebile a chi appartenessero la mia anima e il mio cuore.

Ormai erano le undici di mattina ed ero abbastanza preoccupata; continuavo a torturarmi le mani andando avanti e indietro per il salotto. Ogni due secondi alzavo la testa per guardare fuori dalla finestra. Mille ipotesi si stavano insinuando nella mia mente e ormai mi stavo quasi convincendo di un incidente quando sentii il rombo del motore di una moto.

Alzai lo sguardo e il mio cuore iniziò a battere all'impazzata.

Lui era lì.

Stava scendendo dalla moto, si tolse il casco e si sistemò i capelli, poi prese una cosa dalla sella e quando si girò verso casa notai un mazzo di rose.

Mi scostai dalla finestra e mi diressi all'entrata, aprii la porta e lo vidi alzare lo sguardo verso di me.

Non feci in tempo a scendere i gradini della veranda per raggiungerlo che iniziò a parlare velocemente.

«Scusami, scusami per averti trattato così. Non avrei dovuto. Ho capito soltanto dopo che lo avevi fatto per me, ed è stato utile... Sto ancora elaborando. Ma questo non è importante, non quanto te. Dimmi che mi hai perdonato. Sono stati i momenti più brutti della mia vita senza di te. Sono vuoto senza di te. Ti amo così tanto.»

Non capii se avesse altro da dire perché lo interruppi.

«Non sono arrabbiata» gli dissi.

Era vero, all'inizio era stata dura accettare il modo in cui mi aveva trattata, ma solo in seguito avevo capito quante emozioni avesse scatenato l'incontro con sua madre.

«Non sono stata corretta con te, avrei dovuto dirtelo,» scesi i due gradini e mi misi davanti a lui «ma ho agito senza pensare, quindi smetti di scusarti» conclusi sorridendo.

Ash mosse il braccio da dietro la schiena e mi porse il mazzo di fiori.

«Sono per te» disse.

Li presi felice e annusai il dolce profumo delle rose.

«Scusami» aggiunse ancora.

Io alzai lo sguardo verso di lui, divertita.

«Smettila di scusarti e baciami!»

Lui sorrise al mio invito stringendomi tra le sue braccia e premendo le sue labbra sulle mie.

Ora sapevo perché mi ero sentita strana quando ero tornata a casa, perché la mia casa era lui.

«Sei tutto il mio mondo, Jo...» biascicò lui sulle mie labbra.

Io in risposta lo baciai ancora, finché alcuni colpi di tosse non ci interruppero.

Mi staccai e guardai dietro le spalle di Ash, e all'entrata del giardino vidi mia mamma e Cam...

«Ciao» gli dissi sorridendo.

Nonostante avessi chiarito con entrambi, non sapevo come avrebbero reagito vedendomi insieme ad Ash.

Mia mamma si separò da Cam e venne verso di noi. Strinse Ash in un abbraccio, proprio come faceva con tutti i suoi figli.

Ash rimase immobile, mentre una lacrima calda scese sulle mie guance.

Quando mia mamma si staccò, mi sorrise e poi ci superò entrando in casa.

Ash mi guardò sconvolto e capii perché.

Non tanto per il gesto inaspettato, ma perché non era più abituato a essere abbracciato da una mamma, da molto tempo.

Gli sorrisi asciugandomi la lacrima e poi guardai Cam che si stava lentamente avvicinando ad Ash.

Sembrava che volesse picchiarlo come due mesi prima, così mi misi davanti a lui e guardai Cam.

«Cam, no» gli dissi con tono supplichevole.

Lui mi mise una mano sul braccio e mi spostò di lato.

Lo guardai senza capire le sue vere intenzioni.

«Lei ti ama e se lei ti ama vuol dire che ha visto qualcosa nella tua anima. Voglio solo che tu non la faccia soffrire ancora.» Il tono di Cam era serio, forse non l'avevo mai visto così serio come in quel momento. Poi sorrise ad Ash, un piccolo sorriso che dichiarava che lo perdonava, che lo accettava, e io sorrisi felice gettandomi tra le braccia di mio fratello.

«Non posso vederti infelice e, se lui ti rende felice, non sarò io ad allontanarlo da te» mi sussurrò Cam.

Io annuii vigorosamente.

Quando mi staccai anche Cam ci superò ed entrò in casa, e io sorrisi ad Ash.

«È stato... strano...» disse lui. Io risi.

Ero così felice che la mia famiglia, o perlomeno una parte, avesse accettato Ash.

Sorrisi e poi lo presi per mano tirandolo dentro casa.

Ci sedemmo tutti sul divano mentre mia mamma era andata a preparare del tè freddo.

Cam andò ad aiutarla.

«Quanti altri fratelli hai?» mi domandò Ash.

In effetti non gliel'avevo mai detto; insomma, sapeva dell'esistenza di qualcuno di loro, ma ero più che certa che non li avesse conosciuti tutti.

«Mmm, sei» dissi sogghignando.

«Cosa? Sei? E quando pensavi di dirmelo? Quando ti chiederò di sposarmi e saranno lì tutti e sei pronti a picchiarmi?» disse con tono divertito.

Il mio cuore si fermò sentendolo parlare di matrimonio.

Non so il motivo per cui reagii in quel modo, ma pensare al futuro e pensare a noi due insieme per il resto della vita mi spaventava e non poco.

«Be', no, te l'avrei detto prima o poi» gli dissi ridendo.

In quel momento rientrarono mia madre e Cam con un vassoio di tè freddo.

Apprezzai molto come si comportarono con Ash.

Avevo sempre temuto che la mia famiglia e Ash nella stessa stanza avrebbero creato un disastro.

Invece sembravano tutti tranquilli, a parte Ash che strinse la mano nella mia. Si vedeva che era agitato.

«Allora, Ash, dimmi, cosa fai nella vita?» chiese mia mamma.

Per tutti poteva essere una domanda semplice, ma non per lui, non per noi.

«Io, ehm, sto cercando lavoro...» disse lui imbarazzato.

«Oh, be', spero che lo troverai presto...» gli sorrise mia mamma.

Mia madre aveva la voce tranquilla e il viso sereno, ma riuscivo a vedere dai suoi occhi che qualcosa la inquietava.

«Tua sorella è veramente una brava ragazza!» disse mia mamma mentre a Cam si illuminavano gli occhi.

Era proprio innamorato di lei.

«Sì, sono fiero di Sasha, lei è una persona fantastica...» disse Ash annuendo, e dalla sua voce potevo sentire quanto fosse emozionato nel parlare di lei.

Sorrisi e gli strinsi la mano, lui si voltò verso di me e io gli mimai un 'ti amo'.

Lui mi sorrise e i suoi occhi si illuminarono tranquillizzandosi.

In quel momento mia mamma parlò.

«La ami veramente?» Ash si girò verso di me sorridendomi, poi si voltò di nuovo verso mia madre.

Guardai il viso di mia mamma e i suoi occhi mutare.

Ero quasi sicura che avesse appena notato il luccichio che aveva Ash in quel momento.

Quello che vedevo io tutte le volte che mi guardava e che mi faceva perdere la testa.

Lo stesso che avevo io quando stavo con lui.

Ash annuì, calmando le apprensioni di mia madre che disse soltanto: «Benvenuto in famiglia.»

«Che hai messo qui dentro?» domandò Ash mentre trasportava uno scatolone su per le scale dell'ingresso.

Io risi.

«Un po' di tutto!» urlai per farmi sentire mentre finivo di scaricare il resto dalla macchina di Cam.

Entri in casa di Ash e posai i borsoni in salotto per poi tornare fuori e prendere ciò che ne restava.

Tutto stava andando per il meglio dopo l'incontro di mia madre con Ash, lei aveva accettato perfino il mio trasferimento definitivo a casa di Ash. Ormai mi sentivo a casa e Ash aveva promesso che avrebbe fatto il massimo per farmi sentire ancora più a mio agio.

«Finito!» disse Ash mentre posava l'ultima borsa.

Io annuii felice e lo baciai.

Ash mi strinse a sé e mugugnò un 'ancora' sulle mie labbra.

Io lo accontentai volentieri, non esisteva niente di meglio che baciarlo.

«Che ne dici di inaugurare la tua nuova casa?» mi chiese malizioso.

Io in risposta gli lasciai dei baci sul collo provocandogli dei gemiti.

All'improvviso mi alzò da terra e mi fece agganciare le gambe al suo bacino, chiuse con un calcio la porta e mi trasportò nella nostra camera continuando a seminare dolci baci per tutto il viso e il collo.

Chiuse la porta della camera dietro di sé e mi posò delicatamente sul letto mettendosi sopra di me.

Mi baciò il naso e poi le labbra.

«Ti amo» sussurrai.

«Ti amo, sempre...» e detto questo mi fece toccare il cielo con un dito, rendendomi felice come nessuno mai.

«Ash, staccati, non ho intenzione di arrivare in ritardo per colpa tua...» dissi mentre le sue braccia mi stringevano di più.

Aveva il viso sulla mia pancia.

«Ancora cinque minuti... tanto è solo il primo giorno.»

«Appunto!»

Era da ben dieci minuti che cercavo di alzarlo.

Quella notte mi aveva usata come cuscino e non aveva intenzione di separarsi da me.

Era passato poco tempo da quando parte della mia famiglia aveva conosciuto ufficialmente Ash e da quando eravamo tornati a Chicago.

Dopo il mio trasferimento mi ero trovata un lavoro per tutto il mese d'agosto. Non avevo intenzione di vivere con Ash senza contribuire alla mia parte di spesa, e poi mia mamma mi spediva, quando poteva, quel qualcosa in più che riusciva a guadagnare. Non era necessario per me vivere nel lusso, quello che avevo mi bastava.

Poi il lavoro come cameriera part time, nel ristorante dove io e Ash avevamo quasi avuto il nostro primo appuntamento l'anno prima, mi faceva tornare in mente tanti ricordi, e per di più ero anche ben pagata.

«Ash...» biascicai.

Lui annuì e si alzò lasciandomi libera. Mi fiondai subito sotto la doccia.

Mi preparai indossando una t-shirt blu e dei jeans, mi feci una coda alta e uscii dal bagno per fare colazione.

«Buongiorno, Jo!» disse Sasha appena entrai in cucina.

Io la salutai sorridendole.

Quella ragazza era sempre più bella.

I capelli neri le cadevano lisci fino a metà schiena e le labbra rosse spiccavano sul suo viso.

Mangiammo ridendo e apprezzai molto quando sia Sasha che Ash cercarono di alleviare la mia tensione con qualche battuta.

Esattamente mezz'ora dopo stavo salendo sulla moto dietro ad Ash pronta per l'università.

«Buon primo giorno!» urlò Sasha dalla porta.

Io la salutai e poi partimmo.

Anche Sasha e Cam erano più uniti che mai.

Cam aveva accettato il compromesso che io e Sasha gli avevamo proposto.

Lui si era trasferito a Chicago, perché aveva ammesso che non sarebbe riuscito a stare lontano da nessuna delle due.

Cam aveva deciso di finire i suoi studi di Geologia lì a Chicago.

Sasha gli aveva imposto di trovarsi un appartamento non molto lontano da quello di Ash.

Infatti ormai lei era sempre da lui.

L'appartamento che aveva trovato non era grandissimo ed era solo in affitto, ma sia lui che Sasha avevano deciso che per ora bastava quello.

Ash, invece, era uscito del tutto dal vecchio giro, così come Luke, e insieme avevano trovato lavoro come meccanici di giorno e baristi al Cobain di sera.

La mamma di Ash aveva chiamato diverse volte e Ash mi aveva spiegato cosa gli aveva detto.

Elizabeth avrebbe voluto, un giorno, rivedere sia Ash che Sasha, ma per ora nessuno dei due era pronto.

Io, Alexis e Sasha, nel frattempo, eravamo più unite che mai.

«Siamo arrivati...» mi disse Ash.

Io mi riscossi dai miei pensieri e mi guardai intorno.

Non potevo crederci.

«University of Chicago» disse Ash in tono glorioso.

Io annuii felice.

Non riuscivo a credere di essere riuscita a entrare in un'università così.

«Sei pronta?» mi chiese Ash.

Ero pronta a iniziare la mia nuova vita?

La mia vita con lui al mio fianco?

Non avevo alcun dubbio.

«Prontissima.»

50

Mi girai ancora una volta verso Ash che era appoggiato alla sua moto.

Mi sorrise e mi fece cenno di entrare.

Gli feci un sorriso tirato e dopo ancora un momento di indecisione varcai la soglia dell'università.

Il cuore mi batteva fortissimo, troppo forte.

Stavo vivendo il mio sogno, il sogno di mio padre, e ancora non potevo crederci.

Mi guardai attorno.

Molte persone erano nella mia stessa situazione, si vedeva che erano spaesate, mentre altri ragazzi sembravano tranquilli e giravano per i corridoi come se fossero a casa loro.

Io ero ferma proprio al centro e cercavo di capire dove andare.

Mi sentivo così piccola e insignificante lì dentro.

Presi la cinghia della tracolla e me la portai più su sulla spalla. Avevo deciso di andare verso destra e cercare un punto informazioni quando qualcuno mi venne addosso.

Caddi in avanti, rovinando a terra. La tracolla mi era finita su un fianco e notai alcuni fogli sparsi intorno a me. Ero sicura che non fossero di mia appartenenza, non ne avevo portato appresso nemmeno uno.

Mi girai e vidi alla mia destra un ragazzo dai capelli castani che stava raccogliendo i fogli in modo frettoloso, e quando finì si accorse di me.

«Scusami tanto!» disse allungando una mano verso di me per aiutarmi ad alzarmi.

La accettai e mi tirai su, poi gli sorrisi.

«Non ti preoccupare.»

Alzai lo sguardo e finalmente vidi il suo viso. Aveva dei lineamenti morbidi, i capelli castani gli ricadevano ai lati del viso, gli occhi castani erano luminosi e un po' di barba chiara ricopriva le sue guance.

«Scusami, è che sono nuovo e...» si scusò ancora.

«Anche io sono nuova, tranquillo...» lo rassicurai.

Aveva un'espressione davvero dispiaciuta, in fondo non lo aveva fatto apposta.

«Oh, mmm, sono Austin...» disse porgendomi la mano e facendomi ancora un sorriso di scuse.

Gliela strinsi. «Piacere, Jo...»

«Che corso devi frequentare?» mi chiese.

«Arte e Psicologia...» gli risposi.

«Sul serio? Anche io Arte...» disse mentre entrambi ci incamminammo verso destra.

«Sembra che qua ci sia il miglior corso di Arte dello Stato...» disse Austin mentre finalmente entrambi adocchiavamo una specie di segreteria. Ci avvicinammo e Austin fece parlare prima me.

«Salve, sono Jocelyn Smith, ho vinto una borsa di studio per frequentare Arte...» spiegai alla signora che stava dietro una scrivania scura.

«Mi faccia controllare...» disse digitando sulla tastiera di un computer.

Aspettai impaziente torturandomi le dita; avrei tanto voluto che Ash fosse lì con me per sostenermi.

Dopo pochi minuti la signora annuì soddisfatta e poi mi sorrise porgendomi dei fogli.

«Ecco a te degli opuscoli sull'orientamento... Per questa settimana sarai obbligata a seguire tutte le lezioni, quando ti sarai ambientata potrai fare la tua scelta... Vedo che non hai scelto di alloggiare nel dormitorio quindi non ci sono problemi...» si interruppe e prese un foglio appena stampato. «Devi solo mettere una firma qui e poi sei libera di andare...»

Io annuii e mentre firmavo notai che la signora stava stampando un altro foglio che mi porse.

Vidi che era l'orario delle lezioni.

Le sorrisi e poi mi spostai, lasciando spazio ad Austin che seguì la stessa procedura.

Avevo temuto di non riuscire a stringere nemmeno un'amicizia, però Austin mi sembrava un tipo solare e socievole e frequentando lo stesso corso sperai che avremmo potuto essere amici.

Aspettai Austin e poi insieme ci dirigemmo nell'aula dove si sarebbe tenuta la nostra prima lezione all'università: solo a pensarci mi venivano i brividi.

Durante la mattinata conobbi quasi tutte le docenti e i docenti di Arte e di Architettura, mentre ne conobbi solo due di Psicologia.

«È stato strano, ma interessante» disse Austin ridendo mentre uscivamo dal campus.

Era davvero un ragazzo gentile e simpatico, mi aveva messo a mio agio.

«Devo concordare con lei, signor Austin» dissi ridendo e provocandogli solo altre risate.

Cercai di tornare a respirare normalmente e iniziai a guardarmi intorno per trovare Ash.

Mi era mancato per tutta la mattina.

Poi lo notai.

Era appoggiato alla moto e aveva in una mano un mazzo di fiori azzurri e rosa, mentre nell'altra teneva una sigaretta quasi finita.

Camminai verso di lui senza accorgermi che Austin restava al mio fianco.

Ash alzò lo sguardo da terra e scrutò l'immensa folla, e quando mi notò sorrise, anche se poco dopo la sua fronte si corrugò e il viso assunse una strana espressione.

Quando arrivai da lui, mi prese le mani e mi attirò a sé senza preoccuparsi degli sguardi della gente.

Quando si staccò sussurrò sulla mia bocca.

«Ehi, piccola.»

«Ehi» biascicai, ancora scossa da quel comportamento.

«Com'è andata?» mi chiese fissandomi negli occhi.

«Molto bene» gli risposi sorridendo e accarezzandogli una guancia.

Poi da dietro di me sentii un colpo di tosse e mi ricordai di Austin, così mi girai e lo presentai.

«Amore, lui è Austin. Austin, lui è Ash.»

Austin sorrise felice e strinse la mano ad Ash, arrossì anche un po', forse perché si sentiva di troppo.

«Piacere» dissero entrambi anche se in toni diversi; qualcosa in Ash non quadrava.

Austin mi guardò ancora una volta con sguardo timido.

«Allora ci si vede. Jo, Ash.» Con queste parole se ne andò.

«Andiamo?» chiese Ash

Io annuii, presi i fiori e salii sulla sua moto dietro di lui.

Mi strinsi a lui non appena partì sgommando.

Non avevo capito cosa lo avesse turbato, ma sapevo che chiederglielo avrebbe solo peggiorato le cose.

Arrivammo a casa e Ash entrò come se io non ci fossi.

Pensavo fosse felice del mio ingresso all'università, pensavo che avesse capito che era grazie a lui se stavo realizzando i miei sogni.

Invece sembrava totalmente indifferente, sembrava un'altra persona.

Lo afferrai per un braccio, e lo voltai verso di me.

«Che succede?» gli dissi.

Lui mi guardò finalmente negli occhi.

«Niente...» mi rispose girando la testa.

«Ash...» biascicai.

Non feci in tempo a finire la frase che mi ritrovai tra le sue braccia, petto contro petto, labbra contro labbra.

Fu un bacio così inaspettato che quasi gli caddi addosso.

Mi baciò a lungo senza lasciarmi respirare, sentivo tutto il corpo bruciare sotto il suo tocco.

Volevo sentire di più.

Iniziai a togliermi le scarpe e subito dopo la maglia di Ash finì per terra.

Posai le mani sui suoi addominali mordendomi un labbro.

Era così spettacolare.

«Ti amo...» dissi mentre gli baciavo il petto.

Lui mi alzò da terra e riunì le nostre labbra, che bramavano dalla voglia di avere di più.

Ash camminò fino in camera sua senza smettere di baciarmi, mi tolse la maglia e mi adagiò sul suo letto.

Presi un respiro profondo mentre mi raggiunse.

La sua pelle profumava di lui, mi ricordava tanto il mare.

Ash mi spostò il viso dalla sua spalla affinché i nostri occhi si incontrassero.

Sentii le sue mani slacciarmi i jeans e liberarmi da tutti gli indumenti rimasti.

I suoi occhi tornarono su di me e il suo sguardo mi spogliò completamente.

Il mio corpo fu scosso da tremiti e brividi, mi sembrava di essere in balìa del vento, delle onde, in balìa di lui che riusciva a placare le mie più impetuose tempeste solo con semplici carezze.

«Ho paura...» disse Ash. Si bloccò e mi guardò intensamente.

«Di che cosa?» gli chiesi mentre gli accarezzavo la schiena.

Pian piano lasciò il mio corpo vuoto e si stese al mio fianco, posando la testa sul mio petto e stringendomi a lui.

Sembrava un bambino spaventato.

«Di perderti, ho così tanta paura di perderti che non riesco a respirare...» confessò lui con voce tremante.

Il mio cuore si strinse.

Stava veramente piangendo?

Lo strinsi più forte e dissi: «Non posso lasciarti, Ash, sei l'unica cosa che mi tiene in vita, senza di te morirei.»

Lui alzò il viso e mi guardò per chiedere conferma di quello che avevo detto. Io annuii convinta e allora lui mi baciò.

«Ti amo così tanto, piccola.»

Mi rannicchiai contro il suo petto caldo.

«Ti amo» gli dissi sorridendo dal profondo del cuore.

Il tempo passò così in fretta che feci realmente fatica ad accorgermene.

Avevo appena dato il mio primo esame, dopo aver trascorso i primi due mesi di università a studiare e stare con Ash.

Avevo scoperto che Ash era geloso di Austin, ma io sapevo una cosa che lui non sapeva.

Austin era gay, e dopo aver visto Ash per la prima volta si era innamorato perdutamente di lui e non di me.

Io e Austin avevamo stuzzicato per un bel po' Ash, fino a quando a una festa Austin, ubriaco, aveva urlato al mondo che si sarebbe portato a letto Ash molto volentieri.

Da quel momento, Ash si era tranquillizzato per me, ma si era messo in allerta per sé stesso dichiarando più volte di essere etero e completamente innamorato di me.

Non mi sembrava vero, ma erano arrivate le vacanze di Natale, finalmente.

Con una piccola differenza, lui era con me.

Aprii gli occhi e mi ritrovai nella stanza ancora al buio, stretta tra le sue braccia.

Mi era appena venuta un'idea formidabile.
Scossi un braccio di Ash per svegliarlo.
Lui aprì gli occhi e mi guardò interrogativo.
«Jo, stai bene? Che ore sono?» chiese agitato.
Io risi e scossi la testa.
«Sto bene e non so che ore siano, ma mi è appena venuta una grande idea» dissi felice.
Lui alzò gli occhi al cielo e dopo essersi passato una mano tra i capelli neri mi guardò concentrato.
«Che ne dici se invitiamo tutti a Natale?»
I suoi occhi si spalancarono.
«Tutti chi?»
«Cam, Sasha, George, Alexis, i miei fratelli, mia mamma, anche tua mamma e la sua famiglia...»
Ash mi mise una mano sulla fronte e alzò gli occhi al cielo. «Eppure febbre non ne hai...»
Io risi e gli diedi un colpetto sul braccio. «Smettila di prendermi in giro, è una bella idea... ti prego, ti prego, ti prego...» dissi con gli occhi da cucciolo.
Mi abbassai e iniziai a baciargli il collo, ero sicura che così avrebbe ceduto.
Ash mugugnò e si lasciò sfuggire un gemito strozzato. «E va bene» mi sorrise e mi baciò dolcemente. «Però che ne dici se ci pensiamo domani e ora torniamo a nanna?»
Io annuii e mi strinsi a lui, chiusi gli occhi e sorrisi.
Sarebbe stato un Natale bellissimo, il nostro primo Natale insieme con tutta la nostra famiglia.
Ero proprio curiosa di scoprire cosa sarebbe successo.

51

«Sei ancora sicura di questo Natale tutti insieme? Non preferiresti un Natale solo noi due?» mi chiese Ash malizioso mentre cercava qualcosa nell'armadio.

«Non sono sicurissima, ma è il nostro primo Natale insieme e sarebbe bello passarlo con tutta la famiglia» gli risposi, mentre lo guardavo, seduta sul letto.

«Va bene, però prima mi devi un bel bagno caldo...» mi disse prendendomi per mano e trascinandomi nella stanza accanto.

Ash chiuse la porta e aprì l'acqua della vasca.

Io risi. «Sei serio?» gli chiesi sogghignando.

«Oh, sì, o questo o niente Natale tutti insieme» annunciò Ash mentre si sfilava i pantaloni della tuta.

«Farò questo grande sacrificio, allora» gli dissi mentre gli toglievo la maglia bianca che usava per dormire.

Lui sorrise e si abbassò per lasciarmi un bacio sulle labbra.

Poi si girò di schiena per versare il sapone nella vasca ormai piena.

Mentre lui era voltato io mi tolsi la canotta blu così da scoprire il seno.

Poi mi slegai la treccia lasciando cadere i capelli ormai solo biondi sulle spalle.

Infine mi tolsi il resto dei vestiti.

Quando Ash si girò e mi vide dallo specchio, sorrise.

Si avvicinò e spostò i miei capelli da un lato, poi si abbassò e lasciò dolci baci sulla mia spalla destra.

Le sue mani salirono lungo il mio braccio e quando mi morse dolcemente un punto sotto l'orecchio, lasciai andare la testa all'indietro.

Lo sentii ridere sulla mia pelle e poi mi stampò un ultimo bacio.

Nonostante fosse ormai una costante della mia vita, Ash mi faceva sempre un effetto strano.

Mi faceva sentire leggera e libera.

Con lui al mio fianco mi sembrava di poter volare, senza avere le ali.

Poi si allontanò e si spogliò del tutto, entrò nella vasca ormai piena e mi invitò a raggiungerlo.

Mi posizionai tra le braccia, con la schiena contro il suo petto.

Appoggiai la testa sulla sua spalla e rimanemmo in silenzio per qualche minuto.

«Vuoi chiamare tua madre per invitarla?» gli chiesi sussurrando sulla sua pelle.

Sapevo che, nonostante tutto, la questione Elizabeth era ancora un punto dolente per lui e la sua anima.

Era come se, ogni volta che sentiva il suo nome, il suo corpo si svegliasse pronto a difendere tutto il mondo.

«Sì, ci penso io» mi rispose.

Lo sentii deglutire e questo mi dimostrò che ancora doveva digerire tutta la faccenda.

Dopo il primo incontro con Elizabeth l'estate prima, io non l'avevo più vista. Al telefono mi era sembrata una donna pentita. Mi aveva voluto parlare per aiutarla a ristabilire un rapporto con i suoi figli, rivelandomi che per tutti e due ero importante e che sicuramente mi avrebbero ascoltato.

Ero rimasta sconcertata da questa sua rivelazione.

Avevo paura.

Dopo aver visto che cosa era successo nei mesi precedenti... Ero effettivamente indecisa, ma poi avevo sentito parlare Ash con Sasha, avevo solo sentito due parole, ma erano molto chiare.

Sasha voleva riallacciare i rapporti, aveva detto espressamente che non ce la faceva più a restare in quella situazione, e sistemare tutto una volta per tutte l'avrebbe fatta stare meglio.

Ash aveva accettato ponendo il bene della sorella davanti al suo, come sempre.

«Bene, se hai bisogno...» alzai il viso verso il suo e lo fissai negli occhi «io ci sono, sempre.»

Anche se non l'avessi voluto, il mio cuore mi avrebbe portato da lui, in ogni circostanza.

Lui annuì. «Lo so, piccola.»
Poi mi posò un bacio tra i capelli.
Appoggiai la testa al suo petto e iniziai a muovere le dita su e giù lungo il suo braccio. Restammo così finché Ash non decise di massaggiarmi i piedi, quindi mi fece girare e appoggiai la schiena sulla parte opposta della vasca. Poi mi prese un piede e iniziò a farmi un massaggio rilassante.
Dopo alcuni minuti di assoluto relax dissi: «Dài, va bene così, hai molte cose da fare, non voglio essere uno spreco di tempo...» e intanto sogghignavo per il solletico sotto i piedi.
Ash si bloccò, mi guardò negli occhi e con le mani iniziò a salire sulle mie gambe nude allargandole sott'acqua, e quando arrivò all'altezza della vita, posò le mani sui miei fianchi e mi attirò a sé, finché non fui a un millimetro dalla sua bocca.
«Quando si tratta di te, non è mai uno spreco di tempo...» sussurrò sulle mie labbra con voce roca.
Io inspirai profondamente e poi unii la mia bocca alla sua.
Le sue braccia mi accolsero nell'unico posto che chiamavo casa.
Gli portai le mani tra i capelli aggrappandomi al suo collo.
Fece scontrare i nostri petti e a me sfuggì un gemito di piacere.
Quando si staccò, ero senza fiato.
«Ti amo...» mi disse.
«Lo so...» gli risposi sorridendo.
Ash posò le mani sulle mie spalle e le fece salire e scendere per alcuni secondi regalandomi un altro massaggio rilassante.
«Ora devo proprio andare. Mi aspettano in officina» mi disse.
Io annuii e dopo averlo baciato uscii dalla vasca sentendomi il suo sguardo addosso. Non feci in tempo ad avvolgermi con un asciugamano che Ash mi abbracciò da dietro e mi strinse a sé.
«Ripensandoci cinque minuti in più non faranno male a nessuno...» mi sussurrò all'orecchio.
Io sussultai e risi per il solletico.
Ash alzò lo sguardo e i nostri occhi si incontrarono nello specchio.
«Ti fanno ridere i miei momenti romantici, eh?» disse malizioso.
Io continuai a ridere e Ash mi imitò, poi mi avvolse in un asciugamano e fece la stessa cosa per sé. Entrambi andammo in camera per vestirci.
Ash si mise dei jeans scuri e strappati, una t-shirt nera e sopra la giacca.

Ormai era dicembre, fuori faceva freddo.

Io indossai un maglione bianco e dei jeans chiari.

Andai in salotto e presi il telefono pronta a chiamare tutti i nostri possibili ospiti.

Ash arrivò dietro di me, mi lasciò un bacio sulla fronte e poi uscì di casa.

Composi il numero di mia madre e mi preparai una cioccolata calda.

«Pronto?» rispose lei dall'altro capo del telefono.

«Ciao mamma.» Intanto sorseggiai un po' di cioccolata in attesa della risposta.

«Ciao tesoro, come stai?» mi chiese felice.

Ero quasi sicura che fosse in cucina a preparare non so quale piatto delizioso, come al solito.

«Io molto bene, mamma. Avrei una proposta da farti...» le dissi.

Ormai l'idea del Natale tutti insieme stava prendendo vita nella mia testa, ed ero molto agitata al riguardo.

Insomma, se tutti avessero accettato saremmo stati un bel po'.

«Dimmi, piccola» mi rispose lei.

«Tra una settimana è Natale e io e Ash saremmo felici di invitarti a passarlo qua a Chicago tutti insieme, con Cam, Sasha... Ora chiamo anche Gavin, Travis e tutti gli altri. Che ne pensi?»

«Saremo tantissimi!» esclamò entusiasta.

E non le avevo ancora detto i nomi di tutti gli invitati.

«Sì» ammisi sorridendo.

«Certo che accetto, io e Jonathan verremo di sicuro...» disse.

Io sorrisi felice. «Grazie mille mamma, ci vediamo tra una settimana. Siete a posto con le macchine?» le chiesi.

«A posto» mi rispose. «Ciao tesoro.»

«Ciao mamma.»

Posai il telefono al mio fianco e finii la cioccolata.

Ero molto felice di avere mia mamma a casa a Natale; era importante per me passarlo con lei, come ogni anno.

Come avevano fatto Sasha e Ash a vivere tutta la vita da soli?

Senza una madre che a Natale dava loro i regali desiderati? O che dava loro i biscotti di Natale? O il bacio della buonanotte?

Ancora non riuscivo a capacitarmi della forza con cui sia Ash che Sasha avevano affrontato tutto.

Posai la tazza nel lavandino e decisi di chiamare Sebastian.

«Sebastian!» urlai al telefono, troppo felice di sentirlo.

«Ehi, Jo, come stai sorellina?» mi chiese, lo sentivo dalla voce che era felice.

«Io benissimo, e tu?» gli chiesi impaziente di sapere come se la stava cavando.

«Mmh, molto bene.» Si bloccò e in sottofondo mi parve di sentire una voce femminile, poco dopo Sebastian tossì. «Hai bisogno qualcosa?»

C'era qualcosa di strano nella sua voce. Da una parte sembrava che una parte volesse parlarmi, mentre l'altra avesse fretta di chiudere la telefonata.

«No, volevo solo chiederti se a Natale riuscivi a venire a Chicago per passarlo insieme al resto della famiglia, ho già invitato mamma e ci sarà pure Cam...»

«Mmh, sì.»

Poi sentii un mugolio e mi fu tutto chiaro.

«Sebastian, chi c'è lì con te?» gli chiesi.

«Mmm, Alice, è la mia ragazza» rivelò imbarazzato.

«Porta anche lei, sono sicura che la mamma sarà felice di conoscerla» dissi ridendo.

«Sei seria?» mi chiese lui.

«Oh, sì, oppure dirò alla mamma che hai avuto il coraggio di rispondere alla tua piccola sorellina mentre facevi cose zozze» gli dissi ridendo.

«E va bene, ora vado, ci vediamo tra una settimana!» mi salutò e attaccò.

L'avevo nettamente incastrato!

Mi veniva da ridere solo immaginandomi la scena dell'incontro tra mia mamma e questa povera Alice.

Presi un foglio e iniziai a segnare gli invitati...

Per ora eravamo sei, ma avrei dovuto farmi prestare delle sedie.

Presi di nuovo il cellulare e chiamai Gavin che fortunatamente era con Travis e anche loro accettarono volentieri.

Mi mancava solo Beau e a lui mandai un messaggio non volendolo disturbare. L'ultima volta che ci eravamo parlati mi aveva detto che studiava, ma lavorava anche come barman tutta la notte e quindi di mattina dormiva fino a mezzogiorno.

Posai il telefono al suo posto e, notando che era quasi ora di pranzo, mi misi ai fornelli.

Ash sarebbe tornato verso l'una per la sua pausa pranzo, essendo mezzogiorno avrei avuto ancora un po' di tempo. Misi un po' di musica e sfogliai un libro di cucina che avevo trovato qualche mese prima in salotto, nascosto sotto delle cianfrusaglie. Volevo trovare una ricetta semplice e calda.

Ash stava facendo tanto negli ultimi mesi, da quando eravamo tornati aveva iniziato a lavorare a più non posso.

Lavorava pure il sabato e la domenica, e io lo avevo aiutato con il mio lavoretto part time, ma l'università mi portava via un sacco di tempo.

Eppure lui non aveva ceduto, aveva continuato a lavorare, forse solo per dimostrare a sé stesso che poteva essere più di quello che pensava di sé.

Fatto sta che gli ero grata. E avevo cercato di ricambiare in tutti i modi possibili.

Magari trovare un piatto caldo con meno cinque gradi fuori gli avrebbe fatto piacere.

Speravo solo di non fare un disastro, così tentai di fare della semplice pasta al sugo; non era tanto, ma per me, che con la cucina non andavo d'accordo, era già molto.

Sentii la porta sbattere quarantacinque minuti dopo, mentre stavo mettendo la pasta pronta in tavolo.

«Piccola?»

«Sono in cucina» dissi mentre portavo la pentola nel lavandino.

«Aspetta, cosa? In cucina?» chiese Ash affacciandosi dal corridoio.

Si appoggiò allo stipite della porta e mi guardò sorpreso.

«Non pensavo che vederti con addosso un grembiule da cucina potesse essere così eccitante...» disse sorridendo malizioso.

Io non capii e guardai verso il basso.

Portavo dei calzini corti e dei pantaloni aderenti neri, il maglione bianco era finito su una sedia dato che mi era venuto caldo a cucinare, così indossavo solo una canotta e un grembiule da cucina.

Continuavo a non capire.

«Non capisco» dissi mentre posavo il mestolo nel lavandino.

«Ti sto solo immaginando con il grembiule addosso» si bloccò e poi mi guardò fisso negli occhi. «Con solo quello addosso...»

Diventai paonazza, lo sentivo dal calore delle mie guance.

«Scemo» gli risposi, mentre lui rideva e si sedeva al suo posto.

Mi sedetti di fronte a lui e iniziammo a mangiare.

Gli chiesi come era andata la mattinata in officina e lui mi raccontò tutto nei minimi dettagli.

«Ottima pasta!» mi disse dopo averne presa dell'altra.

«Serio?» gli chiesi sorpresa.

«Mmh, sì, potresti avere un futuro» mi disse ridendo.

«Sì, come no!» gli risposi.

Mi alzai e misi a lavare le cose sporche.

Poco dopo due braccia mi strinsero i fianchi e Ash si piazzò dietro di me.

«Posso chiederti una cosa?» Il tono della sua voce era decisamente cambiato, da giocoso e divertente era diventato serio.

Io annuii mentre mi giravo verso di lui.

«Potresti stare come me mentre la chiamo?»

Sapevo chi, non aveva bisogno di specificare. Era una cosa difficile per lui, lo potevo capire, ma il fatto che avesse accettato di invitarla era già un passo molto importante.

Mi prese per mano e io lo seguii in camera. Mi sedetti sul letto e Ash mi raggiunse dopo aver preso il telefono. Si mise al mio fianco, ma prima di comporre il numero, mi sollevò e mi fece sedere sulle sue gambe, poi digitò e si portò il telefono all'orecchio.

«Sì, sono io» disse e in quel momento mi strinse forte la mano.

Io gli accarezzai una guancia ruvida a causa della barba per calmarlo.

«Volevo invitare te, William, Jaime e Chris qui a Chicago per Natale.»

Sapevo che gli costava molto. Non era tanto la telefonata, ma se lei avesse accettato prima o poi sarebbe arrivata con la sua nuova vita al seguito. E questo spaventava pure me.

«Grazie, ci farebbe piacere» disse, la sua voce era fredda.

«Alla prossima settimana...»

Poi Ash si bloccò e la sua mano strinse ancora di più la mia.

Restai in silenzio assoluto e sentii le parole di Elizabeth dall'altro lato della cornetta.

«Ti voglio bene.»

Tre semplici parole per una madre, ma non per lei, non per Ash.

Infatti lui non rispose e chiuse la telefonata.

Restai ferma e zitta lasciandogli il tempo di elaborare la cosa.

«Riuscirò mai a perdonarla?» mi chiese poco dopo, guardandomi negli occhi.

Io annuii, sapevo che era così.
Ash mi trascinò con sé sul letto e mi abbracciò da dietro.
«Possiamo stare qui un po'?» mi domandò.
«Certo» gli risposi.
Mi strinsi a lui pensando a quale grande occasione stava andando incontro, tutto in meno di una settimana, e io ero veramente felice di poter essere al suo fianco.
Non volevo niente di più.

52

Il campanello suonò e io corsi alla porta.

Mi stavo preparando per uscire e per colpa di Ash ero in ritardo, mi tirai su i jeans appena prima di girare la maniglia e far entrare Sasha e Alexis.

«Ehi, ragazze!» Le abbracciai entrambe e loro mi seguirono in camera mentre finivo di prepararmi.

«Allora, come va, piccola Jo?» mi chiesero restando sulla porta della stanza.

Chiusi l'anta dell'armadio e le guardai sorridente.

«Benissimo, perché?»

Entrambe posarono lo sguardo su di me, poi lo spostarono sulla camera. Alcuni vestiti erano sparsi per terra e io mi affrettai a raccoglierli per metterli nel cesto dei panni da lavare.

Prima di conoscere Ash ero molto ordinata, ma il suo disordine aveva contagiato anche me.

«Vestiti per terra, letto disfatto, sorriso da ebete.» Alexis si bloccò, controllò l'ora e poi mi guardò di nuovo «e sono le tre di pomeriggio... Qualcosa mi dice che la piccola Jo ha appena finito di darsi da fare.»

Alexis sogghignò e io arrossii. Presi un maglione dall'armadio, poi diedi una sistemata e le risposi.

«Non è vero...»

In quel momento Ash uscì dal bagno con un asciugamano in vita, a petto nudo e coi capelli neri gocciolanti, e disse: «È vero.» Poi si avvicinò e mi strinse a lui lasciandomi un bacio sul naso. «Ed è stato assolutamente fantastico!»

Io mi nascosi dietro di lui per l'imbarazzo, mentre sentii sia Sasha che Alexis uscire dalla stanza per lasciarci la nostra privacy.

«Arrossisci troppo!» mi disse stringendomi di più a sé.

Mi lasciai abbracciare, poi mi scostai e presi la mia borsa.

«Esco con le ragazze, ci vediamo stasera, buon lavoro» gli dissi baciandolo e mi diressi verso la porta, ma prima di uscire mi voltai e lo vidi mentre con le braccia incrociate mi guardava sorridente.

«Ti amo» gli dissi.

«Io di più...» mi rispose.

Poi io uscii dalla camera chiudendomi la porta alle spalle.

Raggiunsi le ragazze e indossammo i cappotti.

Appena fuori di casa, Sasha mi guardò e disse: «Ti chiederei i dettagli, ma è mio fratello e non sono sicura di volerli sapere!»

Salimmo sulla sua macchina e andammo in centro. Dovevamo fare i primi acquisti natalizi e intanto avrei chiesto a entrambe se volevano unirsi a noi per Natale.

Quando arrivammo in centro ci perdemmo a camminare per le vie piene di negozi.

C'erano neve e decorazioni natalizie dappertutto.

Guardai alcune vetrine, mentre Alexis e Sasha parlavano del loro capo che voleva farle lavorare anche il giorno prima di Capodanno.

«Jo!» Sasha mi scrollò il braccio per attirare la mia attenzione.

Mi girai e le guardai. «Sì?»

«Ci stai ascoltando?»

Scossi la testa. «Scusate è che stavo... mmm... guardando quella vetrina» ne indicai una a caso.

In realtà non ero molto interessata né alle vetrine né alla storia del loro capo, ma nella mia testa stavo escogitando qualcosa per il regalo per Ash.

Non potevo di certo fargli un regalo banale. Insomma, probabilmente si aspettava qualcosa di speciale e io non ne avevo la minima idea.

E se non gli fosse piaciuto?

Scossi la testa e guardai le ragazze.

«Tu intendi la vetrina del negozio di giardinaggio?» mi chiese Sasha sconvolta.

Io mi girai a vedere la vetrina che avevo indicato. Ops.

«Mmh, sì...» dissi senza trovare una spiegazione.

Alexis e Sasha risero e poi entrarono in un negozio di vestiti.

Io le bloccai.
«Entro un attimo nel negozio qui accanto, okay?»
Loro annuirono.
«Ci trovi qua...» mi dissero.
Sorrisi ed entrai nel negozio a fianco, non avevo neanche guardato quale fosse, ma avevo bisogno di liberare la mente per ragionare.
Senza neanche farlo apposta era un negozio di arte.
Camminai tra gli scaffali, tra i colori, i cavalletti, i pennelli, l'odore di tempere.
Respirai a pieni polmoni, amavo i posti così.
Arrivai in fondo a una parete e mi trovai davanti a una tela molto grande.
La accarezzai e mi venne un'idea.
«Mi scusi?» Mi allontanai un secondo per chiedere al commesso se poteva aiutarmi a tirare giù la tela, che a occhio sembrava una 100x94.
Arrivai alla cassa e trovai un ragazzo. Era chino sul bancone e muoveva freneticamente la mano destra su un foglio, mentre la sinistra finiva ripetutamente tra i capelli castani scuri.
Sembrava agitato, quasi rapito da qualunque cosa stesse facendo.
Probabilmente non mi aveva sentito arrivare.
«Scusami?» Decisi di dargli del tu, in fondo mi sembrava giovane, e infatti quando finalmente alzò lo sguardo, capii che doveva avere più o meno la mia età.
I suoi occhi si fissarono su di me, come se fossi la prima persona che vedesse da tempo.
«Posso chiederti un favore?» gli chiesi gentilmente, sorridendo.
Lui posò la matita, si alzò dal bancone e mi venne incontro, facendomi un sorriso.
«Certo, scusami, ma qui non entra molta gente.»
Annuii e gli feci strada verso la tela.
«Dipingi?» mi chiese mentre la tirava giù.
«Sì» gli risposi.
Scese i due gradini della scala su cui era salito e mi passò la tela.
Solo tenerla in mano mi faceva venire i brividi.
Sperai soltanto di riuscire a fare quello che avevo in mente.
«Grazie.»
Lui sorrise scuotendo la testa e tornammo alla cassa, pagai e prima di andarmene il ragazzo mi tese la mano e si presentò.

«Sono River, comunque.»

«Jo, piacere» mi sorrise e poi mi lasciò andare.

Uscii dal negozio felice.

Ero quasi sicura che River stesse disegnando. Non so perché ma mi sentivo attratta dallo scoprire qualcosa in più su di lui e sulla sua arte. Sembrava così preso e fuori dal mondo, mentre muoveva la matita. Sembrava me quando dipingevo.

Entrai nel negozio di vestiti, con la tela tra le mani che mi copriva quasi tutta la visuale. Attirai molti sguardi, diciamo che entrare in un negozio di moda con una tela gigante non era una cosa che si vedeva tutti i giorni.

Cercai di trovare Sasha e Alexis, e quando le scorsi si stavano provando dei maglioni.

«Eccomi» sorrisi e loro si girarono.

«Bene, ora dicci: quale ci sta meglio?» chiesero insieme.

E da quel momento iniziarono a farmi domande su che colore si abbinasse alla loro carnagione, o ai loro occhi e ancora ai loro capelli.

Non ero un'esperta, ma riuscii a dar loro qualche consiglio che apprezzarono.

Quando finalmente uscimmo, io con la tela sotto braccio, e loro con cinque buste a testa, decidemmo di sederci al bar per prendere qualcosa di caldo.

Ordinammo tutte e tre della cioccolata con la panna e iniziammo a chiacchierare.

«Siete impegnate per Natale? Io e Ash volevamo passarlo con tutti quanti. Avete voglia di aggiungervi?»

Loro si guardarono e senza pensarci due volte annuirono entusiaste.

«Ma certo!» esclamarono contente.

«Alexis, se vuoi può venire anche George» le dissi.

«Certo, sono sicura che sarà contento.»

«Bene, allora siamo a posto!»

Ero felice che avessero accettato, avrei avuto il Natale che tanto desideravo.

Dopo un'altra oretta tra i negozi, mi riaccompagnarono a casa.

«Grazie, ci sentiamo...» dissi.

«Ovvio, ciao piccola Jo!» mi salutarono e sfrecciarono via in macchina.

Entrai e mi chiusi la porta alle spalle.

Anche se sembrava impossibile, fare shopping era stancante, ecco perché non mi era mai piaciuto più di tanto.

Mi buttai sul divano e guardai l'ora.

Erano quasi le sei e mezzo.

Mi alzai in fretta e decisi di portare la tela nella stanza chiusa a chiave che Ash usava come ripostiglio. La lasciai appoggiata al muro e richiusi la porta. Ero soddisfatta, ma per iniziare il mio progetto dovevo avere delle foto.

Corsi in camera, accesi il portatile di Ash e presi il mio cellulare. Cercai tutte le nostre foto più belle. A Las Vegas, a St Louis, al Busch Stadium, al Navy Pier, qui a Chicago.

Dopo averle selezionate, le stampai velocemente e le nascosi. Doveva essere una sorpresa. Ero sicura che sarebbe venuto benissimo.

In quel momento entrò Ash in camera e saltò sul letto.

«Che fai amore?» mi chiese.

Sembrava molto stanco, ma anche felice di vedermi.

«Ni... niente...» spostai il portatile e mi avvicinai a lui, lo baciai stringendolo a me.

Per me lui era come l'aria, senza di lui mi sentivo morta, e ogni volta che lo rivedevo prendevo vita. Era una sensazione meravigliosa.

Quando mi staccai, Ash era senza fiato.

«Che è successo?!» mi chiese sconvolto, ma sorridente.

«Niente, mi sei mancato...»

«Allora devo andare via più spesso se poi quando ritorno mi accogli così!»

Gli diedi una spinta e lo baciai di nuovo.

«Scemo...» biascicai sulle sue labbra.

Ash strinse la presa sui miei fianchi e mi attirò ancora di più a sé.

«Ti amo» disse con voce roca.

«Ti amo anch'io...» Mi lasciò giusto il tempo di finire la frase, prima di intrappolare le mie labbra con le sue, in un vortice infinito.

Nei giorni seguenti, Ash lavorò quasi sempre e io approfittai della sua assenza per concentrarmi sul suo regalo.

Ero sempre in ansia che scoprisse tutto, ma fortunatamente non accadde. A volte ci mancò un soffio, ero diventata molto brava a evitare di essere beccata.

«Che ne dici di questa?» mi chiese Ash.

Girai lo sguardo verso di lui e scossi la testa.

Era la vigilia di Natale e appena svegli avevamo deciso di andare al supermercato per prendere gli ingredienti per la cena.

Ash posò la torta confezionata e ne scelse un'altra.

«No! Non voglio prendere una torta già fatta!»

«Ti ricordo che tu non sei un asso in cucina e io i dolci non li so fare...» mi spiegò.

Era da due ore che eravamo lì dentro, e continuavamo a litigare su cosa prendere.

«Preparerò io la mince pie, quindi ho bisogno di uva passa, nocciole, ribes, canditi, cannella e burro!»

Piantai Ash nella corsia dei cibi pronti per andare a cercare del burro.

Mi sporsi verso il banco frigo e ne presi tre panetti.

In quel momento due braccia mi strinsero da dietro e il respiro caldo di Ash sul collo mi fece venire i brividi.

«Perdonami...» mi sussurrò.

Ero così presa a organizzare questo Natale tutti insieme, che mi ero lasciata sopraffare dalla rabbia; ero molto stressata e, se lo ero io, Ash avrebbe dovuto esserlo il doppio, dato che l'indomani avrebbe visto sua mamma con la sua nuova famiglia per la prima volta.

Mi girai tra le sue braccia e, dopo aver posato il burro nel carrello al mio fianco, mi alzai in punta di piedi e lo baciai.

«Scusami» gli dissi dispiaciuta.

Lui annuì e mi sorrise.

Un sorriso che mi fece sciogliere.

Come era possibile che avesse ancora quest'effetto su di me?

Finii di prendere gli altri ingredienti per la torta con Ash al mio fianco, poi prendemmo il tacchino da fare al forno, un sacco di patate per il purè, delle verdure e la salsa di mirtilli.

Ci mettemmo in coda e mentre aspettavamo appoggiai il mento sulla spalla di Ash.

Mi guardai intorno e per un attimo mi sembrò che il tempo si fosse fermato.

Ripensai a quello che avevo vissuto con lui.

Era così strano.

Prima di lui la mia vita era così monotona.

Lui mi aveva salvata dalla mia distruzione.

Ci aveva visto chiaramente su di me, aveva capito da subito che non ero fatta per essere noiosa e che avevo bisogno di energia e vivacità.

«Amore?»

La sua voce mi arrivò da lontano e mi risvegliò dai miei pensieri.

Sorrisi per tranquillizzarlo e pagammo uscendo finalmente da quel posto.

Tornammo a casa e Ash andò in cucina per sistemare la spesa.

Io andai in sala e accesi l'albero di Natale, mi sedetti sul divano e lo osservai.

Per un attimo pensai di essere tornata alla vigilia dell'anno precedente, quando mi sembrava di esser morta senza di lui.

Il mio cuore si fermò solo al pensiero.

Ash comparve al mio fianco, mi strinse la mano e poi mi attirò a sé.

«Sono qui, non ti lascio...» disse mentre mi stampava un bacio tra i capelli.

Io chiusi gli occhi e inspirai il suo profumo.

«Lo so...» sussurrai.

Restammo lì fermi fino a quando Ash non si alzò per preparare da mangiare.

Dopo pranzo, sistemai la vecchia stanza di Sasha per far dormire Elizabeth e il suo compagno William.

Avevamo deciso che per Jaime e Chris avrei preparato il divano letto, mentre mia mamma, Jonathan e Beau avrebbero dormito da Cam e Sasha.

Sebastian, Gavin e Travis avevano prenotato una stanza in un albergo vicino per passare la notte, così sarebbero potuti partire tranquillamente la mattina del 26.

Ormai era tutto pronto.

Ash mi cucinò una cenetta romantica e poi passammo il resto della nostra prima vigilia di Natale insieme sotto le coperte abbracciati, mentre mi raccontava alcuni momenti esilaranti della sua infanzia.

La sua voce mi tranquillizzò così tanto che finii per addormentarmi tra le sue braccia.

Lui era l'unico che era riuscito a calmarmi, l'unico che ci sarebbe mai riuscito.

L'unico rimedio per il mio cuore.

53

Mi svegliai presto, forse per l'agitazione.

Nonostante avessi molte cose da fare e ne ero consapevole, mi appoggiai di nuovo al cuscino e chiusi per un istante gli occhi.

Era tutto vero.

A volte avevo paura di svegliarmi e accorgermi che fosse solo un sogno, ma invece era sempre tutto reale.

Questa era la mia vita, quella che avevo sempre desiderato, una vita al fianco di una persona che mi amasse e niente di più.

Mi alzai evitando di fare rumore e sgattaiolai fuori dalla stanza da letto.

La mattina di Natale era l'unica di tutto l'anno che mi regalava ancora quelle sensazioni che si provano da bambini, quando ti svegli e non vedi l'ora di aprire i regali. Accesi l'albero in salotto e il resto delle decorazioni, non era Natale senza.

Andai in cucina e mi scaldai una tazza di caffellatte. Aprii le finestre e feci entrare un po' di luce. Quando finii, tornai in corridoio ed entrai nella stanza chiusa a chiave. Osservai il mio capolavoro e, nonostante la stanza fosse buia, vedevo bene quello che avevo realizzato, forse perché l'avevo così impresso nella mente e nel cuore che non avevo bisogno di osservarlo ancora. Uscii soddisfatta e iniziai a spostare i divani. Avevamo deciso che avremmo cenato lì, ed essendo quasi una quindicina di persone avrei dovuto unire il tavolo della cucina con quello che avevo trovato nel ripostiglio.

Così iniziai a spostare il tutto cercando di non fare troppo rumore.

Quando fui soddisfatta e notai che erano quasi le nove, preparai ad Ash la colazione, la misi su un vassoio e tornai in camera.

Ash dormiva a pancia in giù con la testa sul mio cuscino, aveva la schiena nuda e le lenzuola erano attorcigliate tra le gambe. Il suo viso sembrava così rilassato.

Posai il vassoio sulla scrivania e mi avvicinai, mi stesi al suo fianco e lo osservai.

Era bello da togliere il fiato, e amava me.

La mia mano destra si alzò lentamente e si posò sulla sua guancia come se non appartenesse al mio corpo e potesse decidere da sola cosa fare. In quel momento Ash aprì gli occhi e le sue iridi di ghiaccio si bloccarono nelle mie.

«Buon Natale» sussurrai sorridendo.

Ash mi sorrise e mi attirò a sé stringendomi in un abbraccio.

Chiusi gli occhi e mi beai del suo profumo e della sua pelle calda contro la mia.

Sapevo che non avrei potuto vivere senza di lui, e in quel preciso istante, mentre la sua mano mi accarezzava i capelli e il suo respiro batteva caldo sulla mia pelle, capii che mai avrei amato altri occhi, altre labbra, altri sorrisi che non fossero stati suoi.

«Ti ho portato la colazione» dissi dopo aver lasciato un bacio sulla sua spalla.

Lui annuì e si mise a sedere, ma sempre tenendomi stretta a lui.

«Se mi lasci andare, ti passo il vassoio» gli dissi sogghignando.

«Non sono così sicuro di volerlo» disse Ash affondando il viso tra il mio collo e i miei capelli.

Io risi a causa del solletico provocato dalla leggera barba che incorniciava il suo viso.

«Esagerato...» risi ancora di più.

Finimmo senza fiato tra i baci e le risate.

Riuscii finalmente a sgusciare fuori dalle sue braccia e gli posizionai il vassoio sulle ginocchia, sotto il suo sguardo vigile.

Uscii dalla stanza ancheggiando un po' per provocarlo.

«Ero sicuro che avrei dovuto tenerti qui con me!» urlò lui dalla camera.

Io sorrisi e mi diressi in cucina per iniziare a organizzare quello che dovevo preparare per il pranzo.

Non tutti quelli che avevo invitato sarebbero venuti per pranzo, solo Sasha, Cam, Alexis, George e Sebastian.

Decisi di preparare un gâteau di patate e pesce, che misi in forno aspettando che fosse pronto.

Poi andai in camera e trovai Ash in bagno che si lavava i denti, io mi spogliai velocemente ed entrai nella doccia.

Aprii l'acqua e aspettai in un angolino che diventasse più calda.

«Fatti la barba!» dissi ad Ash che rispose con uno strano verso.

Così, mentre lui si faceva la barba, io mi lavai e quando ebbi finito Ash mi passò un accappatoio.

Uscii e mi avvicinai a lui.

«Potresti andare a vedere se il gâteau è pronto?»

Lui si girò, mi attirò a sé e unì la sua bocca con la mia, baciandomi appassionatamente.

Poi mi lasciò e uscì dal bagno.

Mi asciugai i capelli e mi vestii.

Indossai una camicia rossa e un paio di jeans comodi, in fondo sarebbe stata una giornata in famiglia.

Mi truccai con un velo di ombretto dorato e del mascara.

Mi passai del gloss rosso sulle labbra e mi ravvivai i capelli, poi uscii.

Ash si stava allacciando gli ultimi bottoni di una camicia a quadri rossa e blu.

Mi avvicinai e lo abbracciai da dietro.

«Ehi...» mi disse.

Si girò e mi sorrise non appena i suoi occhi incontrarono i miei.

«Sei bellissima» sussurrò prima di baciarmi.

Quando si staccò sorrisi e lo trascinai fuori dalla stanza, andammo in salone e, mentre io accendevo la televisione che trasmetteva un film di Natale, Ash sistemò le ultime sedie.

Apparecchiammo la tavola e poco dopo, mentre stavo sistemando gli ultimi piatti, il campanello suonò.

Saltai per la sorpresa e mi affrettai ad aprire.

Ero così emozionata.

Spalancai la porta, mentre Ash arrivava ridendo per il mio comportamento esuberante.

«Buon Natale!» urlarono Sasha e Alexis in coro.

Io mi fiondai tra le loro braccia e le strinsi forte.

«Buon Natale, ragazze!» Le feci entrare tutta felice, mentre Ash salutava Cam e George.

Il cuore mi batteva all'impazzata e, mentre Ash abbracciò sua sorella, io mi buttai tra le braccia di Cam.

«Buon Natale, Cam!» sorrisi.

«Buon Natale, piccola Jo...» mi rispose lui baciandomi tra i capelli.

Lo strinsi a me, non avrei mai potuto ringraziarlo per tutto quello che aveva fatto per me.

Quando ci staccammo, vidi Ash salutare con un abbraccio anche George.

Li accompagnai in salone e ci sedemmo sui divani.

«Come state, ragazzi?» chiese Ash.

«Bene!» dissero insieme.

In quel momento suonò il campanello e io mi alzai già sapendo chi era appena arrivato.

Aprii la porta e mio fratello Sebastian mi strinse in un abbraccio.

«Sebastian!» Lo abbracciai forte, mi era mancato tantissimo.

Lui mi sollevò da terra di qualche centimetro e io risi, quando mi rimise giù notai dietro di lui una ragazza più o meno della mia altezza. Aveva i capelli castani ramati raccolti in una treccia laterale, indossava un cappotto rosso e si stringeva nella sciarpa per il freddo.

Tirai per un braccio Sebastian così da non farli rimanere al freddo sulla soglia e chiusi la porta.

La ragazza si attaccò al braccio di Sebastian, come se stesse cercando riparo.

Lui si abbassò alla sua altezza e le lasciò un bacio sulla guancia, poi le sussurrò qualcosa all'orecchio.

In quel momento il viso della ragazza si illuminò e finalmente alzò lo sguardo verso di me.

I suoi occhi nocciola incontrarono i miei e io non potei fare a meno di sorridere.

Era più grande di me, probabilmente dell'età di Sebastian, ma era così timida che sembrava molto più piccola.

Mi ricordava tanto me, le prime volte con Ash.

Allungai una mano verso di lei e mi presentai.

«Ciao, sono Jo, la sorella di Sebastian.»

Lei mi sorrise e mi strinse la mano.

«Io sono Alice, piacere.»

«Posate pure tutto lì.»

Gli indicai l'attaccapanni e loro posarono lì i cappotti, poi mi seguirono in salotto dove avevo lasciato gli altri.

Non appena Cam vide Sebastian si alzò e come al loro solito si salutarono da uomini, lasciando Alice da sola al mio fianco.

Io mi avvicinai a lei e dissi: «Devi farci l'abitudine.» Poi risi.

Mi sorpresi quando lei mi imitò con una leggera risata. Speravo solo di farla sentire più a suo agio.

Quando i miei due fratelli si staccarono, vidi Ash alzarsi e venire verso di me, Cam tornò da Sasha abbracciandola e Alice si riavvicinò a Sebastian. Quando Ash fu vicino a me tese la mano verso Sebastian.

Era la prima volta che si incontravano.

«Piacere, sono Ash» disse posando una mano sul mio fianco.

Sebastian mi guardò e sperai solo che avesse dimenticato quello che avevo passato e che non lo associasse ancora ad Ash.

Io gli sorrisi e Sebastian allungò la mano verso Ash.

«Piacere, Sebastian» rispose mio fratello.

Sorrise.

E il mio cuore si alleggerì.

Dopo le presentazioni si accomodarono tutti sui divani.

Alexis si presentò ad Alice e le rivolse le stesse attenzioni che aveva riservato a me le prime volte, quelle cose che anche se piccole ti fanno sentire accettata.

Iniziammo a parlare di quanto ci mancavano le serate passate insieme al Cobain, e promettemmo di rifarci a Capodanno.

Andai a controllare se fosse tutto pronto per il pranzo e portai il gâteau sul tavolo.

Pranzammo, raccontandoci delle nostre nuove vite, di cosa era cambiato.

Sembrava passata un'eternità da quando li avevo conosciuti la prima volta.

Quando arrivarono le due e finalmente finimmo il dolce, i ragazzi si sedettero sul divano e come bambini giocarono con la Xbox di Ash.

Io, Sasha, Alexis e Alice andammo in cucina.

Da quello che avevo capito, il tacchino avrebbe dovuto cuocere almeno due ore e mezza, e in più dovevo farcirlo e lasciarlo riposare.

«Ragazze, so che non sarà piacevole, ma dovete aiutarmi a cucinare il tacchino!» dissi tirandolo fuori dal frigo, e risi.

Alexis quando lo vide fece un salto all'indietro, Sasha rise.

«Mai visto un tacchino, Alex?» le chiese Sasha.

«Sì, ma di solito è già cotto e pronto per essere mangiato. Insomma, fa sempre tutto mia mamma per le feste» disse lei sogghignando.

Io risi e notai che anche Alice ormai rideva come se ci conoscesse da una vita, e in effetti sapevo come ci si sentiva a stare in compagnia di quelle due.

L'avevo provato sulla mia pelle.

Ridemmo ancora mentre Alexis ci raccontava la sua brutta esperienza con il tacchino del Natale precedente.

Poi fortunatamente sia Sasha che Alice si dichiararono abbastanza capaci e mi insegnarono.

Praticamente io preparai il ripieno e loro si occuparono del resto.

Lo farcimmo insieme e finalmente alle tre e mezza era pronto per riposare.

Poi preparai la mince pie.

Decisi di fare tante piccole tortine per ogni persona.

Feci la pasta frolla con l'aiuto delle ragazze e la lasciai riposare.

Fortunatamente avevamo indossato i grembiuli perché se no ci saremmo sporcate tutte di farina.

«Possiamo sempre andare a un corso di cucina come buon proposito per il prossimo anno...» suggerì Sasha.

Io annuii e risi.

Lasciai le ragazze a parlare tra loro con un bicchiere di vino rosso in mano e andai a vedere come se la stavano passando i ragazzi in salotto.

Quello che trovai mi sorprese.

Erano tutti e quattro intenti a giocare e sembravano amici di lunga data. Quando fecero una pausa per bere un sorso di birra, mi avvicinai e mi sedetti sulle gambe di Ash che, anche se sorpreso, mi accolse.

«Ed ecco il mio premio per aver appena vinto!» disse ad alta voce ridendo.

Poi mi strinse a sé e mi sussurrò nell'orecchio: «Tu sei il mio premio nella vita, ma non solo, tu sei la mia unica ragione di vita...»

La mia pelle vibrò sotto il suo respiro e io decisi di baciarlo nonostante ci fossero i miei fratelli a guardarmi.

Unii le nostre labbra in un bacio passionale, finché Sebastian fece una battuta che mi fece ridere e mi dovetti staccare.

«Ehi, è mia sorella, vacci piano, amico!» urlarono Sebastian e Cam allo stesso momento.

Sia io che Ash ridemmo e poi io mi alzai.

Lui mi tenne la mano e mi bloccò.

«Ti amo» sussurrò.

«Ti amo» gli risposi, poi tornai di là.

Passammo altre due ore a chiacchierare e a ridere, perfino a organizzare le vacanze estive insieme.

Verso le cinque e mezza infornai il tacchino e qualche tortina.

Appena chiusi il forno sentii suonare il campanello e in pochi secondi sia io che Sasha che Ash fummo davanti alla porta.

Sapevo che cosa si aspettavano, o meglio chi si aspettavano.

Strinsi la mano ad Ash e poi aprii lentamente la porta senza guardare chi fosse.

Il viso di Ash si rilassò e allora capii che non era sua madre.

Sasha sorrise e fece qualche passo indietro.

Io feci spuntare la testa e vidi i riccioli castani di Gavin e Travis e dietro di loro la testa scura di Beau.

«Oh, mio dio! Ragazzi, mi siete mancati un casino, entrate!» Li feci entrare e uno a uno mi abbracciarono. Quando finirono con me strinsero la mano ad Ash e si presentarono.

«Sebastian, Cam!» chiamai io.

Loro arrivarono e abbracciarono il resto dei miei fratelli.

Mi avvicinai ad Ash e lui mi sussurrò all'orecchio. «Sono veramente tanti!»

Io risi e poi gli risposi: «E ne manca ancora uno.»

Poco dopo, mentre Ash presentava i miei fratelli a George e ad Alexis, il campanello suonò ancora e appena aprii vidi mia mamma con Jonathan.

«Mamma!» urlai felice.

Lei entrò con il mio fratello gemello e abbracciai entrambi.

Il mio cuore stava minacciando di esplodere.

Stavo vivendo troppe emozioni nello stesso momento.

Ero così felice di averli tutti lì, mi sentivo avvolta dal loro amore e soprattutto mi sentivo a casa.

Andammo tutti in salone.

Io e Ash abbracciati a terra sul tappeto, insieme a Cam e Sasha, mentre gli altri erano seduti sui divani.

Sebastian si alzò con Alice al suo fianco e la presentò a nostra madre che la accolse subito in un abbraccio che avrebbe potuto essere troppo forte per chiunque, non solo per la povera Alice.

Io sogghignai e, mentre tutti tornavano a chiacchierare, appoggiai la testa sulla spalla di Ash e schiacciai la mia guancia contro il suo collo.

«Grazie» sussurrai sulla sua pelle.

Mi sentivo così bene con tutte le persone che amavo di più al mondo al mio fianco.

Soprattutto con lui al mio fianco.
«Per te, tutto e sempre...» mi rispose.
Mentre mi godevo le solite litigate tra i miei fratelli che fecero ridere tutti quanti, suonò per l'ultima volta il campanello, e in quel momento sentii il corpo di Ash irrigidirsi al mio fianco.
Strinsi prontamente la sua mano con la mia e mi alzai.
Lui si tirò su, e anche Sasha si alzò con Cam al suo fianco.
Noi quattro ci dirigemmo all'entrata.
Sentivo il mio cuore scalpitare come mai prima.
Probabilmente se ci fosse stato silenzio in casa, chiunque avrebbe potuto sentire i battiti del mio cuore.
Lasciai la mano di Ash per andare ad aprire e lui si mise accanto a sua sorella.
Aveva quello sguardo sul viso, era pronto ad affrontare chiunque per proteggere Sasha, lo sapevo.
Io presi un respiro profondo e aprii la porta.
Tutto questo successe in meno di un minuto, ma a me sembrò un'eternità, come se tutto il mondo avesse rallentato.
I primi occhi che incontrai furono quelli di ghiaccio di Elizabeth, poi al suo fianco notai un uomo sulla cinquantina, alto con i capelli brizzolati e degli occhi verdi che avrebbero potuto fare invidia agli smeraldi.
Alla loro destra vidi una ragazza e un ragazzino, entrambi con i capelli castani e gli occhi del padre.
Mi si era seccata la gola e non riuscivo neanche a parlare.
In quel momento sentii la sua voce.
«Buon Natale, entrate...»
Mi girai e mi spostai per farli entrare, poi fissai Ash che aveva parlato come se la persona che si era ritrovato davanti non era la donna che gli aveva spezzato il cuore.
Loro entrarono e Cam accolse con un sorriso l'uomo e i due ragazzi.
Io chiusi la porta e, quando mi girai, vidi Sasha stretta tra le braccia di sua mamma.
Stava piangendo, silenziosamente, ma vedevo le sue lacrime.
Al suo fianco Ash era appoggiato al muro e guardava sua sorella come se fosse la cosa più preziosa al mondo.
Il mio cuore perse un battito e mi si strinse in petto.
Come poteva quel ragazzo avere così tanto amore da dare?

Ero così fiera di lui.

Lo amavo più di qualunque altra cosa.

Mi aggrappai a quel sentimento per non piangere di gioia davanti alla scena più commovente che avessi mai visto.

Ash si avvicinò a sua madre, che stava ancora abbracciando Sasha, ed essendo più alto di loro due le abbracciò entrambe, posando il mento sulle loro teste.

Mi portai una mano sul cuore per paura che potesse in qualche modo scappare dal mio petto.

Vidi Cam accompagnare la nuova famiglia di Elizabeth in salotto, dove sapevo che il resto di noi li avrebbe accolti calorosamente.

Io entrai in cucina e ripresi a respirare.

Avevano bisogno di un momento.

Così guardai il tacchino con le patate in forno e mi accorsi che era pronto, lo tirai fuori con una parte delle tortine e ne infornai altre.

Quando tornai di là, erano tutti in salotto.

Ash era accanto a Sasha.

Mia madre stava stringendo la mano alla mamma di Ash, mentre mio fratello Jonathan aveva subito fatto amicizia con il ragazzino.

Mi avvicinai ed Elizabeth mi strinse in un abbraccio.

«Grazie» disse.

Io la strinsi.

«Non c'è di che.»

«Lui è mio marito William, lei è sua figlia Jaime e lui suo figlio Chris» mi presentò a tutti.

«Piacere, Jo» dissi a ognuno di loro con un sorriso.

Salii sul divano in piedi e annunciai: «La cena è pronta!»

Tutti applaudirono, mentre Ash afferrandomi dai fianchi mi fece volare per poi posarmi a terra.

«Ti amo così tanto!» disse sorridendo.

Io mi alzai in punta di piedi e lo baciai, posando una mano sulla sua nuca e spingendolo verso di me.

Il tempo si fermò.

Lo baciai senza lasciarlo respirare, facendogli capire quanto fosse importante per me.

Quando ci staccammo tutti applaudirono e fischiarono mentre io ridevo.

«Sono fiera di te» gli dissi prima di andare in cucina.

Presi il tacchino e lo portai in tavola, mentre Sasha e mia mamma mi aiutarono con la verdura e le pietanze che mia mamma ed Elizabeth avevano portato.

Mi sedetti vicino ad Ash e dopo aver augurato a tutti un buon Natale diedi il via alla cena.

Sapevo che quel momento sarebbe rimasto per sempre impresso nella mia memoria. Mi sembrava impossibile che tutte le persone più importanti della mia vita fossero lì, riunite e felici.

«Mmm, che buono, Jo!» mi fece i complimenti Beau con la bocca piena.

«Grazie.» Sorrisi.

Tutti si complimentarono per le mie perfette mince pie. Dopo cena sparecchiammo e smontammo i tavoli. Rimettemmo tutto a posto e arrivò il momento dei regali. Corsi in camera a prendere i miei regali per tutti. Ci mettemmo intorno all'albero di Natale e pian piano ci scambiammo i piccoli pensierini che ci eravamo fatti.

Nonostante fossero così banali, ero sicura che non mi sarei mai dimenticata il portafoto da parte di Sebastian, o la maglietta con sopra scritto I LOVE CAM, ovviamente da parte di Cam.

Verso le undici di sera, Cam e Sasha tornarono nel loro appartamento insieme a mia mamma e Jonathan.

Abbracciai ognuno di loro.

Poi Sebastian, Alice, Gavin, Travis e Beau indossarono anche loro i cappotti e ci ringraziarono per la bella serata.

Quando uscirono, abbracciai Ash.

«È andata!» disse lui.

«Non pensavo che potesse essere così stressante!» Risi.

Raggiungemmo Elizabeth, William, Jaime e Chris.

Ash fece vedere a sua madre e al suo compagno la vecchia camera di Sasha, mentre io aprii il divano letto per Chris e Jaime.

Non avevo avuto modo di parlare molto con loro, ma entrambi mi erano sembrati ragazzi molto simpatici, e Jaime era una ragazza molto esuberante, tutto il contrario di me.

Quando furono tutti sistemati, mi buttai sul letto stanca morta con Ash al mio fianco. Entrambi restammo immobili per alcuni minuti, rilassandoci e recuperando un po' le forze.

«Vuoi il tuo regalo di Natale?» mi chiese Ash rompendo il silenzio.

Io annuii felice, mi ero quasi dimenticata.

Ash si alzò e tirò fuori da un suo cassetto una scatoletta blu. Emozionata, mi misi seduta composta. Sembrava un regalo costoso.

Lui si sedette al mio fianco e me la porse.

La presi con mani tremanti e la aprii piano. Quello che vidi dentro mi fece mancare il fiato.

«Ti piace?» mi chiese Ash con voce emozionata.

«Oddio, sì! Non so cosa dire, wow...»

Presi in mano il leggero ciondolo a forma di cuore in oro dorato. Mi scese una lacrima e tolsi delicatamente la collana dalla scatola.

Ash asciugò la mia lacrima con un bacio e poi spostò i miei capelli su una spalla per allacciarmi la collana.

Guardai verso il basso e notai che il piccolo ciondolo dorato cadeva esattamente sopra il mio cuore. Mi buttai tra le braccia di Ash e lo baciai.

Quando mi staccai entrambi sorridevamo.

«Ora vuoi il tuo?»

Lui annuì, così io uscii dalla camera ignorando la sua voce che mi chiedeva dove stessi andando.

Attraversai il corridoio e aprii la stanza chiusa a chiave, presi la tela e la portai in camera.

Prima di entrare gli ordinai: «Chiudi gli occhi.»

«E va bene» rispose lui.

Entrai e sistemai la tela davanti a lui, poi quando fui pronta gli dissi di riaprire gli occhi.

Lui non disse niente. Si alzò e si avvicinò alla tela, ci posò sopra le mani sfiorandola leggermente.

Non riuscivo a capire il suo viso, né il suo sguardo. Poteva anche non piacergli, ma non riuscivo a capirlo.

«Hai dipinto tutte le nostre foto più belle su tela?» mi chiese alzando lo sguardo su di me.

Io annuii: «Sì, c'è la foto al Navy Pier, quella a Los Angeles, quella a St Louis, quella che abbiamo fatto a casa mia un anno fa...»

Poi indicai la foto centrale. «Questa è in assoluto la mia preferita.»

Guardai la foto che ritraeva me e Ash che ci baciavamo con l'alba sullo sfondo. Rialzai lo sguardo su di lui e vidi che si stava asciugando le lacrime.

«È perfetto, come te» disse prima di prendermi in braccio per baciarmi.

Agganciai le gambe alla sua vita e in pochi secondi ci ritrovammo stesi a letto, lui sopra di me, e il mio cuore che minacciava di scoppiare una volta per tutte.

Ash mi baciò, levandomi la camicia e i pantaloni.

«Fai l'amore con me...» mi disse prima di unire le sue labbra con le mie ancora una volta.

«Ma c'è tua mamma nella camera di fronte, non voglio fare rumore» dissi imbarazzata.

«Ti farò restare senza fiato e ti bacerò così tanto da impedirti di parlare» rispose con voce roca mentre si spogliava e baciava il mio collo.

Io annuii ormai fuori controllo.

Era così che lui mi faceva sentire, ogni volta sempre di più, mi sentivo fuori controllo e viva.

54

Stavo preparando la colazione quando alle mie spalle sentii dei passi leggeri.

Avevo fatto il più piano possibile per evitare di svegliare qualcuno, ma a quanto pare avevo fallito.

Ero così contenta che la madre di Ash fosse qui, così magari avrebbero potuto parlare tranquillamente.

«Jo...» mi girai e vidi Elizabeth entrare in cucina, con passi leggeri.

La somiglianza con Sasha e Ash era impressionante, anche se io nel suo volto ci vedevo di più Ash.

I suoi occhi erano identici a quelli di suo figlio.

«Ciao,» le risposi sorridendo «accomodati pure, cosa vuoi per colazione?» Mi sentivo un po' a disagio a parlare con lei, non sapevo neanche se darle del tu o del lei.

«Oh, no, non ti disturbare» mi rispose, sorridendo a sua volta.

Mi sembrava così umile, con le mani intrecciate sul tavolo e i capelli neri su una spalla.

Non mi sembrava vero che lei fosse la persona di cui Ash mi aveva raccontato.

Era quasi impossibile.

«Almeno una tazza di caffè, sta venendo su ora...» dissi, mentre mi giravo e spegnevo il fuoco sotto la caffettiera.

«E va bene...» disse lei sorridendo.

Presi due tazzine e versai il caffè aggiungendo per me un goccio di latte.

Mi sedetti di fronte a lei e iniziai a fare colazione.

«Dimmi, che cosa hai fatto a mio figlio?»

Alzai lo sguardo verso di lei preoccupata, non avevo capito la domanda.

«In c... che senso?» balbettai nervosa.

Non aveva un tono amichevole, iniziavo ad avere paura.

E se avesse mentito, se William, Jaime e Chris fossero solo una copertura?

Scacciai via quest'idea, non poteva essere.

«Sai, quando ti guarda ha una luce negli occhi che sembra più luminosa del sole» disse sorridendo.

Io tirai un sospiro di sollievo e sorrisi a mia volta.

«La verità è che non ne ho idea» dissi mentre pensai allo sguardo che Ash mi riservava ogni volta che mi vedeva.

«Non puoi non saperlo... è lo stesso sguardo che hai tu quando lo vedi...» mi disse sorridendo.

Io arrossii.

Era strano parlare di queste cose con Elizabeth, era pur sempre la mamma di Ash.

Eppure avevo questa voglia di raccontarle quanto lo amavo, di raccontarle la nostra storia; forse perché non ero mai riuscita a farlo completamente con mia madre.

«Io semplicemente lo amo, non penso ci sia motivo più valido di questo...» dissi abbassando lo sguardo sulla tazzina di caffè.

«Sono contenta per voi, ho sempre sperato che sia lui che Sasha potessero avere di più dalla vita di quello che gli avevo dato io» mi confessò malinconica. «Non pensavo nemmeno che li avrei mai rivisti, ma tu l'hai convinto, lo ami così tanto da mettere in pericolo la vostra relazione per farlo ricongiungere con me... io non so come ringraziarti Jo. Sono parole banali, ma grazie a te ho riabbracciato la mia bambina dopo ben sette anni.»

Elizabeth si fermò e abbassò lo sguardo verso il tavolo.

Poi vidi il suo petto muoversi e sentii dei leggeri singhiozzi.

Stava piangendo.

Mi avvicinai e la abbracciai. Ero felice di essere riuscita nel mio intento. Farli riavvicinare era servito a tutti. La strinsi, finché non mi accarezzò una guancia, come se fossi sua figlia, e mi sorrise.

Tornai al mio posto, proprio mentre entrava in cucina Jaime. Era una ragazza davvero carina, sembrava gentile, umile e brillante.

«Buongiorno, tesoro» disse Elizabeth.

«Ciao Ely» le rispose lei sorridendo, poi voltò il viso verso di me e mi sorrise salutandomi. «Buongiorno, Jocelyn» mi disse mentre si sedeva vicino a Elizabeth.

«Ciao Jaime, chiamami pure Jo. Cosa vuoi per colazione?» le chiesi mentre mi giravo e aprivo le ante della dispensa. «Ti posso offrire delle brioche alla ciliegia, biscotti, latte, caffè...» iniziai a elencarle quello che avevo.

«Mmm, una tazza di latte e due biscotti mi vanno più che bene» mi disse sorridendo.

Le scaldai il latte e le presi i biscotti, e intanto lei mi fece alcune domande.

«Che facoltà frequenti?» mi chiese curiosa.

«Arte e Psicologia» risposi sorridendo mentre le posavo davanti la tazza di latte.

«Wow, deve essere interessante. Io vorrei frequentare Legge, quando sarà ora, la giustizia mi sta molto a cuore.»

«Complimenti» le dissi.

Ci avevo visto giusto, era proprio una ragazza brillante; ero sicura che avrebbe avuto un ottimo futuro.

Mentre finivamo la colazione mi raccontò di sé. Giocava a scacchi, amava leggere e suonare il pianoforte. A scuola andava bene, ed era anche molto popolare.

Chris ci raggiunse in cucina subito dopo, insieme a William. Appena William mise piede in cucina, Elizabeth si alzò e gli andò incontro, gli prese la mano come se non lo vedesse da anni. Non sembrò un gesto eclatante agli occhi degli altri, ma per me fu un gesto importante. Dimostrava quanto lo amava, quella stretta di mano emetteva così tanto potere ai miei occhi che mi vennero i brividi. Il suo viso apparve nella mia mente, i suoi occhi, le sue labbra e il suo sorriso.

Sorrisi e poi preparai la colazione anche a loro.

Quando furono a posto, decisi di andare in camera a svegliare Ash. In fondo erano quasi le dieci di mattina.

Entrai in camera e quello che vidi mi sorprese. Ash non stava dormendo, non era proprio a letto. Era appoggiato con la schiena al muro e guardava dritto davanti a sé, al mio quadro. Lo fissava con i gomiti sulle ginocchia piegate, lo sguardo era rivolto esattamente al centro del quadro. Sapevo quale foto stava guardando.

«Ehi» dissi piano.

Il suo viso si spostò verso di me lentamente, e l'unica cosa che Ash fece fu battere la mano delicatamente sul pavimento al suo fianco per invitarmi a raggiungerlo.

Camminai verso di lui, superando il letto, presi un respiro profondo e poi mi sedetti vicino a lui.

«Osservandolo, l'unica cosa che vedo sei tu» sussurrò lui, continuando a guardare il quadro. «A ogni respiro, in ogni momento, tu sei sempre nella mia mente, come un puntino fisso in un angolo, ed è pauroso come io abbia bisogno di te. Non mi ero mai innamorato così, mai...» disse stringendo le mani.

«È una cosa che ti dà fastidio?» sussurrai, trattenendo il fiato.

Lui scosse la testa deciso, poi voltò il viso verso di me e incastrò i suoi occhi nei miei. «Non riesco a immaginarmi il mio futuro senza di te, piccola... È più forte di me.»

Io sorrisi e poi mi allungai su di lui baciandolo. Agganciai le mani sul suo collo e mi avvicinai sempre di più, mentre le sue mani mi cinsero i fianchi.

Quando mi staccai senza fiato, gli dissi sulle labbra: «Il mio futuro non esiste senza di te.»

Lui annuì sorridendo e mano nella mano ci alzammo e andammo in cucina.

Quando entrammo, Elizabeth si girò per prima e ci sorrise.

Io ricambiai e poi mi sedetti ad ascoltare la conversazione tra Chris e William sulla partita di basket. C'era un legame, tra Chris e William, così potente e vero che mi ricordava tanto quello che avevo con mio padre. Sapevo cosa si provava, ci si sentiva sicuri e protetti.

«Avrebbero dovuto vincere i Knicks» si intromise Ash sorprendendomi.

Stava cercando di far parte della nuova vita di Elizabeth, ero fiera di lui.

«Tifi i Knicks?» chiese Chris ad Ash con voce emozionata.

Ash si girò verso di lui e sorrise. «La domanda è: come si fa a non tifare per loro?» rispose felice.

Si venne a sapere che Chris era un fan sfegatato dei New York Knicks, ma anche dei Chicago Bulls, anche se a parer mio, da quello che avevo imparato avendo sei fratelli, i Lakers restavano i migliori.

Per quella giornata decidemmo di fare un giro per Chicago tutti insieme, andammo a prendere anche mia madre e Jonathan e a Cam e Sasha. Ash fece da guida turistica, commentando i luoghi, proprio come aveva fatto con me un anno prima.

L'ultimo luogo che raggiungemmo fu il Navy Pier e, nonostante fossero le tre del pomeriggio e fosse tutto spento, era meraviglioso lo stesso, tutto ricoperto di neve.

Mi strinsi ad Ash mentre osservavo il panorama del lago.

Mi vennero i brividi solo a pensare a cosa era successo dopo il nostro appuntamento al Navy Pier, cosa avevamo passato, tutte le emozioni, il dolore, ma soprattutto l'amore.

Lui era stato il mio dolore e la mia cura.

Non avevo mai pensato di poter aver bisogno di una persona così tanto.

Facevo anche fatica a immaginarmi di svegliarmi senza di lui al mio fianco.

Era proprio quello che diceva Ash.

Lui era il puntino nell'angolo della mia mente, così come io ero il suo.

Guardai al mio fianco, per vedere gli altri.

Tutti si stavano godendo il panorama, Sasha era stretta a Cam, ma con la mano libera stringeva quella della madre che a sua volta era stretta a William.

Sorrisi.

Era così rilassante vederli tutti felici, dopo tutto il dolore che avevano provato.

Quando tornammo verso casa, salutammo tutti.

«Ciao mamma, buon viaggio» le dissi abbracciandola.

«Ciao piccola, continua così» mi sussurrò piano mentre mi accarezzava i capelli.

Mi sarebbero mancate le sue carezze e le dolci parole che mi riservava sempre.

Era la donna più importante della mia vita e lo sarebbe rimasta, nonostante i litigi e tutto il resto.

Quando mi decisi a lasciarla andare, salutai mio fratello, Jaime, Chris, William e infine Elizabeth, che mi strinse forte in un abbraccio.

«Quando vorrete venire a trovarci, sarete i benvenuti» mi disse.

Io le sorrisi. «Grazie, a presto.»

Salirono sul taxi, diretti all'aeroporto. Quando il taxi svoltò e non riuscii più a vederli, Ash mi prese per mano e mi trascinò in casa.

«Dài, vieni, fa freddo» disse, mentre salivamo le scale.

Entrammo e ci chiudemmo la porta alle spalle, Ash mi tolse il cappotto e poi inaspettatamente mi prese in braccio.

Io risi.

«Che stai facendo?» dissi appoggiando la testa sulla sua spalla.

«Porto la mia bellissima ragazza sul divano, ho intenzione di coccolarla e tenerla stretta a me per sempre» mi sussurrò all'orecchio facendomi venire i brividi.

«Deve essere una ragazza molto fortunata...» risposi, sorridendo.

«Io sono fortunato...» aggiunse lui.

«Perché?» sussurrai.

Ash mi adagiò sul divano e, dopo aver posato le mani a lato dei miei fianchi, portò il suo viso a un centimetro dal mio e disse: «Perché lei è mia, solo mia, e mi rende la persona più felice di tutta la terra, senza di lei non sarei lo stesso. Lei è tutto ciò che mi mancava e che cercavo. E la amo così tanto da non riuscire a respirare.»

Mi mancò il fiato e il mio cuore cadde a terra, per poi rimbalzare e tornare al suo posto.

Quando mi diceva queste cose io rimanevo sempre senza parole.

«La amo incondizionatamente e, se possibile, ogni giorno mi innamoro di lei sempre di più...»

A quel punto lo bloccai e spinsi la mia bocca contro la sua. Persi ogni barriera, dopo quelle parole il mio cuore si abbandonò totalmente a lui. Ormai non potevo fare altro. Lui mi aveva, ogni parte di me era sua, e ogni parte di me lo amava, incondizionatamente, senza paura.

«Ti amo anch'io, Ash» gli dissi dopo essermi staccata.

Lui sorrise e poi mi baciò ancora e ancora, portando la mia anima sempre più su, dritto in paradiso.

«*Hola, chica!*»

«Sasha? Stai bene?» rispondendo al telefono.

«Sì, è che sto prendendo lezioni di spagnolo» mi spiegò ridendo.

«Ah...» risi anche io.

«Senti, bella, dato che oggi è il 31 dicembre, ti va se verso le due di questo pomeriggio andiamo a fare del buono e sano shopping?» mi chiese Sasha.

«Certo, ho bisogno di un vestito nuovo!» risposi entusiasta.

«Sì, anch'io» disse lei, dandomi ragione.

Io sogghignai, non era per niente vero: quella ragazza aveva più vestiti di qualunque negozio di Chicago e non sapeva mai cosa mettersi.

«Perché ridi?» mi chiese.

«Niente, Sasha... ci vediamo oggi alle due...»

«Va bene, *chica*!» urlò così tanto che mi fece allontanare il telefono dall'orecchio.

Io risi e, dopo averla salutata ancora una volta, poggiai il telefono sul comodino.

I quattro giorni dopo Natale erano stati di completo relax, mi ero portata avanti con lo studio, avevo finalmente imparato a giocare con la Xbox a Fifa. Tutto merito di Ash, mi aveva praticamente obbligata.

Alle due Sasha suonò puntale il campanello, la feci entrare giusto il tempo di mettermi il cappotto e poi uscimmo.

Ash era uscito di casa da mezz'ora perché era andato ad aiutare al Cobain, per i preparativi di Capodanno.

Sasha mi portò in centro, in un negozio che lei adorava, e che a detta sua aveva cose belle a prezzi bassi.

Entrammo e ci mettemmo alla ricerca di qualche vestito carino.

«Colore?» le chiesi.

«O nero, o rosso, o dorato» mi suggerì lei.

Io annuii e mi spostai nella parte del negozio dove vidi più vestiti di questi colori.

Trovai un vestito molto carino nero, semplice, ma non mi entusiasmava molto.

Stavo quasi per arrendermi quando Sasha arrivò con in mano un vestito tutto ricoperto di brillantini d'oro.

«Wow, Sasha, questo vestito ti starà alla grande!» le dissi felice, già me la immaginavo tutta sexy che camminava per il locale, e la bocca di mio fratello a terra.

«Oh, no, cara mia, questo è per te» mi rispose porgendomelo.

«Sul serio?» le chiesi prendendolo in mano.

Quel vestito era così luminoso da accecare tutti.

«Oh, sì, ora provalo!» Sasha mi spinse nel primo camerino e io, dopo aver chiuso la tenda rossa, osservai con calma il vestito.

Era un tubino liscio che arrivava a due dita dalle ginocchia, sul davanti non aveva scollature eccessive, solo una normale scollatura a cuore, ma l'apertura sulla schiena era vertiginosa.

Non ero molto sicura però che si abbinasse con i miei capelli, forse troppo biondi.

Lo indossai e poi uscii.

«Sapevo che era perfetto!» esultò Sasha contenta.

Mi guardai e intanto Sasha trovò un vestito monospalla blu molto bello, lo provò e, dopo essersi convinta, pagammo entrambe.

Tornai a casa per le sei, e feci una doccia rilassante visto che avevo tutta la casa per me.

Cenai da sola, dopo aver ricevuto un messaggio da parte di Ash che mi diceva che era rimasto incastrato con i preparativi al Cobain e che mi sarebbe venuto a prendere per le dieci e mezza.

Così mi rilassai, rendendomi conto che di lì a poche ore avrei salutato l'anno appena passato e avrei dato il benvenuto a quello nuovo, con lui al mio fianco.

Mi preparai indossando il vestito, facendomi qualche boccolo e truccandomi semplicemente con del mascara e del rossetto rosso.

Continuavo a fare su e giù per il salone quando sentii la porta aprirsi, camminai più veloce possibile, considerando i tacchi, e appena lo vidi rimasi senza fiato.

Indossava una giacca nera elegante, ma allo stesso tempo casual, sotto una camicia bianca con i primi bottoni aperti e dei jeans scuri.

I capelli neri erano fermati con del gel.

Sembrava appena uscito da un servizio fotografico d'alta moda.

«Mai pensato di fare il modello?» esordii.

Lui rise, venendomi incontro. Mi guardò dall'alto al basso e poi quando mi raggiunse mise le mani sui miei fianchi.

«Invece tu vuoi farmi finire in galera?» mi chiese.

«Perché?»

«Se dovrò uccidere tutti quelli che ti guarderanno stasera, finirò in galera a vita» spiegò.

Io risi e poi mi alzai in punta di piedi per baciarlo.

Ash mi accolse tra le sue braccia, baciandomi come se non ci vedessimo da millenni.

«Pronta per andare, piccola?» mi chiese.

Io annuii, indossai il cappotto nero e uscimmo di casa.

Salii sulla sua moto, e mi strinsi a lui. La moto in inverno non era molto piacevole, soprattutto quando si indossava un vestito corto.

Arrivammo al Cobain in pochi minuti, e la coda all'entrata raggiungeva una lunghezza incredibile, tanto che finiva dietro l'angolo.

Ash si fece largo tra la folla e io abbassai lo sguardo, probabilmente tutte le persone in fila ci stavano maledicendo. Davanti alla porta di entrata, Ash abbracciò Matt, il buttafuori. Era da un anno e più che non lo vedevo.

«Ehi Jo!» mi disse abbracciandomi.

«Ciao Matt!» Lo salutai velocemente prima di essere trascinata dentro il Cobain da Ash.

Il locale non era cambiato, era solo addobbato per Capodanno, c'erano stelle filanti dorate e rosse dappertutto. La pista da ballo era piena zeppa di gente; i baristi, compreso Luke, continuavano a servire i clienti senza sosta.

C'era così tanta gente che non si riusciva a respirare, il dj continuava a mettere canzoni molto belle e conosciute una dietro l'altra, invogliando le persone a ballare sempre di più.

Seguii Ash verso il nostro solito tavolo.

Quando vidi Sasha, Alexis, George, Cam e perfino Andrew mi venne da sorridere.

Ormai loro erano diventati il mio presente, da quel giorno di agosto in cui li avevo conosciuti.

«Oh, Ash!» urlò George appena ci vide.

Mentre Ash salutava con un abbraccio e una pacca sulla spalla George, Sasha e Alexis mi racchiusero in un abbraccio.

«Ragazze!» mi lamentai dato che mi stavano stringendo troppo.

Entrambe risero e mi lasciarono andare.

Alexis mi prese le mani e mi osservò.

«Wow, sei uno schianto, Jo!» mi disse sorridendo.

Io mi girai per mostrarle la scollatura vertiginosa sulla schiena.

«Sexy!» urlò lei così forte che la sentì probabilmente tutto il locale.

Io risi.

«Per me sei troppo nuda...» La voce arrivava dalle mie spalle. Un attimo dopo due braccia mi strinsero da dietro, e quando sentii il suo profumo e i suoi capelli solleticarmi la spalla, non ebbi più dubbi.

«Cam!» mi girai e mi buttai tra le sue braccia.

«Ehi sorellina» mi rispose lui stringendomi in un abbraccio.

Quando mi staccai, mi osservò sorridendo.

«Sei bellissima» mi disse, io lo ringraziai e lo strinsi ancora un po' in un abbraccio familiare che mi riportò dritta a casa.

«Non salutarmi, eh...» e voltandomi vidi George con le braccia aperte e il viso imbronciato.

Risi e poi gli andai incontro facendomi stringere in un abbraccio.

«Buon Capodanno, Jo» mi augurò lui.

«Anche a te, George.»

Poco dopo un braccio mi tirò via dalla stretta di George.

«Lascia stare la mia ragazza...» risi al commento di Ash che mi tenne incollata a sé.

In quel momento arrivò Luke vestito da cameriere con un vassoio pieno di calici e una bottiglia di vino.

«Ragazzi, si festeggia!» urlò versando il vino nei bicchieri oltre che per terra e sul tavolino doveva per forza aver già bevuto qualcosa.

Ridemmo tutti al suo esilarante servizio.

Qualche bicchiere di vino e qualcuno di vodka dopo, io, Alexis e Sasha stavamo ballando felici in mezzo alla folla a ritmo di musica, mentre Ash, Cam e George erano seduti al bancone e stavano parlando con Luke.

Alzai le braccia in aria e dimenai i fianchi, non mi ritenevo una brava ballerina, ma qualche mossa la sapevo fare.

Mancavano ormai solo dieci minuti alla mezzanotte.

Il locale, se possibile, si era riempito ancora di più.

Non l'avevo mai visto così pieno di gente, e grazie all'alcol che scorreva dentro di me, le luci rosse, blu, gialle e verdi del locale sembravano ancora più luminose e fastidiose.

«Bene, ragazzi, mancano tre minuti, inviterei tutti a raggiungere i propri tavoli per il brindisi...» disse il dj al microfono dopo aver abbassato la musica.

Così, mentre la pista si svuotava, io e le ragazze raggiungemmo il tavolo.

I ragazzi arrivarono con dei calici puliti e una bottiglia di spumante.

Ci sistemammo tutti intorno al tavolino pronti per festeggiare il nuovo anno.

«Due minuti!» gridò il dj.

Io mi avvicinai ad Ash e mi misi al suo fianco, mentre lui mi stringeva la mano.

«Ciao.» Tutti girammo la testa per vedere a chi appartenesse la voce, ma ero sicura che ognuno di noi sapesse perfettamente chi si trovava vicino al nostro tavolo.

Il tempo si fermò quando vidi i capelli rossi di Ruby.

Il mio cuore smise di battere per un attimo, così come i miei polmoni smisero di respirare.

Era davvero qui?

Non era cambiata per niente.

Indossava un vestito nero, corto e aderente, e aveva i capelli semiraccolti e sorrideva.

«Ruby...» disse Ash, anche lui sconvolto.

«Posso unirmi a voi?» domandò lei.

A quella richiesta voltai lo sguardo dall'altra parte del tavolo dove erano sedute Sasha e Alexis.

Tutte avevano lo sguardo rivolto verso il basso.

L'unico che sembrava non capire cosa stesse succedendo era Cam.

Il mio corpo si era irrigidito subito.

Non avrei mai pensato di rivederla, ma soprattutto non avrei mai pensato che venisse da noi a chiederci una cosa del genere.

Non dopo quello che mi aveva fatto.

«Scusatemi ragazzi, okay? Mi dispiace...» si interruppe e guardò me e Ash. «Mi dispiace, non avrei dovuto fare quello che ho fatto un anno fa... Ho avuto dei brutti momenti e vederti con lei mi aveva destabilizzato, ma mi sono pentita e ora vorrei solo chiedervi scusa.»

Tutti restammo zitti, poi Ash annuì, allora George le passò un calice sorridendo.

Non mi stava bene, ma non sarebbe successo niente quindi non vedevo il motivo per cui farmi rovinare il Capodanno dal suo arrivo.

«Trenta secondi!» urlò ancora il dj.

Io sorrisi a mio fratello, emozionata.

Sasha e Alexis fecero una mossa con i fianchi che mi fece ridere.

Ero così felice.

«Dieci, nove, otto,» tutta la sala iniziò a fare il conto alla rovescia creando un grande coro «sette, sei,» sorrisi a Sasha che teneva stretta la mano di Cam, ad Alexis che aveva preso vicino a lei Ruby «cinque, quattro,» alcune persone vicino a noi iniziarono a urlare «tre, due,» in quei due secondi, io mi girai verso Ash, lui mi guardò e sorrise, i suoi occhi erano illuminati dalle luci, era così bello «uno!»

Proprio mentre il dj urlò l'inizio dell'anno nuovo e tutte le persone urlarono e stapparono le bottiglie versando lo spumante nei bicchieri, io mi girai verso di lui, mi alzai in punta di piedi e schiacciai la mia bocca contro la sua.

Lasciai cadere il bicchiere vuoto a terra e lo stesso fece Ash, creando ancora più confusione.

Le sue mani si strinsero sui miei fianchi e mi attirarono a sé, ogni parte di me era a contatto con lui, e tutto il mio corpo stava bruciando di amore.

Le sue labbra si impossessarono delle mie togliendomi il fiato e portandomi su un altro pianeta.

«Ti amo» gli dissi quando mi lasciò andare.

«Ti amo, più di qualunque cosa...» mi rispose lui, attirandomi ancora a sé e baciandomi di nuovo.

Mi lasciai cullare dalle sue braccia, spegnendo tutto quello che c'era intorno a noi.

Le urla diventarono silenzio, le luci si abbassarono e rimanemmo solo io e lui.

Se questa era la mia vita, se ero destinata a vivere tutto con lui al mio fianco... non avrei potuto chiedere di meglio.

55

Sentii qualcosa di caldo scorrere giù sul mio collo.

Era una sensazione piacevole, ma non sapere cosa fosse mi metteva agitazione.

Volevo aprire gli occhi per vedere cosa stava succedendo, ma non ce la facevo.

Poi sentii dei movimenti sulle mia braccia e mugugnai.

«*Sssh*, piccola.» Sentii una voce da lontano, non era chiara, sembrava ovattata come se avessi le orecchie tappate, ma nonostante questo la riconobbi senza nessun dubbio.

Respirai.

Sentii il mio petto alzarsi e abbassarsi sempre più velocemente.

Qualcosa sfiorò il mio ventre.

Ero così curiosa di sapere cosa fosse, ma questa sensazione mi stava impedendo di pensare lucidamente e in quel momento l'unica cosa che non volevo fare era aprire gli occhi e lasciare che tutto finisse.

Mi morsi un labbro, mentre inarcavo involontariamente la schiena.

Poi la mia bocca si aprì di scatto in cerca di aria, le mie mani strinsero il lenzuolo in due pugni e i miei occhi si aprirono.

La prima cosa che sentii fu la risata di Ash, a cui seguì un suono, e io abbassai lo sguardo dal soffitto bianco alle mie gambe.

Ash era inginocchiato tra esse ed era a petto nudo, con i capelli spettinati e un sorriso magnifico sul viso.

Io sorrisi raggiante nel vederlo così.

Era la persona migliore che avessi mai conosciuto.

«C... che cosa era?» balbettai cercando di svegliarmi.

Avevo la testa che pulsava e faceva un gran male, ma tutto il mio corpo stava ancora vivendo le sensazioni di pochi istanti prima, facendomi sentire elettrizzata.

«Diciamo un risveglio diverso per la mia piccola...» sussurrò Ash sporgendosi sopra di me, mi sorrise e poi scese sul mio collo lasciando caldi baci.

E tutto ripartì.

Il suo fiato caldo scese giù per il mio collo, sopra la mia maglietta e poi sul mio ventre scoperto.

Mentre una sua mano faceva su e giù sul mio braccio destro, Ash posò un bacio sotto il mio ombelico d'istinto inarcai la schiena e chiusi gli occhi arrendendomi nuovamente a quelle sensazioni di calore che si stavano espandendo in tutto il mio corpo.

Poi sentii il suo viso risalire finché non arrivò sopra il mio, aprii gli occhi e sospirai.

«Ti amo» dissi accarezzandogli una guancia ricoperta da una leggera barba.

«Ti amo» mi rispose mentre chiudeva gli occhi e appoggiò la guancia alla mia mano.

«Che cosa vuoi fare oggi?» mi chiese.

Ci pensai su, la precedente era stata una serata spettacolare, avevamo ballato e ci eravamo divertiti come mai prima, ma avevo ancora sei giorni di vacanza prima dell'inizio dei corsi, e avevo una strana voglia.

«Portami al mare» sussurrai.

«Mare?» mi chiese lui sorridendo. «Anche se è inverno?»

Io annuii mordendomi il labbro, lui deglutì e poi si alzò e iniziò a tirare fuori due zaini.

«Che fai?» gli chiesi ridendo e mettendomi seduta.

«Ti porto al mare» mi disse sorridendo.

Dentro uno zaino mise due suoi maglioni, una t-shirt e due paia di jeans. Nell'altro mise due maglioni per me, una canotta, una t-shirt, degli shorts e due paia di jeans.

Io lo osservai mentre girava per la camera e aggiungeva agli zaini il necessario per passare due giorni al mare.

Nonostante tutto, si era sempre preso cura di me, il che non aveva fatto altro che aumentare il mio amore per lui.

Mi alzai dal letto e mi misi ad aiutarlo, presi passaporti, portafogli, e tutto quello che poteva servirci.

Quando gli zaini furono pronti dissi: «Mi faccio una doccia veloce.»

Ash annuì e uscì dalla camera solo dopo avermi baciato.

Andai in bagno, aprii l'acqua della doccia per farla diventare calda il prima possibile e poi entrai.

Stavo prendendo lo shampoo quando sentii la porta del bagno aprirsi, così mi voltai e cercai di vedere attraverso i vetri della doccia che erano leggermente appannati.

Sentii dei fruscii e nel frattempo mi tenni stretto al petto il soffione della doccia per scaldarmi. Poi la doccia si aprì e spuntò il viso di Ash.

«Posso unirmi?» mi chiese sorridendo.

Scossi la testa ridendo e poi mi feci da parte per lasciarlo entrare.

Appena fu davanti a me gli puntai il getto d'acqua in faccia, schizzandolo tutto.

Mi misi a ridere dopo aver visto la sua espressione.

«Questa me la paghi...» mi disse lui.

«Come?» gli chiesi sogghignando ancora un po'.

«Potrei darti una punizione, o obbligarti a fare qualcosa, ma dato che sei tu, piccola» si bloccò e mi attirò a sé, l'unica cosa che divideva i nostri petti era il getto della doccia. «Puoi farti perdonare lasciando che ti baci...» sussurrò abbassando il viso verso il mio.

Io annuii già senza fiato, lasciai cadere il getto della doccia e mi aggrappai a lui mettendo le mani sul suo collo, i nostri petti si scontrarono e poco dopo le nostre labbra entrarono in collisione.

Le mani di Ash finirono sui miei fianchi bagnati e mi attirarono ancora di più a sé, per quanto possibile.

Quando mi lasciò andare esalai un mugolio di dispiacere.

«Sei così bella...» disse lui, abbassando lo sguardo sul mio corpo.

Io gli posai le mani sul petto e dissi: «Pure tu.»

Ash chiuse gli occhi e rise.

La sua risata era il mio suono preferito in assoluto.

Ash prese lo shampoo e iniziò a massaggiarmi i capelli.

Io mi abbandonai contro di lui e lo lasciai fare.

Quando sciacquò il mio corpo con l'acqua per l'ultima volta togliendo la schiuma rimanente, io uscii lasciandogli fare la doccia.

Mi avvolsi nell'accappatoio e iniziai a pettinarmi i capelli, che avevano bisogno di essere tagliati. Ormai mi arrivavano quasi alla fine della schiena.

Li asciugai mentre Ash si faceva la barba.

Quando fummo pronti, ci vestimmo.

«Più o meno quanti gradi pensi che ci saranno?» chiesi ad Ash, indecisa su cosa mettere.

«Be', sulla quindicina, metti una t-shirt e poi sopra un maglione, così sarai al caldo finché non arriveremo, fuori fanno meno due gradi ora» spiegò, mentre anche lui indossava una t-shirt e una felpa.

Lo imitai, e poi mi misi i jeans.

Mangiammo un panino veloce in casa e poi, subito dopo, ci dirigemmo all'aeroporto.

«Salve» disse Ash quando arrivammo al bancone dove si compravano i biglietti last minute.

La ragazza dietro al monitor alzò lo sguardo e ci sorrise.

«Salve, cosa desiderate?»

«Due posti sul primo aereo per Miami...» disse Ash.

Mi voltai sorpresa verso di lui.

«Miami?» gli chiese sorridendo.

«Ah- ah» sorrise lui.

Avevo sempre voluto vedere Miami e camminare sulle spiagge di Miami Beach, sotto il sole e con il mare a pochi passi.

«Il primo volo è tra due ore e mezza» disse la ragazza mentre ci chiedeva conferma con lo sguardo, sia io che Ash annuimmo. «L'arrivo è previsto per le sei di questo pomeriggio... Ecco a voi i biglietti. Fate buon viaggio» ci augurò la ragazza.

Mentre Ash pagava e sistemava il necessario, io mi allontanai un po' entrando nel duty-free dell'aeroporto.

Feci un giro nei negozi di souvenir e poi tornai da Ash.

Ci dirigemmo al bar per bere qualcosa, tanto avremmo dovuto aspettare due ore e mezza. Ci sedemmo al bancone su due sgabelli rossi. Quando finalmente il ragazzo si accorse di noi, dopo aver servito cinque caffè, ci chiese cosa volessimo e Ash rispose prontamente.

«Un caffè e un caffè macchiato, grazie.»

Io sorrisi al barista e poi ad Ash, allungai la mano verso la sua e la strinsi.

Lui si voltò verso di me e, mentre i suoi occhi mi scrutavano l'anima, portò la mia mano alla sua bocca per posarci un bacio sulle nocche.

«Ti amo» mi disse, sorridendo e stringendo la mia mano con la sua.

Sarebbero mai finite?

Sarebbero mai finite queste sensazioni così travolgenti che ogni volta lui mi regalava?

Un giorno, forse fra trent'anni, sarei riuscita a essere rilassata in sua presenza? Senza avere sempre le farfalle nello stomaco?

Avrei smesso di sentirmi leggera, felice e libera al suo fianco?

Il mio cuore sarebbe tornato a battere normalmente?

Non lo sapevo, ma non volevo che tutto finisse, era troppo meraviglioso per finire.

Ash mi toccò un braccio scuotendomi dai miei pensieri.

Mi voltai verso di lui e lo guardai negli occhi.

A volte mi chiedevo come sarebbe stato avere un figlio con i suoi stessi occhi.

«Sì?» chiesi.

«Andiamo» disse lui pagando e prendendomi per mano.

Quando fummo fuori dal bar, mi portò in un angolo appartato della sala d'aspetto in cui c'erano file e file di sedie piene di passeggeri in attesa.

«Stai bene?» mi chiese piano.

Io annuii, forse non molto convinta dato che lui mi fece un'altra domanda.

«A che cosa stavi pensando?» mi chiese dolcemente mentre posava un dolce bacio sulla mia fronte.

«A come sarei felice di avere un figlio con i tuoi occhi...» sussurrai piano, ma tutto d'un fiato.

Mi sentivo strana solamente a pensarle quelle cose, figuriamoci a parlarne con lui apertamente.

Mi immaginavo con un figlio o una figlia nella mia vita, ma non adesso, forse verso i trenta anni.

Ash si irrigidì, sentii il suo corpo bloccarsi vicino al mio fianco.

Si era spaventato.

Forse non avrei dovuto dirlo.

Insomma, un figlio è una cosa importante e avercelo da giovanissimi non è una passeggiata.

«Scusa» sussurrai.

Sentii Ash spingersi contro lo schienale della sedia e lo vidi voltarsi a sinistra, allontanandosi da me.

Passammo il resto delle due ore in silenzio, lui girato verso sinistra e io verso destra, a osservare tutte le persone stravaganti che passavano sotto ai miei occhi.

Una signora vestita con una gonna a strisce orizzontali colorate e delle calze di lana molto spesse mi sorrise, forse sentendosi osservata. Distolsi lo sguardo, concentrandomi su chi attirasse di più la mia attenzione. Vidi una ragazza dai capelli rossi, sembrava molto giovane, all'incirca della mia età. Girovagava freneticamente, con uno sguardo preoccupato negli occhi, sembrava che stesse cercando qualcosa, o forse qualcuno.

«Emily!» ripeté la ragazza per cinque volte di seguito, cercando di farsi spazio tra l'immensa folla che la spingeva, spintonandola da una parte all'altra.

Mentre iniziavo a provare pena per la ragazza e la Emily scomparsa, vidi una bambina dai capelli ricci color carota. Indossava un vestito e delle calze di lana. Stava correndo proprio verso... la ragazza.

«Mamma!» urlò la bimba buttandosi tra le braccia della giovane ragazza, la quale la strinse forte, così forte, come se volesse essere una cosa unica con lei.

Mi si strinse il cuore a guardare una scena così commovente.

Dopo essere stata per due ore in aeroporto a sentire chiamate di voli una dietro l'altra, quasi non mi accorsi quando la voce metallica diede l'ultima chiamata per il volo per Miami.

Mi alzai frettolosa e mi diressi al check-in, con Ash al mio seguito. Era rimasto alcuni passi dietro di me, ma percepii ugualmente la sua presenza. Mi aiutò quando dovetti portare i bagagli, ma non mi rivolse la parola. Mi sentivo così in colpa; in fondo se avessi evitato di dire una cosa del genere, non avrei rovinato il nostro viaggio al mare. Invece ora ci trovavamo l'uno vicino all'altra mentre attraversavamo il corridoio per uscire sulla pista di decollo, ma sembravamo dei perfetti sconosciuti. Eravamo stati gli ultimi a imbarcarci quindi eravamo soli, in quel corridoio vuoto.

Affrettai il passo, camminando davanti a lui. Ero quasi arrivata all'uscita, quando una mano afferrò il mio braccio. Mi girai lentamente verso Ash e lo osservai pronta a sentire qualunque cosa avesse da dirmi. Non mi sarei mai aspettata niente del genere.

«Verdi,» disse Ash guardandomi, io lo fissai senza capire «vorrei che nostro figlio avesse gli occhi verdi come i tuoi, vorrei che avesse il tuo sorriso, vorrei che avesse quella luce negli occhi che solo tu hai... vorrei che fosse come te, generoso, sincero, curioso, creativo e altruista, proprio come sei tu...» concluse Ash guardandomi dritto negli occhi.

Sorrisi.

«Non ti sei arrabbiato?» sussurrai.

Lui scosse la testa e mi attirò a sé.

«Non riesco ad arrabbiarmi con te in ogni caso... Ero solo sorpreso, quando hai detto quelle cose, quello che ho visto eri tu con una bambina bionda identica a te che mi correva incontro e mi chiamava papà... Sono solo rimasto allibito. Scusa, piccola.»

Sorrisi e mi alzai in punta di piedi per baciarlo. Poi lo presi per mano e lo trascinai verso l'uscita correndo e ridendo.

Tre ore dopo stavamo uscendo dall'aeroporto di Miami, dopo esserci tolti i maglioni pesanti per rimanere in t-shirt, dato il caldo.

Era un clima del tutto diverso rispetto a Chicago.

Era tutto diverso, anche le persone.

Ogni luogo aveva abitanti differenti, e a Miami le persone erano tutte felici e solari. Sembrava che fosse piena estate, invece che il primo gennaio.

Prendemmo un taxi e Ash chiese al tassista di portarci alla spiaggia più famosa di Miami.

Mi godetti il viaggio in taxi abbracciata ad Ash, mentre lui mi sussurrava cose poco comprensibili all'orecchio facendomi il solletico e provocandomi delle vere risate. Passammo il resto del pomeriggio in spiaggia a guardare il mare blu che sembrava infinito.

Lasciai Ash seduto e, dopo essermi tolta le scarpe, andai verso il bagnasciuga e immersi i piedi nell'acqua, rabbrividendo per la sua temperatura. Chiusi gli occhi e portai la testa all'indietro alzando lo sguardo verso il cielo.

Mi sentivo così bene, amavo il mare, ma mi mancava qualcosa.

Mi sentivo incompleta.

Sentivo quella sensazione espandersi all'altezza del petto, mi chiudeva la gola, togliendomi il respiro. Quella sensazione di felicità, ma non una felicità vera, come se ti mancasse un vero e proprio pezzo di te stessa.

Mi girai verso la spiaggia e osservai Ash disteso al sole che mi osservava, sorrisi e poi tornai verso di lui. Mi sedetti tra le sue gambe, appoggiando la schiena contro il suo petto.

«Morirei» mi sussurrò Ash all'orecchio.

«Che?» mi girai leggermente verso di lui per poter vedere i suoi occhi.

«Io morirei per te, farei di tutto per te...» mi sussurrò con il viso infilato tra la mia spalla e i miei capelli.

«E io per te...» gli risposi.

Lo baciai stringendolo a me e pensando a come avevo potuto vivere senza di lui prima di conoscerlo.

Tornammo a Chicago quattro giorni dopo, giusto per l'inizio dei corsi all'università.

Era il secondo semestre ed era importante superare tutti gli esami per passare all'anno successivo.

Gennaio volò e fu un mese impegnativo, sia per me che per Ash.

Non lo vedevo praticamente mai, a parte la sera, o la mattina. Lavorava quasi tutto il giorno, e a me sembrava strano. In fondo lavorava in un'officina, non avevo mai pensato che potesse impegnarlo così tanto.

«Sasha?» chiesi al telefono.

«Sì?» mi rispose lei.

«Ho bisogno di te» le dissi sorridendo.

«Per che cosa?» mi chiese lei.

«Tra qualche giorno è il compleanno di tuo fratello e avrei bisogno di qualche consiglio» dissi.

«Oh, certo, dimmi, piccola Jo» disse lei ridendo.

«Allora...»

56

Avevo passato gli ultimi cinque giorni a pensare a cosa fare per il compleanno di Ash. In fondo faceva ventun anni e, per quanto potesse essere egoista come pensiero, era il primo compleanno che avrebbe passato con me, e l'avremmo trascorso insieme.

Dovevo inventarmi qualcosa di speciale e Sasha mi aveva suggerito di organizzare una festa a sorpresa al Cobain.

Così avevo chiesto a Luke, ma il Cobain era risultato occupato da feste ed eventi per due settimane intere, e a parer mio era brutto non festeggiare il giorno esatto, o perlomeno due settimane dopo.

Che potevo fare?

Ormai mancava solo un giorno e non sapevo cosa inventarmi.

Camminai su e giù tra il divano e la finestra.

Mi doveva venire un'idea.

Quella della festa non era male, ma non sapevo dove farla.

Andai in cucina e mi presi un bel bicchiere d'acqua fresca per rilassarmi.

Mi passai una mano tra i capelli e guardai l'ora.

Erano già le cinque di pomeriggio e Ash sarebbe tornato tra meno di un'ora... e io non avevo ancora idee su cosa fare.

Avrei potuto... non lo sapevo, ma speravo di farmi venire qualcosa in mente molto presto.

Presi il telefono e chiamai Sasha, avevo bisogno di altri suoi consigli. In fondo lo conosceva meglio di me, era suo fratello e aveva partecipato a tutti i suoi vecchi compleanni...

«Ciao Jo, come sei messa?» mi chiese Sasha già sogghignando.

Sapeva che ero nei guai.

«Non bene...»

«Senti, risolviamo questa cosa... tu cosa vorresti fare?»

«Sasha, è il suo compleanno, non il mio. Non posso fare ciò che piace a me...» sospirai arresa.

«Sì, ma non hai ancora capito che qualunque cosa farai a lui piacerà...»

«Ma perché dovrebbe. Non ha senso, Sasha» dissi passandomi una mano tra i capelli quasi in una crisi di nervi, e mi buttai sul divano.

«Lui ti ama, non farebbe differenza» si spiegò finalmente lei.

«Ma...» cercai di protestare, ma fui bloccata.

«Ma niente... è così. Pensaci... Ciao, bella» e chiuse la chiamata, lasciandomi ancora più dubbiosa di prima.

Forse, se avessi invitato due o tre suoi amici a casa, gli sarebbe piaciuto comunque.

Ero dannatamente indecisa, anche se a me sarebbe piaciuto da matti passare la serata con lui a parlare...

Magari avrebbe potuto raccontarmi qualcosa di più di quando era piccolo. Così decisi di organizzare una festa a casa con i suoi amici più cari, così per bere qualcosa e festeggiare insieme a loro.

Presi il telefono e iniziai a chiamare George e Luke, chiedendogli di invitare qualche amico di Ash che non conoscevo, magari qualche compagno delle superiori.

Poi mandai un messaggio sia a Sasha che ad Alexis e le invitai a casa il giorno dopo alle sette di sera.

Avevo appena messo giù il telefono quando sentii la porta di casa aprirsi, mi alzai dal divano e mi diressi all'entrata.

Ash indossava ancora i pantaloni della tuta blu dell'officina e sopra la giacca.

Aveva in mano dei fogli e aveva dei segni di olio per le macchine sulle mani e sulla guancia.

Nonostante tutto, era magnifico, più di qualunque altra cosa.

Mi ero sentita così vuota senza di lui per tutto il giorno, e mi succedeva in ogni momento, ogni ora di ogni giorno, quando lui non c'era.

Lui non c'era e a me sembrava di essere solo metà di me stessa.

«Ehi...» dissi sorridendo.

Lui alzò lo sguardo e sorrise, posò la giacca e venne verso di me.

Racchiuse il mio viso tra le mani e si avvicinò, finché le sue labbra non sfiorarono le mie.

«Ehi...» mi rispose non appena si staccò.

Alzai lo sguardo e mi persi nei suoi occhi.

Sentivo tutto nei minimi dettagli.

Sentivo le sue dita muoversi dolcemente sulle mie guance, sentivo i suoi capelli solleticarmi il viso, sentivo il suo respiro caldo sulla mia pelle.

Sentivo il suo petto alzarsi contro il mio, ma soprattutto sentivo il suo cuore battere con il mio.

Stesso dolce e rilassante ritmo, stessa cadenza.

Poteva una persona essere così legata a un'altra come io lo ero a lui?

Non lo credevo possibile.

Ma questi momenti erano la dimostrazione di tutto, di quanto l'amore potesse essere forte e vero.

«Ho fame...» disse lui sogghignando.

Io risi.

«Come sempre...» aggiunsi, poi lo presi per mano e lo trascinai in cucina, lo feci sedere al tavolo e iniziai a preparare qualcosa.

Mi sentivo così fortunata ad averlo con me, lui ormai era la mia normalità, ma poi mi veniva in mente com'era la mia vita prima di lui.

E sapevo esattamente che non sarei stata quella persona, senza di lui.

La mattina seguente mi svegliai presto, elettrizzata.

Era il suo compleanno.

Era esattamente la stessa sensazione che provavo da bambina quando era il mio compleanno, come se tutto il mondo dovesse darmi delle attenzioni solo perché era il mio compleanno.

Mi sentivo così, ed era il compleanno di Ash.

Mi tirai su dal letto piano, cercando di fare poco rumore.

Scostai le lenzuola calde, infilando le mie ciabatte blu e uscendo dalla camera.

Non ero un genio in cucina, ma una buona colazione potevo farla, l'avevo vista fare così tante volte da mia madre che avrei saputo cosa fare a occhi chiusi.

Iniziai a fare l'impasto per i pancake.

Presi dal frigo le uova, il latte, lo zucchero, la farina, un po' di sale e il lievito.

Mischiai tutto insieme e dopo aver messo una padella sottile sul fuoco, versai tre cucchiai di composto e lo spalmai.

Amavo i pancake, forse perché era l'unica cosa che mio padre sapeva fare in cucina.

Aiutava mia mamma ogni mattina a farli, ma per il resto era un disastro come me.

Ne feci alcuni, poi decisi di farli a forma di cuore.

Preparai il caffè, una spremuta, presi una brioche, e poi dopo aver messo tutto sul vassoio andai verso la camera.

La porta era socchiusa così come l'avevo lasciata, la aprii leggermente cercando di non farla cigolare.

Entrai e vidi Ash dormire tranquillo, proteso verso la parte vuota del letto.

Mi avvicinai e dopo aver posato il vassoio sul comodino mi chinai su di lui, lasciandogli un bacio sul collo per poi salire, finché non fui a un millimetro dalle sue labbra.

Sospirai e lo osservai.

Sembrava così sereno.

A un certo punto le sue mani scattarono e finirono sul mio viso facendo unire le nostre labbra.

Lo baciai sorridendo.

Era sveglio e mi aveva presa in giro.

Quando mi staccai lo guardai mentre mi sorrideva.

«Potrei abituarmici, sai?» mi disse.

«A cosa?» gli chiesi sorridendo.

«A te che mi svegli così... Sei spettacolare, piccola.»

Mi avvicinai e lo baciai ancora, lui mi attirò ancora di più a sé finché non finii cavalcioni su di lui. Le sue mani scivolarono sui miei fianchi, invitandomi a muovermi leggermente.

Quando mi staccai dalle sue labbra, posai le mani sul suo petto e gli lasciai dei baci umidi sul collo.

«Buon compleanno...» sussurrai guardandolo.

Ash mi sorrise e poi posò una mano sulla mia guancia, io chiusi gli occhi e mi spinsi verso la sua mano.

«Ti amo...»

«Anche io ti amo, Ash. Per questo ti ho fatto questa bella colazione» dissi indicando il vassoio.

Lui si tirò su e, tenendomi sempre su di lui, prese il vassoio e iniziò a mangiare con gusto i pancake a forma di cuore.

Quando ebbe finito, mi seguì in cucina per aiutarmi a pulire.

Poi, essendo venerdì, si vestì per andare in officina, senza sapere che Luke gli aveva fatto una sorpresa.

Avevo chiesto a Luke di portarlo a divertirsi per tutto il giorno con i suoi amici, come facevano quando andavano al liceo.

Ash uscì di casa dopo avermi baciato, e io sperai con tutta me stessa che avrebbe apprezzato la sorpresa.

Passai il resto della giornata con Sasha e Alexis che mi aiutarono a preparare la torta di compleanno più difficile di sempre.

Poi chiamai tutti e annunciai l'orario della festa a sorpresa.

Erano le sei di sera quando sentii la porta aprirsi.

Mi schiacciai dietro al divano vicino a Sasha e feci segno a tutti di stare zitti.

«Amore, sei in casa?» La voce di Ash proveniva dall'ingresso, poi si accese la luce in corridoio e sentii i suoi passi.

Iniziai a torturarmi le mani per l'agitazione, mentre il mio cuore batteva all'impazzata e non riuscivo a togliermi il sorriso dalle labbra.

«Amore?» disse entrando in salotto e cercando il pulsante per accendere la luce.

Non appena la stanza si illuminò, tutti saltammo fuori dai nascondigli e gridammo: «Sorpresa!»

Sul viso di Ash passarono mille emozioni, prima incomprensione, poi sorpresa, infine felicità e amore, rivolto dritto verso di me.

Io gli sorrisi osservando Luke, George e tutti gli altri suoi amici che avevo avuto modo di conoscere un pochino nell'ultima mezz'ora di preparativi.

Sorpassai il divano e mi buttai tra le sue braccia.

«Auguri!» urlai felice.

«Grazie, piccola...» mi rispose per poi darmi un dolce bacio.

Tutti applaudirono.

Io risi e mi staccai da lui, dando modo agli altri di salutarlo.

Osservai Ash mentre abbracciava i suoi vecchi amici, così felice di rivederli.

Sapere che avevo fatto qualcosa che l'aveva reso felice, mi faceva stare bene.

«Jo, vieni!» mi disse lui guardandomi.

Io mi avvicinai e mi ritrovai in mezzo ad alcuni suoi amici.

Derek, Tyler... Sam... e Zack, se mi ricordavo bene.

«Jo, loro sono Tyler,» il ragazzo di fronte a me con un cappellino da baseball blu in testa mi strinse la mano presentandosi «Zackary, detto Zack,» sorrisi al ragazzo biondo che indossava un'elegante camicia a righe «Derek e Sam.»

Sorrisi a tutti, felice di conoscere persone del passato di Ash. Dopo di loro Ash mi presentò ad altri gruppetti di amici e dopo aver finito accese la musica, mentre io, Sasha e Alexis portammo da bere e da mangiare. Mi divertii un mondo a sentire i racconti di Ash e dei suoi amici su cosa facevano al liceo.

«Giochiamo a *Obbligo o verità*!» esultò Sasha, scuotendo il bicchiere e rovesciando qualche goccia di birra per terra.

Tutti accettarono, così ci sedemmo in cerchio e iniziammo il gioco.

«Zack, obbligo o verità?» chiese Sam a Zack.

Tutti ci voltammo verso di lui in attesa di una risposta. Erano dei ragazzi simpatici da quello che avevo capito di loro.

«Mmm, penso verità» rispose tranquillo, si portò il bicchiere alle labbra e bevve in attesa della domanda.

«È vero che hai avuto una cotta per tua cugina Sandy?»

«Sì, verissimo, ma, ragazzi, era una bionda pazzesca, avevo quattordici anni e lei diciannove...»

«Me la ricordo!» urlò Derek.

«Sì, pure io... Era proprio sexy» disse Ash al mio fianco.

Io mi girai verso di lui sorpresa, lui abbassò lo sguardo verso di me e quando vide la mia faccia si avvicinò al mio orecchio.

«Mai quanto te, piccola...» sussurrò.

«Ti sei appena salvato» gli dissi piano per non farci sentire.

Lui rise e poi tornai a rivolgere l'attenzione al gioco.

Nel frattempo Luke stava aspettando una risposta da George.

«Mmm, la prima ragazza per cui ho perso la testa è stata Alexis,» disse George rivolto verso di lei che era seduta al suo fianco «ogni volta sei sempre stata tu...» le disse per poi avvicinarsi e baciarla.

Erano così carini insieme...

«Jo, ho una domanda per te...» sentii la voce di Tyler, così distolsi l'attenzione da Alexis e George per voltarmi verso di lui.

«Obbligo o verità?» mi chiese.

Avevo già giocato a *Obbligo e verità,* anche se non sapevo perché, la verità non mi aveva mai portato bene.

«Obbligo» risposi sfidandolo con lo sguardo.

«E va bene, ti obbligo a bere un'intera bottiglia di birra in tre sorsi» mi disse sogghignando e passandomi la bottiglia.

«Non sei obbligata sul serio...» sentii la voce di Ash alla mia destra.

«Ma è la regola del gioco, quindi devo farlo» dissi ridendo.

In fondo era solo un po' di birra.

Presi la bottiglia e me la portai alla bocca iniziando a bere la birra. Mi fermai a metà, presi fiato e iniziai a mandare giù quello che restava.

Ce la feci giusto in tre sorsi. Tutti mi applaudirono e continuammo il gioco.

«Ash,» disse Derek «questa è proprio per te... obbligo o verità?»

«Verità» rispose Ash sereno.

«Con quante ragazze vergini sei stato?» chiese Derek sogghignando, si vedeva che era un po' ubriaco.

«Oh, dài ragazzi, lo sapete già» borbottò Ash al mio fianco.

Io mi sentivo bloccata, non sapevo perché, ma mi sentivo strana.

«Sono sicuro che in questa stanza c'è qualcuno che non lo sa...» disse Derek guardando Sasha, Alexis e infine me.

«Derek, smettila... Sei ubriaco e non è divertente» disse Ash.

Io mi irrigidii.

«Rispondi e basta...» disse Derek bevendo altra birra.

Calò il silenzio nella stanza.

Non era questa l'atmosfera che avevo pensato per il suo compleanno, volevo che fosse divertente, ma si stava rivelando tutt'altro.

«Cinque...» disse Ash sussurrando.

«Non ho sentito...» ripeté Derek.

Io abbassai lo sguardo.

«Cinque...» ripeté Ash alzando la voce.

«Oh, strano l'ultima volta erano quattro, come mai?» chiese Derek.

Io mi alzai di scatto e uscii dalla stanza, era diventato imbarazzante. Sapevo che la quinta ero stata io, ma non volevo che lo sapesse tutto il mondo. Corsi verso l'ultima porta del corridoio, entrai e presi velocemente una coperta, salii le scale e uscii sul tetto.

Avevo bisogno d'aria.

Mi avvolsi le spalle con la coperta e camminai lentamente verso il bordo.

Cercai di calmarmi.

Volevo sempre sapere di più sul passato di Ash, ma ogni volta quello che scoprivo non mi piaceva. Prima quello che aveva subìto da bambino, poi la droga e ora questo. Era logico che fosse stato con molte ragazze, ma mi dava comunque fastidio.

Appoggiai le mani sul bordo e guardai giù.
Chicago era sempre bellissima.
Sentii un rumore e così mi voltai.
Vidi Ash uscire dalla botola con una sua giacca nera in mano.
«Piccola...» disse avvicinandosi, io tornai a guardare il panorama notturno di Chicago.
Sentii qualcosa coprirmi le spalle e riscaldarmi.
Poi Ash si mise al mio fianco.
«Stai bene?» chiese.
«Sì, sto bene... Non sono più la ragazzina di una volta» dissi sulla difensiva.
«Lo so...» mi rispose tranquillamente lui.
«È che mi ha dato fastidio, tutto qui» ammisi piano.
«So anche questo» rispose lui.
Mi voltai verso di lui. «C'è qualcosa che non sa, Mr Occhi di Ghiaccio?» gli chiesi sarcastica.
«Come mi hai chiamato?» disse lui.
Solo quando me lo chiese, mi resi conto di come l'avevo chiamato.
Non l'avevo mai detto ad alta voce, era sempre stato solo lo stupido nomignolo che gli avevo affibbiato nella mia mente.
«Mr Occhi di Ghiaccio» dissi piano abbassando lo sguardo sulle mie scarpe.
«Perché?» chiese serio lui, mettendo due dita sotto il mio mento e alzandolo verso di lui.
«La prima volta che ti ho visto, ho deciso di chiamarti così per via dei tuoi occhi... Mi ero innamorata dei tuoi occhi» ammisi.
Lui mi racchiuse tra le sue braccia portando la fronte a contatto con la mia.
«E ora?»
«E ora cosa?»
«Sono ancora il tuo Mr Occhi di Ghiaccio?» chiese lui sorridendo.
«Lo sarai sempre...» dissi.
Lui si avvicinò e mi baciò.
Quando si staccò mi prese per mano e scendemmo in casa.
Appena misi piede in salotto non capii cosa stesse succedendo.
Sasha era piegata su Derek.
Mi avvicinai e vidi che gli stava asciugando il sangue che gli colava dal naso, di fianco a lei Alexis le passava il disinfettante e il cotone.
«Che è successo?»

«Ash...» disse Sasha.

Io mi girai di scatto verso di lui. «L'hai picchiato?» chiesi indignata, non era l'Ash che amavo.

«Solo un pugno...» si giustificò lui.

«Solo un pugno? Fratello, gli hai frantumato il naso...» si intromise Sasha, dandomi più dettagli.

Io scossi la testa e sorpassai Ash, andai in corridoio e mi chiusi in camera.

Mi sedetti sul letto sconvolta.

Non era così che volevo festeggiare il suo compleanno.

Quello che era successo era proprio il contrario di quello che avevo pensato.

Gli aveva spaccato il naso, per una stupidata.

Sì, l'aveva fatto per difendermi, ma forse aveva esagerato.

E io che mi ritenevo cresciuta e cambiata mi ero comportata da vera bambina reagendo in quel modo.

Mi ero sentita così umiliata, ma anche gelosa.

Avevo sempre quella paura che qualcuna riuscisse a portare Ash via da me, perciò reagivo così.

Avrei lasciato Ash con i suoi amici, non avevo voglia di tornare di là, dopo quello che era successo.

Mi cambiai indossando il pigiama e andai in bagno per struccarmi, poi mi misi sul letto con l'album da disegno e iniziai a disegnare qualcosa.

Mezz'ora dopo, qualcuno bussò piano alla porta.

«Chi è?» chiesi.

«Sono io.»

Mi alzai e aprii la porta.

«Torna di là, non voglio che perdi tempo con me, invece di stare con i tuoi amici» dissi guardandolo.

«Non c'è più nessuno di là...» disse guardandomi.

«Cosa?» chiesi.

«Li ho mandati via, non mi importa di loro se si prendono gioco di te.»

Ash spinse la porta ed entrò in camera facendomi indietreggiare.

Mi sedetti al centro del letto, spostando l'album per fargli spazio.

«Non volevo che fosse così la tua festa» dissi dispiaciuta.

Se non avessi reagito in quel modo sarebbe andato tutto diversamente.

«Non fa niente, guarda che cosa ti ho portato...» disse Ash sorridendo.

Tirò fuori le braccia da dietro la schiena e mi mostrò...

«La torta!» esultai, anche se poi mi resi conto dell'aspetto che aveva. «Oddio, è orribile!» dissi coprendomi gli occhi.

«Sì, lo è,» concordò Ash con me «ma apprezzo il gesto.»

Gli tirai una pacca sulla spalla ridendo.

Ash accese le candeline e mi sorrise.

«Esprimi un desiderio» gli dissi guardando il suo viso illuminato dalla luce delle candeline.

Ash chiuse gli occhi e sussurrò qualcosa che non capii, poi li riaprì e spense le candeline. Le tolse e affondò il dito nella panna per poi spalmarla sul mio viso. Spalancai la bocca sorpresa.

«Hai appena...» iniziai io, ma lui mi interruppe.

«Sì, ti ho appena sporcato di panna tutto il naso...» rise.

Io feci lo stesso con lui e dopo poco ci ritrovammo entrambi sporchi di panna su tutto il viso.

Ci fermammo quando lo supplicai di smettere, mi era venuto mal di pancia dal tanto ridere.

«Basta! Basta, ti prego...» supplicai.

«Sei così bella quando ridi...» mi disse per poi baciarmi.

Mi aggrappai al suo collo e mi strinsi a lui approfondendo il bacio.

«Ti amo» mi disse.

«Ti amo anche io, pure tutto ricoperto di panna...» dissi ridendo.

Tirai fuori la lingua e leccai la rimanente panna sulle mie labbra.

«Perlomeno è buona...» dissi sorridendo.

Ash rise e andò in bagno, poco dopo tornò con un asciugamano bagnato e me lo passò.

Mi pulii e poi lo stesso fece lui.

Mentre lui tornò in bagno, io mi alzai e tirai fuori da sotto il letto il suo regalo.

Mi sedetti nuovamente con le gambe incrociate e il regalo davanti a me.

Quando Ash tornò, mi sorrise e subito notò la grande busta nera.

Si avvicinò e poi la prese.

Io lo guardai mentre apriva la busta, e il sorriso che vidi non appena capì cosa c'era dentro, fu la cosa più bella di sempre.

«Oh, ma è bellissimo!» disse Ash tirando fuori la giacca di pelle nera.

La indossò e poi venne verso di me.

«Grazie, piccola» mi disse sussurrando sulle mie labbra.

«Di niente» gli risposi sorridendo.

Ero veramente felice che gli fosse piaciuta.

«Dovrei ringraziarti ora...» disse con voce roca baciandomi sul collo.

«Come?» sussurrai io già senza fiato, mi spinse e mi fece stendere sul letto, coprendomi con la sua figura imponente.

«Ho un sacco di modi in mente...»

57

Chiusi la porta di casa alle mie spalle e scesi le scale attenta a non scivolare sul ghiaccio.

Mi strinsi nel mio cappotto nero e mi fermai sul bordo della strada per chiamare un taxi.

Era passato un giorno dal compleanno di Ash, ed essendo febbraio tutta la popolazione mondiale si stava preparando per San Valentino.

Salii sul taxi e diedi l'indirizzo dell'officina al taxista.

Osservai Chicago ancora tutta imbiancata, ma sempre bellissima.

Passammo per il centro e notai tutte le vetrine dei negozi addobbate con cuori rossi per San Valentino.

Non avevo mai festeggiato San Valentino prima d'ora.

Il taxi mi lasciò davanti all'officina un quarto d'ora dopo.

Pagai e scesi.

Entrai dal garage aperto e passai in mezzo alle numerose macchine un po' sospese in aria e un po' con le ruote per terra.

Sentii il rombo di un motore e svoltai in quella direzione, dove trovai una macchina rossa con il cofano aperto.

Davanti a quest'ultimo, Luke stava esaminando attentamente il motore mentre Ash da dentro la macchina dava gas.

Li osservai entrambi.

Erano diventati bravi nel loro lavoro, avevano scoperto di avere un vero e proprio talento con i motori e questo veniva dimostrato dal grande giro di clientela che si erano creati.

Sembravano molto indaffarati e poi, da quando avevo iniziato l'università, Ash praticamente passava tutta la sua giornata lì dentro, anche se a volte non capivo bene il perché, mi sembrava esagerato il numero di ore che passavano in officina, ma non potevo farci niente.

Ero anche felice di questo perché voleva dire che entrambi avevano messo la testa a posto e questo era l'importante.

Quando smisero di fare rumore bussai con la mano destra sulla parte posteriore della macchina che si trovava al mio fianco per farmi notare.

«Piccola...» disse Ash uscendo velocemente dalla macchina rossa dopo essersi accorto di me.

Mi venne incontro e io mi allungai pronta a ricevere un suo bacio, ma lui prese la mia mano destra nelle sue e la esaminò tutta.

«Che c'è?» chiesi preoccupata, non ero arrivata neanche da un minuto e avevo già rovinato il loro lavoro?

«La vernice era fresca» disse Ash mentre lasciava andare la mia mano molto più tranquillo, anche se non avevo capito perché l'avesse controllata con così tanta apprensione.

«Ah, scusate, non lo sapevo» ammisi dispiaciuta.

«Oh, no, non ti preoccupare per quella là» disse Luke indicando la macchina al mio fianco. «È che la vernice fa fatica a venire via dalla pelle... Tutto qui» mi spiegò Luke sorridendo e tornando poi a lavorare sul motore della macchina rossa.

Io sorrisi più tranquilla e mi beai dell'abbraccio caldo di Ash.

Fuori faceva veramente freddo e stare tra le braccia di Ash in quel momento mi scaldava sia il corpo sia il cuore.

«Come va qui al lavoro?» chiesi a entrambi mentre Ash, con una mano sulla mia schiena, mi accompagnava più vicino a Luke.

«Mmm, non molto bene, non capiamo quale sia il problema in questa macchina...» spiegò Ash lasciandomi per aiutare Luke.

«Be', mi spiace...» dissi sincera, non avrei potuto fare altro; le auto e i motori erano un altro argomento che mi andava poco a genio, proprio come la cucina.

Mi avvicinai curiosa al lato sinistro della macchina e allungai il collo per vedere il motore. Non capivo cosa ci potesse essere di strano, a me sembrava roba proveniente da un altro mondo.

Poi vidi una fascetta blu scuro avvolta su un tubicino. Mi allungai e la tolsi da sotto gli occhi di Ash e Luke. Non so perché lo feci, ma mi sembrava inadatta a stare lì.

«Cos'è?» chiese Luke curioso, osservandomi con i suoi occhi celestiali.

«Solo una fascetta...» dissi tenendola tra le dita.

«Cosa ci faceva una fascetta...» Luke si bloccò a metà frase per dare una spinta ad Ash e dirgli: «Accendi il motore.»

Ash entrò velocemente in auto e mise in moto, aspettai con ansia di sentire qualcosa di strano, invece poco dopo mi ritrovai stretta tra le braccia di Luke.

«Grazie, piccolo angelo biondo» mi disse Luke lasciando dei baci sui miei capelli.

Io sorrisi impacciata senza sapere che cosa fare, così gli diedi due pacche sul braccio e lui mi lasciò andare.

«Amico,» disse Luke ad Ash che intanto era uscito dalla macchina e mi aveva raggiunta lasciandomi un dolce bacio sulla fronte «dovresti sposare questa ragazza! Perché giuro che se non lo fai tu, lo faccio io!» finì Luke felice.

Io abbassai lo sguardo sulle mie scarpe nere e consumate mentre il mio cuore perdeva un battito.

Matrimonio.

Era una parola importante, insomma non era come dire 'cane', 'rosso' o 'albero'.

Era matrimonio.

E mi veniva paura solamente a pensarci.

«Lo farò!» disse Ash ridendo e battendosi il cinque con Luke.

Non si era reso conto di avermi fatto morire per un secondo con quella risposta, anche se poi compresi dal tono leggero con cui l'aveva detta che stava scherzando, e mi tranquillizzai.

«Grazie tante, piccola, per avere risolto il problema al motore...» mi sussurrò Ash con voce rauca all'orecchio, provocandomi dei brividi che si aggiunsero a quelli per il freddo.

Io sorrisi, non sapevo neanche cosa avevo fatto, eppure avevo risolto il loro problema: la fortuna della principiante. Mi alzai in punta di piedi e lasciai un dolce bacio sulla guancia di Ash, che era coperta da una leggera barba scura, che lo rendeva ancora più sexy.

«Vado, ci vediamo a casa» gli dissi mentre lui si girava verso di me per scrutarmi con i suoi bellissimi occhi di ghiaccio.

«Okay, a stasera piccola, ti amo» mi rispose Ash abbassandosi verso di me per lasciare un bacio casto sulle mie labbra screpolate dal freddo.

Salutai Luke e mi allontanai da Ash, e sentii quel senso di vuoto che avvertivo ogni volta che non stavamo insieme.

Uscii dall'officina e una folata di aria gelida mi investì in pieno viso, facendomi svolazzare qualche capello biondo e obbligandomi ad alzare la sciarpa per coprirmi meglio.

Decisi di passeggiare in centro non essendo molto lontano: avevo bisogno di qualcosa di caldo da bere e di un'idea per il regalo di San Valentino di Ash.

Non appena vidi un bar entrai e subito mi deliziai del tiepido calore che aleggiava nel locale.

Mi sedetti a un tavolo appartato e chiesi a una ragazza dai capelli ramati una cioccolata calda.

La cameriera mi sorrise e tornò al bancone.

Non avevo nessun'idea su cosa fare.

Forse avrei dovuto mettere da parte tutte queste domande e fargli un semplice regalo.

L'aggettivo semplice però non aveva mai fatto parte della nostra storia, e mi sentivo quasi in colpa a non fare qualcosa di importante.

Pagai dopo aver finito la cioccolata e uscii dal locale, rabbrividendo per lo spiacevole sbalzo di temperatura.

Presi il primo taxi e tornai a casa; avevo ancora qualche cosa da studiare per la lezione di Psicologia.

Appena arrivata mi tolsi il cappotto e alzai subito il riscaldamento, fuori era gelido. A casa mia di inverno faceva freddo, ma non così tanto.

Indossai un altro maglione caldo e dopo aver preso il libro di Psicologia mi sedetti sul letto.

> In amore si ha il paradosso di due esseri che si convertono in uno solo e tuttavia continuano a essere due.
>
> Erich Fromm

Lessi quella frase due volte e in quel momento mi venne un'idea.

Presi un pezzo di carta e iniziai a scrivere tutto quello che mi venne in mente su Ash, su di noi e sul nostro amore.

Volevo un regalo particolare e importante, e questo lo era di sicuro.

Passai tutto il pomeriggio a pensare e a scrivere tutte le emozioni che avevo provato insieme a lui.

Tutto quello che avevamo passato.

Non mi accorsi neanche della leggera tosse, o del mio continuo soffiarmi il naso.

Solo quando smisi mi resi conto di avere il naso tappato e di non riuscire a respirare bene.

«Sono tornato!» disse Ash dall'ingresso, io mi alzai dal letto e uscii dalla stanza, gli andai incontro e sorrisi.

«Ehi, è andata meglio al lavoro?» gli chiesi mentre entravo in cucina.

Lui mi seguì e, dopo avermi racchiuso tra le sue braccia, mi rispose: «Sì, ma essere qui con te è meglio di qualunque altra cosa...»

Io rabbrividii.

«Lo senti?» mi chiese lui subito dopo.

Mi voltai verso di lui e scossi la testa senza capire. «Cosa?» chiesi, mentre osservavo attenta il suo viso.

I suoi occhi color ghiaccio erano lucidi, possedevano quella luce, quella che non li abbandonava mai quando mi guardavano.

Le sue labbra erano dapprima strette in una linea dura, ma poi si aprirono in un sorriso splendente dandomi modo di ammirare quella fossetta sul suo viso che spuntava fuori quando sorrideva.

«Questo, questa strana atmosfera che c'è ogni volta che stiamo insieme...» sussurrò Ash.

Io sorrisi e annuii.

Come potevo non sentirla, ogni volta che faceva un passo verso di me il mio cuore smetteva di battere solo per poi ricominciare a un ritmo più forte, ogni volta che mi baciava sentivo che l'ossigeno mi arrivava dritto al cuore.

Ash si abbassò pian piano e posò delicatamente le sue labbra sulle mie regalandomi un bacio dolce.

Non uno di quei baci in cui ognuno vuole prendersi tutto dell'altro.

Un bacio lento, leggero.

Un bacio che mi permise di sentire il sapore della sua pelle, e come le sue labbra completassero le mie alla perfezione.

«Non puoi sapere quanto ti amo...» sussurrò lui e io sorrisi.

Ogni volta che pronunciava quelle due parole, mi sentivo completa, perfettamente me stessa.

Mi svegliai di soprassalto dopo un forte spasmo alla pancia.

Aprii gli occhi e vidi ancora tutta la stanza avvolta nella notte.

Mi alzai di fretta dal letto, rabbrividendo per il freddo, e corsi in bagno, abbassandomi sul gabinetto.

Alzai il viso e, scostandomi i capelli dagli occhi, mi tirai su a fatica e mi avvicinai al lavandino per togliermi quel brutto sapore dalla bocca. Non feci in tempo che un conato risalì dalla mia gola impedendomi di stare meglio.

Cercai di respirare e calmare la forte nausea che provavo in quel momento.

Restai qualche minuto seduta sul pavimento del bagno e poi, con la poca forza che avevo in corpo in quel momento, mi alzai e andai dritta in cucina per bere qualcosa.

Tossii varie volte prima di arrivare al frigo e, dopo aver bevuto ed essermi finalmente tolta quell'orribile sapore dalla bocca, starnutii.

Presi dei fazzoletti e tornai in camera.

Mi misi nuovamente sotto le coperte, ma non riuscii a coricarmi; la nausea continuava a tormentarmi e così restai seduta.

Non volevo svegliare Ash, di notte dormiva come un sasso, stanco da tutto il lavoro che faceva di giorno.

Tossii ancora e ancora, e a quel punto Ash aprì un occhio e io sbuffai frustrata; ero riuscita a svegliarlo.

Starnutii di nuovo e Ash si mise prontamente a sedere passandomi i fazzoletti.

«Piccola, stai bene?» mi chiese preoccupato.

Scossi la testa, sorridendo malinconica. «Non penso...» dissi con una voce nasale dovuta al raffreddore.

Brividi di freddo si impossessarono di tutto il mio corpo.

Ash si avvicinò a me e posò le labbra sulla mia fronte.

«Hai la febbre...» disse passandosi una mano tra i capelli, io cercai di rassicurarlo sorridendogli.

«Non è niente di che...» provai a dire anche se in quel momento mi accorsi di avere poca voce.

Ash scosse la testa e si alzò dal letto, aprì il suo armadio e ne tirò fuori uno dei suoi maglioni più pesanti per farmelo indossare.

«Vado a prenderti qualcosa...» disse e dopo aver lasciato un bacio sulla mia fronte uscì dalla stanza.

Io mi beai del calore del suo corpo lasciato nella sua parte di letto, così mi stesi al suo posto e guardai l'ora sulla sveglia: 5:34.

Era presto e io ero tanto stanca, solo che la sensazione di nausea non voleva lasciarmi.

Cercai di coricarmi su un lato rannicchiandomi e tirando vicino a me i fazzoletti.

Tossii e poi starnutii.

Andai avanti così per un po'.

Tosse e starnuti.

«Piccola, tieni...» mi girai verso di lui e mi alzai a sedere.

Lui mi passò un termometro, io me lo misi sotto l'ascella per vedere se avevo realmente la febbre.

Ash posò un bicchiere di acqua sul comodino insieme a delle pastiglie, poi si sedette al mio fianco stringendomi tra le braccia.

Aspettammo così alcuni minuti, poi prese il termometro e lesse la temperatura.

«Trentanove, piccola, hai la febbre alta» si allungò e mi passò il bicchiere di acqua.

«Ecco, prendi questa per la febbre... Senti altro?» mi chiese.

«Ho la nausea...» dissi piano tossendo.

«Allora prendi anche questa...» mi disse passandomi le due pastiglie, io le mandai giù e poi bevvi dell'acqua.

Mi coricai di nuovo, sembrava che tutte le forze mi stessero abbandonando pian piano.

«Ho sonno...» dissi sbadigliando.

«Dormi, ci sono io qua con te...» disse Ash e dopo sentii due braccia stringersi a me.

Tossii ancora una volta e poi chiusi gli occhi.

Sentivo caldo, caldo dappertutto, mi mancava quasi il fiato.

Aprii gli occhi e vidi che la luce entrava dalla finestra, perlomeno ero riuscita a dormire un po'.

Mi sedetti e, non appena la testa smise di girarmi, sentii ancora la nausea e poco dopo degli spasmi alla pancia, così mi ritrovai di nuovo in bagno a rigettare l'anima.

Cercai di scostarmi i lunghi capelli dal viso, ma delle mani furono più veloci di me.

«Sono qua...» sentii la voce di Ash dietro di me.

«Va' via. Non voglio che tu mi veda così» biascicai dopo essermi finalmente liberata.

Mi alzai a fatica e andai a sciacquarmi la bocca e il viso.

Poi alzai gli occhi verso lo specchio, ero abbastanza orribile.

I capelli erano disordinati, così decisi di legarli in uno chignon alto.

Il naso era rosso e gli occhi erano lucidi per il raffreddore.

Mi tolsi il maglione di Ash posandolo sul bordo della vasca.

Non volevo che lui mi vedesse in quello stato.

«Puoi uscire, per piacere?» gli chiesi senza guardarlo.

«No» mi rispose secco, al che mi voltai lentamente verso di lui, in attesa di una spiegazione.

Lui si avvicinò e mi abbracciò da dietro. «Io ti amo, in qualunque circostanza possibile, voglio aiutarti e lo farò, da ora fino al giorno della mia morte, in qualunque situazione...» sussurrò guardandomi negli occhi attraverso lo specchio.

Chiusi gli occhi e sorrisi mentre le sue parole si ripetevano nella mia mente. Le aveva pronunciate con semplicità, ma erano perfette.

«Grazie...» dissi guardandolo.

Lui mi sorrise.

«Che ore sono?» chiesi mentre tornavo a passi lenti e scoordinati in camera.

«Le nove e venti» mi rispose lui.

Mi sedetti sul letto e mi tolsi anche la maglia del mio pigiama rimanendo in canotta, sentivo caldo ovunque.

Lui si sedette al mio fianco e mi fece aria con un foglio.

Io risi.

«Buon San Valentino, piccola...» disse ridendo.

Io mi girai verso di lui e sorridendo gli dissi: «Buon San Valentino anche a te.»

Restai quasi tutta la mattina a letto, Ash decise di rimanere a casa dal lavoro nonostante avessi cercato di dissuaderlo per venti minuti di fila. Ogni due minuti entrava in camera e mi portava fazzoletti, bicchieri d'acqua e qualunque altra cosa pensava mi servisse.

Io restavo ferma sotto le coperte e guardavo disinteressata un po' di televisione, continuando a starnutire e a tossire. Cercavo di concentrarmi sul programma che stavano dando in televisione, in fondo era anche uno dei miei preferiti, ma il costante mal di testa e la nausea che non mi lasciavano non mi fecero concentrare su altro.

Sbuffai ripetutamente, odiavo essere malata. Sentivo di non avere abbastanza forze nel corpo nemmeno per alzarmi e camminare.

Guardai l'ora voltando leggermente il viso a destra verso il comodino di Ash. 12:26.

Non avevo neanche fame, di solito quando leggevo che era mezzogiorno il mio stomaco reagiva prontamente alla fame.

Spensi la televisione annoiata e in quel momento entrò Ash dalla porta.

Teneva davanti a sé un vassoio di legno, lo stesso che aveva usato quando mi aveva portato la colazione a letto.

«Se farò cadere tutto per il tuo sguardo insistente dovrai pagarmela, piccola...» disse continuando a tenere fissi gli occhi su qualunque cosa fosse sul vassoio.

Sorrisi nel vederlo così preoccupato e indaffarato per me, neanche mia mamma mi aveva mai trattato così per una semplice influenza.

Finalmente arrivò al mio fianco e si sedette posando il vassoio sulle mie gambe stese.

Guardai cosa avesse quel buon profumino e vidi una semplice zuppa di pollo.

«Devi mangiare qualcosa, ti farà sentire meglio...» spiegò lui.

Io annuii e iniziai a mangiarla sotto il suo sguardo attento.

Alla quinta cucchiaiata non ce la feci a trattenere le risate.

Ash continuava a guardarmi come se stessi per morire e a me faceva sempre più ridere.

«Smettila di guardarmi così!» dissi ridendo e posando il cucchiaio.

«Così come?» chiese Ash con una faccia buffa.

Sapeva esattamente come, ma apprezzai il suo gesto per farmi sorridere un po' e farmi dimenticare i vari malori che stavo provando.

Rise e poi si alzò aprendo dei cassetti della sua scrivania.

Io lo osservai, mangiando ancora un po' di zuppa, finché non ce la feci più e la lasciai nel piatto. Spostai il vassoio sul comodino quando Ash si coricò al mio fianco, passando un braccio sulle mie spalle e stringendomi a sé.

«Non voglio attaccarti niente...» dissi posando le mie piccole mani sul suo petto e cercando di allontanarlo da me con la poca forza che mi era rimasta.

«Fa lo stesso, non ti lascio sola...» disse Ash posando un bacio tra i miei capelli e tornando a stringermi a sé.

Io scossi la testa rassegnata, sapevo che quando faceva così niente avrebbe potuto fargli cambiare idea. Quindi appoggiai la testa sulla sua spalla e chiusi gli occhi beandomi della sua presenza e delle sue dita che stavano accarezzando il mio braccio.

Mi strinsi più a lui e alzai il viso per vedere i suoi occhi.

«Raccontami qualcosa...» sussurrai piano, ero veramente annoiata e sentirlo raccontare qualcosa avrebbe potuto distrarmi.

«E va bene» disse posando un bacio fra i miei capelli.

Chiusi di nuovo gli occhi pronta ad ascoltare qualunque cosa.

«Quando ero piccolo, mio padre mi raccontava come avesse conosciuto mia madr...» Ash si bloccò e poi si corresse «Elizabeth. Si erano conosciuti al liceo e ogni volta mio padre mi diceva di come fosse rimasto folgorato da lei. Diceva che era entrata a scuola diversa dal solito, più aggressiva e sicura di sé... Mio padre si innamorò a prima vista. Mi disse che lo aveva sentito dentro di lui da subito, non aveva mai creduto che esistesse il colpo di fulmine, ma non poteva negare i fatti. La descriveva sempre come il suo angelo. Mio padre non aveva avuto una bella infanzia e anche lui come me era caduto nel giro sbagliato durante il liceo, ma poi arrivò Elizabeth e lui cambiò completamente. Mi ricordo come la descriveva così dettagliatamente, come se il loro primo incontro fosse avvenuto poco prima, e io restavo ad ascoltare meravigliato la sua voce piena di amore per lei anche dopo undici anni... Volevo provare anche io quell'amore che sentivo nella sua voce. Era mio padre e io a quell'età avrei creduto a qualunque cosa fosse uscita dalle sue labbra, lui era il mio eroe e lo è ancora...» Ash si fermò e io aprii gli occhi.

La storia di suo padre e sua madre mi aveva fatto venire i brividi, ed era riuscita a distrarmi dalla mia influenza.

Alzai il viso verso di lui e incontrai i suoi occhi sorridenti.

La mano sinistra di Ash continuò a fare su e giù lungo il mio braccio e lui continuò la storia.

«Un giorno mi diede questo consiglio: 'Se, un giorno, in una stanza di trecento persone vorrai cercarne solo una, e non ti darai pace fino a quando non la troverai, allora sappi che sei davanti all'amore; e se quella ragazza amerà tutto di te, difetti compresi, tienitela stretta, figlio mio.'» Ash lo disse tutto d'un fiato, come se nella sua mente quelle parole si ripetessero all'infinito... Il suo sguardo era alto, guardava dritto davanti a sé. Sospirò e poi abbassò gli occhi su di me.

«Tu sei quella persona, io ti cercherei senza fine anche in una stanza di ottomila persone e non mi darei pace fino a quando non ti trovo. Tu sei la mia persona, piccola, tu mi completi» disse Ash guardandomi dritto negli occhi.

Io strinsi forte le palpebre per evitare di piangere.

Avrei voluto dirgli così tante cose... Anche lui era la mia persona e sempre lo sarebbe stata.

Nessuno avrebbe mai potuto prendere il suo posto. Mai.

«Ti amo, niente e nessuno potrà mai fermarmi dal farlo...» dissi piano, mettendo tutto l'amore possibile in quelle poche parole.

Lui mi sorprendeva sempre, e io non sapevo mai cosa dire.

Ogni volta che stavo con lui mi meravigliavo di come pian piano scoprissi un nuovo lato del suo carattere.

Il ragazzo dei primi giorni, di due estati prima, non era neanche lontanamente il vero Ash.

Lui si abbassò verso di me e mi sorrise per poi baciarmi delicatamente sulle labbra.

Io ricambiai il bacio con la forza rimanente nel mio corpo.

E lo amai, sempre di più, oltre il possibile.

Passammo il resto del pomeriggio a parlare stesi sul letto, la sua voce e la sua risata mi bastavano per sentirmi meglio.

Altro che antibiotici, lui era la mia cura, per tutto.

Quando arrivò la sera riuscii finalmente a fare qualche passo, con l'aiuto di Ash che mi accompagnò in cucina e mi fece sedere. Preparò ancora una zuppa calda, visto che non avevo voglia di altro.

Quando finimmo di mangiare, cercai di aiutarlo a sparecchiare, ma lui mi ordinò giocosamente di tornare a letto a riposare.

Non avrei voluto passarlo così il nostro primo San Valentino, ma non avevo deciso io di ammalarmi.

Tornai a letto e, mentre ero ancora sola, presi dal cassetto il vasetto di marmellata vuoto che avevo preparato il giorno prima.

Mi misi sotto le coperte tenendolo nascosto vicino a me.

Ash entrò in camera sorridendo e si stese su un fianco a osservarmi.

«Non volevo farti passare tutto San Valentino a letto, scusami...» dissi abbattuta.

«Oh, be', avrei preferito stare a letto e fare altro, ma non esiste niente di meglio di quello che abbiamo fatto oggi, solo io e te...» ammise lui facendomi sorridere.

Lo amavo così tanto.

«A proposito» tossii e poi tirai fuori dalle coperte il barattolo. «Questo è per te» dissi sorridendo.

Lui prese in mano il barattolo con una faccia dubbiosa.

Essendo trasparente, si vedeva la grande quantità di bigliettini bianchi piegati su loro stessi.

Non era venuto male.

Avevo ricoperto il tappo con della stoffa rossa e con un fiocco dove avevo attaccato un biglietto.

Ash aprì il bigliettino attaccato al fiocco e lesse cosa avevo scritto.

100 motivi per cui ti amo, buon San Valentino.

Per sempre tua,
Jo

Alzò lo sguardo su di me e mi sorrise.

Era sorpreso, di sicuro non si aspettava una cosa del genere.

Aprì di fretta il barattolo e prese il primo bigliettino, aprendolo.

«Ti amo perché mi hai resa libera...» lesse piano, ne prese un altro e lo lesse.

«Ti amo perché mi fai sentire in paradiso...»

«Ti amo perché mi hai fatto scoprire me stessa...»

«Ti amo perché vuoi proteggermi sempre...»

«Ti amo perché il mio futuro può essere solo con te...»

Appoggiò delicatamente i primi cinque bigliettini accanto a sé e poi si avvicinò a me così tanto che il suo viso fu a pochi centimetri dal mio.

«Ti amo» disse dolcemente e mi baciò. «Ci metterò un po' a leggerli tutti però» continuò ridendo sulle mie labbra.

«Non c'è fretta» risposi sorridendogli.

Lui ricambiò il mio sorriso e poi si alzò dal letto, aprì l'armadio e da lì tirò fuori una grande busta rossa. Me la diede e io la presi con mani tremanti. La girai e vidi che aveva scritto qualche cosa all'esterno, così mi avvicinai e lessi ad alta voce quello che aveva scritto.

Non conosco altri modi per dirti cosa sei per me, penso di averli utilizzati tutti.
Non sono bravo a scrivere.
Ma mi serve il tuo amore per dare linfa al mio cuore, mi serve il tuo amore ritrovare la strada di casa, perché la mia casa sei tu.
Tu sei la mia stella.
Ti amo da morire.

Ash

Alzai gli occhi lucidi su di lui e mi asciugai le lacrime che scendevano lentamente sulle guance.

Lui si avvicinò prontamente a me e lasciò un bacio proprio sulle mie lacrime.

«Aprila...» sussurrò poi.

Io annuii senza parole e aprii la busta con le mani e il cuore che tremavano.

La busta conteneva un foglio che aveva una cornice dorata e sul fondo c'era scritto che la stella di nome Jo era stata certificata dalla NASA... Aspetta, che?

Alzai di scatto lo sguardo verso di lui.

«Hai dato il mio nome a una stella?» chiesi spaesata e con il cuore che minacciava di esplodere.

Ash si passò una mano tra i capelli e annuì sorridendo.

«Te l'ho detto. Tu sei la mia stella» rispose calmo.

Posai accuratamente la busta e il foglio sul comodino di fianco a me e, nonostante la febbre, il mal di testa, la nausea e il raffreddore, mi buttai tra le sue braccia e lo baciai.

«Finché camminerò su questa terra, finché il mio cuore batterà io sarò tua, per sempre...» sussurrai sulle sue labbra.

«Non ti lascerò andare, mai...»

58

Come previsto, Ash si ammalò non appena io guarii e restò una settimana a letto con l'influenza.

Anche se continuava a dire che ne era valsa la pena ammalarsi pur di stare al mio fianco.

Io mi presi cura di lui, esattamente come lui se ne era presa di me. Anche se non lo ritenevo possibile, ogni ora, ogni giorno e ogni mese che passavano mi innamoravo di più di lui.

Quando mi svegliavo ogni mattina sentendo il peso dell'università e la pressione degli esami, voltavo il viso verso sinistra e trovavo Ash che dormiva a pochi centimetri da me.

Lo guardavo e a un tratto tutto tornava ad avere un senso.

Lui mi ricordava per che cosa bisognava lottare nella vita.

Lui era quello per cui io lottavo, e solo guardandolo non mi stancavo mai.

Da marzo ad aprile, le giornate si susseguirono sempre uguali.

Andavo all'università con Austin, mi vedevo con Sasha e Alexis e poi tornavo a casa da lui, e niente mi rendeva più felice di quello.

Sia io che Austin avevamo passato tutti gli esami, ce ne mancava solo uno.

E in più Austin mi aveva fatto conoscere il suo nuovo ragazzo Derek, che io avevo approvato subito.

Verso fine aprile avevamo organizzato un'uscita a quattro: io, Ash, Austin e Derek; così avevo avuto modo di conoscerlo meglio. Era appassionato di football e calcio, e si stava laureando in Legge. Mi sembrò da subito un bravo ragazzo e Austin continuò a confermarmelo uscita dopo uscita.

Ormai Chicago era quasi tornata alla sua bellezza estiva, proprio come quando l'avevo vista la prima volta.

Avevo finalmente tolto i maglioni pesanti per fare spazio alle t-shirt e agli shorts.

Amavo l'estate, era la mia stagione preferita, e purtroppo a Chicago non c'erano vie di mezzo: o molto freddo o molto caldo.

Era ormai fine maggio e, quando la sveglia suonò quella mattina, mi girai svogliata verso il comodino di Ash e la spensi.

Anche se poche settimane dopo l'università avrebbe chiuso, finalmente, per poi riaprire a settembre, quel giorno avevo il mio ultimo esame di Psicologia, quello che mi avrebbe permesso di passare al secondo anno.

Ero così agitata da aver puntato la sveglia alle cinque di mattina per ripassare, nonostante avessi l'esame alle nove. Guardai il soffitto lottando contro la voglia di restare a letto per altre due ore.

Una mano si posò delicatamente sulla mia guancia sinistra scostandomi una ciocca di capelli dal viso.

«Ehi, piccola...»

Mi girai verso di lui.

«Quanto sai da uno a dieci?» mi chiese con un occhio mezzo chiuso e con voce roca e addormentata.

«Sei» dissi insicura.

«Bugiarda» mi rispose Ash sogghignando e attirandomi a sé. Quando fu a un centimetro dal mio viso disse: «Di' la verità!»

«Nove e mezzo» ammisi.

Era vero, studiavo per quell'esame da settimane ormai e sapevo ogni virgola, solo che ero troppo agitata per ammetterlo.

«Bene, quindi possiamo dormire ancora due ore tranquilli...» disse abbracciandomi e tornando a dormire bloccandomi con le sue mani.

«Ma... Ash...» protestai io cercando di alzarmi, ma rimasi bloccata sul materasso.

«Ora rilassati e dormi» disse Ash mentre posava dei baci umidi sul mio collo facendomi rilassare, e così chiusi gli occhi...

Un suono fastidioso iniziò a rimbalzare nella mia mente.

Aprii un occhio controvoglia e presi, senza guardare, il mio telefono dal comodino.

Risposi con gli occhi chiusi senza neanche leggere chi fosse.

«Jo! Ma dove sei?» allontanai d'istinto il telefono dall'orecchio per il suono troppo alto, ma poi il mio cervello ricollegò quella voce a un viso. «Ti sto aspettando da venti minuti! Dove sei?»

«Austin?» dissi piano senza capire.

«Sì, sono io» rispose abbassando il tono.

«Che succede?» dissi preoccupata, mi tirai su a sedere e mi passai la mano sugli occhi.

«Succede che tra meno di quaranta minuti abbiamo l'esame e non sei ancora qui» mi spiegò Austin.

I miei occhi si spalancarono e il mio cuore iniziò a battere freneticamente. Girai il viso verso l'orologio e vidi l'ora: 8:23.

«Merda! Arrivo Austin, scusa» dissi iniziando a scuotere Ash per svegliarlo.

«Ti aspetto, fai in fretta» rispose Austin e poi chiuse la chiamata. Posai velocemente il telefono sul comodino e intanto mi alzai cercando il libro di psicologia e tutto il necessario per l'esame. Li buttai dentro alla tracolla nera facendo rumore.

«Che stai facendo?» mugugnò Ash dal letto girandosi verso di me.

«Sono in ritardo! Merda, dove sono i jeans?» urlai agitata mentre li cercavo. In quella stanza c'era troppo casino, ovviamente nei momenti sbagliati.

Ash si alzò di scatto dal letto e venne verso di me solo dopo aver controllato l'ora. Posò le mani sulle mie spalle e mi obbligò a guardarlo negli occhi.

«Piccola, calma, okay? C'è tempo... Tu vai in bagno e preparati, io ti cerco la roba» disse Ash con voce tranquilla.

Io feci un respiro profondo e poi andai in bagno, mi sciacquai il viso e mi truccai e mi pettinai i capelli. Mi feci una coda alta e misi poco trucco, volevo essere presentabile e sembrare matura. Uscii dal bagno e trovai la camera in ordine, i vestiti che avevo scelto erano sul letto. Li indossai velocemente, mi misi le ballerine e, dopo aver preso la tracolla, corsi fuori dalla stanza e raggiunsi Ash che mi aspettava nell'ingresso. Uscimmo in fretta, salimmo sulla moto e Ash partì velocemente.

Mi strinsi a lui e chiusi gli occhi. Nella mia mente cercai di ripetere tutto quello che avevo studiato e ripassato per giorni, ma in quel momento trovai solo il vuoto.

L'aria fresca mi sferzava il viso data la velocità. Non sarei riuscita a fare l'esame e avrei perso un anno. Mi sentivo morire. Strinsi forte gli occhi e cercai di calmarmi. Sentii la moto fermarsi.

«Siamo morti?» chiesi piano.

«No» rispose Ash ridendo.

Così aprii gli occhi e, solo quando vidi Ash davanti a me che tendeva una mano per aiutarmi a scendere e dietro di lui l'università, tirai un sospiro di sollievo.

Scesi velocemente e baciai Ash aggrappandomi al suo collo.

«Grazie» gli dissi.

Lui mi sorrise e dopo avermi posato un bacio sulla fronte, mi lasciò andare.

Io cercai Austin tra la folla di studenti che stava entrando nell'università e quando lo vidi gli corsi incontro per poi abbracciarlo.

«Il principe azzurro con la moto è riuscito a portati in tempo, eh?» scherzò Austin.

Io risi e gli diedi uno schiaffo sulla spalla che non lo urtò minimamente. Entrammo e ci sedemmo nell'aula magna per l'esame.

«Buona fortuna!» sussurrò Austin dal banco accanto al mio.

«Grazie, anche a te!» sussurrai io.

Presi un respiro e iniziai a leggere le domande.

Dopo tre ore, quattro punte di matite rotte e cinque idee cambiate, finalmente avevo finito, mi alzai, presi le mie cose e consegnai il tutto.

Uscii dalla stanza sorridendo.

Ero soddisfatta e felice di essere riuscita a fare anche questo esame senza rimpianti. Aspettai qualche minuto e subito dopo anche Austin uscì dall'aula magna tutto sorridente.

«Ce l'abbiamo fatta!» disse Austin mentre mi abbracciava esultando, poi mi sussurrò all'orecchio: «O almeno spero!»

Io risi con lui e poi uscimmo.

Fuori il sole splendeva alto e arricchiva il cielo azzurro limpido di quella giornata. Se avessi passato questo esame, sarei stata ammessa al secondo anno, e questo mi rendeva sempre più felice. Speravo anche che mio padre fosse felice e fiero di me, da lassù.

Con Austin raggiungemmo Ash, che parlava animatamente con Derek. Quando mi vide sorrise e fece qualche passo verso di me.

«Piccola, com'è andata?» chiese, mentre mi stringeva tra le sue braccia.

«Benissimo!» dissi mentre lo baciavo.

«Ho una sorpresa per te!» disse felice.

Io alzai il viso verso di lui e osservai il suo volto rilassato e gioioso.

Sorrisi.

Ormai ero abituata alle sue sorprese, non c'era giorno in cui Ash non mi sorprendesse, e io lo amavo sempre di più per questo.

«Andiamo» disse trascinandomi verso la moto, io cercai Austin per salutarlo, ma non lo vidi più.

L'avrei chiamato più tardi.

Salii e Ash partì di corsa come se avesse fretta di arrivare a casa, capivo che fosse agitato per la sorpresa, ma quel viaggio in moto fu spaventoso.

Quando arrivammo sani e salvi tirai un sospiro di sollievo. Anche se avevo ancora paura, mi fidavo di Ash e sapevo che non mi sarebbe successo niente. Mano nella mano salimmo le scale e Ash aprì la porta, posai la tracolla all'ingresso e, non appena entrai in cucina per prendere un goccio d'acqua, un sacco di gente saltò fuori dai loro nascondigli e urlarono.

«Congratulazioni!»

Io sorrisi e iniziai a guardare un po' chi ci fosse.

Mio fratello e Sasha erano spuntati da dietro le tende, Alexis e George dal tavolo, Luke e Andrew da dietro il frigo.

«Grazie, ragazzi!» dissi correndo ad abbracciarli uno per uno.

«No! Mi sono perso l'entrata!» sbuffò una voce dietro di me.

Mi girai e vidi Austin con Derek al suo seguito.

«Ecco dove ti eri cacciato!» dissi correndo verso di lui e abbracciandolo.

Austin rise e mi lasciò un bacio sulla guancia, poi abbracciai Derek che mi fece i complimenti.

«Sapete, vero, che non si sanno ancora i risultati?!» dissi rivolta a tutti sorridendo.

Sasha smise di versare dell'aranciata nel suo bicchiere e alzò lo sguardo verso di me.

«Sì, ma visti i voti degli ultimi esami non abbiamo dubbi!» disse lei facendo ridere tutti.

Scossi la testa sorridendo e mi avvicinai a lei per abbracciarla. Le volevo un mondo di bene. Era stata la prima ad aiutarmi nel momento del bisogno e soprattutto quando non conoscevo nessuno.

«Ti voglio bene, Sasha!» le dissi mentre la stringevo forte.

«Anche io, Jo!» disse lei ricambiando l'abbraccio.

Quando ci staccammo, le rivolsi un sorriso, un sorriso pieno di gratitudine e di amicizia vera.

Festeggiammo tutti insieme per il resto del pomeriggio, mentre Ash ci aveva lasciato prima dicendo che aveva delle cose da fare.

Quel ragazzo non me la stava raccontando per niente giusta.

Verso le cinque tutti se ne andarono e io mi buttai sul divano stanca morta.

Tra la pressione per l'esame e la festa non avevo ancora tirato un sospiro di sollievo.

Chiusi gli occhi e respirai profondamente godendomi il silenzio.

Amavo il silenzio, era il momento perfetto per rilassarsi e quindi dipingere.

Con il silenzio mi lasciavo andare.

Mi sentivo ancora più libera.

Mi feci un bagno rilassante e mi sistemai lo smalto, prendendomi un po' cura di me stessa.

Negli ultimi giorni ero stata così impegnata da non riuscire neanche a fermarmi e mettermi un po' a posto.

Così ne approfittai e quando alle sette uscii dal bagno ero profumata e pulita.

Misi i piedi nudi sulla moquette della stanza e alzai lo sguardo sul letto dove vidi in mezzo alle lenzuola scure una piccola busta bianca. Mi avvicinai a passi lenti e la presi, rigirandomela tra le dita. Non c'era scritto niente, così la aprii e lessi quello che c'era scritto:

Armadio!

Aggrottai la fronte confusa.

Che cosa voleva dire 'armadio'?

Rimisi il biglietto sul letto e mi girai per aprire le ante dell'armadio.

Avevo quasi paura di ritrovarmi Ash nascosto nell'armadio o qualcos'altro, infatti allungai il collo lentamente per guardare meglio, ma non notai nulla di speciale. C'erano i miei soliti vestiti, neri, bianchi e altri un po' più colorati. Li esaminai tutti. Fin a quando con la mano non sentii un tessuto diverso, era troppo leggero. Mi avvicinai e spostai una giacca nera che copriva qualunque cosa avessi appena toccato. Infatti, trovai un vestito corto color blu cobalto. Era di seta. Lo presi lentamente, avevo paura di rovinarlo in qualche modo. Posai il vestito sul letto. Era bellissimo e semplice. Aveva uno scollo a cuore con delle spalline non molto sottili e dietro lasciava la schiena scoperta fin sotto le scapole. Accarezzai il morbido tessuto della gonna e poi lo tolsi dalla gruccia. In quel momento vidi un altro bigliettino bianco.

Sarò sempre qui per te, tocca a te raggiungermi...
P.S. Se non lo avessi capito, indossa il vestito!

Scossi la testa sorridendo.

Avrei potuto mentire dicendo che lo amavo, perché io non lo amavo. Io provavo di più per lui, e non sarei riuscita a spiegarlo.

Era amore, ma più forte.

Era un amore che avrebbe potuto resistere anche all'inferno, ne ero sicura.

Presi il vestito e lo indossai. Mentre mi accarezzava la pelle e aderiva perfettamente alle mie forme, mi sentii pronta. Non sapevo per cosa, ma sapevo di essere pronta per qualunque cosa la vita mi avrebbe dato. Lasciai i capelli sciolti e il viso pulito senza aggiungere trucco. Indossai le mie ballerine preferite e poi aprii piano la porta della camera, sbirciando per vedere cosa mi aspettasse al di là di essa.

Quando capii, il mio cuore cominciò a battere all'impazzata, le gambe mi divennero di gelatina e lo stomaco si attorcigliò su sé stesso.

Mi abbassai lentamente, piegandomi sulle ginocchia, e poi allungai una mano per prendere uno dei tanti petali rossi sparsi sulla moquette bianca del corridoio.

Il petalo era soffice tra le mie dita e apparteneva a una rosa vera.

Mi alzai lasciandolo cadere sul pavimento e seguii la pista di petali che arrivava fino in fondo al corridoio, alla porta del ripostiglio.

Aprii la porta e trovai altri petali.

Il ripostiglio era stato rimesso in ordine, le tapparelle alzate per far entrare la luce.

Non sapevo perché, ma mi immaginai quella stanza decorata per un bambino; sarebbe stata perfetta.

Sorrisi, senza volere, e poi raggiunsi la scala a chiocciola che portava sul tetto. Salii piano, per paura di rovinare il vestito, alzai la botola e ciò che vidi fu molto di più di quello che mi aspettavo.

La serra bianca era stata ricoperta di lucine, sembravano luci di Natale; al centro del terrazzo c'era un tavolo, apparecchiato elegantemente e con due candele accese sopra.

Ma la parte più bella, quella che mi tolse il fiato, fu lui.

Ash era di profilo, indossava una camicia bianca e dei pantaloni neri; stava osservando il tramonto.

La luce dorata del sole illuminava il suo viso regalandogli una bellissima sfumatura calda.

Fu come vedere un angelo, il mio angelo.

«Ciao» bisbigliai piano io.

Si girò di scatto e non appena si accorse di me sorrise.

Mi squadrò dalla testa ai piedi, il suo sguardo indugiò su di me come se riuscisse a vedere la mia anima e il mio cuore.

Feci alcuni passi nella sua direzione e lui mi raggiunse, posando dolcemente le mani sui miei fianchi.

«Sei bellissima» disse piano, guardandomi negli occhi.

Io abbassai lo sguardo e arrossii.

Mi sentivo come la prima volta che mi aveva baciata, o come la prima volta in cui mi aveva solamente guardata.

Non pensavo potesse succedere ancora dopo quasi due anni.

Non sembrava vero, ma lui faceva parte di me da quasi due anni.

Mi alzai in punta di piedi e, dopo aver accarezzato la sua guancia, posai le mie labbra sulle sue assaporando il suo sapore.

Ash mi strinse a sé, avvicinando sempre di più i nostri cuori.

Quando mi lasciò riprendere fiato, la sua mano destra percorse tutto il mio braccio e le sue dita si intrecciarono con le mie e lui mi guidò verso la serra illuminata.

Mi scostò la sedia come un vero gentiluomo e mi aiutò ad accomodarmi, poi si sedette di fronte a me.

«Come mai tutto questo?» chiesi sorridendo.

Più ci pensavo e più sorridevo.

Ash aveva fatto tutto questo per me, e io ancora non ci credevo.

«Non ti piace?» chiese Ash allarmato.

Io risi leggermente e scossi la testa per poi guardarlo dritto in faccia. Mi fece uno strano effetto vedere la preoccupazione nei suoi occhi.

«Da morire» dissi sorridendo.

Il mio cuore perse un battito quando lui mi sorrise e i suoi occhi ghiaccio tornarono sereni.

Amavo vedere quello sguardo, amavo i suoi occhi perché dentro di essi vedevo il mio riflesso, il riflesso di una me felice, vedevo la mia felicità.

«Non posso credere di averlo fatto...» disse Ash abbassando lo sguardo sul piatto.

«Cosa?» domandai io, mentre cercavo invano di calmarmi e bloccare l'agitazione che mi correva nelle vene.

«Non ho mai organizzato niente del genere per una ragazza, ma per te lo farei altre mille volte...» disse sincero.

Ormai non sapevo più come dimostrare quanto gli ero grata, quanto fossi innamorata persa di lui, quanto lui mi rendesse felice.

«Ti amo» gli risposi semplicemente, sapendo che quelle due parole valessero come cento per lui.

Ash si alzò e aprì la bottiglia di vino per poi versarla nei calici.

Ritornò al suo posto e alzò il calice verso il mio.

«Brindiamo a noi» propose.

«A noi, per sempre» risposi e dopo aver toccato il suo bicchiere con il mio bevvi un sorso di vino bianco.

Mangiammo un antipasto e un piatto di pesce entrambi cucinati da Ash: fu una vera sorpresa scoprire che fosse capace di cucinare così bene, ero a conoscenza del fatto che sapesse cucinare meglio di me, non ci voleva molto, ma non credevo così tanto.

Avevo appena posato il cucchiaio dopo il dolce, quando decisi di alzarmi e andarmi a sedere sulle sue gambe.

Ash sorrise e mi accarezzò una guancia lentamente.

Ci guardammo negli occhi, mi persi dentro quel paradiso azzurro e mi sentii in salvo.

In salvo da qualunque cosa. Sapevo che se lui era al mio fianco niente avrebbe potuto toccarmi, neanche sfiorarmi.

Una folata di vento investì la mia pelle, facendomi venire i brividi. Nonostante fossimo quasi in piena estate, di sera l'aria era ancora fresca.

Ash se ne accorse e mi strinse a sé per scaldarmi.

«Dài, andiamo dentro, ormai fa fresco qui fuori...» propose subito, io annuii.

Scendemmo nel ripostiglio e Ash mi superò.

Io mi fermai appoggiata allo stipite della porta e lo osservai camminare. I muscoli della schiena si vedevano nonostante avesse la camicia addosso e la sua figura longilinea si muoveva elegantemente.

Quando si accorse della mia assenza, si voltò nella mia direzione e mi osservò sorpreso.

«C'è qualcosa che non va?» chiese quasi preoccupato.

Io scossi la testa e sorrisi per rassicurarlo.

«Grazie» sussurrai.

«Per cosa?»

«Per tutto quanto...»

Lui mi sorrise e mi fece cenno di avvicinarmi.

Quando fui tra le sue braccia con le mani posate sul suo petto, lui disse: «Senti il mio cuore? Batte solo per te, hai bisogno d'altro per sapere quanto ti amo? Non devi ringraziarmi per niente! Tu sei la mia vita, Jo.»

Scossi la testa e sorrisi. «Non ho bisogno di nient'altro a parte te...» sussurrai per poi lasciargli un bacio sul collo, mentre le mie mani sbottonavano i primi bottoni della sua camicia.

«Mmm...» mugolò Ash mentre percorrevo il suo collo fino ad arrivare a un millimetro dalla sua bocca.

Inspirai ed espirai pesantemente, poi le sue labbra si impossessarono delle mie mentre le sue braccia mi avevano già alzato da terra.

Mi portò in camera senza mai smettere di baciarmi, mi adagiò sul letto e quando fu sopra di me io sorrisi.

I suoi occhi luccicavano e lui era così bello.

Avevo solo bisogno di un'ultima cosa.

«Amami, ti prego, amami come solo tu sai fare...» sussurrai sulle sue labbra, desiderosa di sentire tutto il suo amore.

E lui non esitò, mi diede il suo cuore, e io gli diedi il mio. E in quel momento, mentre lui entrava in me, ed entrava sempre di più nella mia anima, capii che non ci sarebbero mai state altre due persone come noi. Nessun altro avrebbe provato quello che io provavo con lui, quando mi baciava, quando mi accarezzava, quando si prendeva cura di me.

E il motivo era molto semplice: non esisteva niente di simile al mondo. Il nostro amore era unico.

59

Durante l'ultima settimana di maggio, scoprii i risultati dell'esame e, come Sasha aveva previsto, sia io che Austin passammo con ottimi voti.

Ero ufficialmente al secondo anno, e se da un lato mi faceva paura dall'altro mi elettrizzava.

Quella mattina mi svegliai, era il cinque giugno e i corsi all'università erano finiti, quindi ero libera di vivermi le vacanze estive.

Un forte odore di caffè arrivò dalla cucina, poche volte sentivo il profumo sino in camera, probabilmente Ash aveva fatto un caffè più forte.

Mi alzai e andai in cucina, stiracchiandomi le braccia. Sbadigliai e poi rabbrividii quando i miei piedi nudi entrarono a contatto con il pavimento freddo della cucina.

Ash era girato di schiena e stava cucinando qualcosa.

Lo raggiunsi e lo abbracciai da dietro appoggiando la guancia sulla sua schiena.

«Ehi, amore...» disse girandosi e lasciandomi un bacio sulla fronte.

«Ciao» biascicai ancora un po' addormentata.

Lo lasciai finire e andai a sedermi a tavola.

Mi passai una mano tra i capelli e poi sbattei qualche volta gli occhi per abituarmi alla luce del sole che passava attraverso la finestra.

«Hai per caso cambiato marca del caffè?» chiesi ad Ash mentre lui posava davanti a me una tazza di caffellatte.

«No, perché?» chiese mentre si sedeva al mio fianco guardandomi con sguardo interrogativo.

«Niente...» dissi, per poi inzuppare un biscotto nella mia tazza.

Facemmo colazione tranquillamente, chiacchierando su cosa Ash dovesse fare al lavoro.

«Potresti passarmi una brioche alla ciliegia?» gli chiesi gentilmente.

Nonostante avessi mangiato, la mia pancia brontolava ancora, così ne presi un'altra.

«Arriverai tardi anche oggi?» domandai ad Ash con la bocca piena.

Lui mi guardò e rise.

«No, piccola, lo prometto» mi disse sorridendo.

Finii la brioche e Ash si alzò di scatto, si avvicinò e mi tirò su come un sacco di patate buttandomi sulla sua schiena. Mi aggrappai alla t-shirt grigia che indossava, ridendo.

«Ti mancherò?» disse ridendo e trasportandomi in camera.

«Mettimi giù!» dissi dandogli dei piccoli schiaffi sulla schiena.

«Mai!» urlò lui accelerando il passo, così mi arresi e mi lasciai trasportare fino in camera.

«Pronta?» chiese.

Non feci neanche in tempo a domandargli per cosa che Ash mi lanciò sul letto e io rimbalzai sul materasso.

Pochi secondi dopo, lui fu sopra di me e mi disse: «Ti mancherò?»

Io annuii vigorosamente, ero quasi senza fiato da tutto quel ridere.

«Mi manchi sempre» aggiunsi poi dopo aver ripreso fiato.

Ash sorrise e poi mi baciò unendo le nostre labbra in un gioco infinito di tira e molla.

Mi aggrappai a lui e lo tirai ancora più vicino, finché i nostri corpi non si unirono in tutti i punti. Quando mi staccai gli accarezzai una guancia e lo osservai attentamente. Non riuscivo a non sorridere. Con solo un suo sorriso il mio cuore tornava a respirare e a vivere.

«Per quanto mi piaccia stare qui con te, devo andare» disse Ash alzandosi da sopra di me.

Mi sedetti e mi tolsi la maglia del pigiama.

«Sicuro?» dissi maliziosa.

Ash si girò verso di me e i suoi occhi si dilatarono non appena vide il mio seno nudo. Si leccò le labbra e scosse la testa.

«No, per niente...» disse e poi tornò da me.

Durante la giornata restai a casa da sola e mi dedicai alla pittura.

Era da un po' che non dipingevo e questo aiutò la mia anima a tornare in pace.

Scelsi la musica da ascoltare e misi il cavalletto alla luce della finestra. Presi la tavolozza, i pennelli e iniziai a provare i colori. Poi presi la tela e la posizionai sul cavalletto.

A un certo punto sentii la porta d'ingresso aprirsi e subito guardai l'ora. 16:34.

Era presto, Ash non poteva essere di sicuro.

La mia ipotesi venne confermata quando una chioma di capelli neri e lisci entrò correndo in camera.

«*Hola, chica!*» urlò Sasha venendo verso di me.

Io posai i pennelli e la abbracciai.

«Ciao bella, come hai fatto a entrare?» le chiesi mentre ci sedevamo sul letto.

«Dimentichi che era anche casa mia prima...» rispose sogghignando e sventolando davanti a me il suo mazzo di chiavi.

«Giusto...» dissi sorridendole.

Mi venne da sbadigliare e così mi portai una mano sulla bocca.

«Sei già stanca?» chiese lei sorridendo.

«Boh, non so...» dissi.

Era strano che fossi stanca, non avevo fatto granché fino a quel momento.

«Be', per tirarti su ti ho portato delle cosine molto golose...» disse Sasha mostrandomi un vassoio bianco.

Lo aprì tutta sorridente e quando tolse la carta del pacchetto i suoi occhi luccicarono alla vista di pasticcini di ogni tipo.

Io ebbi una reazione un po' diversa.

Li guardai e rifiutai l'invito di Sasha, non sapevo perché ma mi stava venendo il voltastomaco solo a guardarli, non mi permisi di immaginare cosa sarebbe successo se ne avessi anche solo assaggiato uno.

«Non ne vuoi, sicura? Be', li mangio tutti io allora...» disse alzando le spalle e prendendo un pasticcino.

Mi alzai e tornai a osservare lo sfondo del quadro che avevo iniziato.

Volevo dipingere il mare, e le sfumature dell'azzurro e blu non erano venute male, ma sembrava che mancasse qualcosa.

Ed era proprio così che mi sentivo io in quel momento, ero felice, avevo tutto quello che avevo sempre desiderato, ma era come se mi mancasse qualcos'altro.

«Jo, stai bene?» chiese Sasha, tornando seria e avvicinandosi a me.

«Sì, sto bene...» dissi piano.

Sasha mi prese per mano e mi riportò seduta sul letto.

«Stai mentendo. Che succede?»

«Niente, è che mi sento strana. Sono felice, ma...» mi bloccai.

Non lo sapevo neanche io come continuare dopo il ma, era quasi impossibile che riuscissi a spiegargliela.

«Ma...» mi incitò lei.

Guardai il suo viso alzando lo sguardo dalle mie gambe.

I suoi occhi di ghiaccio mi stavano scrutando attentamente alla ricerca di una risposta con un senso compiuto, ma la piccola ruga sulla sua fronte dimostrava che non aveva ancora trovato una soluzione.

E io in quel momento non sarei stata in grado di dargliela.

«Non lo so, Sasha... È da un po' che mi sento così. Sento che sono persa, che mi manca qualcosa» cercai di trasmetterle a parole la sensazione che da qualche settimana si insinuava nel mio cuore.

«Non sei felice con... lui?» mormorò Sasha mentre abbassava lo sguardo sulle sue unghie laccate di rosso fuoco. «Perché se fosse così potrei capirti. Insomma, avevi diciassette anni quando lo hai conosciuto e a quell'età si scambiano delle cotte per il vero amore, forse ti sei solo stancata... Non credi?» Spiegò meglio quello che intendeva e nonostante questo mi lasciò con il fiato sospeso.

Non avevo mai preso in considerazione questa possibilità.

E se mi stessi stancando?

Come si poteva capire?

Quando stavo con lui, stavo bene... Era quando ero sola che mi perdevo. No, non mi stavo stufando di lui, sapevo che non sarebbe mai potuto accadere.

Scossi la testa decisa. «Lo amo, questa è la mia unica certezza» dissi sicura delle parole che stavo pronunciando.

Lei annuì con sollievo, si vedeva dai suoi occhi.

Ero certa che il solo pensiero di suo fratello ferito le faceva paura.

«Forse hai bisogno di tornare un po' a casa tua... Che ne pensi? Potrebbe essere la nostalgia di casa?» chiese ancora Sasha tentando con un'altra teoria.

«Potrebbe, ma sento che è più grande di questo...» ammisi.

«Cosa ci può essere più grande della famiglia e dell'amore?» riprovò lei.

Scossi la testa osservando la mia mano che giocherellava con le lenzuola.

«È questo il problema... non ne ho idea...» dissi piano.

Sasha mi abbracciò, mi tenne stretta tra le sue braccia per qualche minuto per rassicurarmi.

«Grazie...» le dissi quando sciolse l'abbraccio.

Avere qualcuno con cui parlare era utile ed ero sollevata di averlo fatto con lei.

«Di niente, se posso esserti di aiuto, sono qua, va bene?»

«Lo so, grazie mille...»

«Sicura che non ne vuoi uno?» disse indicando il vassoio con i pasticcini. «Aiutano a tirarsi su di morale...»

Scossi la testa e le sorrisi.

«No, grazie, li lascio tutti a te... Tranquilla» le dissi.

Lei annuì e poi richiuse il pacchetto.

Si alzò e, dopo avermi abbracciato ancora una volta, mi lasciò sola con mille dubbi e domande che mi frullavano per la testa.

Cosa mi mancava ancora?

Sfinita dalle mille questioni irrisolte della mia mente, mi addormentai.

Mi svegliai dopo aver sentito uno strano rumore.

Aprii gli occhi e mi accorsi che nella stanza ormai regnava il buio.

Per quanto avevo dormito?

Girai la testa e guardai l'ora: le 20:43.

Di solito a quest'ora Ash era già a casa, ma perché allora non mi aveva svegliata?

Mi misi a sedere e, dopo aver sbattuto gli occhi ed essermi passata una mano tra i capelli, mi alzai per andare in cucina, ma non feci in tempo a sorpassare il letto che la mia pancia brontolò, e non per la fame.

Corsi in bagno e mi abbassai sul gabinetto rigettando ciò che rimaneva del leggero pranzo che avevo mangiato.

Quando sentii il senso di nausea calmarsi feci per alzarmi in piedi, ma un violento capogiro mi obbligò a restare seduta qualche altro secondo.

Mi alzai lentamente e mi sciacquai il viso.

Era dall'influenza di febbraio che non avevo più vomitato e non era per niente una bella sensazione.

Sperai soltanto di non essermi ammalata di nuovo.

Uscii dal bagno e attraversando la camera decisi che non avrei mangiato, non mi andava.

Appena misi piede in cucina Ash mi sorrise.

«Buonasera, bella addormentata» disse osservandomi attentamente.

«Ciao» dissi tenendo una mano sulla pancia.

Lui fece scorrere lo sguardo dalla mia mano al mio viso e poi disse: «Hai fame?»

Stavo per rispondere no, come avevo deciso qualche secondo prima, ma il profumo di carne e di patate arrosto mi si insinuò nelle narici, facendomi cambiare idea.

«Sì, molta» risposi.

Mi misi a tavola e qualche minuto dopo Ash servì il pollo e le patate che aveva preparato.

Mangiai tutto velocemente.

«Avevi fame, eh?» mi chiese lui sogghignando.

Io annuii e mi pulii la bocca con il tovagliolo.

Bevvi un sorso d'acqua e sbadigliai.

«Come mai non mi hai svegliata prima?» chiesi ad Ash, osservandolo mentre si alzava e posava il suo piatto nel lavandino.

«Be', eri così perfetta mentre dormivi che mi dispiaceva...» ammise lui sorridendo.

Scossi leggermente la testa sorridendo a mia volta, per poi alzarmi e aiutarlo a sciacquare i piatti.

«Com'è andata oggi in officina?» gli chiesi mentre l'acqua calda del lavabo mi bagnava le mani.

«Molto bene, Luke è quasi rimasto incastrato sotto una macchina...»

«Oddio, povero!» dissi dispiaciuta.

Una macchina pesava parecchio e di sicuro restarci non era una bella sensazione.

«No, non essere dispiaciuta, è stato a dir poco esilarante!» disse ridendo tanto che si piegò in due.

Io scossi la testa e gli diedi uno schiaffo sul braccio per farlo smettere.

«Dài, è un tuo amico, come fai a ridere così per una brutta situazione» lo rimproverai lievemente.

«Be', è qui che ti sbagli, lui non è un mio amico, lui è il mio migliore amico ed è così che ci si comporta tra migliori amici» spiegò Ash sogghignando.

Mi spuntò un leggero sorriso sulle labbra che feci fatica a trattenere e, dopo averlo guardato male ancora una volta, continuai a lavare i piatti. Sapevo come ci si comportava tra migliori amici, Andy era stata la mia migliore amica fino al liceo, ma poi ci eravamo perse di vista.

Nonostante ciò ricordavo come ci si sentiva.

Ti sembrava di poter fare e dire tutto in presenza di quella persona, senza barriere né ostacoli, era questa la vera amicizia.

Finimmo di lavare le stoviglie continuando a spintonarci con delle leggere botte con i fianchi per aver più spazio.

Risi così tanto che mi lacrimarono gli occhi.

Passammo il resto della serata a parlare e a ridere come dei veri bambini.

«Vorrei essere abbastanza per te» disse Ash mentre mi teneva stretta a lui.

Eravamo stesi a letto e ci eravamo isolati nel nostro mondo privato. Alzai la testa e lo fissai. Mossi la mano su e giù sul suo petto caldo, piano piano.

«Vorrei che tu fossi fiera di me, anche del mio passato, vorrei che non ti vergognassi di me, che non provassi pietà per quello che mi è successo. Vorrei essere un uomo di carriera per te, come un avvocato, un medico, ma so che non lo sarò mai e questo a volte mi distrugge.»

Mi alzai di scatto e mi misi cavalcioni su di lui, presi il suo viso tra le mani e mi avvicinai finché le nostre fronti non si toccarono.

«Non dirlo» sussurrai chiudendo gli occhi.

Scossi la testa decisa, non volevo che lo dicesse.

Non era quello che volevo da lui, affatto.

«Non dirlo neanche per scherzo. Non ti voglio così, ti voglio come sei, Ash, con i pregi e i difetti, con le cicatrici del passato che non ti abbandoneranno mai, ma anche con la speranza di vivere meglio...»

Aprii gli occhi e li fissai nei suoi, lo osservai così tanto che i contorni del suo viso sbiadirono dopo un po', così sbattei gli occhi alcune volte e lui tornò nitido davanti a me.

«Non mi vergogno di quello che sei e non provo pietà per te, provo solo sofferenza. Non avrei voluto che tu subissi tutto quello che ti è accaduto, ma l'hai superato da solo e sono fiera di te.»

«Grazie, mi dà pace sentirlo...» sussurrò lui sulle mie labbra, poi mi baciò stringendo il mio viso tra le sue mani.

Lo baciai lentamente stringendomi a lui.

Quando mi staccai gli sorrisi e fui felice di vedere il sollievo nei suoi occhi.

Mi addormentai tra le sue braccia, al sicuro.

Quando i miei occhi si spalancarono nonostante avessi ancora un sonno bestiale, iniziai a sentire nello stomaco un borbottio.

Misi una mano sulla pancia dove il mio stomaco brontolava e mi alzai dal letto facendo il più piano possibile.

Avevo una fame tremenda.

Arrivai in cucina e iniziai a rovistare tra gli armadietti della dispensa alzandomi sulle punte per raggiungere i piani più alti.

Presi del pane e ci spalmai la Nutella.

Mi sedetti a tavola e nonostante il buio, grazie alla leggera luce della luna che chiedeva il permesso di entrare dalle persiane, vidi l'ora sull'orologio a muro.

Erano le tre di notte e io stavo mangiando un panino con la Nutella.

Non era decisamente una cosa da me.

Finii il panino e tornai soddisfatta a letto, mi rimisi sotto le lenzuola e chiusi gli occhi godendomi ancora il sapore della cioccolata

La mattina seguente mi svegliai quando qualcosa si posò sulle mie labbra.

Sorrisi accorgendomi che Ash mi stava baciando.

«Mmm, sai di cioccolato e nocciola» biascicò lui sulla mia bocca.

Io risi e lo allontanai leggermente per vedere bene il suo viso.

I suoi occhi brillavano alla luce del sole che illuminava leggermente la stanza da letto.

Sembravano più azzurri del solito.

Mi lasciò un bacio sul naso e scese dal letto.

Io mi alzai sui gomiti e lo osservai mentre si metteva la tuta dell'officina.

Correva da una parte all'altra della stanza in cerca del gel per sistemarsi i capelli e delle scarpe.

Faceva molto ridere.

«Non ridere» disse sorridendo.

Mi misi una mano sulla bocca cercando di trattenere le risate, ma fu molto difficile.

«E va bene, ridi pure di me... ma sappi che mi vendicherò!» Venne vicino al letto e si sporse verso di me lasciando un bacio sulla mia fronte.

«Ti amo» gli dissi mentre lui usciva dalla camera.

Si girò e mi sorrise.

«Anche io ti amo, da morire...» ammise e dopo avermi sorriso uscì dalla stanza.

Sospirai con aria felice ributtandomi a letto.

Lui riusciva a rendere tutto così perfetto, lui era perfetto.

Sorrisi guardando il soffitto come una scema, ma era più forte di me.

Lui mi rendeva felice, lui rendeva felice ogni parte di me.

Mi alzai e mi feci una coda veloce, poi andai in bagno e mi sciacquai il viso.

Sollevai la testa e incontrai i miei occhi verdi.

C'era qualcosa in me di diverso, non sapevo cosa fosse, ma lo sentivo.

Mentre mi osservavo chiusi forte gli occhi per evitare al senso di nausea improvviso di prendere il sopravvento.

Non resistetti molto e dopo poco mi ritrovai a rigettare il panino della notte prima. In effetti quel panino non era stata una grande idea... a quell'ora di sicuro non lo avevo digerito. Anche perché mi sentivo bene, quando mi ero presa l'influenza mi ero sentita senza forze, mentre ora ero solo stanca, ma stavo bene a parte la nausea e i capogiri.

Mi sciacquai la bocca per togliermi il saporaccio dalle labbra e poi mi sedetti sul bordo della vasca e cercai di rallentare il battito.

In quel momento il mio cervello ricollegò tutto.

Nausea.

Mal di testa.

Capogiri.

Stanchezza.

La piccola lista di malori che avevo provato negli ultimi giorni portava a poche soluzioni.

Una parola balenò nella mia mente, come un flash, e appena mi resi conto del suo significato mi vennero i brividi e cercai di scacciarla dalla mia mente.

Mi alzai e accesi il pc.

Iniziai a cercare una delle cause a cui erano dovuti i malori che stavo provando, e quando l'unico risultato comparve a caratteri cubitali sullo schermo del pc, mi sentii svenire.

Non ragionai più.

Mi cambiai, presi le chiavi, dei soldi, la giacca di jeans e uscii di casa quasi correndo.

L'agitazione scorreva nelle mie vene.

Non poteva essere.

Potevo veramente aspettare un figlio?

No, era impossibile, ero giovane e...

Non avevo molti altri motivi, non li sapevo nemmeno io.

Per questo cominciai a correre per i marciapiedi di Chicago, presa dalla paura.

Avevo bisogno di smentire tutto.

In fondo un po' di nausea e qualche capogiro non portavano solo a quello, magari avevo soltanto bisogno di mangiare meglio e assumere vitamine per avere più energia.

Quando vidi la prima farmacia, mi fermai di colpo.

Fu come se tutto quello a cui avevo pensato fino a quel momento mi fosse arrivato dritto in faccia, come uno schiaffo.

Mi fermai perché non stavo ragionando, la paura e l'agitazione avevano agito per me.

Ero stata troppo impulsiva a precipitarmi lì così.

Scossi la testa e feci due passi indietro, decisa a tornare a casa.

Ma poi mi bloccai.

Una ragazza visibilmente incinta mi passò a fianco e d'istinto abbassai lo sguardo sulla mia pancia piatta, nascosta sotto una canottiera rossa.

E se ci fosse qualcosa lì dentro?

No.

Ma magari...

Mi passai le mani tra i capelli, frustrata e indecisa sul da farsi.

Ero giovane, come potevo crescere un bambino... Mi vennero i brividi, ma la mia coscienza mi suggerì di porre fine ai dubbi, e l'unico modo per farlo si trovava dentro quella farmacia...

Mi rigirai nuovamente e feci due passi verso la porta. Entrai e la campanellina all'ingresso suonò. Mi avvicinai alla cassa per chiedere a una farmacista, ma poi mi fermai di colpo.

«Ha bisogno, signorina?» chiese la donna al di là del bancone.

«No, grazie» le risposi facendo un sorriso tirato e obbligandomi a fare qualche passo indietro.

«Si sente bene?» chiese sorpassando la cassa e raggiungendomi

Posò una mano sul mio braccio, preoccupata.

Non dovevo avere un bell'aspetto.

«Sto bene, grazie» mi sforzai di essere convincente, infatti la signora si rassicurò e mi lasciò andare.

Le diedi le spalle e passai attraverso una corsia perdendomi tra gli scaffali di medicine.

Continuai a voltare lo sguardo e cercare qualunque cosa che potesse sembrare quello di cui avevo bisogno.

Non sapevo neanche come fosse la scatola. Sapevo cos'era e com'era fatto, tutto sommato, ma non ne avevo mai visto uno da vicino.

Poi ne notai alcuni nello scaffale alla mia sinistra.

Mi avvicinai e con mani tremanti ne presi uno.

La scatola era rosa e bianca, mentre in azzurro c'era scritto: TEST DI GRAVIDANZA.

Tremai dalla testa ai piedi e feci cadere la confezione a terra.

Metteva paura.

Feci un profondo respiro e mi abbassai sulle ginocchia per raccoglierlo.

Dovevo farmi forza.

L'avrei preso, sarei andata a casa per scoprire di essermi sbagliata; ecco come sarebbe andata, non avevo bisogno di preoccuparmi.

Mi diressi alla cassa con la confezione tra le mani tremanti. Lo porsi alla farmacista, lei lo prese e mi guardò in modo strano.

Forse si chiedeva quanti anni avessi?

Ero sicura che mi stesse giudicando.

Abbassai lo sguardo e le porsi i soldi. Lei li prese e senza guardarmi negli occhi mi diede il sacchettino con il test e il resto.

Andai dritta a casa, nascondendo il sacchetto nella giacca di jeans. Dopo aver ricevuto quello sguardo dalla farmacista, avevo visto un altro lato di questa faccenda.

Cosa avrebbero pensato le persone?

Una studentessa all'università con il pancione?

Come avrei fatto?

Scossi la testa e mi chiusi in casa, come se fossi stata inseguita da qualcuno per tutto il viaggio di ritorno. Mi schiacciai contro la porta e mi portai una mano sul cuore che batteva a mille.

Non potevo affrontare tutto da sola.

Presi il telefono e schiacciai il pulsante della chiamata rapida.

Dopo due squilli la sua voce risuonò dall'altro lato del telefono.

«Pronto?»

«Sasha, sono io...» dissi con voce tremante.

«Che succede?» chiese lei preoccupata.

Presi il pacchetto con l'altra mano e mi diressi in camera.

«Ho bisogno di aiuto, potresti venire?» chiesi piano mentre mi toglievo le scarpe e mi dirigevo in bagno.

«Sì, certo, arrivo subito.» Detto ciò chiuse la chiamata e io le fui grata per non avermi chiesto spiegazioni. Mi sedetti sul bordo della vasca e lessi le istruzioni sul retro della scatola. Poi mi chiusi in bagno e feci quello che dovevo fare.

Quando ebbi fatto, non guardai nemmeno, lo posai capovolto e aspettai.

Poco dopo sentii la porta sbattere e la voce di Sasha urlare preoccupata. «Jo?»

«Sono in bagno» dissi a voce un po' alta per farmi sentire.

La porta del bagno si aprì con un colpo e apparve una Sasha molto preoccupata.

I suoi occhi di ghiaccio puntarono dritto su di me, come se potessero trafiggermi.

«Che succede?» chiese facendo un passo avanti.

Io la guardai e poi posai il mio sguardo sulla confezione e sul test vicino al lavandino.

I suoi occhi seguirono i miei e quando collegarono tutto Sasha spalancò la bocca.

«Sei...?» chiese Sasha senza neanche riuscire a pronunciare quella parola.

«Non lo so...» sussurrai piano mentre mi torturavo le mani. «Guarda tu» le dissi.

Non avevo il coraggio.

Se fosse stato positivo... sapevo che sarebbe stata una cosa bella, ma con qualche lato negativo.

Sasha si avvicinò e con gli occhi spalancati prese in mano il test.

Lo rigirò e dopo averlo osservato più volte per accettarsi di aver visto giusto, alzò lo sguardo su di me.

Persi un battito quando decise di girare il test per farmi vedere il risultato.

Lo presi in mano e lo osservai meglio, e quando capii a rendermi conto del risultato, il mio cuore perse un battito e le mie mani lasciarono cadere il test sulle piastrelle del pavimento.

60

Mi si bloccò il respiro tanto che dovetti mettermi una mano sul petto per controllare se il cuore stesse ancora battendo sotto la mia pelle.

Poi mi abbassai e ripresi in mano il test.

«Queste linee vogliono dire che...» iniziai io.

«Sei incinta» finì Sasha al mio posto.

Poi venne verso di me e mi abbracciò.

«Diventerò zia!» urlò dalla gioia.

Quando la sentii pronunciare quelle parole, mi scostai e la osservai.

Faceva sul serio?

Stava realmente esultando?

Non si era resa conto che questo era un disastro?

«Jo...» iniziò lei.

Finalmente si era accorta dell'uragano che si era scatenato dentro di me dopo quella notizia.

«Pensi sia una cosa bella? Ti rendi conto del casino in cui mi trovo? Non sono pronta! Lui non è pronto... è un disastro!» urlai, mentre Sasha si allontanava da me come se non riuscisse a capire cosa stessi dicendo.

Mi misi le mani tra i capelli, disperata.

Cosa avrei dovuto fare?

Come avrei fatto ad andare all'università, a crearmi un futuro con un figlio?

Come avrei fatto a mantenerlo?

Cosa avrebbe detto Ash?

Scossi la testa. Non glielo avrei detto, non ancora.

Lui non era pronto e solo io sapevo cosa sarebbe potuto accadere se gliel'avessi detto.

Sasha mi guardò e io le lanciai uno sguardo pieno di rabbia, di indecisione, e sotto sotto di paura.

Lei annuì abbassando la testa e uscì dal bagno lasciandomi sola.

Mi misi davanti allo specchio e mi asciugai le lacrime che mi stavano scendendo calde sulla pelle.

Guardai in basso e poggiai una mano sulla pancia.

Veramente qualcosa stava crescendo dentro di me?

Caddi in ginocchio sulle piastrelle bianche del bagno, e piansi.

Non era il momento.

Nella mia testa si ripetevano cose all'infinito.

Non era questo il momento giusto per un figlio.

Non è che non volessi aver figli, ma non ero pronta... e basta.

Piangendo riuscii a liberare un po' di rabbia e frustrazione.

Quando ebbi la forza di rialzarmi, decisi di nascondere il test e aspettare di dirlo ad Ash.

Dovevo trovare le parole giuste, perché sicuramente sbatterglielo in faccia così non avrebbe aiutato.

Presi il test, lo arrotolai nella carta igienica pulita e lo nascosi nel cassetto vicino al lavandino che ormai era diventato mio. Poi mi asciugai le lacrime e mi diedi una sistemata, infine uscii dal bagno.

La camera era vuota, così andai in salotto dove trovai Sasha seduta sul divano.

«Stai bene?» mi chiese non appena mi vide arrivare.

Io annuii e mi sedetti vicino a lei.

«Senti, Sasha, non è una cosa negativa, ma non è il momento. Io devo finire l'università e Ash un giorno mi ha esplicitamente detto che avere un figlio a quest'età sarebbe troppo presto per lui. Io non sono pronta ad affrontare tutto ciò...»

«Capisco che è una cosa travolgente, ma non pensi che a lui potrebbe piacergli?» chiese piano.

«Ma so già che a lui non piacerà...» dissi tranquilla.

Ed era vero, Ash me l'aveva detto chiaramente quel giorno in aeroporto.

Sapevo cosa ne pensava.

«Nonostante questo, non fare tutto da sola, ricorda che lui è il padre...» disse Sasha sorridendomi debolmente.

Io annuii, anche se un'altra idea si stava insinuando nella mia mente.

«Cosa vuoi che faccia ora?»

«Vorrei che per ora non lo sapesse nessuno... devo trovare le parole giuste» respirai profondamente.

«Certo» mi rispose lei sorridendo.

Sapevo che avrebbe mantenuto il segreto e le ero grata per questo.

«Grazie, Sasha» le dissi abbracciandola forte.

Sentii la sua mano accarezzarmi la schiena come se volesse darmi un po' della sua forza.

La lasciai andare e lei uscì di casa.

Io mi avviai a passi lenti davanti allo specchio e alzai la t-shirt che indossavo, per osservare il mio ventre ancora piatto.

Come poteva esserci qualcosa lì dentro?

Mi sentivo così diversa, ma uguale allo stesso tempo.

Da fuori sembravo la stessa, ma dentro sapevo che non era così.

Sarei riuscita a sopportare nove mesi di gravidanza?

Non ne ero sicura.

E se avessi abortito?

Senza dirlo a nessuno.

Avrei risparmiato dolore a tutti.

Ma avrei avuto il coraggio di uccidere mio figlio?

Strinsi forte gli occhi.

Ero già stanca di sostenere l'idea di essere incinta.

Non riuscivo neanche a pensare come avrei potuto sostenere tutta una gravidanza.

Dovevo decidere.

Ma non sapevo cosa volevo.

Avevo solo una certezza, avrei tenuto quel segreto per me ancora per un po', almeno finché non avessi scoperto cosa volevo davvero.

Passarono altre due settimane.

Ogni giorno mi toccavo la pancia e mi immaginavo come sarebbe stato mio figlio.

Aprii la porta di casa e mi tolsi le Vans bianche nell'ingresso.

Posai la busta del supermercato per terra e mi slacciai il giubbotto di jeans, per poi richiudermi la porta alle spalle.

Presi la spesa e la portai in cucina posandola sul tavolo.

«Ash?» Lo chiamai alzando la voce e incamminandomi verso la camera.

Prima che uscissi mi aveva detto che sarebbe rimasto a casa ad aspettarmi, allora perché non rispondeva?

La porta della camera era socchiusa, così l'aprii e trovai Ash appoggiato all'armadio che mi dava le spalle.

«Ehi, perché non rispondi?» gli chiesi facendo un passo verso di lui, ma quello che vidi dopo mi bloccò.

Dalle mani di Ash cadde una stecca bianca e io morii dentro.

La osservai mentre giaceva sulla moquette morbida della camera.

«Quando me l'avresti detto?» disse Ash con voce calma, mentre si girava verso di me.

Non sembrava arrabbiato, ma quando vidi i suoi occhi il mondo mi crollò addosso e vidi la mia fine.

«Ash, io...» iniziai, ma lui mi bloccò con un gesto della mano e mi trafisse con i suoi occhi di ghiaccio.

«Hai pensato a me? Sono il padre, Jocelyn, non puoi non dirmelo...» digrignò tra i denti.

Proprio come Sasha mi aveva detto, lui era il padre e avevo sbagliato a tenere una cosa così importante per me.

«Ho sbagliato, scusa» dissi cercando di spiegarmi, ma venni interrotta nuovamente.

«Ma, sentiamo, me l'avresti detto, vero? Non hai neanche per un secondo pensato di abortire e non dirmi niente, vero?» disse Ash rabbioso.

Prese il computer e andò sulla cronologia di Google.

«Perché, sai, qui dice il contrario! Come hai fatto anche solo a pensare di uccidere nostro figlio? Cosa cazzo ti è saltato in mente?» mi urlò contro e io tremai.

Poi raccolse il test e lo lesse.

«Almeno due settimane! È da almeno due settimane che sei incinta! E non mi hai detto niente!»

«Avrei dovuto dirtelo... io... mi spiace» balbettai mentre una lacrima scendeva sul mio viso.

«Dovevi e basta, Jo!»

Io abbassai lo sguardo, mi sentivo una traditrice e forse lo ero, ma lui come al solito non mi aveva lasciato spiegare.

«Perché?» mi chiese piano.

Aveva davvero il coraggio di chiedermelo dopo tutto il discorso che mi aveva fatto sull'avere dei figli? Mi aveva fatta sentire sciocca per avergliene parlato e ora mi chiedeva il motivo?

«Perché avevo paura!» urlai questa volta io dalla rabbia. «Ti ricordi cosa mi hai detto riguardo a ciò? Non lo volevi. Mi sono sentita in colpa e arrabbiata!» Rimasi senza fiato dopo che quelle parole urlate lasciarono le mie labbra.

«Ma non hai neanche provato a parlarmene!» urlò lui a sua volta, facendo dei gesti con le braccia e con le mani, poi prese un vaso vuoto sulla scrivania e accecato dalla rabbia lo scagliò contro il muro, facendomi sobbalzare.

Portai d'istinto entrambe le mani sulla pancia, come per proteggere mio figlio dalle schegge di vetro che erano rimbalzate sul muro spargendosi su tutto il pavimento.

Quando mi ripresi lo fissai e poi urlai.

«Cosa avrei dovuto dirti? Sono incinta? E per cosa? Per farmi urlare contro così?!» ribattei io mentre altre lacrime amare scendevano sulle mie guance.

«Io non sono pronto per tutto questo, non voglio quel bambino,» urlò lui indicando il mio ventre «ma avresti dovuto dirmelo... io non so che dire, sei una bugiarda!» Le sue parole furono come uno schiaffo in pieno viso, o come un pugno nello stomaco.

Mi guardò ancora una volta senza neanche aspettare una risposta e poi mi superò, lo sentii armeggiare con qualcosa e poi sbattere la porta.

Mi aveva distrutto in mille pezzi ancora una volta.

Quel suono, la sua voce mentre aveva indicato la mia pancia, mi aveva fatto paura e mi aveva fatto provare anche ribrezzo per lui.

Aveva detto quelle quattro parole con tanto disprezzo verso quel piccolo bimbo che stava crescendo dentro di me che avevo provato una voglia incredibile di prenderlo a schiaffi.

Mi accasciai lentamente sul pavimento, in lacrime.

Era stato ingiusto e impulsivo.

Sapevo di avere una parte di colpa, ma uno dei motivi per cui non gliel'avevo detto era stato proprio per evitare una situazione del genere.

Mi sentivo tradita, e fu come se riuscissi a percepire la delusione del bimbo.

Sapevo che non avevo un vero bambino dentro di me, non ancora almeno, ma in qualche strano modo il mio cuore fu invaso dalla delusione di un rifiuto.

E Ash rifiutando quel bambino aveva rifiutato anche me.

Strinsi forte gli occhi per smettere di piangere, ma le lacrime non volevano saperne di fermarsi.

E io, stupida, che pensavo che ormai fossimo a un passo dalla meta... invece sembrava solamente che fossimo tornati indietro.

Mi alzai a fatica e osservai il pavimento cosparso di pezzi di vetro.

Mi asciugai le ultime lacrime e pian piano mi abbassai per raccogliere i pezzi più grandi.

«Ahia...» sussurrai quando mi tagliai il palmo della mano sinistra con un vetro.

Buttai i pezzi che avevo raccolto e poi andai in bagno in cerca del disinfettante e un cerotto.

Quando li trovai mi medicai, e poi con la scopa spazzai il resto dei pezzi del vaso.

Mi aveva abbandonato ancora, ma stavolta avrebbe potuto anche non tornare mai più. Ero troppo arrabbiata con lui.

Neanche io all'inizio ero stata positiva riguardo alla gravidanza e all'avere un figlio, ma pian piano, pensandoci, comunque mi ero resa conto che la piccola cosa che era dentro di me era nostro figlio e il simbolo del nostro amore.

Ash aveva detto le stesse mie parole, ma io le avevo pronunciate con paura, mentre lui quasi con disgusto, e questo non potevo accettarlo.

Se era quello che lui desiderava, voleva dire che avrei cresciuto quel bambino da sola.

Mi sedetti sul letto con le gambe penzoloni e accarezzai la mia pancia.

«Sono qui, non ti lascio...» sussurrai rivolta al mio ventre.

Era strano pensare che sarei diventata mamma.

Quando mi resi conto del grande significato di quella parola, riuscii a vedere tutto sotto una luce diversa.

I problemi che mi ero posta ora iniziavano ad avere qualche soluzione in più.

Ero sicura che Sasha si sarebbe presa cura del bambino a ogni costo, dato l'entusiasmo che aveva provato quando aveva letto il risultato.

E sapevo anche che Austin mi avrebbe aiutato con l'università.

Avrei chiesto più ore di lavoro al ristorante durante l'estate, così da avere soldi per occuparmi del bambino, almeno finché non mi fosse spuntato il pancione.

Mi vennero i brividi solo a pensarci, ma questa volta furono brividi di gioia.

Forse potevo farcela.

Restai a casa da sola per ben cinque giorni, Ash non si era fatto più vedere dopo la litigata.

Avevo avvisato Sasha dell'accaduto e lei era letteralmente corsa da me, dando buca a mio fratello Cam.

Non avrei potuto adorare di più quella ragazza.

Era arrivata a casa mia con riviste sulla gravidanza e mi aveva letto gli articoli che lei aveva ritenuto più interessanti.

Io l'avevo ascoltata e ringraziata, ma i miei pensieri erano fissi su di lui.

Dov'era?

Avrebbe mai accettato nostro figlio?

Sarebbe tornato da me?

Mi buttai sul divano esausta dopo aver passato l'intera giornata a sentir parlare Sasha e Alexis su come sarebbero diventate delle ottime zie.

Chiusi gli occhi e mi passai le mani tra i capelli, sospirando.

Portai le ginocchia al petto e le circondai con le braccia.

Mi sentivo meno vulnerabile in quella posizione, era come se fossi più protetta.

Per quanto il mio orgoglio volesse bloccarmi, dovevo ammettere che mi mancava da morire.

E che mi sentivo persa senza di lui. Ma soprattutto non volevo che nostro figlio crescesse senza un papà.

Avere un padre era una cosa bellissima, e ti faceva sentire amata, protetta e fiera.

Mi alzai perché volevo qualcosa da mangiare, uscii dal salotto e andai in corridoio.

Ero a due passi dalla cucina quando la porta d'ingresso sbatté.

Voltai il viso lentamente, trattenendo il respiro.

Speravo che fosse lui, ma comunque una parte di me non lo voleva, non ancora.

Ash era in ginocchio sul pavimento, con la testa china verso le gambe, il petto era scosso dai singhiozzi.

Il mio cuore si frantumò quando lui alzò lo sguardo verso di me e vidi i suoi occhi di ghiaccio rossi dalle lacrime.

61

«Ash?» sussurrai piano, ma nonostante questo la mia voce era sconvolta, così come lo ero io.

Fissai il suo viso, era più scarno, la barba era più lunga del solito, e i suoi occhi mettevano i brividi.

Sembrava che avesse pianto per giorni interi fino a perdere le forze.

Tremava dalla testa ai piedi, mai l'avevo visto così sconvolto.

Sembrava appena uscito da una guerra.

Mi fissò dritto negli occhi e allora il panico prese il sopravvento.

Perché era ridotto così?

Cosa aveva fatto per tornare da me in lacrime?

Mi terrorizzai nel vederlo così distrutto, scosso dal pianto.

E quando la sua voce uscì in un sussurro per poco non mi ruppi in migliaia di pezzi.

«Perdonami...»

Aveva gli occhi sbiaditi per il pianto e il cuore fragile di chi amava davvero.

Lo osservai incredula, ero senza parole.

Mi avvicinai lentamente a lui e mi inginocchiai, nella sua stessa posizione.

Ormai sapevo che per farlo parlare dovevamo essere alla pari, solo così il suo cuore poteva aprirsi.

Ash alzò lentamente una mano, ero quasi sicura che stesse per accarezzarmi una guancia, invece portò la mano sulla mia pancia e io tremai.

La mosse lentamente su e giù e poi fissò i suoi occhi nei miei.

«Ho paura...» mi disse piano, sorridendo debolmente.

Io annuii, mentre una lacrima scendeva calda sul mio viso.

Sapevo cosa stava provando, quella paura paralizzante che ti fa pensare di non essere abbastanza brava o capace di affrontare tutto, o solamente di non essere abbastanza.

«Anch'io» gli confessai mentre il mio cuore piangeva con me.

Presi la sua mano nella mia e la strinsi forte, poi lo tirai su.

Non appena fu in piedi, mi accorsi di quanto fosse ubriaco e quindi instabile.

Misi un suo braccio intorno alle mie spalle e cercai di portarlo in camera.

«Perdonami,» disse ancora mentre entravamo in camera «io voglio te, e nostro figlio...»

Sorrisi involontariamente sentendo quelle parole.

Lo misi sul letto e lui mi trascinò giù con sé.

«Mi dispiace, avrei dovuto ascoltarti...» ammise poco dopo, mentre la voce diventava sempre più sottile.

Mi sistemai bene e lo feci coricare con la testa sul mio ventre.

«Lo so...» gli risposi.

Avevo visto nei suoi occhi quanto fosse dispiaciuto.

Quelle lacrime che aveva versato mi avevano fatto capire che nonostante tutto lui ci teneva a me.

«Ero troppo spaventato, non volevo essere come lei...» continuò lui mentre gli accarezzavo i capelli.

«Lei chi?» gli chiesi senza capire.

«Elizabeth. Ho paura di diventare come lei. Non voglio che nostro figlio soffra così, non sono all'altezza né tua né del bambino che verrà...» sussurrò piano.

Strinsi forte gli occhi e trattenni il respiro per evitare di piangere.

Aveva fatto tutto quello perché aveva paura di non essere all'altezza?

«Sarai il papà migliore del mondo...» sussurrai mentre il mio cuore si ricomponeva.

Sorrisi e quando Ash non mi rispose capii che si era addormentato tra le mie braccia.

Lo osservai mentre dormiva su di me, con un braccio che circondava la mia vita.

Sembrava un bambino, un piccolo bambino fragile, bisognoso d'amore e protezione.

Era possibile che non mi fossi mai accorta che aveva solo bisogno di essere rassicurato?

Con lui mi ero sempre sentita a casa, protetta, sana e salva.

Non mi era passato per la mente che fosse lui ad aver bisogno di protezione.

Ash era così fragile e da fuori era quasi impossibile accorgersene, con l'aria da duro che si era creato.

Forse un modo per proteggersi.

Ero contenta che si fosse aperto con me del tutto.

Ogni volta che ci lasciavamo andare, completavamo la nostra storia aggiungendo altri pezzi al puzzle.

Respirai profondamente e poi mi costrinsi a chiudere gli occhi e rilassarmi.

Lui era con me, al sicuro.

Solo questo contava.

Quando mi svegliai ero rannicchiata su un fianco e le lenzuola bianche coprivano il mio corpo.

Mi passai le mani sugli occhi per abituarmi alla luce del sole e poi stirandomi mi alzai.

Indossavo ancora i pantaloncini della tuta e la maglia bianca della sera prima.

Mi guardai intorno e mi accorsi di essere sola in camera, così uscii in corridoio e mi diressi in cucina.

Ash era lì come ogni mattina mentre preparava la colazione, come se gli ultimi cinque giorni non fossero mai esistiti.

Unii le mie mani e le strinsi per scaricare la tensione che aleggiava nell'aria e nella mia anima.

Lo osservai in silenzio ancora per qualche secondo finché lui non si voltò e mi notò.

Sembrava il solito Ash, forte, coraggioso e irraggiungibile, ma quello che avevo visto la sera prima era decisamente tutto meno che forte.

Mi sorrise, un sorriso che urlava perdono e la voglia di dimenticare tutto per ricominciare, ma io non avrei mollato così.

La sera prima aveva detto tutte quelle cose perché aveva bevuto, volevo vedere ora cosa avrebbe detto.

«Parla» dissi seria, lo guardai senza avvicinarmi di più.

Rimasi ferma, in attesa, anche se non sapevo molto bene cosa stessi aspettando.

Ash spense il fornello, spostò la padella sulla quale stava cuocendo i pancake e si voltò completamente verso di me.

Incrociai le braccia al petto e strinsi le labbra in una linea rigida.

Ash mosse la testa e dopo aver preso un respiro profondo parlò.

«Mi dispiace...»

Io abbassai lo sguardo a terra e annuii.

«Perché?» gli chiesi.

Sapevo il motivo del suo comportamento, ma ero sicura che lui non ne fosse certo, e sapevo anche che per accettare nostro figlio doveva ammettere a sé stesso la sua più grande paura.

«Ieri pomeriggio sono andato in un bar, mi sono ubriacato e l'unica cosa a cui riuscivo a pensare eri tu... nient'altro. Tutta la mia rabbia era sparita, lasciando spazio alla paura. Avevo una fottuta paura di perderti ancora... e non riuscivo a ragionare. Sono tornato da te perché è quello che farei ogni volta, ogni stramaledettissima volta. Sono tornato per dirti che l'unico motivo per cui ho reagito così è stata la paura...»

Ash si avvicinò velocemente a me, e prese il mio viso tra le mani costringendomi a guardarlo.

«Ho paura di essere come lei. Di svegliarmi un giorno insoddisfatto della mia vita e di prendermela con te o con lui...» continuò Ash.

«O con lei...» sussurrai io.

«Cosa?» mi guardò senza capire.

«Potrebbe essere una femmina...» dissi piano, e sorrisi quando lui annuì sorridendo a sua volta.

«O con lei. Svegliarmi e ubriacarmi e ferirvi, non sopporterei di farvi questo. Non penso di essere abbastanza per te e per il bambino...» abbassò lo sguardo sulla mia pancia. «Per questo ho reagito così, ho paura, veramente tanta, ma non esiste niente al mondo che io voglia come voglio te e una vita insieme... farò del mio meglio se me lo permetterai, lo prometto...» sussurrò piano appoggiando la fronte sulla mia e muovendo i pollici sulle mie guance.

Io annuii vigorosamente, mentre ormai le mie guance erano solcate dalle lacrime.

«Sarai tutto quello di cui avrò bisogno e sarai abbastanza sempre» gli dissi.

Lui mi sorrise e poi, dopo aver cercato il mio consenso con gli occhi, mi baciò regalandomi la parte migliore di lui.

Quando si staccò dalle mie labbra, mi abbracciò stringendomi a sé.
«Se sarà maschio, potremmo chiamarlo Ed?» disse poi sogghignando e guardandomi.
Io alzai lo sguardo verso di lui e risi. «Vedremo...»
Lui mi strinse forte a sé e rise riempiendo la stanza di quel suono meraviglioso che era la sua risata.
Mi era mancato come niente al mondo.
Si allontanò da me e prendendomi per mano mi trascinò in corridoio.
«A proposito...» disse mentre apriva la stanza che portava sul tetto.
«A proposito di che cosa?» chiesi curiosa.
Si fermò a metà scala e mi guardò sorridendo. «Ora lo vedrai...»
Ash aprì la botola e mi guidò sul tetto.
Tutto sembrava normale, un vento fresco accarezzò la mia pelle mentre il sole di giugno mi scaldava.
Ash si diresse verso il centro, tirandomi dolcemente con sé.
Si mise davanti a me e poi, dopo aver lasciato un bacio sulla punta del mio naso, si inginocchiò davanti a me.
Spalancai gli occhi e Ash rise vedendo la mia reazione.
«Io non lo so. Non ne ho la più pallida idea. Non sono sicuro di niente. Non so se ti merito, non so se sono abbastanza per te, non so se mi amerai per sempre, non so cosa faremo, dove finiremo. Non so se farò altri casini e se sarò un disastro. Non ho nessuna certezza con te, a parte una. So che nessuno è, e mai potrà essere, come te. Nessuna potrà mai essere più adatta di te per me. Nessuna mai riuscirà a rubarmi anima e corpo come hai fatto tu. So perfettamente che non voglio nessun'altra persona al mio fianco al mattino quando mi sveglio, o quando alla sera mi addormento.
«So che nessuno saprà mai amarti come io ti amo e come amo nostro figlio e la famiglia che saremo.» Ash infilò una mano nella tasca posteriore dei pantaloni e tirò fuori una scatoletta nera di velluto. Io spalancai la bocca e gli occhi, mentre lacrime di gioia non volevano fermare il loro corso. Poi Ash ricominciò a parlare: «Ecco perché, nonostante io non abbia certezze, sono qui a chiederti di diventare la donna della mia vita. Quindi, Jocelyn Rosie Smith, vuoi sposarmi?»
Aprì il cofanetto e mi mostrò un anello: era semplice, luminoso, decorato con dei brillanti.
Ero senza parole: nonostante due lettere continuassero a lampeggiare nella mia mente, non avevo la forza di pronunciarle.

Ero letteralmente sotto shock.

Mi aveva veramente proposto di sposarlo?

Sapeva che era per sempre.

Se ne rendeva conto?

«Sì.» Quella parolina uscì dalle mie labbra senza il mio comando, fu una cosa naturale, fu il mio cuore a decidere. In pochi secondi, senza neanche rendermi conto della situazione, mi ritrovai a volteggiare in aria stretta tra le braccia di Ash che rideva e urlava dalla gioia.

«Dio, quanto ti amo!» mi disse non appena mi riportò sulla terraferma.

«Ti amo anche io» risposi mentre Ash prendeva la mia mano sinistra e mi metteva l'anello al dito.

Poi alzò il viso verso i palazzi vicini e, non appena vide una signora stendere i panni, richiamò la sua attenzione e gridò: «Lei sarà mia moglie!»

La signora sorrise e scosse la testa probabilmente rimproverandoci per il trambusto.

Io risi e lo baciai per farlo smettere di urlare.

«Sei pronta per diventare la signora Carter?» mi chiese lui sorridendo.

«Non aspetto altro...» gli risposi sorridendo.

Ed era vero: nonostante la paura avevo sempre desiderato diventare sua moglie e la madre dei suoi figli. Forse stava accadendo tutto troppo presto, ma per niente al mondo avrei sprecato ciò che la vita mi stava dando.

Ormai ero sicura solo di una cosa: noi saremmo resistiti per sempre.

62

Senza neanche accorgermene mi ritrovai catapultata in una cosa che era molto, ma molto più grande di me: i preparativi per il matrimonio.

Era tutto così strano, facevo ancora fatica a credere di aver detto di sì, figuriamoci ad affibbiare i dettagli del mio matrimonio a Sasha.

Ash aveva insistito a volerlo celebrare il 5 luglio e nulla avrebbe potuto fargli cambiare idea, quindi non avevo obiettato.

Mancava meno di un mese, esattamente meno di tre settimane.

La prima che aveva saputo del matrimonio era stata Sasha e di conseguenza mio fratello Cam.

«Pronto?»

«Mamma, sono io» risposi mentre passeggiavo su e giù per il corridoio con il telefono all'orecchio.

L'agitazione mi stava letteralmente divorando lo stomaco. Non avevo intenzione di dirle del bambino, volevo fare una sorpresa a tutti a dir la verità, infatti a parte Sasha nessuno lo sapeva.

«Ciao piccolina, come stai, tesoro mio?» mi chiese mia mamma, cambiando tono della voce dopo avermi riconosciuto.

«Molto bene... ho una notizia da darti» dissi cercando di tranquillizzare in qualche modo la mia voce.

Sembrava che dovessi ammettere di aver ucciso qualcuno...

«Che succede?» chiese mia madre, agitandosi.

«Niente, mamma, è una cosa bella, tranquilla...»

«Okay, su, Jocelyn, non tenermi sulle spine!» rispose lei, ora eccitata all'idea di una bella notizia.

Presi un respiro profondo e poi glielo dissi, cercando di restare il più calma possibile.

«Mi sposo...» sputai tutto d'un fiato e aspettando ansiosa la risposta di mia madre.

«Cosa? Ti sposi?» urlò lei incredula, tanto che spostai dall'orecchio il telefono.

«Sì...» biascicai, paurosa della sua reazione finale.

«Oh, mio dio! Sono così felice, bambina mia. In passato ho sbagliato, ma voi due siete fatti l'uno per l'altra» disse lei sincera e io sorrisi.

«Ti sposi con Ash, vero?» aggiunse subito dopo.

«Sì, mamma!» risi io.

«Mmm, meno male... Quando?» chiese poi curiosa.

Già me la immaginavo che camminava in veranda con il telefono all'orecchio e nella sua testa un sacco di idee.

Però non sapeva che sarebbe avvenuto in meno di un mese.

«Il 5 luglio...» le spiegai mentre entravo in cucina, dove trovai Ash seduto a tavola a leggere un giornale e bere una birra.

Andai verso il frigo e tirai fuori con la mano sinistra una bottiglia d'acqua fresca.

Cercai di aprirla mentre aspettavo una risposta da parte di mia madre, ma mi trovai in difficoltà essendo destrorsa.

«Questo 5 luglio?» chiese ancora indecisa mia mamma, e in quel momento di fianco a me si materializzò Ash pronto ad aiutarmi.

Gli sorrisi e risposi a mia madre.

«Sì, per ora non è deciso ancora niente, ma ti dirò tutto appena ne saprò qualcosa anche io» le spiegai, poi sorseggiai un po' d'acqua che Ash aveva gentilmente versato in un bicchiere.

«Sono con te, piccola mia, qualunque cosa accada, se hai bisogno chiama» disse mia mamma con voce dolce e io sorrisi.

Non poteva immaginare quanto le volevo bene.

«Grazie, mamma» dissi, mentre Ash al mio fianco aveva appena posato un dito sulla mia pancia alla ricerca di qualcosa che ancora non esisteva.

«Di niente, tesoro mio. Fammi sapere al più presto, ciao.»

«Certo, ciao mamma, ti voglio bene.»

«Anche io te ne voglio.»

Sorrisi e poi chiusi la chiamata appoggiando il telefono sul bancone della cucina.

Sospirai sollevata, mi ero tolta un grande peso.

«Ma come funziona?» chiese Ash.

Io alzai lo sguardo verso di lui senza capire a cosa si stesse riferendo.

Lo compresi solamente quando con un timido sorriso indicò la mia pancia.

«Oh, io in verità non so molto... Per ora non c'è molto lì dentro, so solo che tutto inizia verso la sesta settimana e io sono quasi alla quinta.» Spiegai l'unica cosa che mi era rimasta impressa mentre Sasha mi leggeva tutte quelle riviste.

«Capito» rispose lui stringendomi in un abbraccio.

Io mi lasciai stringere senza pensare a niente.

Aprii il mio cuore e lasciai che lui se ne prendesse cura, e lentamente ci spostavamo verso il divano.

Mi sedetti vicino a lui.

«Dove vorresti celebrare il matrimonio?» mi chiese subito dopo Ash mentre lasciava un bacio sulla mia testa.

«Mmm, sarà difficile trovare un posto libero, sai, per prenotarlo e tutto il resto, mancano poco più di due settimane e non penso che troveremo qualcosa che ci piaccia... in fondo siamo a Chicago» dissi mentre mi torturavo le dita.

«In realtà io pensavo a un'altra cosa» disse Ash mettendomi curiosità, così alzai lo sguardo verso di lui per scoprire cosa intendesse.

«Cosa?»

«Stavo pensando che la mia casa nel bosco dietro casa tua sarebbe perfetta... Niente prenotazioni, una cosa semplice, tu, io e i nostri amici» mi spiegò lui subito dopo sorprendendomi.

Non ci avevo minimamente pensato.

A un tratto mi apparve la casa nella mente, tutta addobbata e sistemata.

Sarebbe stata perfetta.

«È perfetta...» dissi entusiasta della sua idea, così mi avvicinai a lui e lo baciai.

«Dobbiamo avvertire tutti, magari dopo possiamo spostarci a casa mia, che ne pensi?» gli chiesi.

«Sì, penso sia perfetto.»

«Ti amo.»

«Ti amo anch'io, piccola.»

Così nella settimana successiva informammo tutti sul luogo del matrimonio.

Sasha che aveva già prenotato il catering e le altre cose li avvertì dello spostamento.

Così, a una settimana dal mio matrimonio, stavo facendo le valigie per tornare a casa mia.

«Lascia, faccio io, non ti devi affaticare...» disse Ash mentre mi prendeva il borsone blu dalla mano e lo caricava nella macchina di Sasha.

«Guarda che non sono malata!» protestai incrociando le braccia al petto.

Lui si girò e mi sorrise.

«Lo so, ma non devi affaticarti lo stesso...» mi rispose tranquillo.

Da quando si era reso conto che stavo portando in grembo suo figlio, Ash era diventato superprotettivo e, se prima era solo geloso, ora mi trattava come se fossi fatta di vetro, pronta a rompermi in mille pezzi.

Io mi sentivo bene, normale, ero solo un po' più stanca, ma niente che non mi permettesse di muovermi o fare altro, però questo Ash non lo voleva capire.

Sbuffai frustrata e rientrai in casa a prendere la borsa più piccolina.

Non appena vidi Ash venirmi incontro, pronto per prendere anche questa, lo fulminai con lo sguardo e lui finalmente mi fece fare qualcosa.

Mi sentivo un po' inutile e Sasha continuava a mettere in testa delle cose a suo fratello che certamente non mi aiutavano.

'Deve stare attenta a non cadere.'

'Non deve sforzarsi.'

'Deve dormire di più.'

'Dàlle da mangiare cibo sano.'

Insomma, mi trattavano come una malata o come una bambina piccola, o peggio ancora come una bambina malata.

Posai la borsa e aspettai Sasha con le sue ultime due valigie.

Aveva preparato come minimo otto valigie e doveva stare via solo una settimana.

Quando uscì di casa, salutò Ash con un bacio sulla guancia e con la sua solita grinta salì in macchina.

Ash chiuse lo sportello del baule e poi si avvicinò a me.

«Promettimi che non ti affaticherai troppo...» disse mentre mi stringeva tra le braccia.

«Ash...» protestai ancora io.

«Promettilo...» mi incitò Ash.

«Promesso!» mi arresi, tanto ero sicura che mi avrebbe tenuta lì finché non avessi pronunciato quella parola.

«Bene... stai attenta...» disse ancora lui.

«Sì, e tu rilassati, torno solo a casa e tu arriverai tra due giorni, non vado in Europa...» dissi scherzosa io facendolo ridere.

Si abbassò e mi baciò.

«Ti amo, piccola, ci vediamo tra due giorni...» disse lasciando un bacio sulla mia fronte.

«Vi muovete!» protestò Sasha dalla macchina.

Io risi.

«Ti amo anche io» risposi ad Ash e poi sgusciai fuori dalle sue braccia per entrare in macchina.

Aprii la portiera del passeggero e salii al fianco di Sasha.

«Partiamo?» chiese lei sorridendo e accendendo la macchina.

«Andiamo...» le dissi sorridendo.

Osservai dallo specchietto Ash fermo sul marciapiede che guardava la macchina allontanarsi con una mano alzata in segno di saluto.

Era sempre strano stare lontani l'uno dall'altra.

Trovarlo al mio fianco era diventata un'abitudine, mentre ora che lo osservavo farsi sempre più piccolo e lontano sentii che una parte del mio cuore rimaneva lì con lui.

Sasha accese la radio e uscì dal centro trafficato di Chicago per prendere la superstrada che ci avrebbe portato a casa mia.

Guardai città sbiadire alle mie spalle, lasciando posto ai campi coltivati e alle piccole cascine sparse nel nulla.

Nonostante tutto tornare in quei luoghi mi faceva sempre uno strano effetto, mi sentivo veramente a casa.

Quando finalmente Sasha si fermò davanti alla staccionata bianca di casa mia sospirai sollevata, stanca di stare seduta in macchina.

Ormai erano le cinque del pomeriggio e ci eravamo fermate un sacco di volte, perché a detta di Sasha dovevo idratare il mio corpo e mangiare a ritmi regolari, anche se tutto ciò mi faceva ridere.

Scesi dall'auto muovendo un po' le gambe e stirandomi le braccia.

«Finalmente...» sospirai soddisfatta.

Sentii Sasha aprire il baule e così mi avvicinai per aiutarla a prendere le cose.

«Lascia stare...» disse lei dandomi un piccolo schiaffo sulla mano.

Io risi e poi mi arresi, entrando in casa con Sasha al seguito.

«Mamma, sono a casa!» urlai felice proprio come facevo due anni prima, quando rientravo dalle uscite con Andy.

Mia mamma era in cucina e io la raggiunsi per abbracciarla.

Sapere che lei approvava il matrimonio mi faceva sentire sollevata e felice.

«Ciao piccola...» mi rispose lei stringendomi forte tra le braccia.

Quando sciolse l'abbraccio salutò anche Sasha con lo stesso amore e calore, e quando la vide affaticata per le valigie chiamò mio fratello Jonathan. Non appena lui entrò in cucina mi buttai tra le braccia del mio gemello.

«Jo...» disse lui sorpreso, sorridendo.

«Ciao» gli dissi mentre lui mi stringeva in un abbraccio.

Gli posai un bacio sulla guancia e poi con tono dolce gli dissi: «Potresti aiutare Sasha con i bagagli?»

«Sei appena arrivata e già mi tratti come uno schiavo, ma grazie...» rispose lui sarcastico, poi annuire e uscire a prendere le valigie.

Io e Sasha ci sedemmo in cucina e mia mamma ci offrì la sua famosa limonata. Quando mia mamma si girò posando la brocca nel frigo, Sasha si avvicinò al mio orecchio.

«Sei sicura che puoi berla?» sussurrò piano.

«Sasha, è solo della limonata...» le risposi evitando di farmi sentire da mia madre.

Lei annuì anche se poco convinta.

Poco dopo Jonathan entrò in cucina e sbuffò.

«Scusa, Sasha, ma quante borse hai?» chiese con un po' di fiatone mentre si sedeva al mio fianco.

«Ho quelle che servono a una donna» rispose lei maliziosa, facendo ridere mia madre.

Io scossi la testa divertita.

Un tempo avrei voluto avere il carattere di Sasha: era divertente, aveva sempre la battuta pronta, era sexy e sicura di sé. Un tempo avrei voluto essere esattamente come lei, ma poi crescendo avevo capito che io ero unica e che non sarei mai riuscita a cambiare me stessa.

E avevo capito tutto questo grazie a lui. Lui mi aveva fatto scoprire la vera me.

Il giorno seguente, dopo essermi svegliata in camera mia, mi alzai meno stanca del solito e andai in bagno.

Aprii l'acqua della doccia e, mentre si riscaldava, io mi spogliai e mi osservai allo specchio.

A una prima occhiata la mia pancia non dava ancora segni di cambiamenti evidenti, ma nonostante ciò io vedevo che il mio ventre stava diventando un po' più tondo.

Era strana come cosa, ma mi rendeva anche felice.

Entrai nella doccia e mi rilassai, godendomi l'acqua calda sulla pelle.

Chiusi gli occhi e immaginai quello che sarebbe successo di lì a pochi giorni.

Mi vennero i brividi pensando a me che andavo verso Ash con un bouquet in mano.

Scossi la testa e riaprii gli occhi.

Sembrava un sogno.

Uscii dalla doccia e indossai una camicetta bianca, degli shorts di jeans e le Vans.

Scesi in cucina dove trovai Sasha che discuteva con mia mamma.

«Sai, Barbra, potremmo disporre dei tavoli per tutto il giardino, e poi ho notato che lì a fianco c'è un albero, sarebbe bello...» Sasha si bloccò non appena si accorse di me.

«Ehi, ciao Jo!» disse venendomi ad abbracciare.

Sasha mi strinse e io mandai un'occhiata a mia mamma per convincerla a raccontarmi per bene cosa stesse dicendo Sasha, ma lei chiuse le labbra con le dita e buttò via la chiave.

Io sbuffai e poi mi staccai dall'abbraccio, mi avvicinai al frigo e tirai fuori un po' di succo di frutta fresco.

Quando mi voltai nuovamente vidi mia mamma e Sasha fissarmi come se fossi una cavia da laboratorio.

«Che succede ora?» chiesi un po' spaventata da quegli sguardi: se Sasha era riuscita a manipolare mia madre, sarei morta di lì a poco.

«Vuoi sposarti e tutto il resto, ma non pensi che una vera sposa dovrebbe avere un vestito?» disse Sasha sorridendo maliziosa.

«Oddio, non guardarmi in quel modo, mi fai paura, Sasha...» dissi facendola ridere, poi lei si avvicinò e mi prese sottobraccio.

«Oh, suvvia non sarà niente di drammatico! Conosco un posto dove sono sicura che troverai il vestito perfetto per te, e ho chiamato anche un piccolo aiuto...» disse Sasha e poi guardò la porta della cucina, io seguii il suo sguardo e quando la vidi delle lacrime di gioia mi rigarono il viso.

Corsi verso di lei e la abbracciai, era da un sacco di tempo che non vedevo Andy.

«Anderson!» dissi felice tra le sue braccia.

«Smith!» mi rispose lei sorridendo.

Alle superiori a volte ci chiamavamo con i cognomi, era il nostro modo per differenziarci dalla massa e fare capire a tutti quanto fossimo inseparabili.

Quando mi staccai, lei mi tenne ferma mettendo le mani sulle mie spalle e poi, guardandomi con quegli occhi nocciola, mi disse facendomi ridere: «Sei proprio sicura? Fai ancora in tempo a scappare se vuoi...»

«Sicurissima...»

«È sempre bello come quando l'ho visto per la prima volta?» chiese Andy facendo una faccia maliziosa.

«Ehi, piccola migliore amica di Jo, mio fratello è bello, ma comunque non tanto quanto me!» si intromise Sasha facendo ridere tutte.

Guardai ancora Andy e poi la abbracciai nuovamente.

Era sempre la mia dolce Andy, capelli cioccolato e dolci occhi nocciola, sorriso splendente e tanta grinta.

«Allora, ragazze, siamo pronte per andare?» chiese mia madre prendendo le chiavi della macchina.

Io le sorrisi e annuii.

«Direi di sì» risposi eccitata.

«No, io non uscirò da qui con questo vestito!» dissi mentre stavo affogando nell'enorme quantità di tulle di quel vestito.

«Dài, facci vedere...» brontolò Sasha dal salottino.

Sbuffai e uscii dal camerino pronta a essere derisa da tutte, e non avrebbero avuto torto: quel vestito era orribile.

Allargai le braccia e fissai Sasha, Andy e mia madre che mi osservavano con faccia impassibile. Poco dopo Sasha non riuscì più a trattenersi e scoppiò in una grossa risata, contagiando tutte, perfino me.

«Okay, okay, puoi cambiarti...» mi disse muovendo una mano per rispedirmi in camerino.

Rientrai e non aspettai due secondi per togliermi quel vestito, sembravo una bomboniera.

«Meredith, proviamo con qualcosa di più semplice... okay?» Sentii Sasha dare ordini alla proprietaria del piccolo e modesto negozio di abiti da sposa del mio paese, del quale io avevo sempre ignorato l'esistenza fino a quel momento.

Era da mezz'ora che provavo vestiti e ne avevo provati di tutti i tipi... a sirena, corti, pomposi, molto esagerati e anche più semplici, ma niente mi aveva conquistata.

Volevo qualcosa che mi facesse sentire me stessa.

Meredith entrò nel camerino e mi porse un altro vestito.

Io lo osservai bene e annuii più convinta di prima.

Lo indossai e, quando Meredith aggiunse il velo, per poco non scoppiai a piangere.

«Penso sia lui...» sussurrai al mio riflesso.

Presi un bel respiro e uscii dal camerino con un grande sorriso sulle labbra.

«Oddio mio!» disse mia madre e poco dopo finì in lacrime, facendo piangere pure me.

«Jo, sei bellissima!» disse Andy mentre mi sorrideva sincera.

Io sorrisi e mi strinsi nelle spalle, imbarazzata.

«L'abbiamo trovato...» disse Sasha e poi a turno vennero ad abbracciarmi.

Mi obbligai a togliere quel meraviglioso vestito, ma nulla avrebbe potuto cancellare il mio sorriso.

«Bene, almeno una delle mie trentasei cose da fare è andata!» esultò Sasha, lasciandomi di sasso.

«Trentasei?» chiesi sbigottita.

Come era possibile che avesse così tante cose da fare se le avevo esplicitamente chiesto un matrimonio semplice?

«Ovvio, i matrimoni non si organizzano da soli, sai?» mi disse lei, mentre uscivamo dal negozio con il vestito e al seguito mia madre e Andy.

«Mi devo fidare?» le chiesi preoccupata.

Sasha si fermò e mi guardò fingendosi offesa, ma poi non resistendo più rise.

«Certamente, piccola Jo, dormi sonni tranquilli» mi disse sorridendo.

Sapevo che niente avrebbe potuto fermarla dal fare quello che si era messa in testa, quindi feci l'unica cosa che potessi fare, mi fidai di lei, in fondo sapevo che non mi avrebbe mai delusa.

Nei giorni successivi all'arrivo di Ash, vidi Sasha e mia madre lavorare come delle matte.

Pian piano tornarono a casa alcuni dei miei fratelli, Cam e Sebastian, che aiutarono Ash a mettere a posto la casa nel bosco.

Avrei voluto contribuire, invece Ash mi obbligò a stare seduta sui gradini della casa a guardarli mentre pulivano e tagliavano l'erba.

«Ma potrei solamente...» iniziai io, ma venni interrotta.

«No, resta seduta» mi disse Ash serio per poi tornare al suo lavoro.

Passai così i rimanenti quattro giorni ferma immobile, mentre davanti a me passavano persone con scatoloni di addobbi bianchi, fiori, luci, candele, sedie, tavoli e anche un lungo tappeto bianco.

«Piccola...»

Voltai la testa verso la porta di camera mia e vidi spuntare mia madre.

Le sorrisi facendole cenno di entrare.

Lei si sistemò al mio fianco sul letto e poi, mentre mi stringeva una mano, sussurrò: «Sei pronta per domani?»

Non riuscivo ancora a credere che fosse la sera prima del mio matrimonio.

«Non ho mai pensato che il mio futuro sarebbe stato così, ma, mamma, sposarlo è l'unica cosa di cui sono sicura in questo momento, non riuscirei a vedermi senza di lui...» ammisi mentre la guardavo.

Mia madre mi sorrise e mi abbracciò.

«Lui ti ama come niente al mondo, si vede dal suo sguardo. Sono sicura che ti proteggerà sempre e starà sempre al tuo fianco... Non dovrai preoccuparti di questo» disse mia madre accarezzandomi una guancia.

Io annuii.

Era vero, lo sentivo nel mio cuore. Nonostante i litigi e le differenze sapevo che Ash sarebbe tornato da me sempre, perché noi ci appartenevamo.

63

Ash

Ero veramente lì?

Abbassai lo sguardo verso i miei piedi.

Non avevo mai indossato scarpe così eleganti, avevo sempre pensato fossero scomode, e invece non erano niente male.

Erano nere lucide, mi davano un'aria sofisticata e per un istante mi sentii importante come mai mi ero sentito in vita mia.

Avrei voluto tenere fermi i piedi, ma era un'impresa impossibile nonostante tutta la mia buona volontà.

Mi costrinsi a stare immobile per non rovinare il tappeto bianco che era steso sotto i miei piedi.

Iniziai a muovere le mani, l'agitazione mi scorreva nelle vene ormai da ore.

La notte prima non avevo chiuso occhio.

Ero rimasto tre ore a osservare il soffitto azzurro pastello della mia vecchia camera nella casa di mia nonna.

Avevo voltato lo sguardo in tutte le direzioni e avevo cercato di calmare l'agitazione senza successo.

I muri erano ricoperti di poster dei miei supereroi preferiti.

Sopra il mio letto avevo appeso delle foto della mia famiglia, con mia sorella e mio padre, e anche una con mia madre.

C'erano ancora giocattoli sparsi negli angoli della stanza.

Mia nonna aveva detto esplicitamente che non voleva toglierli, le ricordavano quando ero il suo nipotino. Sapevo che, nonostante tutto, mi considerava ancora il suo piccolino.

Sasha amava venire a casa di nonna Maggie.

Mio padre ci portava sempre qua e, nonostante fossi un bambino, quando mettevo piede in quella casa respiravo sollevato, perché sapevo che almeno lì dentro ero al sicuro da mia madre e dai suoi problemi.

E pensare che a sei case di distanza aveva sempre abitato la donna che avrei sposato di lì a poco.

Che poi, ammettiamolo, nessuno pensava che mi sarei sposato, Sasha mi aveva sempre preso in giro su questo.

Ed era vero, in fondo non ci avevo mai creduto nemmeno io.

Ero sempre stato scettico con le ragazze, l'unica con la quale avevo instaurato un legame serio era stata Ruby, ma come dimostrava la mia teoria, le persone in qualche modo ti deludono sempre.

E poi era arrivata lei.

Non sapevo perché mi ero avvicinato a lei.

Insomma, perché mai avevo lasciato quel post-it sul suo libro quasi due anni prima?

Perché?

Non avrei mai trovato una vera risposta.

Avevo tante teorie.

La prima cosa che notai di lei furono i suoi occhi.

Quando per la prima volta li incontrai, mi sentii un mostro. I suoi occhi mi avevano scrutato con paura e terrore.

Forse fu quello a scatenare il sentimento che era cresciuto per lei.

Mi aveva sfidato, ed era come se avessi voluto dimostrarle che ero meglio di ciò che aveva pensato.

Ogni volta che mi avvicinavo avevo paura di ferirla, deluderla.

E dimostrare il contrario aveva dato inizio a tutto.

Con il tempo avevo iniziato a vedere in lei una parte di me.

Avevo visto la paura di non essere abbastanza, la paura di lasciarsi andare e vivere la vita, per quello l'avevo portata con me a Chicago.

Avevo visto me stesso nei suoi occhi, come se lei fosse la mia copia perfetta con i pezzi mancanti.

Forse fu l'insieme di queste cose che mi aveva portato da lei.

Ne avevo fatti di errori, non riuscirò mai a contarli, ma lei mi aveva sempre perdonato, per questo le avevo chiesto di sposarmi.

Lei era stata l'unica che avrebbe potuto accettarmi.

Ero un disastro umano, ma lei era stata la mia cura.

Passai il resto della notte a pensare a lei, a come sarebbe stata bella mentre camminava verso di me.

Non dormii neanche un fottuto istante, ormai ero abituato a dormire al suo fianco ed essere solo nel mio vecchio letto mi faceva sentire incompleto.

Alle sette di mattina, mentre osservavo la luce del sole entrare nella stanza, la porta si era aperta e Luke e George erano entrati urlando.

«Ecco i tuoi testimoni!»

Io li avevo fulminati con lo sguardo e Luke, conoscendomi fin troppo bene, aveva capito tutto.

«Qualcuno qui è molto agitato...» aveva detto, e ci aveva azzeccato in pieno.

Non ero solo agitato, mi era sembrato di esplodere.

Luke e George mi avevano preso per le braccia e mi avevano alzato di peso.

«Sembri appena uscito da un funerale! Su con la vita, amico, stai per sposarti!» aveva esultato Luke dandomi una pacca sulla spalla.

Io avevo alzato lo sguardo verso di lui e avevo incastrato i miei occhi nei suoi in cerca di aiuto.

«Lei non verrà...» avevo sussurrato piano.

Ci avevo pensato, e anche molto, durante quella notte insonne.

Sapevo come era fatta Jo.

Probabilmente si era fatta tante paranoie come le mie ed era arrivata alla conclusione che sarebbe stato meglio annullare tutto.

E non la biasimavo, ormai nella mia mente era un caos, non ero più sicuro di nulla.

«Sto facendo la cosa giusta?» avevo chiesto, terrorizzato al solo pensiero di perdere la mia piccola.

«La ami?» mi aveva domandato molto semplicemente George.

«Sopra qualunque cosa...» avevo ammesso, dando la risposta alla mia stessa domanda.

Avevano ragione. Non esisteva cosa più giusta da fare se non sposare la donna che mi avrebbe amato per il resto della mia vita.

«Bene, allora, mio caro Ash Mason Carter, è ora di prepararsi, tra tre ore ti sposi!» avevano urlato entrambi facendomi ridere e riportandomi il buon umore.

Così insieme a loro mi ero preparato.

Mi avevano portato il completo nero che avrei dovuto indossare e mi avevano fatto mettere le insolite scarpe che ora portavo ai piedi. Alzai lo sguardo e vidi arrivare alcune persone per prendere posto.

Sasha e la madre di Jo avevano disposto delle sedie bianche in file lineari.

Ogni sedia era addobbata da un fiore bianco legato con un nastrino di raso.

Per avere poco tempo, era venuto tutto bene.

Alle mie spalle la casa era a posto.

Avevamo scelto come sfondo il lato dove l'edera e alcuni fiori rampicanti ricoprivano la casa.

Non sembrava neanche lo stesso posto dove io e Jo ci eravamo incontrati per la prima volta.

Le erbacce erano sparite lasciando spazio a una sottile e morbida distesa di erba verde.

I pini immensi regalavano un'atmosfera senza tempo.

Era tutto perfetto.

Il tappeto bianco partiva da sotto i miei piedi e finiva in mezzo al bosco.

L'avevamo sistemato in modo da creare un percorso per gli invitati.

L'uomo che avrebbe celebrato il matrimonio era alle mie spalle, intento a girare le pagine di un libricino appoggiato sul leggio bianco.

Ogni volta che voltava una pagina produceva uno strano rumore fastidioso che mi metteva ancora più agitazione.

Guardai dritto davanti a me e vidi arrivare uno dei fratelli di Jo.

Se non sbagliavo, doveva essere quello appena più grande di lei.

Aveva i capelli neri come i miei ed era vestito elegante, al suo fianco aveva una ragazza mora fasciata in un vestito rosa chiaro.

«Ehi, Ash!» mi salutò stringendomi la mano.

«Ciao, Beau...» gli sorrisi cercando di sembrare tranquillo.

«Agitato?» mi chiese mentre sogghignava con la ragazza al suo fianco.

«No» risposi, anche se la mia voce mi tradì dimostrando quanto fossi preoccupato.

Ovviamente lui non mi credette e fece bene.

Beau e la ragazza si posizionarono in seconda fila alla mia sinistra.

Poco dopo vidi arrivare Mike da solo che continuava a guardarsi intorno finché non trovò Luke, intento a parlare con un ragazzo che non conoscevo.

Si abbracciarono e, osservandoli, fui felice di vedere facce familiari, mi fecero sentire a casa.

Insieme mi vennero incontro.

Feci due passi verso di loro e li abbracciai.

«Mike!»

«Ash, amico... non credevo che ti saresti sposato! E invece eccoti qua» rispose ridendo.

«Eccomi qua!»

Mi diede una pacca sulla spalla e, dopo aver salutato Luke, andò a sedersi nella seconda fila alla mia destra.

Luke si mise al mio fianco da bravo testimone e osservò con me gli invitati arrivare.

«Sei ancora agitato?» mi chiese Luke poco dopo, mentre dei compagni di scuola di Jo prendevano posto nelle ultime file.

Mi girai verso di lui e lo osservai mentre tranquillamente mi aveva posto quella domanda, che in quel momento per me valeva milioni.

«Sì! Perché magari decide di non venire» buttai fuori io di colpo, liberando la mia più grande preoccupazione.

«Non succederà!» disse Luke, posando una mano sulla mia spalla con fare amichevole.

Io annuii ancora poco convinto.

Era da mezz'ora che stavo lì impalato e le mie mani non avevano smesso di tremare, né il mio cuore di battere all'impazzata.

Poco dopo arrivarono vestiti di tutto punto Gavin e Travis, i gemelli più grandi della famiglia di Jo.

Uno di loro mi rivolse un sorriso e l'altro invece uno sguardo poco amichevole.

Io deglutii, per la prima volta spaventato a morte.

Sarei sopravvissuto a tutto ciò?

Tutti gli invitati presenti si misero a sedere e io cercai di non morire soffocato dal panico che stava prendendo possesso di me.

Dov'era finito l'uomo che era in me?

In quel momento vidi arrivare mia madre.

Non so cosa provai in quel momento, ma mi sentii sollevato nel vederla presente al mio matrimonio.

Era strano, dopo tutto quello che mi aveva fatto passare, dopo tutto il dolore che avevo provato, ora ero contento che fosse qui.

Mi sorrise avvicinandosi verso di me con al suo fianco William.

Indossava un vestito verde chiaro con dei fiorellini bianchi.

Era magnifica.

Quasi mi commossi nel vedere mia madre così.

L'avevo perdonata, per tutto.

«Ehi, tesoro!» disse non appena mi abbracciò.

«Ciao mamma.» Le posai un bacio sulla guancia e poi strinsi la mano a William.

Dietro di loro spuntarono Chris e Jaime, entrambi vestiti eleganti, che si guardavano curiosi in giro.

«Ciao, Ash!» mi salutò Chris stringendomi la mano.

Io gli sorrisi e posai poi un bacio sulla guancia di Jaime.

«Tranquillo, ce la puoi fare...» disse mia madre al mio orecchio prima di lasciarmi nuovamente solo.

Elizabeth si sedette in prima fila e mi sorrise.

Portai una mano alla cravatta e allentai un po' il nodo per sentirmi meno oppresso.

Vidi Natalie sedersi nelle ultime file e, non appena mi notò, mi fece un cenno di saluto.

Ero certo che averla al nostro matrimonio avrebbe fatto tanto piacere a Jo.

Dietro di lei notai i quattro deficienti dei miei amici del liceo: Derek, Tyler, Sam e Zack.

Alzai una mano e li salutai sorridendo.

Mi faceva piacere che fossero venuti, nonostante tutte le cavolate sarebbero sempre stati una parte del mio passato.

Mi posai una mano sul petto per cercare di calmare il cuore, ma senza successo.

In quel preciso momento arrivò Barbra, vestita di giallo chiaro, sottobraccio a Jonathan, il gemello di Jo.

Camminava a passo veloce verso di me, e quando mi fu davanti mi abbracciò come se fossi il figlio che non vedeva da anni.

Mentre mi trovavo tra le sue braccia, mi sentii protetto e in pochi istanti ricevetti tutto l'amore materno che non avevo avuto quando ero bambino.

E pensare che all'inizio Barbra mi aveva ostacolato.

Mi aveva anche quasi convinto che io non fossi abbastanza per lei.

«Promettimi che non la ferirai, amala senza riserve, dài a lei tutto di te, ti supplico... perdonami, Ash...» sussurrò al mio orecchio mentre muoveva una mano su e giù per la mia schiena.

Io annuii convinto e quando mi staccai le sorrisi.

«Lo farò...» fu la cosa più vera che dissi in tutta la mia vita.

Non l'avrei delusa, l'avrei amata senza riserve, non l'avrei ferita, l'avrei protetta fino alla fine.

Ormai c'erano tutti, e io stavo aspettando solo lei.

Presi un profondo respiro e poi iniziai a scorgere dei movimenti tra gli alberi.

Quando da dietro un albero spuntarono George e Alexis, con un vestito verde acqua e i capelli raccolti in un'acconciatura semplice ed elegante, partì la musica che avevamo scelto io e Jo per l'entrata.

Mi passai una mano tra i capelli, cercando di sorridere.

Tutti gli invitati si voltarono all'indietro, curiosi.

Sorrisi ad Alexis e a George, che in poco tempo arrivarono all'altare, dove impaziente mi trovavo io.

George mi salutò con un abbraccio fraterno e Alexis mi diede un bacio sulla guancia facendomi gli auguri.

George si posizionò di fianco a Luke nel posto dei testimoni e Alexis dove di lì a poco sarebbero arrivate le altre damigelle di Jo.

Poi, con un sorriso timido e una camminata aggraziata, arrivò Alice con un cestino di fiori in mano, pronta a spargere petali di rosa rossi sul tappeto bianco.

Camminò verso di me sorridendo agli invitati e muovendo la testa a ritmo di musica.

Non mi sembrava strano che Jo e Alice fossero diventate subito amiche, erano uguali.

Anche Alice arrivò all'altare e si mise vicino ad Alexis, dopo avermi rivolto un dolce sorriso.

Quando alzai nuovamente lo sguardo sapevo che mancava poco, e vedere mia sorella Sasha mi fece battere il cuore ancora più veloce.

Non l'avrei mai ammesso davanti a lei, ma le volevo un bene dell'anima. Nonostante fosse più grande di me, per me sarebbe sempre stata la mia sorellina. Solo quando vidi Sasha venirmi incontro realizzai che mi stavo per sposare sul serio.

Era un'emozione stranissima.

Mi sentivo pronto, ma avevo anche paura.

Sasha mi fece l'occhiolino e quando arrivò da me, mi abbracciò e sussurrò al mio orecchio: «Non morire quando la vedrai...»

Si allontanò e mi sorrise, mise a posto la mia cravatta e prese posto.

O santo dio, stava succedendo davvero?

Chiusi gli occhi e respirai, mossi i piedi e le mani in cerca di qualcosa per scaricare la tensione, ma niente di tutto ciò funzionò. Solo quando aprii gli occhi e vidi il mio angelo, riuscii a tranquillizzarmi.

Jo stava camminando lentamente verso di me a braccetto tra Sebastian e Cameron.

Era la creatura più bella del mondo.
Sembrarono ore invece di pochi secondi.
E in quel poco tempo rivissi tutti i nostri momenti.
Lei che rideva, lei che mi baciava, lei che diceva di amarmi, lei che mi abbracciava...
E ora lei era proprio lì.
Il vestito era lungo e le scendeva morbido fino ai piedi.
Luccicava tutto, era bellissima.
Aveva lasciato i capelli morbidi sulle spalle ed erano decorati con dei semplici fiorellini bianchi.
Mi fissò negli occhi e io smisi di respirare.
La amavo come niente al mondo.
Ed essere lì in attesa fu come aspettare la cosa più bella della mia vita.
Non l'avrei delusa, per niente al mondo.

64

Voltai lentamente lo sguardo verso lo specchio e mi osservai.

Il pizzo color perla che ricopriva il corpetto dell'abito arrivava fin dietro sulla schiena, incorniciando la scollatura.

L'abito in raso e chiffon scendeva morbido fino ai piedi, ricoperto da una pioggia infinita di perline.

Stavo realmente indossando un abito da sposa?

Lo sfiorai con le dita, solo per rendermene finalmente conto.

Era tutto vero e reale.

Non stavo sognando, non era frutto della mia immaginazione.

Distolsi lo sguardo, quasi impaurita nel vedermi così.

Mi sembrava troppo presto e quell'abito mi faceva sentire troppo adulta per la mia età.

In più non potevo dimenticare che dentro la mia pancia stava crescendo qualcosa, qualcosa che avrebbe sconvolto la mia vita, totalmente, ma in positivo.

La mia stanza, finalmente, era vuota.

C'ero solo io.

Era dalle sette di quella mattina che in casa c'era un viavai tremendo, tra amici, parenti e organizzatori.

Sasha e Alexis erano entrate in camera mia alle 7:03 e mi avevano trovata già sveglia.

Quella notte non ero riuscita a dormire, perché, nonostante una parte di me fosse consapevole di cosa stava realmente accadendo, un'altra parte pensava di star vivendo un sogno lontano e irreale.

E la parte che dominava di più era quella dell'incoscienza.

E cosa sarebbe successo dopo?

Insomma, dopo i festeggiamenti, le promesse di amore, gli anelli, la torta di nozze.

Cosa sarebbe accaduto?

Avrei tanto voluto sapere la risposta o incontrare qualcuno che avrebbe potuto rispondermi.

Ma sapevo che era impossibile.

E ora mi trovavo lì, con indosso un bellissimo abito da sposa, i capelli sciolti sulle spalle e decorati con qualche fiore bianco, e delle bellissime scarpe, pronta a sposarmi.

Era il momento giusto? Era la cosa giusta?

Ormai era tardi per cambiare idea, ma anche se avessi avuto abbastanza tempo per organizzare un viaggio e scappare lontano da qui, non l'avrei fatto per nessun motivo.

Né per la paura di non essere pronta né per la paura del futuro.

In quel momento bussarono piano e io mi voltai mentre la porta della mia camera si apriva.

«Ti ricordi quando ci chiudevamo qui a chiave e facevamo tutti quei casini...» sorrise Andy, ricordando i momenti passati insieme in quella stanza, da bambine.

Quando distolse lo sguardo dalla stanza e lo fissò su di me, si portò le mani sul viso e mi sorrise.

«Sei bellissima...» disse poi, avvicinandosi e abbracciandomi. «Non posso ancora credere che la mia migliore amica si stia per sposare» sussurrò al mio orecchio.

Io la strinsi forte.

Nonostante il nostro allontanamento, lei sarebbe sempre stata la mia migliore amica.

«Grazie... ti voglio bene, Anderson...» le risposi, e insieme ridemmo mentre nella mia mente scorrevano tutti i nostri momenti più felici.

Quando si staccò si portò una mano sulla fronte e alzando gli occhi al cielo disse: «Quasi mi dimenticavo...» si bloccò e da dietro la schiena tirò fuori un nastro blu. «Questo è da parte di Ash, è un nastro blu e devi indossarlo...» mi spiegò e io la guardai senza capire.

Perché mai Ash avrebbe dovuto mandare Andy per darmi un nastro blu?

Andy velocemente me lo legò in vita usandolo come cintura.

«Scusa, ma perché?» le chiesi curiosa.

«Oh, è un'usanza, anche i miei genitori l'hanno seguita...» mi spiegò e poi, dopo essersi avvicinata e avermi dato un bacio sulla guancia, uscì dalla stanza, lasciandomi nuovamente sola con un grande sorriso sulle labbra.

Tradizione strana.

Accarezzai il nastro di raso e poi guardai l'ora.

Mancava meno di un'ora e tutto sarebbe inesorabilmente accaduto. Niente avrebbe potuto fermarmi.

Mi sedetti sul letto, in attesa.

Volevo che Cameron e Sebastian mi accompagnassero all'altare perché loro in un certo senso mi avevano sempre protetta e aiutata come aveva fatto mio padre, e non sarei stata tranquilla senza averli al mio fianco.

Così mi avevano detto di aspettarli in camera e che sarebbero arrivati poi loro quando sarebbe stato il momento.

Osservai la parete davanti a me, piena dei miei disegni, e in un angolo vidi il primo ritratto che avevo fatto ad Ash, quando l'avevo visto quella sera.

Lo avevo guardato ed ero rimasta abbagliata da lui e da quell'aria di mistero.

Nessuno mai nella mia vita mi aveva guardata in quel modo, nessuno mai mi aveva sfidata con un solo sguardo.

Forse fu per quel motivo che mi ero avvicinata sempre di più a lui.

Avevo sempre voluto dimostrargli e dimostrare a me stessa di poter essere di più, di poter essere migliore.

Scossi la testa sorridendo a quei ricordi che avevano cambiato la mia vita.

La porta che era rimasta socchiusa cigolò e così mi girai verso di essa, curiosa di sapere chi fosse ora.

Quando una testa di capelli biondi simili ai miei e due grandi occhi blu fecero capolino nella stanza, mi alzai e le corsi incontro felicissima di vederla.

«Alexis!» urlai mente mi abbracciava.

«Ciao, piccola Jo!» rispose lei.

Poi si allontanò, e tenendo le mie mani tra le sue mi osservò.

«Sei a dir poco favolosa!» Mi sorrise sincera, mentre con fare teatrale si asciugava una lacrimuccia. «Ma sono qui per un motivo, cara mia» disse sorridendo maliziosa.

«Cioè?» chiesi curiosa, avevo l'impressione che c'entrasse ancora Ash.

Come avevo pensato, Alexis tirò fuori una scatolina blu e me la diede sorridendo.

«È da parte di Ash...» disse piano, come se avesse paura di disturbarmi.

Io con mani tremanti la presi e la aprii.

Dentro trovai un bracciale d'oro, liscio e semplice.

Lo presi in mano e feci per mettermelo al polso, ma Alexis mi fermò.

«No, no, è da mettere qui...» me lo prese dalla mano e si abbassò, sollevò leggermente l'abito e legò il braccialettino d'ora alla mia caviglia. «Ecco fatto, ora hai anche qualcosa di nuovo...»

Mi lasciò un bacio sulla guancia e pure lei uscì dalla mia camera.

Io sorrisi cercando di capire ancora che razza di usanza fosse, ma non mi ricordavo proprio, e in più nessuno mi aveva avvertita di niente.

Scossi la testa ridendo leggermente.

Pian piano, notando e ricordando tutto quello che Ash aveva fatto per me, ogni dubbio scomparve.

Feci una giravolta sorridendo felice, mentre il cuore cominciava a battere sempre più forte.

Avrei tanto voluto che Ash fosse lì con me, così avrei potuto nascondermi tra le sue braccia.

Mi passai una mano sul ventre e guardai il brillante anello che stava nella mia mano sinistra.

Chiusi gli occhi e respirai profondamente.

Mi sembrava tutto così impossibile.

Non sapevo neanche come avrei dovuto sentirmi.

«*Hola chica!*»

Avrei potuto riconoscere quella voce ovunque e quando la porta si spalancò di colpo non mi meravigliai affatto nel vedere Sasha, tutta esuberante.

«O santo dio, Jo, sei stupenda, mio fratello sverrà non appena ti vedrà!» disse venendomi incontro e abbracciandomi.

«Esagerata!» le risposi ricambiando l'abbraccio.

«Sorpresa!» disse lei, mostrandomi come Andy e Alexis una scatola.

«Quando finirà questa lunga coda di sorprese?» dissi, mentre prendevo in mano anche la scatolina di Sasha.

«Stai zitta e goditela!» mi disse rimproverandomi giocosamente.

Alzai gli occhi al cielo e feci come Sasha mi aveva ordinato.
Aprii anche quella scatolina e dentro ci trovai un rossetto rosso.
Aspetta, ma quello era il rossetto rosso di Sasha.
«Perché avrei bisogno del tuo rossetto?» le domandai ridendo.
«Perché la tradizione della fortuna dice: qualcosa di blu, qualcosa di nuovo e anche qualcosa di prestato. Questo è il mio prestito!» disse lei sorridendo.
Io la abbracciai chiedendomi quanto quella ragazza potesse essere pazza e fantastica.
Quando Sasha si allontanò da me, puntò un dito sulla mia pancia e disse: «Tu, piccolo esserino che sei lì dentro, fai il bravo che la mamma si deve sposare!»
Io risi e lei si unì a me.
Mi abbracciò ancora e poi anche Sasha lasciò la stanza.
Andai davanti allo specchio e misi un po' di rossetto, giusto per avere anche qualcosa di prestato addosso.
«Si può?» chiese una leggera voce al di là della porta, mentre piccoli colpi risuonavano nella stanza.
«Vieni, mamma» dissi riconoscendo il suo modo di bussare.
Mia madre entrò e non appena mi vide mi corse incontro e mi strinse in un lungo e caloroso abbraccio che sapeva di casa.
«Piccola mia» disse con la voce rotta dal pianto.
Io mi allontanai e le posai le mani sulle guance asciugandole le lacrime.
«Ehi, mamma, non piangere» le dissi, mentre una lacrima solitaria scendeva sulle mie guance.
«Sono solo così felice per te. Vorrei tanto che tuo padre fosse qui per vedere che donna meravigliosa sei diventata» disse sorridendomi.
«Papà è qui,» le dissi poggiando una mano sul mio cuore «ci sarà sempre...»
«Hai ragione, sarebbe fiero di te...»
Le sorrisi con le lacrime agli occhi, mentre dentro di me la felicità e la tristezza risuonavano alla pari.
Anch'io avrei voluto che mio padre avesse potuto accompagnarmi nei primi passi verso la mia nuova vita, ma le persone migliori finiscono tutte in paradiso.
Lui era il mio angelo e sapevo che ci sarebbe stato, anche se non fisicamente.

Abbracciai ancora mia mamma, poi lei portò le mani sul retro del suo collo e, dopo aver sollevato i capelli, sganciò qualcosa.

La collana era rimasta nascosta sotto il vestito, ma quando me la mostrò sorrisi lasciando cadere tutte le lacrime.

«Questa collana è il tuo qualcosa di vecchio. Questa collana apparteneva a tua nonna e me l'aveva data il giorno del mio matrimonio, quindi ora è tua...» spiegò mia madre mentre la agganciava al mio collo.

Anche la collanina era dorata e semplice, e il ciondolo che splendeva al centro era un brillante bianco che riluceva.

Era bellissima.

«Grazie, mamma!» La ringraziai abbracciandola e lasciandole un bacio sulla fronte.

La strinsi forte a me per qualche altro minuto, finché lei non si allontanò e uscì lentamente dalla stanza.

Rimasi ferma, immobile, a fissare la porta della mia camera.

Ash aveva fatto in modo che avessi qualcosa di blu, qualcosa di nuovo, qualcosa di prestato e qualcosa di vecchio.

Ora ricordavo che usanza fosse, ero felice che lui ci avesse pensato e, se non avessi amato già Ash con ogni fibra del mio corpo, lo avrei amato ancora di più.

Nella mia mente c'era il caos, sembrava che i miei pensieri fossero così forti da farmi esplodere.

In realtà sentivo tante cose, ma nessuna di queste emozioni prevaleva sulle altre, a parte una: l'amore.

Perché, nonostante ormai quasi nessuno credesse in questo detto, io sì.

L'amore vince tutto.

E ora ne ero consapevole, non era più solo un sogno che leggevo nei libri.

Io avevo veramente trovato quell'amore.

Era quel tipo di amore che ti cambiava lentamente per renderti migliore, che ti scaldava il cuore e che non aveva senso, ma che era la cosa migliore che la vita potesse darti.

Ed ero così felice che lui fosse il mio tipo di amore.

Sentivo che di lì a poco i miei fratelli sarebbero entrati per accompagnarmi, così abbassai lo sguardo sulla mia pancia e sussurrai: «È ora di sposarci, piccola o piccolo... Forse è un po' presto per te, ma sono sicura che il tuo papà ti amerà sempre.»

Sorrisi, chiudendo gli occhi e beandomi delle forti emozioni che abitavano il mio cuore in quel preciso istante.

«Sei pronta?»

Mi voltai e vidi Cameron e Sebastian, entrambi vestiti con dei completi neri, pronti per condurmi all'altare.

Corsi tra le loro braccia e loro mi accolsero come avevano sempre fatto.

«Vi voglio bene...» dissi loro mentre li stringevo.

«Anche noi te ne vogliamo, Jo» rispose Sebastian.

Io annuii e quando mi staccai Cam mi bloccò e mi chiese: «Posso portarti via, Jo, non sei obbligata.»

Apprezzavo il fatto che lui si preoccupasse così tanto per me, come aveva sempre fatto. Mi aveva sempre salvato e c'era sempre stato per me. Ma ero sicura di quello che stavo per fare, perché ero impaziente di vedere cosa mi aveva riservato la vita.

«Sono sicura, Cam, ora è l'unica cosa che mi serve...» gli spiegai e lui annuì, poi si avvicinò e mi lasciò un bacio sulla fronte.

«Andiamo, allora...» disse Sebastian.

Mi misi a braccetto in mezzo a loro e scendemmo.

Le scale erano vuote, i rumori che avevo sopportato negli ultimi giorni erano spariti, dissolti.

Nella casa, ora, regnava il silenzio.

«Wow, non c'è mai stato così tanto silenzio in questa casa...» sussurrai ai miei fratelli.

Cam rise cercando di smorzare la tensione.

Girai la testa e guardai in salone, ma era vuoto così come la cucina.

«Dove sono tutti?» dissi, poco prima di uscire in veranda.

Cam aprì la porta di casa e io rimasi senza fiato.

Erano tutti lì, ad aspettarmi.

Mia madre, Sasha, Andy, Alexis e anche George.

Sorrisi felice, scesi i gradini della veranda e mi avvicinai a Sasha che mi tese il bouquet di fiori bianchi e rosa.

La abbracciai un'ultima volta e poi tutti insieme ci dirigemmo verso la casa nel bosco.

Durante il tragitto mi ricordai quante volte avevo percorso quella strada, quante volte ero corsa da lui.

Dovevo ammettere che mi ero sentita una pazza a buttarmi tra le braccia di quel ragazzo sconosciuto, ma era stata una cosa più forte di me.

Forse era quello che si provava nell'amore a prima vista.

In un certo senso, mi ero lasciata andare perché sapevo che lui sarebbe stato l'amore della mia vita.

All'inizio avevo solo bisogno di essere la vera me, e Ash era stato l'unica opportunità che la vita mi aveva dato.

Se lui non si fosse fermato quel giorno per ribattere alla frase di quel libro, niente avrebbe potuto salvarmi dalla vita monotona che facevo.

Sarei rimasta lì, in quel paesino troppo stretto per i miei sogni.

Avevo visto Ash come una possibilità di cambiare, di far vedere al mondo chi fossi realmente, ma non avevo preso in considerazione di innamorarmi di lui.

Su qualche albero si vedeva ancora una piccola sfumatura dei segni rossi che avevo fatto.

Seguimmo il tappeto bianco che avevano sistemato per fare un sentiero.

Mia madre era davanti a tutti, insieme a mio fratello Jonathan.

Dietro di lei c'erano Alexis e George.

Poi Andy e la damigella d'onore, Sasha.

E poi io.

A un certo punto la fila si fermò.

Mia madre si girò e mi mandò un bacio.

Io le sorrisi e poi lei sparì tra gli alberi.

Sapevo che eravamo vicini, che oltre quei pini ci sarebbe stato Ash, e anche tutti gli invitati, e che mi sarei sposata.

Sentivo le voci delle persone, i rumori.

Il mio cuore batteva così forte che temetti che mi sarebbe potuto uscire dal petto. Abbassai ancora una volta lo sguardo sul vestito, per vedere se fosse tutto in ordine, e non trovai niente fuori posto.

In quel momento partì la musica che avevo scelto insieme ad Ash due giorni prima, e la fila davanti a me riprese a muoversi.

Io mi bloccai, osservai Cam e Sebastian ed entrambi mi sorrisero cercando di tranquillizzarmi.

Presi un profondo respiro e, quando vidi Sasha sparire dalla mia vista, entrai nel panico più totale.

Le mie gambe avrebbero voluto correre via, ma non perché non volessi sposarmi, era solo la paura a bloccarmi.

Il mio respiro si fece accelerato, iniziai a guardare in alto verso il cielo limpido che decorava quel giorno meraviglioso.

Per un istante fu come se ogni sensazione, profumo o suono fosse amplificato.

Mi sentii così piena di gioia e felicità, come mai prima nella mia vita.

«È ora...» sussurrò Cam al mio fianco.

Presi un profondo respiro e strinsi così forte il bouquet tra le mani che quasi lo stritolai.

Feci un passo e poi un altro, sorretta dai miei fratelli.

Superammo alcuni alberi e poi davanti a me apparve la casa.

Non seppi dove guardare.

Tutti gli invitati si erano alzati in piedi e mi osservavano sorridendo.

Ricambiai i loro sorrisi contenta che tutti loro fossero presenti in un giorno così importante.

Ma poi il mio sguardo fu attratto dall'unica persona che in quel momento rappresentava il mio mondo.

Ash mi aspettava alla fine del tappeto bianco.

Indossava un completo elegante con la cravatta e le scarpe nere lucide.

Aveva i capelli alzati grazie al gel e aveva lo sguardo colmo d'amore.

I suoi occhi mi osservavano e sorridevano.

Non l'avevo mai visto così elegante.

Era favoloso.

Avanzai, mentre la musica di sottofondo mi accompagnava leggiadra.

Per ogni passo fatto rividi tutta la nostra storia.

Lui che mi baciava, lui che mi sorrideva, lui che mi proteggeva, lui che mi stringeva a sé, lui che piangeva per me, lui che mi amava come mai nessuno prima.

Lo rividi fermo appoggiato alla sua moto, lo rividi mentre cantava con me in macchina, mentre mi diceva che ero bellissima.

E percorrere quella navata improvvisata fu come tornare a casa.

Fui inghiottita dal vortice dei ricordi e non mi accorsi di essere finalmente arrivata davanti a lui.

I miei fratelli mi lasciarono, raggiungendo i loro posti come testimoni.

Alzai lo sguardo e, come se fosse la prima volta, i suoi occhi di ghiaccio mi catturarono.

«Ehi...» sussurrai.

Mi misi al suo fianco e gli sorrisi.

«Ehi...» mi rispose lui piano, mentre la musica sfumava.

Cercai di tenere ferme le mie mani, ma la tremarella non aveva intenzione di abbandonarmi.

Il signore che stava davanti a me era il prete dell'unica chiesa del paese, aveva i capelli bianchi e dei dolci occhi marroni. Sorrise e poi prese in mano il libricino bianco e iniziò a parlare.

«Oggi siamo qui per unire in matrimonio questi due giovani ragazzi, Jocelyn e Ash...» Ci sorrise e poi continuò il suo discorso. «L'amore non è una cosa semplice, e voi tutti siete testimoni di come l'amore sia difficile. Ma guardateli ora, guardate vostra figlia o vostro figlio, vostra sorella o vostro fratello, la vostra amica o il vostro amico, loro sono qui oggi per amore, e, nonostante la giovane età, dovreste essere al mio posto per vedere l'amore nei loro occhi...» Io guardai Ash e poi lasciai il bouquet per stringergli la mano che mi aveva appena teso, sentii il mio cuore battere sempre più forte. «Siate quindi testimoni del loro grande amore e insieme a me benediceteli con una preghiera...» Il prete finì e abbassò lo sguardo con le mani incrociate.

Tutti abbassarono lo sguardo per regalarci una piccola preghiera silenziosa, così ne approfittai per alzarmi l'abito e mostrare la cavigliera ad Ash, facendolo così ridere.

Quando il prete ci rivolse nuovamente lo sguardo, sorrise e continuò.

«Siete disposti nella nuova via del matrimonio ad amarvi e a onorarvi l'un l'altra per tutta la vita?» ci chiese il prete.

«Sì...» rispondemmo all'unisono io e Ash.

«Siete disposti ad amare i figli che Dio vi donerà?»

«Sì» risposi prontamente.

Avevo già promesso che avrei amato mio figlio o figlia sopra qualunque cosa, anche da sola.

Guardai Ash, aspettando una sua risposta.

Lui mi guardò e abbassò poco lo sguardo.

«Sì...» disse sicuro, tornando a rivolgere lo sguardo verso il prete.

«E ora potete prendervi per mano e dichiarare il vostro amore...» ci spiegò il prete.

Io mi voltai e passai il mio bouquet a Sasha che era dietro di me, poi tornai a guardare Ash che prese le mie mani nelle sue.

Avevo quasi paura di pronunciare una parola e forse Ash lo notò, così dopo aver preso un respiro profondo iniziò il suo discorso.

«Ho amato sempre e solo te, ma ancora di più ho amato noi, e non mi era mai successo prima, ecco perché sono qui a farti questa orribile promessa di matrimonio...» Rise e mi accarezzò una guancia, mentre con l'altra mano strinse ancora di più la mia. «Non mi hai mai chiesto di cambiare, mentre tutti mi avevano sempre obbligato a farlo. Tu hai preso i miei peggiori difetti e li hai trasformati in qualcosa di meraviglioso. Per questo sono stupidamente, follemente, profondamente, veramente, sinceramente innamorato di te e accolgo te come mia sposa. Con la grazia di Cristo prometto di esserti fedele sempre, nella gioia e nel dolore, in salute e in malattia, e di amarti e onorarti tutti i giorni della mia vita...»

Per quanto avessi voluto trattenermi, una lacrima di gioia scese calda sul mio viso.

Ash era stato perfetto, come se avesse provato quel discorso da tutta la vita, e sapere che l'aveva rivolto e dedicato a me mi rendeva la persona più felice del mondo.

In ogni parola detta c'era così tanto amore che ormai il mio cuore minacciava di scoppiare.

«Sin da piccola sognavo di trovare il principe azzurro come nelle favole, ma non sapevo cosa era il vero amore, fino a quando non ho incontrato te. Tu sei il mio vero amore e non sei un principe azzurro, ma sei migliore. Mi hai protetta, amata e mi hai resa me stessa, per questo accolgo te come mio sposo. Con la grazia di Cristo prometto di esserti fedele sempre, nella gioia e nel dolore, in salute e in malattia, e di amarti e onorarti tutti i giorni della mia vita...» dissi sorridendo.

«Dio onnipotente confermi questa unione e l'uomo non osi separare ciò che Dio unisce... Ash Mason Carter, vuoi prendere Jocelyn Rosie Smith come tua sposa?» chiese il prete.

«Lo voglio» rispose Ash, prese la mia mano sinistra e mi mise l'anello.

«Jocelyn Rosie Smith, vuoi prendere Ash Mason Carter come tuo sposo?» chiese il prete rivolgendosi a me.

Guardai Ash, poi Sasha che mi passò la fede e, mentre stringevo l'anello tra le mie dita, mi voltai verso mia madre e i miei fratelli.

Vidi Natalie nelle ultime file, poi spostai lo sguardo verso Elizabeth.

La fissai negli occhi, in quegli occhi troppo familiari.

E mi bloccai cercando di capire cosa stesse mimando con le labbra. Quando lo compresi niente mi poté fermare.

«Amalo» mi aveva sussurrato Elizabeth, io sorrisi e poi pronunciai le migliori parole di sempre.

«Lo voglio.»

Presi la mano di Ash e gli misi l'anello, mentre lui mi lasciava un dolce bacio sulla fronte.

«Con il potere conferitomi da Dio, io vi dichiaro marito e moglie. Puoi baciare la sposa...» annunciò il prete sorridendo.

«Non aspettavo altro...» disse Ash, prima di unire le nostre labbra in un bacio dolce che fece esplodere tutti gli invitati in applausi e urla.

Risi buttando la testa all'indietro e stringendomi ad Ash.

Era stato tutto perfetto, così come l'avevo sempre voluto.

«Auguri!» urlò Sasha abbracciandomi.

Io la strinsi forte e poi la lasciai nelle braccia di suo fratello per dirigermi da mia madre, che mi accolse in un abbraccio amorevole e pieno di gioia.

Quando mi staccai sentii una mano stringersi sul mio polso e così mi girai per finire dritta tra le braccia di Ash.

«Che ne dici, moglie, possiamo spostarci alla festa?» chiese malizioso, sorridendo.

«Direi che è un'ottima idea, marito...» gli risposi ridendo.

Così andammo mano nella mano verso casa mia, seguiti da tutti gli invitati.

Era più forte di me: in quel momento, nonostante tutte le persone care che avevo intorno, l'unico che contava era Ash.

L'azienda di catering aveva sistemato i tavoli per il pranzo nel giardino. L'albero che arrivava fino alla finestra della mia camera era stato abbellito con le luci, e sotto di esso avevano posizionato il tavolo più grande, quello degli sposi.

Mangiammo tranquillamente, il cibo fu ottimo e mi divertii tantissimo. Mi guardavo in giro e vedevo tutti ridere ed essere felici, e mi sentivo così viva, era una sensazione unica.

«Nessuno avrebbe mai creduto che questo ragazzo si sarebbe sposato... nemmeno io che sono il suo migliore amico...» disse Luke facendo ridere tutti.

Si era messo al fianco di Ash con una mano sulla sua spalla, e Ash lo guardava da seduto.

Di sicuro sperava che Luke non dicesse cavolate.

«E in più, amico, hai sposato una ragazza favolosa... quindi niente da dire...» finì Luke passando il microfono a Sasha.

Io risi insieme al resto degli invitati.

«Mio fratello... è mio fratello e non pensavo che qualcuno potesse sopportarlo, ma ha trovato una ragazza fantastica... Ti voglio bene Jo, e anche a te, caro fratello... Un brindisi agli sposi!» urlò Sasha alzando il calice di vino, e tutti gli invitati la imitarono.

Io le sorrisi e le mandai un bacio volante, restando con la testa appoggiata sulla spalla di Ash.

Parlarono un po' tutti, ma poi Ash mi passò il microfono e io mi alzai.

Sapevo quello che dovevo dire.

«Innanzitutto grazie a tutti voi che siete qui oggi, vi ringrazio di cuore per aver fatto parte di questo giorno indimenticabile. Avrei un annuncio da fare e spero tanto che vi renda tutti felici. Mamma,» richiamai la sua attenzione e dal tavolo vicino al mio lei mi sorrise senza capire «anche se non so se ti renderà felice esserlo, devo dirti che stai per diventare...» Mi bloccai stringendo la mano ad Ash e poi lo dissi: «Nonna...»

Calò il silenzio e mi strinsi nelle spalle preoccupata di aver rovinato un giorno così importante.

«Cosa?» disse mia madre sconvolta. «Nonna?»

Io annuii e in quel momento lei si alzò di scatto dalla sedia e mi corse incontro. Quando fu a un passo da me, sorrise e con le lacrime agli occhi mi abbracciò.

«Non potevi darmi notizia più bella...» disse.

Io la strinsi forte scoppiando in lacrime.

Tutti gli invitati batterono eccitati le mani.

«Diventeremo zii!» sentii Sasha rivolgersi a mio fratello Cam.

Avevo liberato tutto, niente più segreti.

Mia madre tornò al suo posto e Ash si alzò mettendosi al mio fianco.

«Non avremmo potuto desiderare niente di meglio, grazie a tutti per essere qui» disse lui e poi mi strinse a sé.

«Bacio, bacio, bacio!» tutti iniziarono a urlare.

Io risi, felice, con le lacrime di gioia che non volevano fermarsi.

«Bacio?» mi chiese Ash guardandomi negli occhi, mentre gli invitati continuavano a incitarci.

«Non aspetto altro...» gli risposi usando le sue stesse parole e facendolo sorridere.

Ash posò una mano sulla mia guancia e poi si avvicinò alle mie labbra.

«Ti amo da morire...» disse e poi mi baciò.

E io mi lasciai trasportare da lui, dal nostro amore, impaziente di passare il resto della mia vita con lui.

65

Ero bendata, come quasi un anno prima. E mi trovavo nella stessa macchina, come quasi un anno prima. Ma ora non stavo per girare l'America, stavo per tornare a casa a Chicago, ma sembrava che Ash avesse altri piani.

«Quanto manca?» chiesi sbuffando.

Di sicuro era da più di un'ora che avevo la visuale bloccata e iniziavo a innervosirmi, in più gli ormoni della gravidanza non aiutavano a migliorare la situazione.

Io, che ero sempre stata calma, mi ero ritrovata a passare dal ridere al piangere in un battibaleno, e ancora peggio a essere arrabbiata come mai prima per cose banali.

«Poco, stai tranquilla, amore...» mi rispose lui e subito dopo sentii la sua mano stringersi sulla mia.

«È strano sentire la fede al dito...» disse Ash mentre sfiorava con i polpastrelli la mia fede.

Era vero. Era tutto strano, anche se mi ero aspettata di sentirmi molto diversa e invece ero sempre io.

Però ora ero sposata.

«Dove stiamo andando?» gli chiesi mentre stringevo le mani a pugno stritolando la sua mano.

«Eccoci...» disse Ash.

Poco dopo lo sentii fermare la macchina al lato della strada.

Sospirai sollevata, pronta per togliermi la benda nera e riacquistare la vista, ma Ash mi bloccò.

«Aspetta, vedo che non sei cambiata dall'anno scorso...» disse sogghignando.

Se avessi potuto vedere dove fosse gli avrei tirato un pugno.

Lo sentii scendere e sbattere la portiera, poi venne dalla mia parte e mi prese per mano aiutandomi a scendere.

Restai ferma, ormai arresa.

Mi fece fare qualche passo al suo fianco e io poggiai la mano libera sulla mia pancia.

«Sei pronta?» mi chiese.

«Secondo te?» gli risposi scocciata.

«E va bene...» portò le mani nodo della benda «tre, due, uno e...»

Finalmente rimisi a fuoco quello che mi stava intorno.

Alberi, casa, strada... aspetta, una casa?

«Dove siamo?» chiesi, mentre sbalordita guardavo la casa bianca a due piani davanti a me.

Era bella, elegante, con le persiane scure e due balconi abbelliti con due vasi di fiori rossi.

«A casa nostra...» disse Ash da dietro le mie spalle.

Mi girai di scatto verso di lui, incredula.

Aveva veramente detto 'casa nostra'?

«Cosa?» chiesi senza capire.

«Te lo devo ripetere?» ribatté Ash ridendo e avvicinandosi a me.

Io scossi la testa, avevo capito benissimo cosa mi aveva detto, ma mi sembrava surreale.

«Perché?» gli chiesi mentre mi attirava a sé posando le mani sui miei fianchi.

«Perché tu meriti molto di più e anche nostro figlio...» mi spiegò mentre sorrideva.

Mi guardai in giro ancora una volta, incredula.

Eravamo a Chicago, solo un po' più lontani da tutti quegli immensi grattacieli.

Osservai le macchine passare e la strada mi sembrò molto familiare.

Ero passata così tante volte per quella strada quell'anno.

«È la strada per l'università...» sussurrai cercando di collegare tutto.

Sorrisi quando lui annuì.

«Ho pensato che sarebbe stato più comodo, è solo a due isolati da qui...» mi spiegò.

«Come hai fatto?» gli chiesi mentre mettevo le mani intorno al suo collo.

«Mi sono dato da fare in officina, sai, ore extra, lavori extra, paga extra...» spiegò alzando gli occhi al cielo.

Sembrava che non fosse stato difficile per lui, ma io ero sempre stata lì quando tornava stanco e a orari indecenti ogni sera, e sapere che aveva fatto tutto per me, per noi... mi rendeva felice e anche orgogliosa di lui.

«Non avresti dovuto» gli dissi sussurrando.

«Ma io volevo...» mi rispose accarezzandomi una guancia.

Chiusi gli occhi, beandomi del suo tocco delicato sulla mia pelle.

«Grazie» gli dissi sinceramente, mentre posavo un bacio sulla sua mano.

«Entriamo?»

Annuii e sorrisi, impaziente di vedere se all'interno la casa fosse bella come all'esterno.

Ash mi guidò verso l'entrata, tirò fuori un mazzo di chiavi dalla tasca posteriore e aprì la porta.

Prese la mia mano e mi accompagnò dentro.

«È vuota...» dissi girandomi verso di lui.

Lui annuì.

«Ho pensato che ti sarebbe piaciuto arredarla...» mi spiegò lui.

Io mi avvicinai e lo baciai.

«Come fai a sapere tutto quello di cui ho bisogno?» gli chiesi mentre gli accarezzavo una guancia.

«Sei mia moglie, giusto?»

Io risi scuotendo la testa.

«Però ho una cosa da mostrarti...» disse prendendomi per mano.

Attraversammo il salotto e mi fece salire le scale.

«Portano sul tetto pure queste?» gli chiesi ridendo.

«No, queste portano al piano superiore...» rispose Ash ridendo a sua volta.

Lo seguii silenziosa, osservando la casa, mentre dentro di me sentivo un torbido uragano di svariate emozioni. Ancora non credevo che si fosse sacrificato così tanto per comprarci una casa, mi sentivo quasi in colpa, ma più ci pensavo e più mi sentivo felice. Nell'ultimo periodo avevo provato così tante emozioni da non riuscire più a sostenerle, forse perché erano anche amplificate dalla gravidanza.

Il piano superiore era vuoto, ma diviso in quattro stanze. Ero curiosissima di sapere cosa ci fosse dietro a quelle porte, ma Ash mi portò davanti alla seconda porta di legno chiaro.

«Spero un giorno di entrare a far parte completamente del tuo mondo...» disse Ash e io ascoltai le sue parole senza capire, ma poi aprì la porta e a quel punto pensai seriamente di svenire.

Mi dovetti appoggiare allo stipite per non cadere e portai istintivamente le mani sulla bocca, stupita.

«Oddio, non ci credo...» sussurrai con gli occhi lucidi e il cuore che batteva all'impazzata.

Feci due passi avanti entrando nella stanza, mentre tremavo dalla testa ai piedi.

Avevo sempre sognato una stanza del genere.

C'erano due grandi finestre bianche proprio davanti a me, dalle quali entrava molta luce.

Il muro alla mia sinistra era tutto bianco, mentre quello alla mia destra nero.

Al centro della stanza c'era una scrivania in legno chiaro e sopra a essa troneggiavano set di pennelli, di pitture e tutto il necessario per dipingere.

Appoggiate ai muri c'erano una grande quantità di tele, tutte di diverso materiale e dimensione.

«Volevo che avessi un posto dove essere completamente te stessa. In questa stanza potrai entrare solo tu, dare sfogo alla tua creatività e vivere nel tuo meraviglioso mondo...»

Nonostante le parole di Ash fossero molto dolci, in quel momento mi arrivarono basse, quasi come se fossero sussurrate.

Ero lontana da lui, non in senso fisico, ma mentale.

In quel momento mi trovavo in un altro luogo e tutto quello che la mia mente riusciva a pensare, e che il mio cuore riusciva a provare, era l'amore.

L'amore per mio padre che mi aveva aiutata a coltivare la mia più grande passione, l'amore per l'arte, perché lasciava libero spazio alle mie idee e mi permetteva di volare via dal mondo, e l'amore per quel ragazzo dagli occhi di ghiaccio che aveva fatto tutto quello per me e che in quel momento mi stava fissando intensamente.

E allora dissi l'unica cosa che fui in grado di pronunciare: «Grazie infinite...» La mia voce uscì come poco più di un sussurro, ma non avevo trovato altra forza per dare di più.

Mi sentivo così schiacciata dal peso di tutte quelle emozioni che avevo paura di restarne soffocata.

Ash sorrise e io ricambiai.

Mi girai nuovamente a osservare la stanza e iniziai ad avvicinarmi per vedere meglio i pennelli e i colori.

'Non devi concentrarti troppo, chiudi gli occhi e muovi la mano, lascia che il pennello ti guidi. Il tuo cuore sa cosa deve fare, devi solo permetterglielo.'

Rabbrividii al ricordo di mio padre.

Avevo sei anni e mi ero messa davanti alla mia prima tela, c'ero stata per ore e ore, e non avevo combinato niente; ma poi mio padre mi aveva accarezzato una guancia e mi aveva sussurrato quelle parole all'orecchio.

Mi aveva aiutata a dipingere ed era stata la prima e l'ultima volta che avevo dipinto in sua presenza.

Respirai profondamente, mi mancava l'aria.

Ripensare a mio padre era sempre un dolore, mi sentivo una morsa al petto che mi impediva di respirare normalmente.

Crollai in ginocchio sopraffatta dalla troppa gioia, felicità e dolore, in un insieme perfetto.

Ero felice e consapevole della mancanza di mio padre come mai prima.

«Jo...» Il suono della voce di Ash trapassò il mio cuore, ricordandomi della sua presenza.

Poco dopo sentii le sue braccia stringermi da dietro in un lungo abbraccio.

«*Sssh*, non piangere...» mi disse piano mentre mi lasciava dolci baci sulla testa.

Non avrei voluto piangere, ma fu come se solo in quel preciso istante avessi realizzato che mio padre non avrebbe visto mio figlio, che non sarebbe stato lì ai compleanni e che mio figlio sarebbe stato senza un nonno, proprio come io ero stata senza un padre.

«Mi spiace, non volevo piangere,» balbettai io tra i singhiozzi «non sono triste.» Cercai di spiegargli, volevo che sapesse che non era per quello che piangevo. «È che mio padre avrebbe amato tutto questo...» sussurrai.

Dal suo sguardo compresi che non se lo aspettava.

Ash mi accarezzò una guancia e mi asciugò le lacrime, dando spazio al mio sorriso.

«Sono sicuro che lui è fiero di te, piccola...» mi disse Ash stringendomi ancora un po' a sé.

Io annuii tra le sue braccia e poi iniziai a ridere.

«Devono essere gli ormoni della gravidanza...» dissi sogghignando.

«Sì, lo penso anch'io» rispose Ash, sorridendomi e poi aiutandomi ad alzarmi.

Prima di uscire dalla stanza, lo bloccai e lo attirai a me posando le mani sul suo collo e giocando con i suoi capelli.

Lui posò le mani sui miei fianchi e fece dei piccoli cerchi coi pollici, in attesa delle mie parole.

«Ti ringrazio, è bellissima...» gli dissi guardando i suoi occhi illuminarsi.

Mi alzai in punta di piedi e lo baciai, posando le mie labbra sulle sue e unendo i nostri mondi e le nostre anime per crearne una sola.

«Sei felice?» mi chiese mentre per mano uscivamo dalla stanza.

«Non sono mai stata più felice di così...» risposi sorridendo e, dopo aver lanciato ancora un'occhiata a quello che sarebbe diventato il mio rifugio, chiusi la porta.

Ash mi mostrò il resto della casa, mi portò nell'ultima camera.

«Questa sarà la nostra stanza...» mi disse.

Anche quella camera era vuota a parte un letto matrimoniale spoglio.

Aprii una porta e mi ritrovai in un bagno enorme con un lavandino e gabinetto.

Mi buttai sul materasso ridendo.

«Se tutto questo è un sogno, non svegliarmi...» dissi mentre guardavo il soffitto bianco.

Chiusi gli occhi e respirai, poi il materasso si abbassò sotto un altro peso e Ash in pochi secondi fu sopra di me.

Mi baciò il collo e scese sul mio petto e poi tornò su verso le mie labbra.

«Sei sicura che sia realtà ora?»

Fissai i suoi occhi e sorrisi.

«Sicurissima...»

«Che ne dici se andiamo a comprare qualcosa per questa casa?» Si alzò e mi tese una mano che io accettai prontamente.

«Va bene, andiamo» gli dissi sorridendo.

«Mi potresti passare il verde?» chiesi ad Ash mentre scendevo due gradini della scala a pioli che avevamo messo vicino al muro del salotto.

Ash si girò e mi passò la tanica che era vicino ai suoi piedi.

«Fai attenzione sulla scala...» mi guardò con preoccupazione.

«Sono solo due gradini...» dissi tranquilla.

Presi il pennello e ricominciai a dare il colore sul muro del salotto.

Era passata una settimana da quando avevo messo piede in questa casa, ma mi ero subito sentita al sicuro.

Avevamo comprato un po' di mobili e alcuni li avevamo ordinati, mentre ora stavamo dando il colore sulle pareti.

Avevo scelto il verde chiaro e il bianco per il salotto, Ash aveva scelto il beige e il grigio per la cucina, e nella nostra camera avevamo dato una passata di un azzurro chiaro sotto mio ordine.

Mi piaceva dare il colore, era come la pittura, solo un po' più in grande.

Con la musica e la risata di Ash in sottofondo mi ero divertita tantissimo.

Quando finimmo ero molta stanca e mi ero seduta sul divano bianco, che ora era coperto per non sporcarlo.

Ash era andato a prendermi un po' d'acqua.

Osservai la stanza e poi abbassai lo sguardo sulla mia pancia, ormai non più molto piatta.

Non sembravo ancora un'anguria come aveva detto Sasha, ma si vedeva che i miei fianchi erano più rotondi.

«Ecco l'acqua...» mi disse passandomi il bicchiere.

Bevvi un sorso d'acqua e poi posai il bicchiere sul tavolino.

«Soddisfatto?»

«Sì, molto...» mi rispose lui e poi mi attirò a sé.

«Non avrei potuto immaginare niente di meglio di te e di me seduti qua...» mi disse Ash a bassa voce.

Io sorrisi e gli posai un bacio sulla guancia.

Nemmeno io avrei potuto immaginare niente di meglio.

Nella settimana successiva finimmo di sistemare; ormai tutta la casa era arredata secondo i nostri gusti, ed era bellissima.

Posai una busta della spesa davanti alla porta d'ingresso e con la mano libera cercai le chiavi nella borsa; quando le trovai aprii la porta e poi mi abbassai per prendere il sacchetto ai miei piedi.

Sorpassai il salotto ed entrai in cucina.

In quel preciso istante le buste della spesa mi caddero da entrambe le mani per la sorpresa.

«Auguri!»

Sorrisi, ero sempre io che riuscivo a dimenticarmi del mio compleanno.

«Grazie, ragazzi!» dissi, abbracciando Sasha che si era subito spinta avanti per farmi gli auguri per prima.

«Tanti auguri, piccola Jo!» mi sussurrò lei all'orecchio stringendomi.

Le sorrisi e poi dietro di lei vidi Alexis che mi buttò le braccia al collo stringendomi forte.

Non avevo pensato che Ash potesse farmi una festa a sorpresa.

«Buon compleanno!» mi sorrise Alexis stampandomi un bacio sulla guancia.

Subito dopo finii tra le braccia di Luke e George e poi di Cam.

«Sei cresciuta, eh?» mi disse mio fratello mentre mi stringeva a sé.

«A quanto sembra» gli risposi sorridendo.

Quando si staccò posò una mano sulla pancia e la accarezzò.

«E tu stai bene? Lo zio e la zia ti aspettano...» disse ridendo e coinvolgendo pure me nelle sue risate.

Sorrisi nel vederlo così emozionato mentre parlava alla mia pancia.

Anche se involontariamente, tutti loro stavano già accogliendo il bambino nella famiglia ed ero felice che fosse così, sapevo cosa significava avere una famiglia che ti sosteneva sempre.

Cam mi sorrise ancora e poi andò a prendersi una birra.

«Ehi, bellissima!» urlò Austin per farsi notare, io mi girai e corsi ad abbracciarlo.

«Tanti auguri!» mi disse mentre mi stringeva forte.

«Grazie mille...» Austin mi lasciò un bacio sulla guancia e poi si unì a Luke e George.

Dietro di loro vidi Ash appoggiato al bancone della cucina che mi osservava sorridendo.

Gli corsi incontro e unii urgentemente le mie labbra con le sue.

Non c'era nessun altro modo per dimostrargli quanto ero grata.

«Grazie, grazie, grazie» gli dissi tra un bacio e l'altro.

Lui cercò di stringermi di più a sé, ma la pancia, che aveva iniziato a essere un po' sporgente, glielo impedì.

Non sembravo incinta, era come se avessi messo qualche chilo in più.

«Metto un po' di musica!» urlò Sasha e sparì in salotto.

Dopo poco l'intera casa venne invasa dalle note ritmate e moderne della canzone che Sasha aveva scelto.

Ci dirigemmo in salotto e Ash, con l'aiuto di Luke e George, spostò un po' i mobili per ballare.

Così da lì a dieci minuti mi ritrovai seduta sul divano con un bicchiere d'acqua in mano a osservare i miei amici che ballavano e mi facevano ridere.

Ero così grata e contenta che la vita mi avesse fatto incontrare quelle persone.

«Un brindisi alla diciannovenne!» urlò George alzando il suo bicchiere.

Tutti lo imitarono, gridando i loro auguri.

A un tratto la musica si abbassò e Sasha ordinò a tutti di sedersi.

«Perché?» le chiesi curiosa senza comprendere.

«È ora dei regali, cara mia...» mi rispose lei e poi sparì su per le scale, per tornare qualche minuto dopo con alcuni pacchi e buste in mano.

«Grazie mille...» dissi rivolta a tutti mentre Sasha posava ai miei piedi i regali.

Presi la prima busta e lessi il bigliettino.

Tanti auguri di buon compleanno, sorellina.

Da Cam e Sasha

Sorrisi e aprii la busta, per vedere cosa conteneva.

«Oddio, grazie!» dissi entusiasta quando capii di che cosa si trattasse.

Era una copia di un libro, uno dei miei preferiti, ed era autografato dall'autrice.

Solo Cam conosceva quasi tutti i miei libri preferiti.

«Grazie tante!» dissi a entrambi, mentre mi alzavo per abbracciarli.

Poi tornai vicino ad Ash che mi passò un'altra busta rossa.

La aprii sempre più curiosa.

«Un vestito?» chiesi e poi mi resi conto di non aver letto il bigliettino.

Essere incinta non vuol dire non essere sexy, cara Jo.
Tanti auguri dalle tue due amiche pazze!

Sasha e Alexis

Mi misi a ridere e Ash, notando il mio divertimento, mi rubò dalle mani il bigliettino.

«È la prima volta che sono d'accordo con mia sorella...» mi sussurrò lui all'orecchio.

Sorpresa, mi girai verso di lui e gli sorrisi maliziosa.

«Vorrà dire che stasera proverò questo vestito solo per te...» gli sussurrai di rimando.

Nonostante fosse strano, nell'ultimo periodo avevo avuto bisogno di lui molte volte, ma era colpa della gravidanza e degli ormoni.

«Grazie, ragazze...» dissi sorridendo e cercando di nascondere il rossore sulle mie guance.

Presi l'altro pacchetto e lessi il biglietto.

Buon compleanno

da George e Luke

Aprii il pacchetto e trovai una maglia grigia e rosa e un giornale sulla gravidanza e sui bambini.

«Grazie tante. Di sicuro mi sarà molto utile!» dissi ridendo e pensando a loro due che sceglievano il giornale, era una scena alquanto esilarante.

Passammo il resto del pomeriggio insieme, parlando di organizzare una vacanza ad agosto tutti insieme e del nostro futuro.

Ci fu un momento in cui le risate si spensero e tutti quanti ci rendemmo conto di essere adulti ormai, di non essere più adolescenti.

Era una strana sensazione, ti sentivi giovane e vecchio allo stesso tempo.

In fondo avevo mio figlio in grembo, ero sposata e avevo diciannove anni, ma nonostante sentissi il peso di queste cose, mi sentivo leggera e non riuscivo a sentire totalmente le loro responsabilità.

Alla fine di agosto entrai nel mio terzo mese e la mia pancia aumentò, ormai chiunque avrebbe potuto capire che non ero solo ingrassata, ma ero veramente incinta.

«Siamo in ritardo!» urlai esasperata verso Ash.

Ero molto nervosa e frustrata in quel periodo, ma soprattutto quel giorno.

«Eccomi...» disse Ash scendendo di corsa le scale con in mano le chiavi della macchina di Sasha.

Uscimmo di casa e Ash mi aiutò a salire in macchina.

Ormai a causa della gravidanza non volevo più salire sulla moto.

Partimmo e quando arrivammo davanti allo studio medico, Ash spense la macchina e si sporse pronto a uscire, ma io restai ferma immobile a guardare davanti a me il vuoto.

Da lì a poco avrei visto mio figlio grazie all'ecografia.

Non sembrava vero e dovetti fermarmi un attimo per elaborare meglio ciò che sarebbe accaduto.

«Stai bene, amore?» mi chiese Ash poggiando una mano sulla mia.

Io annuii e sussurrai la parola che rimbombava nella mia testa: «Paura, ho solo paura...»

«Sarà bello, stai tranquilla...» mi sussurrò lui, poi scese dalla macchina e venne ad aprirmi la portiera.

Mi tese una mano e io mi girai lentamente verso di lui.

Osservai la sua mano tesa verso di me, come un appiglio saldo a cui avrei sempre potuto ricorrere.

Presi il suo braccio, quelle braccia che mi avevano tenuta al sicuro e riscaldata con tutto l'amore ogni volta, e poi mi fermai sul suo viso.

Il suo sguardo non era mai cambiato, fragile e forte, delicato e soprattutto innamorato.

A volte mi chiedevo se mi avrebbe guardata sempre così. Per tutta la vita?

Se non si sarebbe mai stancato di me.

«Non lasciarmi...» sussurrai mentre accettavo la sua mano e uscivo dalla macchina.

«Se non avessi te, non avrei motivo d'essere su questo mondo...» disse Ash, mentre per mano camminavamo verso l'entrata della clinica.

Non appena misi piedi lì dentro il mio mondo rallentò, sentii Ash in lontananza parlare con la segretaria, poi ci accomodammo e restai ferma a guardare le altre mamme che erano molto più avanti di me nella gravidanza.

Passò un bel po' di tempo finché non sentii il mio nome pronunciato da un'infermiera.

Mi alzai e prima di entrare controllai se Ash fosse dietro di me.

E lui c'era, come sempre.

«Salve» mi salutò la ginecologa stringendomi la mano sorridendo. «Come si sente?» mi chiese mentre ricambiavo la stretta.

«Molto bene, grazie...» le risposi cercando di apparire tranquilla.

«Bene, dietro il séparé c'è il camice, lo indossi e poi vedremo il suo bimbo...» mi spiegò dolcemente.

Era una donna affabile e tranquilla.

Andai dietro al séparé e iniziai a spogliarmi mentre ascoltai la conversazione che la dottoressa ebbe con Ash.

«Lei è il padre?»

«Sì.»

«Dovrà aiutarla tanto, lo sa, vero?»

«Lo so e non esiterò a farlo.»

Poi sentii una sedia strisciare sul pavimento e dopo poco due occhi ghiaccio spuntarono davanti a me.

«Tutto okay?» mi chiese osservandomi.

«Sto bene, Ash...» gli risposi uscendo e stendendomi sul lettino.

La dottoressa si avvicinò facendo spostare Ash alla mia sinistra, accese poi una macchina che assomigliava a una piccola televisione e, dopo avermi spalmato una crema trasparente sul ventre, ci appoggiò sopra un aggeggio e lo mosse cercando qualcosa.

Tum.

Cosa era stato?

Tum.

Strinsi la mano ad Ash.

Tum.

«Lo sente?» mi chiese la dottoressa sorridendo.

Io annuii incapace di parlare.

«È il battito del cuore del suo bambino, è regolare...» mi spiegò.

Io voltai lo sguardo verso Ash, che si era abbassato per posarmi un bacio sulla fronte.

«Sei così straordinaria...» mi sussurrò all'orecchio facendomi venire i brividi.

Quando voltai lo sguardo sullo schermo notai che si era acceso rivelando un'immagine non molto chiara.

Socchiusi gli occhi e pian piano riconobbi la forma del bambino.

Era ancora piccolo, ma si vedeva abbastanza bene.

Quando si mosse sussultai, e non solo perché avevo visto la sua minuscola gambina muoversi, ma perché l'avevo sentito. Mi morsi le labbra per trattenere le lacrime, ma non ci riuscii.

Era come se il bimbo sapesse che lo stavamo osservando.

«Suo figlio è sano, per ora non si vede ancora il sesso, ma dopo il quinto mese sarà più chiaro.» Mentre la dottoressa parlava io continuai a guardare lo schermo, incredula di ciò che stavo vedendo.

Quando la ginecologa spense il tutto e mi pulì la pancia dalla crema trasparente, mi voltai verso Ash e lo attirai giù sulle mie labbra. Lo baciai, trasmettendogli tutta la mia felicità.

«Avremo un bimbo» sussurrai guardandolo negli occhi.

«Saremo una famiglia» concluse lui accarezzandomi una guancia. «Ti amo così tanto, così come amo lui» disse indicando la mia pancia.

«Sarà tutto perfetto» sussurrai felice.

Per me in quel momento ci fummo solo noi, niente studio medico, niente dottoressa, solo io, lui e nostro figlio, e fu la sensazione più vera che avessi mai provato.

La dottoressa ci diede le foto dell'ecografia e ci congedò fissandoci il prossimo appuntamento.

«Dove stai andando?» chiesi ad Ash non riconoscendo la strada.

Lui sorrise e non mi rispose lasciandomi in dubbio.

Solo quando parcheggiò davanti a un negozio per bebè, compresi.

Gli sorrisi e lui mi trascinò dentro dolcemente.

«Nostro figlio necessita della prima tutina...» disse Ash portandomi nel reparto dei vestiti.

«Mancano ancora sei mesi, Ash» dissi sorridendo.

«Non importa...» rispose lui scuotendo la testa e ridendo.

Così ci ritrovammo uno davanti alle tutine per le femmine e uno davanti a quelle per i maschi.

Non avevo detto niente e nemmeno Ash, ma sapevo che era indeciso. Così decisi di fare la prima mossa e allungare la mano sulla tutina che, in un certo senso, sentivo più giusta. Ma mi sorpresi quando anche Ash posò la mano sulla tutina rosa davanti a me.

Io lo guardai e lui annuì.

In qualche strano modo avevo il presentimento che fosse femmina, non sapevo come, ma lo sapevo.

«Prendiamo questa...» annunciò Ash.

Così lui pagò e io lo aspettai all'uscita. Mi fermai un secondo a pensare a quanto la mia vita fosse cambiata.

«Ehi, a che pensi?» Sentii la voce di Ash da dietro le mie spalle, così mi girai senza capire.

«Cosa?»

«Ti ho chiamata tre volte e non hai risposto... A che pensi?»

«Penso a come la mia vita sia cambiata in meglio grazie a te, non so cosa avrei fatto senza te...»

«Io so cosa avrei fatto se non ti avessi incontrata. Ti avrei cercata e ti avrei trovata, sempre...»

66

«Quindi?»

«Quindi cosa?» chiesi a Sasha mentre entravo in casa e posavo la borsa all'ingresso.

Alzai lo sguardo verso Sasha che saltellava eccitata in salotto, poi guardai oltre e vidi mio fratello Cam seduto sul divano divertito.

«È femmina o maschio?» mi chiese impaziente, avvicinandosi a me e unendo le mani pregandomi di rivelarle il sesso del bambino.

Quello che non sapeva era che dalla morfologica, l'ecografia del quinto mese, che solitamente era in grado di farti sapere il sesso, non si era riuscito a capire. Mio figlio o mia figlia aveva tenuto le gambe incrociate impedendoci di sapere se fosse maschio o femmina.

«Non si sa...» le risposi sorpassandola e dirigendomi in cucina.

Sentii Ash ridere dietro di me, probabilmente a causa della faccia di Sasha.

«Cosa?!» urlò appunto lei subito dopo, raggiungendomi.

«Può succedere, Sasha...» le spiegai sorridendo.

Sasha era in assoluto la più agitata, più andavo avanti con la gravidanza più lei era presente per aiutarmi, e questo era un bene dato che avevo bisogno di aiuto per andare all'università.

Quella mattina si era proposta di accompagnarmi alla visita ma poi aveva deciso che fosse una cosa intima che dovevo vivere con Ash, e quindi era rimasta a casa nostra per aspettarci.

Ovviamente, dopo aver aspettato così tanto, non era contenta della mia risposta.

«Ma non possono farmi questo! Io volevo sapere...» si lamentò sedendosi su una sedia.

Ash e Cam ci raggiunsero in cucina e osservarono la scena.

Io mi allungai per prendere una brioche negli armadietti superiori, con scarsi risultati data la mia altezza e la mia pancia, così Ash si avvicinò prontamente e la prese al mio posto, lasciandomi poi un dolce bacio sulle labbra.

Ash era diventato molto più attento e protettivo, e adoravo questo suo modo di trattarmi con la massima dolcezza. Mi portava ogni giorno all'università, e mi veniva a prendere a qualunque ora della mattina e del pomeriggio per evitare che camminassi troppo a lungo.

Mi aveva comprato dei vestiti più larghi e mi coccolava accarezzandomi la pancia. A volte mi sembrava che tenesse di più lui alla gravidanza di me, e forse sapevo perché. Voleva evitare che nostro figlio soffrisse. Lo vedevo dai suoi occhi, da come mi guardava e da come si prendeva cura di me.

Era incredibile.

Il ragazzo tanto duro dell'inizio era sparito, lasciando spazio all'uomo dolce, sexy e protettivo che avevo sposato.

«Può succedere, ma prometto che sarai la prima a saperlo...» le dissi sorridendo e cercando di tranquillizzarla, senza risultati, così intervenne mio fratello Cam.

Sapevo com'era fatto Cam, amorevole, protettivo e dolce, ma dovevo ammettere che le prime volte vederli insieme era stato strano, mentre ora mi sembrava che fossero fatti l'uno per l'altra.

Sasha era stata la grinta e l'energia che mancavano nella vita di mio fratello, e Cam era stato la sicurezza e stabilità che mancavano nella vita di Sasha.

Cam si avvicinò a lei e la abbracciò da dietro, circondando il suo bacino con le braccia, si abbassò e, dopo averle posato un bacio sul collo, le sussurrò qualcosa all'orecchio e all'istante gli occhi azzurri di Sasha si illuminarono e il suo sorriso tornò a risplenderle sul viso.

Erano così dolci.

Mi si strinse il cuore nel vederli così uniti.

Sasha si girò verso di lui e lo baciò, poi ci salutarono uscendo da casa nostra.

Era stato meraviglioso osservare come Cam con delle semplici parole avesse cambiato l'umore di Sasha, rendendole la vita migliore.

Era questo che faceva l'amore, quello vero.

Ti cambiava la vita in un secondo e la rendeva migliore.

«Sono così romantici...» pensai ad alta voce.

Sentii dei movimenti al mio fianco e poi una mano si intrecciò alla mia.

Voltai lentamente il mio viso verso Ash e sorrisi consapevole di avere quel tipo di amore sempre al mio fianco.

«Che ne dici, ti va di vedere un film, amore?» mi chiese Ash, lasciandomi dei dolci baci sul collo e sulle guance.

Io annuii e mi lasciai trasportare dolcemente in salotto.

Ash sistemò il divano e poi, dopo aver accesso la televisione, si coricò e io mi rannicchiai contro di lui coprendoci con una coperta leggera.

Ash mi strinse a sé circondando la mia pancia con un suo braccio, e io sorrisi chiudendo gli occhi, felice.

Guardammo il film, ridendo come non lo facevamo da tempo.

Era come essere in paradiso con lui.

Verso la fine del film, spostai la mia attenzione verso la finestra.

Guardai fuori e notai che il tempo si era annuvolato, pronto per piovere, come di solito succedeva a ottobre.

Era una di quelle giornate in cui sarei stata tutto il giorno tra le braccia di Ash.

E fu così.

Ci spostammo in camera, ma rimanemmo abbracciati, quasi avessimo bisogno della vicinanza dell'altro come dell'ossigeno per respirare.

Era una sensazione che ti riempiva totalmente, dando vita al tuo cuore.

«Ti amo...» sussurrai, posando la testa sul suo petto. «Ti amo come niente al mondo...»

Alzai il viso verso di lui e lo baciai perdendomi dentro di lui.

I mesi passarono, lentamente e inesorabilmente.

Passò il Natale, arrivò gennaio e febbraio.

Ero ormai al nono mese e mi avevano comunicato che la data prevista per la nascita di mio figlio sarebbe stata tra il 10 e il 20 febbraio, esattamente dopo il compleanno di Ash.

Alla fine avevamo deciso di non voler sapere il sesso del bambino, facendo infuriare ancora di più Sasha.

La pancia era cresciuta a dismisura, ormai sembravo veramente un'anguria, tanto che avevo chiesto se fossero sicuri di quanti bambini stessero crescendo dentro di me, e fortunatamente mi avevano detto solamente uno; non ero sicura di poter sopportare la nascita di due bambini.

Già quei nove mesi erano stati lunghi e faticosi. Soprattutto non avevo mai realizzato quanti esami e visite si dovessero fare. Per non parlare delle vitamine da prendere.

Ero così eccitata, volevo vedere il piccolo viso di mio figlio, e sapere di essere vicina alla nascita mi rendeva molto nervosa.

Quella mattina mi svegliai e cercai di osservare i miei piedi sul fondo del letto, ma la pancia me lo impediva.

Cercai di tirarmi su facendo forza con i gomiti e con le braccia.

Mi misi seduta a fatica e mi alzai.

Avevo molto male alla schiena e mi era difficile camminare senza sentire qualche dolore.

Nonostante tutto, avevo voluto fare qualcosa per il compleanno di Ash e fortunatamente con l'aiuto di Sasha e Cam avevo organizzato un pranzo tutti insieme.

Il mio compito era solo di svegliarlo e portarlo al ristorante. Andai in cucina e mi feci la colazione controllando l'ora. Quando furono le dieci e mezza andai a svegliarlo.

Ash era stato sveglio in tutte le mie notti insonni dove avevo avuto bisogno di aiuto con le nausee e i vari dolori. Si era sempre alzato anche a ore poco consone, per soddisfare le mie voglie, quindi lo lasciavo dormire il più possibile quando non avevo necessariamente bisogno di lui. Mi avvicinai e gli lasciai un bacio sulle labbra.

Lui mugugnò senza volersi svegliare, così continuai scendendo sulla sua mascella e sul suo collo.

«Jo...» biascicò lui.

Sorrisi vedendolo reagire.

Posai ancora le mie labbra sulle sue e quando lui si impossessò delle mie, impadronendosi della situazione e ricambiando il bacio sorrisi felice di aver portato a termine il mio compito.

«Mmm, piccola...» disse aprendo gli occhi.

«Buon compleanno!» sussurrai piano.

Lui si alzò e mi accarezzò la guancia.

«Grazie amore» disse, e poi si abbassò per lasciare un dolce bacio sul mio ventre coperto da un maglione bianco.

Sorrisi nel vedere una scena così dolce.

Erano stati sempre così gli ultimi mesi, ricchi di sorprese per entrambi e di tanta dolcezza.

Quando Ash si alzò e fissò i suoi occhi nei miei, mi scrutò attentamente.

«Non dirmi che, anche in queste condizioni» disse facendo un gesto con la mano a indicare la mia pancia «hai organizzato qualcosa.» Poi mi prese tra le braccia. «Come devo dirtelo, l'unica cosa che mi rende felice sei tu, non ho bisogno d'altro...» mi disse e poi mi baciò.

Ricambiai il bacio sentendomi sempre più piena di amore, ma quando mi staccai mi preparai a ribattere.

«Lo so, ma è troppo tardi ormai» annunciai sogghignando.

Lui scosse la testa, ridendo e mostrandomi la sua fossetta che lo rendeva ancora più tenero.

«Allora, dove dovremmo andare?» mi chiese curioso, avvicinandosi all'armadio per cambiarsi.

Io mi sedetti sul bordo del letto e lo osservai.

«Be', in un ristorante... Tu guidi, io ti faccio da navigatore» gli spiegai semplicemente.

Lui annuì e poi si cambiò.

Lo osservai mentre indossava dei semplici jeans e un maglione pesante.

Era favoloso con tutto.

«Tu che ti metti?» mi chiese poi, aprendo il mio armadio e guardando subito a sinistra, dove avevo messo i vestiti più larghi.

«Dei pantaloni neri e mi tengo il maglione» gli dissi avvicinandomi e prendendo un paio di pantaloni scuri.

Poi mi tolsi quelli del pigiama e con il suo aiuto indossai quelli neri.

Mi feci una treccia e uscimmo di casa.

Non appena Ash mise in moto, iniziò a farmi domande di ogni tipo.

«Dove devo andare?»

«Vai in centro, quando siamo vicini ti dico» gli risposi cercando di essere vaga.

Volevo tenerlo un po' sulle spine.

Guardavo fuori dal finestrino, attenta alla strada da percorrere.

Quando riconobbi un cartello, mi allungai un po' di più, appoggiando la mano sui miei pantaloni.

«Dovresti girare a sin...» mi bloccai quando muovendo le dita sentii i pantaloni bagnati.

Durante la gravidanza avevo avuto alcune perdite, ed era stato sempre imbarazzante, ma stavolta c'era qualcosa di strano.

Solitamente i pantaloni non si bagnavano, mentre ora erano molto bagnati.

La mia mente collegò tutto molto in fretta.

Durante i vari corsi che avevo seguito, mi avevano spiegato svariate volte le fasi del parto, ma rimasi sorpresa quando me ne accorsi, non me lo aspettavo per niente.

«Stai bene, Jo?» mi chiese Ash spostando lo sguardo dalla strada a me e poi alla strada nuovamente.

«I... io credo che mi si siano rotte le acque...» sussurrai.

«Cosa?!» urlò Ash facendomi spaventare.

Lo osservai mentre accostava in strada.

«Sul serio?» mi chiese corrugando la fronte.

Io annuii indicando i miei pantaloni.

Ash si agitò sul sedile e dopo essersi passato la mano tra i capelli neri più volte, accese nuovamente la macchina e ripartì a tutta velocità.

«Stiamo calmi...» disse guidando freneticamente, facendomi ridere dato che l'unico agitato era lui.

Era come se si fosse scordato tutto quello che ci avevano spiegato ai corsi.

La rottura delle acque era solo l'inizio.

«Ash, calmo... Andiamo in ospedale ora.» Lui mi guardò e annuì con uno sguardo terrorizzato, che mi costrinse ad aggiungere: «Sto bene...»

Ash tornò a guardare la strada, mentre io presi il telefono e chiamai Sasha.

«Ehi, dove siete? Vi stiamo aspettando tutti...» disse lei non appena rispose.

Io mi morsi il labbro.

«Credo che ci sarà un contrattempo... Mi si sono rotte le acque» ripetei ricevendo la stessa risposta del fratello.

«Cosa?!» urlò.

«Stiamo andando in ospedale...» dissi, e in quel momento sentii una piccola fitta al basso ventre che mi obbligò a portare la mano su quel preciso punto.

«Oddio mio! Sta per nascere, ragazzi, sta per nascere!» urlò Sasha dall'altro lato del telefono.

Io sorrisi e poi chiusi la chiamata riponendo il telefono.

Sapevo che dovevo darmi una mossa perché senza la membrana il bambino avrebbe potuto contrarre un'infezione, ma se continuavo a fare pressione su Ash non sapevo se avrebbe resistito.

In quel momento un'altra fitta più forte della prima mi fece capire che mio figlio non voleva più aspettare.

Respirai e inspirai per sopportare meglio il dolore improvviso.

«Respira,» disse Ash e poi posò una mano sulla mia «ci siamo quasi...»

Io annuii, facendo un sorriso tirato per tranquillizzarlo.

Non l'avevo mai visto così agitato.

Pochi secondi dopo vidi l'imponente edificio dell'ospedale apparire davanti a me e sospirai, ma non feci in tempo a rilassarmi che un'altra fitta mi fece stringere i denti.

Ash lasciò la macchina accesa davanti all'entrata e mi aiutò a scendere, lasciandomi nelle mani della prima infermiera che incontrò.

«Le si sono rotte le acque, per piacere la aiuti...» disse.

L'infermiera annuì e mi fece stendere su una barella.

«Parcheggio e torno...» disse Ash, e mi lasciò un dolce bacio sulle labbra per poi sparire.

Respirai profondamente e poi strinsi gli occhi quando riconobbi l'arrivo di un'altra fitta.

«Da quanto la prima contrazione?» mi chiese l'infermiera, mentre mi portava a tutta velocità nel reparto maternità.

«Quindici minuti fa...» dissi con poca voce mentre un'altra contrazione mi provocava molto più dolore.

Più arrivavano e più erano forti.

«A che intervallo?»

«Tre-quattro minuti...» dissi incerta io, non mi ero mica messa a controllarle.

Quando fummo nella camera, mi spogliarono e mi misero un camice, poi mi stesero sul lettino.

Io inspirai ed espirai.

Mio figlio stava per nascere.

Non ero pronta.

Continuai a respirare profondamente, mentre le infermiere facevano gli adeguati controlli.

Intanto le contrazioni si fecero sempre più consecutive e dolorose.

Tanto che pensai di non farcela da sola.

Non avevo tutta quella forza per sopportare quel dolore.
«Ash?» dissi con il fiatone a un'infermiera.
«Il tuo ragazzo?» mi chiese lei.
Le mostrai la fede.
«Tuo marito, vado a chiamarlo...» mi comunicò e poi sparì in fretta dalla stanza.
«Oddio!» urlai quando una forte contrazione prese possesso del mio corpo.
«Non ancora, resisti...» disse l'infermiera, mentre nella mia testa si ripetevano tutte le frasi che mi avevano detto ai corsi: respirare, controllarsi e avere accanto una persona cara.
Dov'era Ash?
Nostro figlio sarebbe nato il giorno del suo compleanno, con cinque giorni di anticipo rispetto al momento previsto.
Guardai il soffitto e strinsi i denti e gli occhi per il dolore.
In quel momento la porta sbatté e come un uragano Ash corse al mio fianco, stringendomi la mano e lasciandomi un bacio sulla fronte.
«Sono qui, sono qui» mi sussurrò all'orecchio e la sua voce mi tranquillizzò.
Guardai i suoi occhi e mi scese una lacrima.
«Oggi è il tuo compleanno...» dissi con voce rotta dal dolore.
Cercai di concentrarmi solo su di lui per rilassarmi.
«Lo so, va bene così, piccola. Lasciati andare» disse sorridendo.
Mi dispiaceva che dovesse condividere il suo compleanno con un'altra persona, ma non era di certo una persona qualunque, era nostro figlio.
«Ora o mai più!» mi incitò l'infermiera, così feci la cosa che al mio corpo premeva di fare.
Non so per quanto rimasi lì in preda al dolore, respirando e stringendo la mano di Ash.
Ma a un tratto mi sentii più leggera, il dolore diminuì gradualmente e una voce, un pianto, risuonò nella stanza.
Aprii gli occhi e vidi l'infermiera con in braccio un fagottino.
Poco dopo sparì dalla mia vista, ma poi tornò.
«È una bellissima bambina...» mi disse la donna con occhi dolci porgendomi il fagottino.
«Bambina?» sussurrai esterrefatta e così stremata da non capire niente.

Lei annuì mentre prendeva in braccio mia figlia.
Trattenni il respiro e le lacrime quando la vidi.
«Oddio...» sussurrai rivolta ad Ash.
Mi voltai verso di lui e vidi il suo viso bagnato da lacrime di gioia.
Sorrisi e poi tornai a guardare mia figlia, mentre Ash accarezzava la mia testa dolcemente.
La bimba continuava a piangere e a scalciare, ma sempre con gli occhietti chiusi.
Io allungai incerta la mano e toccai le sue piccole dita, anche se la ritirai subito, spaventata di farle male.
Quando non notai dolore nei suoi lineamenti, ci riprovai e strinsi leggermente due sue ditina, massaggiandole.
La bimba smise di piangere e aprì gli occhi.
Il mondo esplose quando vidi la cosa più bella di sempre.
I suoi occhi erano... azzurri, come quelli di suo padre.
Erano uno spettacolo mozzafiato.
«Ha i tuoi occhi...» dissi sorridendo mentre delle lacrime scendevano calde sulle mie guance.
Avevo aspettato così tanto questo momento, e non ci credetti quando mia figlia sembrò guardarci.
«È bellissima» disse Ash, posando un bacio sulla mia fronte.
«Ciao, piccolina...» continuò Ash prendendo la sua altra manina.
«Ciao, Ally...» dissi d'istinto e solo dopo mi accorsi di aver pronunciato un nome.
Mi voltai verso Ash in cerca della sua approvazione.
«Ally... mi piace...» e poi si abbassò su di me per unire le nostre labbra.
Non mi ero mai sentita così completa come in quel momento.
Fu in assoluto l'esperienza più travolgente ed emozionante della mia vita. Solo allora mi resi conto che avevo dato la vita a un essere umano e che quella piccola creatura fragile che stringevo tra le mani mi avrebbe chiamata mamma.
«Mi hai fatto il regalo di compleanno più bello della mia vita...» mi disse Ash.
Io sorrisi e poi, anche se con dispiacere, lasciai mia figlia all'infermiera che la pesò e controllò che fosse tutto a posto.
Mi portarono dell'acqua e mi sistemarono in una stanza.
Ero stremata, ma le infermiere mi avevano dato un camice pulito e mi ero data una rinfrescata al viso.

Non mi era mai successo di sentirmi così stanca e felice allo stesso tempo.

Chiusi gli occhi, cercando di riposarmi e di ritrovare le forze.

Quando mi svegliai mi sentivo decisamente meglio, e sorrisi d'istinto sapendo di avere una bambina.

Mi voltai e vidi Ash con gli occhi chiusi, seduto su una sedia grigia.

Quando l'avevo visto piangere, mi si era stretto il cuore.

Mi mossi cercando di fare poco rumore e mi misi seduta, ma il letto mi tradì scricchiolando.

Guardai subito Ash che si era svegliato a causa del rumore.

Quando capì dove fosse, alzò lo sguardo verso di me e, non appena mi vide seduta e cosciente, si alzò di scatto per venirmi incontro.

«Amore mio...» disse mentre mi stringeva a sé.

Sorrisi, riconoscendo quelle braccia come il mio rifugio sicuro.

Quando si allontanò leggermente, alzai una mano per posarla sulla sua guancia e lo accarezzai osservandolo in tutta la sua bellezza.

«Ally?» chiesi subito dopo ricordandomi di lei, non ero ancora abituata alla sua presenza.

«È nella nursery...» mi rispose Ash.

Cercai di alzarmi perché volevo vederla, ma Ash me lo impedì.

«Ehi, ehi, dove vai? Non puoi alzarti, sei ancora troppo debole...»

«È mia figlia, voglio vederla...» mi impuntai io.

«No...» disse lui serio.

«Ti prego, cinque minuti, sto bene, solo cinque minuti...» lo supplicai con voce dolce.

Lui alzò gli occhi al cielo, sapevo che non poteva resistere a quella voce.

«Ti accompagno...» si rassegnò lui subito dopo.

Mi aiutò ad alzarmi e a mettermi dei pantaloni, dato che il camice dietro era aperto.

Mi appoggiai a lui per tutto il tragitto e, quando mi ritrovai davanti alla nursery, la riconobbi subito, era al centro e scuoteva in aria le braccia divertita.

Non mi sembrava vero che fosse mia figlia; nel mio cuore sentivo una sensazione strana, amore, protezione e una sorta di legame.

Era come se lei fosse una parte di me.

«È bellissima...» sussurrai posando le mani sul vetro.

«Il medico ha detto che è in ottima salute...» mi spiegò Ash.

Continuai a osservarla, senza mai toglierle gli occhi di dosso.

Era lì in carne e ossa, mia figlia.

«Deve essere qui, abbiamo girato l'intero ospedale!»

Sentii una voce urlare alterata e ci impiegai meno di due secondi a riconoscerla.

Infatti poco dopo Sasha svoltò l'angolo con mio fratello Cam, George, Alexis, Luke e Austin.

Le sorrisi dato che fu la prima a notarmi, e mi venne subito incontro.

«Jo!» Mi abbracciò d'impeto e io mugolai per il dolore.

«Sasha!» La rimproverò suo fratello alle mie spalle, allora lei si allontanò allarmata.

«Scusa, scusa... Sei viva? Hai tutti i pezzi a posto?» mi chiese poco convinta, di sicuro non dovevo avere l'aspetto migliore del mondo.

«Dov'è?» mi chiese e io la indicai. Così, mentre Sasha osservava mia figlia insieme agli altri, io venni intrappolata nelle braccia di mio fratello, che mi regalò un abbraccio attento, ma ricco d'amore.

«Ti voglio bene...» mi disse Cam stringendomi.

«Anche io te ne voglio...» Quando si allontanò da me, osservò mia figlia e sorrise.

«Sembri tu...» sussurrò.

Io sorrisi.

«Come si chiama?» mi chiese Alexis venendo ad abbracciarmi.

«Allison, cioè Ally...» spiegai, vedendo Ash annuire al mio fianco.

E mentre tutti erano impegnati a osservare mia figlia, io osservai loro, uno a uno.

Austin sembrava allibito, davanti a tutti quei bambini, non avrei mai potuto ringraziarlo abbastanza per avermi aiutato coi corsi e gli esami dell'università. Mi ero sentita osservata, giudicata, e lui mi aveva difesa, sempre.

Poi guardai Luke, che sembrava spaventato da tutta la situazione. Lo ammiravo, era riuscito a uscire dal giro ed era anche grazie a lui se Ash aveva superato tutto.

Voltai lo sguardo e vidi Alexis stretta a George. George era cambiato, davanti a quel vetro sembrava l'essere più dolce della terra e non il vecchio e duro George che avevo incontrato due anni prima. Capivo perché Alexis fosse innamorata di lui. Alexis invece sembrava eccitata, gioiosa e a un certo punto guardò George con uno sguardo pieno di speranza. Non l'avrei mai dimenticata, la mia prima alleata, era stata la mia primissima amica lì a Chicago e c'era sempre stata.

Passai a Sasha e Cam. Cam era mio fratello, non avrei mai potuto immaginare la mia vita senza di lui, sapevo che ci sarebbe sempre stato e anche in passato mi aveva dato prova di ciò. E Sasha che era tutta esuberante. Non avevo mai pensato di poter avere una sorella e, invece, l'avevo trovata e ormai faceva parte di me e del mio cuore.

E poi lui. Lui che era stato l'unico capace di capire il mio dolore, la mia curiosità e il mio amore. Lui che mi sarebbe mancato anche se non l'avessi mai conosciuto. Lui, l'uomo che amavo più di ogni altra cosa al mondo, che guardava sua figlia, nostra figlia, come il diamante più prezioso dell'universo.

E poi Ally. Sapevo nel mio cuore che lei avrebbe avuto un futuro luminoso ed ero felice che sarebbe cresciuta con tutte quelle persone meravigliose accanto.

E poi io, che non ero più la stessa Jo di due anni prima, ero diversa, cambiata in meglio. Ero fiera di me stessa, delle mie scelte, non rimpiangevo niente. Ero felice di essere diventata la giovane mamma che ero in quel momento. E con tutte le persone più importanti al mio fianco non potei desiderare vita più bella, né amore più vero di quello che stavo vivendo.

«Ti amo da morire...» mi disse Ash girandosi verso di me. Io non feci in tempo a rispondere che lui mi baciò.

E così mi lasciai trasportare ancora dentro di lui, perché ormai nessuno avrebbe potuto salvarmi.

Ero drogata del nostro amore, drogata di lui.

Ringraziamenti

Vorrei partire da dove tutto è cominciato: Wattpad. Da lì è iniziata questa mia inaspettata avventura. Quest'app mi ha permesso di incontrare e conoscere persone meravigliose, che mi hanno sostenuta, aiutata e ispirata fin dalle prime righe di *Drogata di te*.

Ringrazio voi, lettori e lettrici, senza il vostro supporto non sarei qui e questo romanzo non esisterebbe. Grazie per aver speso un po' del vostro tempo per leggere la mia storia. Voglio soprattutto ringraziare Matilde De Vido e Martina Carniato, le mie prime sostenitrici che ora sono felice di chiamare amiche. Inoltre ringrazio Stefania, Lucrezia, Noemi, Alessandra, Betta e tutte le altre. Voi avete letto e apprezzato *Drogata di te* quando ancora era un insieme di pochi capitoli scritti per scherzo.

Facendo un passo indietro vorrei ringraziare tutte le persone che fanno da sempre parte della mia vita. Ringrazio le mie migliori amiche Ina e Xhoana, la mia famiglia, Alessia, Silvia e Gino. Vi voglio bene. Grazie di cuore a tutti voi.

Dal catalogo Leggereditore

Il profumo dell'oscurità di Emma Holly
Un'ombra dal passato di Nora Roberts
Lezioni di seduzione di Emma Wildes
Highlander: amori nel tempo di Karen Marie Moning
Passione Vintage di Isabel Wolff
Il bacio svelato di Lara Adrian
La confessione di Julie Garwood
Una scommessa per amore di Jennifer Crusie
Dark Night di Kresley Cole
L'anello di ferro di Ornella Albanese
Un cuore nelle tenebre di Roberta Ciuffi
Le streghe di East End di Melissa de la Cruz
Tentazioni deliziose di Sherry Thomas
La regina dei diamanti di Linda Howard
La concubina russa di Kate Furnivall
Desiderio eterno di Larissa Ione
Il bacio del demone di Eve Silver
Grida per me di Karen Rose
La cacciatrice di anime di Darinda Jones
Il bacio eterno di Lara Adrian
Il sapore della felicità di Nora Roberts
Corinna. La regina dei mari di Kathleen McGregor
La meraviglia delle piccole cose di Dawn French
L'ultima volta che ho visto Parigi di Lynn Sheene
Torna da me di Karen Marie Moning
Melodia al crepuscolo di Christine Feehan
Il richiamo dell'oscurità di Emma Holly
Dark Forever di Kresley Cole
Innamorarsi a Manhattan di Kate Parker
Proposta indecente di Emma Wildes
Venti d'amore e di guerra di Paola Picasso
Dark Desire di Kresley Cole
Il fuoco della tentazione di Lora Leigh
Il segreto del libro proibito di Karen Marie Moning
Il bacio oscuro di Lara Adrian
Passione eterna di Larissa Ione
Dark Dream di Kresley Cole
Il gioco della seduzione di Susan Elizabeth Phillips
Un amore per sempre di Nora Roberts
Le ombre del demone di Eve Silver
Il mistero del talismano perduto di Karen Marie Moning
Istinto animale di Lora Leigh
Amanti pericolosi di Lisa Marie Rice
Una donna indimenticabile di J.R. Ward
Temptation di Jennifer Crusie
La cacciatrice di anime. Il fascino del male di Darynda Jones
Uccidi per me di Karen Rose
La notte degli Angeli caduti di Heather Killough-Walden
Il bacio di fuoco di Lara Adrian
La pittrice di anime di Isabel Wolff
L'inganno dell'oscurità di Emma Holly
Roma 40 d.C. Destino d'amore di Adele Vieri Castellano
Highlander. L'ultimo dei Templari di Karen Marie Moning
Estasi eterna di Larissa Ione

I ricordi della casa sul lago di Rosie Thomas
Segreto inconfessabile di Shayla Black
Dark Whisper di Kresley Cole e Gena Showalter
La musica delle parole di Emily St. John Mandel
Un segno nelle tenebre di Roberta Ciuffi
La sposa spagnola di Kathleen McGregor
La maledizione della luna nera di Karen Marie Moning
Heaven, Texas, un posto nel tuo cuore di Susan Elizabeth Phillips
Il giardino dei nuovi inizi di Nora Roberts
La notte del vento e delle rose di Anna Bulgaris
Ladra di cioccolato di Laura Florand
Il bacio immortale di Lara Adrian
Peccato eterno di Larissa Ione
Danzando sui vetri rotti di Ka Hancock
Il patto di Julie Garwood
Il signore della vendetta di Lara Adrian
L'oscuro mosaico di Ornella Albanese
Il messaggero dell'angelo di Heather Killough-Walden
Il bacio dell'Highlander di Karen Marie Moning
Il bacio rubato di Lara Adrian
Segreti pericolosi di Lisa Marie Rice
Dark Prince di Kresley Cole
Piacere malizioso di Lora Leigh
Il bacio ribelle di Lara Adrian
Colpevole di amare di J.R. Ward
Il profumo dell'amore ritrovato di Eliselle
Roma 42 d.C. Cuore nemico di Adele Vieri Castellano
Dark Demon di Kresley Cole
Alla ricerca dell'ultima verità di Karen Marie Moning
E se fosse lui quello giusto? di Susan Elizabeth Phillips
Desiderio inconfessabile di Shayla Black
Un oscuro risveglio di Gena Showalter
Pazza di te di Jennifer Crusie
Easy di Tammara Webber
La signora della tentazione di Lara Adrian
Dimmi che ti dispiace di Dawn French
Poison Princess di Kresley Cole
La casa dei grandi incontri di Nora Roberts
A fior di pelle di Lauren Dane
L'angelo della morte di Heather Killough-Walden
Cuore pirata di Kathleen McGregor
La magia del cioccolato di Laura Florand
Un cuore d'oro di J.R. Ward
La fiamma della passione di Jessica Andersen
Sottomessa di Lora Leigh
Tuo per sempre di Lisa Kleypas
Amore eterno di Larissa Ione
Il bacio rivale di Lara Adrian
Roma 39 d.C. Marco Quinto Rufo di Adele Vieri Castellano
Dark Warrior di Kresley Cole
Una dolce scoperta di Nora Roberts
La rivelazione dell'antica carta di Karen Marie Moning
Il bacio della strega di Melissa de la Cruz
Un solo piacere di Lora Leigh
Un piccolo sogno di Susan Elizabeth Phillips
Segreti di una notte d'estate di Lisa Kleypas
Accadde in autunno di Lisa Kleypas

Un amore su misura di Sugar Jamison
Una passione pericolosa di Lisa Marie Rice
Un dono prezioso di Nora Roberts
Estasi infinita di Maya Banks
Appuntamento con l'amore di Jules Stanbridge
Il gioco dell'inganno di Adele Vieri Castellano
Le coincidenze dell'amore di Colleen Hoover
Il mistero del lago di Nora Roberts
Due vite in gioco di Nora Roberts
Il lago dei desideri di Susan Elizabeth Phillips
Beautiful Bastard di Christina Lauren
La sfida del cuore di J.R. Ward
Passione inconfessabile di Shayla Black
Un regalo d'amore di Lisa Kleypas
Una promessa d'amore di Mary Balogh
You & Me di Valentina F.
Il frutto proibito di S.C. Stephens
Piacere colpevole di Lora Leigh
Peccati d'inverno di Lisa Kleypas
Lothaire di Kresley Cole
L'ora della verità di Maya Banks
Seduzione deliziosa di Tara Sivec
La signora della passione di Lara Adrian
Il fuoco della notte di Larissa Ione
Piacere estremo di Georgia Cates
Rischio letale di Pamela Clare
Scandalo in primavera di Lisa Kleypas
Beautiful Stranger di Christina Lauren
Piacere pericoloso di Lora Leigh
Lady Cupido di Susan Elizabeth Phillips
L'eroe dimenticato di Suzanne Brockmann
Il richiamo dell'ombra di Kresley Cole
Tutti pazzi per Gaia di Stefania Nascimbeni
Nove regole da ignorare per farlo innamorare di Sarah MacLean
L'amore è come un film di Victoria Van Tiem
Brivido inconfessabile di Shayla Black
Prigioniera del tuo amore di J.C. Reed
L'irlandese di Kathleen McGregor
Nessuna via di fuga di Maya Banks
Un amore pericoloso di Nora Roberts
L'amore che viene di Lisa Kleypas
Sogno impossibile di Georgia Cates
Le sintonie dell'amore di Colleen Hoover
L'eroe ribelle di Suzanne Brockmann
Il gioco perfetto di Jaci Burton
Intrigo delizioso di Tara Sivec
La signora del coraggio di Lara Adrian
MacRieve di Kresley Cole
Angeli ribelli di Sylvia Day
Seduttore dalla nascita di Susan Elizabeth Phillips
Brucio d'amore di Darynda Jones
Dieci cose da seguire per non farselo sfuggire di Sarah MacLean
Magia di un amore di Lisa Kleypas
Il conte di Glencrae di Stephanie Laurens
La prova d'amore di S.C. Stephens
Il regalo più grande di Jenny Hale
Obiettivo pericoloso di Pamela Clare

Le parole infinite di Nora Roberts
Il desiderio della notte di Lara Adrian
Beautiful Player di Christina Lauren
Il canto del deserto di Adele Vieri Castellano
Ghiaccio nero di Anne Stuart
Odio quindi amo di Susan Elizabeth Phillips
Felicità perduta di Georgia Cates
Undici sfide da affrontare per domare il suo cuore di Sarah MacLean
Sublime di Christina Lauren
Forse un giorno di Colleen Hoover
Cuori selvaggi di Sylvia Day
Stregata dalla notte di Larissa Ione
Gioco senza regole di Jaci Burton
La ragazza dagli occhi scuri di Lisa Kleypas
Nascosti nell'ombra di Maya Banks
Il professionista di Kresley Cole
Dolce & selvaggio di Christina Lauren
La fuga di L. Adrian e T. Folsom
Amore inconfessabile di Shayla Black
Freddo come il ghiaccio di Anne Stuart
Amami per come sono di Jenny Hale
Dark Skye di Kresley Cole
I segreti della casa sul mare di Nora Roberts
La forza dell'angelo di Heather Killough-Walden
Leggenda di sangue e amore di Theresa Melville
Volare fino alle stelle di Susan Elizabeth Phillips
Cuore di ghiaccio di Anne Stuart
L'ultima occasione di S.C. Stephens
Eccitante & divertente di Christina Lauren
Contatto illecito di Pamela Clare
L'incastro (im)perfetto di Colleen Hoover
Resistere è inutile di Jenny T. Colgan
Tristan e Doralice – Un amore ribelle di Francesca Cani
Amori, bugie e dolci al limone di Sue Watson
Beautiful Secret di Christina Lauren
Tempesta di ghiaccio di Anne Stuart
Passione nelle tenebre di Roberta Ciuffi
Le ragioni del cuore di Maria Masella
Le promesse di una vita di Susan Elizabeth Phillips
My Dilemma Is You 1 di Cristina Chiperi
Le confessioni del cuore di Colleen Hoover
Il giardino delle rose di Susanna Kearsley
My Dilemma Is You 2 di Cristina Chiperi
I desideri nascosti del cuore di Mary McNear
Sospiri nel buio di Maya Banks
My Dilemma is You 3 di Cristina Chiperi
Inevitabile di Angela Graham
Una scelta impossibile di Susan Elizabeth Phillips
Sensuale & seducente di Christina Lauren
Sweet di Tammara Webber
Mess di Ilaria Soragni
Tra due cuori di Samantha Young
La schiava francese di Kathleen McGregor
Bright Side. Il segreto sta nel cuore di Kim Holden
Il mio cuore per te di Valentina F.
Il sogno di un amore di Valentina F.
M'ama o non m'ama di Valentina F.

Voglio essere una top model di Daniela Azzone
Segreti e speranze di Carolyn Brown
Dark Heart di Kresley Cole
La moglie del mercoledì di Catherine Bybee
Le scelte della vita di Mary McNear
Camera single di Chiara Sfregola
Estate batticuore, AA. VV.
Consolation di Corinne Michaels
Fuoco e ghiaccio di Anne Stuart
Travolta dal tuo amore di J.C. Reed
Un disastro chiamato amore di Chiara Giacobelli
Fragile di Tammara Webber
Insostituibile di Angela Graham
I Still Love You di Cristina Chiperi
Alicia e una pazza fuga d'amore di Valentina F.
Alicia zenzero e cannella di Valentina F.
Sposata di lunedì di Catherine Bybee
9 novembre di Colleen Hoover
Forever di Cristina Boscá
La grande fuga di Susan Elizabeth Phillips
Conviction di Corinne Michaels
La cura del cuore di Mary McNear
Gus. L'altra metà del cuore di Kim Holden
Sex or Love? 1 di Flavia Cocchi
Sex or Love? 2 di Flavia Cocchi
Beautiful di Christina Lauren
Ricordo inconfessabile di Shayla Black
Jonas e Viridiana – Il cuore d'inverno di Francesca Cani
La prima stella della notte di Susan Elizabeth Phillips
Vendetta d'amore di Anna Grieco e Irene Grazzini
Disconnect 1 di Ilaria Soragni
Fidanzata di venerdì di Catherine Bybee
Un'anima che vibra di Loredana Frescura e Marco Tomatis
Ogni cosa a cui teniamo di Kerry Lonsdale
Emozioni inconfessabili di Shayla Black
La mia ultima estate di Anne Freytag
Disconnect 2 di Ilaria Soragni
Orizzonti sconosciuti di Maya Banks
Lo spazio tra le stelle di Anne Corlett
Estate a Oyster Bay di Jenny Hale
(Non) ti voglio di Christina Lauren
The Winner's Curse – La maledizione di Marie Rutkoski
La seduzione dell'ombra di Kresley Cole
Cosa ho fatto per amore di Susan Elizabeth Phillips
Le cose da dimenticare di Kerry Lonsdale
Un bacio, mille sapori di Miranda Nobile
Piccante e delizioso di Anna Grieco e Alexia Bianchini
Amore carbonaro di Mila Orlando
Brodetto galeotto di Christina Assouad
Emozioni a fuoco lento di Elisabetta Motta
Dolce risveglio di Donatella Perullo
Fino all'ultima parola di Tamara Ireland Stone
Non lasciarmi andare di Catherine Ryan Hyde
Le fragilità del cuore di Susan Elizabeth Phillips
La ragazza del mare di Sara Zarr
La scatola delle preghiere di Lisa Wingate
Il vero gentiluomo di Grace Burrowes

Tutti i miei domani di Jessica Guarnaccia
Torbide passioni di Nora Roberts
Desideri infranti di Kerry Lonsdale
Passione Beautiful Bastard – La trilogia di Christina Lauren
Tre storie d'amore senza fine – La trilogia di Nora Roberts
My Dilemma Is You – La trilogia di Cristina Chiperi
Amori ribelli – La trilogia di Ilaria Soragni
#iostoconloro di Loredana Frescura e Marco Tomatis
Georgiana di Deborah Begali
Andreas e Zoya. Il fiore di pietra di Francesca Cani
La moglie scomparsa di Sheila O'Flanagan
Il casale dei sogni perduti di Lisetta Renzi
Sotto lo stesso tetto di Christina Lauren
Un sasso in una bolla di Nicole Londino
La matematica dell'amore di Helen Hoang
Amore e fantasia di Susan Elizabeth Phillips
Il peso dell'odio di Pamela Claire
La sorella silenziosa di Diane Chamberlain
Il vero desiderio di Graces Burrowes
Desiderio di vendetta di Maya Banks
Il segreto di mia madre di Sheila O'Flanagan
Segreti profondi di Shayla Black
Un adorabile bastardo di Melissa Spadoni
Stregata di Kresley Cole
Se tu vai via, porti il mio cuore con te di Silvia Gianatti
Il vero sogno di Grace Burrowes
La melodia delle piccole cose di Carlotta Pugi
Il gusto speziato dell'amore di Silvia Casini
L'amore e altre parole di Christina Lauren
Impudente e malizioso di Susan Elizabeth Phillips
Mala vida di Christel Caccetta
Magnetic di Sara D'Amario
Unpopular di Freya Dakets
Fremito inconfessabile di Shayla Black
L'inno di un profeta riluttante di Joanne Proulx
La cospirazione dell'inquisitore di Giulia Abbate
La balia di Nova Lee Maier
The Winner's Crime – La vendetta di Marie Rutkoski
Solo per una notte di Christina Lauren
Adorabile & sfuggente di Christina Lauren
La libreria dei piccoli segreti di Corinne Savarese
Forgiato nell'acciaio di Maya Banks
Adorabile e sfuggente di Christina Lauren
Solo per una notte di Christina Lauren
Il 6 di Oxford Street di Deborah Begali
L'elisir di Mantova di Francesca Cani e Mariachiara Cabrini
First lady di Susan Elizabeth Phillips
Oltre la passione – Disobbedienza erotica vol. 1 di Sylvia Day, Maya Banks e Shiloh Walker
Oltre il desiderio – Disobbedienza erotica vol. 2 di Sylvia Day, Maya Banks e Karin Tabke
Il buio intorno di Elena Rebecca Odelli
Dopo la tempesta di Maya Banks
My Dilemma is You 4 di Cristina Chiperi
The Winner's Kiss – Il Bacio di Marie Rutkoski
C'è un messaggio per te di Christina Lauren
Indistruttibile di Angela Graham
Drogata di te di Sophia Blakee
Una sposa in prova di Helen Hoang

Finito di stampare nel gennaio 2020 presso
Elcograf S.p.a., Cles (TN)
Printed in Italy